U0921654

邓小平改变中国

典藏本

DENG

从华国锋到邓小平

叶永烈 著

四川人民出版社
華夏出版社 联合出版

图书在版编目（CIP）数据

邓小平改变中国 / 叶永烈著. — 2版. — 成都：四川人民出版社，2014.3（2023年10月重印）
ISBN 978-7-220-08819-3

Ⅰ. ①邓… Ⅱ. ①叶… Ⅲ. ①纪实文学－中国－当代 Ⅳ. ①I25

中国版本图书馆CIP数据核字（2014）第021538号

邓小平改变中国

叶永烈　著

责任编辑	汤万星　王定宇　杨永龙
整体设计	蒋宏工作室
责任校对	徐　英　蓝　海　刘　静
责任印制	王学锋
出版发行	四川出版集团 四川人民出版社（成都市槐树街2号） 华夏出版社
网　　址	http://www.scpph.com http://www.booksss.com.cn E-mail:scrmcbsf @ mail.sc.cninfo.net
发行部业务电话	(028) 86259459　86259455
防盗版举报电话	(028) 86259524
照　　排	北京九章文化有限公司
印　　刷	北京文昌阁彩色印刷有限责任公司
封面图片	CFP
成品尺寸	170mm × 240mm
印　　张	33.5
字　　数	580千
版　　次	2014年3月第2版
印　　次	2023年10月第9次
书　　号	ISBN 978-7-220-08819-3
定　　价	68.00元

我们在粉碎“四人帮”以后，从党的十一届三中全会开始，制定了正确的思想路线、政治路线、组织路线和一系列的方针、政策。

《邓小平文选》第三卷，62页，人民出版社1993年版。

我们坚持党的十一届三中全会以来的路线和各项方针政策，不但这一届领导人要坚持，下一届、再下一届都要坚持，一直坚持下去。

《邓小平文选》第三卷，347 页，人民出版社 1993 年版。

三中全会以来，我们花了很大气力纠正“文化大革命”及其以前的一些政治运动和思想斗争中的“左”的错误，是完全正确的。这类“左”的错误决不允许重犯。

《邓小平文选》第三卷，37 页，人民出版社 1993 年版。

邓小平
改变中国
从华国锋到邓小平

目 录

第三章 华国锋确立了领袖地位

第四章 “宣传华国锋”的热潮

第五章 华国锋走过的道路

第六章 “两个凡是”的迷误

第七章 邓小平第三次复出

第九章 尖锐对立的 20 天

第十章 “真理标准”大论战

第十一章 大论战推向全国

第十二章 中央工作会议上的交锋

第十三章 新时期的里程碑

尾 声 华国锋的“淡出”

序

1976年10月6日中南海那个惊心动魄的夜晚，已经作为重大事件载入史册——华国锋、叶剑英、汪东兴等采取果断措施，一举粉碎了“四人帮”。

抓捕“四人帮”，翻开了历史新的一页。以华国锋为首的新的中共中央，面临一场严峻的考验：中国向何处去？

华国锋深受毛泽东晚年“左”的影响。华国锋上台之后，提出要“保护无产阶级文化大革命的胜利成果”，认为“四人帮”不是极左派而是极右派，坚持要继续“批邓”……1976年10月26日，亦即在粉碎“四人帮”的第20天，华国锋对中共中央宣传部门负责人作了四点指示：

一、要集中批“四人帮”，连带批邓；

二、“四人帮”的路线是极右路线；

三、凡是毛主席讲过的，点过头的，都不要批评；

四、“天安门事件”要避开不说。

这可以说是华国锋上台后的“施政纲领”。

1977年1月21日，华国锋在写作班子为他起草的一份讲话提纲和草稿中，明明白白地写上了这么一段口气极硬的话：

凡是毛主席作出的决策，我们都必须维护，不能违反；凡是损害毛主席的言行，都必须坚决制止，不能容忍。

华国锋提出“两个凡是”，成为他的核心“理论”。

当中国这艘庞大的航船在华国锋驾驶下向“左”偏航的时候，邓小平站出来了。

邓小平是在1976年10月7日下午才获知扫除四颗“灾星”的喜讯。作为“批邓、反击右倾翻案风”运动的“靶子”，当时邓小平被软禁在北京宽街住宅中。他的第一反应是:“我可以安度晚年了！”

然而人民需要、国家需要这位饱经沧桑、充满睿智的老人。面对“左”的回潮，邓小平无法沉默，他第一个站出来批判“两个凡是”。

随着“批邓、反击右倾翻案风”运动画上句号，随着“天安门事件”得以平反，邓小平复出。

在邓小平的领导下，在叶剑英、陈云、胡耀邦等强有力的支持下，以“实践是检验真理的唯一标准”大讨论为突破口，发动了对于“两个凡是”的大批判。

“两个凡是”动摇了，华国锋的核心“理论”动摇了。

终于在1978年底召开的中共十一届三中全会上，确立了邓小平提出的以经济建设为中心、实行改革开放的党的基本路线。

历史选择了邓小平。

邓小平取代了华国锋，成为中国共产党第二代领导核心，从此中国在改革开放的道路上迅跑。中国能有今日，是邓小平作为舵手在1978年拨正了中国这艘巨轮的航向。

华国锋为粉碎“四人帮”作出了历史性的贡献，在其他方面也曾有过一些成绩。但是如同邓小平所指出的：“华国锋只是一个过渡，说不上是一代，他本身没有一个独立的东西，就是‘两个凡是’。”[1]

1976年至1978年，是中国历史的特殊时期，是中国政坛云谲波诡、惊心动魄的岁月，是邓小平取代华国锋成为中共领袖的历史选择过程。这本《邓小平改变中国》，便是这一特殊历史的真实记录。

邓小平改变中国。

谨以本书敬献给邓小平110诞辰。

叶永烈

2014年1月28日于上海“沉思斋”

---

[1]《邓小平文选》第三卷，298页，人民出版社1993年版。

小 引

“自从中共十一届三中全会以来……”如今已经成了一句挂在中国人嘴边的话。可是，这次只开了五天的会议，怎么会成为中国历史的转折点，怎么会成为“新时期的遵义会议”呢？

中国人有句挂在嘴边的话：“自从中共十一届三中全会以来……”

这句话，在各种各样的文件上常常见到；

这句话，在大大小小的报告会上常常听见；

这句话，在人们回顾往事时，总要这么说；

这句话，在报纸、杂志、电视、广播里，属于“高频词”……

由于中共十一届三中全会是一次在中国知名度极高的会议，所以人们在讲话时，常常习惯于省略为“十一届三中全会以来”，甚至省略为“三中全会以来”。

“十一届三中全会以来”不准确，没有主词——“中共”——因为其他的党派也有“十一届三中全会”；

至于“三中全会以来”，当然更不准确，不仅没有主词，而且没有“届”——因为几乎每一届中央委员会都开过“三中全会”。

尽管人们都知道“十一届三中全会以来”或者“三中全会以来”不准确，但是在大大小小的会议上，人们还是这么说着——因为中共十一届三中全会太著名了，所以谁都明白“十一届三中全会以来”以至“三中全会以来”，指的就是“中共十一届三中全会以来”。

确实，中共十一届三中全会是一次非常著名的会议。

中国共产党自从 1921 年 7 月在上海诞生以来，已经举行过 17 次全国代表大会。至于每一次全国代表大会所选举产生的每一届中共中央委员会，已经开了数十次中央全会。光是 1949 年 10 月以来，至中共十一届三中全会前，便已经召开了 25 次中共中央全会。

然而，中共十一届三中全会却是一次非同凡响的中共中央全会，其深远的意义超过了许多次中央全会，甚至超过了许多次全国代表大会。

中共十一届三中全会如此令人瞩目，是因为中国当代历史在这里大转折！

中共十一届三中全会结束了 1957 年以来长达 21 年的“左”的严重错误：毛泽东晚年的“左”的错误是从 1957 年下半年的“反右派运动”开始的，到了十年“文革”达到了顶峰。在 1976 年 10 月粉碎“四人帮”之后，华国锋奉行“两个凡是”方针，仍继续着“左”的错误。直至 1978 年底的中共十一届三中全会，才终于结束了这 21 年的“左”的迷误，把全党的工作中心从“以阶级斗争为纲”，转移到四个现代化建设上去。

正因为这样，中共十一届三中全会作出了转折性的巨大贡献。

纵观中国共产党走过的道路，有两次会议是至关重要的，是历史的转折点：

一次是 1935 年 1 月在贵州遵义召开的中共中央政治局扩大会议，确立了毛泽东在中共的领袖地位。从此，中共逐步形成以毛泽东为核心的第一代领导集体。

邓小平是这样论述遵义会议的：

> 在历史上，遵义会议以前，我们党没有形成过一个成熟的党中央。从陈独秀、瞿秋白、向忠发、李立三到王明，都没有形成过有能力的中央。我们党的领导集体，是从遵义会议开始逐步形成的，也就是毛刘周朱和任弼时同志，弼时同志去世后，又加了陈云同志。到了党的八大，成立了由毛刘周朱陈邓六个人组成的常委会，后来又加了一个林彪。这个领导集体一直到“文化大革命”。[1]

另一次则是 1978 年 12 月在北京召开的中共十一届三中全会，确立了邓小平在中共的领袖地位。从此，中共逐步形成以邓小平为核心的第二代领导集体。

---

[1]《邓小平文选》第三卷，309 页，人民出版社 1993 年版。

邓小平是这样论述中共十一届三中全会的：

> 党的十一届三中全会建立了一个新的领导集体，这就是第二代的领导集体。在这个集体中，实际上可以说我处于一个关键地位。[1]

邓小平所说的“关键地位”，其实也就是他所说的，“第二代实际上我是核心”。

邓小平是这样论述中共两代领导集体的核心的：

> 任何领导集体都要有一个核心，没有核心的领导是靠不住的。第一代领导集体的核心是毛主席。因为有毛主席作领导核心，“文化大革命”就没有把共产党打倒。第二代实际上我是核心。[2]

人们已经习惯地把中共十一届三中全会至今，称之为“新时期”。

人们已经习惯地把中共十一届三中全会以来为实现四个现代化所进行的艰难的工作，称之为“新长征”。

从遵义会议开始的是“毛泽东时代”，从中共十一届三中全会开始的是“邓小平时代”。

中共十一届三中全会是“新时期的遵义会议”。

正因为这样，中共十一届三中全会成了中共的历史转折点、中国的历史转折点。

正因为这样，“自从中共十一届三中全会以来”这句话成了中国人经常挂在嘴边的一句话。

中共十一届三中全会是怎样的一次会议？中共十一届三中全会怎样确立了邓小平的领袖地位？中共十一届三中全会是怎样改变了中国的历史进程？

本书以宏大的篇幅，第一次多角度、全方位、全过程向你细细记述这个“新时期的遵义会议”以及这个会议的前前后后，细细记述中国当代历史性的大转折，帮助你细细理解那句人人都说的“自从中共十一届三中全会以来”的深刻内涵……

---

[1]《邓小平文选》第三卷，309 页，人民出版社 1993 年版。

[2]《邓小平文选》第三卷，310 页，人民出版社 1993 年版。

第一章　大转折前的急转弯

◎“毛的遗孀”被捕，改变了中国历史进程。关于“毛的遗孀”如何被捕，向来众说纷纭。本书作者采访了执行拘捕“毛的遗孀”任务的当事人张耀祠将军……

“毛的遗孀被捕”震惊世界

1976年10月12日清早，英国伦敦刚刚出版的《每日电讯报》引起读者的广泛注意。

这期编号为37752的《每日电讯报》头版头条位置，以三行通栏大字标题报道了来自中国的重大新闻：

> 华粉碎极“左”分子（眉题）
> 毛的遗孀被捕（主题）
> 四个领导人被指控策划北京政变（副题）

报纸都很注重“抢”新闻，尤其是“抢”重大新闻。《每日电讯报》在全世界报纸面前，“抢”到了一个“第一”：第一次独家披露了中国政局的重大变化。

在天安门广场举行的追悼毛泽东百万人大会的主席台。左起：叶剑英、华国锋、王洪文、张春桥、江青

中国政局的这一重大变化是在六天前——1976年10月6日——晚上发生的。“毛的遗孀”——江青——连同三个“极‘左’分子”头目王洪文、张春桥、姚文元，也就是毛泽东生前称之为“四人帮”的那“四个领导人”，在北京悄然被捕。

这一“粉碎极‘左’分子”的重大行动，是在“华”领导之下进行的。“华”，亦即华国锋。华国锋当时的职务是中国共产党中央委员会第一副主席、国务院总理。

“华粉碎极‘左’分子”是在极端秘密的情况下进行的，即便在“毛的遗孀”被捕之后，对外仍严格封锁消息。

英国《每日电讯报》的独家新闻，出自该报驻北京记者尼杰尔·韦德之手。

韦德具有极强的“政治嗅觉”，自从1976年9月9日0时10分中共中央主席毛泽东去世以来，他非常关注中国政局的变化。

早在20多天前，他便从中国电视的一个镜头中，捕捉到重要信息……

那是1976年9月18日下午3时，全中国都在收看北京重要的电视实况转播。用中国权威的通讯社——新华社——当时的报道来说：“在辽阔的国土上，党政军民学，东西南北中，举国上下，8亿人民沉痛悼念我们伟大的党、伟大的军队、伟大的国家的缔造者和英明领袖、我国各族人民的大救星毛主席。”[1]

新华社的报道，用这样的语言形容毛泽东之逝：

> 我党我军我国各族人民衷心爱戴和无限崇敬的伟大领袖、当代最伟大的马克思主义者、国际无产阶级和被压迫民族被压迫人民的伟大导师毛泽东主席与世长辞，在全中国全世界人民心中引起了无限悲痛。[2]

几亿中国人收看追悼毛泽东的大会实况电视转播，谁都没有注意到一个小小的细节。然而，英国记者韦德却以他高度敏感的眼睛注意到了：追悼大会由中共中央副主席王洪文主持，中共中央第一副主席华国锋致悼词。王洪文站在华国锋身旁，当华国锋念悼词时，他不安地探过头去，越过华国锋的肩膀，看华国锋手中的悼词稿子……

---

[1]《首都百万群众怀着极其沉痛和无限崇敬的心情隆重举行伟大的领袖和导师毛泽东主席追悼大会》，《人民日报》1976年9月19日。

[2] 同上。

从今日的眼光来看，华国锋的悼词充满“文革”味：

> 毛主席在领导我们党同国内外党内外的阶级敌人作战中，在长期的艰巨的复杂的阶级斗争和两条路线斗争中，锻炼和培养了我们的党。中国共产党的历史，就是毛主席的马克思列宁主义路线同党内右的和“左”的机会主义路线斗争的历史。在毛主席领导下，我们党战胜了陈独秀、瞿秋白、李立三、罗章龙、王明、张国焘、高岗、饶漱石、彭德怀的机会主义路线，在无产阶级“文化大革命”中，又战胜了刘少奇、林彪的反革命的修正主义路线。
>
> ……
>
> 毛主席一再告诫全党全军全国人民，“千万不要忘记阶级斗争”，指出社会主义社会是一个相当长的历史阶段，在这个历史阶段中，始终存在着阶级、阶级矛盾和阶级斗争，存在着社会主义同资本主义两条道路的斗争，存在着资本主义复辟的危险性，存在着帝国主义、社会帝国主义进行颠覆和侵略的威胁，为我党制定了在整个社会主义历史阶段的基本路线。
>
> ……
>
> 毛主席根据社会主义时期阶级关系的变化和阶级斗争的特点，做出了“搞社会主义革命，不知道资产阶级在哪里，就在共产党内，党内走资本主义道路的当权派。走资派还在走”的科学论断。毛主席代表工人阶级、贫下中农继续革命的利益和愿望，亲自发动和领导的无产阶级“文化大革命”，粉碎了刘少奇、林彪的复辟阴谋，批判了他们反革命的修正主义路线，夺回了被他们篡夺的那一部分党和国家的领导权，保证了我国沿着马克思列宁主义的道路胜利前进。

韦德高度敏感的耳朵，也同时注意到：华国锋所念的悼词中，没有提到两天前，即9月16日，中国最权威的两报一刊（《人民日报》《解放军报》和《红旗》杂志）社论中反复强调的毛泽东“遗言”——“按既定方针办”。

韦德作出自己的判断：中共中央第一副主席华国锋和中共中央副主席王洪文之间，存在着严重的政见分歧。

不过，作为一名外国记者，在当时的中国，活动深受限制。他设法向英国驻华大使馆里的中国雇员打听消息。

终于，在10月10日，韦德从英国驻华大使馆的中国雇员那里获知重要信息：北京大学出现大字标语，热烈欢呼“两报一刊”当天的社论《亿万人民的共同心愿》。

韦德立即找来这篇社论，细细琢磨，发觉社论中有几句话很值得玩味：

> 任何背叛马克思主义、列宁主义、毛泽东思想，篡改毛主席指示的人，任何搞修正主义、搞分裂、搞阴谋诡计的人，是注定要失败的。

是谁在背叛毛泽东？是谁在篡改毛泽东指示？两报一刊的社论虽然没有点明，但显然是有所指的。

两报一刊社论在当时的中国具有最权威的地位。韦德断定，中国政局发生了重大变化。

韦德使出浑身解数，很快就打听到“毛的遗孀被捕”！两报一刊社论中所说的背叛毛泽东、篡改毛泽东指示的人，就是指“毛的遗孀”及其同伙。

于是，韦德在10月11日写出独家新闻《毛的遗孀被捕》，并立即发往伦敦《每日电讯报》。韦德写道：

> 据北京可靠消息，毛泽东主席的遗孀江青和她在中国政治局的三名追随者被指控策划政变而被捕。这一逮捕行动是在周末特别会上向工厂和附近单位的政工人员宣布的。首都昨夜没有发现骚乱现象。
>
> 拘捕包括毛夫人江青在内的所谓“上海帮”是1971年前国防部部长林彪企图发动政变后，中国最大的爆炸性政治新闻。

翌日，当《每日电讯报》以头版头条位置推出韦德的报道，世界为之震惊了！

10月13日，世界各报纷纷转载英国《每日电讯报》的消息，使这家报纸和韦德出了大风头……

关于“毛的遗孀被捕”的种种传闻

确实，“毛的遗孀被捕”，成了中国历史的一个转折点。

那个历史性的夜晚，成了中国当代史上的里程碑，成为结束“十年浩劫”

1976年10月6日傍晚，江青在摘苹果（杜修贤摄）

的句号。

从此，历史学家给中国的那场“史无前例”的“无产阶级文化大革命”，写下这样的时间“界定”：“1966年5月16日至1976年10月6日。”

“无产阶级文化大革命”的起始日期定为“1966年5月16日”，是因为中国共产党中央委员会在那一天通过了成为“无产阶级文化大革命”纲领性文件的《五一六通知》。

“毛的遗孀被捕”，是在一个晚上突然爆发的，可以说是“历史的急转弯”。人们把中国粉碎“四人帮”称之为“中国的十月革命”。

对于这场“中国的十月革命”，人们只知道“革命”的结果——“四人帮”被捕——却并不知道这场“革命”是怎样发生和进行的。

中国当局对于“中国的十月革命”具体细节守口如瓶，云遮雾障。在当时，这理所当然属于中国政界的“高度机密”。

正因为中国当局从不透露“中国的十月革命”的具体细节，于是，也就给一些“富有想象力”的记者和作家提供了充分的“展示才能”的机会。

首先对“中国的十月革命”绘声绘色，是在韦德发表那独家新闻之后，英国的《泰晤士报》眼看《每日电讯报》一炮走红，便在1976年10月14日，以头版头条位置发表法新社记者乔治·比昂尼克的报道《毛的遗孀正在伪造毛的遗嘱时被捕》。《泰晤士报》还为比昂尼克的报道加了这样的大字说明：

> 据北京的可靠消息，毛泽东的遗孀和30多名极左集团领导人在举行“阴谋会议”伪造毛主席遗嘱时被捕。

《泰晤士报》所刊登的比昂尼克的长达2000字的发自北京的报道，详细叙述了“毛的遗孀”被捕的经过。这报道理所当然引起“轰动效应”，比昂尼克也一下子出了大风头。

然而，比昂尼克那纯属编造的“新闻”，只不过是一堆耸人听闻的“谎言的泡沫”而已。在历史的长河中，这些泡沫稍纵即逝。

其实，像比昂尼克那样的纯属编造的报道，有过许许多多。就连美国号称研究中国问题的专家罗斯·特里尔，在其1984年于纽约出版的*A BIOGRAPHY OF MADAME MAO ZEDONG*（直译应为《毛泽东夫人传》，中译本译为《江青正传》）一书中，也想当然地编造了拘捕江青的经过。虽说那时离“毛的遗孀被捕”已经整整8个年头，但是中国当局仍对那一事件保持沉默。

特里尔这样“透露”道：

> 一小时后，一队摩托车和一辆军用吉普静悄悄地驶过北京动物园附近空旷的街道，来到一圈灰墙上的一座高大的铁制大门前——这是官园。8341部队第37支队中挑选出来的一位校级军官和两位尉级军官跳出了吉普车，他们有行动指令。他们轻手轻脚地走进漆黑一片的官园，在经过认真研究地形图后，精确地知道哪个房间是他们突袭的目标。
>
> 他们足登轻便橡胶底鞋，像猫一样轻巧，摸到了大卧室的电灯开关，啪的一声打开了灯，一拥而入，冲进了硕大的卧室，自动步枪对准了卧榻。
>
> 江青像只老虎一样从被单中跳起，吃惊地睁大双眼，睡袍四下飘起。“不许动！”士兵们齐声大吼。刹那间，死一样的沉寂，似乎听到了阵阵回声。然后，江青瘫倒在地板上，大声悲号起来。压倒她那阵阵呜咽，校级军官粗声粗气地说：“你被捕了！”江青转过泪水模糊的脸喊道：“主席尸骨未寒，你们就胆敢搞政变！”[1]

其实，江青根本不是在北京官园被捕的，拘捕时也根本没有出动“摩托车”、“军用吉普”，更没有动用“自动步枪”。江青既没有“像只老虎一样从被单中跳起”，也没有“泪水模糊”。

在这方面，中国作家的“想象力”也绝不亚于美国作家。

中国作家所国心著《1967年的78天——“二月逆流”纪实》一书，是在“中国的十月革命”之后整整10年——1986年——出版的。[2]在书的“开篇”中，作者这样惊心动魄地描述了“中国的十月革命”：

---

[1] 罗斯·特里尔：《江青正传》，313~314页，世界知识出版社1988年12月版。

[2] 所国心：《1967年的78天——“二月逆流”纪实》，湖南文艺出版社1986年版。

7日凌晨2时左右，天空一片漆黑，有十几辆军车驶出营区大门。赵营长荷枪坐在指挥车上，戴着耳机，无线电天线在挡风玻璃前摇曳。车队行驶十分钟后，已接近中南海……

车队驶近中南海北门，赵营长从枪套里抽出了沉甸甸的五九式手枪，暗暗想道，今天哪个龟儿子敢不老实，我就……他大拇指一推，下意识地打开了手枪保险。

“各分队注意！”他亮开嗓子发出命令。部队分成三个小分队，迅速奔向三个不同的目标——江青、张春桥住宅和怀仁堂。

各个小分队对不同的目标采取了同样的战术。1/3的兵力把守建筑物四周的路口，1/3的兵力包围建筑物，其余1/3的兵力执行逮捕。

这里不仅时间不对——不是1976年10月7日凌晨2时——而且根本没有出动“十几辆军车”。

所国心这样“真切”记述在中南海张春桥住宅里拘捕张春桥的场面：

张春桥还没有睡觉，在一盏宫廷式台灯下记日记。听到走廊上急促的脚步声，他仿佛已知道发生了什么，一把推开了圈椅，站起身来，板起面孔对着走进屋里的警卫战士们。

他眼睛燃烧着仇恨的光焰，紧紧抿着嘴一声不吭。他始终不肯交出保险柜钥匙，直到两名战士上前捉住他胳膊的时候，他还挣扎着威胁道：“你们不要太猖狂了，无产阶级革命派会跟你们算账的！”张春桥没有显出过度的惊慌，他紧锁双眉，从衣架上拿起一件灰中山装，穿在身上。他穿得很慢，似乎很从容，他摸着新衣服上滑溜溜的扣子，费了老大劲儿才将它塞进很紧的扣眼里，然而，不知不觉中他扣错了两个纽扣。他索性把纽扣全部解开，敞着怀，像个机器人似的，迈着僵直的步子，走出房门，在汽车里坐了下来。说得更确切一点，是瘫倒在座椅上。[1]

其实，张春桥并不是在中南海住所被捕的，所以，这一切“细致入微”的描写也就子虚乌有了。

所国心又如此这般描述了拘捕江青的情形：

---

[1] 所国心：《1967年的78天——“二月逆流”纪实》，湖南文艺出版社1986年版。

与此同时，人数最多的一个小分队由赵营长率领，正在执行预料中最为艰难的任务——逮捕江青。江青住宅，赵营长来过不止一次两次，都是为公事而来。他常沿着摆满花草的宽大走廊，一直走到楼上的小会议厅，一板一眼地检查这里的保卫工作。这里的整个环境从没让他看见过有什么令人不安的感到危险的东西。但是，这一次他却感到在走廊里有一种特别令人不安的气氛，连走廊也变得陌生起来了。江青的住处平时戒备森严，赵营长首先同江青的内卫周金铭取得了联系，传达了中共中央的决定。

"是！我坚决执行中央的命令！"周金铭没有显出一点迟疑。这位奉命保护江青的内卫，是个忠于职守的军人，正义和良心促使他服从了更神圣的命令。

他下令撤去住宅里外的警卫之后，带领赵营长进入前厅，转身进内室去叫江青。

不一会，江青怒气冲冲地出来了，一照面就埋怨："什么了不起的事，非要我起来不可？"

赵营长一字一句地向她宣读了中央的逮捕令。

江青听了，怔了一会儿，又换了一副面孔。她又哭又闹，倒在法国式沙发上赖着不走："这是阴谋，主席尸骨未寒，你们就对我下毒手呀……"这个30年代上海滩上的二流演员，在扮演其人生的末场戏。然而，演戏也是需要观众，需要剧场效果的。江青见对方（包括她的内卫）都冷冷地站着，无人买账，又自觉没趣了。她擦擦眼睛，站起来整整衣服，把手背到身后，昂起下巴说："告诉他们，我是和尚打伞——无法无天！"[1]

江青固然是在她的中南海住所被捕，但是前去拘捕的不是"赵营长"，江青也没有"又哭又闹"。

从法新社记者到美国作家、中国作家，都如此这般细细编织了"历史的谎言"；当然也有客观的原因，那就是"毛的遗孀"究竟怎样被捕，中国政府一直未作正式的披露，于是，才会出现这些绘声绘色的"传闻"。

---

[1] 所国心：《1967年的78天——"二月逆流"纪实》，湖南文艺出版社1986年版。

张耀祠和汪东兴说出“拘江”内幕

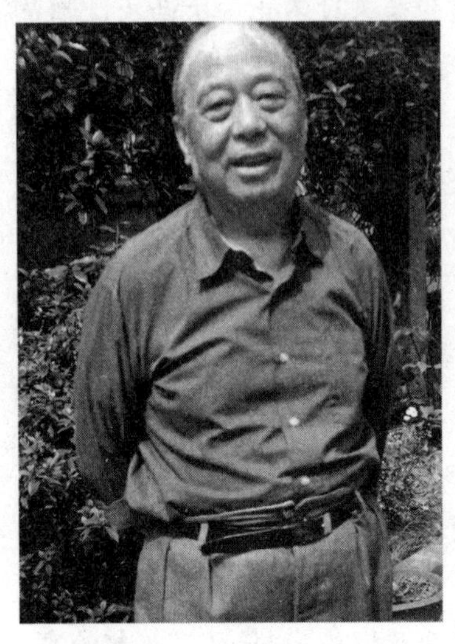
张耀祠将军（叶永烈摄）

任何机密都会随着时间的推移而逐渐解密。

虽说关于“毛的遗孀被捕”的内幕至今尚未正式公布，但是笔者以为，如今从零零散散、陆陆续续的信息中，已经能够勾画出那真实的一幕……

“毛的遗孀”江青，是由张耀祠将军在1976年10月6日晚8时半奉命前往中南海“201”拘捕的。

张耀祠将军当时担任中共中央办公厅副主任、中央警卫团团长、8341部队负责人。海外称8341部队为中国的“御林军”，因为中南海以及北京重要党政机关都是由8341部队负责保卫的。

笔者曾于1991年5月、1992年10月、1994年5月三度飞往中国西南，采访了张耀祠将军。

据张耀祠告诉笔者，他在1976年10月6日下午3时，接到汪东兴的电话，要他马上去一下。[1]

汪东兴当时担任中共中央政治局委员、中共中央办公厅主任，是张耀祠的“顶头上司”。在当时的中国政坛上，汪东兴是个不显山露水的人物。其实，他的资历颇深，早在延安时期便已在毛泽东身边工作，多年负责毛泽东的机要和安全保卫工作，中南海在他的掌握之中。

就汪东兴的政治道路而言，有三次重要的升迁：

一是1965年11月10日，那篇揭开“文革”大幕的“鸿文”——姚文元的《评新编历史剧〈海瑞罢官〉》——发表于上海《文汇报》。也就在这一天，从1949年10月中共中央办公厅建立起就担任主任的杨尚昆，被撤除了中共中央办公厅主任之职，原本是中共中央办公厅副主任的汪东兴接替了他。从此，汪东兴担任这一重要职务达13年之久，直至1978年12月由姚依林接替了他。

[1] 关于拘捕江青的情况，主要依据张耀祠将军1992年10月9日、10日接受笔者采访时的谈话。

汪东兴在1977年曾说，现在了解“文化大革命”全过程的就只有我一个，毛主席的指示手稿我都有。汪东兴此言，道出了他多年担任中共中央办公厅主任（以及后来进入中共中央政治局）而深知的中共高层内幕，尤其是“文革”内情。

二是在1969年的中共九届一中全会上，汪东兴当选为中共中央政治局候补委员。从此，汪东兴进入中共中央高层领导核心圈。

三是在1973年8月的中共十届一中全会上，汪东兴当选为中共中央政治局委员。这样，他的政治地位益发显得重要……

张耀祠来到汪东兴办公室时，中共中央办公厅警卫局副局长武健华也奉命到达。汪东兴直截了当地对他们说：“中央决定，粉碎‘四人帮’！”

然后，汪东兴向他们下达了在当天晚上拘捕江青以及毛远新的命令。

张耀祠和武健华圆满地执行了汪东兴的命令，在当天晚上拘捕了“毛的遗孀”江青以及毛泽东的侄子毛远新。

张耀祠向笔者回忆说，他是在8时半，带领着几位警卫前往毛远新住处的。那时，毛远新住在中南海怡年堂后院，跟江青住处很近。张耀祠对中南海了如指掌，执行任务熟门熟路。

当时，张耀祠穿便衣，连手枪都没有带。警卫们则穿军装，但也没有带手枪。笔者问张耀祠，执行这样重要的使命，怎么不带手枪？他笑道，四周站岗的警卫们，全是我的部下，还怕毛远新、江青闹事？抓他们易如反掌！

在毛远新那里，张耀祠遇上了小小的麻烦。

一进去，张耀祠便向毛远新宣布：根据中央的决定，对他实行“保护审查”（张耀祠特别向笔者说明，对毛远新跟“四人帮”有所区别，不是“隔离审查”），并要他当场交出手枪。毛远新一听，当即大声说道：“主席尸骨未寒，你们就……”他拒绝交出手枪。张耀祠身后的警卫们当即上去，收缴了毛远新的手枪，干脆利落地把他押走了。

在解决了毛远新之后，张耀祠便和武健华带着三位警卫前往江青住处。

在“文革”中，江青长住钓鱼台，但在中南海万字廊201号也有她的住处。毛泽东病重期间及去世后，江青不住钓鱼台，住在中南海。

江青那里，由于工作关系，张耀祠常去，有时一天要去一两趟。正因为这样，这一回他去拘捕江青，朝江青住处门口的警卫点点头，就进去了。

江青刚吃过晚饭，正在沙发上闲坐。她见张耀祠进来，朝她点了点头，仍然端坐着。

今日非比往常，张耀祠在江青面前站定，以庄重、严肃的口气，向她作如下宣布：

“江青（往日，他总称之为‘江青同志’，这一回忽地没有了‘同志’两字，江青马上投来惊诧的目光），我接华国锋总理电话指示，党中央决定将你隔离审查，到另一个地方去，马上执行！你要老实向党坦白交代你的罪行，要遵守纪律。你把文件柜的钥匙交出来！”

张耀祠告诉笔者，他当时说的，就是这么两段话。内中“你要老实向党坦白交代你的罪行，要遵守纪律”一句，是他临时加上去的，其余全是汪东兴向他布置任务时口授的原话。

江青听罢，一言不发，仍然坐在沙发上。她沉着脸，双目怒视，但并没有发生传闻中所说的“大吵大闹”，更没有“在地上打滚”。张耀祠说，那大概是后来在审判江青时，江青在法庭上大吵大闹，通过电视转播，给人们留下很深印象，由此“推理”，以为拘捕她时，她也会如此“表演”。

张耀祠说，江青当时似乎已经意识到，她会有这样的下场。正因为这样，江青对张耀祠所宣布的中央命令，并没有过分地感到意外。

江青沉默着，在沙发上坐了一会儿，这才慢慢站了起来，从腰间摘下了一串钥匙——她总是随身带着文件柜（保险柜）钥匙，并不交秘书保管。

她取了一个牛皮纸信封，用铅笔写下了“华国锋同志亲启”7个字，然后放入钥匙，再用密封签把信封两端封好，交给了张耀祠。

张耀祠吩咐江青的司机备车，把江青押上她平时乘坐的那辆专用轿车。武健华上了车，轿车仍由江青的司机驾驶。

张耀祠说，外界传闻给江青“咔嚓”一声戴上锃亮的手铐，然后用囚车押走等，纯属想象。当时，并没有给江青戴手铐，也无囚车。他说，江青的司机，也是他的部下，当然执行他的命令。

轿车驶往不远的地方——10月6日夜里，江青在中南海的一处地下室里度过。王洪文、张春桥、姚文元当夜也押在那里，只是关在不同的房间中，并没有像传闻中所言“连夜押往秦城监狱”。

所以，根据当事人张耀祠回忆，拘捕江青毫无戏剧性！

汪东兴布置另一批人马埋伏在中南海怀仁堂。当晚以在那里召开政治局常委会的名义，使前来开会的江青的同伙、中共中央副主席王洪文以及中共中央政治局常委张春桥落网。

姚文元只是中共中央政治局委员，不是中共中央政治局常委，但是据告要讨论的是出版《毛泽东选集》第五卷，需要主管宣传的姚文元列席会议。姚文元来到怀仁堂时，也被拘捕。

这样，在 1976 年 10 月 6 日晚上，在北京中南海，干脆利落地拘捕了江青、王洪文、张春桥、姚文元“四人帮”。

笔者再三问张耀祠：“汪东兴对你所说的‘中央决定’，粉碎‘四人帮’，这‘中央决定’是怎么作出来的？是谁作出来的？”

张耀祠说：“我是军人，军人的天职是服从命令。当时，我服从中央的决定，执行命令，拘捕江青。我不会也不可能向汪东兴问中央的决定是怎么作出来的。当然，我去拘捕江青，除了执行中央的命令之外，我本人在毛泽东身边工作多年，也早就看不惯江青的所作所为。所以，我执行中央的命令非常坚决。在粉碎‘四人帮’之后，我也没有向汪东兴问过‘中央的决定是怎么作出来的’。我在中央机关工作多年，向来遵守纪律，不该知道的事情从来不问。所以，我至今不知道当时中央的决定是怎么作出来的。”

依据张耀祠所说，汪东兴理所当然知道中共中央是怎样作出粉碎“四人帮”的决定的。

1984 年 6 月 15 日，汪东兴在医院里曾对中共中央党史研究室的同志这样说：

> 关于行动的情况是这样的：1976 年 10 月 6 日下午 8 时，我们在怀仁堂正厅召开政治局常委会。当时，华国锋、叶剑英同志就坐在那里，事先我已写好一个对他们进行“隔离审查”的决定，由华国锋宣布。我负责组

拘捕“四人帮”的怀仁堂

织执行。张春桥先到，宣布决定就顺利解决了。

接着来的是王洪文，他有一点挣扎，当行动组的几个卫士在走廊里把他扭住时，他一边大声喊叫“我是来开会的！你们要干什么？”一边拳打脚踢，拼命反抗。但很快就被行动小组的同志制服了，扭着双臂押到大厅里。华国锋同志把“决定”又念了一遍。还没等他念完，王洪文突然大吼一声，挣脱开警卫人员的扭缚，像头发怒的狮子伸开双手，由五六米远的地方向叶帅猛扑过去，企图卡住叶帅的脖子。因为双方距离太近，我也不能开枪。就在他离叶帅只有一两米远时，我们的警卫猛冲上去把他扑倒，死死地摁住，给他戴上手铐。随后，几个人连揪带架把他抬出门，塞进汽车拉走了。

姚文元住在家里，他那地方是由卫戍区管的。因此，我事先请吴忠同志在我办公室等着，如果他不来怀仁堂，就让吴忠带人去他家里解决。结果，姚文元也来了。我怕再发生意外，经请示华国锋和叶帅同意，没有让他进正厅，只让人把他领到东廊的大休息室，由警卫团一位副团长向他宣读了中央决定。他听完后好像很镇静，没有争辩，也没有反抗，只说了声“走吧”，就随行动小组的几名卫士出了门。

华国锋、叶剑英、汪东兴决策“拘江”

在1985年6月，汪东兴则对中共中央党史研究室的同志这样说起拘捕“毛的遗孀”及其同伙的行动方案是如何制定的：

这件事是10月4日下午决定的，晚上我找华国锋谈了，他表示同意。我们就按事先设想的行动方案办，即：以在怀仁堂正厅召集政治局常委会的名义解决（华、叶、王、张四人是常委）。当时我发了文件（通知）：一是审议毛选五卷的清样；二是研究毛主席纪念堂的方案和中南海毛主席故居的安排。姚文元不是常委，就在文件上特定写明请他来做会议的文字工作，把姚文元也从钓鱼台或住地调到怀仁堂。江青、毛远新本来就住在中南海，迟群、谢静宜等人由卫戍区负责解决。

具体工作我做得多一点，因为我情况熟悉一点，又管一些军队和办公室，方便一点，应该由我做，应该做好。在做具体工作时，我主要依靠了办公厅的三个副主任李鑫、张耀祠、武健华。如果说我做了一点工作的话，没有这三个人是不行的。当时我没有考虑自己的危险，不应该考虑这些了……

关于中共中央如何作出粉碎“四人帮”的决定，汪东兴在1984年6月15日的谈话中，只是这样笼统地说道：

粉碎“四人帮”的斗争，是以华国锋、叶剑英同志为主进行的。我只做了一点具体工作。主要是华、叶当时决心下得透，也很果断。

这就是说，作出在1976年10月6日拘捕“毛的遗孀”及其同伙决定的是三个人，即：中共中央第一副主席华国锋、中共中央政治局常委叶剑英和中共中央政治局委员汪东兴。“中央的决定”，实际上就是由他们三个人作出的。

笔者采访过叶剑英侄子、当时生活在叶剑英身边的叶选基。[1]

叶选基说，叶剑英为人刚直，敢作敢为。在与张国焘的斗争中，叶剑英便在关键时刻不顾一切挺身而出。这次，在与“四人帮”的斗争中，又一次显示了他的刚强。叶剑英又是一位“儒将”，有勇有谋，运筹帷幄。

叶选基说，华国锋、叶剑英、汪东兴这三人，在当时“三足鼎立”，缺一不可：

华国锋是中共中央第一副主席，当时的最高领导人，毛泽东指定的接班人。没有华国锋的参加，拘捕“四人帮”很难以中央的名义进行。

叶剑英德高望重，在老干部中广有影响，而且当时是中共中央军委副主席、国防部部长，手握军权。没有叶帅的参加，军队不支持，也无法成功。

又据《解放军报》报社原副社长姚远方回忆，叶剑英曾说：“这次拘捕‘四人帮’，是在特殊的时候不得不采取的特殊的手段。这将是我们党的历史上最后一次采用这样的特殊的手段。”[2]

汪东兴则掌握着中南海的控制权。在中南海拘捕“毛的遗孀”，没有汪东兴的参与是很难进行的。

正因为这样，华国锋、叶剑英、汪东兴三者缺一不可。

---

[1] 2009年5月31日采访于上海安亭宾馆。

[2] 1996年5月27日采访于北京。

也正因为这样，人们说："绿叶扶红花，洒上水汪汪。"

绿叶之"叶"，叶剑英也；红花之"花"，即"华"，华国锋也；"水汪汪"，汪东兴也。

笔者还曾与《人民日报》老记者纪希晨交谈。纪希晨曾在1982年11月24日采访过叶剑英。纪希晨后来在《十月春雷》中这样写及华国锋、汪东兴在1976年10月5日下午前往北京玉泉山与叶剑英密谈的情形：

> 叶剑英深谋远虑地说："这是一步险棋，是关系党和国家命运的决战。行动要果断，更要周密，必须万无一失。"
>
> 华国锋完全同意叶剑英的意见，他说："我们这是执行党和人民的意志，执行毛主席的遗志。对解决'四人帮'的问题，毛主席早就有交代。"
>
> 汪东兴谈了他准备好的具体行动方案，从执行人员的挑选、隔离审查的地点、时间，以及每个细节的详细安排。他神情严肃地说："这件事，要绝对保密，行动要越快越好。时间拖得越久，越危险！"
>
> 命运的决战，需要有果断的决策，这既需要智谋，更需要胆略和魄力。他们原定10号左右动手解决，后来，考虑到拖得越久越危险，越容易走漏风声，于是，三人当机立断，一致决定：明天动手！

华国锋首先提出抓捕"四人帮"

1976年10月6日那个夜晚的绝密军事行动，确实是由华国锋、叶剑英、汪东兴三人决策的。然而在三人之中，究竟是谁第一个提出抓捕"四人帮"呢？

最初，很多人以为，第一个提出抓捕"四人帮"的是叶剑英。笔者在《叶剑英传略》一书中，见到以下描述：

> （1976年）9月21日，聂荣臻从城里派杨成武转告叶剑英，"四人帮"的问题一定要设法解决，请他赶紧拿主意，早下决心。否则，"四人帮"这伙反革命要先下手，把叶帅搞掉了，把小平给暗害了，那就不得了，中国要倒退几十年。叶剑英对杨成武说，聂帅的想法跟我考虑的一样，你回去告诉他，请他放心。这时，叶剑英经过同一些老同志的接触、交谈，对于解决"四人帮"问题，心里更有了主意。他正在继续做华国锋的工作。

> 华国锋是毛泽东生前选定的接班人，是党中央第一副主席、国务院总理。叶剑英经过观察思考，觉得粉碎“四人帮”这样的大事应当取得他的支持，要争取他、团结他，不能撇开他、越过他。因此，多次试探，主动接近，耐心地同他交谈，逐渐使他明确态度，坚定信心，从而共同采取行动。
>
> 叶剑英继续约请一些老同志探讨解决“四人帮”的办法。不久，李先念来看望叶剑英。叶剑英说，我们同“四人帮”是你死我活的斗争，彻底解决他们的问题，非有严密周全的部署不可。“天下之事，虑之贵详”。后来，叶剑英为了不受“四人帮”的监视，从容不迫地转移到玉泉山。在这里，叶剑英等同志，再次审慎研究了解决“四人帮”、挽救党和国家于危亡的重大决策和具体部署。[1]

按照《叶剑英传略》的说法，是叶剑英“多次试探（华国锋），主动接近，耐心地同他交谈，逐渐使他明确态度，坚定信心，从而共同采取行动”。

叶剑英固然在粉碎“四人帮”这一扭转乾坤的历史事件中有着巨大贡献，但是首先提出抓捕“四人帮”的是华国锋。

在毛泽东病重期间，华国锋已经对“四人帮”的胡作非为忍无可忍。毛泽东是在1976年9月9日凌晨去世的，华国锋在9月11日就开始部署对“四人帮”采取行动。他的第一步，就是密访李先念，托李先念带口信给叶剑英……

华国锋是粉碎“四人帮”的主角，笔者很想听听华国锋谈粉碎“四人帮”的经过。从1991年5月笔者采访了张耀祠将军之后，便与华国锋的曹秘书、于秘书多次联系，希望能够采访华国锋，请他回忆粉碎“四人帮”的经过。直至2006年5月12日，笔者在北京还与华国锋的曹秘书通了电话。秘书告知，由于众所周知的原因，华国锋一直没有公开谈论这一问题。

在2004年第7期《炎黄春秋》杂志上，我读到张根生的文章，其中有一段文字涉及这一内容。

张根生是吉林省原省长、国务院农村发展研究中心原副主任，与华国锋有着多年的交往。据张根生回忆，1963年10月，任湖南省委书记处书记的华国锋和李瑞山，带领省有关部门负责人和各地委书记等33人到广东省参观水利建设和农业生产。广东省委派当时任省委候补书记的他以及佛山地委副书记杨德元陪同参观，共有八九天的时间，在相互学习、相互交流中，大家就熟悉了。

---

[1] 军事科学院《叶剑英传略》编写组：《叶剑英传略》，289~290页，军事科学院出版社1987年版。

1977年秋，张根生调到国家计委、农林部工作，此间华国锋先后担任了国务院副总理、总理等职务，因此张根生与华国锋接触比较多。

1982年5月，张根生因患胸壁结核到北京医院住院开刀治疗，华国锋因患高血压、糖尿病也在北京医院住院，因此在早晚散步时较多见面。他俩也曾进行过一些交谈。

近几年华国锋到广东一次，张根生也去了北京两三次，见面比较多。

1999年3月9日上午，张根生问及当年粉碎“四人帮”的过程，由于是老朋友，华国锋详细向张根生介绍了当时的经过情况。

以下是张根生记述的华国锋的回忆，虽说缺乏细节，显得粗略，但毕竟是华国锋亲自谈粉碎“四人帮”的经过：

> 1976年是我们党和国家最困难的一年，“四人帮”在这一年里疯狂地进行篡党夺权的阴谋活动。
>
> 9月9日，毛主席逝世，“四人帮”认为时机到了，因此变本加厉。张春桥的弟弟（总政副宣传部部长）亲自下到某坦克师活动，上海市再次给民兵发放了大批枪支弹药。
>
> 9月10日（引者注：应为11日）下午，我首先找李先念来家中密谈，指出“四人帮”阴谋篡党夺权的野心已急不可待，特请李先念亲赴西山找叶帅交流看法、沟通思想。我和叶帅比较熟悉，他是我们党德高望重的老帅，在部队有极重要影响，所以我对他非常信任。为提防“四人帮”察觉，李先念于13日借去北京植物园的名义，然后突然转向前往西山。当时叶、李两人由于有一段时间没交谈了，互不摸底，相见时先是寒暄问好，又到院中走走，经过一段交谈之后，才转入正题。
>
> 为了稳妥执行这一事关党和国家命运的重大决策，我还亲自和叶帅直接取得联系，交换看法，做准备工作。我们两人一致认为要采取非常手段解决，并找了汪东兴谈话，思想也完全一致。
>
> 当一切准备就绪后，10月6日晚，我和叶帅在怀仁堂亲自坐镇指挥，由汪东兴具体实施行动。

除了张根生记述了华国锋本人的谈话之外，1980年11月29日李先念在政治局会议上曾谈过抓捕“四人帮”的经过：

1976年9月11日华国锋去他家，对他说：我们同“四人帮”的斗争是不可避免的，现在到解决的时候了。李问华下了决心没有，华答：“下了，现在不能再等待了。问题是什么时候解决好，采用什么方式好，请你考虑。如果你同意，请你代表我去见叶帅，征求他的意见，采取什么方式、什么时间解决‘四人帮’的问题。”9月14日（这里对具体时间的叙述，与上下文的“13日”有出入——编注），李去北京西山，向叶剑英转告了华的意见。[1]

吴德则在自述里说：

9月11日，华国锋借口身体不好，要到医院去检查。“四人帮”当时对华国锋的行动是很注意的，是紧紧盯住的。华国锋离开治丧的地方给李先念同志打了电话，说：“我到你那里，只谈五分钟。”李先念说：“你来吧，谈多长时间都可以。”

华国锋到李先念家，他一进门就很紧张地说：“我可能已被跟踪，不能多停留，说几句话就走。现在‘四人帮’问题已到了不解决不行的时候了。如果不抓紧解决，就要亡党、亡国、亡头。请你速找叶帅商量此事。”华国锋说完后即匆匆离去。

李先念受华国锋委托后亲自给叶帅打电话说要去看他，叶剑英在电话中问：“公事、私事？”

李先念说：“公私都有，无事不登三宝殿。”

叶剑英说：“那你就来吧。”

9月13日，李先念到叶帅处转达华的委托。为了避免被“四人帮”发现，李先念同志也采取了跟华国锋相似的办法，他先到香山植物园游览，发现没有异常情况后才去见叶帅。

华国锋同志告诉我，当时叶剑英同志非常谨慎，他没有与李先念同志商量如何解决“四人帮”的问题。[2]

---

[1]《李先念传》编写组：《李先念传》（下），899~901页，中央文献出版社2009年版。转引自韩钢《关于华国锋的若干史实》，2011年第2期《炎黄春秋》。

[2] 吴德口述，朱元石等访问、整理：《十年风雨纪事——我在北京工作的一些经历》，235~236页，当代中国出版社2004年1月版。

在3位当事人的回忆中，都是华国锋在1976年9月11日到李先念家，请李先念把解决“四人帮”的问题转告叶剑英。

《中共党史研究》2002年1期刊登了程振声的文章《李先念与粉碎“四人帮”》，也谈及华国锋主动找李先念的情况：1976年9月11日，华国锋以到医院检查身体为由，突然来西皇城根9号李先念临时住处。华向李表示：解决“四人帮”的时候到了。李问：“你下决心了吗？”华答：“下了，现在不能再等待了。问题是什么时候解决好，采用什么方式好，请你考虑。如果你同意，请你代表我去见叶帅，征求他的意见，采取什么方式、什么时间解决‘四人帮’的问题。”李先念以惊喜的心情接受了华国锋交办的任务。两人谈话不到10分钟。

另一个重要的当事人叶剑英虽然没有留下口述史料（或者说迄今尚未披露），但是熊向晖之女熊蕾在《1976年，华国锋和叶剑英怎样联手的》一文中写及：

> （1976年）10月11日，选基打电话让老爹去王震家里。在那里，他和刘诗昆讲了逮捕“四人帮”的经过。
>
> 选基说，主席去世后的一天，李先念突然来访问叶帅。从周总理去世后，叶帅一直期待着李先念的造访。老爹每次去叶帅那里，叶帅都提到，李先念还没有来，同时，也对李的处境表示理解。
>
> 终于见到李先念来访，叶帅问，是哪阵风把你吹来啦？
>
> 李先念说，是东风。
>
> 叶帅问，哪股东风啊？
>
> 李答，华总理。
>
> 叶帅说，我就知道，你这个人哪，无事不登三宝殿啊！没有人叫你来，你不会来的。让你来，什么事呀？
>
> 李说，是国家大事。他说，毛主席去世以后，他多次问华国锋，是不是开中央全会。开始华不表态，后来说，有他们四个人在开不了，就是开也开不好。李问，那怎么办？华国锋开始没有讲，后来就说，有人提议把他们四个人隔离起来。李说，这是好主意啊！华国锋说，这事太大，要请示叶帅。华要李先念亲自去请示叶帅。
>
> 叶帅听了，想了一想，说，只能如此，事不宜迟，要绝对保密。

选基说，这之后，叶帅与华国锋秘密商量，同时也有汪东兴参加，预先布置。首先是军队。陈锡联赞成这个行动。叶帅又亲自找军委三总部和各兵种可靠的负责人，如杨成武，分别交底。部队完全没有问题。公安部和警卫中南海的8341部队由汪东兴掌握，也没有问题。情报部门更没有问题。对“四人帮”掌控的广播电台、报纸，则准备了妥当的人接管。10月6日，一切就绪，采取行动。[1]

也就在华国锋找李先念商议的那一天，华国锋还直接找了汪东兴。据吴德在《十年风雨纪事——我在北京工作的一些经历》一书中回忆：

华国锋同志还对我说过，他还在（1976年9月）11日找了汪东兴同志商量此事，汪东兴表示坚决支持华国锋解决“四人帮”问题的意见。[2]

从以上重要的史料可以看出，在1976年9月11日，华国锋一方面托李先念联络叶剑英，一方面找汪东兴商议，从此形成“华国锋—叶剑英—汪东兴”这“铁三角”。

中共中央党史研究室在《为党和人民事业奋斗的一生——纪念华国锋同志诞辰90周年》一文中，给予高度评价：

（1976年）10月6日，华国锋和叶剑英等同志代表中央政治局，执行党和人民意志，采取断然措施，对王洪文、张春桥、江青、姚文元等人实行隔离审查，一举粉碎“四人帮”，挽救了党，挽救了中国社会主义事业，推动党和国家事业发展翻开了新的一页。华国锋同志在粉碎“四人帮”这场关系党和国家命运的斗争中起了决定性作用，党和人民永远不会忘记他作出的重要贡献。[3]

---

[1] 熊蕾：《1976年，华国锋和叶剑英怎样联手的》，《炎黄春秋》2008年第10期。

[2] 吴德口述，朱元石等访问、整理：《十年风雨纪事——我在北京工作的一些经历》，236页，当代中国出版社2004年1月版。

[3] 中共中央党史研究室：《为党和人民事业奋斗的一生——纪念华国锋同志诞辰90周年》，2011年2月19日《人民日报》。

陈云、邓颖超、王震积极支持

笔者在写作陈云长篇传记时，注意到陈云在1992年7月21日所写的《悼念李先念同志》一文中，提及李先念在粉碎“四人帮”的斗争中，也起了重要作用：

在粉碎“四人帮”这场关系我们党和国家命运的斗争中，先念同志同叶帅一样起了重要作用。由于叶帅和先念同志在老干部中间很有威望，小平同志暗示他们找老干部谈话。

我到叶帅那里，见到邓大姐谈完话出来。叶帅首先给我看了毛主席的一次谈话记录，其中有讲到党内有帮派的字样，然后问我怎么办？我说这场斗争不可避免。在叶帅和先念同志推动下，当时的中央下了决心，一举粉碎了“四人帮”，使我们的国家进入了新的历史发展时期。[1]

陈云的文章表明，除了李先念之外，邓小平、邓颖超和陈云本人，也都参与了粉碎“四人帮”的斗争。

1998年8月6日晚，中央电视台播出文献纪录片《共和国元帅——叶剑英》第六集，内中有陈云之子陈元的回忆，谈及叶剑英和陈云见面的情形：

我父亲多年从事地下工作，他是一个很仔细的人。他出门的时候，把保险柜的钥匙，还有一些重要的文件，交给了我。还有他万一回不来，一些需要说的事情，他也都向我交代了。

他到叶帅那里去，正好碰上邓颖超同志从那里出来。他非常高兴地跟她打招呼。他说，老同志们多年不见，现在的情况，大家都很关心。

他跟叶帅谈话的内容，据他对我讲，叶帅给他看了毛主席关于“四人帮”的一些讲话的内容，然后叶帅跟他讨论了如何处置“四人帮”的问题，是采用党内斗争的方式，还是采用特别的非常手段的方式？

当时，我的父亲和叶帅深入地交换了意见。他明确地表示，对“四人帮”的斗争，是一场关系到党和国家命运的大事。

---

[1]《人民日报》1992年7月23日。收入《陈云文选》第三卷。

回家之后，他显得很兴奋。

此外，王震也直接参与了“联络”工作，奔走于叶剑英、邓小平、陈云之间。

在本书初版中曾经写及，当时，因“批邓、反击右倾翻案风”而软禁在北京宽街邓宅的邓小平，曾经在王震的“联络”之下，秘密会晤了叶剑英，商谈关于解决“四人帮”的问题：

据王震回忆，一天吃过早饭，他去看望邓小平。邓小平正在院内散步。主人喜出望外，亲自迎接到门口。他照例恭恭敬敬地鞠上一躬，问候邓小平同志身体健康状况和生活起居。主人关切地问了问“外边”的情况之后，打听起叶剑英来。

“叶帅那里，你最近去过吗？”

“常去。”

邓小平稍微思索一下，接着提出了一连串的问题：

“叶帅现在常住在什么地方？”

“他每天的起居活动是怎样安排的？”

“身体怎么样？”

“什么时间精神最好？”

……

王震一一作答，告诉邓小平，主席逝世前后这一段，叶帅从西山下来，来往于小翔凤和二号楼之间。

邓小平点了点头，没有再说什么。王震事后知道，第二天邓小平连电话也没有打，竟单独去看望了叶剑英。他冒着极大风险，悄悄来到叶帅住地。

两位老革命家坐在元帅的书房里，悄悄地交谈着。邓小平嘱咐叶剑英，一定要多找老同志谈话，听听群众呼声。

他们对斗争形势的发展和如何解决“四人帮”问题，交换了看法。邓小平对叶剑英必能“收拾残局”，抱以极大的期望。[1]

---

[1] 范硕、高屹：《肝胆相照，共解国难——叶剑英和邓小平在党和国家危难时刻》，《党的文献》1995 年第 1 期。

但是，邓小平的女儿邓榕否认了在粉碎“四人帮”之前、在邓小平被软禁期间，曾经秘密会晤叶剑英。邓榕引述了有关的书报上的描写：

> 关于邓小平1976年在被软禁时“失踪”去见叶剑英这一传说的由来，《邓小平在1976》中虽未说明，但该书提到，由范硕撰写的《叶剑英在1976》中写到过：“这一天，邓小平选择了一个最佳时间，以‘上街看看’为名，冒着极大风险，悄悄来到小翔凤叶帅的住所……对斗争形势的发展和如何解决‘四人帮’问题交换了看法。”《邓小平在1976》一书中还提到：“据多年跟随叶剑英的一位秘书在撰写的一篇回忆文章中说：‘那天，邓小平离开小翔凤时，手中握着一张9月16日刊有两报一刊社论的《人民日报》。’”[1]

邓榕指出：

> 那时小平同志正被软禁，完全没有行动自由，根本不可能偷偷出来去会晤叶剑英。邓小平与叶剑英的会晤，是在粉碎“四人帮”以后，1977年春节前后。[2]

在《邓小平文选》中，邓小平在1980年8月，则是这样回答了意大利女记者奥琳埃娜·法拉奇的提问：

> 奥：很显然，只有在毛主席逝世以后才能逮捕“四人帮”。到底是谁组织的，是谁提出把“四人帮”抓起来的？
>
> 邓：这是集体的力量。我认为首先有四五运动的群众基础。“四人帮”这个词是毛主席在逝世前一两年提出来的。1974年、1975年，我们同“四人帮”进行了两年的斗争。“四人帮”的面貌，人们已看得很清楚。尽管毛主席指定了接班人，但“四人帮”是不服的。毛主席去世以后，“四人帮”利用这个时机拼命抢权，形势逼人。“四人帮”那时很厉害，要打倒新的领导。在这样的情况下，政治局大多数同志一致的意见是要对付“四

---

[1]《邓榕同志致本报编辑部的一封信》，1997年6月20日《作家文摘》。

[2] 同上。

人帮”。要干这件事，一个人、两个人的力量是办不到的。[1]

吴德说出了内幕

吴德是参与粉碎“四人帮”的重要当事人。2004年1月，当代中国出版社出版吴德口述的《十年风雨纪事》一书，透露了粉碎“四人帮”的诸多内情。

吴德回忆说，在为毛泽东治丧期间，我记得大约是9月十几号，华国锋、李先念、陈锡联、纪登奎和我，在国务院后边的会议室里议论过解决“四人帮”的问题。当时，华国锋对我们说：“毛主席提出的‘四人帮’的问题，怎么解决？”我记得纪登奎说，对这些人恐怕还是要区别对待。我们当时都没有说什么，没有再往下深谈。我想当时华国锋是在了解我们的态度，准备做粉碎“四人帮”的工作。后来，华国锋告诉我，他当时已经下了解决“四人帮”问题的决心了。

吴德说，9月26日或27日的晚上，华国锋约李先念和我谈话，交换对解决“四人帮”问题的意见。我表态支持华国锋的意见和所下的决心，并说解决的办法无非两种，一是抓起来，二是召开中央政治局会议用投票的办法解除他们担任的职务。我偏重主张用开会的办法来解决，说我们会有多数同志的支持，反正他们最多只有四张半的票。在政治局投票，我们是绝对多数，过去他们假借毛主席的名义压我们，现在他们没有这个条件了。李先念插话说，你知道赫鲁晓夫是怎么上台的吗？我说，当然知道……（指赫鲁晓夫如何利用中央全会的多数，而推翻了马林科夫、莫洛托夫等大多数苏共中央主席团委员将其部长会议主席撤职的决定，反而将马林科夫等打成了反党集团之事）。随后，我们分析了当时党中央委员会成员的情况。我们认识到：在政治局开会投票解决“四人帮”的问题，我们有把握；但在中央委员会投票解决“四人帮”，我们没有把握。“十大”选举中央委员时，“四人帮”利用他们手中的权力，把许多属于他们帮派的人和造反派头头塞进了中央委员会，如果召开中央委员会，在会上投票解决“四人帮”的问题是要冒风险的，采取隔离审查的办法才是上策。我们一直讨论到早晨5点，认识一致了。

吴德的回忆，澄清了一个重要问题。他回忆，有人说，抓“四人帮”是叶

[1]《邓小平文选》第二卷，349~350页，人民出版社1994年版。

吴德时任中共中央政治局委员、中共北京市委书记

剑英给中央警卫团和北京卫戍区直接下达的命令。这是没有的。“我是卫戍区的第一政委，我不知道嘛。”

吴德说，10月2日，我还分别向倪志福、丁国钰（当时均为北京市委书记）打了招呼，明确告诉他们，中央要解决“四人帮”的问题，对他们隔离审查。后来华国锋告诉我，他曾四次与陈锡联谈过解决“四人帮”的问题，陈支持解决“四人帮”问题。

吴德说，我到陈锡联那里时，他正与杨成武谈事。杨走后，我向他说明了华国锋让我找他的经过（要陈锡联安排卫戍区部队交吴德指挥的问题），陈说他已知道，随即就打电话向吴忠（北京卫戍区司令）交代：卫戍区部队一切听从吴德指挥。

离那个历史性的时刻越来越近。吴德说，10月4日下午，我又被华国锋找到他的住处。我们再一次全面检查、研究了准备工作是否就绪，解决问题的环节是否完善的问题。下午5点多，我回家了。可是刚刚到家，华国锋又来了电话，要我马上到他那里。我急忙赶过去，汪东兴也在华国锋家里。

吴德说，他们商定：

一、按华国锋、叶剑英、汪东兴已议定的方案，抓“四人帮”由汪东兴负责；

二、对迟群、谢静宜、金祖敏等人的隔离审查，由我与卫戍区吴忠负责；

三、中南海内如出现了意料不到的问题，由我组织卫戍区部队支援；

四、由北京卫戍区负责对人民日报社、新华社、广播电台、中央机关与清华、北大的戒备。

在10月6日那天，吴德与中共北京市委第二书记倪志福、常务书记丁国钰、卫戍区司令吴忠一起守在电话机旁。

不到9点钟，汪东兴来电话说一切顺利。“四人帮”这个恶贯满盈的反革命集团，就这样顺利地被一举粉碎了。

吴德说，当晚10点多，中央政治局在玉泉山叶剑英的住地召开了紧急会议，一是选举华国锋为党中央主席；二是讨论通过中央16号文件，即向全党全军全国通报中央对“四人帮”采取隔离审查与推选了华国锋为中央主席的决定。

毛泽东去世结束了“毛泽东时代”

“毛的遗孀”被捕，改变了中国的历史进程。

然而，江青只有从“第一夫人”变为“毛的遗孀”，才可能沦为阶下囚。

用叶剑英的话来说，毛泽东健在时，“投鼠忌器”，不能拘捕江青。即便在毛泽东病重时，也不能这样做。因为江青毕竟是毛泽东夫人——江青平日趾高气扬，不可一世，就因为她是毛泽东夫人。

所谓“投鼠忌器”，取义于汉朝贾谊《治安策》：“里谚曰：‘欲投鼠而忌器。’此善喻也。鼠近于器，尚惮不投，恐伤其器。”意即，用东西掷老鼠，又怕打坏旁边器物。

所以，只要毛泽东健在，就很难抓江青这只“老鼠”。

所以，中国能够在1976年爆发“十月革命”，其前因是毛泽东在1976年9月9日去世。

中国人崇拜龙，向来认为龙年是“吉利的年头”。中国人在龙年的出生率比平常年份高，因为中国人认为在龙年出生、属龙的人会是幸运的人。

1976年是龙年。可是，对于中国来说，1976年却是天灾与人祸交错频降的一年：

1月8日，78岁的周恩来因患膀胱癌病逝；

3月8日，吉林地区降了一次世所罕见的陨石雨；

4月清明节，爆发“天安门事件”，广大群众遭到镇压；

5月29日，云南西部地震；

7月6日，90岁的朱德因病去世；

7月28日，河北唐山大地震；

8月16日，四川松潘、平武大地震；

9月9日，83岁的毛泽东因病去世。

据吴德回忆：

> 9月8日深夜，毛主席处于弥留状态时，政治局委员分组去向他告别。

1976年9月9日，毛泽东逝世，最终引发中国政坛大地震

我和叶帅、先念同志是一组，毛主席当时还有意识，我们报上自己的姓名时他还知道。我记得当时毛主席的手还在动，好像要找眼镜或什么东西。向毛主席告别后，我们刚退身到门口，毛主席又让叶帅回去一下，我和先念同志也没有再往外走，就站在门口了。我看见叶帅到毛主席身边和毛主席握手，毛主席好像要说什么话，但已经说不出来，叶帅停了一会儿就出来了。这个夜晚，我们谁也没有离开。我们在极大的悲痛中意识到毛主席永远地离开了我们。[1]

毛泽东在弥留之际要对叶剑英说什么，已经成为历史之谜。后来，叶剑英曾经谈到这一问题，这将在后文叙及。

毛泽东之逝，成为中国政治舞台上的一次最强烈的大地震。

世界各国的领袖们，纷纷高度评价毛泽东。

美国总统福特发来唁电说："在任何时代，成为历史伟人的人是很少的。毛主席是其中的一位。"

美国前总统尼克松发表声明说："毛泽东是一代伟大的革命领导人中的一位出类拔萃的人。他不仅是一个完全献身的、注重实际的共产党人，而且他也

[1] 吴德口述，朱元石等访问、整理：《十年风雨纪事——我在北京工作的一些经历》，228~229页，当代中国出版社2004年1月版。

是一位对中国人民的历史造诣很深的富有想象的诗人。”

菲律宾总统马科斯发表声明道：“毛泽东主席是一位人类的领袖、历史的推动者。他是名垂史册的人物。”

法国总理雷蒙·巴尔说：“毛泽东主席将作为本世纪最伟大的人物之一而载入史册。”

英国首相卡拉汉这样评价毛泽东：“他的影响远远超出了中国的疆界，无疑他将作为世界闻名的伟大政治家而被人们所缅怀。”

巴基斯坦总理阿里·布托发表声明称：“毫无疑问，毛泽东主席是巨人中的巨人。”

巴基斯坦总统乔德里称毛泽东是“中国革命之父”。

……

毛泽东之逝，结束了一个时代，即“毛泽东时代”。

自从1935年1月的遵义会议起，毛泽东确立了他在中国共产党内的领袖地位。

毛泽东这一领袖地位，一直保持至1976年9月9日去世。也就是说，他在漫长的41年间，一直是中国共产党的最高领袖（虽说最初8年名义上是张闻天担任中共中央“总负责”，而实际上的“总负责”仍是毛泽东）。

在漫长的41个年头中，毛泽东形成、充实并发展了他的理论体系。这个理论体系被誉为“马列主义与中国革命实践相结合的产物”，“中国的马列主义”。在1942年7月1日，由《晋察冀日报》社长兼总编邓拓亲自撰写的社论《纪念七一，全党学习掌握毛泽东主义》中，把这一理论体系称为“毛泽东主义”。由于毛泽东认为“毛泽东主义”有与“马克思主义”、“列宁主义”并列之嫌，未加同意。一年之后，即1943年7月1日来临之际，王稼祥提出了“毛泽东思想”这一概念，得到毛泽东的认可。

在遵义会议10年之后，即1945年，在中共七大通过的党章上，确认“中国共产党以马克思列宁主义的理论与中国革命实践之统一的思想——毛泽东思想——作为自己一切工作的指针”。从此，毛泽东思想一直作为中国共产党的指导思想。

41年的中共最高领袖地位，加上毛泽东思想作为中共的指导思想，毛泽东深刻地影响了中共。随着中共成为中华人民共和国的执政党，毛泽东又深刻地影响着中国的命运。

这样，毛泽东成为中国的政治巨人。于是，产生了一个时代，即“毛泽东

毛泽东追悼大会在北京天安门广场隆重举行，百万人出席

时代”。

毛泽东时代的上限，是一个模糊数字，迄今没有一个明确的说法；毛泽东时代的下限却是非常清晰的，即 1976 年 9 月 9 日。

毛泽东离世，也就使江青从“第一夫人”变为“毛泽东遗孀”。虽说在毛泽东晚年，江青和毛泽东早已分居，夫妻关系名存实亡，江青连见一下毛泽东，都不那么容易，然而，即便如此，“毛泽东夫人”却是江青手中的“王牌”。江青在公开场合处处高喊：“我代表毛主席看你们来了！”“我代表毛主席问大家好！”江青正是依仗着毛泽东的崇高威望，以“第一夫人”的地位，在中国政治舞台上发号施令。

自从江青变为“毛泽东遗孀”，叶剑英也就不再“投鼠忌器”了。正因为这样，在毛泽东去世后的第 27 天，就爆发了震惊世界的“中国的十月革命”。

所以，1976 年 10 月 6 日是中国当代史上的里程碑，1976 年 9 月 9 日也是中国当代史上的里程碑。

1976 年 9 月 9 日，为“毛泽东时代”画上了句号。

1976 年 10 月 6 日，为“无产阶级文化大革命”画上了句号。

这是中国在 1976 年的两记重锤响鼓。

这是中国在历史大转折之前的两次急转弯。

在笔者采访胡耀邦长子胡德平时，他回忆胡耀邦在刚刚得知粉碎“四人帮”的消息时，在家中对他说的一段颇为意味深长的话：

现在，华国锋在“四人帮”筑起的堤坝上，用锄头挖开了一个缺口。但是，要彻底冲垮这个堤坝，还要靠历史的洪流。人民，才是历史的洪流。[1]

后来的历史证明了胡耀邦的预言。

确实，“四人帮”虽然在一夜之间被抓起来了，但是要把“四人帮”所筑起的“左”的思想堤坝整个冲垮，要靠人民的洪流、历史的洪流。

[1] 1996年5月29日采访于北京。

第二章　中共中央“群龙有首”

◎ 粉碎“四人帮”的当天夜里，中共中央政治局委员们在北京玉泉山夤夜开会，一致推举华国锋为中共中央主席，使中共中央“群龙有首”。尽管中共中央对粉碎“四人帮”严格保密，但是中央两报一刊的社论却“泄露”了这一重大机密……

中共中央政治局委员们夤夜上玉泉山

1976年10月6日晚上，华国锋、叶剑英和汪东兴在中南海完成那惊天动地的壮举之后，他们首先想到的是召开中共中央政治局会议。

本来，召开中共中央政治局会议最合适的地点是中南海。但是，在中南海刚刚进行了那么一场生死大搏斗，硝烟未散，何况在中南海还有许多“四人帮”的爪牙尚未捕净，所以在中南海召开中共中央政治局会议显然是不合适的。

叶剑英建议在他的住处——北京玉泉山9号楼——召开中共中央政治局会议，马上得到华国锋和汪东兴的赞同。

紧急关头的紧急会议在叶剑英住处召开，这也充分显示了叶剑英在当时举足轻重的地位。

玉泉山坐落在北京西郊。在1971年9月13日林彪“折戟沉沙”之后，毛泽东委托叶剑英主持中央军委工作。叶剑英深知北京城里麻烦多多，毛泽东便把北京市郊的玉泉山9号楼拨给叶剑英。

其实，叶剑英在北京有三个住处：他在城里住在中南海后海南沿的小翔凤5号。在中国的命运急转弯的年月，叶剑英住在北京西山15号楼。此外，又有玉泉山的9号楼。

“四人帮”很快就发觉叶剑英在西山的动向可疑，在毛泽东去世后，王洪文使出球场上的“盯人”战术，也搬到西山来。王洪文住在离叶剑英的15号楼不过几十公尺的25号楼。25号楼的地势比15号楼高，所以对15号楼的动向可以进行监视。

可是，就在决定中国命运的关键时刻，叶剑英突然从北京西山消失，搬进玉泉山9号楼，甩掉了盯梢的王洪文……

叶剑英和华国锋在拘捕“四人帮”之后，乘着红旗牌大轿车直奔玉泉山。

汪东兴留在中南海，忙着给在北京的中共中央政治局委员一一打电话，要他们务必在夜11时之前赶到玉泉山9号楼，出席中共中央政治局会议。

突然在半夜召开中共中央政治局会议，而且地点又是那么远，中共中央政治局委员们无不感到惊讶。但是，谁都熟悉中共中央办公厅主任汪东兴的声音，所以，由汪东兴出面通知召开中共中央政治局会议，是最恰当不过的了。

中共中央政治局委员纷纷夤夜上玉泉山。除了华国锋、叶剑英、汪东兴之外，谁都不知道发生了什么紧急情况。

中共中央政治局委员汪东兴、李先念、陈锡联、苏振华、纪登奎、吴德、倪志福、陈永贵等，陆续到达玉泉山 9 号楼，在大厅等候。

这时，叶剑英正在与华国锋谈话。

2002 年，当年担任中共中央保密局局长的周启才回忆说：

> 1976 年 10 月 6 日，党中央所在地中南海的夜晚静悄悄。这是一个震惊中外、永载史册的夜晚。中央办公厅秘书局办公楼和往常一样，许多办公室灯光明亮，工作人员各司其职，仍在忙碌地工作着。
>
> 晚 9 时 15 分左右，汪东兴亲自用保密机打电话到我办公室，对我说："那'四个人'（即"四人帮"）的事，今晚已经解决了，进行得很顺利。中央决定，今晚 10 时在玉泉山 9 号楼叶帅住地召开中央政治局紧急会议。现在国锋同志和叶帅已离开怀仁堂，一同去了玉泉山。我正在通知在京的政治局成员去那里开会，你马上去玉泉山 9 号楼安排布置好会场，做好各项会务工作。"汪问我："听清楚了吗？"我说："听清楚了，我立即去办。"汪说："好，时间很紧了，你赶快去办吧！"
>
> 我快步下楼，急速上车，以最快的速度奔赴玉泉山。
>
> 我到达玉泉山 9 号楼叶帅住地，是晚上 9 时 40 分左右。叶帅的警卫、秘书见我来了，引我进入叶帅卧室。
>
> 这时，华国锋和叶帅并排坐在叶帅卧室床沿上，正在商议事情。见我来了，华国锋说："老周，情况你知道了吧？"我说："知道一些，东兴同志让我来向您和叶帅报到，听候指示。"华国锋说："中央政治局紧急会议就在叶帅会客厅召开，你去安排布置一下。"我说："好。"我走出卧室，华国锋和叶帅继续交谈。
>
> 晚 10 时整，我向汪东兴报告，出席会议的政治局成员已全部到齐。
>
> 出席这次中央政治局紧急会议的有华国锋、叶剑英、李先念、汪东兴、吴德、陈锡联、纪登奎、陈永贵、苏振华、倪志福、吴桂贤，共 11 人。李鑫和我列席了会议。

开始，华国锋请叶剑英主持会议并讲话。叶帅说："这次会议应该由你主持，你是毛主席提议、中央政治局讨论批准的党中央第一副主席，一直主持中央的日常工作，责无旁贷，你就主持开会吧！"[1]

夜11时，叶剑英拉着华国锋的手，来到大厅。

一次不平常的中共中央政治局会议开始了。

按照叶剑英事先和华国锋的商定，会议由华国锋主持，并由华国锋作主旨讲话。

华国锋的主旨讲话，后来在1976年10月18日作为中共中央1976年第16号文件下达。

华国锋先是向中共中央政治局委员们宣布已经粉碎"四人帮"，引起极大的震动。李先念带头鼓掌，顿时使大厅里的气氛变得热烈、活跃起来。

接着，华国锋对为什么要拘捕"四人帮"作了说明。华国锋强调，毛泽东主席在生前就已经多次批评了"四人帮"，这次拘捕"四人帮"完全是实现毛泽东主席的遗愿。

依据中共中央1976年第16号文件，华国锋讲话的原文如下：

> 毛主席早在1974年7月17日，就在中央政治局会议上严厉批评了江青，当时在座的同志大都亲耳听到了。主席说："江青同志，你要注意呢！别人对你有意见，又不好当面对你讲，你也不知道。不要（设）两个工厂，一个叫钢铁工厂，一个叫帽子工厂，动不动就给人戴大帽子。不好呢，要注意呢。你也难改呢。"毛主席还批评了以王洪文为首的"上海帮"。毛主席说："你们要注意呢，不要搞成四人宗派呢。她（指江青）也算是上海帮呢。"
>
> 毛主席还多次讲过："她（江青）并不代表我，她只代表她自己。总而言之，她代表她自己。"
>
> 但是，"四人帮"毫不悔改。在四届人大前夕，继续大搞结帮篡党活动，阴谋组阁夺权。他们经过密谋策划，背着中央政治局，于1974年10月17日，派王洪文到长沙告周恩来等中央领导同志的状。毛主席识破了他们的阴谋，当即批评王洪文。"四人帮"不服，又由江青出面，给毛主席写信。

---

[1]《世纪》2006年第2期。

毛主席在1974年11月12日的信上批示：“不要多露面，不要批文件，不要由你组阁（当后台老板），你积怨甚多，要团结多数。至嘱。”江青不听告诫，竟然托人向毛主席提出要王洪文当人大常委会副委员长。毛主席一针见血地指出：“江青有野心，她是想叫王洪文做委员长，她自己做党的主席。”1974年12月23日，毛主席在政治局会议上又说：“江青有野心。有没有，我看是有的。”毛主席还当面批评王洪文：“你不要搞四人帮。不要搞宗派，搞宗派是要摔跤的。”1975年5月3日，毛主席在中央政治局会议上，再一次批判了“四人帮”的反党宗派活动，严厉警告他们：“要搞马列主义，不要搞修正主义；要团结，不要分裂；要光明正大，不要搞阴谋诡计。不要搞四人帮，你们不要搞了，为什么照样搞呀？为什么不和200多的中央委员搞团结？搞少数人不好，历来不好。”

毛主席鉴于“四人帮”的猖狂宗派活动，病重期间，再次指示政治局讨论这个问题。毛主席说：“四人帮的问题，上半年解决不了，下半年解决；今年解决不了，明年解决；明年解决不了，后年解决。”当时，我和叶帅考虑到主席有病，就没有急于解决。主席逝世后，如果不是他们变本加厉，逼人太甚，我们也不想现在解决。但他们太疯狂了，根本不把毛主席，不把政治局放在眼里，公然要抢班夺权，另立中央。据我们得到的可靠情报：他们是准备在10月10号搞政变，王洪文把标准像都拍好了；上海不仅给民兵突击发了枪炮，还发了大批红布红纸，说要庆祝伟大的节日。我们感到事态严重，一旦让他们的阴谋得逞，毛主席开创的无产阶级革命事业就会丧失；我们的党和国家就会变色，资本主义就会复辟，千百万人头就会落地。在这种情况下，我们才决定采取这种特殊措施，把他们全扣起来，进行审查。

同志们，我们这样做完全是继承毛主席的遗志，是代表全党全军和全国各族人民的根本利益和愿望。这次粉碎“四人帮”的伟大胜利，使我们党避免了一次大分裂，一次大流血，使我们的人民避免了一次大灾难，使我们的事业避免了一次大倒退。这次胜利，再次证明，我们的党是伟大的党，我们的人民是伟大的人民，我们的军队是伟大的军队！……

在华国锋之后，叶剑英作了重要发言。叶剑英除了跟华国锋一样，强调了粉碎“四人帮”是“完成毛主席生前没有来得及做的事”，而且强调了华国锋是毛泽东生前选定的接班人。叶剑英深知，在当时的情况之下，只有借重于毛泽东的崇高威望才能使众人信服。

叶剑英说道：

> 我们粉碎“四人帮”，是完成毛主席生前没有来得及做的事。大家知道，毛主席对江青一直是有批评、有约束、有限制的。毛主席同“四人帮”的斗争，有很重要的两着棋：
>
> 第一着棋，是1974年、1975年两次在政治局会议上当着在京的全体政治局同志的面，提出了江青有野心和“四人帮”的问题，批评他们忘掉了“三要三不要”的原则，谴责他们搞修正主义，搞分裂，搞阴谋诡计。毛主席曾和我多次强调说：“四人帮的问题一定要解决，不然要出大乱子。”毛主席临终前，还拉着我的手叮嘱说：“我死后江青可能要闹事，你要协助国锋同志制止他们。”这一切都表明毛主席是早就下了坚定的明确的决心。我牢记着毛主席的嘱托，协助国锋同志进行了这场斗争。
>
> 毛主席生前还有一着棋，就是组织安排。周总理病重以后，“四人帮”以为，按照原来的次序，政治局应该由王洪文主持，国务院应该由张春桥主持。但是，毛主席就是不给他们。邓小平被推下台后，毛主席经过反复考虑，选定了华国锋同志为党中央第一副主席、国务院总理。这种安排在我们党的历史上是从来没有过的。毛主席为什么要下这盘棋呢？目的就是为了防止“四人帮”篡夺党和国家的最高领导权。这是一项重大的战略决策。
>
> 毛主席的这两着棋，非常英明，为我们这次解决“四人帮”的问题奠定了基础。同志们可以想一想，要是没有毛主席两次在政治局会议上交了底，我们同“四人帮”的斗争会遇到怎样的困难。所以我说，这次粉碎“四人帮”，首先要归功于伟大领袖毛主席。……

在叶剑英讲话之后，汪东兴作了发言。汪东兴主要是揭发“四人帮”要发动政变，所以不得不先对他们下手。

在华国锋、叶剑英、汪东兴讲话之后，中共中央政治局委员们纷纷表示支持粉碎“四人帮”，支持华国锋出任中共中央主席。

华国锋提出要叶剑英担任中共中央主席，叶剑英婉言谢绝说：“我是军事干部，搞军事的，如果那样做，不就让人说是‘宫廷政变’吗？”

对此，华国锋曾经回忆说：

在完成对“四人帮”一伙的逮捕任务之后，便立即通知政治局委员到玉泉山开会。我请叶帅主持，他要我主持先讲。我宣布了“四人帮”已被隔离审查，并着重讲了“四人帮”阴谋反党夺权，疯狂活动的罪行。叶帅介绍了对“四人帮”逮捕的经过，而且着重讲了全党全军都坚决反对他们一伙的反党罪行。在这种特殊情况下，对他们采取非常手段是非常必要的。经过讨论政治局一致表示拥护。

我先提议请叶帅担任党中央主席，他德高望重，两次挽救了党。叶帅则起来提议要我担任中央主席、军委主席。他说，这是毛主席指定你当接班人的，我已经79岁了，你年纪比我小20多岁，你有实际工作经验，为人实在、讲民主、尊重老同志，你应该担起这个重任。经过大家认真讨论后，一致通过叶帅的提议。这也是临危受命吧。[1]

在玉泉山，中共中央政治局会议从1976年10月6日夜11时一直开到10月7日清早6时，可谓是“通宵达旦”。

这次中共中央政治局会议，作出了一项重要决议，即《中共中央关于华国锋同志任中国共产党中央委员会主席、中国共产党中央军事委员会主席的决议》。

决议的全文如下：

根据伟大的领袖和导师毛泽东主席生前的安排，中共中央政治局一致通过，华国锋同志任中国共产党中央委员会主席，中国共产党中央军事委员会主席，将来提请中央全会追认。

为了向全党下达这一决议，中共中央于10月7日又发出通知，全文如下：

现将中共中央关于华国锋同志任中国共产党中央委员会主席、中国共产党中央军事委员会主席的决议发给你们，请你们立即在党内传达。

这次通宵达旦的中共中央政治局会议，使中共中央政治局委员们对于粉碎

[1] 张根生：《华国锋谈粉碎“四人帮”》，《炎黄春秋》2004年第7期。

“四人帮”有了一致拥护的共识，而且也结束了毛泽东去世后的“群龙无首”的局面。

急派“文官武将”耿飚管制电台

就在刚刚拘捕了“四人帮”这千头万绪的时刻，叶剑英一边和华国锋安排召开中共中央政治局会议，一边征得华国锋的同意，急急派出两位可靠的重要干部执行特殊的任务——马上控制中国的新闻传媒。

那时，中国的新闻传媒紧紧地控制在姚文元的手中。在策划粉碎“四人帮”的时候，华国锋和叶剑英就已经考虑到这一着棋——派谁从姚文元手中夺取舆论工具。

叶剑英向华国锋推荐了耿飚、迟浩田、秦基伟。

1984 年 6 月，耿飚曾对中共中央党史研究室的同志谈及 1976 年 10 月 5 日华国锋约见他的情形：

> 抓“四人帮”的时候，要我出来，是叶帅推荐的，华国锋也赞成。我和华并不熟悉，当时叶帅和华都在怀仁堂办公，那是头一天的下午两点钟，华国锋把我找去（他那时住在现在西哈努克住的地方）。我到那里后就谈起来了，提到“四人帮”的事情，当时我已经估计到了，我已知道了一点情况，知道他们要把“四人帮”弄掉。我就说：“你分配给我什么任务，我都干。”华国锋笑了笑说：“看，我还没有跟你说哩，还没有给你分配任务么，你知道我要你干什么？”我说：“我已经有所察觉了，我知道要发生什么事情。”华国锋说：“那好吧，你既然猜到了我就不讲了，这几天你在家里不要离开，经常和我保持电话联系，有事我会给你打电话，我就直接打到你家里。我的秘书或别人给你打电话，你都不要相信，只有我亲自打电话，你听出是我的声音，你才讲话。我的声音你能听出来吗？”结果，第二天下午（引者注：应为晚上），华就打电话来了，要我马上到怀仁堂去……

10 月 6 日晚，在抓了“四人帮”之后，华国锋便给耿飚打了电话，命令他火速赶往中南海怀仁堂。

毛泽东说过这样一段名言：

> 要推翻一个政权，必须先抓上层建筑，先抓意识形态，做好舆论准备。革命的阶级是这样，反革命的阶级也是这样。[1]

显然，叶剑英和华国锋也深知这一点。所以，他们刚刚抓了“四人帮”，首先想到的是“抓意识形态，做好舆论准备”。

中央人民广播电台以其快捷的传播速度，在电视还很不普遍的年月，显得非常重要。《人民日报》则是中共中央机关报，是中国舆论界的“带头羊”，其重要性更是不言而喻。

在当时，不论是中央人民广播电台，还是《人民日报》，都在“舆论总管”姚文元的严密管辖之下。在这些重要的新闻传媒，姚文元都安插了自己的羽翼。尽管姚文元已经被捕，但是，拘捕“四人帮”的消息一旦被姚文元的那些羽翼获知，中央人民广播电台一广播，只消几分钟，全中国、全世界都知道了。

须知，当时仅仅拘捕了“四人帮”以及毛远新，“四人帮”还有众多的帮派骨干在各地，还在各个部门。尤其是上海，是“四人帮”的基地，那里的“四人帮”帮派骨干，正在摩拳擦掌、调兵遣将，要求“江青同志担任中国共产党主席”……

叶剑英最初的打算是严密封锁拘捕“四人帮”的消息，先保密两个月，不让外界知道。“先保密两个月”，显然是为了争取时间，逐步解决各地、各部门的“四人帮”帮派骨干。

叶剑英说，这是按照“林彪跑时的办法办”。所谓“林彪跑时”是指1971年9月13日林彪突然逃跑，摔死在蒙古温都尔汗。毛泽东当时封锁了消息，实行严格保密。叶剑英这时打算采用毛泽东当年的办法。

叶剑英选择了他最信得过的将军，去完成这两项重大使命——夺取中央人民广播电台和《人民日报》的领导权。

耿飚这人，在《毛泽东选集》第四卷《关于平津战役的作战方针》一文中，毛泽东这么提到他：

---

[1] 引自《红旗》杂志1966年第8期社论《无产阶级文化大革命万岁》。

> 我华北杨罗耿兵团以九个师包围三十五军三个师，是绝对优势。[1]

毛泽东所说的“杨罗耿兵团”，也就是杨得志、罗瑞卿、耿飚所领导的兵团。这个兵团是1947年7月在晋察冀新组建的野战军，司令员为杨得志，政治委员是罗瑞卿，而耿飚为参谋长。

杨得志曾这样谈及他的“老搭档”耿飚：

> 我和耿飚同志相识多年了，我俩都是湖南醴陵人。长征到达哈达铺，红一团改编为中国工农红军陕甘支队一大队，我任大队长，他任参谋长。从此以后，在晋察冀野战军、在华北野战军二兵团、十九兵团，参加平津战役、打太原、攻兰州，进军大西北到宁夏，直到抗美援朝出国作战前期，我们一直在同一个单位，而且一直是我任司令员，他任参谋长。耿飚同志是一位出色的参谋长，他那过人的记忆力和大战之中清醒的头脑，是许多老同志所称赞的。[2]

耿飚在1925年加入中国共产主义青年团，1928年转入中国共产党。

此后他担任过中国工农红军第三军师干部教导队队长，第一军团团参谋长、团长、师参谋长。在两万五千里长征时，耿飚是前卫部队红四团团长。在抗日战争中，他担任八路军129师385旅副旅长兼副政委和参谋长。1944年后，担任晋察冀军区副参谋长。

耿飚和叶剑英结下深厚友谊，是在抗日战争结束之后：1946年1月，叶剑英作为“军调处执行部”的中共代表前往北平，耿飚担任中共方面交通处处长、副参谋长，与叶剑英共事。所以，耿飚成了叶剑英的老部下。那时，耿飚随代表团住在北京饭店，而叶剑英则住在东华门附近的翠明庄。精明的耿飚居然在叶剑英住处发现了国民党特务埋在地毯下的窃听器。叶剑英把国民党代表约到翠明庄来，耿飚当场掀开地毯，挖出窃听器，使国民党代表十分尴尬……

在国共和谈破裂之后，耿飚出任中共第19兵团副司令兼参谋长，作为“杨罗耿兵团”的三巨头之一，转战华北、西北。

耿飚是正儿八经的将军，可是，后来耿飚却奉命“改行”，去当外交官了。

---

[1]《毛泽东选集》第四卷，1304页，人民出版社1966年版。

[2] 杨得志：《横戈马上》，321页，解放军文艺出版社1984年版。

他先后担任了中国驻瑞典、巴基斯坦、缅甸大使，外交部副部长。

在“文革”中，耿飚被打入“牛棚”。

当中共九大即将召开时，外交部的中共党员们选耿飚为九大代表，可是外交部却有人借口耿飚尚在“牛棚”，还在接受“审查”，把耿飚的名字从代表名单中划掉。此事被周恩来获知，报告毛泽东，毛泽东同意把耿飚列入中共九大代表名单。这下，耿飚也就结束了“牛棚”生活。

于是，在1969年5月，耿飚被任命为驻阿尔巴尼亚大使。

1971年1月，耿飚因病回国休养。病愈后，经周恩来提议，任命耿飚为中共中央对外联络部部长。

耿飚为人正直，上任不久，便得罪了江青。

本来，江青跟中共中央对外联络部没有什么工作联系。一桩小事，使她领教了耿飚的脾气：

江青此人，颇爱摄影，又爱出风头。她想在《人民画报》上开一个她的摄影专栏，不断发表“峻岭同志”的摄影作品。“峻岭”，也就是江青的笔名。

《人民画报》是以多种文字向世界发行的杂志，属于外文出版社。外文出版社又属外文局领导，而外文局则归中共中央对外联络部管辖。由于江青的地位特殊，《人民画报》打了报告向外文出版社请示，外文出版社把报告转到外文局，外文局上报中共中央对外联络部，也就到了耿飚手中。耿飚认为，《人民画报》无此先例，江青企图凭借她特殊的政治地位破例，不行！

消息飞快地传进江青的耳朵。江青为此大大地生了耿飚的气，以致有一回在春节团拜会上，江青逐一与参加团拜的领导人握手，等见到耿飚时却一扭头！站在耿飚旁边的李先念发觉了这一“细节”，问起耿飚来，方知为了《人民画报》的事，江青对耿飚竟一直耿耿于怀……

当然，《人民画报》的事，只是小事一桩罢了。在江青看来，耿飚和外交界的姬鹏飞、黄镇一样，都是“周恩来的人马”。所以，江青对他们很恼恨。

在粉碎“四人帮”的紧急时刻，叶剑英急调耿飚这位有着多年“文官”经历的武将。

耿飚后来在1998年出版的《耿飚回忆录》中这么写及：

（1976年10月）6日晚上8点来钟，我家中的红机子电话铃响了，是华国锋本人的声音。他要我坐自己的汽车，迅速赶到中南海怀仁堂。

一进中南海西门，我见到岗哨比平时增多了，有一种紧张的气氛。走进怀仁堂，看见华国锋、叶剑英同志正与北京卫戍区司令员吴忠等在交谈。

这时我才知道，华国锋和叶剑英在征得中央政治局多数同志同意后，已对江青、张春桥、王洪文、姚文元及其在北京的帮派骨干实行隔离审查。

华国锋同志立即向我交代任务："你和邱巍高（北京卫戍区副司令员）到中央广播事业局去，要迅速控制住电台和电视台，不能出任何差错，否则后果不堪设想。"

叶帅郑重嘱咐我："要防止发生混乱，防止泄密，注意安全。"

华国锋同志问我："你要不要带支手枪？"

"手枪不必带了，"我说，"但是须有你的手令。"

他说："好！"当即提笔给当时的广播事业局局长邓岗写了一道手令："邓岗同志：为了加强对广播、电视的领导，中央决定，派耿飚、邱巍高同志去，请你们接受他俩的领导，有事直接向他们请示。华国锋。10月6日。"

"光我们两个去还不行，"我说，"请你把守卫广播事业局的警备一师的副师长找来，和我们一起去。"

出发前，华国锋同志对我说："一切交给你去办了。总的原则是可以采取处理林彪事件的办法，内部已发生了变化，但外面不要让人看出异常来。"

我、邱巍高和警备一师副师长王甫三个人到达广播大楼时已将近晚上10点钟了。

我们从警备部队中挑选了20名战士。

我带着10名战士直奔局长邓岗的办公室。

他看完华国锋手令，好久不说话。

我见他在思索犹豫，就对他说："你如果想给姚文元打电话请示，也可以。"

他似乎明白了我话中的含义，连忙说："没必要了。"

我接着说："那好，请你把领导班子的人统统找到你办公室，就说有事要商量。"

邓岗召集来的广播局核心小组成员有11位，在这个会议上，我把华国锋手令念了一遍，要求大家遵照党中央的指示，把工作做好。23点40分，邓岗又召集各部门领导的紧急会议，传达了中央的指示。

接着，我给华国锋同志打电话报告："已经控制住了，领导人都在我这里，你放心。”

据邱巍高同志后来告诉我，他当时作了四项布置：

第一是控制电台的要害部位，如直播室、机房、制高点等，加强了岗哨和验证；第二是保持电台秩序的稳定，内紧外松，不要让别人看出异常来；第三是保证所有进驻人员的安全；第四是对警备部队进行教育。

10 月 6 日晚上的事，第二天在广播事业局内部一传十、十传百，很快就全知道了。广大干部和群众对粉碎“四人帮”的行动是衷心拥护和非常高兴的。个别人思想上比较紧张，但表面上也很正常。

我们奉命夺回在这个重要宣传阵地的领导权，总的来说比较顺利，取得了这场特殊战斗的重大胜利。

后来有的文章说耿飚带了多少军队去占领电台，其实这是误传。

14 日，党中央公布了粉碎“四人帮”的消息，我完成了党中央交给的任务，随后撤离了中央广播大楼。

1984 年 6 月，耿飚在接受中共中央文献研究室同志的采访时，也回忆了 1976 年 10 月 6 日那个不平常夜晚的不平常经历，其中有的细节是《耿飚回忆录》中所没有的：

我正在家等着，华国锋果真来电话了，要我马上到怀仁堂去。我知道开始行动了，放下电话就往怀仁堂赶。大概是 9 点左右到的，一看叶帅也在那里。我问：“解决了吗？”叶帅点点头：“已经解决了。”我高兴地说：“太好了！”华国锋走过来说：“斗争刚开始，还不能太乐观。”于是，他就让我去占领中央人民广播电台。叶帅伸手指着我，严肃地叮嘱道：“快去！一定要赶快控制直播室！”我望了望四周，问：“人呢？我带谁去呀？”华国锋说：“我这里没人，等一会儿卫戍区的邱巍高同志和你一块去。怎么接管，你俩想办法。”说完，他又俯在桌上写了张条子，递给我说：“你把这个交给邓岗，就说这是中央的决定。”我接过纸条看了看，上面写的大意是：邓岗同志：为了加强广播电台的领导，现派耿飚同志前来负责电台工作，你们要服从他的领导。最后是华国锋的签名。仅仅就这么几句话。向我交代完任务，华国锋和叶帅就出去了。不一会儿，北京卫戍区副司令邱巍高来了。我把中央决定接管电台的事简单说了一遍。随后我问：“你带武器没有？”他说：“没有。”我说：“不带枪不行，你马上找两支手枪，咱俩一人一支。”他答应一声出去了。工夫不大，就拎着两支手枪回来。

我俩把枪挎在身上。邱巍高有些担心地问：“就咱们俩人行吗？”我问：“你下面有部队没有？”他说：“卫戍区在电台大楼有一个营。”我又问：“这个营属于哪个团？”他说：“三团。”我说：“你马上把这个团的团长找来，让他跟我们一块行动。”于是，邱巍高又立刻打电话把一个姓王的团长找来了。我一看时间不早了，就带着他们两人乘一辆吉普车，直奔中央人民广播电台。在车上，我把考虑好的行动方案说了一下，他俩都同意。

近10点钟，我们赶到了电台大楼。那个王团长先把警卫营的营、连、排干部全部召集起来，下令听从我指挥。我就说中央最近得到情报，有一伙特务要破坏电台大楼，我们要提高警惕，加强保卫。从现在起，没有我签发的通行证，谁也不许出入电台大楼。大伙一听，情绪都很高。我挑选了20名战士，10名由邱巍高带着控制直播室，我带着另外10名战士直奔党委值班室。那晚正好是邓岗在值班，这个人我认识，在延安的时候曾一起在抗大学习过。

“文化大革命”中，他也被打成走资派，我们又一块到“五七”干校劳动改造。1974年四届人大召开以后，由周总理提名他才出任广播事业局局长。虽然他工作兢兢业业，谨慎小心，唯恐出一丝差错，但姚文元对他仍很排斥，公开声称要“撤换”他。我走进办公室来，邓岗站起来吃惊地望着我，我就把华国锋写的那张纸条交给他。他仔细看了看，仍然愣愣地看着，似乎仍不明白发生了什么事。我就说：“派我来这里主持工作是华总理和中央的决定，你要不相信想打电话向姚文元请示也可以。但不许出去，电话就在这里打。”他扭头看了看守在门口的两名卫兵，勉强笑笑说：“我不打电话，没有什么要请示的，我服从中央的决定。”

我说：“那好，那你就把电台的党委成员，各部室主任全部找来，先开个紧急会议。”邓岗照我说的办了。等把这些人都召集到会议室以后，我又在会议室门口放了两名卫兵，任何人只许进不许出。我对他们别的没有讲什么，只宣布说，我和各位一起在此办公。至少在三天三夜之内，你们谁也不许离开这间屋子。吃饭、喝水，部队的同志会给送来。你们都明白了？

这些人都忙不迭地连声说：“明白了！明白了！”

就这样过了3天。一看情况还不行，我说，还要加两天。一共关了5天。

到第 6 天，我就允许一部分党委委员回家了。临走之前，我对他们说：“这几天这里发生的事，你出去以后一个字也不准说，谁要是到外面泄露了被查出来，什么后果我不说你们也该懂得。”这些党委委员都点头表示：“我们懂！我们懂！”

从 10 月 6 日晚上开始，我和电台的同志一起共同搞了十多天。在这十几天内，我鞋袜不脱，瞌睡了就在地板上打个盹。[1]

华国锋和叶剑英是在和耿飚谈话之后，这才乘上红旗牌大轿车从中南海怀仁堂驶往玉泉山的。

耿飚只过了十几天“鞋袜不脱”的生活，而叶剑英原定是“保密两个月”。内中的原因便是本书一开头就写及的英国《每日电讯报》记者韦德在 1976 年 10 月 12 日捅破了那层窗户纸，于是全世界都知道“毛的遗孀被捕”，叶剑英再也无法保密了……

迟浩田奉命进驻《人民日报》

在耿飚奉命进驻中央人民广播电台的同时，叶剑英和华国锋选派迟浩田将军紧急接管《人民日报》社。

迟浩田是北京军区副政委。当时他正在唐山指挥抗震救灾，突然接到叶剑英的电话，说是派出专机接他立即回北京。

《人民日报》是中国第一大报，是中共中央的喉舌。

众所周知，中国的“反右派运动”，是从 1957 年 6 月 8 日开始的。这一天，《人民日报》发表了著名的社论《这是为什么？》，打响了“反右派运动”的第一炮。

据吴冷西回忆，就在《人民日报》发表这篇社论的前一天——1957 年 6 月 7 日——毛泽东通过秘书胡乔木约他谈话：

（在谈了一通别的事情之后）毛主席话题一转，直截了当地对我说，今天找你来，主要不是谈这些，而是中央想调你去《人民日报》主持编辑

[1] 青野、方雷：《邓小平在 1976》，334~336 页，春风文艺出版社 1993 年版。

工作，看你是不是愿意去。

毛主席话题这么一转，我感到很突然。我事前毫不知情，就是乔木通知我去主席处谈话时也没有透露半点消息。所以我当时冲口而出说了一句话：“我毫无思想准备。”[1]

遵照毛泽东的指示，吴冷西取代邓拓，主持《人民日报》笔政——因为毛泽东早已不满于邓拓，批评他是“死人办报”。

对于《人民日报》来说，1966年6月1日又是一个历史性的日子。这天，《人民日报》发表了著名社论《横扫一切牛鬼蛇神》，表明毛泽东正式号召开展“文化大革命”——虽说在1966年5月16日中共中央发出了关于“文化大革命”的《通知》，但是正式见诸《人民日报》，则是从1966年6月1日这篇社论开始的。

与1957年一样，在发表那篇重要社论的前一天——1966年5月31日——毛泽东委派陈伯达率工作组，突然进驻《人民日报》，夺了吴冷西的权。

据当时任《人民日报》副总编辑的李庄回忆，他是在1966年5月31日下午，到中南海怀仁堂出席紧急会议的。会上宣布，陈伯达率工作组进驻《人民日报》。[2]

笔者多次采访过陈伯达。他回忆说，他很匆忙进驻《人民日报》。进驻的最初几天，每天由他口授一篇社论。这样，通过《人民日报》，一下子就把“文化大革命”之火，在全国点燃起来。

这一回，《人民日报》又到了一个关键性的时刻。叶剑英明白，在粉碎“四人帮”之后，必须马上把《人民日报》的大权夺过来！

叶剑英向《人民日报》派出了工作组。这工作组的负责人，便是迟浩田将军。

1995年9月28日，中共十四届五中全会决定增补迟浩田为中共中央军事委员会副主席，迟浩田这名字引起了世界的注意。

迟浩田在1988年被授予上将军衔，他在中国人民解放军的将领之中是后起之秀，是一个充满传奇色彩的人物……

迟浩田生于1929年，山东招远人。他在1944年加入八路军，1946年加

---

[1] 吴冷西：《忆毛主席》，40~41页，新华出版社1995年版。

[2] 1996年5月25日采访于北京。

入中国共产党。

1949 年 5 月，当中国人民解放军进攻上海之际，发生了一桩令人难以置信的奇迹，而这一奇迹的创造者便是迟浩田。

当时，21 岁的迟浩田担任先头部队济南第一团三营七连的指导员，连长为萧锡谦。

在进攻上海市区时，他们遇上了顽强的抵抗。国民党青年军 204 师占据着四行仓库和中国银行仓库，以密集的火力封锁了苏州河上的咽喉——西藏路桥。双方打了十来个小时，仍难解难分。

5 月 25 日子夜时分，迟浩田带了两名战士王其鹏和张瑞林，决定孤军突袭青年军的师部。迟浩田三人在黑夜之中，游过苏州河，摸掉了对方的哨兵，潜入青年军 204 师师部。他们抓住了该师上校副师长，要他下命令缴枪投降。那位上校副师长在迟浩田铁枪的威逼下，只得下达了投降命令。当桥上的青年军奉命撤离，萧连长立即命令部队发动进攻，占领了四行仓库和中国银行仓库。

就这样，迟浩田创造了奇迹：三个人逼降了国民党青年军 204 师的师部和三个营总共 1000 余人！为此，迟浩田荣获华东三级人民英雄称号。

此后，迟浩田在 1950 年参加了抗美援朝，担任中国人民志愿军某营教导员。1952 年立一等功。回国后，迟浩田任中国人民解放军某团政治部主任。

1960 年，迟浩田毕业于军事学院。毕业后，他担任师政委，后来，升任北京军区副政委。

在刚刚拘捕了“四人帮”之后，叶剑英为什么马上从唐山抗震现场急调迟浩田进驻《人民日报》呢？叶剑英看中迟浩田，是因为迟浩田也有着“文官”经验：

那是 1971 年 9 月 13 日爆发“林彪事件”之后，迟浩田被派往《解放军报》社，担任副总编，分管政治工作。

在“文革”中，《解放军报》是中央“两报一刊”中的“两报”之一，其地位仅次于《人民日报》。《解放军报》是中国人民解放军的机关报。

迟浩田一进《解放军报》，就感到颇为棘手，内中最为棘手的要算是“萧力”问题。

“萧力”何许人？毛泽东和江青所生的女儿李讷也。“萧力”，也就是“小李”的谐音。李讷姓李不姓毛，其原因便是由于父亲毛泽东在中国如日中天，姓毛太不方便，而江青本姓李，所以女儿用李姓。但是，即便叫李讷，后来也广为人知。于是，在“文革”中用了“萧力”之名。

李讷于1959年秋考入北京大学历史系，1965年夏毕业，被分配到《解放军报》当编辑。

在“文革”的浪潮中，1966年盛暑，在毛泽东《炮打司令部》的感召下，李讷在《解放军报》也“炮打司令部”。她以“萧力”之名，写了批判当时《解放军报》总编赵易亚的大字报。赵易亚下台了。“众望所归”，26岁的“萧力”成了《解放军报》总编辑。

“萧力”当了《解放军报》总编辑不久，又被毛泽东指派为联络员，去做别的工作去了。不过，“萧力”在《解放军报》工作期间，曾发生过所谓的“绑架”事件。这一事件被说成是“反‘萧力’就是反江青、反毛主席”，一下子使《解放军报》不少人蒙受冤屈。

迟浩田进入《解放军报》之后，便着手解决所谓“绑架”事件。他经过调查，认定那是一个假案。可是，要解决这一假案，却不容易，因为这案子是江青过问的，必须经江青同意才能解决。

迟浩田勇于负责。他把这一情况向《解放军报》当时负责人张志以及解放军总政治部副主任田维新作了认真的汇报。后来，又经当时总政治部主任李德生力争，终于闯过江青这一关，使《解放军报》蒙冤的干部得以平反。

迟浩田在《解放军报》社工作了两年，他在那里平反冤假错案，受到人们的称赞。可是，后来居然被打成“翻案大队长”、“还乡团头子”、“批左英雄”。

尽管如此，当时主持中央军委工作的叶剑英，却非常看重迟浩田。

正因为这样，在粉碎“四人帮”的关键时刻，叶剑英“点将”迟浩田，派这位有过报社领导经验、与“四人帮”作过坚决斗争的将领前往《人民日报》。

于是，迟浩田被任命为《人民日报》工作组组长，副组长则为《北京日报》总编辑孙轶青。

迟浩田一进《人民日报》，下令逮捕了《人民日报》原总编辑鲁瑛。

迟浩田率领工作组进驻《人民日报》之后，当即在《人民日报》领导层中宣布了逮捕“四人帮”的消息。当时的《人民日报》副总编李庄回忆，迟浩田是这样宣布的：

告诉大家一个大快人心的消息，“四人帮”被打倒了！过去领导《人民日报》的那个人不行了，他们在《人民日报》的一系列严重罪行必须彻底清算。[1]

迟浩田宣布：“《人民日报》从现在起要听党中央指挥，执行正确路线。”不言而喻，迟浩田所说的“党中央”，就是以华国锋为首的新的中共中央。

迟浩田严正警告：“谁唱反调，逆历史潮流而动，谁就没有好下场。”

迟浩田规定了纪律：“中央未公布此事前，不能乱传，严守岗位。”

迟浩田担任《人民日报》工作组组长兼第一总编辑达一年零20天。直至1977年10月28日才奉命调离人民日报社，担任中国人民解放军副总参谋长。

李庄记得，迟浩田在《人民日报》工作的日子里，上上下下都喊他“老迟”。迟浩田和大家一样，在食堂里排队买饭。李庄称迟浩田所率的工作组，是进驻《人民日报》最后的一个工作组，也是最好的一个工作组。

除了中央人民广播电台和《人民日报》分别由耿飚、迟浩田进驻之外，新华社和《红旗》杂志作为重要的“喉舌”，也撤换了领导。

由于耿飚是当时中共中央宣传部门的总负责人，而他来自外交界（他原本担任过外交部副部长、中共中央对外联络部部长），于是大批调集驻外大使和外交人员，“进驻”宣传部门。

据原驻德国大使王殊告诉笔者，这出于两种原因：第一，耿飚熟悉外交界的干部；第二，外交官们长驻国外，一般来说，跟国内“四人帮”体系没有太多瓜葛。[2]

一时间，出现了“大使当总编”的“史无前例”的有趣现象。驻德大使王殊，便在那时当上了《红旗》杂志的第二任总编辑。

《红旗》杂志作为中共中央的理论刊物，在1958年6月创刊时，总编辑是陈伯达。1970年9月，陈伯达被撤销总编辑之职。此后，《红旗》杂志虽然仍在出版，但是总编辑空缺。

粉碎“四人帮”之后，王殊于1977年1月起，担任《红旗》杂志总编辑。

1977年12月，担任过驻阿尔及利亚、南斯拉夫、法国大使的曾涛，接替朱穆之，出任新华社社长。

1949年，新华社的首任社长是陈克寒。从1952年12月起，社长为吴冷西。吴冷西在1966年6月下台，由熊复继任。半年后，熊复下台，胡痴、王唯真

---

[1] 1996年5月25日采访于北京。

[2] 1996年5月30日采访于北京。

曾先后担任过代社长。1972年9月，朱穆之被任命为社长。

中国新闻界最初遵命保持沉默

虽说1976年10月6日夜晚中南海发生了翻天覆地的变化，但是由于叶剑英规定要“保密两个月”，所以在第二天，《人民日报》一个字也没有提及昨夜的大事变，中央人民广播电台也保持沉默。

10月7日，中国在平静中度过。

10月8日晚上8时，中央人民广播电台在新闻联播节目中，首先播出当天新华社的两则重要电讯。这两则电讯，在10月9日《人民日报》头版发表。

这两则电讯，其实是在10月8日作出的两项重要决定。

第一项重要决定是《中国共产党中央委员会、中华人民共和国全国人民代表大会常务委员会、中华人民共和国国务院、中国共产党中央军事委员会关于建立伟大的领袖和导师毛泽东主席纪念堂的决定》。决定全文如下：

> 为了永远纪念我党我军和我国各族人民的伟大领袖、国际无产阶级和被压迫民族被压迫人民的伟大导师毛泽东主席，教育和鼓舞工农兵和其他劳动群众继承毛主席的遗志，坚持马克思主义、列宁主义、毛泽东思想，把无产阶级革命事业进行到底，决定：
>
> （一）在首都北京建立伟大的领袖和导师毛泽东主席纪念堂。
>
> （二）在纪念堂建成以后，即将安放毛泽东主席遗体的水晶棺移入堂内，让广大人民群众瞻仰遗容。

这一决定，明显地违背了毛泽东本人在1956年亲自签名的关于将遗体火化、不建坟墓的建议。

华国锋明知毛泽东在1956年作出过这样的建议，可是在1976年的特殊的情况下，却不能不作出为毛泽东保存遗体、建造纪念堂的决定。“文革”把对于毛泽东的个人崇拜推到了顶峰。华国锋作为毛泽东指定的接班人，他刚刚粉碎了“四人帮”，就不能不作出这样的决定，以求“符合民心”。

1980年8月，邓小平在回答意大利记者奥琳埃娜·法拉奇的提问时，这么谈及关于毛泽东纪念堂的问题：

粉碎"四人帮"后，建毛主席纪念堂，应该说，那是违反毛主席自己的意愿的。50 年代，毛主席提议所有的人身后都火化，只留骨灰，不留遗体，并且不建坟墓。毛主席是第一个签名的。我们都签了名。中央的高级干部、全国的高级干部差不多都签了名。现在签名册还在。粉碎"四人帮"以后做的这些事，都是从为了求得比较稳定这么一个思想考虑的。[1]

第二项决定是《中共中央关于出版〈毛泽东选集〉和筹备出版〈毛泽东全集〉的决定》。这项决定指出"尽快出版《毛泽东选集》第五卷"。

其实，《毛泽东选集》第五卷的编选工作在此前有过两起两落：

《毛泽东选集》第五卷在《毛泽东选集》第四卷出版之后，曾经由陈伯达主持编选过一个待审的初稿。陈伯达曾经对笔者说，当时他报毛泽东审阅，因毛泽东"倦于看旧作"而搁置下来。《毛泽东选集》第五卷原本要在 1969 年 10 月 1 日作为向国庆 20 周年的献礼书，也因毛泽东不同意出版而取消。

1975 年邓小平主持中央工作时，曾经由胡乔木主持编选《毛泽东选集》第五卷，后来因"批邓"而中止。

这时，在原先两次编选的基础上，经过重新编选，终于在 1977 年 4 月 15 日出版了《毛泽东选集》第五卷。

在《中共中央关于出版〈毛泽东选集〉和筹备出版〈毛泽东全集〉的决定》中，有一句话是引人注意的：

出版《毛泽东选集》和《毛泽东全集》的工作，由以华国锋同志为首的中共中央政治局直接领导，下设一个毛泽东主席著作编辑出版委员会，负责整理、编辑和出版的具体工作。

这句"以华国锋同志为首的中共中央政治局"，是毛泽东去世以后第一次这样公开见报。

在毛泽东去世之后，由"舆论总管"姚文元把持的新闻传媒，从来不提"以华国锋同志为首"。例如：

---

[1]《邓小平文选》第二卷，350 页，人民出版社 1994 年版。

粉碎“四人帮”之后，华国锋出任中共中央主席、中央军委主席，并继续担任国务院总理

“在党中央的领导下，坚持毛主席的无产阶级革命路线，沿着社会主义道路继续前进，团结起来，争取更大的胜利！”[1]

“我们一定要最紧密地团结在党中央周围，统一思想，统一行动，全党服从中央，坚决维护党的团结和统一。”[2]

所以，从“党中央”到“以华国锋同志为首的中共中央政治局”，中共中央文件的不同提法，其实悄然地反映了中国政局的重大变化。

不过，尽管《人民日报》和中国各报都在1976年10月9日醒目地刊登了中共中央的决定，却没有多少细心的读者从中悟出中国政局发生的重大变化。

两报一刊社论泄露中共“最大机密”

尽管叶剑英要求“保密两个月”，实际上是无法做到的。因为粉碎“四人帮”是中国惊天动地之举，而报纸天天要出版，广播天天要播出，怎么也无法“保密”。

就拿林彪事件来说，当时毛泽东也要求“保密”。令人吃惊的是，陆定一夫人严慰冰，身陷囹圄，关押在高墙深院的秦城监狱，居然在林彪出逃后的十来天，就知道了这一绝密的消息。[3]

当时，严慰冰在狱中连连大笑。“专案组”以为动向可疑，便提审了她。不料，严慰冰竟说：“党内出了大事一桩！”

---

[1]《人民日报》1976年9月19日关于毛泽东追悼大会的报道。

[2]《光明日报》1976年10月4日社论《永远按毛主席的既定方针办》。

[3] 1988年10月30日于北京陆宅采访严慰冰之妹严昭。

当时，连中国的一般干部都不知道林彪出逃，严慰冰怎么会知道“党内出了大事一桩”呢？

原来，长期从事宣传工作的严慰冰明白：“党的最大机密，都在报纸上！”

严慰冰天天在狱中很仔细地看《人民日报》。那时的报纸上，总是提“以毛主席为首、以林副主席为副的党中央”。她发现，那几天报纸上本来应该出现“林副主席”的地方，忽然不提“林副主席”了。

她又听见狱中的广播喇叭里，忽然播起《三大纪律八项注意》这支歌。严慰冰作出判断，党内一定出了不听指挥、不守纪律的人。所以，她得出结论：“党内出了大事一桩！”

确实，“党的最大机密，都在报纸上”！

在粉碎“四人帮”的第四天——10月10日——以“《人民日报》《解放军报》《红旗》杂志”这两报一刊名义发表的社论《亿万人民的共同心愿》，便“透露”了“党的最大机密”！

这篇社论是配合两个决定而写的，阐述两个决定反映了“亿万人民的共同心愿”。

社论中这么一段不平常的话，引起了人们的关注：

> 历史的经验证明，要搞垮我们的党是不容易的。任何背叛马克思主义、列宁主义、毛泽东思想，篡改毛主席指示的人，任何搞修正主义、搞分裂、搞阴谋诡计的人，是注定要失败的。

社论中的这段话，显然在“有的放矢”！究竟谁在“背叛马克思主义、列宁主义、毛泽东思想”呢？究竟谁在“搞修正主义、搞分裂、搞阴谋诡计”呢？社论中特别令人不解的一句话是提到有人“篡改毛主席指示”，究竟是谁呢？

英国《每日电讯报》记者韦德看了这篇社论，也意识到中共高层发生了重大变化。其实，这篇社论上的几句话，泄露了中共的“最大机密”！社论中提到的“篡改毛主席指示的人”，指的就是“四人帮”。

在毛泽东去世之后，在粉碎“四人帮”之前，围绕着一句“毛主席指示”，曾有过一场激烈的斗争。

这句“毛主席指示”，就连那位英国记者韦德也注意到了：在追悼毛泽东的大会上，王洪文不安地从背后窥看华国锋的讲话稿，关注着华国锋的稿子上有没有那句“毛主席指示”。

这句“毛主席指示”，就是所谓的“按既定方针办”。

首先公开披露这句“毛主席指示”的，是1976年9月16日的两报一刊社论《毛主席永远活在我们心中》：

> 毛主席与世长辞了。毛泽东思想永放光芒，毛主席的革命路线深入人心，毛主席开创的无产阶级革命事业后继有人。毛主席嘱咐我们：“按既定方针办。”在沉痛哀悼毛主席逝世的时候，我们要化悲痛为力量，永远遵循毛主席的教导，坚持以阶级斗争为纲，坚持党的基本路线，坚持无产阶级专政下的继续革命，坚持无产阶级国际主义，把伟大的无产阶级革命事业进行到底。
>
> 按既定方针办，就是按毛主席的无产阶级革命路线和各项政策办。“思想上政治上的路线正确与否是决定一切的。”我们的一切胜利，都是毛主席的无产阶级革命路线的胜利。
>
> 我们党的全部历史表明：执行毛主席的革命路线，党就发展，革命事业就胜利；违背毛主席的革命路线，党就遭挫折，革命事业就失败。在任何时候、任何情况下，我们都要牢牢记住这个最重要的历史经验，坚定地贯彻执行毛主席的革命路线、勇敢地捍卫毛主席的革命路线。在整个社会主义时期，要坚持批判资产阶级、批判修正主义、限制资产阶级法权、坚持同党内走资派作斗争。当前，要把毛主席亲自发动的批判邓小平、反击右倾翻案风的斗争继续深入地开展下去，巩固和发展“无产阶级文化大革命”的胜利成果，进一步巩固无产阶级专政。只要我们按毛主席路线办，我们就无往而不胜。

在这篇社论中，以黑体字印着“按既定方针办”六个字。在“文革”中，已经形成这样的惯例：在报纸上，凡毛泽东的话，均用黑体字排印。这“按既定方针办”既然是用黑体字排印，便表明是毛泽东的话。

这篇社论的原稿上，本来是“毛主席在病中嘱咐我们”，姚文元审阅时删去了“在病中”三字，以造成毛泽东“临终嘱咐”之感。

对于“按既定方针办”，姚文元在1980年9月4日接受审讯时是这样解释的：

姚文元：毛主席逝世前后的一些情况，使我感到用了这句话可以至少在一段时间里保持稳定，就是说解决"四人帮"的问题可以不会马上发生。

审讯员问："既定方针"指什么？为什么你认为这条语录就能够"稳定局势"？

姚文元：我认为它表达了这样的意思，过去决定的东西都要照办，具体包括哪些我没有想过。

此后，围绕着这句"按既定方针办"的真伪，在中共高层展开了一场尖锐的斗争……

"按既定方针办"背后的尖锐斗争

就在两报一刊社论《毛主席永远活在我们心中》发表的当天，叶剑英把《人民日报》送给华国锋。叶剑英用红铅笔在那句"按既定方针办"下面画了一道红杠，然后在旁边打了个大问号。

叶剑英的意思很清楚，他提醒华国锋注意这句话。华国锋当时看了，却没有在意。

然而，就在社论发表的翌日——9 月 17 日——新华社在发给各省市委、中央和国家机关各部委、各军兵种、各大军区党委的《内部参考》(第 125 期)上，在报道清华、北大学习两报一刊社论时，便放出了"按既定方针办"是"毛主席临终嘱咐"的空气。

报道引述清华大学政治理论组中年教师黄安淼的发言：

敬爱的毛主席，您临终教导我们"按既定方针办"……

报道又引述清华大学工宣队队员王玄元的话：

毛主席在他生命的最后一刻，还在为我们党不变修、国不变色考虑方针大计。毛主席的嘱咐永远是我们行动的指南。

其实，这些在基层工作的人，未必说得出这样的话，很可能是“四人帮”手下的那些秀才们借这些人之口，通过《内部参考》，制造“临终嘱咐”的舆论气氛。

也就在9月17日，上海的《解放日报》第5版，在“遵循毛主席的嘱咐按既定方针办”的通栏标题下，用了醒目的4个大标题：

> 按既定方针办，就要坚持毛主席的革命路线。
>
> 按既定方针办，就要坚持与走资派作斗争。
>
> 按既定方针办，就要认真学习，深入批邓。
>
> 按既定方针办，就要坚持抓革命，促生产，促工作，促战备。

《解放日报》，是中共上海市委机关报，而当时的上海是“四人帮”的“基地”。

正因为这样，《解放日报》紧跟“四人帮”，把“按既定方针办”宣传为追悼毛泽东的最重要的主题词。

于是，叶剑英又一次提醒华国锋，指出：

第一，华国锋过去在中共中央政治局会议上曾经传达过，1976年4月30日毛泽东在会见新西兰总理马尔登之后，华国锋向毛泽东请示工作，说及有几个省形势不大好，毛泽东亲笔给华国锋写了“照过去方针办”六个字。如今被改成“按既定方针办”，六个字中错了三个字；

第二，有人已经在说，“按既定方针办”是毛泽东的“临终嘱咐”。其实，这不是毛泽东的“临终嘱咐”。因为4月30日距毛泽东去世还有4个多月，那时毛泽东还在会见外宾，怎么能说是“临终嘱咐”？

经叶剑英这么一提醒，华国锋开始注意这件事——本来，他以为“按既定方针办”和“照过去方针办”，意思差不多。

由于华国锋开始注意这件事，所以他在9月18日追悼毛泽东的大会上致悼词时，就没有提到“按既定方针办”。也正因为这样，站在他一侧的王洪文，显得焦躁不安。

后来，在1980年7月9日，王洪文在接受最高法庭的审讯时，作了这样的交代：

> 在我的印象中，“按既定方针办”这句话可能是张春桥加的。因为在

这之前，他曾对我说过，他最后一次见到主席时，主席拉着他的手低声说：“按既定方针办。”到底有没有这回事，我也不清楚。

这就是说，“照过去方针办”还是“按既定方针办”，其实不是按字面解释这两句话本身的含意有多大区别的问题，而是毛泽东究竟对谁说的，亦即涉及毛泽东要谁接班的这一重大问题！

张春桥最后一次见到毛泽东，是在毛泽东去世前4天，即1976年9月5日。如果真的如张春桥所说的那样，毛泽东把“临终嘱咐”向他说了，那么毛泽东心目中的接班人不是华国锋，而是张春桥！

只是张春桥最后一次见毛泽东时，除了张春桥和毛泽东外，并无他人。所以，毛泽东如何“拉着他的手低声说”，连王洪文都说“到底有没有这回事，我也不清楚”。

“篡改毛主席指示”的帽子物归原主

张春桥不仅对王洪文如此说，对姚文元也如此说。

正因为这样，“舆论总管”姚文元对“按既定方针办”大肆宣传。1976年9月19日，新华社的电话记录上有这样的记载：

> 文元同志电话：你们处理各省市在追悼会上的重要讲话、表态，不要怕重复。重要的都要写进去。比如，“按既定方针办”。凡有这句话的都要摘入新闻；没有者，要有类似的话。

经“舆论总管”一指挥，9月19日，新华社关于28个省、市、自治区和各大军区举行的追悼毛泽东大会的报道中，全部都写及了“按既定方针办”！

这么一来，中国大大小小的报纸上，印满黑体字“按既定方针办”！《人民日报》《光明日报》甚至多次用“按既定方针办”作头版通栏标题。“按既定方针办”是“上海一千万人民的战斗誓言”之类的话，也不断见报。

华国锋看到报纸上天天在登“毛主席指示”——“按既定方针办”——又风闻张春桥说是毛泽东临终“拉着”张春桥的手说的，开始意识到这句话背后的严重事态。

这样，华国锋和叶剑英商议后，在9月29日的中共中央政治局会议上，由汪东兴出面，对“按既定方针办”提出了异议。

1980年7月24日，姚文元在秦城监狱接受审讯时，这么交代那次中共中央政治局会议上的交锋：

姚文元：讨论时，汪东兴说，现在宣传上要注意，不要多去讲“按既定方针办”，还是要宣传中央两个文件。还有一些别的话，语言比较激烈。我自己当时比较麻木，因为从他的发言中，我应该感觉到他对“按既定方针办”已经有意见了。但当时汪东兴也没有说这句话本身错了。

审判员：吴桂贤都讲了些什么？

姚文元：她说“按既定方针办”是华主席在计划会议上讲的。还说她是在“文化大革命”中成长起来的，要用生命保卫“文化大革命”一类激烈的话。随后，吴德、汪东兴又讲了一段强调政治局要拥护华主席的话。

可是，姚文元对于来自汪东兴的警告，置若罔闻。翌日——9月30日——华国锋在国庆节座谈会上的发言，根本没有提“按既定方针办”。但是，姚文元却在10月1日的综合报道中，给华国锋硬安上这句话。

华国锋不能不说话了。

10月2日，当时外交部部长乔冠华的《中国代表团团长在联合国大会第31届会议上的发言》送审稿送到华国锋那里审批时，华国锋发觉，这一发言稿中多处写着“按既定方针办”，就把这些话统统删去。

华国锋特地在送审稿的天头上写了这么一段批示：

剑英、洪文、春桥同志：

此件我已阅过，主要观点是准确的，只是文中引用毛主席的嘱咐，我查对了一下，与毛主席亲笔写的错了三个字。毛主席写的和我在政治局传达的都是“照过去方针办”，为了避免再错传下去，我把它删去了。建议将此事在政治局作一说明。

叶剑英和王洪文看了之后，都在自己的名字上画了一个圈，写上“同意”

两字。

张春桥虽然也在自己的名字上画了一个圈，写上"同意"两字，却加上了这么一段话：

> 国锋同志的批注，建议不下达，免得引起不必要的纠纷。

张春桥玩弄的是口头上同意，实际上反对。因为华国锋的批示如果"不下达"，报纸上天天还在鼓吹"按既定方针办"，华国锋的批示不就等于零？

1998年由江苏人民出版社出版的《耿飚回忆录》，透露了他的亲身经历——当时华国锋怎样紧急通知已经到达联合国的外交部部长乔冠华修改发言稿：

> 1976年国庆节过后，10月2日晚上，华国锋同志突然打电话要我去商量事情，在座的还有外交部两位副部长韩念龙、刘振华。我当时的职务是中共中央对外联络部部长。
>
> 华国锋说："乔冠华（外长）在联合国大会上的发言稿上，提到了'毛主席的嘱咐'——'按既定方针办'。我昨天见到这个送审稿时，在稿子上批了几句话。我说发言稿中引用毛主席的话，经我查对，与毛主席亲笔写的错了三个字。毛主席写的和我在政治局传达的都是'照过去方针办'，为了避免再错传下去，我把它删去了。但是，乔冠华已去联合国，他带去的稿子上并未删去那句话，你们有什么办法？"
>
> 研究的结果，由韩念龙、刘振华回外交部去打电话，通知乔冠华在发言中删去这句话。
>
> 韩、刘两位走后，我问，从字面上看，"照过去方针办"和"按既定方针办"差别并不大，为什么要去掉这句话。
>
> 华国锋说："毛主席没有什么'临终嘱咐'，毛主席留下的字条有一张写的是'照过去方针办'。这根本不是什么临终嘱咐，而是针对我汇报的具体问题，对我个人的指示。现在他们把六个字改了三个，把对我讲的变成了'毛主席的临终嘱咐'。他们这样做，就可以把他们干的许多毛主席不同意的事情，都说成是'按毛主席的既定方针办'了。他们就有了大政治资本了嘛！"
>
> 临走时，华国锋同志对我说："近日有事要找，你在家里等着。"

光明日报

按既定方针办

认真看书学习，弄通马克思主义。

GUANGMING RIBAO

永远按毛主席的既定方针办

永远按毛主席的既定方针办

篡改毛主席的既定方针，就是背叛马克思主义，背叛社会主义，背叛无产阶级专政下继续革命的伟大学说。

“四人帮”炮制的《永远按毛主席的既定方针办》

回家后我看到一些相关的文章。我知道，事情就要真的开始了。

两天之后——10月4日——事态严重化了。这天的《光明日报》在头版发表署名“梁效”的重要文章《永远按毛主席的既定方针办》。[1]

所谓“梁效”，也就是“两校”的谐音。“两校”，北京大学、清华大学也。这两个大学的“大批判组”是受“四人帮”及其手下的干将直接指挥的写作组，是“四人帮”的喉舌，人称“帮喉舌”。从这“帮喉舌”开张到垮台的三年之中，竟然炮制了219篇“帮文”。

这一回，“帮喉舌”在《光明日报》上用咄咄逼人的口气写道：

> “按既定方针办”，就是按毛主席无产阶级革命路线和各项政策办，坚持以阶级斗争为纲，坚持党的基本路线，坚持无产阶级专政下的继续革命，坚持无产阶级国际主义，永远沿着毛主席指引的道路走下去，走到底。这是保证我们的党永不变修，我们的国家永不变色的战略措施。篡改毛主席的既定方针，就是背叛马克思主义，背叛社会主义，背叛无产阶级专政下继续革命的伟大学说。

本来，篡改毛泽东指示的是“四人帮”，这篇“帮文”却颠倒黑白，矛头指向华国锋，声称华国锋“背叛马克思主义”、“背叛社会主义”、“背叛无产阶

---

[1] 根据1981年12月28日中共光明日报社编辑委员会对原光明日报社临时领导小组负责人莫艾的审查作出的结论：《永远按毛主席的既定方针办》一文的发表与“四人帮”阴谋篡党夺权没有组织关系，没有阴谋关系。也就是说这篇文章的发表，不是受“四人帮”的指使或授意的。另外，莫艾专案组成员王忠人先生也于2005年12月9日给笔者来信，说明这一点。

级专政下继续革命的伟大学说”。

这篇“帮文”还杀气腾腾地写道：

任何修正主义头子胆敢篡改毛主席的既定方针，是绝对没有好下场的。

不言而喻，这“修正主义头子”，指的就是华国锋。

这篇“帮文”见报的当天清早7时，正在熟睡的华国锋被秘书喊醒，告知中共中央办公厅副主任李鑫骑自行车赶来，有急事报告。

李鑫紧急求见华国锋，就是把刚刚出版的《光明日报》送给华国锋。

华国锋一看“梁效”的这篇《永远按毛主席的既定方针办》，便明白形势相当紧张了。

李鑫还报告了一个重要信息：昨天，江青几个人在钓鱼台吃饭，把他也请去。席间，江青问起毛远新，从东北调来的部队已经到达哪里……

由于李鑫在这关键时刻向华国锋通风报信，所以后来李鑫受到华国锋的重用。

关于李鑫在粉碎“四人帮”时曾出过力，原中共中央党校理论研究室主任吴江也曾这样谈及：

在毛泽东逝世后，叶剑英实际上负有“特殊使命”的重任，他身居西山，不露声色，伺机而动。华国锋与“四人帮”则是你死我活的关系，火并迟早要发生，除非华国锋甘愿臣服于“四人帮”，但华国锋并不想臣服而想有所作为。在华国锋左右，此时首先向华国锋建议“先下手为强”的是一个名叫李鑫的人……[1]

华国锋立即给叶剑英打电话，说是有要事商量。

其实，叶剑英虽然住在玉泉山，也已经接到部下的电话，报告今天《光明日报》上的异常动向。

于是，在这天夜幕降临之后，叶剑英驱车前往北京城里东交民巷新8号院子。那里原本是西哈努克的住处，如今华国锋住在那里。

---

[1] 吴江：《十年的路》，9页，香港镜报文化企业有限公司1996年2月第2版。

叶剑英在这关键时刻，赶来会晤华国锋。

本来，华国锋是想过了10月9日——毛泽东去世一个月忌日——之后，再对“四人帮”动手。可是，《光明日报》上的“帮文”表明，一场恶斗已经迫在眉睫，刻不容缓。

叶剑英以为，必须“快打慢”。

于是，在10月6日晚上，华国锋、叶剑英、汪东兴对“四人帮”采取了断然措施……

耿飚在回忆录中也这么提及：

> 10月4日，我见《光明日报》头版显著位置登载着署名“梁效”的长篇文章《永远按毛主席的既定方针办》。
>
> 读着这篇火药味十足的文章，我觉得“四人帮”已举起了这柄仿造的“尚方宝剑”，一场大决战就要来临。
>
> 过了一天，华国锋同志给我打来电话，并派车把我接到东交民巷他的住处。他亲自给我倒了杯茶，然后我们就接着10月2日的话题谈了起来。
>
> 我说：“据我推测，三五天内他们可能会有行动。”
>
> 华国锋问：“你有何依据？”
>
> 我说：“他们在上海搞了个功率很大的电台，增加了民兵，增发了武器弹药，那是他们的根据地。还有一种说法，他们计划10月8日在长沙开始搞游行，9日在上海搞游行，假借‘人民群众’的名义提出由王洪文（或江青）为党的主席，张春桥为总理。接着向国外广播，同时北京也搞游行庆祝。北京有‘两校’，还有几个部带头游行，逼着那些他们尚未控制的部门跟着参加。到那时形势就严峻了。”
>
> 华国锋郑重地说：“中央决定，有一项任务要交给你去完成，是叶帅提名的。”
>
> 我听他这么说，一方面已意识到这个任务十分重大，另一方面出于一个革命军人的习惯，所以不由自主地站了起来，回答说：“坚决完成任务！”

在粉碎“四人帮”之后，10月10日两报一刊所发表的社论《亿万人民的共同心愿》，不能不这么写及：

篡改毛主席指示的人……是注定要失败的。

这一回,“物归原主”，把六天前“梁效”那顶“篡改毛主席指示”的帽子，还给了“四人帮”。

不过，也正因为两报一刊社论中的这句话，泄露了“最大机密”！

第三章　华国锋确立了领袖地位

◎ **在万众欢呼声中，华国锋登上天安门城楼，从此戴上“英明领袖”桂冠。但是，华国锋一上台就“照过去方针办”，把邓小平写给他的信撂在一边，使人们大失所望。**

华国锋一上台就“照过去方针办”

1976年10月10日，两报一刊社论《亿万人民的共同心愿》的发表，在中国激起强烈的反响。

这篇社论除了因为泄露中共“最大机密”而引人注目，而且还因为这篇社论是以华国锋为首的中共中央在粉碎“四人帮”之后，第一次对大政方针的公开阐述。

社论指出：

> 当前，我们要认真学习毛主席关于无产阶级专政下继续革命的理论，学习毛主席在批邓、反击右倾翻案风斗争中的一系列重要指示，深入批邓、继续反击右倾翻案风。

这就是说，华国锋完全遵照毛泽东亲笔给他所写的“照过去方针办”的指示，在粉碎“四人帮”之后，仍然要“深入批邓，继续反击右倾翻案风”。

社论还指出：

> 我们要最紧密地团结在以华国锋同志为首的党中央周围，维护党的团结和统一，加强组织性和纪律性，一切听从党中央的指挥，坚持以阶级斗争为纲，坚持党的基本路线，坚持无产阶级专政下的继续革命，巩固和发展“无产阶级文化大革命”的胜利成果，抓革命、促生产、促战备，夺取社会主义革命和社会主义建设的更大胜利，进一步巩固我国的无产阶级专政。

在这里，第一次在报纸上公开出现“团结在以华国锋同志为首的党中央周围”这样的提法——在10月8日中共中央所作的决定上是称“以华国锋同志为首的中共中央政治局”。

这表明，中共中央已经“群龙有首”。

在这里，仍强调“以阶级斗争为纲”，仍强调“坚持党的基本路线”，仍强调“坚持无产阶级专政下的继续革命”，特别是仍强调“巩固和发展‘无产阶级文化大革命’的胜利成果”。这表明，在粉碎“四人帮”之后，以华国锋为首的中共中央所执行的政治路线，仍是“照过去方针办”！

这篇社论，是华国锋亲自审定后发表的，反映了华国锋在粉碎“四人帮”之后最初表达的政见。其实，这篇社论是根据华国锋 1976 年 10 月 8 日的讲话精神写出来的。

那些日子，华国锋处于最忙碌的时刻。

华国锋在 10 月 6 日深夜至 10 月 7 日清晨，主持召开了中共中央政治局会议。

从 10 月 8 日起至 10 月 14 日，中共中央政治局分批召集各省、市、自治区及各大军区主要负责人的“打招呼”会议，宣布粉碎“四人帮”，揭露“四人帮”的种种罪行。

10 月 8 日，华北、华中、东北、西南等大区的十几位省委书记和军区司令员赶到北京，出席中央“打招呼”会议。

华国锋在会上作了重要讲话，他说：

> 这一次就是解决“四人帮”的问题，批“四人帮”一定要按毛主席的指示办。
>
> 对“文化大革命”要肯定，现在我们着重解决有所不足。
>
> 这次解决“四人帮”的问题，不要算他们在“文化大革命”中的老账。搞“四人帮”，不是因为在“文化大革命”中的缺点、错误，他们的核心问题是篡党夺权。

华国锋强调，要“继续批邓、反击右倾翻案风”。也就是说，在粉碎“四人帮”之后，仍要继续批判邓小平。

华国锋号召中共广大党员干部要做到“三个正确对待”：

> 正确对待“文化大革命”，正确对待群众，正确对待自己。

华国锋对于“文化大革命”持完全肯定的态度。因为毛泽东说过，自己一生只做了两件大事，即打败蒋介石和发动“文化大革命”。华国锋“照过去方针办”，理所当然完全肯定“文化大革命”。

华国锋10月8日的讲话以及两报一刊10月10日的社论，清楚地表明，肃清“四人帮”的“左”的流毒，远比粉碎“四人帮”更为艰难，从思想上铲除“四人帮”，远比从组织上清除困难。

毛泽东的去世，只在几分钟之中。拘捕“四人帮”，也只是在一个晚上。这两桩历史性的大事件之间，相隔又不足一个月。在如此短暂的时间里，中国发生如此巨大的变化，只能用四个字来形容：急转直下！

毛泽东时代虽然结束，毛泽东仍然深刻地影响着中国，特别是毛泽东晚年“左”的思想；“无产阶级文化大革命”虽然结束，但是仍深刻地影响着中国，特别是“文革”的那一整套“左”的理论。华国锋遵奉“照过去方针办”，这“过去方针”，就是毛泽东的方针，内中也就包括了毛泽东晚年制定的一系列“左”的方针。

在粉碎“四人帮”之后，就在千千万万中国老百姓欢庆这一翻天覆地的历史性巨变之际，“左”的阴影依然笼罩着中国……

邓小平给华国锋写信

就在1976年10月10日两报一刊发表社论《亿万人民的共同心愿》的时候，一位正处于软禁之中的72岁的老人，给华国锋写了一封亲笔信，表达了自己对于粉碎“四人帮”的欢悦之情。

这位老人便是华国锋仍在强调继续“批邓、反击右倾翻案风”的主角——邓小平。

在1976年4月的“天安门事件”之后，邓小平遭到“大批判”，他在北京宽街家中闭门不出。

邓小平获知粉碎“四人帮”的喜讯，是在1976年10月7日。把这一重要消息告诉邓小平的，是叶剑英之侄叶选基。

笔者曾经多次采访叶选基，据他说，他的夫人吕彤岩是吕正操将军之女，在10月7日下午他请吕彤岩给邓小平的女儿邓榕打电话，说有要事相告。邓榕的丈夫贺平随即骑自行车来了。贺平得知之后，以极快的速度骑自行车到北京宽街邓小平住所。邓小平听到贺平报告的“四人帮”被捕的消息，无限宽慰，说道：“看来我可以安度晚年了。”[1]

贺平又骑着自行车到叶选基那里，转告了邓小平的那句话。叶选基很快就转告叶剑英。

当时的邓小平，虽然被撤销一切职务，但是仍保留中共党籍。邓小平向身边的工作人员李维信说，向中央反映，他要求看华国锋在打招呼会议上的讲话文件。

邓小平看了华国锋的讲话稿。10月10日，邓小平由汪东兴转信给华国锋并中共中央，坦言自己对于粉碎“四人帮”的拥护和兴奋之情，并表示：

> 衷心地拥护中央关于由华国锋同志担任党中央主席和军委主席的决定。
>
> 最近这场反对野心家、阴谋家篡党夺权的斗争，是在伟大领袖毛主席逝世后这样一个关键时刻紧接着发生的，以国锋同志为首的党中央战胜了这批坏蛋，取得了伟大的胜利，这是无产阶级对资产阶级的胜利，这是社会主义道路战胜资本主义道路的胜利，这是巩固无产阶级专政、防止资本主义复辟的胜利，这是巩固党的伟大事业的胜利，这是毛泽东思想和毛泽东革命路线的胜利。
>
> 我同全国人民一样，对这个伟大斗争的胜利，由衷地感到万分的喜悦。
>
> 党和社会主义事业的伟大胜利万岁！

邓小平的信，充满着对于粉碎“四人帮”的欢愉之情。信中，没有提及他自己的问题。但是，他写这封信给华国锋，言外之意是很明白的：“四人帮”已经被粉碎了，“批邓、反击右倾翻案风”也该结束了！

但是，华国锋看了邓小平的信，没有马上给予答复。

华国锋不能马上解决邓小平问题，是有原因的……

在粉碎“四人帮”之后，在中共内部便开始传达毛泽东写给华国锋的三句话——“照过去方针办”只是其中的一句。

在1976年4月30日晚，毛泽东在会见新西兰总理马尔登之后，华国锋向毛泽东汇报工作。华国锋说及有几个省的情况不大好，流露出着急的情绪。

---

[1] 2009年5月31日采访于上海安亭宾馆。

患帕金森症的毛泽东，用颤抖的手，给华国锋写下三句话：

慢慢来，不要着急；
照过去方针办；
你办事，我放心。

毛泽东所写的这三句话，成了华国锋作为毛泽东指定接班人的重要依据。尤其是华国锋作为领袖来说，资历不深，在采取了非正常的手段粉碎“四人帮”之后，亟须仰仗毛泽东的崇高威望巩固自己的接班人地位。这时，华国锋出示毛泽东生前给他所写的三句话，作为“尚方宝剑”，显得非常重要。

内中的第二句话“照过去方针办”，通过报纸上反反复复批判“四人帮”“篡改毛主席指示”——亦即改成“按既定方针办”——已经变得家喻户晓。

这时，华国锋公布了毛泽东写给他的第三句话，既然毛泽东生前说“你办事，我放心”，这就使华国锋的接班人地位“铁定”了！虽说“你办事，我放心”是毛泽东针对当时让华国锋处理党政大事而言，但是此时华国锋拿出这六个字，已变成毛泽东对华国锋的接班的“放心”，变成毛泽东对华国锋的无限信任。

不过，也正因为华国锋遵奉毛泽东的“照过去方针办”，既然“批邓、反击右倾翻案风”是毛泽东主席生前定下的“方针”，在刚刚粉碎“四人帮”的情况之下，他也就只能照办。

所以，华国锋在各种场合，仍在强调着“批邓、反击右倾翻案风”。他几乎在每一次讲话中，都提到要“批邓、反击右倾翻案风”。

上海问题得以“和平解决”

“四人帮”曾感叹：“我们手中只有笔杆子，没有枪杆子！”

“四人帮”很难从叶剑英手中夺得军队的指挥权，便在上海搞“第二武装集团”——民兵。

这样，在1976年，上海民兵指挥部已经拥有30个师、7个独立团、2个高炮营，势力相当可观。

在毛泽东去世之后，王洪文曾经去上海，要求上海的“第二武装集团”加强训练，做好“拉出去”的准备。

在拘捕“四人帮”之后，解决上海问题便成为当务之急。10月7日清早，华国锋和叶剑英商量之后，决定让汪东兴出面，打电话给中共上海市委书记马天水和上海警备区司令员周纯麟，要他们当天赶往北京开会。

这通知如此局促，使马天水感到有点蹊跷。他打电话给张春桥、姚文元，想摸摸情况，电话没有人接。给王洪文打电话，也没有人接。马天水又给北京的“四人帮”的“帮友”们去电话，也都没有人接。马天水意识到情况不妙。

终于，马天水拨通《人民日报》鲁瑛的电话。当马天水问他北京的情况时，他只说了一句“没有什么事”就把电话挂断了。

当天下午，马天水满腹狐疑，和周纯麟一起飞往北京。

马天水一到北京京西宾馆，便被软禁起来，而周纯麟则被接往李先念那里，因为周纯麟曾经当过李先念的警卫员。当周纯麟明白发生了什么事，马上表示拥护中共中央政治局的决定，表示上海警备区听党中央指挥。

这天，上海的“四人帮”党羽们惶惶不安。他们得知“四人帮”被拘捕的消息后，决定要“大干”：“拉出民兵来，打一个礼拜不行，打五天，打三天也好，让全世界都知道。”

10月9日，上海民兵指挥部召集10个区、5个直属民兵师负责人开会，进行部署。

这天，在北京经过“打招呼”的马天水，在口头上表示拥护打倒“四人帮”。晚上，他奉命打电话给中共上海市委书记徐景贤和王秀珍。

10月10日下午，徐景贤和王秀珍不得不飞往北京。

11日晚10时，中共中央政治局委员们在玉泉山9号楼接见马天水、周纯麟、徐景贤、王秀珍。

这时，徐景贤和王秀珍也不得不在口头上表示拥护打倒“四人帮”。

10月12日，从上海方面传来消息，那里的“四人帮”余党准备发表《告全市、全国人民书》，提出了“还我江青”、“还我春桥”、“还我文元”、“还我洪文”的口号，要“决一死战”。

华国锋和叶剑英决定放马天水、徐景贤、王秀珍回上海，表示“中央对你们几位是寄予希望的”。

10月13日上午11时，马天水、徐景贤、王秀珍和周纯麟同机回到了上海。他们先是来到东湖招待所——原先的中共中央华东局的招待所——向中共上海市委一些负责人作了传达。

“四人帮”的一些“小兄弟”得知粉碎“四人帮”的消息，心如刀绞。1980年12月13日《工人日报》的报道这样描述：“黄涛躺在沙发里，像抽羊痫风似的抖动；汪湘君哭得伤心异常，一把鼻涕一把眼泪；陈阿大、叶昌明抱头呜咽，如丧考妣……”

10月13日下午3时，马天水、徐景贤、王秀珍在上海召开了市委扩大会议，传达了中共中央的决定。这样，中共上海市委的委员们以及各方面的负责人明白了北京发生了什么事情，知道了“四人帮”怎么被打倒，也就制止了上海的武装叛乱。

中共中央公布粉碎“四人帮”

由于英国《每日电讯报》在1976年10月12日公开报道了“毛的遗孀被捕”的消息，在10月13日经世界各报转载，中共“最大机密”在国外人所皆知了。

这样，叶剑英原定“保密两个月”，已经不可能了。

于是，在10月14日，中共中央正式公开宣布了粉碎“四人帮”的消息。同时，也公布了10月7日中共中央政治局所作出的关于华国锋任中共中央主席、中共中央军委主席的决议。

这两条重大消息的公布，在中国掀起欢乐的热潮。人们欢呼，为害十年的四颗灾星终于被一举扫落。正值菊黄蟹肥时节，老百姓把三只雄蟹和一只雌蟹绑成一串，在街上叫卖。人们把横着爬行的螃蟹，视为横行霸道的“四人帮”。

中共中央在10月14日决定宣布粉碎“四人帮”的消息，还因为“四人帮”的“基地”——上海——大体上“稳”住了。

这样，10月14日，中共中央公布了粉碎“四人帮”的消息。

10月15日，中共中央派出以苏振华、倪志福、彭冲三人为首的中央工作组，在几百名海、陆军警卫战士护送下，进驻上海的“中南海”——康平路，接管了上海的党、政、军大权，真正地稳住了上海。内中苏振华为中共中央政治局候补委员、海军政委，倪志福为中共中央政治局候补委员；彭冲为中共江苏省委第一书记、南京军区政委。

10月18日，上海民兵指挥部被勒令解散。从此，“四人帮”的“基地”土崩瓦解，全国的局势明朗化了。

这时，“四人帮”的失败已成定局，亟须向全党、全国说明为什么要粉碎“四人帮”了。

10 月 18 日，中共中央向党内发出了《关于王洪文、张春桥、江青、姚文元反党集团事件的通知》。这个通知，是第一个全面地论述为什么粉碎“四人帮”的文件。须知，在整整一个月前——9 月 18 日——正是北京举行毛泽东追悼大会的日子。才一个月，中国发生了翻天覆地的变化。

中共中央的通知，把王洪文、张春桥、江青、姚文元这“四人帮”定性为“反党集团”。此后，一直称“四人帮”为“反党集团”。直至后来决定对“四人帮”进行审判时，才改称“四人帮”为“反革命集团”。

中共中央的通知共分六个部分。

第一部分是揭露“四人帮”反党篡权的罪行。通知指出：“为了粉碎这个将给中国人民带来严重灾难的反革命复辟阴谋，中央不得不采取断然措施。10 月 6 日，中央决定，对王洪文、张春桥、江青、姚文元实行隔离审查。”

第二部分则是公布毛泽东自 1974 年 2 月以来对“四人帮”的一系列批评。

第三部分指出：“以华国锋同志为首的党中央，继承毛主席的遗志，代表全党全军和全国各族人民的根本利益和共同愿望，采取果断措施，解决了这个重大问题，消除了党内一大祸害。”令人不解的是，通知把粉碎“四人帮”居然说成是“无产阶级文化大革命”的伟大胜利。

第四部分强调，在揭发和批判“四人帮”时，要注意政策。对犯错误的人，要区别对待。通知指出，“要继续批邓、反击右倾翻案风”。

第五部分规定，揭批“四人帮”，“一律在党委一元化领导下进行”，“不准串联”，“不准成立任何形式的战斗队”。

第六部分号召，要“掀起学习马列著作和毛主席著作的新高潮”。

诗人贺敬之又“放声歌唱”了

从1976年10月6日起，中国终于从“天灾连着人祸”的悲痛阴影中走出来。

在中国的“龙年”，那条“龙”历经劫难，终于欢腾起来。

诗人贺敬之在欢腾的人群中又“放声歌唱”了，写下充满激情的《中国的十月》一诗。尽管以今日的眼光来看，这首诗已经落满时代的灰尘，但是毕竟真实地反映了那个年月的历史画面：

呵……
1976年，
严峻的十月。
伟大的领袖和导师，
已和我们永别……
生前的遗志呵，
怎样实现？
如何继承
他开创的事业？
……

呵！
1976年，
震撼世界的十月！
我们的党
胜利了！
北京的晨曦
向世界报捷。
党中央一举粉碎
“四人帮”反党集团，
无产阶级的巨手，
终于捉住了这窝蛇蝎！

十月呵，
伟大的十月！
毛主席的革命路线
胜利了！
看革命的航船
正扬帆飞跃。
华国锋同志
接过舵手的班，
这伟大的战役中，

是何等的英明、果决！

……[1]

从 10 月 21 日起，中国各地爆发了大游行、大集会，成千上万的人走在 10 月金秋的灿烂阳光之下。

在那十年浩劫之中，中国仿佛成了一个“游行之国”。动不动就十万人、百万人大游行、大集会，仿佛有着“游行癖”、“集会癖”。其实，那并不是群众运动，而是“运动群众”。人们迫于无奈，才去响应“号召”，投入游行的队伍，参加种种集会。

然而，在 1976 年中国爆发“十月革命”之后，人们却是自觉自愿地加入到游行的队伍，把十年的压抑化为无限的欢乐，痛痛快快地宣泄在震天响的口号声中。

中国在大游行之中。

中国在大集会之中。

数以亿计的中国人民走上街头，千言万语汇成一句话：“英明领袖华主席一举粉碎了‘四人帮’，挽救了革命挽救了党！”

粉碎“四人帮”的欢庆大会

[1]《华主席登上天安门》，农村读物出版社 1977 年 2 月版。

“双庆大会”席卷全中国

中国各地举行的大会，名曰“双庆大会”：一是庆祝华国锋任中共中央主席、中央军委主席，二是庆祝粉碎“四人帮”。

虽说各地大会的名称略有出入，但是都以“双庆”为主题。以下是当年历史的记录：

10月21日——

中共江苏省委、南京部队党委、省军区党委、南京市委举行“热烈庆祝华国锋同志任中共中央主席、中央军委主席，热烈庆祝粉碎‘四人帮’篡党夺权阴谋的伟大胜利大会”；

沈阳部队举行“热烈庆祝华国锋同志任中共中央主席、中央军委主席，热烈庆祝粉碎‘四人帮’篡党夺权阴谋的伟大胜利大会”；

兰州部队领导机关暨驻兰州部队举行“热烈庆祝华国锋同志任中共中央主席、中央军委主席，热烈庆祝粉碎‘四人帮’篡党夺权阴谋的伟大胜利大会”。

10月22日——

甘肃省、兰州部队举行“热烈庆祝华国锋同志任中共中央主席、中央军委主席，热烈庆祝粉碎王张江姚‘四人帮’篡党夺权阴谋的伟大胜利大会”；

宁夏回族自治区暨银川市举行“党政军民热烈庆祝华国锋同志任中共中央主席、中央军委主席，热烈庆祝粉碎王洪文、张春桥、江青、姚文元篡党夺权阴谋的伟大胜利大会”；

新疆维吾尔自治区及乌鲁木齐各族军民举行“党政军民热烈庆祝华国锋同志任中共中央主席、中央军委主席，热烈庆祝粉碎王洪文、张春桥、江青、姚文元‘四人帮’篡党夺权阴谋的伟大胜利大会”；

青海省西宁地区省、市党政军民举行“热烈庆祝华国锋同志任中共中央主席、中央军委主席，热烈庆祝粉碎王张江姚反党集团篡党夺权阴谋的伟大胜利大会”；

天津市举行“热烈庆祝华国锋同志任中共中央主席、中央军委主席，热烈庆祝粉碎王张江姚反党集团篡党夺权阴谋的伟大胜利大会”；

辽宁省举行“热烈庆祝华国锋同志任中共中央主席、中央军委主席，热烈庆祝粉碎‘四人帮’篡党夺权阴谋的伟大胜利大会”；

中共内蒙古自治区委员会、内蒙古自治区革命委员会、内蒙古军区举行

"热烈庆祝华国锋同志任中共中央主席、中央军委主席，热烈庆祝粉碎'四人帮'篡党夺权阴谋的伟大胜利大会"；

中共广州部队委员会暨全体指战员举行"热烈庆祝华国锋同志任中共中央主席、中央军委主席，热烈庆祝粉碎王洪文、张春桥、江青、姚文元'四人帮'篡党夺权阴谋的伟大胜利大会"；

中共新疆部队委员会举行"热烈庆祝华国锋同志任中共中央主席、中央军委主席，热烈庆祝粉碎王洪文、张春桥、江青、姚文元'四人帮'篡党夺权阴谋的伟大胜利大会"；

10月23日——

四川省、成都部队举行"党政军民热烈庆祝华国锋同志任中共中央主席、中央军委主席，热烈庆祝粉碎王洪文、张春桥、江青、姚文元反党集团的伟大胜利大会"；

中共云南省委、云南省革命委员会举行"党政军民热烈庆祝华国锋同志任中共中央主席、中央军委主席，热烈庆祝粉碎王洪文、张春桥、江青、姚文元'四人帮'篡党夺权阴谋的伟大胜利大会"；

贵州省、贵阳市举行"党政军民热烈庆祝华国锋同志任中共中央主席、中央军委主席，热烈庆祝粉碎'四人帮'篡党夺权阴谋的伟大胜利大会"；

吉林省及长春市举行"党政军民热烈庆祝华国锋同志任中共中央主席、中央军委主席，热烈庆祝粉碎王洪文、张春桥、江青、姚文元'四人帮'篡党夺权阴谋的伟大胜利大会"；

黑龙江及哈尔滨市举行"热烈庆祝华国锋同志任中共中央主席、中央军委主席，热烈庆祝粉碎'四人帮'篡党夺权阴谋的伟大胜利大会"；

安徽省及合肥市军民举行"党政军民热烈庆祝华国锋同志任中共中央主席、中央军委主席，热烈庆祝粉碎王洪文、张春桥、江青、姚文元'四人帮'篡党夺权阴谋的伟大胜利大会"；

浙江省及杭州市军民举行"热烈庆祝华国锋同志任中共中央主席、中央军委主席，热烈庆祝粉碎'四人帮'篡党夺权阴谋的伟大胜利大会"；

福建省、福州市、福建前线三军举行"热烈庆祝华国锋同志任中共中央主席、中央军委主席，热烈庆祝粉碎王张江姚'四人帮'篡党夺权阴谋的伟大胜利大会"；

江西省军民举行"热烈庆祝华国锋同志任中共中央主席、中央军委主席，热烈庆祝粉碎'四人帮'篡党夺权阴谋的伟大胜利大会"；

广东省、广州部队举行“党政军民热烈庆祝华国锋同志任中共中央主席、中央军委主席，热烈庆祝粉碎王洪文、张春桥、江青、姚文元‘四人帮’篡党夺权阴谋的伟大胜利大会”；

中共湖北省委、湖北省革命委员会、湖北省军区举行“党政军民庆祝华国锋同志任中共中央主席、中央军委主席，热烈庆祝粉碎‘四人帮’篡党夺权阴谋的伟大胜利大会”；

湖南省省会军民举行“党政军民热烈庆祝华国锋同志任中国共产党中央委员会主席、中国共产党中央军事委员会主席，热烈庆祝粉碎王洪文、张春桥、江青、姚文元‘四人帮’篡党夺权阴谋的伟大胜利大会”；

陕西省及西安市举行“热烈庆祝华国锋同志任中共中央主席、中央军委主席，热烈庆祝粉碎‘四人帮’篡党夺权阴谋的伟大胜利大会”；

西藏自治区举行“党政军民热烈庆祝华国锋同志任中共中央主席、中央军委主席，热烈庆祝粉碎‘四人帮’篡党夺权阴谋的伟大胜利大会”；

台湾省爱国同胞在北京举行“党政军民热烈庆祝华国锋同志任中共中央主席、中央军委主席，热烈庆祝粉碎王洪文、张春桥、江青、姚文元‘四人帮’篡党夺权阴谋的伟大胜利大会”；

济南部队全体指战员举行“热烈庆祝华国锋同志任中共中央主席、中央军委主席，热烈庆祝粉碎王洪文、张春桥、江青、姚文元‘四人帮’篡党夺权阴谋的伟大胜利大会”；

中共福州部队委员会举行“热烈庆祝华国锋同志任中共中央主席、中央军委主席，热烈庆祝粉碎‘四人帮’篡党夺权阴谋的伟大胜利大会”。

10 月 24 日——

首都北京百万军民举行“热烈庆祝华国锋同志任中共中央主席、中央军委主席，热烈庆祝粉碎‘四人帮’大会”；

上海军民举行“热烈庆祝华国锋同志任中共中央主席、中央军委主席，热烈庆祝粉碎王张江姚反党集团篡党夺权阴谋的伟大胜利大会”；

中共山东省委员会、山东省革命委员会举行“热烈庆祝华国锋同志任中共中央主席、中央军委主席，热烈庆祝粉碎‘四人帮’篡党夺权阴谋的伟大胜利大会”；

中共广西壮族自治区委员会、广西壮族自治区革命委员会、广西军区举行“党政军民热烈庆祝华国锋同志任中共中央主席、中央军委主席，热烈庆祝粉碎王洪文、张春桥、江青、姚文元‘四人帮’篡党夺权阴谋的伟大胜利大会”；

全国人民欢庆粉碎“四人帮”

中共武汉部队委员会举行“热烈庆祝华国锋同志任中共中央主席、中央军委主席，热烈庆祝粉碎王洪文、张春桥、江青、姚文元‘四人帮’篡党夺权阴谋的伟大胜利大会”；

中共成都部队委员会暨全体指战员举行“热烈庆祝华国锋同志任中共中央主席、中央军委主席，热烈庆祝粉碎王洪文、张春桥、江青、姚文元‘四人帮’篡党夺权阴谋的伟大胜利大会”；

中共昆明部队委员会举行“热烈庆祝华国锋同志任中共中央主席、中央军委主席，热烈庆祝粉碎‘四人帮’篡党夺权阴谋的伟大胜利大会”。

10 月 25 日——

河北省、石家庄市举行“党政军民庆祝华国锋同志任中共中央主席、中央军委主席，热烈庆祝粉碎‘四人帮’篡党夺权阴谋的伟大胜利大会”；

中共山西省委员会、山西省革命委员会、中共山西省军区委员会举行“热烈庆祝华国锋同志任中共中央主席、中央军委主席，热烈庆祝粉碎‘四人帮’篡党夺权阴谋的伟大胜利大会”；

河南省省会军民举行“党政军民庆祝华国锋同志任中共中央主席、中央军委主席，热烈庆祝粉碎‘四人帮’篡党夺权阴谋的伟大胜利大会”。

10 月 27 日——

中共北京部队委员会暨全体指战员举行“党政军民热烈庆祝华国锋同志任中共中央主席、中央军委主席，热烈庆祝粉碎王洪文、张春桥、江青、姚文元‘四人帮’篡党夺权阴谋的伟大胜利大会”。

此外，在香港和澳门，各界人士也举行了类似的集会。

欢腾的 10 月，欢笑的中国。

在那些日子里，人们称颂华国锋“为党锄奸，为国除害，为民平愤”。

在那些日子里，人们自称“人心大快”，亦即“党心大快，军心大快，民心大快”。

在那些日子里，两报一刊社论用这样的话来形容中国：“万里河山红旗展，八亿神州尽开颜。”

笔者在查阅当年众多的报道时，注意到新华社 1976 年 10 月 23 日的一则电讯在报道遵义的大游行时，把华国锋与 41 年前的毛泽东相提并论，把粉碎“四人帮”与遵义会议相提并论：

> 在历史名城遵义，30 万人冒雨举行庆祝游行。各族群众和老红军战士纷纷来到遵义会议会址，回忆党内两条路线斗争史，更加激情满怀。他们无限喜悦地说：41 年前，在毛主席领导下，遵义会议结束了王明机会主义路线的统治，挽救了党、挽救了红军、挽救了革命。今天，以华国锋同志为首的党中央继承毛主席的遗志，采取英明、果断的措施，粉碎了“四人帮”篡党夺权阴谋，在社会主义革命深入发展的关键时刻，挽救了党，挽救了革命，这是毛主席革命路线的伟大胜利。这充分说明，以华国锋主席为首的党中央是坚强的无产阶级司令部。在华国锋主席为首的党中央领导下，我国人民在社会主义革命和社会主义建设的征途上一定会取得更大的胜利。[1]

人们关注着上海的大游行

在中国各地举行的庆祝大会之中，最引人注目的，莫过于上海和北京了。

在全国所有的城市之中，上海是最特殊的一个。在粉碎“四人帮”之后，上海的“马、徐、王”三驾马车仍在台上。上海曾是“四人帮”的“基地”，在“四人帮”被捕后，上海的“四人帮”余党曾高喊“还我江青、还我春桥、还我洪文、还我文元”，以致准备“武装起义”。人们关注，华国锋真的控制住上海的局面了吗?

上海的大游行，那热烈的场面绝不亚于北京。1976 年 10 月 22 日新华社电讯是这样描绘上海的：

---

[1]《全国各省、自治区军民连日举行庆祝集会游行》，《人民日报》1976 年 10 月 24 日。

连日来，上海市区和郊区有400多万军民走上街头，举行空前规模的庆祝集会和游行，表达了上海1000万军民对以华国锋主席为首的党中央的无限信赖和坚决拥护，显示了全市军民誓同王洪文、张春桥、江青、姚文元反党集团斗争到底的钢铁意志和坚强决心。

上海街头的群众游行活动连日不绝，规模一天比一天大，22日达到了高潮。从东海之滨到淀山湖畔，从长江口到金山湾，150万群众浩浩荡荡地举行盛大游行，沿途红旗招展，鼓乐齐鸣，口号声、欢呼声响彻云霄，鞭炮声、锣鼓声传遍浦江两岸。《国际歌》《三大纪律八项注意》《东方红》的雄壮歌声，激荡在整个城市上空。外滩、南京路、淮海路、延安路一带张灯结彩。许多高大建筑物上，悬挂着长达数十米的巨幅标语，上面写着："热烈庆祝华国锋同志任中国共产党中央委员会主席、中国共产党中央军事委员会主席！""热烈庆祝粉碎'四人帮'篡党夺权阴谋的伟大胜利！""打倒王洪文、张春桥、江青、姚文元反党集团！""最紧密地团结在以华国锋主席为首的党中央周围！""一切行动听党中央指挥！"

南京路上的几百家商店张贴着鲜艳夺目的大喜报。许多工厂、人民公社、部队、学校、商店、机关、街道写给华国锋主席为首的党中央的致敬信和决心书，纷纷飞向北京。[1]

1976年10月24日，"热烈庆祝华国锋同志任中共中央主席、中央军委主席，热烈庆祝粉碎王张江姚反党集团篡党夺权阴谋的伟大胜利大会"在上海市中心人民广场举行。笔者当时也参加了这一大会。

大会开始了。人民广场上空回荡着马天水的声音！马天水以"中共上海市委书记、上海市革命委员会副主任"的身份，主持大会。徐景贤和王秀珍也登上了主席台。

大会给"华主席、党中央"发去了致敬电。致敬电的用语极为恭敬，确实充满着"敬意"：

今天，我们上海百万军民欢欣鼓舞，豪情满怀，举行热烈、隆重、庄严的盛大集会，热烈欢庆华国锋同志任中共中央主席、中央军委主席，热烈欢呼以华国锋主席为首的党中央一举粉碎王洪文、张春桥、江青、姚文

[1]《人民日报》1976年10月23日。

元反党集团篡党夺权阴谋的伟大胜利！衷心欢呼伟大的领袖和导师毛主席生前的英明决策得到迅速实现！铺蓝天为纸，倾浦江之水，也写不完、说不尽这两件大喜事给我们全市军民带来的无比激动和喜悦的心情。千言万语汇成一句话：我们对以华国锋主席为首的党中央，完全信赖，坚决拥护。我们一定要紧密地团结在以华国锋主席为首的党中央周围，一切行动听从党中央指挥，坚决贯彻执行毛主席的无产阶级革命路线，誓把毛主席开创的无产阶级革命事业进行到底！

致敬电这样形容上海对于粉碎“四人帮”的热烈反应：

敬爱的华主席、党中央！王张江姚反党集团篡党夺权的阴谋被彻底粉碎的特大喜讯传到上海，上海全市立即沸腾起来了！连日来，全市1000万军民涌上街头，结队游行，热烈庆祝华国锋同志任中共中央主席、中央军委主席，热烈庆祝粉碎“四人帮”篡党夺权阴谋的伟大胜利，愤怒声讨王张江姚反党集团的滔天罪行。上海的工人阶级、贫下中农、解放军指战员、民兵、革命干部、革命知识分子、红卫兵、红小兵和其他劳动人民，一致奋起。浩浩荡荡的队伍汇成了一股不可抗拒的革命洪流，奔腾不息；锣鼓声、鞭炮声和激昂的口号声，震荡百里浦江，响彻万里长空。千万张革命大字报铺天盖地，贴满街头，万炮齐轰“四人帮”反党集团；揭发、批判、声讨“四人帮”篡党夺权滔天罪行的怒潮，席卷全市，势不可挡，革命形势一片大好！

那次大会，成了“马、徐、王”最后一次登上主席台。

三天之后——10月27日晚——上海市召开党员大会，苏振华宣读了中共中央决定：

撤销张春桥、姚文元、王洪文在上海的一切职务；

任命苏振华兼任中共上海市委第一书记、上海市革命委员会主任，倪志福兼任中共上海市委第二书记、上海市革命委员会第一副主任，彭冲任中共上海市委第三书记、上海市革命委员会第二副主任。

此后，上海的“三驾马车”——马天水、徐景贤、王秀珍——便在公开场合销声匿迹，因为他们忙于写“交代”去了。

华国锋在万众欢呼声中登上天安门城楼

首都北京处于沸腾的中心，全城洋溢着一片节日气氛，大游行席卷了北京。据当时新华社报道所统计的数字：

10月21日，150万人上街游行；

10月22日，人们冒雨上街，“两天来参加游行的群众已超过330万人”；

10月23日，“三天来参加游行的群众已达580万人”。

当时的北京人口为800万，半数以上的人参加了大游行。新华社这样描述北京的大游行：

> 天刚亮，游行队伍的锣鼓声、鞭炮声、口号声就响遍全城。一队队的工人、人民公社社员、人民解放军指战员、机关干部、革命知识分子、街道居民、红卫兵、红小兵，以及各界人民群众和爱国民主人士、台湾省籍同胞，源源不断地涌向天安门广场，全天共达250万人。他们抬着毛主席的巨幅画像、高举红旗和彩旗，不断振臂高呼：“热烈庆祝华国锋同志任中国共产党中央委员会主席、中国共产党中央军事委员会主席！”“打倒王洪文、张春桥、江青、姚文元反党集团！”扩音器里不断播送着《伟大领袖毛泽东》《大海航行靠舵手》《歌唱伟大、光荣、正确的中国共产党》《歌唱祖国》《三大纪律八项注意》等歌曲。整个天安门广场和东西长安街上，成了欢乐的海洋。

华国锋在天安门城楼上

10月24日，北京的大游行进入最高潮。

下午3时，百万群众云集天安门广场，隆重的“双庆”大会在这里举行。

这是华国锋作为中国的领袖，第一次在万众欢呼声中登上天安门城楼——虽说在一个多月前，他曾在一片凝重的气氛中，在天安门广场主持了毛泽东追悼会，但是那时他的身边站着王张江姚“四人帮”，他的领袖地位尚未确立。今日的天安门广场，却是以彩旗代替了上月的黑纱，以笑语代替了上月的啜泣。

10月24日，离那惊天动地的10月6日，不过18天而已！离毛泽东去世，也不过一个半月。

这次在天安门广场举行的百万群众盛大集会，成了华国锋登上中国领袖地位的隆重庆典。

《大海航行靠舵手》这支歌，往日仿佛是毛泽东“专用”的。毛泽东总是在《大海航行靠舵手》的乐曲声中登上天安门城楼。这天，华国锋在《大海航行靠舵手》的乐曲声中登上天安门，这意味着华国锋已经成了中国的新舵手。

诚如贺敬之在《中国的十月》那首诗中所写：

华国锋同志
接过舵手的班

新华社这样描述华国锋登上天安门城楼时的热烈场面：

城楼上下，广场内外，一片欢腾，欢呼声、口号声、锣鼓声响彻云霄，最生动地表达了全党3000万共产党员，全国8亿人民对自己领袖华国锋主席和党中央的衷心拥护和完全信赖，对伟大的社会主义事业和光辉灿烂的共产主义前途充满信心。华国锋主席身着绿军装，高兴地频频向百万群众亲切招手致意。[1]

贺敬之在《中国的十月》中，则以诗人的语言这样歌颂华国锋登上天安门城楼：

1976年，
伟大进军的十月！

[1]《人民日报》1976年10月25日。

看天安门上
华主席在向我们招手，
听《国际歌》声
在全球响彻……
革命大军乘胜前进，
妖魔鬼怪一定要消灭！
让鲜红的太阳
照遍全球，
这就是我们
终生的事业。
这就是
今日的中国呵，
又一次在回答
今日的世界！

和华国锋一起登上天安门城楼的中国领导人之中，没有见到邓小平的身影。新华社开列了这样的名单：

> 出席大会的党和国家其他领导人是：叶剑英、李先念、陈锡联、纪登奎、汪东兴、吴德、许世友、韦国清、李德生、陈永贵、吴桂贤、苏振华、倪志福、赛福鼎、郭沫若、徐向前、聂荣臻、陈云、谭震林、李井泉、张鼎丞、蔡畅、乌兰夫、阿沛·阿旺晋美、周建人、许德珩、胡厥文、李素文、姚连蔚、王震、余秋里、谷牧、孙健。政协全国委员会副主席沈雁冰，最高人民法院院长江华也出席了大会。[1]

华国锋成了“当之无愧”的领袖

北京的“双庆”大会，由中共中央政治局候补委员、中共北京市委书记、北京市革命委员会副主任倪志福主持。

---

[1]《人民日报》1976年10月25日。

毛泽东逝世之后，毛泽东生前指定的接班人华国锋主持中央工作

在天安门广场上空，响起的是中共中央政治局委员、中共北京市委第一书记、北京市革命委员会主任吴德的声音。

吴德的讲话，用一大段篇幅论述了“我们党又有了自己的领袖华国锋主席”。

吴德是这样说的：

我们坚决拥护中共中央1976年10月7日关于华国锋同志任中国共产党中央委员会主席、中国共产党中央军事委员会主席的决议。华国锋同志是伟大领袖毛主席亲自选定的接班人。1976年4月，毛主席亲自提议华国锋同志任中国共产党中央委员会第一副主席、国务院总理。4月30日，毛主席又给华国锋同志亲笔写了“你办事，我放心”，表达了毛主席对华国锋同志的无限信任。毛主席逝世以后，在中国革命的关键时刻，以华国锋同志为首的党中央，采取果断的措施，揭露了王洪文、张春桥、江青、姚文元反党集团，挽救了革命，挽救了党，巩固了我国的无产阶级专政，使我党我军和我国各族人民能够继续沿着毛主席指引的社会主义和共产主义航向胜利前进。以华国锋同志为首的党中央，得到了全党全军和全国各族人民的衷心爱戴和热烈拥护。斗争的实践证明，毛主席生前的决策是何等英明。

毛主席的事业后继有人，我们党又有了自己的领袖华国锋主席。[1]

吴德的讲话中，十分强调华国锋是毛泽东“亲自选定”的接班人。内中，特别是强调了毛泽东写给华国锋的“最高指示”：“你办事，我放心。”在毛泽东刚刚去世的中国，毛泽东仍享有极高的威望。毛泽东的话，确实仍有着“一句顶一万句”的威力。

---

[1]《人民日报》1976年10月25日。

第四章 “宣传华国锋”的热潮

◎ 华国锋为了巩固“英明领袖”的地位，公布了毛泽东的手书“你办事，我放心”，公布了毛泽东生前所说“要宣传华国锋同志”。于是，举国上下掀起宣传华国锋的热潮，出现了对华国锋的个人崇拜。

“毛主席放心，我们放心”

在粉碎“四人帮”之后那些日子的中国报纸上，几乎在每一个版面上都能见到用黑体字印刷的毛泽东的“最高指示”：“你办事，我放心。”

一首署名“胡工”的《毛主席放心，我们放心》的诗，十分形象地勾画出毛泽东这六个字在人民群众中所产生的对于华国锋的无限信任的情感：

你办事，
我放心！
毛主席亲手
写金文。

你办事，
我放心！
毛主席和华主席
心贴心。

毛主席放心，
全党放心，
全军放心，
全国人民皆放心。

毛主席放心
我们放心！
华主席不愧为
党的接班人！

毛主席放心
我们放心！
华主席不愧为
革命航船掌舵人！

放心！放心——
莫道画皮重重！
有华主席号令，
“四人帮”一举扫尽！

放心！放心！放心——
有华主席为首的党中央，
我党兴旺发达，
无产阶级大业后继有人！

放心！放心！放心——
有华主席为首的党中央，
神州更壮丽，
人民倍精神！

昆仑矗天立，
大字金鄰鄰：
你办事，
我放心！

东海放声歌，
天下一强音：
你办事，
我放心！[1]

[1]《华主席登上天安门》，农村读物出版社 1977 年版。

在一片“放心！放心！放心”声中，华国锋走上天安门城楼；在一片“放心！放心！放心”声中，华国锋成为中国的最高领袖。

在一片“放心！放心！放心”声中，1976年10月29日，不是以两报一刊出面，而是单独以《解放军报》的名义，发表了重要社论《华国锋同志是我们党当之无愧的领袖》。

《解放军报》的这篇社论发表后，全国各报予以转载，全国各地进行学习。这篇社论，对于华国锋的“无可争辩”的、“当之无愧”的领袖地位，进行了论述。

社论一开头，这样写道：

> 东风万里舞红旗，八亿人民尽开颜。
>
> 华国锋主席身穿绿军装，站在雄伟的天安门城楼上。全国亿万军民纵情欢呼，放声歌唱：欢呼伟大的中国共产党又有了自己的领袖，歌唱伟大的中国人民解放军又有了自己的统帅。

社论从“伟大的革命斗争，会造就伟大的人物”进行了论述，论定华国锋是毛泽东最“放心”而又具备“高尚的品质、卓越的才能、革命的胆略和英明的远见”的革命领袖。

社论的关键性的一段话，是号召人们“高度自觉地热爱”华国锋。社论这样写道：

> 爱不爱我们的党，爱不爱我们的国家，爱不爱我们的军队，爱不爱我们的人民，集中地表现为爱不爱我们的领袖。每一个共产党员，每一个革命战士，都应当高度自觉地热爱党的领袖，拥护党的领袖，保卫党的领袖。华国锋同志为我们党的领袖，是革命的需要，历史的必然，是亿万人民的共同心愿，是我们党和国家沿着毛主席的无产阶级革命路线继续胜利前进的可靠保证。谁胆敢反对马克思主义、列宁主义、毛泽东思想，反对以华国锋主席为首的党中央，我们就坚决同他斗争到底。

“你办事，我放心”的争议

自从华国锋拿出毛泽东的手书“你办事，我放心”之后，报刊上铺天盖

宣传画《你办事，我放心》

地宣传这一“最高指示”。毛泽东那张纸条上六个潦草的字，仿佛成了毛泽东“遗诏”，成了华国锋领袖地位的重要支柱。

最可惜的是，毛泽东给华国锋写那六个字的时候，没有摄影记者在场，因此也就没有留下当时的照片。

没有照片，反而成了画家们发挥创作想象力的最好空间。

著名画家刘文西和秦天健、谌北新、黄乃源合作，在1977年1月，创作了油画《你办事，我放心》，填补了这一空白。

著名国画家李延声精心创作了中国画《你办事，我放心》，此画在1977年印了几千万张。在北京，几乎家家户户都贴着这幅画。

然而，时隔25年之后，2002年6月，上海文汇出版社出版的章含之的《跨过厚厚的大红门》一书，对“你办事，我放心”提出了异议。

章含之，是乔冠华的夫人。乔冠华是中国著名外交家，在1974年11月至1976年12月出任中华人民共和国外交部部长。章含之本人也是20世纪70年代中国的外交官之一。她曾参加了中美建立外交关系的会谈，并参与尼克松访华、上海公报的谈判等一系列重大活动。

乔冠华是毛泽东给华国锋写“你办事，我放心”时的知情者。章含之在她的回忆录《跨过厚厚的大红门》一书中，讲述了她所知道的“你办事，我放心”的来历：

> 1976年1月8日总理逝世，全党担心张春桥会接任总理。当中央宣布由华国锋任代总理时，我仍记得冠华与黄镇参加宣布任命会一起回到我们家时兴奋不已，一定要我拿酒来祝贺。当时多少人把希望寄托在华国锋身上。接下来的事情，我至今也弄不明白。我只知道一张无形的大网悄悄布开，冠华和我一步步落入了一个巨大的陷阱。
>
> 2月份，已是平民的尼克松二度访华，江青突然异常积极，不断把冠华、我、礼宾司长朱传贤及黄镇大使叫到她的10号楼作各种吩咐，陪同看戏，

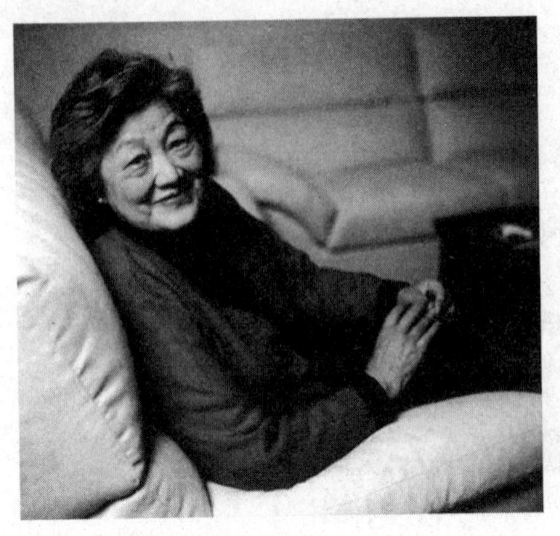
乔冠华夫人章含之

送花送菜。在这期间，江青说毛主席那边告诉她，说是主席的意见，秘书不再接受我们的材料。部分老干部在我们家商议，都感到无可奈何，只能如此。就是这短短的3月至5月间江青的过问成了乔冠华和我最终的悲剧。没有人出来说这是毛主席的指示，没有人出来承认这都是很多老同志商量过的决定，也没有人出来说当时乔冠华的孤注一掷保全了外交部的老干部在“批邓”运动中未受冲击，更没有人指出从6月份开始，江青转而大肆指责乔冠华，并扬言要撤他的职。那时候毛主席还在世。我们默默地承受着种种的屈辱和不公。

冠华终于垮了！他先是心肌梗塞，接着患肺癌！也许有一件事也是乔冠华必须被清除的因素。1976年4月30日，毛主席会见新西兰总理马尔登，华国锋陪见。当天，冠华回家，告诉我说会见前，华国锋要他在人大会堂等候。当时，毛主席的健康状况已很不好，说话已很不清楚，有时需要写下来。在此之前，这种情况已存在一些时候，毛主席身边的人就捡那些条子收藏。我曾对冠华说，哪天，我也拿几张，留作纪念。当时，冠华说：“你千万不要去拿这些条子。这些条子都没有上下文，假若主席百年之后，有人断章取义利用某张条子，而它恰恰在你手里，你如何是好？”这天，冠华说：“主席今天又写了三张条子，是在外宾走后单独与华总理谈国内问题时写的，被华总理收起来了。”他说见完外宾，华国锋总理来到福建厅时，很高兴地给冠华看那三张主席亲笔写的条子：“照过去方针办”、“慢慢来，不要招（着）急”以及“你办事，我放心”。也许是命运注定的劫数，冠华偏偏问华国锋这“你办事，我放心”是讲什么事。当时华说他汇报了四川、贵州的“批邓”运动搞得不深入，造反派热衷打内战，拟将两派叫到北京，要他们集中“批邓”。

华说主席累了，就写了这个条，叫我去办了。当天晚上，政治局开会传达毛主席会见外宾谈话及其他指示。深夜，冠华回到家时对我说：“有件事很奇怪，华总理下午明明给我看三张条子，到了政治局会上，他只让大家传阅了两张。那张‘你办事，我放心’没有拿出来。”我随口说：“你不是说过这类没有上下文的条子日后很容易作任何解释吗？”冠华说国锋同志为人忠厚，我猜他是出于谦虚，不拿出来。此事我们也就淡忘了。

5个月后的10月6日，粉碎“四人帮”时，冠华正参加完联大会议后顺访意、法两国。在巴黎时听到消息，他与曾涛大使举杯畅饮，他哪里会想到此时的华国锋已对外交部领导说“乔冠华大概要逃跑，我们可以派架飞机把他老婆送去！”同时，他把那三张条子发到全国，尤其是“你办事，我放心”，被说成是毛主席指定他当接班人的依据。敏感的西方记者嗅到了一点气氛，在巴黎问冠华“听说你回国后有麻烦”。冠华仰天大笑，说他和全国人民一样，心情舒畅，这是无稽之谈。他又哪里知道，此时华国锋已向外交部党组说“乔冠华是最先看到‘你办事，我放心’这张条子的，他明知主席的意见，却抵制毛主席指示，并向外交部党组封锁消息”。

于是，在冠华踏上他深情钟爱的祖国土地准备与全国人民分享胜利的欢乐时，一张天罗地网已经摆开，一项“抵制毛主席临终指示，反对华主席任接班人，配合‘四人帮’篡党夺权”的莫大罪名已在等待着他。冠华一介书生，还认为这些都是误会，他说只要向华国锋等人解释清楚就可以了。

谁知，一个外交部部长、中央委员此时连解释的机会都没有。任何人都不接他电话，直到最后把他打入十八层地狱都没有一个中央的领导找他谈过一次话！往事不堪回首！31年前当我踏进外交部的大门时，我是个对政治斗争一无所知，对名利也无所企求的象牙塔中人。70年代激动人心的外交以及我与冠华的倾心相恋给了我一个金色的梦。但是残酷的现实使这个梦只存在了一瞬间，它很快变得支离破碎。当1983的9月冠华最终离我而去时，这个梦也就被撕扯得无影无踪了。但是我却始终游离于残梦与现实之间，难以摆脱。

章含之还写及，1978年1月22日，乔冠华在接受审查期间，写了一首题为“有感”的诗，托人捎给章含之。

乔冠华在诗中写道：

长夜漫漫不肯眠，
只缘悲愤塞心田。
何时得洗沉冤尽，

柳暗花明又一天。

又一幅《你办事，我放心》的宣传画

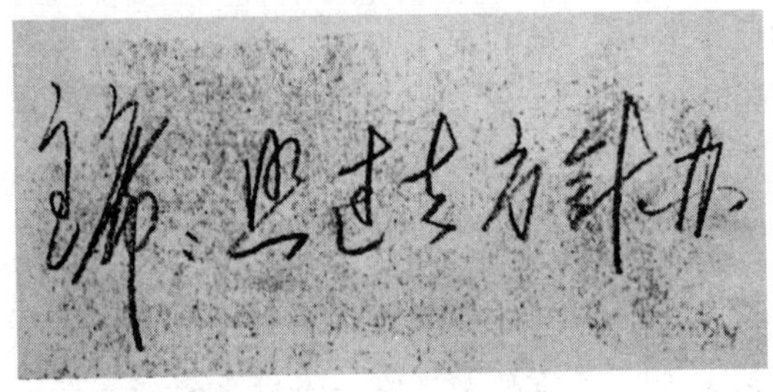

江青记录毛泽东的话："照过去方针办"

章含之的回忆录，似乎就是为乔冠华"洗沉冤"的。

应当说，章含之所说的毛泽东写"你办事，我放心"的经过，是可信的。然而，章含之把乔冠华晚年受到审查完全归结于"条子事件"，则显得有些偏颇。

据毛泽东的机要秘书张玉凤回忆，在华国锋准备公布毛泽东的字条时，作为华国锋的坚决的支持者，汪东兴当时曾为这张字条专门找过她，要她证明字条的真实性。

在 1976 年，毛泽东的谈话记录者主要是张玉凤、汪东兴和毛远新三人，而其中最重要的记录者是作为毛泽东机要秘书的张玉凤。

汪东兴对张玉凤说，这是政治大问题，是一次政治立场的考验。

但是张玉凤当时就说："对这张字条，我没听到，我也没有记忆。"

不过，张玉凤回忆，自 1976 年初起，由于毛泽东病重，常常在和人谈话时写下一些字条作为重点之意，而当时也有人专爱收集这类字条。

由于毛泽东与华国锋作那次谈话时张玉凤并不在场，所以张玉凤会说"对这张字条，我没听到，我也没有记忆"。

但是，从字条上的字迹来看，那确实是毛泽东手迹。

还应提到的是，江青在受到审判时，曾经谈到毛泽东的这一字条，一语惊人。

那是 1980 年 12 月 3 日上午，在最高人民法院特别法庭第一法庭开庭，审判江青。这次审判主要是关于江青迫害中华人民共和国主席刘少奇的问题。

江青在回答问题时，离开主题，居然说起那字条的事："主席那天晚上给华国锋写的'你办事，我放心'，这不是全部，后面至少还有6个字'有问题，找江青'。"

照江青所说，毛泽东的字条上写着的是12个字，即"你办事，我放心。有问题，找江青"。

江青的话，是否可信，不得而知。

"华主席"置于"党中央"之上

就在华国锋"当之无愧"地成为中国的最高领袖之际，一个危险的信号已经出现了。这倒不是因为有什么人要"反对以华国锋主席为首的党中央"，却是华国锋已经凌驾于中共中央之上了。

各地的"双庆"大会，无一例外地要发出"致敬电"——这原本是因袭"文革"中各地成立"革命委员会"时要发出"致敬电"的惯例。

各地的"双庆"大会所发出的"致敬电"，一开头无一例外地写着，"华主席，党中央"。

细细查阅当时的报刊，可以发现，对于华国锋和中共中央之间的关系，在短短的时间里，发生了很大的变化：

在毛泽东去世之后至粉碎"四人帮"之前，只是提"紧密团结在党中央周围"之类的话，因为宣传大权掌握在姚文元手中，不可能提"以华国锋同志为首"；

在粉碎"四人帮"的第三天，即1976年10月8日，中共中央发出的《关于出版〈毛泽东选集〉和筹备出版〈毛泽东全集〉的决定》中，第一次提出"以华国锋同志为首的中共中央政治局"；

在粉碎"四人帮"的第五天，即1976年10月10日，中央两报一刊社论《亿万人民的共同心愿》，第一次提出了"我们要最紧密地团结在以华国锋同志为首的党中央周围"；

此后的报道中，出现"华国锋同志代表党中央号召……"；

不久，"华国锋同志"被"华主席"所代替，成为"以华主席为首的党中央"……

这样"步步高"，也还属"正常范围"。

然而，到了"提高"到"华主席、党中央"这地步，则已经属于"不正常”了。

华国锋作为中共中央主席，原本是中共中央成员之一，把“华主席”跟“党中央”并列，这本身就是错误的。更为严重的是，先“华主席”，后“党中央”，则是明明白白地把“华主席”凌驾于“党中央”之上。

细细探究起来，这“华主席、党中央”其实是当年“毛主席、党中央”的翻版。在“文革”中，1967年4月20日北京市革命委员会成立时，发出的“致敬信”一开头是写“最最敬爱的伟大领袖毛主席”，连“党中央”都不提。

后来，总算提“党中央”了，但是写成“毛主席、党中央”。

后来，在党内的请示报告中，则简称为“主席、中央”。这在“文革”岁月，已经成了惯例了。

这种把“主席”凌驾于“中央”之上，完全违反了领袖和领导集体之间的关系，是一种个人崇拜的明显表现。

列宁曾经说过这样一句名言：“领袖是一个集团，是复数，不是单数，是加了S的。”所谓“加了S的”，是指英文中复数名词总要加S。

在苏联，斯大林曾大搞个人崇拜。

1956年2月，赫鲁晓夫在苏共第二十次全国代表大会上，花了7个小时作长篇报告，题目就是《个人崇拜及其后果》，尖锐地批判了斯大林的个人崇拜。

毛泽东得知赫鲁晓夫的报告，最初也曾同意批判个人崇拜。所以，1956年4月5日《人民日报》发表根据中共中央政治局扩大会议讨论写成的编辑部文章《关于无产阶级专政的历史经验》，论述了斯大林个人崇拜产生的原因，以及如何从斯大林的个人崇拜中吸取教训。

在1956年9月召开的中国共产党第八次全国代表大会上，也强调了要坚持民主集中制和集体领导制度，反对个人崇拜。

但是，才过了三个月，1956年12月29日《人民日报》发表的根据中共中央政治局扩大会议讨论写成的《再论无产阶级专政的历史经验》中，就见不到“个人崇拜”一词了。毛泽东把“个人崇拜”换成了“个人迷信”，只提“破除斯大林的个人迷信”，不再批判个人崇拜了。

这样，在《论无产阶级专政的历史经验》中曾出现过14次的“个人崇拜”一词，在《再论无产阶级专政的历史经验》中一次也没有提到。

1958年3月，毛泽东在成都会议上，终于直截了当地道出了自己对于个人崇拜的观点：

> 个人崇拜有两种：一种是正确的。如对马克思、恩格斯、列宁、斯大林正确的东西，我们必须崇拜，永远崇拜，不崇拜不得了……一个班必须崇拜班长，不崇拜不得了；另一种是不正确的崇拜，不加分析，盲目服从，这就不对了。反对个人崇拜的目的也有两种，一种是反对不正确的崇拜，一种是反对崇拜别人，要求崇拜自己。[1]

毛泽东这话，是完全错误的。因为个人崇拜本身，就是非马克思主义的，是应全盘加以否定的，不存在“正确的个人崇拜”和“错误的个人崇拜”。

也就是在那一次会议上，那位中共上海市委第一书记柯庆施，迎合毛泽东，说了一句“高度概括”的“名言”：“相信毛主席要相信到迷信的程度，服从毛泽东要服从到盲从的程度。”

在这里，柯庆施不光是提倡个人崇拜，甚至提倡个人迷信。

面对柯庆施如此献媚之语，会上居然没有人敢于站出来批驳。

柯庆施深得毛泽东“宠幸”，不久便在中共八届五中全会上得以从中共中央委员升为中共中央政治局委员。

从 1958 年之后，中共党内生活越来越不正常。毛泽东所谓“大权独揽，小权分散”，日益造成个人专断，凌驾于党之上，造成了“主席、中央”的局面。

也正因为毛泽东热心于个人崇拜，所以才会由个人选定接班人，所以才会选定林彪那样鼓吹所谓“大树底下乘凉”之类马屁精作为接班人。

也正因为毛泽东个人决断一切，所以才会由他“亲自发动”了那场给中国带来巨创深痛的“无产阶级文化大革命”。

实际上，个人崇拜就是对领袖个人的神化、偶像化，进行无原则的歌功颂德和盲目信仰。个人崇拜是个人专断的前提。

“主席、中央”也就是个人崇拜的产物。

“主席、中央”，不只是一种在“礼节”上表示对于主席的尊重，而且也在事实上反映主席的权力大于中央的权力，主席既可以指挥中央，也可以否定中央决议。

例子之一：

1966 年 3 月，苏共召开二十三大，向中共发出了邀请。当时，毛泽东在上海，他请在北京的中共中央政治局常委们讨论决定是否派代表团出席苏共

---

[1]《党史研究》1984 年第 5 期，74 页。

二十三大。刘少奇在北京主持中共中央政治局会议，决定派出代表团出席会议，而且说明代表团去了苏联，要“坚持原则，坚持斗争”。中共中央政治局候补委员康生来上海，把中共中央政治局会议作出的决定向中共中央主席毛泽东作了汇报。毛泽东听后，说道：“你们同意了，我可不同意。”毛泽东的一句话，就否定了中共中央政治局作出的决定。

例子之二：

1966年5月16日，中共中央政治局扩大会议讨论通过了《中国共产党中央委员会通知》，亦即《五一六通知》，是关于“无产阶级文化大革命”的纲领性文件。这一文件是由毛泽东主席在杭州主持起草的，毛泽东亲笔改定。中共中央政治局扩大会议在京召开时，由中共中央副主席刘少奇主持，毛泽东在杭州，没有出席会议。在会上，人们知道这一《通知》是毛泽东主席主持起草的，不敢提出原则性的否定意见，但是既然参加讨论，也就对一些个别字句、标点符号提出意见。但是，陈伯达、康生说，这是主席改定的，一个标点都不能动！

这时，就连刘少奇也不能不如此感叹：

> 开政治局扩大会议叫大家讨论，结果提了意见不改，连几个字都不能改，这不是独断专行吗？这不是不符合民主集中制吗？我原来考虑过改一点，现在大家意见还是不改的好，不如原来的好，那就不改吧！[1]

连刘少奇在会上都说这是“独断专行”！可是，最后还是一字不易地通过了毛泽东主持起草的《通知》。

以上两个例子清楚表明，“主席、中央”——“主席”凌驾于“中央”之上，主席可以否决中央，而中央却不能否决主席！

在“文革”中，毛泽东的话成了“最高指示”，有着“一句顶一万句”的无限“神力”，就因为个人崇拜。

在“文革”，“上面一言堂，下面一边倒”，这也完全是由毛泽东个人崇拜所造成的。

毛泽东在晚年把“党领导一切，领袖领导党”演变成个人至高无上，“大权独揽”，把领袖高高地凌驾于中央之上、党之上、国之上、人民之上，所以“主

---

[1]《刘少奇在中共中央政治局扩大会议上的讲话》，1966年5月16日。转引自黄铮著《刘少奇的一生》，419页，中央文献出版社1995年版。

席、中央”，所以“一句顶一万句”。

华国锋一切“照过去方针办”，连“主席、中央”也“照过去方针办”。

正因为这样，在华国锋上台之初，铺天盖地的“致敬电”，连篇累牍的“华主席、党中央”，已经显露出华国锋的个人崇拜的端倪，表明毛泽东多年以来的个人崇拜被华国锋完全接受，仍在延续之中。

“英明领袖”成了华国锋的专用词

中国人很讲究名分。

1964年4月9日，63岁的柯庆施病逝，中共中央的悼词称柯庆施是“毛泽东同志的亲密战友”。

本来，“毛泽东同志的亲密战友”应该是很多的，刘少奇、周恩来、朱德、陈云等等，都是“毛泽东同志的亲密战友”。然而，在“文革”中，“毛泽东同志的亲密战友”却成为林彪的“专利”。反正一提“毛泽东同志的亲密战友”，必定是指林彪。

于是，提到柯庆施时，也就改称“毛泽东同志的好学生”，不再提“毛泽东同志的亲密战友”了。

同样，“伟大领袖”与“英明领袖”并无本质区别。唯其“英明”，也就“伟大”；要说“伟大”，必定“英明”。

毛泽东去世之后，华国锋在追悼大会上所宣读的悼词，既称毛泽东为“伟大领袖”，又称他为“英明领袖”：

> 今天，首都党政军机关、工农兵以及各界群众的代表，在天安门广场举行隆重的追悼大会，同全国各族人民一道，极其沉重地悼念我们敬爱的伟大领袖、国际无产阶级和被压迫民族被压迫人民的伟大导师毛泽东主席。
>
> ……
>
> 毛泽东主席是中国共产党、中国人民解放军、中华人民共和国的缔造者和英明领袖。[1]

---

[1]《人民日报》1976年9月19日。

华国锋成为“英明领袖”时的标准像

然而，在华国锋成为中国的最高领袖之后，“英明领袖”成了华国锋的专用名词。人们提到华国锋时，必定冠以“英明领袖”；提到毛泽东时，则冠以“伟大领袖”。

细细探究起来，1976年10月24日上海市“双庆”大会给“华主席、党中央”的致敬电里，有这么一句：“全市军民同声赞道：‘华主席，真英明，除“四害”，为人民。’……”

“英明领袖”成为华国锋的专用名词，最具权威的“起源”，是《解放军报》1976年10月29日那篇广有影响的社论《华国锋同志是我们党当之无愧的领袖》。社论称华国锋为“英明领袖”：

> 华国锋同志不愧为毛主席亲自选定的接班人，不愧为把毛主席的事业推向前进的掌舵人，不愧为毛主席缔造的中国共产党的英明领袖。

1976年11月8日，《解放军报》又发表了一篇重要社论，题为《华国锋同志为我党领袖是毛主席的英明决策》。这样，使“英明”一词有了双重含义：不仅华国锋本身“英明”，而且选择华国锋为领袖体现了毛泽东的“英明”。

这篇社论强调：“毛主席对华国锋同志无限信任，把领导党和国家的重任很放心地交给了华国锋同志。”

在强调了毛泽东“亲自选定”之后，社论列举了华国锋作为“英明领袖”的四条优秀品质：

> 第一，华国锋同志忠于马克思主义、列宁主义、毛泽东思想，忠于毛主席关于无产阶级专政下继续革命的伟大学说，善于把革命的理论和革命的具体实践结合起来，坚决执行毛主席的无产阶级革命路线和一系列方针政策。
>
> 第二，华国锋同志在新民主主义革命、社会主义革命和社会主义建设中，在“无产阶级文化大革命”中，在国际国内尖锐复杂的斗争中，经受了长期的考验，积累了丰富的经验。

第三，华国锋同志对党忠诚，大公无私，光明磊落，谦虚谨慎。

第四，华国锋同志远见卓识，英明果断，在重大原则问题上从不让步，既耐心稳重，又坚持斗争。

《解放军报》的社论，又从三个方面概括了毛泽东对华国锋的赞赏和选择：

第一，毛主席从辩证唯物主义和历史唯物主义出发，非常重视革命领袖必须具有丰富的实践经验，赞扬华国锋同志有领导县、地区、省的全面工作的经验，又有在中央工作的经验。事实证明，在毛主席的亲自培养下，华国锋同志具有掌管全党全国全面工作的才能，能够在艰难复杂的情况下，正确地处理党和国家的重大问题，是卓越的马克思主义的领导者。

第二，毛主席以深刻的观察力，指出了华国锋同志具有作为党的领袖接班人的优秀品质。全党全军全国人民都看到，华国锋同志作风民主，平易近人，善于团结同志一道工作，密切联系群众，关心群众疾苦，坚定地和人民群众站在一起，全心全意地为人民谋利益，是无产阶级和广大劳动人民的贴心人。

第三，毛主席生前，曾经语重心长地对华国锋同志讲过，刘邦临终时，看出吕后和诸吕叛国篡权的故事。华国锋同志铭记毛主席的话，没有辜负毛主席的殷切期望。在王张江姚迫不及待地篡党夺权，革命事业面临严重危险的关键时刻，华国锋同志亲自下决心，以华国锋同志为首的党中央采取非常果断的措施，一举粉碎“四人帮”的阴谋，挽救了革命，挽救了党，表现了华国锋同志无产阶级革命家的雄伟气魄和革命胆略。

《解放军报》的这篇社论，系统地论述了华国锋作为“英明领袖”的根据。

从此，“英明领袖华主席”这句话，频频出现于中国的报纸、中国的文件、中国的标语、中国人的发言。

从此，“英明领袖”成了华国锋的专用词。

毛泽东曾四次否定了自己选定的接班人

华国锋的“英明领袖”地位，其实是毛泽东生前指定的。

毛泽东很早就注意到斯大林的教训。斯大林是在去世前不久，才匆忙确定马林科夫为接班人的。

1961年，英国元帅蒙哥马利访华，问起毛泽东的继承人问题。蒙哥马利说："我认识世界各国的领导人。我注意到他们很不愿意说明他们的继承人是谁，比如像麦克米伦、戴高乐等，主席现在是否已经明确，你的继承人是谁？"

毛泽东答道："很清楚，是刘少奇。他是我们党的第一副主席。我死后，就是他。"

"刘少奇之后是周恩来吗？"蒙哥马利又问。

"刘少奇之后的事我不管。"毛泽东答道。

毛泽东又说起斯大林的教训："斯大林是最有权威的领袖，但缺乏远见，没有解决接班人问题。"

毛泽东不同意蒙哥马利元帅所称的"继承人"，而是采用"接班人"一词。

毛泽东后来对外交部办公厅副主任熊向晖说起跟蒙哥马利的谈话："继承人这个名词不好，我一无土地，二无房产，银行里也没有存款，继承我什么呀？'红领巾'唱歌'我们是共产主义接班人'。叫'接班人'好，这就是无产阶级的说法。"

毛泽东还说："这位元帅不了解，我们和苏联不同，比斯大林有远见。在延安，我们就注意这个问题，1945年七大就明朗了。当时延安是穷山沟，洋人鼻子嗅不到。1956年开八大，那是大张旗鼓开的，请了民主党派，还请了那么多洋人参加。从头到尾，完全公开，毫无秘密。八大通过新党章，里头有一条：必要时中央委员会设名誉主席一人，为什么要有这一条呀？必要时谁当名誉主席呀？就是鄙人当名誉主席，谁当主席呀？美国总统出缺，副总统当总统。我们的副主席有六个，排头的是谁呀？刘少奇。我们不叫第一副主席，他实际上就是第一副主席，主持一线工作。刘少奇不是马林科夫。前年，中华人民共和国主席改名换姓了，不再姓毛名泽东，换成姓刘名少奇，是全国人民代表大会选举出来的。以前，两个主席姓毛，现在，一个姓毛，一个姓刘。过一段时间，两个主席都姓刘。要是马克思不请我，我就当那个名誉主席。谁是我的接班人？何须'战略观察'！这里头没有铁幕，没有竹幕，只隔一层纸，不是马粪纸，不是玻璃纸，是乡下糊窗子的那种薄薄的纸，一捅就破。"

毛泽东所说是"1945年七大就明朗了"，指的就是当时已经选定刘少奇为接班人。

屈指算来，华国锋是毛泽东第五次选定的接班人，而刘少奇则是毛泽东第一个选定的接班人。

在 1945 年中共七大上，刘少奇以毛泽东的接班人的身份出现。那时，根本用不着为刘少奇“造舆论”，用不着让“全国人民逐步认识”刘少奇。因为刘少奇早已是中共著名领袖。

在中共七大之后不久，1945 年 8 月，毛泽东赴重庆和蒋介石谈判，便请刘少奇代理中共中央主席。从 1945 年直至“文革”爆发，近 20 年的时间，刘少奇一直是毛泽东的接班人。只是后来由于毛泽东认为刘少奇是“走资本主义道路的当权派”，发动“文革”打倒了他。

于是，毛泽东第二回选择了林彪作为接班人。

在 1969 年的中共九大上，林彪以毛泽东的接班人身份出现时，也用不着“造舆论”，让“全国人民逐步认识”林彪。因为从“文革”以来，林彪就已经以毛泽东的“亲密战友”的姿态出现，而且林彪早已是著名将领、十大元帅之一。

1971 年爆发的“林彪叛国事件”，很使毛泽东失望，他不得不第三次选择接班人。

毛泽东曾一度打算以王洪文为接班人。王洪文的资历当然无法跟刘少奇、林彪相比，但是这位“造反司令”在“文革”中曾轰动全国，也不必“造舆论”，让“全国人民逐步认识”。

在王洪文担任中共中央副主席之后，毛泽东很快发现，王洪文跟江青、张春桥、姚文元结成“四人帮”。于是，毛泽东重新启用邓小平，以邓小平为接

毛泽东评价邓小平：比较公道、比较有才干、比较能办事、比较顾全大局、比较厚道、处理问题比较公正

班人。邓小平早已是中共著名领袖，根本不存在让“全国人民逐步认识”的问题，当然也就不存在“造舆论”的问题。

邓小平复出后，进行整顿，否定“文革”，这是毛泽东所无法接受的。毛泽东发动了“批邓、反击右倾翻案风”，第二次打倒了邓小平。

毛泽东第四次选择接班人又告失败。

毛泽东局促中第五次选择接班人

于是，毛泽东又面临第五次选择接班人。

然而，这时的毛泽东已经步入风烛残年。他第五次指定接班人时，已经十分匆促。

毛泽东在 1976 年 4 月 7 日提议华国锋任中共中央第一副主席，明确华国锋的接班人地位，5 个月后他就病逝了。

纵观毛泽东五次指定接班人的过程，可以看出，前两次很从容，是经过长期考虑、观察的。自从 1971 年“林彪事件”之后，到 1976 年毛泽东去世，这五年间毛泽东三易接班人，一次比一次仓促。

1953 年 3 月 5 日斯大林逝世。3 月 6 日，马林科夫按照斯大林生前的安排接班，出任苏共中央第一书记。才半个月——1953 年 3 月 20 日——马林科夫就辞去了苏共中央第一书记的职务，赫鲁晓夫成了苏共中央书记处的实际领导人。

毛泽东以为，由于马林科夫的资历太浅，所以在斯大林去世后，就让赫鲁晓夫夺取了大权。

毛泽东从斯大林那里吸取教训。他发动“文革”的目的，便在于防止出现赫鲁晓夫式的人物，他把自己指定的接班人刘少奇作为“中国的赫鲁晓夫”打倒了。

然而，林彪的反叛，使毛泽东乱了方寸。在林彪之后，毛泽东频繁地更替接班人，实际上在步斯大林的后尘。

其实，毛泽东晚年之所以重蹈斯大林晚年的覆辙，是因为毛泽东所仿效的是斯大林的错误做法：由党的领袖自己指定接班人。

毛泽东在 1976 年 4 月 7 日指定华国锋为接班人时，提议华国锋担任中共中央第一副主席。

毛泽东在1956年中共八大时，只是提议刘少奇担任中共中央副主席，并不加“第一”两字。在前面已经引述过毛泽东跟熊向晖的谈话，毛泽东如此说：“我们的副主席有六个，排头的是谁呀？刘少奇。我们不叫第一副主席，他实际上就是第一副主席，主持一线工作。”

这是因为自从中共七大以来，刘少奇就已经是毛泽东的接班人。所以尽管中共八届一中全会选出的中共中央副主席有六位，但是刘少奇在六位之中的“第一”地位是不言而喻的，也就大可不必加上“第一”两字。

在中共九大，林彪成为唯一的副主席，也就不必加“第一”了。

在毛泽东提议华国锋为中共中央副主席时，身为中共中央副主席的还有王洪文和叶剑英。王洪文早于华国锋担任中共中央副主席，叶剑英的资历之深远非华国锋所能相比。所以毛泽东必须给华国锋加上“第一”，才使华国锋的接班人身份变得十分明确。

1976年华国锋被毛泽东指定为接班人时55岁，而1949年建立中华人民共和国时毛泽东56岁。

毛泽东对于华国锋，确实“你办事，我放心”。毛泽东期望1976年的华国锋，成为1949年的他，能够按照他的路线把他的未竟之业继续向前推进。

不过，毛泽东也深知，中国共产党是世界第一大党，中国是世界人口最多的国家，作为中国共产党的领袖，作为中国的领袖，必须具备极高的声望。华国锋虽然为人忠厚，但是作为领袖资历尚浅，不孚众望。

正因为这样，在毛泽东病重之际，在确定了华国锋为接班人之后，自知余日不多，在1976年4月曾作过这样的“最高指示”：“要造这个舆论，要宣传华国锋同志，要使全国人民逐步认识华国锋同志。”

毛泽东说这段话，正反映了他选择华国锋为接班人时，显得局促，以致要“全国人民逐步认识”这位接班人。

毛泽东希图通过“宣传华国锋”以提高华国锋的声望。

1976年6月15日，病重的毛泽东召见华国锋、王洪文、张春桥、江青、姚文元以及王海容，说了一番类似“临终嘱咐”的话：

> 人生七十古来稀，我八十多了，人老总想后事，中国有句古话叫盖棺定论，我虽未盖棺也快了，总可以定论吧！我一生干了两件事，一是与蒋介石斗了那么几十年，把他赶到那么几个海岛上去了，抗战八年，把日本人请回老家去了。对这些事持异议的人不多，只有那么几个人，在我耳边

叽叽喳喳，无非是让我及早收回那几个海岛罢了。另一件事你们都知道，就是发动“文化大革命”。这事拥护的人不多，反对的人不少。这两件事没有完，这笔遗产得交给下一代。怎么交？和平交不成就动荡中交，搞不好就得血雨腥风了。你们怎么办，只有天知道。[1]

毛泽东最后几句话，说得那么悲凉，说到了“动荡”，说到了“血雨腥风”，说到了“天知道”，就因为毛泽东知道在他死后，华国锋未必压得住阵脚。毛泽东早就说过，他死后，江青会闹事。他也明白，华国锋未必斗得过江青。所以，他把华国锋和被他称之为“四人帮”的四个人一起召来，说了那番话……

铺天盖地地为华国锋歌功颂德的热潮

华国锋留起毛式发型的标准照

尽管毛泽东“要宣传华国锋同志”，但是在当时却无法做到。因为舆论大权掌握在“四人帮”手中，掌握在姚文元手中。华国锋被毛泽东指定为接班人，被“四人帮”视为夺取大权的最大障碍，“四人帮”怎么可能贯彻毛泽东的指示，去“宣传华国锋”呢？

在毛泽东死后，1976 年 10 月 6 日晚上那干脆利落的“横扫”，使中国避免了“动荡”，避免了“血雨腥风”。

领袖是政党的旗帜。平心而论，在毛泽东去世之后，中共失去了享有极高声望的领袖毛泽东，急欲填补这一空白，树立新领袖华国锋的形象，原本也是当时形势的需要。

一向理平头的华国锋，也蓄起了朝后梳的“毛式长发”。加上华国锋身材高大，穿上一身毛式制服，确实有几分毛泽东的样子。

华国锋作为“英明领袖”，其实主要依靠两条：一是毛泽东生前亲自选定

[1]《中国共产党执政四十年》，409 页，中共党史资料出版社 1989 年版。

他为接班人；二是华国锋领导粉碎“四人帮”，合乎民心，受到人民的拥戴。

关于第二条，老百姓个个心里明白，谁都吃够了“四人帮”的苦，用不着多说。在粉碎“四人帮”时，华国锋确实起过重要作用，但是并非完全是华国锋个人的功劳，而在“宣传华国锋”的热潮中，却几乎把功劳全都算在“英明领袖”的账上。报纸上成天在“宣传”着“英明领袖华主席一举粉碎了‘四人帮’，挽救了革命挽救了党”……

至于第一条，只有高层人士才知道。

于是，华国锋拿出毛泽东亲笔手书“你办事，我放心”。毛泽东在病重时所写这六个歪歪扭扭的字，仿佛是封建王朝的“钦定传位手谕”，成为华国锋“即位”的依据。

当时，在华国锋山西交城故居前的墙上，刷出了“你办事，我放心”六个大字！

其实，就连华国锋本人也感到光靠毛泽东这六个字，他作为“英明领袖”的声望还远远不够。于是，又公布了毛泽东那段关于“宣传华国锋”的“最高指示”，在全国掀起了声势浩大的“宣传华国锋”热潮……

一时间，中国各报各刊竞载“宣传华国锋”的文章，各出版社竞出“宣传华国锋”的书，大有铺天盖地之势。

“宣传华国锋”，实际上演变成了对华国锋的歌功颂德，演变成对华国锋的个人崇拜。

为了“要使全国人民逐步认识华国锋同志”，对于华国锋的歌功颂德几乎涉及华国锋的各个方面。

内中最热的是山西和湖南，因为华国锋曾在这两个省份工作过。

山西交城是华国锋的故乡，人民文学出版社出版了《交城晨曲》一书。

中共山西交城县委发表了“宣传华国锋”的重要文章——《华主席是学习和实践毛泽东思想的光辉典范》。

山西军区报道组、空军某部报道组、铁道兵某部报道组、《解放军报》记者在山西采访，写出了《华主席在战火纷飞的年代》。

《山西日报》通讯员、《太原报》记者、《山西日报》记者写出了《华主席关怀儿童团——访华主席工作、战斗过的古交区》。

古交区是山西太原的一个区，原属山西交东县。华国锋曾担任过交东县抗日联合会主任，在古交区建立儿童团。报道说，那里的“红小兵”、“红卫兵”得知华国锋成为“英明领袖”，发出“铿锵的誓言”：

华主席是我们的红司令，我们是华主席的红小兵。

华主席关怀儿童团，儿童团爱戴华主席。

解放军文艺出版社出版了《华主席在战火纷飞的年代》一书，记述了华国锋从1938年到1949年在山西吕梁山区所度过的11个冬春。该书的作者说：

在长期艰苦卓绝的革命斗争中，他赤胆忠心干革命，出生入死为人民。华国锋同志始终如一地学习马列主义、毛泽东思想，忠实执行、勇敢捍卫毛主席的革命路线。他以马克思主义者的出色的组织才能，在根据地建设、新区建设、作战指挥、支前、土地改革运动中，领导人民取得了一个个的胜利，作出了卓越的贡献，深受广大群众的拥护和爱戴。

关于华国锋在湖南的报道更多。

湖南，在当时被称为“伟大领袖毛主席的故乡，英明领袖华主席工作过的地方”。中共湖南省委在1972年第2期《红旗》杂志上发表了“宣传华国锋”的重要文章——《华国锋同志是毛主席革命路线的卓越的继承者》。这篇文章用三个“者”来形容华国锋：“华国锋同志是毛主席革命路线的忠实执行者、勇敢捍卫者和卓越继承者。”

人民文学出版社出版了《华主席在湘阴的故事》一书。

人民出版社、湖南人民出版社联合出版了《华主席是我们的好领袖》一书。

人民出版社出版了《华主席在湖南》一书。作者说：

华国锋同志在湖南工作期间，一贯忠于马列主义、毛泽东思想，坚决执行和捍卫毛主席的无产阶级革命路线和一系列方针政策，为湖南的社会主义革命和社会主义建设事业作出了卓越的贡献，受到人民的衷心爱戴和拥护。

中共湖南省委组织部发表《华主席是执行毛主席建党路线的光辉典范》。

中共湖南省委宣传部发表《华主席在思想文化战线上一贯高举毛泽东思想伟大红旗》。

中共湖南省军区委员会发表《英明统帅华主席率领我们胜利前进》。

共青团湖南省委员会发表《英明领袖华主席关怀着我们青年的成长》。

湖南省体育运动委员会发表《华主席是执行毛主席革命体育路线的光辉典范》。

中共韶山区委员会发表《紧跟华主席，永远向前进》。

中共湖南省湘潭地区委员会发表《华主席带领我们走毛主席指引的金光大道》。

湖南省湘潭地区妇女联合会发表《华主席领导我们妇女在革命道路上前进》。

中共长沙市委员会发表《华主席是忠于毛泽东思想的光辉榜样》。

此外，还有种种文章，罗列一下标题，便可知“宣传”内容：

《华主席是卓越的马克思主义领导者》；

《华主席是我军的英明统帅》；

《华主席率领我们学大庆》；

《华主席是实践毛泽东思想的光辉典范》；

《华主席掌舵我们最放心》；

《华主席坚持在三大革命斗争中建设民兵》；

《华主席是高举毛主席教育革命旗帜的光辉典范》；

《坚持毛主席革命文艺路线的光辉榜样——记华主席在湖南领导文艺工作的革命实践》；

《华主席是执行民主集中制的榜样》；

《华主席无限关心革命战士》；

《华主席是人民教师的贴心人》；

《华主席永远是我们学习的光辉榜样》；

……

在铺天盖地的“宣传华国锋”的种种文章中，张平化的文章格外显眼。

张平化在1959年担任中共湖南省委第一书记时，华国锋担任中共湖南省委书记处书记，作为华国锋的“顶头上司”，张平化与华国锋共事多年。后来，当华国锋成为“英明领袖”，1977年10月，张平化担任了中共中央宣传部部长。

张平化在“宣传华国锋”的热潮中，写了一篇重要文章——《华国锋主席是伟大领袖和导师毛泽东主席的最好接班人》。

张平化在文章中用三个“亲自”来形容毛泽东对华国锋的重视：

华国锋主席是伟大领袖和导师毛泽东主席的优秀学生，是毛主席亲自培养、亲自选定、亲自安排的最好接班人。[1]

张平化的文章，分五个方面“宣传华国锋”：

努力学习和忠诚实践毛泽东思想；
捍卫和遵守“三要三不要”三项基本原则；
坚持马克思主义的领导方法和工作作风；
爱护和培养党的干部；
华国锋同志为我党领袖是毛主席的英明决策。

张平化在文章结束时，把华国锋成为“英明领袖”和1935年遵义会议确立了毛泽东的领袖地位相提并论：

“宣传华国锋”的宣传画

遵义会议确立了我们伟大的领袖和导师毛泽东主席在全党的领导地位，从而拨正了中国革命的航向，使中国革命斗争转危为安，不断地从胜利走向新的胜利，中国人民站起来了，黑暗的旧中国变成了光明幸福的社会主义新中国，屹立在世界的东方。今天，我们又有了毛主席最好接班人华国锋主席，继承毛主席的遗志，坚持毛主席的无产阶级革命路线和国内外政策，领导全党全军和全国各族人民在各条战线上进行英勇顽强的斗争，把毛主席开创的无产阶级革命事业继续推向前进。我国八亿人

[1]《人民的英明领袖》，17页，上海人民出版社1977年版。

民，三千多万党员，都为又有了自己的英明领袖华国锋主席而感到无比的幸福和自豪。我们一定要最紧密地团结在以华主席为首的党中央周围，信心百倍地在继续革命的大道上奋勇前进。[1]

华国锋在“农业学大寨”的高潮中，曾率湖南干部前往山西大寨学习，跟陈永贵结识。

在华国锋成为“英明领袖”之后，陈永贵这样“宣传华国锋”：

华国锋同志忠于党、忠于人民；大公无私、光明正大；谦虚谨慎，具有民主作风；平易近人，接近群众，善于团结同志一道工作。他能够领导全党、统帅全军，是一位杰出的马克思主义者。全党、全军和全国各族人民为再次有自己的英明领袖而感到无限自豪。

经过热火朝天的“宣传”，尽情的讴歌，华国锋被精心“包装”成了“英明领袖”。

[1]《人民的英明领袖》，34 页，上海人民出版社 1977 年版。

第五章　华国锋走过的道路

◎ 尽管全国上下一片“宣传华国锋”，为华国锋歌功颂德，但是华国锋的真实身世仍鲜为人知。华国锋其实姓苏不姓华。他是怎样由山西南下成为毛泽东家乡的“父母官”，他又是怎样得到毛泽东的垂青，以至被毛泽东指定为接班人的呢？

华国锋姓苏不姓华

走笔行文至此，该探究一下华国锋走过的道路……

华国锋其实不姓华。

华国锋本姓苏，单名铸。1938 年参加游击队时，苏铸取了个化名“华国锋”——取义于“中华民族抗日救国先锋”。后来他以“华国锋”这一化名闻名于世，以至很少有人知道他的本名苏铸。

如今，华国锋的子女仍用苏姓，并不姓“华”。

华国锋与中国共产党在同一年诞生——1921 年。因此，他可以说是“中共的同龄人”。

顺便提一句，毛泽东的长子毛岸英生于 1922 年，比华国锋小一岁。

在 1921 年，28 岁的毛泽东在上海出席中共一大时，华国锋不过是个刚呱呱坠地的婴儿。所以，华国锋与毛泽东是两代人。

2009 年 9 月 10 日，笔者走访了华国锋的故乡山西交城县。交城县在山西中部，太原西南，文峪河上游，吕梁山区，是个山多林密的地方。

1941 年，华国锋 20 岁，参加抗日战争

1921 年 2 月 16 日（民国十年农历正月初九），华国锋出生在山西交城县城天宁镇永宁南路 46 号。那是一座典型的晋中农家小院。

华国锋祖籍河南范县苏家堡。

华国锋的父亲苏庆惠 1874 年（清同治十三年）出生于交城县城天宁镇南面不远的杜家庄。交城当年号称“皮都”，从清朝起就是晋商中“皮毛帮”的大本营，县城里拥有皮坊、皮店上百家，皮工一万多人。交城甚至还有美国、德国、法国、俄罗斯、日本等 46 家外国洋行，人称“交城皮毛甲天下”。苏庆惠不识字，在 15 岁的时候，进县城隆盛裕皮坊当学徒，东家叫王酋。五年后满师，苏庆惠在城里租屋成家。他迎娶县城东关武建元的次女为妻，婚后不久武家次女病亡。武家又以三女许配苏庆惠，婚后不久又病亡。

东家王酋见苏庆惠老实能干，便将次女王二女嫁给苏庆惠。苏庆惠租了永宁南路 46 北屋。王二女在婚后连生四子。据华国锋在 1948 年亲笔填写的《干部成分调查表》上所载：“我兄弟原四个，我三哥生下时，我大哥死。我生下时，我二哥死。”因此最后能够成人的只有华国锋和他的三哥。三哥名叫苏铁。

华国锋的父亲苏庆惠自从成为东家女婿之后，升为隆盛裕皮坊的二掌柜。所以华国锋在 1948 年填写的《干部成分调查表》中，家庭成分一栏写了“商人”。华国锋还在《干部成分调查表》中写及：

> 我 7 岁上，我父亲死。父亲名分下在杜家庄有墓子地两三亩，无劳动力，由我叔伯兄弟们无代价种着（负担我家亦不管）。还有一间房子，亦是叔伯兄弟住着。我家在城里租赁房子住。我三哥小学毕业后，到本城大顺永当学徒，二三年后被开除，又到合聚永当学徒，事变前提升为记账的，他的名字叫苏铁。现我家有母亲、嫂嫂、2 个侄女及我三哥 4 口人（引者注：似应为 5 口人）……

华国锋所说的“事变”，即 1937 年 7 月 7 日日军侵华的“卢沟桥事变”，又称“七七事变”。

按照华国锋自述，他 7 岁时，也就是 1928 年，父亲苏庆惠去世，终年 54 岁。从华国锋亲笔填写的《干部成分调查表》，可以真实地了解当时他的家庭情况。

乡音难改，华国锋后来一直讲一口浓重的山西话。

1928 年，7 岁的华国锋入交城县南关小学。

1934 年，13 岁的华国锋毕业于南关小学。

1935 年，14 岁的华国锋入交城县“商业职业学校”，学习到 1937 年。所以，华国锋后来在填写履历表时，“文化程度”一栏总是写“中学文化程度”。

交城地处晋绥边区，很早就有中共党组织活动。在华国锋上中学的时候，离学校不远处住着两个中共地下工作者。华国锋在那里看了一些进步书刊，思想倾向革命。

1938 年初，17 岁的华国锋离开家庭，上山参加了交城县牺牲同盟会抗日游击队，从此改名华国锋。

自从改名华国锋起，华国锋就走上了红色之路。

1938 年 10 月，由中共文（水）交（城）工委民运部部长李伯林（陕西人，老红军）做介绍人，17 岁的华国锋加入中国共产党。

翌年，18 岁的华国锋担任抗日根据地晋绥边区第八专区汾阳县牺盟会特派员，在汾阳的峪道河、开垣庄、鳌坡一带，开展抗日游击工作。

1940 年初，19 岁的华国锋在山西交城县担任了工、农、青、妇、武各界抗日救国联合会主任。

1945 年，24 岁的华国锋担任了中共交城县党委书记、县武装大队政治委员。从此，人们称华国锋为“华政委”。

笔者采访了华国锋的老上级——武光。

那是在 1996 年初夏，笔者穿着长袖衬衫在北京步入武光的住处，84 岁的他竟只穿一件汗背心。他是北京市人大常委会副主任，居然每天还去上班呢！

武光出生于 1912 年，河北深泽县人氏，1930 年加入中国共产主义青年团，1931 年加入中国共产党。他是“九一八”事变后的北平团委书记，而当时胡乔木是北平团委宣传部部长。在抗日战争时期，武光担任中共北平市委书记。

武光说，他认识华国锋时，华国锋还是个小伙子。那时候，武光担任中共晋中区党委副书记。所谓“晋中区”，是指山西太原周围的几十个县，而华国锋自 1947 年起担任中共山西阳曲县委书记兼县武装大队政委，属于中共晋中区党委领导。这样，华国锋便成了武光的下属。周小舟担任中共晋中区党委宣传部部长，华国锋在这时结识了周小舟。后来，从 1953 年 10 月起，周小舟被任命为中共湖南省委第一书记，成为华国锋的“顶头上司”。

笔者问起武光当时对华国锋的印象，武光如实地说：“华国锋是个老实人，好同志。那时华国锋给我的印象便是正派、老实。”[1]

在 1948 年冬，中共中央决定从华北抽调 5 万名干部准备随军南下，以便接收南方的城乡。

武光回忆说，当时华北的干部差不多是“走一半，留一半”。武光和华国锋都是属于“走”——南下的。

当时的中共晋中区委一分为二，一半走，一半留。武光奉命把走的干部组建成 6 套地委班子，每套班子都包括党、政、武装部、工、青、妇六方面的干部。这样，便于南下时可以接收、成立 6 个地委。

[1] 1996 年 5 月 26 日采访于北京。

南下时，干部们差不多都往上升一级。1949 年 1 月，28 岁的华国锋担任中共晋中第一地区委员会宣传部部长。这样，他就由县委级干部升为地委级干部。

这时，华国锋与韩芝俊结婚。

从华国锋最初的经历来看，他确实属于“根正苗红”的干部。他在吕梁山打游击，先是打日本军队，后是打国民党军队，经历了几十次大大小小的战斗。

那时，年轻的华国锋在战争的烽火中成长，踏实、诚朴、吃苦耐劳，应该说是不错的中共基层干部。

不过，在华国锋成为“英明领袖”之后，在“宣传华国锋”的高潮中，却刻意把华国锋“塑造”成在那时就已经是“学习毛主席著作的模范”。种种报道、回忆文章充满对华国锋的这样的宣传：

> 1940 年初，他担任了交城县工农青妇武各界抗日救国联合会主任。为了发动群众大打抗日的人民战争，华国锋同志身披破羊皮袄，怀揣一本毛边纸印刷的《论持久战》，冒着生命危险，走村串户地宣传抗日救国“十大纲领”，简明通俗地讲解持久战的三个阶段。[1]

在另一篇文章中，是这样宣传华国锋在战火中刻苦学习毛泽东著作的：

> 交城地处吕梁山区，是晋绥边区八分区的前哨，斗争尖锐复杂，环境艰苦。当时，为了夺取革命战争的胜利，华国锋同志总是抓紧一切机会，认真学习毛主席著作。他的挎包里经常装着用麻纸印的毛主席的光辉著作《中国社会各阶级的分析》《论持久战》《组织起来》《祝十月革命 25 周年》……还有中共中央晋绥分局对于巩固与建设晋西北施政纲领等小册子，走到哪里学到哪里。一次，华国锋同志等从科头村出发到王文村检查工作，登上一座山顶，大家感到很累，就找了一个隐蔽的地方休息。华国锋同志不顾疲劳，见缝插针，打开了毛主席著作学了起来。晚上，没油点灯，他就用交城山区特产的松油柴照亮，经常学习到深夜。有时，脸被松油烟熏黑了，他也不在意。有段时间，他病了，同志们劝他注意身体，他说，在战争年代更应当多读毛主席的书，把毛主席的著作学好了，才有本领，才

---

[1]《华主席在战火纷飞的年代》，载《人民的英明领袖》42 页，上海人民出版社 1977 年版。

能战胜敌人，打开局面。[1]

当时的报道如此刻意宣传华国锋在20来岁时就已经成了“学习和实践毛泽东思想的光辉典范”，其实是为了塑造华国锋“一贯忠于毛主席”的形象，证明华国锋是毛泽东的忠实接班人。

成为毛泽东故乡的“父母官”

华国锋参加了武光所率的南下工作团。

武光记得，他们是在1949年“五一”劳动节前夕出发南下的。来自老区的干部大约3000人集结于石家庄。本来，还有2000北平的学生跟他们一起南下，只是后来由于北平学生要先进入华北革命大学短期学习，然后才南下，所以没有与干部们一起出发。

武光带领南下工作团从石家庄到了河南开封，那里是中共中原局所在地。中共中原局书记邓子恢热情地接待了他们。

邓子恢告诉武光，南下工作团被安排前往湖南接收。不过，邓子恢向武光透露说，湖南省省委、省政府的干部都已经配齐，因此，南下工作团的干部们到了湖南，恐怕只能“往下压”。

什么是“往下压”呢？比如，武光原本是安排为省级干部的，“往下压”为地委级干部；华国锋原本安排为地委级干部，“往下压”为县委级干部。

果真，南下工作团到了长沙，“往下压”了：武光被任命为中共长沙地委书记，地委机关设在湘潭。

华国锋也被“往下压”。1949年8月2日，华国锋被任命为中共湖南湘阴县第一任县委书记、县武装大队政治委员。

对于华国锋来说，从山西南下，来到毛泽东的故乡湖南工作，是他人生道路上的关键一步。

从此，华国锋在湖南工作了20多年。

后来，当华国锋成为“英明领袖”，一提到湖南，总是这么宣传：“伟大领

[1]《华主席是学习和实践毛泽东思想的光辉典范》，载《人民的英明领袖》35~36页，上海人民出版社1977年版。

袖毛主席的故乡，英明领袖华主席工作过的地方。”

湘阴位于洞庭湖南岸。当时的湘阴，“四害”横行。所谓“四害”，也就是水灾、虫灾（血吸虫病）、土匪、恶霸。

华国锋来到湘阴，领导全县人民进行了减租退押、清匪反霸、土地改革。这时，华国锋步入“而立”之年。

在湘阴，华国锋为烈士塔题写了这样的诗句——华国锋平时从不写诗，这是难得见到的华国锋诗：

为我人民事，
牺牲命和家。
继承先烈志，
建设新中华。

华国锋在湘阴工作了不到两年，在1951年6月调离湘阴，到湖南湘潭县担任县委书记。这时，担任中共湘潭地委书记的是宋惠。

虽说华国锋在湘阴县的工作时间不长，但是在1977年“宣传华国锋”的高潮中，人民文学出版社专门出版了《华主席在湘阴的故事》一书，收入关于华国锋在湘阴的故事28篇。这些故事仍十分注意突出华国锋学习毛泽东著作的精神。例如，一篇题为《打菩萨的故事》，写及县交通班的小张、小裴拿了大木棒去城隍庙砸菩萨，华国锋得知后，找小张、小裴谈话。故事这么写道：

政委给他们分析，在这解放初期，人民觉悟还不高，清匪反霸正在紧张地进行的时候，打菩萨会带来什么样的不良后果。政委分析得那么深透，小交通员们听得那么入神。是呀，在这个时候打菩萨，就会干扰当前的清匪反霸运动，给敌人造成可乘之机啊！事情不是摆得很明显吗？有些落后群众听了敌人的造谣，对人民政府产生了误解嘛！

“可是菩萨还要不要打呢？”一个交通员提出了新问题。

华政委说：“当然要打的。但不能由我们代表群众打，要让群众觉悟了自己去打。”

说着，就从怀里掏出一本书，翻到其中一页，指着一个地方说：“你们看，毛主席是怎么说的？”小交通员们的眼光随着华政委手指的移动，轻声念起来：“菩萨是农民立起来的，到了一定时期农民会用他们自己的双手丢开这些菩萨，无须旁人过早地代庖丢菩萨。”

毛主席的话说得多么好啊！就仿佛是针对小交通员们说的。小张把华政委手里的这本书接过来，一看封面，《湖南农民运动考察报告》几个字闪闪发亮。

“华政委，我们再不打菩萨了。”小张和小裴惭愧地说。[1]

1951年6月，当华国锋从湘阴县调到湘潭县担任县委书记时，连他自己都没有意识到湘潭县委书记的特殊的重要性——毛泽东正是湘潭县人！

1949年8月15日，打着红旗的军队——中国人民解放军——解放了毛泽东的家乡湘潭县韶山冲。当时一篇题为《毛泽东的故乡——韶山冲解放了》的报道这样写道：

每个人的步伐比往日走得更快，眼睛瞪得格外大，大家都知道今天的宿营地是我们敬爱的领袖毛主席的家乡——湘潭县韶山冲。队伍刚刚经过一座小山岭，突然灯笼火把齐明，火光下，照见一个木牌上写着：“此处离毛主席的家十五华里。”从这里起到韶山冲的东茅塘与上屋场，沿路站满了提着灯笼端着茶水的老乡们，远远望去就像一条漫长的火龙。到处响着清脆的鞭炮声，就像过年一样……

午夜三时了，前面传来命令：“三连今天就住毛主席的家里。”三连的同志高兴得跳了起来。

1950年5月，毛泽东委托他的长子毛岸英前往故乡探望。毛岸英不坐车，不骑马，步行了30多里山路来到韶山冲，使那里的乡亲们感动得流下热泪。

1950年秋，《人民日报》刊载消息《湖南湘潭修缮毛主席故居》。

华国锋在担任湘潭县委书记之后不久，1952年春，他第一次前往毛泽东的诞生地韶山冲。那时，毛泽东的故居经过初步修缮，正堂屋门上方挂着“中国人民领袖毛主席的家”金字横匾。

在“宣传华国锋”的热潮中，中共韶山区委员会写了《紧跟华主席，永远向前进》一文，内中这么记述华国锋初去韶山的情形：

---

[1]《华主席在湘阴的故事》，56~57页，人民文学出版社1977年版。

当时，土地改革运动已经基本结束。在推翻封建生产关系之后，中国农村向何处去？向资本主义，还是向社会主义？党内存在着两条路线的激烈斗争。伟大领袖毛主席代表着无产阶级和劳动人民的根本利益，引导亿万农民走“组织起来”的道路，向社会主义方向前进；刘少奇则代表地主资产阶级利益，极力鼓吹“巩固新民主主义秩序”，大搞“四大自由”，妄图把中国引向资本主义。

华国锋同志坚定不移地站在毛主席的革命路线上，带领我们走社会主义道路。他满腔热情地支持韶山冲里新出现的社会主义萌芽性质的互助组；同时，亲自带头深入到各个屋场，调查土改以后农村阶级关系的新变化，用本地的具体事例，启发教育广大农民群众，只有听毛主席的话，“组织起来”，才能真正得到解放，逐步改变贫穷落后状况，建成社会主义新农村。[1]

以上的记述显然受当时文风的影响，写得空洞、干巴，而且以后来想当初，把“批判刘少奇”之类都“提前”到50年代初。不过，这段记述毕竟还是反映了华国锋早在1952年春便已经背着背包前往毛泽东老家，深入了解那里的农民情况。

前来参观毛泽东故居的人日渐增多，但是，参观者和毛岸英一样，要走很长的山路。华国锋作为县委书记，着手改善那里的交通，修筑公路，使汽车能够直达毛泽东故居。

这样，前来参观毛泽东故居的人迅速增加。据当时的统计，光是1953年8月至10月，参观者便达8833人。许多外国代表团、记者也纷纷前来参观，使湘潭县变得越来越热闹。

在华国锋担任湘潭县委书记之后，1952年8月，他又升任中共湘潭地委副书记兼湘潭专署专员。

这时，华国锋多次前往韶山冲蹲点，指导那里建立农村互助组。韶山冲刘秀华、汤瑞仁等成立的互助组，成为湘潭地区最早的互助组。

华国锋那时写了《湘潭县应如何推广互助合作运动》《稳步建立和提高常年互助组》《怎样整顿、巩固和提高现有的常年互助组》等文章，表达了他对于在湘潭大力开展互助合作化运动的见解。

[1]《紧跟华主席，永远向前进》，载《人民的英明领袖》122页，上海人民出版社1977年版。

华国锋还抓了贺建昌这一典型，树为湘潭县互助组的“十面红旗”之一。

贺建昌是湘潭县马毛乡的贫农，组织八户人家成立“变工组”，合了又垮，垮了又合，三起三落。华国锋得知后，三次到马毛乡蹲点，支持贺建昌，还带领贺建昌以及另几个互助组组长步行70华里，到韶山冲去瞻仰毛泽东旧居……

华国锋写了《不断巩固和提高的贺建昌互助组》一文，在报上发表，提倡这一典型。在华国锋的领导下，到1952年底，湘潭县的常年互助组达890多个，成为湘潭地区互助合作运动发展比较快的一个县。

1954年2月，韶山冲成立了农业合作社，成为湘潭地区第一个农业合作社。

1954年11月，华国锋担任中共湘潭地委书记，兼任中国人民解放军湘潭军分区第一政委和党委第一书记。这样，华国锋成了湘潭地区的“父母官”。

引起毛泽东的注意

就在华国锋担任湘潭地委书记半年多之后，有幸第一次见到了毛泽东。

湖南是毛泽东的故乡。虽说毛泽东在1959年才第一次回到出生地韶山冲，但是自1953年起至1975年，毛泽东几乎每年都到湖南长沙一趟，有时一年来两三趟。这是因为毛泽东曾在长沙读书、教书和从事革命工作多年，所以他对长沙有着深厚的感情。

每一趟来湖南长沙，毛泽东总是要接见湖南的主要领导干部。正因为这样，湖南的主要领导干部见到毛泽东的机会，要比别的省多得多。

毛泽东在1953年来湖南时，华国锋还算不上湖南的主要领导干部，所以没有机会见到毛泽东。

1954年夏，毛泽东从广州乘火车路过湖南，只作短暂的停留。

1955年6月中旬，毛泽东又乘火车来到湖南。据湖南长沙接待毛泽东的工作人员回忆，6月20日这天上午10时半，毛泽东在罗瑞卿陪同下，在长沙南郊猴子石那里跃入湘江，游了很久。他一直游到岳麓山下的牌楼口才上岸。

就是在毛泽东这次来长沙时，34岁的华国锋第一次见到了毛泽东。

笔者在湖南人民出版社1978年出版的《韶山红日照千秋》一书中，查到一帧不多见的华国锋和毛泽东在1955年的合影。这是在毛泽东的专列的狭长的车厢里，中间是一张铺着白布的长桌，长桌的右侧坐着毛泽东，左侧坐着四个人，第一个便是华国锋。华国锋穿着中山装，理着平头，憨厚地注视着毛泽东。

照片的说明词如下："毛泽东同志在视察途中和华国锋同志等湖南省委、地委的负责同志谈话（1955 年）。"

那时，华国锋已是湘潭地委书记，所以有机会受到毛泽东的接见。

当时，在毛泽东的专列上受到接见的，还有中共湖南省委副书记谭余保、省委常委胡继宗和徐启文，只有华国锋不是省级干部，而是地委书记。[1] 华国锋能够受到毛泽东接见，用毛泽东的话来说，"你是我的家乡的'父母官'"。

1955 年毛泽东在湖南视察时，在专列上接见中共湖南省委及地委负责人，左起第一人便是华国锋。此为笔者所查到的华国锋与毛泽东的最早合影

毛泽东向华国锋询问家乡的情况，华国锋逐一回答，条理清楚。毛泽东特别问起那里防治血吸虫病的情况，经常下乡的华国锋如实加以回答。

这是毛泽东第一次见到比他小 28 岁的华国锋——当时华国锋 34 岁，纯朴的华国锋给毛泽东留下了良好的印象。

据华国锋的秘书曹万贵说，当时湘潭尚未通车，毛泽东专列停在株洲。时任湘潭地委书记的华国锋接到通知后，从湘潭赶去向毛泽东汇报湘潭农业互助组等情况。华国锋对湘潭手工业、商业的现状也比较了解，毛泽东问什么，他红着脸答什么。毛泽东笑着说："你这个年轻人还是沉了下去的。要深入群众，实事求是。"

第一次见到毛泽东之后，华国锋深受鼓舞。

这次接见，华国锋作为毛泽东故乡的"父母官"，也给毛泽东留下了印象。

那时，毛泽东正忙于抓两件大事：一是开展"反胡风"及肃清反革命运动，为《关于胡风反革命集团的材料》一书写序言、按语和注文；二是在全国农村推进互助合作运动。

在毛泽东号召之下，农业合作化运动在中国农村迅速展开。毛泽东很关心

---

[1] 李海文：《华国锋南下湖南》，《湘潮》2010 年第 12 期。

家乡的合作化运动。

作为湘潭地委书记，华国锋来到韶山冲，亲自主持了“建社骨干训练班”。

陈世计当时担任湘潭地委办公厅秘书，后来，他的儿子曾经记述了父亲陈世计的回忆：

1953年华国锋任湘潭地委书记时，我父亲是地委办公厅秘书，在一次父亲下乡的工作调查中，得知基层干部和农民对地委批建的一项农业工程意见颇大，也给基层集体和群众利益造成了一定损失。由于涉及的工程和事件较大，父亲就将基层调查报告向地委书记华国锋进行了直接汇报，而这个工程的最高审批者就是华国锋本人。

在华国锋查看调查报告的同时，面现愧悔之色，嘴里连连自语：“该死，该死，怎么出这样的错误！”“官僚主义真是害人！”

当时父亲作为下级，只有静待领导指示的份。只见华国锋将调查报告交给我父亲，严肃地吩咐：“这么大的错误一定要引起全面的重视和改进，要让群众和干部都知道官僚主义害人！把这个调查报告向全地委干部通报，并且在《湘潭日报》上公布，让大家都批评和警醒，再不能犯这样的错误！”

为了领导的面子和威信，我父亲小声建议，仅在地委干部中通报批评已经足够了，就不要在《湘潭日报》上公布了。而华国锋急迫坚决地说：“一定要让我和大家都深刻吸取这个教训，工作一定要重视基层调查，否则官僚主义害人害老百姓，要在大家面前批评检讨我们自己。”最后还是坚持着在地委和《湘潭日报》上发表通报批评了。

对于华国锋毫不掩盖姑息自己的错误，严格律己，勇于“揭疤”，高度重视群众利益的无私坦荡襟怀，父亲提起来都是啧啧地由衷称赞和钦佩！

1955年7月31日，毛泽东在中共中央召开的省委、市委、自治区党委书记会议上，作了著名的《关于农业合作化问题》的报告。

毛泽东在报告一开始，就尖锐地指出：

在全国农村中，新的社会主义群众运动的高潮就要到来。我们的某些同志却像一个小脚女人，东摇西摆地在那里走路，老是埋怨旁人说：走快了，走快了。过多的评头品足，不适当的埋怨，无穷的忧虑，数不尽的清规和戒律，以为这是指导农村中社会主义群众运动的正确方针。

否，这不是正确的方针，这是错误的方针。

毛泽东所称的“小脚女人”，确有所指。那时，中央农村工作部部长邓子恢等根据中国农村生产力发展的实际情况，先是对农村的一些合作社进行压缩、整顿，接着又提出合作社的发展速度不宜过快。

1955 年 6 月下旬，毛泽东便曾对邓子恢提出“黄牌警告”，批评邓子恢“犯了右的错误”——当然，后来的历史事实表明邓子恢的意见是正确的。

就在毛泽东大声批评“小脚女人”之时，湘潭县韶山乡政府给毛泽东写了一封信，报告那里蓬勃开展的互助合作运动的情况。

信中说：

今年全乡 13 个农业生产合作社，社社都增产。348 户社员有 320 户增加了收入……

毛泽东很高兴得知故乡的进步，于 1955 年 8 月 5 日亲笔写了一封回信：

韶山乡政府各同志：

给我的信收到。互助大有发展，极为高兴。希望你们继续努力！

毛泽东

1955 年 8 月 5 日 [1]

毛泽东的亲笔信，虽然只短短一两句话，却使作为湘潭“父母官”的华国锋也“极为高兴”。

毛泽东的信，透露了两个信息：

第一，毛泽东非常关心他的故乡；

第二，毛泽东很重视农村的互助合作运动。

同日，毛泽东还给湘潭县云源乡政府回了一封信：

[1]《建国以来毛泽东文稿》第 5 册，275 页，中央文献出版社 1991 年版。

云源乡政府各同志：

你们给我的信收到了，谢谢你们。乡间情形，尚望随时告我为盼！

顺祝

工作进步

毛泽东

1955年8月5日[1]

毛泽东的这封信，同样透露了他对故乡“乡间情形”的无比关注。

毛泽东在一天中给故乡写了两封亲笔信，使华国锋对于湘潭是毛泽东的故乡、毛泽东关心着故乡有了更深切的感受。

不过，当时的中共湖南省委对于农业合作化并不十分热心，他们主张“不左不右、不前不后”。在中共湖南省委召开部署农业合作化的会议时，原定有中共湘潭地委书记华国锋关于湘潭地区农业合作化经验的发言，被取消了。

华国锋回到湘潭后，写了《克服右倾思想，积极迎接农业合作化运动高潮的到来》一文，仍积极推进湘潭的农业合作化运动。

华国锋第一次在中共中央全会上发言

在华国锋担任湘潭地委书记10个月之后，他有了一次列席中共中央全会的机会。

1955年8月27日，中共中央发出了《关于召开有省市区党委书记和地委书记参加的中央会议的通知》。这一《通知》是毛泽东亲笔起草的，全文如下：

上海局、各省市委、自治区党委：

今年国庆节前后，中央有可能召集各省市区党委书记和各地委书记来京参加讨论农业合作化问题及其他问题的中央会议。因此请你们预作准备，并请你们通知各地委书记作准备。准备事项，主要是深入了解当地农业合作化运动的实际情况和制定一个切实可行的关于合作化的全面规划。

[1]《建国以来毛泽东文稿》第5册，276页，中央文献出版社1991年版。

此项准备工作，须于9月25日以前完成。

中央

1955年8月27日[1]

本来，中央会议一般只请省、直辖市、自治区的党委书记参加，这一回把地委书记也邀请在内，是因为会议所讨论的是农业合作化问题，地委书记身处第一线。正因为这样，作为湘潭地委书记的华国锋，有机会前往北京，列席中央会议。

这次中央会议，也就是中共七届六中全会扩大会议。这“扩大”，就是指除了中共中央委员和中共中央候补委员们之外，还包括许多列席者。这些列席者包括上海局书记，北京、上海、天津市委书记，各省委、自治区党委和各地委的书记，各省委、自治区的农村工作部部长，中央各部委、中央国家机关负责人。

中共中央于1955年9月7日发出的毛泽东起草的《关于召开七届六中全会的通知》规定：列席者“有发言权，无表决权”；“各大市委区党委地委书记的发言稿可以有3000字左右，合作化经验丰富的地委可以有4000字左右，经验不足的可以只有1000~2000字左右”；“因为会期只有5天，不可能每人都宣读发言稿，准备以一部分有代表性的地区宣读自己的发言稿，而将另一部分地区的发言稿印发给大家看，因此各地方同志虽然不可能都发言，但是每个人都必须写好发言稿”。

会议于1955年10月4日至11日在北京举行。

对于华国锋来说，这是平生第一次列席中共中央全会，第二次见到毛泽东。毛泽东主持了第一天的会议，而在最后一天作了题为《农业合作化的一场辩论和当前的阶级斗争》的总结。

由于会议规定出席会议的地委书记们必须写发言稿，华国锋根据毛泽东《关于农业合作化问题》的讲话精神，结合湘潭的情况，写了发言稿。

在会上进行发言的共80人。这些发言者大都是中共中央委员，地委书记能在大会上发言的很少。大会印发的书面发言稿达167份——大部分地委书记都只是作书面发言。

华国锋一则由于来自毛泽东的故乡，二则由于湘潭地区的农业合作化运动

[1]《建国以来毛泽东文稿》第5册，327页，中央文献出版社1991年版。

发展很快，所以他很幸运能够在大会上发言。

华国锋在发言中“介绍了湘潭地区合作化运动的经验，歌颂了湘潭地区贫下中农牵着牛，手捧地契，踊跃入社的革命热情”。[1]

毛泽东对于华国锋介绍的故乡农业合作化情况，颇感亲切，十分满意。这样，华国锋给毛泽东留下了颇好的印象。

华国锋回到湖南后，又写了《充分研究农村各阶层的动态》《在合作化运动中必须坚决依靠贫农》两篇文章。

1955 年冬，毛泽东亲自选编《中国农村的社会主义高潮》一书，收入湖南 6 篇典型材料，内中 5 篇为湘潭地区的，毛泽东为其中的 3 篇写了按语。这也表明了毛泽东对于华国锋领导之下的湘潭地区农业合作化运动的满意。

毛泽东为《湘潭县清风乡党支部帮助贫苦社员解决困难》一文，写了如下按语：

> 这个合作社的方针是正确的。一切合作社都应当这样做。各省应当在自己的关于合作化问题的决议或者指示里面指出，一切合作社有责任帮助鳏寡孤独缺乏劳动力的社员（应当吸收他们入社）和虽然有劳动力但是生活上十分困难的社员，解决他们的困难。目前，有许多合作社，缺乏帮助困难户的社会主义的精神，甚至根本排斥贫农，这是完全错误的。目前，政府已经设立了贫农基金，可以帮助贫农解决耕牛农具的困难，但是还不能解决贫农中有些户缺乏劳动力的困难，也不能完全解决有些户在青黄不接时期缺乏生活资料的困难，这只有依靠合作社广大群众的力量才能解决。

积极投入“反右派运动”

1956 年 5 月，华国锋升任湖南省人民委员会文教办公室主任，主管湖南的文教工作。这样，华国锋开始从地区级领导进入省级领导。

在 1957 年 11 月，华国锋又升任中共湖南省委统战部部长。

[1] 中国共产党湖南省委员会：《华国锋同志是毛主席革命路线的卓越继承者》，载《红旗》杂志 1977 年第 2 期。

1957 年的“反右派运动”，对华国锋无疑是一次重要的考验，因为文教方面是“反右派运动”的重点部门，何况华国锋后来所担任的统战部部长更是与“反右派运动”休戚相关。

湖南的“反右派运动”火力相当猛烈，许多人无辜地被打成“右派分子”。

当时担任中共湖南省委第一书记的周小舟，对于毛泽东所领导的“反右派运动”表示“很不理解”。

周小舟，是毛泽东的老熟人。从 1936 年 8 月至 1938 年秋，周小舟曾担任毛泽东秘书两年多时间，跟毛泽东朝夕相处于延安。

周小舟与华国锋一起从山西南下。1953 年 10 月起，周小舟担任中共湖南省委第一书记。

从 1953 年以来，毛泽东每一回来湖南，差不多都由周小舟陪同视察。

1957 年，面对湖南那么多人被无辜地打成“右派分子”，周小舟心中深为不安。在“反右派运动”高潮中，周小舟借口“多日失眠，精神不佳”，向中央请求“休养”。这样，周小舟在 1957 年 10 月离开湖南，来到青岛休养。他在青岛借了不少古代史著阅读，认为“反右派运动”是“深文周纳，罗织成罪”。[1]

“深文”出自《史记·酷吏列传》，指制定或者援用法律文书苛细严峻。“周纳”之“周”，即周密，而“纳”是“使陷入”之意。“罗织”指罗织罪名。

所以，在周小舟看来，毛泽东所领导的“反右派运动”，是引人“陷入”，然后罗织罪名，以严酷的法律治人以罪。

“深文周纳，罗织成罪”这八个字，是周小舟对于“反右派运动”错误的高度概括。这表明这位当年的毛泽东秘书，已经与毛泽东晚年的“左”的思想之间产生深刻的分歧。

与周小舟不同，华国锋积极投入了“反右派运动”。

在“宣传华国锋”的热潮中，长沙第五中学党支部发表了《华主席指挥我们战斗》一文，记述了华国锋当时积极领导“反右派运动”的情况：

> 师生们怎么也不会忘记，1957 年 4 月下旬，祖国的晴空出现几朵乌云，一小撮资产阶级右派分子乘党整风的机会，向党发动猖狂的进攻。就在这严峻的时刻，华国锋同志深入学校，掌握文教战线阶级斗争的新动向。一

[1]《周小舟》，《中共党史人物传》第 24 卷 294 页，陕西人民出版社 1985 年版。

天，主管全省文教工作的华国锋同志身着青布便服，走进了我们的校园。他一到学校，就广泛与师生们交谈，参加座谈会。不到几天时间，办公室、教室、宿舍……整个五中校园，都留下了他的足迹，到处都能听到他勉励大家努力学习马列著作和毛主席著作、提高阶级斗争觉悟的亲切声音。当时，正是反右派斗争的前夕，右派分子的反动气焰十分嚣张。华国锋同志用马列主义、毛泽东思想的望远镜和显微镜，洞察教育战线两个阶级的生死搏斗，看穿了阶级敌人的狰狞面目。有一次，华国锋同志参加语文教研组的"鸣放会"，一个右派分子在会上恶毒攻击党的方针政策。华国锋同志冷静沉着地听着这个坏蛋的"鸣放"，目光炯炯，稳若泰山地向群众表示，我们欢迎热爱党、热爱社会主义的革命群众向党提意见，帮助党整风，也要警惕阶级敌人的捣乱和破坏。

在党中央发出反右派斗争的战斗号令后，华国锋同志亲自部署了我校反右派斗争，指挥我们取得了这场斗争的伟大胜利。[1]

以"中国共产党湖南省委员会"名义发表的《华国锋同志是毛主席革命路线的卓越继承者》一文中，也写及华国锋是怎样积极投入"反右派运动"的：

1957年，资产阶级右派趁我党整风之机，向无产阶级猖狂进攻。当时刘少奇在湖南的代理人，与右派分子一唱一和，互相呼应，更加助长了他们的反动气焰。而担任省委统战部部长的华国锋同志，坚决地站在斗争的第一线，按照毛主席、党中央的战略部署，因势利导地组织和领导了反右派斗争。他根据毛主席《关于正确处理人民内部矛盾的问题》等著作中的光辉思想，深刻地指出，这场"政治战线上和思想战线上的社会主义革命，是经济战线上社会主义革命取得基本胜利后必不可少的补充和必不可免的继续"，"是关系到国家民族生死存亡的斗争，如果这一仗不打胜，社会主义就将没有希望"。华国锋同志坚定沉着，放手开展大鸣、大放、大字报、大辩论，经常分析阶级斗争的形势，及时组织群众进行反击，充分揭露批判右派分子反党反社会主义的罪行，打退了他们的猖狂进攻。[2]

---

[1]《湖南日报》1977年2月25日。

[2] 中国共产党湖南省委员会：《华国锋同志是毛主席革命路线的卓越继承者》，载《红旗》杂志1977年第2期。

面对来自庐山的大震荡

1958年7月，华国锋升任湖南省副省长、中共湖南省委书记处候补书记。这样，华国锋一个阶梯一个阶梯向上迈，从县到地区，从地区到省，进入湖南省的领导核心之中。可以说，他是一帆风顺的。

一年之后，一场政治大风暴，猛烈地袭击了中共湖南省委。

这场突如其来的政治大风暴，来自江西庐山。

1959年7月2日至8月16日在庐山先后召开的中共中央政治局扩大会议和中共中央八届八中全会，开展了对彭德怀"右倾机会主义"的"批判"。会上揭出了所谓"彭德怀、黄克诚、张闻天、周小舟反党集团"。

这一"反党集团"跟湖南的关系非同一般：黄克诚是中共湖南省委第一任省委书记，从1949年8月至1952年9月；而周小舟则是中共湖南省委现任第一书记。

周小舟在1957年对于毛泽东领导的"反右派运动"持怀疑态度，紧接着，在1958年，周小舟又认为毛泽东发动"大跃进"，"带有'左'倾盲动主义的性质"。[1]

正因为这样，在1958年12月彭德怀来湖南视察时，周小舟陪他同去湘潭，一路谈话，发觉彼此的见解非常相近。所以，当彭德怀在庐山会议上被打成"右倾机会主义头子"时，周小舟也就被列为彭德怀"反党集团"的成员了。

1959年8月17日，周小舟受到了严厉的处分："撤销中共湖南省委第一书记职务，保留省委委员，以观后效。"9月上旬，周小舟回到湖南，在湖南接受批判。此后，周小舟被降职到湖南浏阳县大瑶公社当副书记。

作为省委第一书记，周小舟成了"反党集团"成员，给中共湖南省委带来极大的震荡。面对这一激烈的斗争，华国锋坚决站在毛泽东一边。

在"宣传华国锋"的热潮中，以"中国共产党湖南省委员会"名义发表的《华国锋同志是毛主席革命路线的卓越继承者》一文中，这样记述道：

> 庐山会议前几个月，彭德怀窜来湖南，伙同刘少奇在湖南的代理人（引者注：即周小舟）四处活动，拼命搜罗向党进攻的炮弹。面对着右倾

[1]《周小舟》，《中共党史人物传》第24卷298页，陕西人民出版社1985年版。

机会主义者的猖狂挑战，华国锋同志挺身而出，给予了有力的回击。他深入农村调查研究，掌握了大量的第一手材料。他作报告、写文章，用无可辩驳的事实论证总路线、大跃进和人民公社的必然性和正确性，热情地歌颂了革命群众运动和社会主义新生事物，痛斥了右倾机会主义分子的无耻谰言。同时反复教育干部和群众，既要有高度的革命热情，又要有严肃的科学态度，干劲要一鼓再鼓，假话一定不要讲，群众的干劲越大，越要关心群众生活，注意工作方法。华国锋同志这种无产阶级的原则性和求实精神，受到了伟大领袖毛主席的称赞。在庐山会议粉碎了彭德怀反党集团后，毛主席亲自提名华国锋同志担任湖南省委书记处书记。在这以后，毛主席来湖南视察，多次听取华国锋同志的汇报，称赞华国锋同志是讲老实话的人。[1]

三次受到毛泽东赞扬

周小舟被撤去中共湖南省委第一书记之后，由张平化担任这一职务。

华国锋作为中共湖南省委书记处书记，也成为湖南举足轻重的人物。

职务越高，政治风浪也就越大。好在毛泽东看重华国锋，每一回到湖南，总要接见华国锋。华国锋呢，也一直把坚决贯彻毛泽东的指示作为自己的政治信条。

虽然华国锋已是中共湖南省委书记处书记，但是他仍关注着毛泽东故乡湘潭。自1961年起，华国锋兼任中共湘潭地委书记。

那篇以中国共产党湖南省委员会名义发表的《华国锋同志是毛主席革命路线的卓越继承者》一文，记述了华国锋担任中共湖南省委书记处书记之后，跟当时担任中共中央中南局第一书记的陶铸之间的斗争：

1962年，刘少奇资产阶级司令部派中南局主要负责人（引者注：指陶铸），到湖南推销“产量责任制”即“包产到户”的黑经验，要华国锋同志执行。在这个大是大非问题上，华国锋同志毫不含糊，寸步不让，

---

[1] 中国共产党湖南省委员会：《华国锋同志是毛主席革命路线的卓越继承者》，载《红旗》杂志1977年第2期。

用大量的事实，说明这种搞法实际上就是单干，当面顶了回去。当时兼任湘潭地委书记的华国锋同志，不仅自己到湘潭、湘阴等县调查，而且派人去了解所谓“产量责任制”黑样板，用正反两方面的经验教育干部和群众，组织他们开展大辩论，使大家认识到，单干的道路是走不通的死路，“只有社会主义才能够救中国”。[1]

华国锋身为中共湖南省委领导，却很少坐机关，总是一次次下乡蹲点。

1962年3月21日，华国锋前往湘潭县姜畲公社清联大队蹲点，住在谷沙塘生产队贫农老大娘谈满家中。他在那里发现有的生产队搞“包产到户”，便坚决予以制止。华国锋写了《办好生产队的几个问题的报告》，批判了“包产到户”。

不久，华国锋得知湘北岳阳县毛田公社那里曾大搞“三自一包”（“三自”即自留地、自负盈亏、集市贸易。集市贸易又称自由市场。“一包”指包产到户），后来，那里“批判资本主义、修正主义”，集体经济得到发展。于是，在1962年冬，华国锋来到毛田蹲点，把毛田树为湖南“走社会主义道路”的样板。

1963年春，当毛泽东来到湖南，华国锋两次向毛泽东汇报了毛田的情况。当时毛泽东正在号召全国农村开展社会主义教育运动，他很欣赏华国锋树立的这块“社会主义道路”样板。

毛泽东曾问华国锋，从岳阳到毛田怎么走。华国锋回答说，有将近100公里，其中有几十公里不通汽车。毛泽东笑道：“给我弄辆牛车，我坐牛车去也行啊！”

毛泽东如此看重毛田，于是，华国锋又去毛田，组织写了总结文章，逐字逐句加以修改，而且把题目改成《可贵的革命干劲》。这篇文章在中共中央理论刊物《红旗》杂志上发表了。

华国锋自己还写了《贵在鼓劲》一文，发表在1963年4月2日的《新湖南报》上。

紧接着，在1963年10月，华国锋带湖南干部到广东参观学习，写了《关于参观广东农业生产情况的报告》。毛泽东看了，又十分赞赏，为之写了批示，号召全党克服骄傲自满、故步自封、夜郎自大的错误思想。毛泽东指出，虚心

---

[1] 中国共产党湖南省委员会：《华国锋同志是毛主席革命路线的卓越继承者》，载《红旗》杂志1977年第2期。

学习外省、外市、外区优良经验的态度和办法，是发展我国经济、政治、思想、文化、军事、党务的重要方法之一。毛泽东强调，这个问题是一个大问题，要全党注意研究，定为制度，不但可以而且应当这样办。

这样，华国锋接连两次受到毛泽东的赞赏。

1963 年，华国锋还带领工作队前往毛泽东家乡韶山区永义公社蹲点，进行社会主义教育运动。

1964 年，华国锋患病住院。他“每天下午坚持学习，形成制度，不仅自己认真学习，还把一同住院的几位负责同志组织起来，学习《毛泽东选集》四卷”。[1]

1964 年 7 月 1 日，由华国锋主持韶山毛泽东陈列馆的建设，并亲自为韶山毛泽东陈列馆奠基。他调动全省一切力量来支援这项工程建设。10 月 1 日，韶山毛泽东陈列馆落成开馆。从动工到落成，只用了 100 天。

韶山毛泽东陈列馆开馆之后，收集到了毛泽东弟弟毛泽覃、堂妹毛泽建的珍贵照片。华国锋当即把照片送到北京，请毛泽东过目。

毛泽东经过仔细地辨认，确定这是毛泽覃和毛泽建的照片。毛泽东非常欣喜，询问华国锋是怎样发现这些老照片的。毛泽东在照片的背面批了两句话：“原件退还，洗一套送我。”毛泽东还指示华国锋，给周恩来总理看一看。

华国锋回到湖南后，对韶山毛泽东陈列馆馆长马玉卿说：“这是无价之宝。你们赶快将照片洗出来，送一套给毛主席。”

不久，华国锋带着精心印制的毛泽覃和毛泽建照片再上北京，把照片亲自交到毛泽东手中。

从 1965 年起，华国锋担任总指挥兼政委，主持修建韶山灌区工程。这一工程是引涟水入韶山，改善沿途湘潭、湘乡、宁乡、双峰的农田水利。主干渠全长 240 多公里，引涟水灌溉 100 多万亩农田。华国锋几乎走遍了干渠，为了这一工程，召集工程人员、民工、老农开了 150 多次“诸葛亮会”。

这一工程在 1965 年 7 月 1 日正式动工。华国锋为《韶山灌区报》第一期写下这样的题词：“做出一个符合总路线精神的引水工程的好样板来。”

华国锋还为巨大的渡槽题写了“云湖天河”四个大字。

这一工程，在 10 万民工的努力下，经 10 个月完成。这 10 个月里，华国

[1]《华主席是卓越的马克思主义领导者》，《北京日报》1976 年 11 月 30 日。

锋大部分时间都花在工地上。

华国锋曾为1966年第一期《湖南文学》杂志“韶山灌区工程特辑”亲笔抄录了这样一首民歌：

高山顶上修条河，
河水哗哗笑山坡。
昔日在你脚下走，
今日从你头上过。

华国锋领导建设韶山灌区工程，又一次得到了毛泽东的称赞。

在“文革”动乱中仍稳步上升

正当华国锋在湖南忙于“农业学大寨”、大兴水利之时，1966年5月16日中共中央发出毛泽东亲自改定的著名的《五一六通知》。从此，“无产阶级文化大革命”在中国“轰轰烈烈”地开展起来。

“文革”使中国处于大乱之中。中国各地大大小小的干部都受到了冲击，而华国锋却与众不同，几乎没有受到冲击。

华国锋在“文革”中只遇到过两次小麻烦。

一次是受到过湖南的红卫兵组织“省无联”的一阵子“炮轰”，但是很快就过去了。

另一次则是“造反派”要打倒中共湖南省委另一个负责人，而华国锋表示反对。因为华国锋知道毛泽东表示过反对打倒这位负责人，所以他很坚决地说：“毛主席不同意的事，我们不能举手。”为了这件事，华国锋也受到“造反派”的围攻。当然，这种围攻也很快就过去了。

由于华国锋在“文革”没有受到多少冲击，所以在1967年7月21日，他作为“中央文革”小组点名人员，前往北京，参加由“中央文革”小组组织的湖南两派的“谈判”。

1967年8月上旬，“中央文革”小组作出了解决湖南问题的决定。经周恩来提名，华国锋担任湖南省“革命委员会筹备小组”的领导成员。这样，华国锋成了湖南第一个被“结合”的省级干部。

英国曼彻斯特大学的中国问题专家约翰·加德纳所著的《毛泽东与他的继承者》一书中，曾这样写道：

> 华国锋在“文化大革命”的动乱中几乎没有受到过冲击，反而能从动乱中稳步上升，威信不断提高，其原因之一可能是他受到毛泽东本人的保护。有理由相信他曾特意向毛泽东表白过自己的忠诚。毛泽东毕竟出生于韶山，正好处于华国锋工作过多年的湘潭地区。[1]

不过，由于湖南省的“造反派”们纷争不已，湖南省的“革命委员会”筹备很久，未能成立。在全国，湖南省“革命委员会”算是成立很晚的——在29个省市之中排在第19名。

1968年4月6日，中共中央、国务院、中央军委、“中央文革”联合发出《关于成立湖南省革命委员会的批示》。毛泽东在这一文件上批了“照办”两字，表明毛泽东是赞同的。

文件指示，要“充分揭露资产阶级反动路线”，深入批判“党内一小撮走资本主义道路当权派及其在湖南的代理人王延春等”。文件说，“中央批准湖南省革命委员会组成名单”。

两天之后，湖南省“革命委员会”宣告成立：黎原为主任，龙书金、华国锋、章柏森为副主任。

这样，华国锋成了湖南的“第三把手”，主管农业。

扩建韶山革命纪念地

华国锋出任湖南省“革命委员会”副主任之后，花费很大的精力抓“农业学大寨”。1968年冬到1969年初，华国锋组织了湖南各地4万多农村干部前往山西大寨参观学习。

华国锋在湖南树立了新田县和安乡县作为“农业学大寨”的样板。毛泽东得知后说，你们南有新田，北有安乡，很好嘛！

从1970年7月起，华国锋担任湖南“欧阳海灌区”工程的总指挥长兼党

[1] 约翰·加德纳著，张金鉴等译：《毛泽东与他的继承者》，137页，农村读物出版社1989年版。

委书记。这是与韶山灌区同样浩大的水利工程。华国锋踏踏实实、不辞劳苦地忙于这一大工程。

当毛泽东来湖南视察时，亲自对华国锋说起了春陵河的典故。春陵河是湘江的支流，在“欧阳海灌区”之中。

毛泽东说：“在古代有一位叫春陵的人，做过一些好事，人们为了纪念他，就把这条河取名为春陵河。可见，做好事的人，是受人们尊敬的。”毛泽东说这些话，透露了他对华国锋的实干精神的赞赏。

华国锋在湖南还抓了一件“大事”：主持韶山革命纪念地的扩建工作。

在韶山，从 1950 年就开始修缮毛泽东的故居（在“文革”中改称“旧居”）。人们到韶山来，主要就是参观毛泽东故居。1961 年 3 月，毛泽东故居被列为全国重点文物保护单位。

由于前往毛泽东故乡参观的人越来越多，渐渐觉得光是参观毛泽东故居还不够，于是在中共中南局第一书记陶铸建议下，在韶山修建“毛泽东同志革命实践活动陈列馆”（后来改称“毛泽东同志纪念馆”）。这个陈列馆，选在离毛泽东故居一华里的引凤山下。

在“文革”中，成千上万虔诚的红卫兵以及参观者涌向韶山。1967 年 12 月 26 日——毛泽东 74 岁寿辰——从长沙到韶山的铁路开通。韶山火车站树起了高达 12.26 米的毛泽东塑像。不言而喻，这 12.26 米，象征着毛泽东的生日 12 月 26 日。于是，光是有毛泽东旧居、毛泽东革命实践活动陈列馆又嫌不够了，在 1969 年由华国锋主持了“韶山革命纪念地扩建工程”。

当时的报道是这样写的：

> 1969 年，韶山革命纪念地开始扩建，首先遇到的就是保持韶山冲内特别是毛主席旧居附近原貌的问题。在研究建筑方案的时候，华国锋同志及时教育我们：韶山是革命纪念地，陈列馆绝不能搞高、大、洋，搞高楼大厦、富丽堂皇。建设韶山革命纪念地，必须认真学习、深刻领会毛主席光辉诗篇《七律·到韶山》中的“喜看稻菽千重浪”的精神，保护韶山革命原貌，建设好社会主义新农村，同时注意节约的原则。为了最后确定扩建方案，1969 年春，华国锋同志亲自来到韶山。他不顾旅途疲劳，一下车就找韶山有关方面的负责同志，听取他们的汇报。随后，他徒步登上陈列馆后面的山头勘察地形。当时，有人提出，这个山窝面积小，扩建可能有困难。华国锋同志先用脚一步一步大体计算了山窝的面积，接着又亲自

用皮尺仔细作了丈量，终于用事实说服大家，说明扩建的施工面积完全够用。临走时，他还再三强调，韶山的一草一木，都要注意保护，并指着山上的树林叮嘱说：这东边的树要保留，西边的树也要保留，几棵大松树尤其不能动。后来，我们执行了华国锋同志制订的方案，群众反映很好，都说，幸亏华国锋同志及时指导，才使我们在陈列馆的建设上，体现了毛主席他老人家的意愿，保持了韶山的革命原貌。[1]

在 1969 年 1 月 14 日，华国锋还在长沙主持了“中国共产党湘区委员会纪念馆”兴建誓师大会。中国共产党湘区委员会是毛泽东当年创建的，位于长沙清水塘。华国锋冒着零下四五摄氏度的严寒，刨冰破土，为这一纪念馆奠基培土。

华国锋在湖南开展这些纪念工程时，反复强调，要无限忠诚于伟大领袖毛泽东。

毛泽东向斯诺介绍华国锋

1969 年 4 月，华国锋的名字出现在中共九大的主席团名单之中，出现在九届中共中央委员会委员名单之中。从此，华国锋不再是“列席”中共中央全会，而是正儿八经的中共中央委员了。

华国锋成为中共中央委员不久，1970 年 8 月 23 日，中共九届二中全会在庐山召开。

华国锋出席中共九届二中全会，便面临一场尖锐的斗争。在会上，毛泽东猛烈抨击了他的“接班人”林彪抢班夺权的阴谋，写了《我的一点意见》，给了林彪集团要员陈伯达沉重的一击……在这一激烈的斗争中，华国锋理所当然坚决站在毛泽东一边。

1970 年秋，华国锋担任湖南“革命委员会”代理主任。

在中共九大之后，中共着手重建党的各级委员会。这重建工作由上而下，先重建各省委，再重建各地委、各县委。

湖南省在建立“革命委员会”时，虽然落后，在全国排名第 19，而在重

[1] 韶山毛泽东同志陈列馆：《韶山红日照万代，人民心向华主席》，《光明日报》1977 年 1 月 17 日。

建省委时却一马领先，成为全国第一个建立的新省委。1970 年 11 月 24 日至 12 月 4 日，中共湖南省第三次代表大会在长沙召开，华国锋作了题为《高举毛泽东思想伟大红旗，为继续完成九大提出的各项战斗任务而奋斗》的报告。会议认为，由于“无产阶级文化大革命”的胜利，通过“斗批改”，整个国民经济呈现一派繁荣景象。会议讨论制定了今后一个时期全省的工作任务。一、继续深入开展学习马列主义、毛泽东思想的群众运动；二、继续搞好“斗批改”；三、掀起工农业生产高潮；四、加强党的领导。

会议选举产生了中共湖南省第三届委员会。随后召开的三届一次全会选举华国锋为第一书记，卜占亚为省委书记、杨大易为省委副书记。

中共湖南省委重建之后，华国锋为了表示对毛泽东的忠诚，迎着寒风，带领省委委员们去毛泽东故乡韶山，在那里举行中共湖南省委第一次委员全会。

之后不久，毛泽东亲自点名，华国锋兼任广州军区政治委员和湖南省军区第一政治委员。

1970 年 12 月 18 日，毛泽东和斯诺谈话时，提及了华国锋。当斯诺的文章在美国《生活》杂志发表后，华国锋第一次引起国外的注意。

毛泽东在跟斯诺谈话时，谈到姚文元评《海瑞罢官》的文章，“全国各地、各省、市都转载了，只有一个省没有登，就是我那个省——湖南”。接下去的谈话如下：

> 斯：当时湖南报纸未登，是不是因为刘少奇阻挠？
>
> 毛：那还不是。湖南省委的宣传部部长右得很。什么宣传部、组织部、省委，统统打烂了。但是不能只看一样事就作结论，湖南省的人物也出几个了，第一个是湖南省委现在的第一书记华国锋，是老人……[1]

毛泽东亲切地称华国锋是“老人”，表明了他对华国锋的关注和信赖。

当时，华国锋不过 49 岁，当然算不上是上了年纪的老人。毛泽东所说的“老人”，显然是“老人马”的意思。

[1]《建国以来毛泽东文稿》第 13 册，173 页，中央文献出版社 1998 年版。

华国锋的“平民情结”

从毛泽东跟斯诺的谈话中可以看出，毛泽东对华国锋的印象颇好。华国锋得到毛泽东的垂青，最根本的一点，当然是因为华国锋多年来坚决按照毛泽东的指示办事。毛泽东怎么说，华国锋就怎么做。

另外，华国锋为人老实忠厚，也是他得到毛泽东信任的很重要的一点。正因为这样，毛泽东曾多次称赞华国锋是老实人。

华国锋成为“英明领袖”之后，最初确实得到了广大人民的拥戴，内中的原因之一，也因为华国锋为人朴实。

华国锋具有可贵的“平民情结”，虽然他步步高升，仍一直保持着“平民作风”。在“宣传华国锋”热潮中，曾出现一幅华国锋帮助一位老太太拾菜的宣传画。这多多少少反映了华国锋的“平民情结”。

在湖南湘潭，流传着华国锋和三个孤儿的故事：

1951 年 6 月，华国锋调任中共湘潭县委书记。他到任才一个月，便在湘潭医院门口见到一个无家可归的孤儿。华国锋把这个小女孩收留下来，请县招待所负责照料。接着，在这年 10 月、12 月，华国锋又收留了在湘潭街上遇见的另两个孤儿。华国锋分别为这三个 9 岁、8 岁、3 岁的小女孩取名华平、华清、华湘。内中，华清、华湘都双目失明。

虽说华国锋决定政府拨款抚养三个孤儿，并托付湘潭县招待所的职工刘秀英照料，但是他自己仍不断关心这三个孤儿。后来，这三个孩子都相继成人，结婚成家。

华国锋平日坐机关不多，他常在农村。他衣着朴素，总是一身布衣，一双布鞋。人们这么回忆 1966 年华国锋在湖南郴州、衡阳地区“欧阳海灌区”工作时的情景：

> 华国锋同志生活上艰苦朴素、毫无特殊的作风，给人留下了极其深刻的印象。他居住在指挥部的那些日子里，总是严格要求自己，始终坚持自己提水、洗衣，和民工在一个食堂里排队端饭。有时外出检查工作，别人要为他多添几道菜，他总婉言谢绝。常宁县白沙公社一带流传着这样一个故事：灌区筹建初期，一天，华国锋同志和指挥部几位同志乘坐一辆敞篷大卡车出发到桂阳湖溪桥去为大坝实地定点，路经白沙公社吃午饭。事先

华国锋同志怕公社同志特殊照顾他，不让给公社打电话。那天正巧公社的领导同志都外出了，只有一位工作人员在家。这位工作人员没有见过华国锋同志。当时天下着毛毛雨，车子停稳后，跳下六七个人，手里都挽着雨衣。为首的一位身材魁梧、满身泥迹的同志，热情地和这位工作人员握手，讲明来意。这位工作人员赶忙准备了普通饭菜招待他们。吃过饭，如数付清了饭钱。

临走时，那位为首的同志紧紧地拉着这位工作人员的手，表示感谢。事后，这位工作人员得知他就是省里的华书记，感动得到处逢人便说："华书记可朴素啦，做着大官不像官，不坐小车坐卡车。这样的领导，真好啊！"[1]

以上的回忆虽说是在"宣传华国锋"的热潮中发表，但大体上符合事实。

华国锋多次以普通家长的身份，亲自参加学校的家长会，也是颇为感人的。

华国锋在湖南工作时，他的几个孩子先后都在长沙北区中山路小学上学。华国锋好几次步行到学校里去，征求老师对他的孩子的意见。他的孩子在学校里，从不享受特殊待遇。华国锋曾被这所小学推选为"优秀家长"。

1974年3月21日晚上，北京166中学召开1974届高中毕业生家长会。华国锋最小的女儿苏莉是这一届的毕业生，华国锋作为家长，接到学校的通知，步行前往这所中学，在教室的后排座位坐下来。

当时的华国锋，已是中共中央政治局委员，仍如一位普通的家长一样，去出席家长会。

当时，正是毛泽东号召青年学生"上山下乡"的时候。学校领导要华国锋讲话，华国锋以家长的身份表态："小莉是我最小的女儿，身边就这么一个了。我还是支持她走毛主席指引的上山下乡的道路。"

后来，小莉插队落户到北京市平谷县许家务大队。1975年2月5日上午8时，队党支部书记陈永祥和几位大队干部到北京进行家庭访问，华国锋以家长身份很热情地接待了他们。

在谈话中，陈永祥从华国锋那里得知，昨天夜里，辽宁营口、海城一带发生了地震，华国锋马上要乘飞机赶往那里。华国锋是利用出发前的一点时间接待他们的，因为华国锋认为他是家长，一定要亲自接待他们来访。

---

[1]《华主席掌舵我们最放心》，载《人民的英明领袖》189~190页，上海人民出版社1977年版。

1976年8月4日，唐山刚刚发生了举世震惊的大地震后不久，华国锋就赶到那里。

华国锋乘坐一辆北京吉普车，在唐山的一片废墟中奔驰，指挥抗震救灾工作。当华国锋向群众发表讲话时，余震发生了，附近的屋架倒塌，发出响亮的轰鸣声。华国锋仍坚持讲话，鼓励大家战胜自然灾害……

2006年，为了纪念唐山地震30周年，一篇署名为智青仁的《唐山大地震中与华国锋的零距离接触》的文章，回忆了当时赶往唐山的华国锋：

在唐山大地震30周年即将到来的时候，使我想起了地震刚刚过后与华国锋零距离接触的一段往事。

1976年8月4日上午，正在忙于抗震救灾的开滦吕家坨矿接到上级通知——下午，中央领导来矿视察（没说哪位领导）。

8月4日下午3点钟左右，烈日当空，骄阳似火。一列由大约20多辆军用吉普车组成的车队鱼贯驶入开滦吕家坨矿东大门，一直开到在矿办公楼广场用简易棚搭成的矿抗震救灾指挥部门前停下来。等待迎接的领导及我们工作人员看到第一个走下车的竟是当时的国务院代总理华国锋，大家都感到十分惊喜和兴奋。陆续走下车的还有国务院副总理陈永贵、“中央文革”领导小组成员谢静宜、煤炭部部长肖寒、河北省委书记刘子厚以及北京军区、省军区、国务院有关部委的领导，还有唐山市委书记许家信、开滦党委书记赵成彬等。

时任开滦吕家坨矿党委书记的马庆云把各位领导迎进简易棚搭成的整个南面敞开的抗震救灾指挥部。请领导入座后，他开始向华国锋代总理汇报吕家坨矿抗震救灾的工作情况。当时我作为矿办公室的工作人员被领导指定在现场作记录，因此有机会零距离与华国锋接触（两米左右），亲身目睹和聆听了华国锋在吕家坨矿的音容笑貌。

华国锋当天身穿一身灰色中山装，由于天气炎热，加上纽扣没有解开，因此满脸淌着汗珠。他的面色红润且严肃、凝重。他最关心的是职工群众的生活问题。当他问到生活用水是否解决时，马庆云回答已经解决并当即把已倒在大瓷碗的热水端到几位领导面前，请他们品尝。华国锋端起大瓷碗就喝了几口，并点点头，面部显露出了满意的笑容。而副总理陈永贵则端起一碗一饮而尽。

之后，华国锋又询问了地震前矿井情况及地震后遭受损失、设施破坏、影响生产、抗灾措施等情况，马庆云一一作了汇报。

就在这个时候，我看到了一个小小的细节，鲜为人知。当时可能是想把矿山的一切情况一股脑都向总理道出来，这个解放前老工人出身的矿党委书记的汇报始终没有停顿，忘记了给总理插话的机会。这时，坐在马庆云身后，拿着本子等待记录总理指示的煤炭部部长肖寒有点着急，于是就在后面用手拉了一下马庆云，示意他多听总理的指示。他回头看看肖部长，好像没什么反应似的又继续不停顿地汇报起来。我在旁边看到此情景差点笑出声来。

后来华国锋停止了问话并作了重要指示，主要精神是要求广大职工要采取有力措施，抗震救灾，恢复生产，早日出煤。接下来，在局、矿领导陪同下，华国锋步行到被震坏的矿井主井井架下和洗煤厂厂房前看遭受破坏的情况，并向矿洗煤厂、机电科的几名中层领导询问具体情况、提出希望。大约在4点多钟，华国锋等领导怀着对广大开滦矿工的殷切期望离开了吕家坨矿。

华国锋等中央领导视察后，开滦吕家坨矿的广大职工受到了巨大鼓舞，并以此为动力，掀起了抗震救灾、恢复生产的新高潮，恢复生产的胜利捷报一个接一个传来。到1976年11月28日，在开滦实现了第一个全面恢复生产。11月29日，我亲耳从中央人民广播电台早间新闻节目中听到了国务院专门为开滦吕家坨矿全面恢复生产发的贺电，当天的《人民日报》也刊登了此贺电。

当时毛泽东正在重病之中，见到《人民日报》刊登的华国锋在唐山的照片，连连地点头……

正是由于华国锋在个人品质方面有着令人感佩的一面，所以毛泽东称他是“老实人”。

据中央警卫部队的退役战士回忆，华国锋在担任中共中央主席、中央军委主席时，事务繁忙，可他仍经常自己洗衣服，亲自带领战士们大扫除。他对下级从不乱发脾气，总是和蔼可亲，乐于帮他们解决生活、学习上的困难。对于工作人员签字、合影的要求都是有求必应。

也正是因为华国锋具有“平民情结”，所以普通老百姓往往对于华国锋持好感。

华国锋从湖南跃入中央

1971 年 2 月，毛泽东亲自提名调华国锋到北京参加中央工作，担任国务院业务组副组长（后来升任组长），主管全国农业、财政、商业方面的工作。这样，华国锋由县委而地委，由地委而省委，由省委而国务院，一个台阶一个台阶往上迈，终于进入中央。

这时，华国锋仍兼任中共湖南省委第一书记。中共湖南省委由卜占亚主持常务工作。

这时的华国锋，人在北京，但也不时去湖南。

1971 年 4 月，毛泽东来到长沙。毛泽东见到几个湖南的接待人员胸前佩着毛泽东像章，便说“讨嫌”，要他们摘掉。

毛泽东在湖南省委招待所住下之后，又把自己读过的 16 开本的《共产党宣言》送给了招待所的工作人员，嘱他们认真学习马列主义原著……

毛泽东这些“细节”，透露出他对林彪所搞的“四个伟大”以及学习毛泽东著作“走捷径”之类的厌恶。

1971 年 8 月 14 日，毛泽东乘坐专列离开北京，开始了他为期将近一个月充满神秘色彩的南巡。

8 月 16 日，毛泽东到达武汉，在武汉住了 10 多天，前来长沙。毛泽东在长沙住了 5 天，于 8 月 31 日前往南昌。

华国锋作为陪同人员，在武昌、长沙两地听毛泽东讲党的历史和庐山会议情况。

毛泽东这次南巡的目的，是向各地党、政、军负责人打招呼、吹风，是要从思想上、组织上彻底了结去年庐山会议没有了结的林彪、陈伯达、黄永胜、吴法宪、叶群、李作鹏、邱会作等人的问题。

8 月 25 日，毛泽东在武昌对华国锋说：

> 我看你是满脑子的农业，我是满脑子的路线斗争。当然你讲的农业也有路线斗争，但是还有更大的路线，光有农业不行，还要考虑东西南北中、党政军民学。工农业要抓，但当前主要应该抓路线斗争。农业也有路线问题。

毛泽东此言，一下子使华国锋警觉起来，意识到路线斗争是当今压倒一切的首要任务。

毛泽东这次来长沙，气氛显得非常严肃，非同往常。

毛泽东在长沙中共湖南省委大院旁的九所下榻。他一到九所，便和华国锋以及湖南省另一负责人卜占亚作了一次谈话。

广州军区兼广东省负责人刘兴元、丁盛以及广西壮族自治区负责人韦国清奉毛泽东之命赶来长沙。毛泽东和他们谈话一次。

最后，毛泽东又和华国锋、卜占亚、刘兴元、丁盛、韦国清集体谈话一次。毛泽东当着华国锋等人的面，毫不留情地质问广州部队司令员丁盛、政委刘兴元说，你们同黄永胜关系那么密切，来往这么多，黄永胜倒了，你们得了？这样一个重要的机会，聆听毛泽东的讲话，华国锋意识到毛泽东正在与林彪反革命集团作坚决的斗争。

毛泽东对华国锋等人说："要搞马克思主义，不要搞修正主义；要团结，不要分裂；要光明正大，不要搞阴谋诡计。"

后来，毛泽东还带头指挥唱起了《国际歌》和《三大纪律八项注意》两首歌。

毛泽东离长沙去南昌后，华国锋立即作出了在湖南全省学唱《国际歌》和《三大纪律八项注意》两首歌的决定。

后来，人们才明白，毛泽东的这几次谈话，叫作"吹风"，又叫"打招呼"。毛泽东这几次谈话以及他在武汉、南昌的谈话，后来整理成《毛主席在外地巡视期间同沿途各地负责同志的谈话纪要》。

毛泽东在谈话中直截了当地点了林彪的名：

> 庐山这一次的斗争，同前九次不同。前九次都作了结论，这次保护林副主席，没有作个人结论，他当然要负一些责任。对这些人怎么办？还是教育的方针，就是"惩前毖后，治病救人"。对林还是要保。不管谁犯了错误，不讲团结，不讲路线，总是不太好吧。回北京以后，还要再找他们谈谈。他们不找我，我去找他们。有的可能救过来，有的可能救不过来，要看实践。前途有两个，一个是可能改，一个是可能不改。犯了大的原则的错误，犯了路线、方向错误，为首的，改也难。历史上，陈独秀改了没有？瞿秋白、李立三、罗章龙、王明、张国焘、高岗、饶漱石、彭德怀、刘少奇改了没有？没有改。

> 我同林彪谈过，他有些话说得不妥嘛。比如他说，全世界几百年、中国几千年才出现一个天才。不符合事实嘛！马克思、恩格斯是同时代的人，到列宁、斯大林一百年都不到，怎么能说几百年才出一个呢？中国有陈胜、吴广，有洪秀全、孙中山，怎么能说几千年才出一个呢？什么“顶峰”啦，“一句顶一万句”啦，你说过头了嘛。一句就是一句，怎么能顶一万句。不设国家主席，我不当国家主席，我讲了六次，一次就算讲了一句吧，就是六万句，他们都不听嘛，半句也不顶，等于零。陈伯达的话对他们才是一句顶一万句。什么“大树特树”，名曰树我，不知树谁人，说穿了是树他自己。还有什么人民解放军是我缔造和领导的，林亲自指挥的，缔造的就不能指挥呀！缔造的，也不是我一个人嘛！[1]

毛泽东领唱《三大纪律八项注意》，为的是要大家“服从命令听指挥”；领唱《国际歌》，为的是说明“世上从来没有神仙皇帝，全靠自己救自己”，批判林彪的“天才论”。

毛泽东在跟华国锋谈话的时候，还说了这么一句：“叶剑英在这个关键时刻是有功劳的。”华国锋虽然跟叶剑英不熟，但是毛泽东的这句话给他留下了深刻印象。后来，华国锋在粉碎“四人帮”时倚重叶剑英，最初就是始于毛泽东的这句话。

1971 年 9 月 13 日，毛泽东的“亲密战友”林彪叛逃身亡。

1971 年冬，在全国开展批判林彪的“批修整风”时，华国锋又一次表现了自己对于毛泽东的忠诚：带领中共湖南省委常委和一部分地、市委书记冒着严寒，前往毛泽东故乡韶山，在那里举办学习班。

1972 年 3 月 26 日公安部部长谢富治病逝，毛泽东提名华国锋担任公安部部长。

谢富治，1909 年生于湖北省黄安（今红安）县城区一个贫农家庭。少年时做过木匠。1930 年参加工人纠察队，同年，参加中国工农红军第一军。1931 年加入中国共产党。他参加过长征、解放战争，屡立战功。1952 年起任中共云南省委第一书记。1955 年被授予上将军衔。后来担任国务院政法办公室主任、内务办公室主任、国务院副总理兼公安部部长、中共北京市委第一书记、北京军区第一政治委员等职。在“文化大革命”中，谢富治追随林彪、江

[1] 国防大学内部教学资料：《“文化大革命”研究资料》中册，555~556 页，1988 年版。

青两个反革命集团，迫害老干部，镇压革命群众，参与一系列篡夺党和国家最高领导权的反革命阴谋活动。[1]

1970 年，谢富治因患胃癌，做了手术。虽经医护人员全力调治，但终因癌细胞转移，久治不愈，于 1972 年 3 月 26 日病死于北京，公安部部长空缺。

尽管华国锋从未从事过公安工作，但是被毛泽东提议担任公安部部长这一职务。公安部部长的地位的重要性，是人所共知的。从此，华国锋在北京站稳了脚跟。

毛泽东对于党、政、军接班人的安排

当毛泽东第二次选定的“接班人”林彪叛逃身亡之后，毛泽东不得不另选接班人。

前已述及，毛泽东第三次选定的接班人是王洪文。不过，毛泽东当时对于接班人的考虑是多方的：

1972 年 9 月 7 日，毛泽东从上海调来王洪文；

1971 年 2 月，毛泽东从长沙调来了华国锋；

另外，毛泽东也看重早在 1969 年 7 月就已经从安徽调来北京的李德生。

李德生生于 1916 年，比华国锋大五岁，河南新县人，中国人民解放军高级将领。他在 1930 年参加红军，1932 年加入中国共产党。

李德生是“打”出来的，从排长、连长、营长、团长逐级提升。解放战争时，他已是第二野战军师长。1951 年参加抗美援朝，任副军长。回国后，升为军长，进入高等军事学院学习。毕业后，仍任军长，因主持总结“郭兴福教学法”引起广泛注意。1968 年后，先后升任南京军区副司令员、北京军区司令员、沈阳军区司令员。在中共九届一中全会上，他当选为中共中央政治局候补委员。

毛泽东最初对王洪文、华国锋、李德生的考虑是分别作为党、政、军的接班人。

早在 1970 年 8 月的中共九届二中全会上，毛泽东已经显露出安排李德生作为军队方面接班人的意向。

---

[1] 虽然谢富治于 1972 年病逝，但是 1981 年 1 月 25 日中华人民共和国最高人民法院特别法庭仍确认，谢富治为林彪、江青反革命集团的主犯之一。

正在出席会议的李德生，突然受到周恩来的召见。周恩来向他传达了毛泽东的指示，要李德生速去北京，换当时担任总参谋长的黄永胜上山开会。

黄永胜是林彪集团的主将之一。毛泽东把黄永胜调上庐山，和林彪、陈伯达、吴法宪、叶群、李作鹏、邱会作等一起接受批判。

在“九一三”事件的前夜——1971 年 9 月 12 日中午 12 时——毛泽东的专列从上海驶抵北京丰台车站。毛泽东在专列上接见了奉命赶来的李德生、纪登奎、吴德、吴忠。

毛泽东命令李德生马上调一个师到南口，以防林彪进行武装政变。当天深夜，当林彪乘三叉戟飞机从山海关机场强行起飞时，周恩来立即命李德生前往军委空军司令部坐镇指挥……

所以，毛泽东安排李德生作为军事方面的接班人的意图，可以说是十分清楚的。

毛泽东调华国锋来京，担任国务院业务组副组长、公安部部长，打算安排他作为国务院方面的接班人。

毛泽东从上海调来王洪文之后，先是让他在北京“读书”，出席各种会议。

1973 年 5 月 20 日至 31 日，中共中央工作会议在北京召开。会议决定，王洪文、华国锋、吴德“列席中共中央政治局并参加工作”。这一决定，实际上就是“预告”了王洪文、华国锋、吴德将成为中共中央政治局委员。至于李德生，原本就是中共中央政治局候补委员。

也就在这次中共中央工作会议上，根据毛泽东的意见，成立了中共十大选举准备委员会。毛泽东提议王洪文为这个准备委员会的主任，周恩来、康生、叶剑英、张春桥、李德生为副主任。

毛泽东的这一提议，清楚地透露了他要安排王洪文为党的接班人的意图。

果真，1973 年 8 月 31 日，在中共十届一中全会上，选出五位中共中央副主席，王洪文名列第二，而李德生名列第五：

中共中央主席：毛泽东

中共中央副主席：周恩来、王洪文、康生、叶剑英、李德生

也就在这一次会议上，华国锋当选为中共中央政治局委员（按姓氏笔画为序）：

中共中央政治局常委：毛泽东、王洪文、叶剑英、朱德、李德生、张春桥、周恩来、康生、董必武

中共中央政治局委员：毛泽东、王洪文、韦国清、叶剑英、刘伯承、江青、朱德、许世友、华国锋、纪登奎、吴德、汪东兴、陈永贵、陈锡联、李先念、李德生、张春桥、周恩来、姚文元、康生、董必武

对于华国锋来说，他成为中共中央政治局委员，进入了中共的领导核心，是他政治生涯中的重要一步。但是，他没有像坐了“火箭”、一下子成了“第三号人物”的王洪文那样令人瞩目。

华国锋言语不多，不露锋芒。在北京，他唯一的靠山是毛泽东。他既与“四人帮”没有什么瓜葛，也与周恩来、叶剑英没有什么交情。在中央政治局尖锐的斗争中，华国锋往往保持中立，唯毛泽东之命是从。

张根生曾这样回忆当时与华国锋的交往：

1973 年 6 月全国召开知青工作会议，会议期间，我找他个别谈过一次话，向他谈了中央派赵紫阳回广东工作时，周总理亲自向丁盛明确说了中央决定叫赵紫阳负责省委全面工作，赵也在现场，而丁盛回来在会上却宣布赵紫阳只分管省革委会的全面工作。赵对农村工作是很熟悉的，但他提出的一些意见不被重视。谈话后华就立即向周总理作了汇报，事情很快得到解决。中央立即决定任命赵紫阳为省委第一书记，免去了丁盛的职务。

在那次会议中间，当时任浙江副省长的冯白驹同志在北京突然病逝了，华国锋、纪登奎找我去参加给白驹同志作生平的评价，纠正了原来 1958 年广东省委对冯白驹同志的错误决定，作出了比较公正的结论。虽然没有宣布完全平反，但在那时也算比较好了。[1]

华国锋历史性的一天

毛泽东在安排王洪文、华国锋、李德生在党、政、军三方面接班之外，又考虑起用了邓小平。

[1]《中国农村改革六十年回顾》，海天出版社 2004 年 5 月版。

那是在“林彪事件”之后，王震从江西回到北京，汇报了邓小平在江西的情况，力荐邓小平。这样，邓小平在1972年8月3日给毛泽东写了一封信。

1972年8月14日，毛泽东就邓小平8月3日给他的信作了批示，成了重新起用邓小平的讯号：

> 请总理阅后，交汪主任印发中央各同志。邓小平同志所犯错误是严重的，但应与刘少奇加以区别。（一）他在中央苏区是挨整的，即邓、毛、谢、古四个罪人之一，是所谓毛派的头子。整他的材料见《两条路线》《六大以来》两书。出面整他的人是张闻天。（二）他没历史问题，即没有投降过敌人。（三）他协助刘伯承同志打仗是得力的，有战功。除此之外，进城以后，也不是一件好事都没有做的，例如率领代表团到莫斯科谈判，他没有屈服于苏修。这些事我过去讲过多次，现在再说一遍。[1]

其实，在毛泽东对邓小平的信作出批示前的20多天——1972年7月22日——对陈云的来信作了批示。

当时，陈云跟邓小平一样，也被“下放”到江西。1972年7月21日，陈云给毛泽东并中央写信，谈了他在江西南昌郊区的情况，请求中央根据他的身体情况，给他分配力所能及的工作。陈云在信中写道：

> 如果没有适当的工作分配，可否参加北京老同志学习班？参加学习班之后，可否在我身体还能走动的几年在春秋季节仍到外地下面去看看？如果可以这样办的话，因为我不能坐飞机，可否破例在往返的路上给一个能烧暖气的公务车，避免受冷感冒，也可延长一点在外地走访的时间。[2]

翌日，毛泽东便在陈云来信上批示：

> 印发。请中央商定。我看都可以同意。[3]

---

[1]《建国以来毛泽东文稿》第13册，308页，中央文献出版社1998年版。

[2]《建国以来毛泽东文稿》第13册，304页注解，中央文献出版社1998年版。

[3]《建国以来毛泽东文稿》第13册，304页，中央文献出版社1998年版。

毛泽东又在陈云来信的信封上批示：

请总理办。[1]

由于有了毛泽东的批示，陈云离开江西，回到了北京。

陈云能够从江西回到北京，这是一个重要的讯号。于是，邓小平给毛泽东写了信，同样也从江西回到了北京。

1973年3月10日，周恩来根据毛泽东批示精神，主持中共中央政治局会议，进行讨论。不久，中共中央作出了恢复邓小平党的组织生活和国务院副总理的决定。

这样，毛泽东又从江西调来了邓小平。

1973年12月22日，根据毛泽东的提议，中共中央决定邓小平为中共中央政治局委员，参加中央领导工作，待中共十届二中全会追认。

1974年10月4日，毛泽东提议邓小平任国务院第一副总理。

所以，一时间分别从上海、江西、辽宁、湖南调来的王洪文、邓小平、李德生、华国锋，构成中国政治舞台的新布局。

很快地，毛泽东这新布局中产生了新的斗争：王洪文和江青、张春桥、姚文元结成“四人帮”，在政治局里与周恩来、邓小平“对着干”。

在中共中央政治局充满尖锐的“对着干”的时刻，毛泽东却于1974年10月13日离开了北京，前往湖南长沙。

毛泽东这次去长沙非同往常，他在长沙住了114天，直至1975年2月3日才离开那里回到北京。

虽然，华国锋已经在中央工作，但是他一直兼任中共湖南省委第一书记（华国锋兼任这一职务直至1977年6月）。他精心地安排、照料毛泽东在长沙的衣食住行。毛泽东在长沙住那么久，一方面这里固然是他的故土，一方面也是由于对华国锋的信赖。

就在毛泽东离开北京才十几天，在中共中央政治局会议上，江青借口所谓“风庆轮”事件，跟邓小平大吵起来。

当天夜里，江青和张春桥、王洪文、姚文元密商，派王洪文前往长沙向毛泽东告邓小平的状。王洪文受到毛泽东的尖锐批评。从此，王洪文接班人地位

---

[1]《建国以来毛泽东文稿》第13册，304页，中央文献出版社1998年版。

动摇……

在1975年1月，发生了这样重大的变化：

在1月8日至10日召开的中共十届二中全会上，批准李德生辞去中共中央副主席和中共中央政治局常委职务的请求；

追认邓小平为中共中央副主席、中共中央政治局常委。

在1月13日至17日召开的第四届全国人民代表大会上，华国锋被任命为国务院副总理兼公安部部长。

“四人帮”和邓小平“对着干”，先是“四人帮”处于劣势。但是，后来“四人帮”又渐渐得势，借助于毛泽东，发动了“批邓、反击右倾翻案风”运动，把邓小平打了下去。

在那些“对着干”的日子里，“四人帮”和邓小平两败俱伤，处于中间、既不倒向“四人帮”又不倒向邓小平的华国锋，脱颖而出，被毛泽东最后选定为接班人。

英国曼彻斯特大学的中国问题专家约翰·加德纳所著的《毛泽东与他的继承者》一书中，曾对华国锋这样加以评论：

> 尽管华国锋1976年的提升可能是左右两派妥协的结果，但是也说明了他受到双方的信任。他可能缺乏邓小平的敏锐与智慧，不及“四人帮”的宣传能力，但是他有很高的组织才能，这一点在他的事业的每一阶段都给上级留下深刻的印象。作为农业专家，他在具有绝对重要性的这一基本领域中拥有专长。但是他的兴趣和经历又远远超出了这一部门。在所有政治领域中，他唯一不能胜任的是外交工作。[1]

1976年1月8日，当周恩来总理去世之后，国务院总理空缺。

1976年1月21日，华国锋、纪登奎、陈锡联三位副总理提出请毛泽东主席确定一个主要负责同志牵头处理国务院的工作，他们三人做具体工作。毛泽东说，就请华国锋带个头，邓小平专管外事。

就这样，这一天华国锋被任命为国务院代总理并主持中共中央日常工作。

1月28日，中共中央政治局通过了毛泽东的提议。

1月31日，毛泽东在《毛远新关于传达华国锋、陈锡联工作安排问题请

---

[1] 约翰·加德纳著，张金鉴等译：《毛泽东与他的继承者》，137页，农村读物出版社1989年版。

示报告》上作了批示：

> 已阅，同意。还应同小平同志谈一下。[1]

2月3日，中共中央正式发出《通知》，即1976年中共中央一号文件，正式通知全党，华国锋任国务院代总理并主持中央日常工作。

这样，华国锋便超越了毛泽东第三次选定的接班人王洪文、第四次选定的接班人邓小平，成为毛泽东第五次选定的接班人。

不过，华国锋还只是国务院的“代”总理。这个“代”字，意味着毛泽东还要对华国锋能否全面领导这么一个大国进行观察。

也就是说，华国锋尚处于“实习期”之中。

1976年4月初，北京爆发了悼念周恩来总理的“天安门事件”，“四人帮”借此称邓小平是“天安门事件”的“总后台”。毛泽东下令撤销邓小平的一切职务，保留党籍，以观后效。

4月7日，病中的毛泽东先是提议华国锋任国务院总理，紧接着又补充提议华国锋任中共中央第一副主席。

4月7日晚，中共中央政治局举行会议，通过了《关于华国锋任中国共产党中央委员会第一副主席、中华人民共和国国务院总理的决议》。

对于华国锋来说，这是历史性的一天：他被正式确定为毛泽东的接班人。

当时华国锋在国外的知名度并不高，外国记者很惊讶中国突然“冒”出个华国锋，称华国锋为中国政坛上的一匹“黑马”。

5个月之后，毛泽东去世。由于华国锋是“毛主席生前指定的接班人”，因此他成了“继承毛主席遗志”的化身，这匹“黑马”成为“英明领袖”也就顺理成章了。

---

[1]《建国以来毛泽东文稿》，13册，518页，中央文献出版社1998年版。

第六章 “两个凡是”的迷误

◎ 华国锋上台后，提出要“保护‘无产阶级文化大革命’的胜利成果”，认为“四人帮”不是极‘左’派而是极右派，坚持要继续“批邓”……华国锋提出“两个凡是”，成为他的核心“理论”。

粉碎“四人帮”是“文革”的“胜利”？！

华国锋在粉碎“四人帮”之后，迫在眉睫的是两件事：一是申明对于毛泽东的忠诚；二是开展对于“四人帮”的批判。

关于第一件事，以华国锋为首的中共中央在1976年10月8日作出的建立毛泽东纪念堂、出版《毛泽东选集》及筹备出版《毛泽东全集》的决定，已经充分申明了；

关于第二件事，比起第一件事要复杂得多。因为既然粉碎了“四人帮”，就得先向全党，再向全国，然后向全世界说明为什么要粉碎“四人帮”，也就是说，必须详细说明“四人帮”的罪行，开展对于“四人帮”的批判。

1976年10月6日深夜，在刚刚拘捕了“四人帮”之后，华国锋在紧急召开的中共中央政治局会议上，主要是向中共中央政治局委员们说明毛泽东生前对于批判“四人帮”的一些指示，以求表明拘捕“四人帮”乃是遵照毛泽东的遗愿进行的。

1976年10月8日的中央“打招呼”会议上，在宣布粉碎“四人帮”的消息之后，华国锋系统地传达了毛泽东对于“四人帮”的一系列批评。据云，这是担任中共中央办公厅主任的汪东兴整理的。华国锋也讲述了“四人帮”篡党夺权的一些主要罪行。

在粉碎“四人帮”后一星期，华国锋对参加打招呼会议西北组高级干部的讲话中，则这样论及粉碎“四人帮”的意义：

> 粉碎“四人帮”，是毛主席关于无产阶级专政下继续革命伟大理论的又一伟大实践，是“无产阶级文化大革命”的又一伟大胜利，是我们反对党内正在走的走资派的又一伟大胜利。

也就是说，华国锋把粉碎“四人帮”称为“文革”的“胜利”！

其实，这是因为华国锋肯定了“无产阶级文化大革命”，而“无产阶级文化大革命”是毛泽东发动和领导的。华国锋强调，对于“无产阶级文化大革命”，必须予以“充分肯定”。

华国锋记得，1976年6月15日，毛泽东在病重时曾谈及：“我一生干了两件事，一是与蒋介石斗了那么几十年，把他赶到那么几个海岛上去了……另一件事你们都知道，就是发动‘文化大革命’。”

“文革”是毛泽东引为自豪的平生所干的“两件事”之一，在华国锋看来，是万万不可否定的。

华国锋论资历、威望，远不及毛泽东，他必须“高举毛泽东的伟大旗帜”，才能借毛泽东的巨大威望在中国政坛站稳脚跟。他必须肯定“文革”。在他看来，否定了“文革”，也就否定了毛泽东，也就否定了他自己。

正因为这样，华国锋说：“要按照毛主席的指示，对于‘文化大革命’总的看法，应该是‘基本正确，有所不足’。”

也正因为这样，华国锋才会把粉碎“四人帮”说成是“无产阶级文化大革命”的胜利。华国锋说，由于“无产阶级文化大革命”是“基本正确”的，所以必须予以肯定。只是由于“无产阶级文化大革命”“有所不足”，所以目前“要注意解决有所不足的方面”。

受华国锋的这些指示的影响，在吴德的主持下，中共北京市委在1976年10月15日，曾下达了《关于北大当前运动的意见》。“意见”共六条，人称《六条》。

北京大学和清华大学这“两校”（亦即“梁效”），原本是“四人帮”的重要据点，因此，粉碎“四人帮”之后，北京大学师生奋起揭发“四人帮”的罪行。可是，中共北京市委的《六条》，一开头便说：“北大是伟大领袖毛主席抓的点。”这一句话，就把北京大学师生的嘴巴给堵上了！

1976年10月18日，中共中央发出了《关于王洪文、张春桥、江青、姚文元反党集团事件的通知》。这是粉碎“四人帮”之后，中共中央第一次下达的批判“四人帮”的文件。

这一文件共分六个部分：

一、王洪文、张春桥、江青、姚文元进行反党篡权的阴谋活动，罪行极为严重。

二、伟大领袖和导师毛主席对王洪文、张春桥、江青、姚文元进行了多次严肃的批评和耐心的教育，但是，他们就是不肯改悔。

三、我们党同王、张、江、姚反党集团的斗争，是无产阶级同资产阶级、社会主义同资本主义、马克思主义同修正主义之间你死我活的斗争。

四、在揭发和批判王、张、江、姚反党集团的斗争中，要注意政策。

五、反对王、张、江、姚反党集团的斗争，一律在党委一元化领导下进行。

六、我们一定继承毛主席的遗志，高举马克思主义、列宁主义、毛泽东思想的伟大红旗，掀起学习马列著作和毛主席著作的新高潮。

这一文件在论述粉碎“四人帮”的意义时，同样这么写道：

这是毛主席关于无产阶级专政下继续革命的伟大理论的一次伟大实践，是“无产阶级文化大革命”的伟大胜利……

也就是说，华国锋是以“文革”的“理论”为指导粉碎“四人帮”的。

这一文件指出，王洪文、张春桥、江青、姚文元“他们中一些人的历史，也是极为可疑的”。

为了对王洪文、张春桥、江青、姚文元反党集团进行审查，中共中央在1976年10月20日成立了“王张江姚专案组”。专案组由在京的中共中央政治局委员组成，由汪东兴负责。

这一专案组分别在1976年12月、1977年3月6日、1977年10月15日以中共中央文件下达：《王洪文、张春桥、江青、姚文元反党集团罪证（材料之一）》，《王洪文、张春桥、江青、姚文元反党集团罪证（材料之二）》，《王洪文、张春桥、江青、姚文元反党集团罪证（材料之三）》。

内中，材料之一主要是关于“四人帮”在毛泽东去世前后篡党夺权的罪行；材料之二则主要是揭发“四人帮”的历史罪行；材料之三主要是揭露“四人帮”如何反对毛泽东的无产阶级革命路线。

系统地公布“四人帮”这些罪行，对于揭批“四人帮”确实起了很大作用。但是，在材料之二前面以中共中央名义所加的前言中，却这样写道：

“无产阶级文化大革命”粉碎了刘少奇、林彪、王张江姚这三个反党集团，证明任何伪装的反革命要搞垮我们这个党都是痴心妄想，证明毛主席关于无产阶级专政下继续革命的伟大理论的无比正确，证明毛主席缔造和培育的党是不可战胜的。

也就是说，把“四人帮”反党集团、林彪反党集团和“刘少奇反党集团”相提并论，都作为“无产阶级文化大革命”的“胜利”。

1976年12月5日，中共中央发出《通知》，指出凡是“纯属”反对“四人帮”的给予平反；凡是反对“无产阶级文化大革命”的，绝不允许“翻案”！

“四人帮”极左乎？极右乎？

笔者在查阅1977年4月13日的上海《解放日报》时，见到一整版以“本报大批判组”名义发表的“揭批张春桥在《解放日报》期间的反革命罪行”的长文，那标题颇为惊人：《乔装“左派”的极右派》！

此文虽说是“批判张春桥”，但却是把张春桥作为“极右派”加以批判的。

张春桥明明是“极左派”，怎么会成了“极右派”呢？这种理论上的谬误，充满粉碎“四人帮”不久的中国报刊。

这种理论上的谬误，追根溯源，出自华国锋。

也就在粉碎“四人帮”后一星期，华国锋对参加打招呼会议西北组高级干部的讲话中，论及“四人帮”时，作出了极其错误的结论：“四人帮”是极右派！

华国锋说，“四人帮”这个“反革命黑帮的社会基础是地富反坏和新老资产阶级”，“他们是资产阶级在我们党内的典型代表”。

当时，海外报纸都称“四人帮”为“左派”、“激进派”。本书一开头，就引用了英国记者韦德的报道“毛的遗孀被捕”，当时韦德用的标题便是《华粉碎极左分子》。也就是说，在“四人帮”被捕时，韦德便清楚地判定他们是一伙“极左分子”。

可是，作为“英明领袖”的华国锋，却连普通的外国记者都不如！

华国锋对海外报刊加以驳斥道：“答案只有一个：他们（引者注：指‘四人帮’）是极右派，是彻头彻尾的走资派，是穷凶极恶的反革命派。什么‘左派’，什么‘激进派’！他们路线右得不能再右了。”

华国锋为什么会作出“四人帮”是“极右派”的结论呢？

追根溯源，因为毛泽东曾对林彪作出不是“极左”而是“极右”的论断。

于是，“忠于伟大领袖毛泽东”的华国锋，很自然地也就作出了“四人帮”不是“极左”而是“极右”的推论。

事情发生在1971年9月13日林彪事件之后。既然林彪背叛了毛泽东，毛泽东也就发动了“批林整风”运动。

批判林彪时，理所当然批判林彪的极左。

周恩来深受极左之苦。从1971年底开始，周恩来先后在全国计划会议、公安会议、科学会议上，明确提出在批林整风中要批判极左思潮。

1972年6月28日，毛泽东在会见斯里兰卡共和国总理班达拉奈克夫人时说：“我们的‘左’派是一些什么人呢？就是火烧英国代办处的那些人。今天打倒总理，明天要打倒陈毅，后天要打倒叶剑英。”

毛泽东又说：“这些所谓左派，其实就是反革命。总后台叫林彪。”

所以，按照毛泽东的意见，林彪是极左派的“总后台”。批判林彪，就是要批判极左。

在林彪事件之后，毛泽东委托周恩来管《人民日报》。既然毛泽东也以为要批判林彪的极左，于是，在1972年8月初，周恩来指示《人民日报》，要加强对极左思潮的批判。周恩来说：“你们对极左思潮没有批透。极左思潮不批透，你们就没有勇气贯彻党的正确路线。”

批判极左，触动了江青一伙。这是因为江青一伙和林彪一样，都是极左派。批判林彪的极左，很多方面触及了江青一伙。这样，就在周恩来8月初那次讲话后的几天，张春桥、姚文元便找《人民日报》负责人打招呼：“批判极左思潮不要过头！”

但是，《人民日报》坚决贯彻周恩来的指示。

就在这之前，《人民日报》理论部收到来自黑龙江的一篇稿子，写的是反对无政府主义、整顿老大难工厂的问题。当时，《人民日报》有个“看大样小组”，王若水是这个小组的成员。他看了黑龙江的稿子大样，以为很好，正可以用来批判极左思潮。于是，他动手对这篇文章作了许多修改。这样，《人民日报》在1972年10月14日便发表署名“龙岩”的《无政府主义是假马克思主义骗子的反革命工具》的文章，批判极左思潮和无政府主义。

这“龙岩”，便是中共黑龙江省委理论组的笔名。

另外，同一版上还发表了其他两篇批“左”的文章。于是，组成一个批“左”的专版，颇为醒目。

黑龙江文章的写作，跟华国锋还有点关系。

在粉碎"四人帮"之后，中共黑龙江省委理论组曾和《人民日报》理论部联名写了一篇文章，透露此文情况：

> 龙岩文章的发表，还有这样一个背景：1972年3月下旬，华国锋同志和李先念、余秋里同志接见哈尔滨电机厂、汽轮机厂、富拉尔基重型机械厂负责人，听取汇报。华国锋同志指示说，"要发动群众好好地批无政府主义"。李先念同志指示说，"无政府主义是反动的东西"，"不反不行"。三个大厂遵照中央领导同志的上述指示，大批无政府主义和极左思潮，加强党的一元化领导，建立生产指挥系统，健全规章制度，落实生产指标，很快克服了经营管理上的无政府状态。为此，黑龙江省委作出了在全省范围内认真传达贯彻中央领导指示的决议。同时，省委理论组撰写了署名龙岩的文章，交给《人民日报》理论部。[1]

"龙岩"的文章，引起了"左派理论家"张春桥和姚文元的极度不满。于是，由张春桥、姚文元控制的上海《文汇报》立即作出反应。

《文汇报》在上海召开了"工人座谈会"，对《人民日报》上"龙岩"的文章表示"异议"。1972年11月4日，上海《文汇报》的内部刊物《文汇情况》，发表了这次"工人座谈会纪要"，认为"龙岩"的文章是"错误"的，是"否定'文革'"、"右倾回潮"。

也就在这时，1972年11月28日，中共中央对外联络部、外交部在《关于召开外事会议的请示报告》中，提出"彻底批判林彪反党集团煽动的极左思潮和无政府主义"。这一请示报告送中共中央政治局阅批时，引发了周恩来和江青一伙的直接交锋。

11月30日，周恩来在报告上批示："拟同意。"

12月1日，张春桥在报告上批示："当前的主要问题是否仍然是极左思潮？批林是否就是批极左和无政府主义？我正在考虑。"张春桥这"正在考虑"，打的是"拐弯球"。

江青则直截了当，在12月2日批示："我个人认为应批林彪卖国贼的极右，同时批他在某些问题上的形左实右。在批林彪叛徒的同时也应着重讲一下'无

[1] 中共黑龙江省委理论组、《人民日报》理论部：《围绕批判极左思潮的一场激烈斗争》，《人民日报》1978年3月23日。

产阶级文化大革命'的胜利。"

江青的批示，使人们不由得记起毛泽东在1966年8月5日所写的《炮打司令部——我的一张大字报》。毛泽东当时这样批判刘少奇：

> 联系到1962年的右倾和1964年的形"左"实右的错误倾向，岂不是可以发人深醒的吗?

在批判林彪时，把林彪称为"刘少奇一类骗子"，也就是把林彪等同于刘少奇。既然毛泽东当年认为刘少奇"形'左'实右"，那么林彪当然也是"形'左'实右"。

就在周恩来和张春桥、江青两种意见针锋相对之际，12月5日，人民日报社王若水给毛泽东写了一封信。王若水在信中写道：

> 今年8月1日，总理在一次谈话中指出，《人民日报》等单位，极左思潮没有批透；"左"的不批透，右的东西也会抬头。我很同意总理这个提法。总理讲的是机关内部的运动，但我觉得对报纸宣传也是适用的。

王若水在信中，还向毛泽东反映，张春桥、姚文元不同意批判极左。

看来，最后要由毛泽东进行"裁决"了。

这时的毛泽东，改变了自己最初关于林彪是极左派"后台"的说法。他在1972年12月17日，对张春桥、姚文元这样说：

> 批极左，还是批右？有人写信给我，此人叫王若水。
>
> 极左思潮少批一点吧。
>
> 王若水那封信我看不对。是极左？是极右。修正主义，分裂，阴谋诡计，叛党叛国。[1]

毛泽东的话，一言九鼎。

张春桥、姚文元把毛泽东的谈话精神，写入中央两报一刊社论。

于是，1973年元旦中央两报一刊发表的社论《新年献词》中，强调了"批

---

[1] 转引自王年一：《大动乱的年代》，451页，河南人民出版社1988年版。

林整风”的重点是批判林彪的反革命修正主义路线的极右实质。

《新年献词》指出：

> 他们的罪恶目的就是要从根本上改变党在社会主义历史阶段的基本路线，改变无产阶级专政，复辟资本主义。
>
> 我们一定要抓住这个实践，进行深入的批判。

从此，“批林整风”不再批林彪的极左，而是批林彪的极右。

毛泽东以为林彪不是极左，而是极右，其实是因为毛泽东的晚年陷入了“左”的迷误。毛泽东“左”，所以在他看来，林彪是右。

诚如邓小平所指出：

> 毛泽东同志从 1957 年开始犯了“左”的错误，最“左”是“文化大革命”的十年。[1]

把林彪定为“极右”的根本原因在于：“文革”本身就是“左”。如果批林彪批极左，其结果会引发对于“文革”的批判；把林彪定为“极右”，批“极右”，则越批越“左”，正符合当时极左路线的需要。

前文已经写及，华国锋跟“龙岩”一文还有一点瓜葛。华国锋亲自经历了 1972 年那场关于“批判极左思潮”的风波，他知道毛泽东的“最后裁决”。

既然毛泽东在 1972 年论定林彪是“极右”，华国锋“照过去方针办”，也就在粉碎“四人帮”之后把“四人帮”定为“极右”了！

毛泽东晚年陷入“左”的迷误，华国锋“继承”了毛泽东的“左”的迷误，所以也就在批判“四人帮”时陷入了“左”的迷误。

其实，华国锋本身的思想也“左”，所以能够完全接受毛泽东晚年“左”的思想。

华国锋把“四人帮”定为“极右”，这同样由于：他本身就“左”，而且他要肯定“文革”。如果批“四人帮”批极左，其结果会引发对于“文革”的批判，引发对他的批判；把“四人帮”定为“极右”，批“极右”，则越批越“左”，正符合华国锋“左”的路线的需要。

---

[1]《邓小平文选》第三卷，271 页，人民出版社 1993 年版。

这样，华国锋论定“四人帮”是“极右”，也就把对于“四人帮”的批判限定框框：揭批“四人帮”不能涉及“文革”的“左”的错误，也不能涉及“文革”前的“左”的错误。

由于华国锋把“四人帮”定为极右，使批判“四人帮”的斗争无法深入下去。

据《人民日报》总编辑胡绩伟回忆，1977年10月14日，《人民日报》发表了两篇文章，提出“四人帮”和林彪的“假左伪装”。这表明，跟当时所说的“极右”已经有所不同，把“左”提了出来，尽管称之为“假左”。很巧，恰恰也是在10月14日——5年前的这天，《人民日报》发表了“龙岩”的那篇文章。

《人民日报》很快受到来自“上面”的批评。

1978年3月23日，《人民日报》发表了黑龙江为1972年“龙岩”批“左”翻案的文章。借助于旧事重提，《人民日报》透露了今日也应该批“左”之意。

《人民日报》为此又受到了来自“上面”的批评。

但是，后来《人民日报》还是发表了《评“四人帮”的极左》一文，对“四人帮”的极左实质进行了深刻的分析，这才使“上面”不再提“四人帮”是“极右”了，而改为提“假左真右”。

直至中共十一届三中全会之后，在邓小平的领导之下，这才最后论定了“四人帮”的极左本质。这是后话。

华国锋强调继续“批邓”

华国锋一切都“照过去方针办”，既肯定了“无产阶级文化大革命”，又论定“四人帮”是“极右派”，有两个紧迫的、群众呼声甚高的问题又使他不能不明确表态：

一、如何看待“批邓、反击右倾翻案风”？

二、如何看待1976年4月的“天安门事件”？

其实，这两个问题是互相关联的。因为邓小平最后是被指为“天安门事件”的“总后台”而下台。如果为邓小平平反，也就势必为“天安门事件”平反。

华国锋仍是“照过去方针办”，提出还要继续开展“批林批孔”和“批邓”。

在粉碎“四人帮”后一星期，华国锋对参加打招呼会议西北组高级干部的讲话中指出：“批林批孔，要按毛主席的指示办。批邓、反击右倾翻案风，是毛主席亲自发动的，要继续批。”

1976年10月26日，亦即在粉碎“四人帮”的第20天，华国锋对中共中央宣传部门负责人作了四点指示：

陆定一

> 一、要集中批“四人帮”，连带批邓；
>
> 二、“四人帮”的路线是极右路线；
>
> 三、凡是毛主席讲过的，点过头的，都不要批评；
>
> 四、“天安门事件”要避开不说。

这可以说是华国锋上台后的“施政纲领”。

不久，1976年11月15日至19日，中共中央在北京召开了宣传工作座谈会。会议由“中共中央宣传口”负责。

本来，中共中央设有宣传部。毛泽东在1966年3月批评说：“中宣部是阎王殿。”还指出，要“打倒阎王，解放小鬼！”[1]于是，中共中央宣传部在“文革”中被“砸烂”。中共中央宣传部部长陆定一被关进秦城监狱。

在粉碎“四人帮”之后，由于顾忌毛泽东对中共中央宣传部的批评，未敢恢复中共中央宣传部，而是成立了“中共中央宣传口”。

当时的“中共中央宣传口”由耿飚、朱穆之、李鑫、华楠、王殊五人组成领导小组，由耿飚牵头。内中，耿飚被称之为“口长”！朱穆之、李鑫、华楠、王殊则为“副口长”。这种“口长”、“副口长”之称，是“史无前例”的。

耿飚是叶剑英点将前来主持中共中央宣传工作的，当然担任“口长”。

朱穆之自1972年9月起，便担任新华社社长，是“老宣传”，担任“副口长”驾轻就熟。

华楠是解放军报社社长，同样是“老宣传”，而且代表军界，所以也是“副口长”合适人选。

---

[1] 转引自1966年5月16日《中国共产党中央委员会通知》（即《五一六通知》）附件《1965年9月到1966年5月文化战线上两条道路斗争大事记》。

王殊如前所述，由于耿飚是外交界领导，把王殊这位驻德大使调来担任《红旗》杂志总编辑，出任“副口长”也理所当然。

李鑫则是一位特殊的人物，有着错综复杂的经历。他担任过康生的秘书。康生去世之后，他仍在中共中央机关工作，担任中共中央办公厅副主任。由于李鑫在粉碎“四人帮”的紧急关头，曾向华国锋作过建议，所以在粉碎“四人帮”之后，担任了“中共中央宣传口”的“副口长”。

由“中共中央宣传口”下达的文件上，常署“耿飚、朱穆之、李鑫、华楠、王殊并王揖”。

王揖不是“口长”，也不是“副口长”。王揖曾任《人民日报》副总编辑。这“并王揖”，表明他也是“中共中央宣传口”的领导成员。王揖在当时实际上起着秘书长的作用，但是并没有这样的任命。[1]

既然“中共中央宣传口”召开宣传工作会议，很自然的，人们关切地问起对于邓小平以及“天安门事件”的宣传口径。

11 月 18 日，主管宣传的中共中央政治局委员汪东兴在会上作了重要讲话。

汪东兴在拘捕“四人帮”时起了重要作用。在粉碎“四人帮”之后，汪东兴权重一时，成了华国锋的副手，海外报刊称之为“华汪体制”。

汪东兴变得如此举足轻重，还由于他长期在毛泽东身边工作，担任中共中央办公厅主任多年，了解中共高层机密。汪东兴曾在中共中央宣传部门的一次会议上这么说过：“现在了解‘文化大革命’全过程的就只有我一个，毛主席的指示手稿我都有。”

汪东兴控制了毛泽东的手稿，需要时可以从中拿出一句两句，借用毛泽东的威信，来压服不同意见。

汪东兴这次讲话的主旨是“双箭齐发”，既举起左手高呼打倒“四人帮”，又举起右手打倒邓小平。

汪东兴说：

“邓小平也有错误，他不听毛主席的话，还搞他过去那一套。”

“邓小平的问题，毛主席已经有一个四号文件。四号文件不管怎样，是正确的，是毛主席指示的。”

“邓小平对‘文化大革命’还是不理解，‘三个正确对待’做得不好。”

这里所谓“三个正确对待”，是华国锋提出的。华国锋要求干部们“正确

[1] 1996 年 5 月 25 日在北京采访《人民日报》前总编辑李庄。

对待‘文化大革命’，正确对待群众，正确对待自己”。

追根溯源，这“三个正确对待”，也不是华国锋“发明”的。在“文革”中，毛泽东曾要求干部们做到“三个正确对待”，因为干部中很多人对于“文革”表示不“理解”，对于群众性的批判也不“理解”，所以毛泽东要求他们正确对待“文革”，正确对待群众，同时也就需要正确对待自己。

在粉碎“四人帮”之后，华国锋仍照搬“文革”一套，要求干部们不要抱怨“文革”，不要抱怨群众，要正确对待自己，所以又重提“三个正确对待”。

华国锋重提“三个正确对待”，是因为有的干部在“文革”中受到“冲击”，如今说：“在‘文化大革命’中整得我好苦啊，这下可把根子找到了。”他们要否定“文革”，这是华国锋所绝对不允许的。所以华国锋要求这些干部做到“三个正确对待”。

汪东兴还说：

“邓小平这个人也是有错误的，而且错误是严重的。他不听毛主席的，还是搞他过去那一套东西。”

“邓小平的错误是严重的，一直发展到‘天安门事件’。”

“‘天安门事件’到底怎么看法？反革命掺进去，这是肯定的，是反革命暴乱。”

汪东兴还非常坚决地表态：“天安门事件”是“毛主席定的”，绝对不能平反。

照汪东兴所说，“批邓、反击右倾翻案风”运动当然要继续开展下去。

汪东兴认为电影《决裂》，还可以继续放映——《决裂》是“四人帮”炮制的“批邓”电影。他以为，“朝阳农学院”还可以继续办下去——其实“朝阳农学院”是“四人帮”树立的“教育样板”。

汪东兴说，这些都是“主席讲过”的，“是毛主席指示过的”，所以“照过去方针办”是不会错的。

汪东兴的话，实际上代表了华国锋的意思。

会议作出《当前宣传要点的请示报告》，确定三个宣传要点：

一、突出宣传华主席；

二、大力宣传粉碎“四人帮”的意义；

三、彻底揭批“四人帮”。

1976年11月24日，毛主席纪念堂奠基仪式在北京举行。华国锋在仪式上发表讲话说，要继承毛泽东的遗志，进行“三个坚持”，即坚持以阶级斗争为纲，坚持党的基本路线，坚持无产阶级专政下的继续革命。这“三个坚持”，实际上就是毛泽东晚年“左”的思想的核心，就是“文革”理论的核心。

6天之后，1976年11月30日，四届人大常委会第三次会议在北京召开。会议由宋庆龄副委员长主持。会议免去乔冠华的外交部部长职务，任命黄华为外交部部长。吴德在会上发表了关于“热烈庆祝华国锋同志任中共中央主席、中央军委主席，热烈庆祝粉碎‘四人帮’篡党夺权阴谋的伟大胜利”的讲话。

吴德说：“凡是毛主席指示的，毛主席肯定的，我们要努力去做，努力做好。”

吴德用这么奇特的逻辑，谈及“天安门事件”：“‘天安门事件’中反‘四人帮’是错的，那时他们还是中央领导，那是分裂中央。”

照吴德的荒谬的逻辑推下去，那么拘捕“四人帮”也是“错的”，因为“那时他们还是中央领导”！照吴德的荒谬的逻辑推下去，那么只有在粉碎“四人帮”之后，才能反“四人帮”！

吴德还强调：“要把批‘四人帮’和批邓结合起来。”

这样，吴德硬是要把邓小平和“四人帮”搅在一起——尽管邓小平和“四人帮”是完全对立的。

“把批‘四人帮’和批邓结合起来”，无非想既批倒“四人帮”，也批倒邓小平。

1976年12月10日至27日，第二次全国农业学大寨会议在北京召开。25日，华国锋在大会上讲话。华国锋说：“王、张、江、姚是一伙极右派，他们那条反革命的修正主义路线，是一条极右路线。要深入揭批‘四人帮’，在两个阶级的激烈斗争中实现安定团结。”

所以，在粉碎“四人帮”之后的两个多月，不论是华国锋，还是汪东兴、吴德，他们在各种场合所发表的讲话，无非是华国锋1976年10月26日对中共中央宣传部门负责人所说的四点“施政纲领”。

新的难题接踵而来

大起大伏的1976年终于过去。

1977年的元旦钟声刚刚响过，一个新的难题又横亘在华国锋面前：

1977年1月8日是周恩来去世一周年的忌日，全国上下涌动着一股追悼周恩来的热流。

要不要隆重纪念周恩来去世一周年？

华国锋颇为踌躇。

这是因为纪念周恩来去世一周年这股热流，显然是和1976年的“天安门事件”休戚相关。因为在1976年清明节之际，人们怀念周恩来，却遭到“四人帮”的强制迫害。这种受压抑的感情，由于周恩来去世周年忌日的临近，又要喷发出来。

不言而喻，人们这一回悼念周恩来，隐含着为“天安门事件”平反的强烈要求。因为“天安门事件”是被“四人帮”镇压下去的，如今“四人帮”倒台，人们理所当然地要求为“天安门事件”平反。借助于纪念周恩来去世一周年，呼吁为“天安门事件”平反，无疑是一个极好的契机。当然，要求为“天安门事件”平反，也就包含着要求为邓小平平反。

这么一来，纪念周恩来成了当时敏感的话题——与为“天安门事件”平反以及为邓小平平反紧紧相连。华国锋可以用“凡是”来压制为“天安门事件”平反以及为邓小平平反，但是却没有任何理由去阻挡人们纪念周恩来去世一周年。

《人民日报》抓住这个机会，打算隆重地、大规模地纪念周恩来去世一周年。

不过，《人民日报》毕竟是中共中央机关报，必须向中央请示关于纪念周恩来去世一周年的宣传口径。

当时，主管宣传的中共中央政治局委员汪东兴，作了这样的答复：

> 只发四五篇纪念文章；老干部不要用个人名义写回忆周恩来的文章；不要提周恩来是“伟大的马克思主义者”；周恩来的纪念展览不要对外开放；《人民日报》不要发社论。

汪东兴还说：

> 对周恩来的评价不准超过悼词，因为悼词“是毛主席审查过的”。

当时，一部悼念周恩来去世一周年的纪录片中，解说词称周恩来为“伟大的马克思主义者”，汪东兴坚持要删去。汪东兴说，这句话是周恩来悼词中所

华国锋与叶剑英在天安门城楼上

没有的，而悼词是经过毛泽东三次审看过的。

听说《人民日报》要写一篇纪念周恩来的社论，汪东兴质问道：“你们是不是要给总理另外作一篇悼词？”

《人民日报》反映，周恩来去世时，由于受“四人帮”压制，许多纪念文章写了登不出来。如今已经粉碎“四人帮”，报社收到许多纪念周恩来的文章，不能不登。

汪东兴答复说，不能多登，不能超过纪念毛主席的规模。

《人民日报》就查了一下，毛泽东去世时，《人民日报》总共发了66个版的纪念文章。既然汪东兴要求“不能超过纪念毛主席的规模”，那就登50多个版！

就在周恩来去世一周年之际，北京发生了一桩震惊全城的“大字标语案”。

这大字标语是一位名叫李冬民的小伙子领着十几位青年写在北京的长安街上的。李冬民等刷出大字标语：

> 坚决要求邓小平同志出来工作！
> 坚决要求为“天安门事件”平反！

这大字标语道出了成千上万人的心声，也就在北京迅速传了开来。

李冬民虽说年轻，在北京还是颇有名气的。“文革”之初，李冬民是北京第25中学的高中生。在“文革”中，他冲冲杀杀，成了北京市中学红卫兵代表大会（简称“红代会”）核心组组长。后来，当北京市革命委员会成立时，他当选为常委。他在1968年参加中国人民解放军，1970年加入中国共产党。1973年，李冬民复员，在北京重型机器厂当工人。

在“文革”初期，李冬民虽然曾经“造反”，但是后来渐渐醒悟，不满于“文革”。正因为这样，他在1976年清明时节，参加了天安门广场的悼念周恩来活动。也正因为这样，他在1977年1月，冒着刺骨寒风，刷出了震惊北京的大字标语。

令人吃惊的是，中共北京市委主要负责人吴德等把李冬民定为“反革命分子”，加以逮捕！

华国锋为此案定性为“抬邓、反华、保王洪文”。

“抬邓”，也就是要“抬”邓小平出来工作；“反华”，即反对华国锋；“保王洪文”，则是强加之词。

在北京发生“李冬民案件”之后不久，辽宁省旅大市委、市“革命委员会”门口出现了一批大字报，批评吴德，也批评陈锡联，要求为“天安门事件”平反。他们还提出：

> 坚决拥护邓小平为国务院总理！
> 坚决拥护邓颖超为人大委员长！

他们拥护邓颖超为人大委员长，显然是由于邓颖超是周恩来夫人。他们怀念周恩来，所以表示坚决拥护邓颖超。

中共辽宁省委马上把这一紧急情况报告中共中央。华国锋看了电话记录后，作了如下批示：

> 拟告辽宁省委，对此反革命大字报，应该追查。

就这样，纪念周恩来去世一周年，是在“不冷不热”中度过的。

所谓“不冷”，是跟周恩来去世时比。因为周恩来去世时，姚文元严格控制舆论，冷冷清清。

所谓“不热”，是因为华国锋、汪东兴对此严加控制，生怕一“热”起来，会助长要求为“天安门事件”平反的情绪。

周恩来去世一周年忌日，总算“平安”地度过。然而，新的难题又接踵而至，摆在华国锋和汪东兴面前。

那是因为随着批判“四人帮”的深入，人们不满足于揭发“四人帮”的罪行，而是进一步开展对“四人帮”理论体系的批判。

汪东兴否认“四人帮”有什么理论。汪东兴曾说，王洪文是流氓，江青只会打棍子，张春桥和姚文元是书呆子，他们没有什么理论。

然而，批判的锋芒，开始指向张春桥和姚文元在“文革”中发表的两篇重要的署名理论文章：张春桥的《论对资产阶级的全面专政》和姚文元的《论林彪反党集团的社会基础》。

姚文元的文章《论林彪反党集团的社会基础》，于1975年3月1日发表在《红旗》杂志1975年第3期上。张春桥的《论对资产阶级的全面专政》则于1975年4月1日发表于《红旗》杂志1975年第4期上。

照理，在批判“四人帮”时，当然应该批判张春桥、姚文元的理论文章。有人写了批判文章，打算在《红旗》杂志上发表。《红旗》杂志为此向汪东兴写了请示报告。

1977年2月4日，汪东兴竟作了这样的批复：

> 这两篇文章是经中央和伟大领袖和导师毛主席看过的，不能点名批判。

汪东兴这一批示，实际上也就是华国锋所说的“凡是毛主席讲过的，点过头的，都不要批评”。

其实，张春桥和姚文元这两篇文章，不仅因为“伟大领袖和导师毛主席看过的”而不能“批判”，更重要的是，这两篇文章反映了毛泽东晚年“左”的思想。所以，批判这两篇文章，实际上也就是批“左”。

张春桥和姚文元虽说都是笔杆子，但是在成为“中央首长”之后，几乎“动口不动手”，只是发表各种讲话，不写文章了。他俩突然在1975年春接连发表理论性长文，是因为毛泽东说了话。

那是1974年12月26日，毛泽东在他81岁寿辰之时，就理论问题作了如下指示：

> 列宁为什么说过资产阶级专政，这个问题要搞清楚。这个问题不搞清楚，就会变修正主义。要使全国知道。
>
> 列宁说：“小生产是经常地、每日每时地、自发地和大批地产生着资本主义和资产阶级的。”工人阶级一部分，党员一部分，也有这种情况。无产阶级中，机关工作人员中，都有发生资产阶级生活作风的。
>
> 林彪一类上台，搞资本主义制度很容易。

既然毛泽东说要“搞清楚”列宁所说的问题，于是，张春桥和姚文元也就以“理论家”的姿态，写了理论长文，加以论述。

批判张春桥和姚文元的这两篇文章，实际上也就触动了毛泽东晚年“左”的错误。

汪东兴的批示，为批判“四人帮”设下了禁区，即只许批右，不许批“左”。

更为严重的是，由汪东兴领导的文件起草小组，在为1977年3月的中共中央工作会议起草报告时，竟把张春桥、姚文元在两篇“理论长文”中所宣扬的四个极左观点，都写了进去。

这四个极左观点是：

一、对资产阶级要实行全面专政；

二、按劳分配是产生资产阶级的根源；

三、要批判唯生产力论；

四、要批判资产阶级法权。

终于提出“两个凡是”

面对接踵而来的新的难题，在华国锋看来，已经到了必须强调自己的政治原则的时候了。

华国锋政治原则的核心，便是“两个凡是”。

如前所述，1976年11月30日，吴德在四届人大第三次常委会上讲话中，曾这样说：“凡是毛主席指示的，毛主席肯定的，我们要努力去做，努力做好。”

虽然吴德只说了一个“凡是”，其实也就是“两个凡是”的意思。

1977年1月21日，华国锋在写作班子为他起草的一份讲话提纲和草稿中，明明白白地写上了这么一段口气极硬的话：

> 凡是毛主席作出的决策，我们都必须维护，不能违反；凡是损害毛主席的言行，都必须坚决制止，不能容忍。

这段话，就是“两个凡是”的最初表述。

细细追究，“两个凡是”可以说是“文革”的产物。在“文革”中，把毛泽东捧到了至高无上的地位。林彪鼓吹毛泽东的话“一句顶一万句”，毛泽东的话被称之为“最高指示”，其实也就是“两个凡是”。

也正因为这样，“文革”中最流行的口号便是“谁反对毛主席就打倒谁”。这句口号所体现的含义，同样也就是“两个凡是”。

在“文革”中，在中共中央解决一个省的领导人问题时，汪东兴便曾说：“凡是经过毛主席指示的文件，凡是毛主席的指示，都不能动。”

在毛泽东去世之后至粉碎“四人帮”之前，华国锋强调“照过去方针办”，就已经包含了“两个凡是”的意思。因为“照过去方针办”，也就是照毛泽东的方针办——其中当然主要就是照毛泽东晚年“左”的方针办。

在粉碎“四人帮”之后，华国锋强调“凡是毛主席讲过的，点过头的，都不要批评”。正是在这一个“凡是”的基础上，后来发展成“两个凡是”。

1977 年 2 月 7 日，中央两报一刊重要社论《学好文件抓住纲》，第一次公开地、明确地提出了“两个凡是”。

所谓“学好文件”，是指学习“伟大领袖和导师毛主席的光辉著作《论十大关系》和华主席在第二次全国农业学大寨会议上的讲话这两个重要文件”。

毛泽东的《论十大关系》，原本是毛泽东在 1956 年 4 月 25 日中共中央政治局扩大会议上的讲话。这篇讲话稿在 1975 年由邓小平主持、胡乔木整理定稿，并于 1975 年 7 月 13 日报送毛泽东审阅。邓小平以为，毛泽东的这篇讲话稿对于整顿“文革”中被搞乱的国民经济各部门的关系，有指导意义，本准备在当时予以公开发表。毛泽东阅后批示：

> 同意。可以印发政治局同志阅。暂时不要公开，可以印发全党讨论，不登报，将来出选集再公开。[1]

1976年12月26日，在毛泽东83岁诞辰之际，此文由华国锋批示公开发表。

第二次全国农业学大寨会议于 1976 年 12 月 10 日至 27 日在北京召开。中共中央政治局委员、国务院副总理陈永贵在大会上作了《彻底批判“四人帮”，掀起普及大寨县运动的新高潮》的讲话，提出要坚决完成中央关于在 1980 年把全国 1/3 以上的县建成大寨县的战斗任务。12 月 25 日，华国锋在大会上讲话，强调王、张、江、姚是一伙极右派，他们那条反革命修正主义路线是一条极右路线。华国锋号召，要深入揭批“四人帮”，在两个阶级的激烈斗争中实现安

---

[1]《建国以来毛泽东文稿》第 13 卷，444 页，中央文献出版社 1998 年版。

定团结。

中央两报一刊社论《学好文件抓住纲》，号召全国人民学好这两个文件。社论提出要抓住“阶级斗争”这个纲，指出：

毛主席说过：“有句古话，‘纲举目张’。拿起纲，目才能张，纲就是主题。社会主义和资本主义的矛盾，并且逐步解决这个矛盾，这就是主题，就是纲。”当前，社会主义和资本主义的矛盾、无产阶级和资产阶级的矛盾、马克思主义和修正主义的矛盾，集中表现为我们党和“四人帮”的矛盾。深入揭批“四人帮”，这就是当前的主题，就是当前的纲。

紧紧抓住这个纲，斗争的大方向就掌握牢了，各项工作就有统率了。“捉住了这个主要矛盾，一切问题就迎刃而解了。”这一点，各级党委一定要在思想上非常明确。不光领导者要明确，还要使广大干部和群众都明确。

社论高度赞扬了毛泽东：

伟大领袖和导师毛主席，领导我们奋战了半个多世纪，经历了十次重大的党内路线斗争。这半个多世纪的历史反复证明，什么时候，我们执行毛主席的革命路线，遵循毛主席的指示，革命就胜利；什么时候离开了毛主席的革命路线，违背了毛主席的指示，革命就失败，就受挫折。毛主席的旗帜，就是胜利的旗帜。毛主席在世的时候，我们团结战斗在毛主席的伟大旗帜下。现在，毛主席逝世了，我们更要高举起和坚决捍卫毛主席的伟大旗帜。这是我们8亿人民，3000多万党员的神圣职责，是我们继续团结战斗的政治基础，是我们进一步取得胜利的根本保证。

社论高度赞扬毛泽东，其实是为下面这两句话作铺垫：

凡是毛主席作出的决策，我们都坚决拥护；凡是毛主席的指示，我们都始终不渝地遵循。

这两句话，也就是著名的“两个凡是”。这两句话，是华国锋执政方针的最高度的概括。

这两句话也表明，虽然毛泽东去世了，华国锋成为不是毛泽东的毛泽东，他坚决维护毛泽东的一切决策，内中主要是维护毛泽东晚年的“左”的错误。

全国各报都转载中央两报一刊这篇社论。一时间，这篇社论成为中国亿万人民的学习文件。

这篇社论是以中央两报一刊名义发表的，令人奇怪的是，中央两报一刊却没有一个人参加这篇社论的起草，甚至事先不知道！

据《人民日报》当时的副总编辑李庄告诉笔者，他在 1977 年 2 月 6 日接到通知到“中共中央宣传口”开会。“中共中央宣传口”在北京钓鱼台召集这次紧急会议，出席会议的是中央新闻单位的负责人。[1]

李庄记得，到了那里，耿飚宣布：“中央决定发表一篇社论，以两报一刊署名。今晚广播，明天见报。”接着，耿飚说：“我现在读一遍。”

这就是说，社论是由“中央”事先写好的，只是借用两报一刊的名义发表罢了，所以要当着两报一刊的负责人的面念一遍，打个招呼。

李庄是作为《人民日报》负责人出席会议的。

笔者采访《人民日报》总编辑李庄（左）

[1] 1996 年 5 月 25 日采访于北京。

代表《解放军报》的是“副口长”华楠，此时他兼任《解放军报》总编辑。另外，还有一位《解放军报》副社长出席会议。

代表《红旗》杂志的是王殊。他是“副口长”，同时又是《红旗》杂志总编辑。

耿飚所念的，就是这篇《学好文件抓住纲》。

念完之后，由于这篇社论来自“中央”，作为在场的两报一刊的负责人李庄、华楠、王殊还能说什么呢？

其实，就连耿飚也只能“照本宣科”而已。据云，耿飚曾对人说：“发表这篇文章，等于‘四人帮’没有粉碎。如果照这篇文章的两个‘凡是’干，什么事情也办不成。”

尽管耿飚不同意这篇社论的观点，但是他作为中共中央“宣传口”的负责人，只能照本宣科，奉命执行。

据王殊告诉笔者，当时他刚从国外回来不久，对于国内的错综复杂的斗争并不太了解，所以他当时并没有看出社论有多大问题。[1]

据李庄回忆，会议只开了十来分钟就散会了。这十来分钟，也就是耿飚把社论从头到尾念了一遍，大家无言而散。

出了会议室，《解放军报》一位副社长问李庄：“这篇两报一刊社论，你们是哪位同志执笔的？”

李庄答道：“我们根本不知道这件事。你们呢？”

那位副社长只好苦笑道：“如此说来，是上边交发的，这次又‘贪天之功’了。”

“上边”，又是谁写这篇社论的呢？

2 月 4 日——也就是在中共中央“宣传口”会议之前两天——主管宣传的汪东兴在社论的清样上，写下一段这样的批示：“这篇文章，经过李鑫同志和理论学习组同志多次修改，我看可以用。”

这篇文章，是由“中共中央宣传口”的“副口长”李鑫所领导的中央理论学习组在北京玉泉山事先起草的。

据称，1977 年 1 月 7 日，汪东兴指示李鑫组织人员写一篇社论，注意引导大家学文件，亦即学习毛泽东《论十大关系》和华国锋在第二次全国农业学大寨会议上的讲话。

---

[1] 1996 年 5 月 30 日采访于北京。

1月8日，李鑫召集中央理论学习组开会，布置了写作社论的任务。

中央理论学习组写出初稿之后，1月21日，李鑫主持理论学习组讨论初稿，第一次在稿子里加上这样两句话：“凡是毛主席作出的决策，都必须维护，不能违反；凡是有损毛主席形象的言行，都必须制止，不能容忍。”

这是社论中“两个凡是”的最初版本。

后来经过修改，改成：“凡是毛主席作出的决策，我们都坚决拥护；凡是毛主席的指示，我们都始终不渝地遵循。”

在汪东兴批示同意之后，这篇文章经华国锋亲自审定，终于在1977年2月7日以中央两报一刊社论的名义发表了。

从此，“两个凡是”成了华国锋施政的核心理论。

其实，“两个凡是”的真正始作俑者，当推林彪。笔者查阅了“文革”前夕1965年12月30日至1966年1月18日，解放军总政治部在北京召开的全军政治工作会议的政治报告。报告引用了林彪的一系列“名言”：

> 毛泽东思想是当代马克思列宁主义的顶峰。
>
> 毛主席的书，是我们全军各项工作的最高指示。
>
> （毛主席的话）句句是真理，一句顶一万句。

报告指出：

> 凡是毛主席指示的，就要坚决拥护，坚决照办，上刀山下火海也要保证完成。凡是违背毛主席指示的，就要坚决抵制，坚决反对。

所以，“两个凡是”的“首创权”不是属于华国锋，而是属于林彪。

所以，华国锋的“两个凡是”，实际上是林彪的“两个凡是”的翻版。

当时的《人民日报》总编辑胡绩伟回忆说，《人民日报》奉命发表《学好文件抓住纲》，“这不是盲目服从，而是睁着眼睛、违心地服从”。

那篇中央两报一刊社论《学好文件抓住纲》，是为即将召开的中共中央工作会议作舆论准备；中共中央工作会议，又是为中共十届三中全会作准备；中共十届三中全会则是为中共十一大作准备。

中央两报一刊社论提出“两个凡是”，实际是要把“两个凡是”作为中共十一大的政治路线。

两报一刊社论《学好文件抓住纲》发表之后，众多读者来信来电，对“两个凡是”提出质疑，提出尖锐的批评。

《人民日报》总编辑胡绩伟说：“这篇社论使党中央在人民中失而复得的威信，又一落千丈了！”

自从中央两报一刊社论提出“两个凡是”之后，中国围绕“两个凡是”，展开了一场错综复杂的斗争。

第七章　邓小平第三次复出

◎ **要求邓小平复出的呼声，越来越强烈。邓小平终于复出。邓小平一出来，就朝“两个凡是”开了一炮。**

邓小平成了中国的“焦点人物”

打倒刘少奇，
大家喊声齐。
打倒林彪，
惊恐吃不消。
打倒邓小平，
谁也弄不清。
打倒江青，
都拍手掌心。

这是流传在北京的一首歌谣。

所谓“打倒刘少奇，大家喊声齐”，是指“文革”初期，在毛泽东的领导下，打倒刘少奇，那时人们听命于“伟大领袖”，所以“喊声齐”。

在打倒林彪时，由于林彪事件突然爆发，原本是“副统帅”、“接班人”的林彪，在一夜之间成了“叛国投敌犯”，难怪老百姓“惊恐吃不消”。

至于“打倒邓小平”，真的“谁也弄不清”。

终于打倒了江青，老百姓个个“都拍手掌心”。

这首歌谣，生动地勾画出中国的老百姓经历四次政治大变动时的不同心态。

在粉碎“四人帮”之后，那位“谁也弄不清”为什么会被打倒的邓小平，成了中国政治舞台上的“焦点人物”。

千千万万人的目光，注视着邓小平；千千万万人期望着，邓小平早日复出。

邓小平是中国政治舞台上充满奇迹的人物。

早在1933年，在江西中央苏区，中共中央“左”派们发动对毛泽东的批判，涉及支持毛泽东的邓小平。邓小平被称为“毛派”的头子，即“邓（小平)、毛(泽覃)、谢(维俊)、古(柏)"。后来，在1935年1月初，邓小平复出，被任命为中共中央秘书长，并出席了遵义会议。

在"文革"中，邓小平被毛泽东指责为"中国第二号最大的走资派"。邓小平在1966年12月14日最后一次公开露面之后，第二次被打倒。然而，他又在1973年4月12日奇迹般出现于北京人民大会堂，欢迎柬埔寨西哈努克亲王。他成功地第二次复出。

接着，在1976年4月的"天安门事件"中，邓小平第三次被打倒。毛泽东所发动的"批邓、反击右倾翻案风"运动，一直持续到粉碎"四人帮"之后。

邓小平会不会、能不能第三次重新站起来呢?

就在刚刚粉碎"四人帮"之后的第六天，亦即1976年10月12日，叶剑英派他的儿子叶选宁到北京东城富强胡同六号胡耀邦家中看望。

胡耀邦对叶选宁说:"祝贺你爸爸同华主席他们一道，为我们的党和国家立下了不朽的功勋。"接着，胡耀邦说道:"现在我们党的事业面临着中兴。中兴伟业，人心为上。"

什么是人心呢?胡耀邦请叶选宁捎三句话给叶剑英。这三句话是:

一句是"停止批邓，人心大顺";

二句是"冤案一理，人心大喜";

三句是"生产狠狠抓，人心乐开花"。

胡耀邦对叶选宁说:"务必请你把我的话带给你爸爸。"

胡耀邦又问叶选宁道:"你能见到华主席吗?如果你能够见到华主席，请你把'中兴伟业，人心为上'这句话转告给他。"

胡耀邦告诉叶选宁，他跟华国锋很熟，曾在湖南一起共事一年半，所以他请叶选宁把话捎给华国锋。

叶剑英是邓小平坚定的老战友。就在刚刚粉碎"四人帮"那百废待兴、千头万绪的时刻，他亲自给邓小平打电话，通报扫落四颗灾星的喜讯。

1976年10月8日，当叶剑英知道华国锋在中央打招呼会议上提出要继续"批邓、反击右倾翻案风"，便于翌日向华国锋提出:"赶快让小平同志出来工作，恢复他原来的职务。"

华国锋仍然强调要"批邓、反击右倾翻案风"。

这样，叶剑英不得不在此后不久的中共中央政治局会议上，明确地提出:

“我建议小平同志出来工作，我们在座的同志总不会害怕他吧？参加了政治局、恢复了工作，总不会跟我们挑剔吧？”

这时，李先念马上表示赞同叶剑英的话。李先念说：“完全同意叶帅意见！应该让小平同志尽快地出来工作。”

邓小平的女儿毛毛在《我的父亲邓小平》一书中，这么写及：

> 叶剑英，父亲解放前与他共事并不多，但在解放后，特别是“文化大革命”以后，两人可真是肝胆相照，共解国难。记得为了让父亲第三次复出，叶伯伯让他小儿子亲自驾车，把还在软禁中的我的父亲偷偷接到他的住处。当时我在场，清清楚楚地记得，他们两人见面之时，万分激动，父亲长叫了一声“老兄”，两人的手便紧紧握在了一起。[1]

由于叶剑英的关心和支持，在粉碎“四人帮”之后，邓小平的处境有了明显的改善。据叶剑英办公室主任王守江回忆，在粉碎“四人帮”之后，叶剑英向他传达中央的指示，为了邓小平今后工作的方便，由王守江给邓小平送阅中央文件。叶剑英说：“凡我看的文件，都要送给小平同志，让他看，熟悉情况。”

邓小平因患前列腺炎、严重尿潴留，于 1976 年 12 月 10 日住进解放军 301 医院，刚装修完的南楼五层、还未起用的外科病房，供邓小平一人使用，以保证他的安全。叶剑英要求 301 医院妥善安排邓小平的医疗工作。叶剑英对医院作了这样的指示：“一定要治好！一定要保护好！”

12 月 12 日、13 日，著名泌尿外科专家吴阶平等为邓小平会诊，建议手术治疗。

12 月 16 日，华国锋、汪东兴批示同意为邓小平进行手术治疗。

12 月 24 日，邓小平做了前列腺摘除手术。手术后，余秋里、徐向前、聂荣臻、宋任穷等领导相继看望邓小平。[2]

在手术康复之后，1977 年 1 月下旬的一天晚上，邓小平被接到玉泉山，华国锋、叶剑英、李先念、汪东兴等 4 人一起与他谈话，介绍粉碎“四人帮”的经过。这是粉碎“四人帮”之后，华国锋第一次与邓小平见面。

1977 年 2 月 3 日，邓小平和全家住进西山军委 25 号楼。25 号楼是王洪文

---

[1] 毛毛：《我的父亲邓小平》上卷，641 页，中共中央文献出版社 1993 年版。

[2] 李海文：《华国锋：风雨人生路》，《文史参考》2011 年第 15 期。

住过的，在山上最高处，从车道下来就是叶剑英住的 15 号楼。[1]

然而华国锋在各种公开场合发表讲话，还是提“批邓、反击右倾翻案风”。

要求为邓小平平反，毕竟是亿万人民的呼声。李冬民在北京长安街上刷出的大字标语，就反映了人民的呼声。

在 1977 年 2 月 7 日，中央两报一刊发表社论《学好文件抓住纲》，公开提出“两个凡是”之后，据邓力群回忆：

> 1977 年 2 月 7 日《人民日报》的社论，当天我没有注意看。第二天，政研室的党支部书记、一个年轻人朱佳木来找我。他说，老邓，你看昨天那篇社论了吗？我说，我没看，有什么事吗？他说，这个社论提出“两个凡是”，可值得注意啊。我看了之后，同意他的看法。很快我就找了王震，把这个意思说了。王老说他没注意。我对他说，这“两个凡是”里面问题大了，依照“两个凡是”，邓小平就不能出来工作，也不应出来工作……[2]

1977 年 2 月 8 日，中共中央发出华国锋批准的《关于坚决打击政治谣言的通知》。这一《通知》以李冬民等“抬邓”的“反革命案件”为由头，指出：

> 在揭批“四人帮”的运动中，有少数坏人制造谣言，甚至伪造华主席、中央领导同志的讲话，妄图挑拨离间，分裂以华主席为首的党中央，干扰运动的方向。

《通知》要求，要稳准狠地打击政治谣言的制造者，要不听谣、不传谣、不信谣，要健全和改进传达报告制度和情况通报制度。

这一《通知》实际上就是声言，谁要邓小平重新出来工作，谁就是“反对华主席”，谁就是“反革命”。《通知》要用政治高压手段，来维护“英明领袖”华国锋的权威，封住人们要求为邓小平平反的呼声。

当时，四川省江津县一位名叫聂坤映的青年工人，犯了所谓“反革命攻击罪”，其实，他的“恶毒攻击”不过是：“该犯恶毒攻击英明领袖华主席，胡说什么粉碎‘四人帮’不只是华主席一人的功劳，还有叶剑英、聂荣臻等老帅的

---

[1] 李海文：《华国锋：风雨人生路》，《文史参考》2011 年第 15 期。

[2]《邓力群自述：十二个春秋（1975~1987）》，84 页，香港博智出版社 2005 年版。

功劳。要不是几个老帅给华撑起，他就奈何不了‘四人帮’。”

此后，根据中共中央这一《通知》的精神，3 月 28 日，国务院下发 30 号文件。文件指出，对攻击毛主席、周总理、华主席和以华主席为首的党中央，破坏揭批“四人帮”斗争的现行反革命分子，要坚决逮捕法办。

华国锋左右为难

尽管邓小平第三次复出阻力重重，叶剑英却干脆把邓小平从 301 医院接到北京西山疗养。叶剑英住西山 15 号楼，他让邓小平住不远处的 25 号楼。

如同邓力群所回忆：

> 在 1977 年 2 月 7 日中央两报一刊社论《学好文件抓住纲》发表之后，“没过几天，王震同志就在国防工办的一个会议上，公开地说，有一个社论，讲‘两个凡是’，据说是一个理论家主持和定稿的。然后王老就批了一通，还点名批了李鑫。接着王老找邓小平反映。”[1]

邓小平是否复出，使华国锋左右为难。按照“两个凡是”，“批邓、反击右倾翻案风”是毛泽东的决策，是不能违反的，是不可能让邓小平复出的。然而叶剑英等老干部以及广大人民群众一而再、再而三要求让邓小平重新工作，这给华国锋以巨大的压力。

华国锋陷于左右为难之中。他一方面依然在讲话中强调要“批邓、反击右倾翻案风”，另一方面又称要在“瓜熟蒂落，水到渠成”时让邓小平出来工作。

1977 年 1 月 6 日，华国锋在中共中央政治局会议上，说了这样一番话：

> 现在有人不主张这样搞，主张打倒“四人帮”后，小平马上就要出来工作。如果一打倒“四人帮”，邓小平就要马上出来工作，可能要上“四人帮”一个大当……如果急急忙忙提出要邓小平出来工作，那么四号、五号文件，毛主席处理的这些问题，还算不算数？这样人家会不会说是为邓

[1]《邓力群自述：十二个春秋（1975~1987）》，84 页，香港博智出版社 2005 年版。

小平翻案？是不是不继承毛主席的遗志？[1]

华国锋后来也曾这样解释：

> 中央决定当时要继续提“批邓、反击右倾翻案风”的口号，是经过反复考虑的。这样做，就从根本上打掉了“四人帮”及其余党利用这个问题进行反革命活动的任何借口，从而有利于稳定全国的局势，有利于对“四人帮”斗争的全局。

基于以上的考虑，华国锋强调“两个凡是”，以“继承毛主席的遗志”来继续推行“批邓、反击右倾翻案风”。[2]

毕竟毛泽东去世、抓捕“四人帮”这两件大事，为邓小平复出创造了最有利的条件。邓小平复出，已经是不可阻挡、势在必行的了。

1977年2月18日，丁巳年春节，虽说邓小平的职务还没有恢复，报上仍在开展“批邓、反击右倾翻案风”，邓小平家中却颇为热闹。

叶剑英来了，李先念来了，王震来了，胡耀邦和万里也来了。这么多客人来向邓小平拜年，这清楚地表明，大家都拥护邓小平，热切地盼望邓小平早日第三次复出。

华国锋的讲话使“气温”骤降

为了分析、总结粉碎“四人帮”5个多月来的工作和政治形势并部署1977年的工作，中共中央于1977年3月10日至22日在北京京西宾馆召开了工作会议。

这是粉碎“四人帮”后第一次重要的中共中央会议。

华国锋和汪东兴抢先在一个来月前的1977年2月7日以中央两报一刊名

---

[1] 李鑫传达华国锋同志的讲话（1977年1月14日）。转引自韩钢《关于华国锋的若干史实》，《炎黄春秋》2011年第2期。

[2] 王洪模等著：《改革开放的历程》，43页，河南人民出版社1989年版。转引自韩钢《关于华国锋的若干史实》，《炎黄春秋》2011年第2期。

义发表社论《学好文件抓住纲》，提出“两个凡是”，其实是想预先给这次会议定好调子，即在“两个凡是”的轨道上运行。

邓小平那时由于被撤销一切职务，所以没有资格出席会议。

当时担任中国科学院政策研究室主任的吴明瑜，作为方毅的助手，出席了这次会议。据吴明瑜回忆，3 月 9 日下午，方毅和他前往京西宾馆报到时，那热烈的气氛是多年来罕见的。[1]

那是因为大批刚刚“解放”的老干部，在粉碎“四人帮”之后，头一回在这里大聚会。老战友们劫后重逢，怎不激动万分？

吴明瑜记得，胡耀邦来报到，康克清来报到，许世友来报到，吕正操来报到，都和方毅紧紧握手。

也真巧，那天《人民日报》发表了吴明瑜与另外一位作者合写的文章，为胡耀邦在 1975 年主持起草的《科学院工作汇报提纲》“翻案”，批判了“批邓、反击右倾翻案风”时对这一提纲的错误批判。

正因为这样，胡耀邦那天显得特别高兴。很多人见到胡耀邦就说：“《人民日报》今天为你‘平反’啦！”

胡耀邦得知文章是吴明瑜与另一作者起草的，所以也就很热烈地跟吴明瑜谈了起来。当时，由于胡耀邦刚刚“解放”，没有助手，出席会议时就由吴明瑜兼做他的助手。这样，吴明瑜在会上担任了方毅和胡耀邦两人的助手。

胡耀邦、方毅和康克清三人决定在会上作联合发言，推举胡耀邦为三人的代表，由胡耀邦发言。吴明瑜协助胡耀邦起草联合发言稿。

可是，胡耀邦竟然没有在会上发言。许多老干部也取消了原本打算在会上的发言。

这是因为从 3 月 14 日起，中共中央工作会议的“气温”骤降。

这天，华国锋在中共中央工作会议上讲话。华国锋的讲话，使老干部们大失所望。华国锋说：

> 凡是毛主席作出的决策，都必须维护；凡是损害毛主席形象的言行，都必须制止。

这是华国锋作为中共中央主席，直接提出“两个凡是”。

---

[1] 1996 年 5 月 28 日采访于北京。

从吴德讲话到《人民日报》社论，到华国锋的讲话，虽然几种“两个凡是”版本不同，文字略有出入，但意思是一样的。

这次华国锋直接提出了“两个凡是”，顿时使出席中共中央工作会议的众多老干部如同被浇了一盆冷水。报到时的那股热烈的气氛不见了。

既然要“两个凡是”，胡耀邦还能说什么呢？他当然取消了发言！

陈云等呼吁为邓小平平反

这次会议充满激烈的斗争。斗争的焦点之一，便是能否让邓小平重新参加领导工作。

这时，陈云义不容辞地站出来，表示应当让邓小平重新参加领导工作。

陈云在中共党内富有威望。早在 1935 年 1 月召开遵义会议时，陈云便已是中共中央政治局常委。

1956 年 9 月，中共八届一中全会产生的政治局六常委，即毛、刘、周、朱、陈、邓。毛、刘、周、朱相继去世，只剩下陈云和邓小平依然健在。这样，陈云和邓小平也就成了粉碎“四人帮”之后健在的两位最资深的中共元老。

相对而言，陈云的处境比邓小平好。因为在批判“右倾翻案风”时，并未涉及陈云。在粉碎“四人帮”之后，陈云仍是中共中央委员，仍是全国人大副委员长。在叶剑英、李先念等的支持下，陈云重新参加了领导工作。

陈云是中共中央委员，理所当然有资格出席这一会议。

1977 年 3 月 13 日，陈云在会上作了书面发言，态度鲜明地支持邓小平。陈云指出：

> 粉碎“四人帮”反革命集团，这是我们党的一个伟大胜利，对中国革命具有伟大的历史意义。
>
> 我对“天安门事件”的看法：（一）当时绝大多数群众是为了悼念周总理。（二）尤其关心周恩来同志逝世后党的接班人是谁。（三）至于混在群众中的坏人是极少数。（四）需要查一查“四人帮”是否插手，是否有诡计。
>
> 因为“天安门事件”是群众关心的事，而且当时在全国也有类似事件。
>
> 邓小平同志与“天安门事件”是无关的。为了中国革命和中国共产党

的需要，听说中央有些同志提出让邓小平同志重新参加党中央的领导工作，是完全正确、完全必要的，我完全拥护。[1]

王震也在小组会上提出要为邓小平平反：

邓小平政治思想强，人才难得，这是毛主席讲的，周总理传达的。1975年，他主持中共中央和国务院工作，取得了巨大成绩。他是同“四人帮”作斗争的先锋，“四人帮”千方百计地、卑鄙地陷害他。“天安门事件”是广大人民群众反对“四人帮”的强大抗议运动，是我们民族的骄傲。谁不承认“天安门事件”的本质和主流，实际上就是替“四人帮”辩护。

王震巧妙地跟华国锋唱对台戏——华国锋说为“天安门事件”平反是“为‘四人帮’翻案”，而王震却说“谁不承认‘天安门事件’的本质和主流，实际上就是替‘四人帮’辩护”。

华国锋要在大会上讲话，准备了一个讲话稿，曾先送叶剑英看。

叶剑英看后，很明确地提出两条意见：“一是‘天安门事件’是冤案，要平反；二是对邓小平同志的估价，应把提法改变一下，为小平同志重新出来工作创造有利条件。”

不久，华国锋讲话稿的起草人对叶剑英说：“您的几条意见，我们已经向华主席反映了，对小平同志的评价已经改得很好。”

但是，出乎意料，华国锋并不接受叶剑英的意见，在会上不按修改了的讲话稿讲话。他坚持不能为“天安门事件”平反，不能为邓小平平反。

1977年3月14日，华国锋在中央工作会议上说：“要高高举起和坚决维护毛主席的伟大旗帜，中央对于解决邓小平的问题和平反‘天安门事件’问题，是坚决地站在维护毛主席的伟大旗帜这个根本立足点上的，如果不这样做，就会发生有损我们旗帜的问题，‘文化大革命’是七分成绩三分错误，如不这样看，就会有损我们的旗帜。”

华国锋还强调说：“‘批邓、反击右倾翻案风’是伟大领袖毛主席决定的，批是必要的。‘四人帮’的罪行只是在于他们批邓另搞一套。粉碎‘四人帮’后继续批邓是为了从根本上打掉‘四人帮’及其余党和其他反革命势力。”

[1]《陈云文选》第三卷，230页，人民出版社1995年版。

华国锋在会上说："现已查获，有那么一小撮反革命分子，他们的反革命策略是，先打着让邓小平同志出来工作的旗号，迫使中央表态，然后攻击我们违背毛主席的遗志，从而煽动推翻党中央，'保王洪文上台'，为'四人帮'翻案。"

汪东兴在会上也明确反对邓小平复出，他说："现在，有人提出'批邓、反击右倾翻案风'搞错了，要把邓小平请出来，还要让他当总理，说他如何如何能干。邓小平这个人我是熟悉的，讲能力他是有一点，但错误更多。1975年，毛主席是想让他当总理，可试了试，不行，他那两下子比我们华主席差远了。所以，最后毛主席才选定华国锋同志做接班人……"

如此"针尖对麦芒"，足见会上斗争的尖锐。

汪东兴不让陈云、王震他们在小组会的发言登会议简报。

尽管如此，陈云、王震的意见在会上还是得到了许多人的支持。

发人深省的是，陈云呼吁为邓小平平反，被"两个凡是"派用"两个凡是"压下去了。有人呼吁应该让陈云参加中共中央领导工作，也被"两个凡是"派用"两个凡是"压下去了！

汪东兴搬出了毛泽东当年说过的话："陈云同志一贯右倾！"

于是，"两个凡是"派便依据毛泽东的话，压制陈云，不让陈云参加中共中央领导工作。

华国锋步步后退

虽说在中共中央会议上，陈云、王震的意见未获通过，但是关于邓小平复出的问题已经引起广泛的注意。

在当时，对中国政局最具影响力的是华国锋和叶剑英。叶剑英又多次找华国锋谈话，提出请邓小平参加中共中央领导工作。

叶剑英对华国锋说："小平同志是我们党内难得的人才。现在，党内、军内绝大多数同志，全国的人民群众都要求让小平同志出来工作，我们应该顺应民心，顺应潮流。"[1]

另外，当时李先念作为中共中央政治局委员也有相当影响。李先念也支持

[1] 军事科学院《叶剑英传略》编写组：《叶剑英传略》，294页，军事科学出版社1987年版。

邓小平，他多次跟华国锋谈话，希望早日让邓小平出来工作。

最初，华国锋说："如果我们急急忙忙让邓小平出来工作，就可能上阶级敌人的当，可能把揭批'四人帮'的斗争大局搞乱，就可能把我们推向被动的地位。"

华国锋这话，比起原先坚决不同意邓小平复出，是退了一步。他已经表示可以让邓小平出来工作，只是不能"急急忙忙"。

接着，华国锋又退了一步。他说："邓小平出来工作要等到水到渠成，瓜熟蒂落。"

人们听说华国锋这话，讽刺道："如今水也到了，渠也成了，就是被华国锋筑的堤坝挡住了。"

1977年4月2日，中共中央办公厅转发中共中央宣传口的《当前宣传要点》。

《当前宣传要点》宣称，要宣传华主席是毛主席的好学生、好接班人，是他继承、高举和捍卫了毛主席的伟大旗帜。要宣传华主席抓纲治国的战略决策是毛主席关于无产阶级专政下继续革命和党的基本路线伟大理论在当前的具体实践。要宣传凡是毛主席作出的决策，都必须拥护；凡是损害毛主席形象的言行，都必须制止。

就在中国报刊根据中共中央宣传口的《当前宣传要点》，大力宣传"英明领袖"华国锋、宣传"两个凡是"的时候，1977年4月10日，邓小平给华国锋、叶剑英及中共中央写了一封信。

按照当时的惯例，信的开头总是写"华主席、党中央"。这一回，邓小平破例把叶剑英的名字也写上去，一开头写着"华主席、叶副主席并党中央"。信中写道：

> 我感谢党中央弄清了我和"四人帮"没有关系这件事，我特别高兴在华主席的讲话中肯定了广大人民群众去年清明节在天安门的活动是合乎情理的。
>
> 至于我个人的工作问题，做什么，什么时候开始工作为宜，完全听从中央的考虑和安排。
>
> 我们必须世世代代地用准确的完整的毛泽东思想指导我们全党全军和全国人民，把党和社会主义的事业，把国际共产主义的事业，胜利地推向前进。

如果中央认为恰当，我建议把我这封信连同去年十月十日的信印发党内。

邓小平的信中，关键性的话是“我们必须世世代代地用准确的完整的毛泽东思想”一句。邓小平提出了“准确的完整的毛泽东思想”这一新概念。

邓小平的这一新概念，是指出不能把毛泽东的某一句话、某一条批示都算成“毛泽东思想”。对于毛泽东思想，必须“准确”而“完整”地加以理解。

邓小平的话，也就是含蓄地批评了“两个凡是”。因为“两个凡是”对于毛泽东的话，不论片言只语，都一概要加以遵循。

此后不久，1977年7月21日，邓小平曾这样谈及他4月10日给中央的信的含义。邓小平说：

我在今年4月10日致华国锋同志、叶剑英同志、党中央的信中，曾经提到，要用准确的完整的毛泽东思想指导我们全党、全军和全国人民，把我们党的事业、社会主义的事业和国际共产主义运动的事业推向前进。我说要用准确的完整的毛泽东思想作指导的意思是，要对毛泽东思想有一个完整的准确的认识，要善于学习、掌握和运用毛泽东思想的体系来指导我们各项工作。只有这样，才不至于割裂、歪曲毛泽东思想，损害毛泽东思想。[1]

邓小平要求，把他的这封信印发全党——正因为这样，他的这封信是写给“华主席、叶副主席并党中央”。

叶剑英对华国锋说，应该向全党转发邓小平的信。

华国锋于5月3日同意以中共中央名义转发了邓小平的两封信——即1977年4月10日的信以及1976年10月10日的信。

中共中央转发邓小平的两封信，是邓小平的很大的胜利。因为自从1976年清明节之后，中共全党已经在一年多的时间里没有听见邓小平的声音了。

中共中央转发邓小平的信，成了向全党发出邓小平第三次复出的讯号。

---

[1]《邓小平文选》第二卷，42页，人民出版社1994年版。

邓小平终于重新工作

中共党内要求为邓小平平反、为“天安门事件”平反的呼声，越来越高。

华国锋表示：“要在适当的时机，让邓小平出来工作。”至于这“适当的时机”是什么时候，华国锋没有说明。

但是，面对党内外的强大压力，华国锋无法再拖延。

华国锋提出一个折中的方案：同意邓小平出来工作，但是不同意为“天安门事件”平反。

华国锋声称：“现已查明，邓小平与‘天安门事件’没有直接的关系。”

这就是说，华国锋还是守住“天安门事件”是“反革命事件”这条防线，只是由于邓小平与“天安门事件”“没有直接的关系”，所以可以“同意邓小平出来工作”。

华国锋所说的“现已查明，邓小平与‘天安门事件’没有直接的关系”这句话，倒也是有来历的……

那是在粉碎“四人帮”之后不久，《人民日报》就派记者专门调查了1976年“天安门事件”的真相。记者查明了，是当时的“四人帮”御用写作组“梁效”，写了所谓《邓小平修正主义路线与天安门广场的反革命事件》，首先放出“邓小平是‘天安门事件’的总后台”的谣言。于是，当时的《人民日报》也写了《天安门广场的反革命政治事件》一文，诬指邓小平为“天安门事件”的“总后台”。

《人民日报》的记者经过调查，查明当时把邓小平打成“天安门事件”的“总后台”，是“四人帮”玩弄的政治阴谋。记者写出了调查报告《“天安门事件”中的阴谋活动》，揭露了“四人帮”的阴谋，打算在《人民日报》上发表。

发表这样的调查报告，当然要报送中央。

1976年12月10日，《人民日报》以报社领导小组的名义，向中共中央报送了《人民日报》记者的这一调查报告。

华国锋和汪东兴看到了这一报告，当时压了下来。

眼下，华国锋却用得着这一报告了，因为报告表明邓小平并不是“天安门事件”的“总后台”，这样，可以把邓小平跟“天安门事件”区分开来。让邓小平出来工作，并不意味为“天安门事件”平反！

华国锋还表示，邓小平出来工作，要有一个前提。

什么前提呢？华国锋派出中共中央办公厅主任汪东兴和中共中央办公厅副主任李鑫前去看邓小平，在谈话中明确提出，要邓小平在出来工作之前写个文件，写明“天安门事件”是“反革命事件”。

邓小平理所当然拒绝了华国锋的这一无理要求。邓小平很坚决地说：“我出不出来没有关系，但‘天安门事件’是革命行动。”[1]

华国锋无奈，只得收回那前提。

这样，就在中共中央印发邓小平的信之后的第3天——1977年5月6日——邓小平“出来”了！[2]

当然，这时的邓小平还只是“出来”而已，还没有恢复他的一系列要职。

不久，叶剑英80寿辰，邀邓小平、王震等在他的住地相聚。

叶剑英生于清光绪二十三年三月二十七，即公历1897年4月28日。照理，叶剑英的80大寿在1977年4月28日，但是他却习惯于在当年的阴历三月二十七日过生日，在1977年即为5月14日。

那天，叶剑英家中高朋满座，王震、余秋里、杨成武来了，聂荣臻、徐向前来了。接着，邓小平赶到。

邓小平一进门，笑着说：“老帅们都在这里盛会啊！我也来祝贺。”

叶剑英马上说：“你也是老帅嘛，你是我们老帅中的领班。”

叶剑英这句话，反映了邓小平在老干部们心目中的地位——“领班”，也就是“领头人”。

那天，叶剑英80寿辰，点了8根寿烛。邓小平见了，建议加上一根，变成9根，取“长久”之意。叶剑英家人立即又点上一根，叶剑英哈哈大笑起来……

随着邓小平的复出，华国锋不得不对“天安门事件”降低调子。

虽然华国锋仍坚持“天安门事件”是“反革命事件”，但是又说：“群众在清明节到天安门，表示自己对周总理的悼念之情，是合乎情理的。”

这就是说，华国锋已经承认群众前往天安门是“合乎情理”的了。

---

[1] 苏台仁主编：《邓小平生平全纪录》第七卷，中央文献出版社2009年10月版。

[2] 关于邓小平第三次复出的日子，各种文献上皆语焉不详。笔者注意到中共中央党校党史教研室资料组编写的《中国共产党历次重要会议集》下册第267页（上海人民出版社1983年版），提到了这一日子。

邓小平第一个抨击“两个凡是”

“批邓、反击右倾翻案风”是毛泽东定的，然而华国锋还是同意邓小平复出了；

“天安门事件”是“反革命事件”，这也是毛泽东定的，然而华国锋却已经承认群众前往天安门悼念周恩来，是“合乎情理的”。

这两件事本身，与华国锋的“两个凡是”相矛盾。

其实，还有华国锋所做的两件更为重大的事件，与“两个凡是”相矛盾：

第一，抓捕“四人帮”，就是违反“两个凡是”。

众所周知，从1974年2月以来，毛泽东虽然对“四人帮”进行了批评，但是毛泽东只是说“我看问题不大，不要小题大做，但有问题要讲明白。上半年解决不了，下半年解决；今年解决不了，明年解决；明年解决不了，后年解决”。毛泽东并没有说要打倒“四人帮”。

华国锋在毛泽东去世之后，抓捕了以“毛泽东遗孀”江青为首的“四人帮”，显然违背了毛泽东的意愿。

第二，在华国锋的提议下，为毛泽东保存了遗体，建造了纪念堂，也是违反“两个凡是”的。

毛泽东早在1956年4月27日中央工作会议会间休息时，在秘书递来的倡议实行火葬的折子上签了字。1958年毛泽东提出自己死后骨灰撒向大海喂鱼，因为他活着时吃了很多鱼。

再次复出的邓小平

所以华国锋本人所作所为，也并非真正依照“两个凡是”办事。华国锋所说的“两个凡是”，无非是借毛泽东的话来压制反对的声音。

1977年5月24日，邓小平在与王震、邓力群谈话时，抓住了华国锋自身的矛盾，尖锐地批判了华国锋提出的“两个凡是”：

前些日子，中央办公厅两位负责同志（引者注：指汪东兴和李鑫）来看我，我对

> 他们讲，“两个凡是”不行。按照“两个凡是”，就说不通为我平反的问题，也说不通肯定1976年广大群众在天安门广场的活动“合乎情理”的问题。把毛泽东同志在这个问题上讲的移到另外的问题上，在这个地点讲的移到另外的地点，在这个时间讲的移到另外的时间，在这个条件下讲的移到另外的条件下，这样做，不行嘛！毛泽东同志自己多次说过，他有些话讲错了。他说，一个人只要做工作，没有不犯错误的。又说，马恩列斯都犯过错误，如果不犯错误，为什么他们的手稿常常改了又改呢？改了又改就是因为原来有些观点不完全正确，不那么完备、准确嘛。毛泽东同志说，他自己也犯过错误。一个人讲的每句话都对，一个人绝对正确，没有这回事情。他说，一个人能够“三七开”就很好了；我死了，如果后人能够给我“三七开”的估计，我就很高兴，很满意了。这是个重要的理论问题，是个是否坚持历史唯物主义的问题。彻底的唯物主义者，应该像毛泽东同志说的那样对待这个问题。马克思、恩格斯没有说过“凡是”，列宁、斯大林没有说过“凡是”，毛泽东自己也没有说过“凡是”。[1]

邓小平的这一谈话极为重要，第一个站出来批判“两个凡是”。

“两个凡是”是华国锋政策的核心，邓小平一出来，就指出了华国锋的要害问题。

秦基伟（1988年~1993年担任国防部部长）作为中共高级干部，曾这样谈及当时看了中共中央转发的邓小平两封信之后的思想认识转变过程：

> 六年前（引者注：秦基伟的文章发表于1983年）当小平同志提出完整地准确地理解毛泽东思想这个问题，尖锐地批判“两个凡是”的错误的时候，我们虽然也感到非常重要，非常深刻，针对性很强，但毕竟只是从指导当时工作的现实意义上考虑得多，对它的重大理论意义和深远影响认识得很肤浅。经过反复的学习和多年的实践，尤其是联系十一届三中全会以来形势的迅速发展和巨大变化，认真加以思考，才逐步意识到小平同志当时提出这个问题，是透过复杂的现象，一针见血地点破了多年来存在于我国政治生活中的症结，高屋建瓴地抓住了十年内乱中最关键、最根本的问题。这确如一声霹雳，起到了振聋发聩的作用，使大家茅塞顿开，

---

[1]《邓小平文选》第二卷，38~39页，人民出版社1994年版。

成为全国解放思想、拨乱反正的先声。[1]

尽管邓小平一出来就向“两个凡是”发起抨击，但是华国锋那时还戴着“英明领袖”的光环，“两个凡是”还占着统治地位，要推倒“两个凡是”，还必须经过一场曲折而艰巨的斗争。

也就在1977年5月24日，邓小平在谈话中，还提出了“尊重知识，尊重人才”的著名口号。邓小平明确地指出：

> 一定要在党内造成一种空气：尊重知识，尊重人才。要反对不尊重知识分子的错误思想。[2]

在“四害”横行的日子里，张春桥提出所谓“知识越多越反动”的反动口号，知识分子被臭骂为“臭老九”。邓小平刚一恢复工作，马上提出应该尊重知识分子，重视知识分子的巨大作用。

邓小平还强调了科学技术和教育事业的作用。邓小平说：

> 我们要实现现代化，关键是科学技术要能上去。发展科学技术，不抓教育不行。靠空讲不能实现现代化，必须有知识，有人才。没有知识，没有人才，怎么上得去？科学技术这么落后怎么行？要承认落后，承认落后就有希望了。现在看来，同发达国家相比，我们的科学技术和教育整整落后了二十年。[3]

也正因为邓小平重视知识，重视人才，重视科学技术，重视教育，所以他在第三次复出之后，主动要求主管科教工作。邓小平后来在1977年8月8日这么谈及：

> 我自告奋勇管科教方面的工作，中央也同意了。我们国家要赶上世界

[1] 秦基伟：《解放思想的先声　坚持真理的楷模》，《人民日报》1983年7月15日。
[2]《邓小平文选》第二卷，41页，人民出版社1994年版。
[3]《邓小平文选》第二卷，40页，人民出版社1994年版。

先进水平，从何着手呢？我想，要从科学和教育着手。[1]

邓小平毕竟拥有极为丰富的政治经验，所以他早在1977年5月24日的谈话中，便提出了一系列重要的见解。

《人民日报》的内部材料惊动了华国锋

1977年5月的变化是巨大的：

3日，中共中央转发了邓小平的两封信；

6日，邓小平“出来”；

24日，邓小平尖锐地批判了“两个凡是”。

也就在1977年5月，一桩发生在幕后的事，使华国锋极为不快：人民日报社有人整理了一份材料，使华国锋的“无产阶级专政下继续革命”的理论发生动摇……

在1977年5月1日，华国锋发表了长篇重要理论文章《把无产阶级专政下的继续革命进行到底》。华国锋的这一文章，是以“学习《毛泽东选集》第五卷”的名义发表的。

《毛泽东选集》第五卷，是在1977年4月15日起在全国发行的，首批便发行了2800万册！

《毛泽东选集》第五卷，其实收入了许多反映毛泽东晚年“左”的错误的文章。华国锋却号召掀起学习《毛泽东选集》第五卷的高潮，实际上是通过这一学习，把毛泽东晚年的许多“左”的思想作为毛泽东思想灌输到千千万万中国人的头脑之中。

在编辑《毛泽东选集》第五卷时，编辑们很注意删除有碍“两个凡是”的字句。例如，《毛泽东选集》第五卷中，毛泽东1957年11月18日在莫斯科共产党和工人党代表会议上的讲话《党内团结的辩证方法》，原本有一句：

列宁说，世界上没有人不犯错误。我也犯过错误，而且从错误中得到好处。

---

[1]《邓小平文选》第二卷，48页，人民出版社1994年版。

这句话，显然与“两个凡是”格格不入。因为毛泽东“也犯过错误”，那就是说，毛泽东的话未必“句句是真理”，内中也有错话。于是，毛泽东的这句话，在公开出版的《毛泽东选集》第五卷中，再也找不到了！

中共中央在1977年4月7日发出了关于组织学习《毛泽东选集》第五卷的决定。华国锋在5月1日发表《把无产阶级专政下的继续革命进行到底》一文，实际上也就是点明《毛泽东选集》第五卷的“主题”——学习《毛泽东选集》第五卷主要学什么。

华国锋强调指出：

> 贯穿在《毛泽东选集》第五卷的根本思想，就是坚持和发展马克思主义的不断革命的原理，在无产阶级夺得政权的时候，立即把民主革命转变为社会主义革命，在无产阶级专政下把社会主义革命继续进行下去。[1]

华国锋这样论述“无产阶级专政下继续革命理论”的重要性：

> 经过二十多年来的革命实践，特别是经过“无产阶级文化大革命”，毛主席的无产阶级专政下继续革命的理论，武装了我们的党，武装了广大群众。由于有了这个强大的思想武器，我们党在广大群众的积极拥护下，及时地粉碎了“四人帮”篡夺党和国家的最高领导权的阴谋。斯大林逝世后苏联复辟资本主义的悲剧没有能在我国重演。我们党粉碎“四人帮”，是毛主席的无产阶级专政下继续革命理论的一次伟大实践，是“无产阶级文化大革命”的又一伟大胜利。
>
> 毛主席为我们党制定了一条清楚的、明确的、正确的马克思列宁主义路线，这就是无产阶级专政下把社会主义革命继续进行到底的路线。[2]

这样，华国锋就把“两个凡是”加以阐发，把“照过去方针办”加以阐发：“凡是毛主席作出的决策，我们都要坚决维护。”

华国锋最要“维护”的是毛泽东的“无产阶级专政下继续革命”的理论；

---

[1]《人民日报》1977年5月1日。

[2]《人民日报》1977年5月1日。

华国锋照毛泽东的“过去方针办”，内中最主要是照毛泽东的“无产阶级专政下继续革命”理论办。所以，毛泽东的“无产阶级专政下继续革命”，成了华国锋的理论支柱。

就在华国锋的《把无产阶级专政下继续革命进行到底》一文发表不久，《人民日报》却在该社内部刊物《情况汇编》上刊登《人民日报》理论部的调查，宣称“无产阶级专政下继续革命”并不是毛泽东的原话。

《人民日报》的《情况汇报》，是印发中共高层参考的。这下子，在中共高层引起了不小的震动。

这份来自《人民日报》的材料，着眼于揭批“四人帮”，据说“无产阶级专政下继续革命的理论”并不是毛泽东提出的，却是康生、陈伯达、“四人帮”所“伪造”的!

如果“无产阶级专政下继续革命的理论”并不是毛泽东的理论，那就意味着华国锋的理论支柱要倒塌！因为“无产阶级专政下继续革命的理论”本身是否正确倒是次要的，对于华国锋来说，这一理论是不是毛泽东的理论却是至关重要的。按照“两个凡是”，只有对毛泽东的理论，才“坚决维护”。倘若不是毛泽东的理论，华国锋就不能“坚决维护”并用作理论支柱了。

“无产阶级专政下继续革命的理论”怎么会是康生、陈伯达、“四人帮”一伙所“伪造”的呢?

据查，在毛泽东所有的讲话、所有的文章以及批示中，从来没有“无产阶级专政下继续革命”这样的提法。[1]“无产阶级专政下继续革命”这一提法，最早出现在1967年11月6日中央两报一刊为纪念苏联十月革命50周年所发表的社论《沿着十月社会主义革命开辟的道路前进》之中。社论结合当时苏联的情况，指责赫鲁晓夫背叛了列宁所领导的十月革命，指出：

> 苏联和其他一些社会主义国家被现代修正主义者篡夺了政权。逐步出现了资本主义的全面复辟，给全世界马克思列宁主义者和革命人民提供了很深的历史教训：无产阶级取得政权以后，还可能丧失政权，无产阶级专政还可以变成资产阶级专政。无产阶级除了防御国内外敌人用武力颠覆政权以外，更重要的，是要警惕赫鲁晓夫式的人物从内部来篡夺党和国家的领导权，走上“和平演变”的道路。赫鲁晓夫修正主义者对无产阶级专政

[1] 龚育之：《关于“继续革命”的几个问题》，《教学与研究》1981年第6期。

事业的背叛，充当了国际无产阶级最大的反面教员。从这个意义上说，给赫鲁晓夫一个一吨重的“勋章”，他是当之无愧的。[1]

社论接着称毛泽东提出了“无产阶级专政下继续革命的理论”：

毛泽东同志对国际共产主义运动最伟大的贡献，在于他系统地总结了中国无产阶级专政的历史经验，系统地总结了十月革命以来国际无产阶级专政的历史经验，不但总结了正面的经验，而且总结了反面的经验，特别是总结了苏联资本主义复辟的严重教训，完整地、彻底地解决了在无产阶级专政下继续进行革命、防止资本主义复辟这一个当代最重大的课题。

这是马克思列宁主义关于无产阶级专政学说划时代的伟大发展。

……

毛泽东同志全面地继承、捍卫和发展了马克思列宁主义，创造性地提出了无产阶级专政下继续革命的伟大理论，并且亲自发动和领导了人类历史上第一次“无产阶级文化大革命”的伟大实践。这是马克思主义发展到一个崭新阶段，即毛泽东思想阶段的一个极其重大的标志。[2]

社论分 6 方面论述了毛泽东关于“无产阶级专政下继续革命的理论”的要点。

自从这篇社论问世以来，中国的报刊就不时宣传“无产阶级专政下继续革命的理论”，而且都把这一理论说成是毛泽东提出的。

这一社论是根据康生的点子，由陈伯达和姚文元主持起草的。“无产阶级专政下继续革命”这一提法，是起草者提出的。关于“无产阶级专政下继续革命的理论”的 6 个要点，也是起草者用毛泽东在各种场合下讲的话，串在一起编成的。

最令人惊讶的是，下面的这段话，并非毛泽东的原话，在社论中却用黑体字排印：

无产阶级必须在上层建筑（其中包括各个文化领域）中对资产阶级实

[1]《人民日报》1967 年 11 月 6 日。
[2]《人民日报》1967 年 11 月 6 日。

行全面的专政。

按“文革”惯例，只有毛泽东的“最高指示”，才用黑体字排印。此后，这段话被作为“毛主席语录”广泛引用。

由于“无产阶级专政下继续革命的理论”以及“全面专政论”正符合了毛泽东晚年的“左”的思想，所谓“无产阶级专政下继续革命的理论”，也就是要在无产阶级专政下，向“走资本主义道路当权派”作斗争，所以在社论写好后，送毛泽东审阅时，毛泽东同意发表。

这样，关于“无产阶级专政下继续革命的理论”，在“文革”中后来被写入中共党章，甚至写入中华人民共和国宪法。

“无产阶级专政下继续革命的理论”也很符合华国锋的“左”的思想，所以，在粉碎“四人帮”之后，华国锋把“无产阶级专政下继续革命的理论”作为毛泽东最重要的理论加以继承。

在批判“四人帮”之际，《人民日报》理论部知道内情的人，便把那篇社论起草的内幕捅了出去。很快地，《人民日报》总编辑胡绩伟接到一位高层人士的电话，批评他们不应该把这样重大的事情捅出去。因为这件事直接关系到华国锋的威信，关系到华国锋的“理论基础”……

那位高层人士说，虽然那些话是陈伯达加的，但是是毛主席同意的，还说“加得好”。所以，不能说“无产阶级专政下继续革命”不是毛主席的理论……

但是，消息还是不胫而走。人们开始对华国锋的《把无产阶级专政下继续革命进行到底》议论纷纷——尽管当时许多人的认识还只是从“两个凡是”出发，停留在“无产阶级专政下继续革命的理论”是不是毛泽东提出来、要不要执行这一点上，尚未去思索“无产阶级专政下继续革命的理论”本身的是非……

邓小平成为中共“第三号人物”

邓小平只是出来工作，只是表示了要抓科学和教育工作，但是他还没有正式恢复职务，也没有在公众场合亮相。

两个月后——1977年7月16日至21日——中共十届三中全会在北京召开。这是粉碎“四人帮”之后召开的第一次中共中央全会。

1977年7月16日至21日，中共十届三中全会在北京召开。会议恢复邓小平中共中央政治局委员、中共中央政治局常委、中共中央副主席、中央军委副主席等职务

叶剑英在中共十届三中全会上说过一段对华国锋寄予厚望的话："领导要稳定。这对我们党的事业来说是非常重要的。宣传华主席，拥护华主席的领袖地位，这是革命赋予我们的责任。"

邓小平出现在中共十届三中全会会场。

后来，在1982年9月18日，邓小平曾这样回忆说：

> 我是在粉碎"四人帮"之后九个月，即1977年7月才出来工作的，到那时我才能参加中央会议。[1]

这次中共中央全会作出了四项重要决定：

第一项，通过了《关于追认华国锋同志任中国共产党中央委员主席、中国共产党中央军事委员会主席的决定》。

第二项，通过了《关于恢复邓小平同志职务的决定》，决定恢复邓小平的中共中央委员，中央政治局委员、常委，中共中央副主席，中共中央军委副主席，国务院副总理，中国人民解放军总参谋长的职务。

第三项，通过了《关于王洪文、张春桥、江青、姚文元反党集团的决议》，决定永远开除王洪文、张春桥、江青、姚文元的党籍，撤销他们党内外的一切职务。

第四项，同意中共中央政治局《关于提前召开中国共产党第十一次全国代表大会的决定》，完全赞同中共中央政治局为这次代表大会所做的各项准备工作。

在这四项决定中，第一项、第三项、第四项是早已所料之中的，唯有第二项恢复邓小平一切职务引起的震动最大。

这时，中共中央主席为华国锋。

---

[1]《邓小平文选》第三卷，9~10页，人民出版社1993年版。

中共中央副主席的变化较多：

由中共十届一中全会选出的中共中央副主席原本为5人，即周恩来、王洪文、康生、叶剑英、李德生。

1975年1月，李德生辞去中共中央副主席职务，中共中央副主席减为4人；

1975年1月，增选邓小平为中共中央副主席，中共中央副主席仍为5人；

1975年12月，康生病逝，中共中央副主席减为4人；

1976年1月，周恩来病逝，中共中央副主席减为3人；

1976年4月，撤销邓小平的中共中央副主席职务，中共中央副主席减为2人；

1976年4月，增选华国锋为中共中央副主席，中共中央副主席增至3人；

1976年10月，由于华国锋担任中共中央主席，也就不担任副主席了，使中共中央副主席减为2人；

1976年10月，由于王洪文被捕，使中共中央副主席实际上只剩叶剑英1人（王洪文的中共中央副主席职务在中共十届三中全会上才被正式撤销）；

1977年7月，在中共十届三中全会上，由于恢复了邓小平的中共中央副主席职务，使中共中央副主席增至2人，即叶剑英、邓小平。

这样，邓小平一下子成了仅次于华国锋、叶剑英的中共“第三号人物”——实际上，由于叶剑英年事已高，邓小平很快就成了仅次于华国锋的第二号人物。

这样，在中共十届三中全会之后，形成了华国锋、叶剑英、邓小平的“三驾马车”式的新的领导核心。

这时的中共中央政治局委员有13人（按姓氏笔画为序）：

> 邓小平 韦国清 叶剑英 刘伯承 许世友 华国锋 纪登奎 吴德 汪东兴 陈永贵 陈锡联 李先念 李德生。

在这些中共中央政治局委员之中，地位仅次于华国锋、叶剑英、邓小平的是汪东兴。

邓小平从第三次被打倒，到奇迹般第三次复出，一时间成了世界上的“热门话题”。

不过，这时邓小平只是刚刚恢复职务，华国锋的“两个凡是”的错误方针，仍占统治地位。

在华国锋的主持下，这次会议认为“华主席、党中央提出的在两个阶级、两条路线的激烈斗争中，实现安定团结，巩固无产阶级专政，巩固和发展‘无产阶级文化大革命’的胜利成果，达到天下大治的战略决策”，以及为实现这个“抓纲治国”的战略决策所采取的一系列重大措施，是完全正确的。

这次会议还号召全党、全军和全国各族人民“坚持党的基本路线，坚持无产阶级专政下的继续革命，贯彻执行抓纲治国的战略决策”。这实际上是继续坚持“以阶级斗争为纲”，把“文化大革命”中的“左”倾错误理论和方针，在一定程度上延续下来。

会议虽然恢复了邓小平的职务，但是仍然认定“天安门事件”是“反革命事件”，甚至还认为1976年的“批邓、反击右倾翻案风”是毛泽东决定的，因而是必要的——虽说随着邓小平的恢复职务而从此不再继续开展“批邓、反击右倾翻案风”。

会议还认为“四人帮”是一伙“极右派”，推行的是一条“极右的修正主义路线”。

这样，也就号召全党批右而不批“左”。而“四人帮”实际上是一伙极左派，并非“极右派”。

中共十届三中全会是为召开中共十一大作准备。在会上，印发了华国锋将在中共十一大作的政治报告。

华国锋政治报告的基调，便是“两个凡是”。

有一个省“革命委员会”的主任，看了华国锋政治报告稿，吹捧道：“华主席的政治报告，字字句句闪金光！”这话上了会议的简报。

有人辛辣地讽刺道：“那还讨论什么？我们改一个字，不就等于少闪了一道金光吗？”

1977年7月21日，邓小平在中共十届三中全会闭幕式上讲话。这是邓小平结束了一年多的“沉默”，第一次在中共中央全会上发表讲话。

邓小平又一次强调了要以“准确的完整的毛泽东思想”作为指导方针，实际上也就是批判了“两个凡是”。

邓小平指出：

马克思列宁主义、毛泽东思想，是我们党的指导思想。毛泽东思想继承和发展了马克思列宁主义。林彪否定毛泽东思想，说“老三篇”就代表了毛泽东思想。林彪还把毛泽东思想同马克思列宁主义割裂开来。这是对毛泽东思想的严重歪曲，极不利于我们党和社会主义事业，极不利于国际共产主义运动。

……

我们可以看到，毛泽东同志在这一个时间，这一个条件，对某一个问题所讲的话是正确的，在另外一个时间，另外一个条件，对同样的问题讲的话也是正确的；但是在不同的时间、条件对同样的问题讲的话，有时分寸不同，着重点不同，甚至一些提法也不同。所以我们不能够只从个别词句来理解毛泽东思想，而必须从毛泽东思想的整个体系去获得正确的理解。“四人帮”，特别是所谓理论家张春桥，歪曲、篡改毛泽东思想。他们引用毛泽东同志的某些片言只语来骗人、吓唬人。我们要真正地领会毛泽东思想。就一个领域、一个方面的问题来说，也要准确地完整地理解毛泽东思想。[1]

1977 年 7 月 30 日晚，在万众瞩目下，邓小平出席了北京国际足球友好邀请赛闭幕式。这是邓小平在第三次复出后，头一回在群众场合露面。邓小平一边抽烟，一边看足球赛，显得很自在。邓小平喜欢看足球赛。那一个夜晚，邓小平在愉快的气氛中度过。

邓小平向“两个估计”开了一炮

邓小平刚刚恢复职务之际，华国锋身兼中共中央主席、国务院总理、中央军委主席，手握党、政、军大权。叶剑英主管军队。汪东兴主管组织、宣传、公安。邓小平则自告奋勇主管科学和教育，如同他自己所说：“我知道科学、教育是难搞的，但是我自告奋勇来抓。不抓科学、教育，四个现代化就没有希望，就成为一句空话。”[2]

确实，“科学、教育是难搞的”。尤其是邓小平刚刚复出，许多人对他还投以怀疑的目光。

就在这个时候，那部充满“左”味、宣传与“旧教育”决裂的影片《决裂》，居然仍在全国上映。这部影片本是江青“藤”上的“瓜”，拍摄于“文革”年月。

---

[1]《邓小平文选》第二卷，42~43 页，人民出版社 1994 年版。

[2]《邓小平文选》第二卷，68 页，人民出版社 1994 年版。

这时，还在那里散布“左”毒，否定知识，否定知识分子。

也就在这个时候，《人民日报》社的《情况汇编》，又放了一炮：

那是教育部召开高等学校招生会议期间，《人民日报》派了记者去，却被轰了出去！

为什么要轰走《人民日报》的记者呢？因为在这个会上，许多人谈到，1971 年《全国教育工作会议纪要》是错误的，不能把“文革”前 17 年的教育界说成是被一条“教育黑线专了政”，不能把“文革”前 17 年培养的学生说成大多数是资产阶级知识分子。

《人民日报》记者敏锐地抓住这一情况，进行调查。记者找了六位当年参加过 1971 年全国教育工作会议的人，开座谈会，了解当年的《纪要》是怎样写成的？

经过了解，这份《纪要》是 1971 年 4 月 15 日至 7 月 31 日全国教育会议的产物，由迟群主持起草，张春桥、姚文元定稿，经毛泽东审阅，于 1971 年 8 月 13 日由中共中央批转。

《纪要》是一份全面系统地阐述教育方面的“左”倾观点并一系列“左”倾措施的错误文件。《纪要》中提出了完全不符合实际的“两个估计”：

> 一、从 1949 年到“文革”开始的 1966 年，这 17 年“毛主席的无产阶级教育路线基本上没有得到贯彻执行”，“资产阶级专了无产阶级的政”；
>
> 二、大多数教师和 1949 年后培养的大批学生“世界观基本上是资产阶级的”。

这“两个估计”，实际上是《林彪同志委托江青同志召开的部队文艺工作座谈会纪要》中对文艺界“左”的估计的翻版。

由于这“两个估计”是经毛泽东审阅同意的，按照“两个凡是”，谁都不敢碰。

《人民日报》记者调查这件事，触怒了招生会议的主持人。于是，下了“逐客令”。

《人民日报》记者把有关情况写成“内参”，发表在《情况汇编》上。

邓小平看了《情况汇编》，认为必须推倒“两个估计”！因为如果不推翻这“两个估计”，简直没有办法抓教育革命。

别人不敢碰那个《纪要》，邓小平敢碰！

邓小平几次跟方毅、刘西尧、雍文涛、李琦谈话。邓小平认为，非推翻这“两个估计”不可。

邓小平复出不久，便召开了科学和教育工作座谈会。这个座谈会，是由国务院副总理方毅主持召开的。

方毅是在1978年3月担任国务院副总理，主管全国科教工作的。

据当时担任方毅秘书的郭曰方在接受笔者采访时回忆，在1977年最热的日子里——8月6日至8月8日——根据邓小平的意见，方毅请了30位老科学家到人民大会堂，出席座谈会。参加会议组织工作的是吴明瑜、刘道玉（后来担任武汉大学校长）、明庭华（中国科学院办公厅主任）。[1]

郭曰方记得，座谈会的前两天，邓小平只是坐在那里仔仔细细地听，偶尔插问或者插话。

科学界是“文革”的“重灾区”。科学家们很激动地谈着，谈自己的心里话。他们谈到了科学界的一系列问题，谈到科学界的冤假错案，谈到“四人帮”在科学界的倒行逆施。有的科学家流下了激动的热泪。

会议的最后一天，即8月8日，邓小平在座谈会上作重要讲话。郭曰方记得，当时邓小平手中并无讲稿，一口气讲了3个小时，讲得非常深刻。

根据邓小平的讲话记录，整理成《关于科学和教育工作的几点意见》，后来收入《邓小平文选》第二卷。

邓小平谈话的第一个问题，就是“关于17年的估计问题”。邓小平明确指出：

> 对全国教育战线十七年的工作怎样估计？我看，主导方向是红线。应当肯定，十七年中，绝大多数知识分子，不管是科学工作者还是教育工作者，在毛泽东思想的光辉照耀下，在党的正确领导下，辛勤劳动，努力工作，取得了很大成绩。特别是教育工作者，他们的劳动更辛苦。现在差不多各条战线的骨干力量，大都是建国以后我们自己培养的，特别是前十几年培养出来的。如果对十七年不作这样的估计，就无法解释我们所取得的一切成就了。[2]

---

[1] 1996年5月25日采访于北京。

[2]《邓小平文选》第二卷，49页，人民出版社1994年版。

邓小平的话，在中国教育界引起了极大的震动！因为在当时，仍然充满对于“无产阶级文化大革命”的讴歌，充满着对“两个凡是”的膜拜，也就充满着对于“文革”前17年的否定。

尽管经历了“批邓、反击右倾翻案风”运动，邓小平仍不避“右倾翻案”之嫌，充分肯定了“文革”前的17年。

邓小平8月8日的谈话，顿时广为流传，被人们称之为“八八谈话”。

“八八谈话”，很明确地否定了“两个估计”。邓小平并不因为《纪要》是毛泽东圈定而不敢否定。邓小平坚定地批判“两个凡是”，理所当然地要批判“两个估计”。在邓小平看来，《纪要》必须否定，是因为“两个估计”不符合中国教育战线的实际情况。

后来，邓小平又举他自己以及“天安门事件”为例，批驳“两个凡是”，批驳《纪要》：

> 《纪要》是毛泽东同志画了圈的。毛泽东同志画了圈，不等于说里面就没有是非问题了。我们不能简单地处理。1976年“天安门事件”中关于我的问题的决议，毛泽东同志也是画了圈的。“天安门事件”涉及那么多人，说是反革命事件，不行嘛！说我是“天安门事件”的后台，其实，当时我已经不能同外界接触了。《纪要》引用了毛泽东同志的一些话，有许多是断章取义的。《纪要》里还塞进了不少“四人帮”的东西。对这个《纪要》要进行批判，划清是非界限。我们要准确地完整地理解毛泽东思想的体系。我提出这个问题，可有人反对哩！
>
> 大家知道，对马克思列宁主义，应该准确地完整地理解它的体系。对毛泽东思想就不这样？也应该如此嘛，否则非犯错误不可。毛泽东同志在延安为中央党校题词，就是“实事求是”四个大字，这是毛泽东哲学思想的精髓。[1]

尽管邓小平已经说得如此明确，可是，在当时连“天安门事件”都未公开平反，人们未敢听进邓小平的话。不少人生怕跟了邓小平，又会“犯错误”——对于1976年的“批邓、反击右倾翻案风”，人们还记忆犹新，还心有余悸。

对此，邓小平心中也很明白。他很直率地说：

---

[1]《邓小平文选》第二卷，66~67页，人民出版社1994年版。

> 教育部要争取主动。你们还没有取得主动，至少说明你们胆子小，怕又跟着我犯“错误”。[1]

不错，人们被“文革”整怕了，被“批邓、反击右倾翻案风”反怕了，胆子越来越小，生怕犯错误。

由于《纪要》是毛泽东圈阅过的，人们走不出这个“圈”。

教育部的“大批判组”，终于根据邓小平的讲话精神，着手起草《教育战线上的一场大论战——批判“四人帮”炮制的“两个估计”》。

主持这篇文章起草工作的是罗劲柏，文章写好后，经胡乔木修改定稿。

这篇文章当时交《红旗》杂志发表。《红旗》杂志起初未敢发表。后来，由于考虑到文章中有这么一段“重要依据”，这才同意发表：

> “四人帮”的“两个估计”，与毛主席1971年对“文化大革命”前教育战线情况和知识分子情况的估计完全相反。“四人帮”长期严密封锁了毛主席的指示，同毛主席的指示唱对台戏，直到他们的灭亡……
>
> 毛主席的指示精神是：
>
> 一、十七年的估计不要讲得过分。在无产阶级专政下执行了错误的路线，不是大多数人，是一少部分人。
>
> 二、多数知识分子还是拥护社会主义制度的。执行封资修路线的还是少数人。“一年土，二年洋，三年不认爹和娘”，还是认得的，就是爱面子。当人的面不认，背地里还是认嘛，只不过有资产阶级思想，过后还是认的。
>
> 三、高教六十条。总的还有它对的地方嘛，难道就没有一点对的地方？错误的要批，批它错的东西。人家是教师，还要尊重他嘛。一讲不对就批评，哪能都讲对呀，讲不对没关系，讲错了没关系，大家共同研究，怎么能一下子都讲对，不可能嘛！

这篇文章把“两个估计”，说成是“四人帮”的，而且称“两个估计”与毛泽东的估计“完全相反”。所以，文章只是着眼于批判“四人帮”，不仅只字不提《纪要》是经毛泽东“圈阅”，而且把毛泽东写成根本不同意“两个估计”！

---

[1]《邓小平文选》第二卷，68页，人民出版社1994年版。

这样，文章借助于首次公布了毛泽东关于教育战线的那段“最高指示”，这才壮起胆来批判“两个估计”！

不过，文章只是说毛泽东的这些指示被“‘四人帮’长期严密封锁”，却并未具体说明“四人帮”怎么“严密封锁”以及这些毛泽东指示现在又是怎样被“发现”的。

后来，人们才从“内部传达”中得知，这些毛泽东指示是从迟群的一个笔记本上“发现”的！

那是在1971年，谢静宜向迟群传达了毛泽东的谈话，迟群在自己的笔记本里记下了毛泽东的这些话。

迟群笔记本上所记的毛泽东的话，又是怎样被人们发现的呢？

不得而知！

无巧不成书。笔者在采写本书时，访问了孙长江教授。笔者原本是为了向他了解《实践是检验真理的唯一标准》一文的起草经过——因为他是这篇重要文章的作者之一。我们谈及了关于批判“两个估计”，出乎意料，他用带有浓重福建口音的普通话，说出了鲜为人知的内情：“迟群笔记本上的记录，是我发现的！”[1]

孙长江怎么会知道迟群笔记本上记着毛泽东的话呢？

原来，孙长江“文革”末期曾在当时的国务院科教组编辑《教育革命与通讯》杂志（即《人民教育》杂志的前身）。粉碎“四人帮”之后，迟群受到审查，交出了所有的文件和笔记本。国务院科教组成立了迟群专案组，孙长江曾在迟群专案组工作过，看过迟群的笔记本。后来，孙长江调往中共中央党校工作。

在“教育部大批判组”起草《教育战线上的一场大论战——批判“四人帮”炮制的“两个估计”》一文时，孙长江也是作者之一。他记起在迟群笔记本上见到的那段“最高指示”。

孙长江一说出这一重要线索，人们连忙从档案中翻查迟群的笔记本，果真找到了迟群所记谢静宜传达的毛泽东的话！这个笔记本交到了李琦手中，并复印送到汪东兴那里。

由于找到了这样的重要“依据”，于是，人们开始谴责迟群“封锁毛主席指示”，这才敢于去否定“两个估计”——倘若毛泽东没有说过这些话，倘若没有在迟群的笔记本上找到毛泽东的这些话，即便是邓小平已经明确批判了

---

[1] 1996年5月25日采访于北京。

"两个估计"，人们还是不敢否定"两个估计"！因为人们知道"两个估计"是毛泽东"圈阅"过的，只有找到毛泽东不同于"两个估计"的话，这才可以批判"两个估计"！

也就是说，在当时，只能以"两个凡是"来反对"两个凡是"——以毛泽东的这一段话来反对毛泽东的另一段话！

这下子，汪东兴也无话可说。

当然，由于那些毛泽东的指示是从迟群的笔记本上找到的，在"两个凡是"者们看来，生怕迟群在记录时打了"折扣"，所以公开发表时标明只是"毛主席指示的精神"而已。

这样，1977 年第 11 期《红旗》杂志终于发表了署名"教育部大批判组"的《教育战线的一场大论战——批判"四人帮"炮制的"两个估计"》一文。

《人民日报》于 1977 年 11 月 18 日加以转载。

文章发表时，离邓小平关于批判"两个估计"的"八八谈话"，已整整 3 个月零 10 天了。

邓小平复出之后，连否定"两个估计"都这么费劲，当时"左"的阻力之大，可见一斑。

华国锋主持下的中共十一大

《中国共产党章程》规定：

> 党的全国代表大会，每五年举行一次。在特殊的情况下，可以提前或延期举行。

中共十大是在 1973 年 8 月召开的。按照正常的情况，中共十一大应在 1978 年召开。但是由于发生了粉碎"四人帮"这样重大而特殊的情况，所以中共十届三中全会决定提前召开中共十一大。

就在中共十届三中全会结束后 20 来天，1977 年 8 月 12 日至 18 日，中共第十一次全国代表大会在北京召开。

大会主席台上，高悬着两幅巨大的画像：伟大领袖毛泽东像和英明领袖华国锋像。这两幅画像，形象地表明华国锋是毛泽东的继承人。

1977年8月12日至18日，中共十一大在北京召开。主席台上高悬毛泽东主席与华国锋主席画像。从此，毛泽东与华国锋并列画像，成了当时的时尚。各种各样的会场上，都这样悬挂两位主席的画像

出席大会的代表共1510名，代表3500多万中共党员。

大会在8月11日举行了预备会议。在预备会议上，汪东兴显眼的地位，引起人们的关注。

预备会议选举大会主席团，华国锋当选为主席是所料之中。副主席除了叶剑英和邓小平之外，增加了一人，即汪东兴。另外，汪东兴还兼任主席团的秘书长。

这样，汪东兴的地位一下子就突出起来。在此之前，汪东兴还只是中共中央政治局委员。汪东兴当选为大会主席团副主席的"潜台词"，就意味着他不久将成为中共中央副主席。

另外，从中共历届党的代表大会的秘书长来看，也都是重要人物：

中共七大的秘书长是任弼时；

中共八大的秘书长是邓小平；

中共九大的秘书长是周恩来；

中共十大的秘书长是张春桥。

华国锋要加强汪东兴的地位，实际上也就是为了加强他自己的地位。因为在十届三中全会上，随着邓小平恢复了中共中央副主席的职务，中共形成华国锋、叶剑英、邓小平"三驾马车"的领导格局，使"华汪体制"中汪的地位下降。所以，华国锋采取了加强汪东兴地位的措施。

历数中共的几次全国代表大会，可以看出，都是在时代大背景发生重大变化的情况下召开的：

中共七大是在抗日战争即将胜利的大背景下召开的；

中共八大是在苏共召开了二十大、赫鲁晓夫全盘否定斯大林以及中国全面开展社会主义建设的大背景下召开的；

中共九大是在开展“无产阶级文化大革命”的大背景下召开的；

中共十大是在发生林彪事件的大背景下召开的；

中共十一大则是在粉碎“四人帮”的大背景下召开的。

政治报告是中共每一次代表大会的主题：

中共七大由毛泽东作政治报告；

中共八大由刘少奇作政治报告；

中共九大由林彪作政治报告；

中共十大由周恩来作政治报告；

中共十一大则由华国锋作政治报告。

华国锋的政治报告，长达 4 小时。华国锋在政治报告中，花了很大的篇幅批判“四人帮”，这当然必要。但是，由于华国锋自己仍站在“左”的立场上，所以他的政治报告充满着“左”的理论和错误，充满着自相矛盾。

华国锋在政治报告中宣告：历时 11 年的“文化大革命”，以粉碎“四人帮”为标志，已经结束。

应当说，华国锋宣告结束“文革”，是符合历史潮流的。可是，他偏偏说，他所宣告的是第一次“无产阶级文化大革命”的“胜利结束”。言外之意，还要来“第二次”、“第三次”的“无产阶级文化大革命”。所以，他不是在那里否定“文革”，而是在那里肯定“文革”。

其实，华国锋是依据“两个凡是”这么说的。毛泽东早在 1966 年 7 月 8 日写给江青的信中，便说：

> 现在的任务是要在全党全国基本上（不可能全部）打倒右派，而且在七八年以后还要有一次横扫牛鬼蛇神的运动，尔后还要有多次的扫除……[1]

华国锋遵奉毛泽东的“教导”，“文革”要“七八年”来一次，所以把这次“文革”称为第一次“无产阶级文化大革命”。

他依然强调，党内有“走资派”，“资产阶级就在共产党内”。所以，“文革”要进行多次。

另外，他把第一次“无产阶级文化大革命”说成“历时 11 年”，实际上把

---

[1] 中国人民解放军国防大学：《“文化大革命”研究资料》上册，55 页，1988 年版。

粉碎“四人帮”之后的一年也算了进去。这是错误的。因为粉碎“四人帮”，标志着“文革”的结束，绝不是到了中共十一大，华国锋宣布“第一次‘无产阶级文化大革命’胜利结束”这才结束的。

华国锋在政治报告中，充分肯定了“无产阶级文化大革命”：

> 毛主席指出：“这次‘无产阶级文化大革命’，对于巩固无产阶级专政，防止资本主义复辟，建设社会主义，是完全必要的，是非常及时的。”鉴于苏联复辟资本主义的历史教训和我国资本主义复辟的现实危险，毛主席以无与伦比的伟大革命气魄，亲自发动和领导了无产阶级专政历史上没有前例的“无产阶级文化大革命”。[1]

华国锋甚至宣称：“粉碎‘四人帮’，是‘无产阶级文化大革命’的又一个伟大胜利。”

华国锋把跟“四人帮”的斗争，称为“第十一次重大路线斗争”：

> 经过这场政治大革命，我们党取得了第九次、第十次、第十一次重大路线斗争的胜利，粉碎了刘少奇、林彪、“四人帮”三个资产阶级司令部，在反复争夺中夺回了被他们窃取的那一部分权力，使我国的无产阶级专政空前巩固，为毛主席的革命路线全面地、正确地贯彻落实扫清了道路。[2]

华国锋肯定在“文革”中召开的中共十大的政治路线和组织路线都是正确的，继续强调“以阶级斗争为纲”，以及“无产阶级专政下继续革命的理论”：

> 安定团结不是不要阶级斗争。第一次“无产阶级文化大革命”的胜利结束，决不是阶级斗争的结束，决不是无产阶级专政下继续革命的结束。在整个社会主义历史阶段，始终存在无产阶级和资产阶级两个阶级的斗争、社会主义和资本主义两条道路的斗争。这种斗争是长时期的，曲折的，有时甚至是很激烈的。“文化大革命”这种性质的政治大革命今后还要进行多次。我们一定要遵照毛主席的教导，把无产阶级专政下的继续革命进

---

[1]《人民日报》1977年8月23日。

[2]《人民日报》1977年8月23日。

> 行到底，逐步消灭资产阶级和一切剥削阶级，用社会主义战胜资本主义，直到实现我们的最终目标——共产主义。[1]

华国锋在政治报告中，要求“一定要抓革命促生产，把国民经济搞上去”，重申在本世纪内把中国建设成为社会主义的现代化强国。这在当时是很必要的正确决策。但是，华国锋又流露了在现代化建设中急于求成的情绪。

华国锋的政治报告，可以说是正确和错误的混合物：

他既宣告了结束“文革”，却又充分肯定了“文革”；

他既号召批判“四人帮”，却又仍然不批“四人帮”的极左；

他既强调要安定团结，却又要以阶级斗争为纲；

他既要实现四个现代化，却又要“大干快上”、急于求成。

所以，华国锋的政治报告，没有纠正“文革”的错误理论，没有在理论上和方针上完成拨乱反正的任务。

叶剑英在大会上作了《关于修改党的章程的报告》。

邓小平在大会上致闭幕词。那时，邓小平恢复职务不久，大会由华国锋所左右。邓小平在闭幕词中说：

> 我们一定要恢复和发扬毛主席为我们党树立的实事求是的优良传统和作风，做老实人，说老实话，办老实事，这是一个共产党员的起码标准。一定要言行一致，理论与实践密切结合，反对华而不实和任何的虚夸，少说空话，多做工作，扎扎实实，埋头苦干。[2]

1977年8月19日，中共十一届一中全会选举产生了领导核心，成员如下：

> 主席：华国锋
> 副主席：叶剑英、邓小平、李先念、汪东兴
> 中共中央政治局常委：华国锋、叶剑英、邓小平、李先念、汪东兴

这样，邓小平仍排名第三。

---

[1]《人民日报》1977年8月23日。

[2]《人民日报》1977年8月25日。

中共十一届一中全会所选出的中共中央政治局委员如下（以姓氏笔画为序）：

华国锋　韦国清　乌兰夫　方毅　邓小平　叶剑英　刘伯承　许世友　纪登奎　苏振华　李先念　李德生　吴德　余秋里　汪东兴　张廷发　陈永贵　陈锡联　耿飚　聂荣臻　倪志福　徐向前　彭冲

中共十一届一中全会所选出的中共中央政治局候补委员如下（以姓氏笔画为序）：

陈慕华（女）赵紫阳　赛福鼎

在中共十一大结束后不久，1977年8月25日，中共中央发出《通知》，公布中国共产党第十一届中央委员会军事委员会组成名单。军委主席为华国锋，副主席为叶剑英、邓小平、刘伯承、徐向前、聂荣臻。

另外，1977年10月31日，中共中央决定恢复中共中央宣传部，任命张平化担任中共中央宣传部部长。

张平化曾经是华国锋的“顶头上司”。当华国锋当年担任中共湖南省委书记处书记时，张平化是中共湖南省委第一书记。

中共中央规定，中共中央宣传部的任务是，在党中央领导下，掌管全国宣传、文化、出版工作中的路线、方针、政策问题。中宣部协助中央在业务上指导中央所属和国务院所属宣传、文化、出版单位的工作。中宣部对省、市、自治区的宣传部门有指导的责任。

这样，“中共中央宣传口”从此结束了历史使命。

全国科学大会的幕后斗争

就在中共十一大结束不久，在主持科教工作的邓小平的提议下，决定召开全国科学大会。

中共中央在1977年9月18日发出了《关于召开全国科学大会的通知》。《通知》指出：

四个现代化的关键是科学技术现代化。

科学人才的培养，基础在教育。

也就在这一天，中共中央作出《关于成立国家科学技术委员会的决定》，方毅被任命为国家科学技术委员会主任。

于是，全国科学大会的筹备工作，紧锣密鼓地开展起来。重要的筹备工作之一，是起草首长们在全国科学大会上的讲话稿。需要起草的讲话稿是：中共中央主席华国锋的讲话稿；中共中央副主席邓小平的讲话稿；国家科委主任方毅的讲话稿；中国科学院院长郭沫若的讲话稿。

筹备小组经过分工，决定由吴明瑜、林自新起草华国锋、邓小平讲话稿；罗伟起草方毅讲话稿；胡平起草郭沫若讲话稿。

方毅和郭沫若讲话稿的起草工作很顺利。然而，华国锋和邓小平的讲话稿，在起草过程中却遇上了"麻烦"。

当时，吴明瑜是国家科委政策研究室主任，林自新是国家科委政策研究室副主任。华国锋和邓小平的讲话稿是由他俩一起起草的。

据吴明瑜回忆：他和林自新当时多次听过邓小平关于科学工作的讲话，所以很了解邓小平在科学问题上的一系列指示。他们根据邓小平的指示精神，特别是根据邓小平"八八讲话"的精神，采用邓小平许多原话，起草了讲话稿。这个讲话稿，先送方毅听取意见，又送胡乔木征求意见。改定后，送邓小平审阅。[1]

由于起草者对邓小平的思想脉络比较了解，所以讲话稿写出了邓小平对科学技术和知识分子问题一系列的新见解。如："科学技术是生产力"；"四个现代化关键是科学技术的现代化"；"'白'是政治概念，只有政治上反动，反党反社会主义的，才能说是'白'"；等等。邓小平审阅后，表示可用。

他们又起草了华国锋的讲话稿，报送华国锋审阅。

不久，这两份讲话稿送中央审阅。

汪东兴看了邓小平的讲话稿，说道："这稿子马列主义水平不高。毛主席关于科学、关于知识分子，有那么多的指示，稿子中为什么不引用？譬如，毛主席所说的知识分子要改造世界观，就应该在稿子中谈一下嘛！"

[1] 1996年5月28日采访于北京。

至于华国锋的讲话稿，谁也没有说可用，谁也没有说不可用。

之后，起草者向邓小平请示，要不要根据汪东兴的意见修改讲话稿。

邓小平很干脆地回答说："一个字也不要改！"

不久，起草者又接到吴冷西的电话，要他们转告方毅。吴冷西对邓小平的讲话稿提出两点意见：一是要改一个标点符号；二是要把讲话稿中关于中国知识分子"已经是工人阶级自己的一部分"，改为"我们已经有了一支又红又专的知识分子队伍"。

吴冷西的意思是说，"我们已经有了一支又红又专的知识分子队伍"，这是毛泽东的话。引用毛泽东的话，比较合适。

起草者以为，"我们已经有了一支又红又专的知识分子队伍"，这是毛泽东在 20 世纪 50 年代说的话。1957 年 3 月 12 日，毛泽东《在中国共产党全国宣传工作会议上的讲话》中说，中国的知识分子"大约有 500 万左右"，"500 万左右的知识分子，如果拿他们对待马克思主义的态度来看，似乎可以这样说：大约有百分之十几的人，包括共产党员和党外同情分子，是比较熟悉马克思主义，并且站稳了脚跟，站稳了无产阶级立场的"。[1]

可是，这支队伍，从 20 世纪 50 年代到 70 年代末，到底是增大了呢，还是缩小了呢？引用毛泽东的话，无法说明。还是用邓小平称中国知识分子"已经是工人阶级自己的一部分"更为明确，对中国知识分子的评价更高。

当然，起草者无权决定取舍，他们把吴冷西的意见原原本本转告方毅。

方毅向邓小平请示，邓小平答复道：吴冷西的第一条意见，我们接受（引者注：即改一个标点符号）；第二条意见，不改。

就这样，根据邓小平的意见，讲话稿只改了一个标点符号。

邓小平的讲话稿定稿了。可是，华国锋的讲话稿，一直不置可否。

后来，全国科学大会开幕的日子——1978 年 3 月 18 日——一天天逼近，华国锋对讲话稿的意见还是没有下达。

吴明瑜着急了。

终于，上面传来华国锋的意见，说是讲话稿可以付印。可是，当吴明瑜拿到经华国锋审定的讲话稿一看，傻眼了：那是华国锋另外请人起草的讲话稿。吴明瑜和林自新为他起草的讲话稿，被否定了！

吴明瑜细细一想，倒是明白了：他们为华国锋起草的讲话稿，贯穿了"新

---

[1]《毛泽东选集》第五卷，405 页，人民出版社 1977 年版。

长征”这一概念。即中国实现四个现代化，是一次新的长征。这是用胡耀邦在1975年的讲话精神。吴明瑜毕竟受胡耀邦的影响太深了。华国锋当然无法接受以胡耀邦的观念所起草的讲话稿！所以，华国锋另起炉灶，找别人根据他的意思写了讲话稿。

当然，除此之外，华国锋无法同意他们起草的讲话稿的其他一些观点。

全国科学大会热热闹闹地开起来了。邓小平和华国锋的讲话，都公开见报了。

倒是一家台湾报纸很敏感，马上发觉邓小平讲话的观点跟华国锋不同。他们发表文章，列举了邓小平讲话和华国锋讲话，有着十处针锋相对！

据吴明瑜回忆，邓小平在全国科学大会上讲话时，强调了“拨乱反正”的概念——这一概念是邓小平半年之前，即1977年9月19日与教育部主要负责同志的谈话《教育战线的拨乱反正问题》中提出的。[1]

邓小平在提出“拨乱反正”之后，不久又提出“正本清源”。一时间，“拨乱反正，正本清源”，成为批驳“两个凡是”的响亮的口号……

全国科学大会的第一号简报，便是代表们讨论邓小平讲话，认为邓小平的讲话高举了马克思主义旗帜。这实际上，就是反驳了汪东兴所谓邓小平讲话稿“马列主义水平不高”的话……

[1] 此处据中共中央党史研究室黄如军在《中共党史研究》1998年第4期发表的《关于党史、国史重大题材纪实作品的几点思考——兼评叶永烈著〈1978邓小平改变中国〉》一文进行了修改。

第八章　精心选择突破口

◎ **批判“两个凡是”成了当务之急。批判者在胡耀邦的率领下，精心选择了“真理标准”问题作为突破口。《光明日报》终于给了“两个凡是”以沉重的一击。**

人们惊呼“黑线”又重来

华国锋在中共十一大所作的政治报告，充满思想、理论和逻辑的混乱。正因为这样，也就导致全国思想、理论的混乱。

于是，导致了“大批判”中的一片混乱……

前已述及，在中共十一大结束不久，1977年11月18日《人民日报》所载教育部大批判组文章《教育战线上的一场大论战——批判“四人帮”炮制的“两个估计”》，非要以迟群笔记本上所记毛泽东的话为“依据”，才敢对“两个估计”进行批判。

这马上就引起文艺界的连锁反应。

众所周知，对于教育界“文革”前17年的否定，其实是照搬《林彪同志委托江青同志召开的部队文艺工作座谈会纪要》中对文艺界前17年的否定。所谓“文革”前“教育黑线专了政”，是从《林彪同志委托江青同志召开的部队文艺工作座谈会纪要》中的“文艺黑线专政论”搬过来的。

此外，“文革”中批判的所谓“新闻黑线”、“出版黑线”、“公检法黑线”、“科技黑线”、“体育黑线”、“卫生黑线”、“工交黑线”，等等，也都照搬《林彪同志委托江青同志召开的部队文艺工作座谈会纪要》中的“文艺黑线专政论”。

既然批判了教育战线上的“两个估计”，当然也应“挖老根”——批判《林彪同志委托江青同志召开的部队文艺工作座谈会纪要》。

在《林彪同志委托江青同志召开的部队文艺工作座谈会纪要》中，有这么一段著名的“文艺黑线专政论”。一切所谓“黑线专政”，皆源于此：

> 文艺界在建国以来，被一条与毛主席思想相对立的反党反社会主义的黑线专了我们的政，这条黑线就是资产阶级的文艺思想、现代修正主义的文艺思想和所谓30年代文艺的结合。“写真实”论、“现实主义广阔的道路”论、“现实主义的深化”论、反“题材决定”论、“中间人物”论、反

"火药味"论、"时代精神汇合"论，等等，就是他们的代表性论点，而这些论点，大抵都是毛主席《在延安文艺座谈会上的讲话》中早已批判过的。电影界还有人提出所谓"离经叛道"论，就是离马克思列宁主义、毛泽东思想之经，叛人民革命战争之道（引者注：所谓"离经叛道"论加上前面提及的"写真实"论等七论，后来被称为"黑八道"）。在这股资产阶级、现代修正主义文艺思想逆流的影响或控制下，十几年来，真正歌颂工农兵的英雄人物，为工农兵服务的好的或者基本上好的作品也有，但是不多；不少是中间状态的作品；还有一批是反党反社会主义的毒草。我们一定要根据党中央的指示，坚决进行一场文化战线上的社会主义大革命，彻底搞掉这条黑线。搞掉这条黑线之后，还会有将来的黑线，还得再斗争。所以，这是一场艰巨、复杂、长期的斗争，要经过几十年甚至几百年的努力。

这是关系到我国革命前途的大事，也是关系到世界革命前途的大事。

过去十几年的教训是：我们抓迟了。只抓过一些个别问题，没有全盘地系统地抓起来，而只要我们不抓，很多阵地就只好听任黑线去占领，这是一条严重的教训……

基于《林彪同志委托江青同志召开的部队文艺工作座谈会纪要》对全国文艺界的"左"的估计，一场"社会主义文化大革命"这才兴起。这场"社会主义文化大革命"，后来改称"无产阶级文化大革命"。

虽说后来"无产阶级文化大革命"远远超出了"文化"的范畴，但最初便出自于《林彪同志委托江青同志召开的部队文艺工作座谈会纪要》。

所谓"文革"，就是从《林彪同志委托江青同志召开的部队文艺工作座谈会纪要》中提出的"坚决进行一场文化战线上的社会主义大革命"开始的。

历史已经表明，所谓"无产阶级文化大革命"，既不是"无产阶级"的，也不是"文化"的，更不是"革命"的。

这"文艺黑线专政论"，后来从文艺扩大到教育、出版、体育、卫生以至公安部门，造成打击面越来越广。

批判教育界的"两个估计"，还算好办：第一，毛泽东对"两个估计"只是画了一个圈，即所谓"圈阅"——虽说在"两个凡是"者们看来，即便是毛泽东"圈阅"也不能碰；第二，最重要的是，在迟群的笔记本上找到了毛泽东谈话的记录，足以否定"两个估计"。

《林彪同志委托江青同志召开的部队文艺工作座谈会纪要》却大不相同。

在“两个凡是”派看来,《林彪同志委托江青同志召开的部队文艺工作座谈会纪要》这可是连碰都碰不得的!

这是因为江青曾把《纪要》送毛泽东审阅。毛泽东颇为重视，亲自作了11处改动。

内中最为重要的改动是在原文“我们一定要根据党中央的指示，坚决进行一场文化战线上的社会主义大革命，彻底搞掉这条黑线”一句之后，毛泽东亲笔加了一句:“搞掉这条黑线之后，还会有将来的黑线，还得再斗争。”

在“文革”中,毛泽东的这段话是用黑体字印在报刊上,是广为人知的“最高指示”。也就是说,“文艺黑线专政论”是毛泽东定的“铁案”,万万翻不得!

当《林彪同志委托江青同志召开的部队文艺工作座谈会纪要》作为中共中央文件下发时，中共中央对《纪要》还写了这样的评语:

> 这次林彪同志委托江青同志召开的部队文艺工作座谈会，是一个高举毛泽东思想伟大红旗的座谈会。经过毛主席三次亲自修改的座谈会纪要，对当前文艺战线上阶级斗争的许多根本问题，作了正确的分析，提出了正确的方针、政策，是一个很好的、很重要的文件。
>
> 中央完全同意这个文件。它不仅适合于军队，也适合于地方，适合于整个文艺战线。各级党委应当联系本地区、本部门文艺工作的实际情况，认真讨论，认真研究，贯彻执行。

林彪倒台了，江青倒台了，可是《林彪同志委托江青同志召开的部队文艺工作座谈会纪要》还是不能批判。“两个凡是”派把《林彪同志委托江青同志召开的部队文艺工作座谈会纪要》划为“禁区”!

内中的原因是很清楚的:《林彪同志委托江青同志召开的部队文艺工作座谈会纪要》是毛泽东“三次亲自修改”的,是万万批不得的。何况,要否定《林彪同志委托江青同志召开的部队文艺工作座谈会纪要》，再也找不到“迟群”或者什么“早群”的笔记本，找不到毛泽东批判“文艺黑线专政论”的“被压制”了的“指示”!

可是，既然教育领域在“文革”前17年的成绩是主要的，难道文艺领域不是这样?广大文艺界人士理所当然要求批判“文艺黑线专政论”。

据《人民日报》原总编辑胡绩伟回忆，在《人民日报》发表那篇《教育战线的一场大论战——批判“四人帮”炮制的“两个估计”》一文之后，就有人来《人民日报》，要求对“文艺黑线专政论”也“烧一烧”。

《人民日报》决定“烧一烧”那“文艺黑线专政论”，约请十几位作家来报社开座谈会。

但这次座谈会的纪要刚见报，《人民日报》就受到来自“上面”的严厉批评：“部队文艺座谈会《纪要》是经过毛主席三次亲自修改的，怎么可以批判？你们发表这样的文章，为什么不送中央审查？”

就在这时，《光明日报》也以《打好文艺战线揭批“四人帮”的第三战役》为题，报道了文艺界人士的意见。《光明日报》不得不加了这样令人苦笑的“编者按”：

> 十七年的文艺战线，黑线是有的，这就是刘少奇的反革命修正主义文艺路线。这条黑线，对我国文艺事业确实有过相当严重的干扰和破坏。但是，总的来说占主导地位的是毛主席的革命文艺路线……

《光明日报》这一“编者按”，可以说是精心构思的。

乍一看，编者似乎也在批判“文艺黑线专政论”，因为编者以为“文革”前17年“总的来说占主导地位的是毛主席的革命文艺路线”，不是“文艺黑线专政”，也就否定了“文艺黑线专政论”。可是，编者却以为“文艺黑线”是确确实实有的，“这就是刘少奇的反革命修正主义文艺路线”。

《光明日报》这一“编者按”，为的是在文艺界批判“文艺黑线专政论”时，也能“顺其潮流”，然而却又能够为毛泽东开脱辩解，表明毛泽东没有错！

《光明日报》这一编者按一发表，在文艺界引起强烈不满。人们惊呼，“黑线”又重来！

其实，《光明日报》这一“编者按”，跟华国锋的政治报告一样，充满思想、理论和逻辑的混乱，内中的根子是“两个凡是”。《光明日报》的编者既要批判“黑线专政论”，却又承认“黑线是有的”，如此遮遮掩掩，无非因为“黑线”那是毛泽东说过的，亲笔加在《林彪同志委托江青同志召开的部队文艺工作座谈会纪要》之中……

“上面”居然对《人民日报》作了这样的指示：“正在批教育黑线，又批文艺黑线，不能全面开花！”

于是，《人民日报》只得“遵命”：批“教育黑线”的文章可以天天登，而批“文艺黑线”的文章只能两天登一次！

此后不久，1978年第1期《红旗》杂志发表了署名“文化部批判组”的文章，题为《一场捍卫毛主席革命路线的伟大斗争——批判“四人帮”的“文艺黑线专政论”》。这篇文章名为批判“黑线专政论”，却把“黑线”的“问题”写了一大堆：

> 十七年中，文艺战线存在着两个阶级、两条路线的激烈斗争。刘少奇的反革命修正主义路线不断地对文艺战线进行干扰和破坏。但是，十七年的文艺历史，是毛主席的革命路线战胜修正主义路线的历史，是无产阶级文艺战胜资产阶级文艺的历史……建国以来，在毛主席亲自发动和领导下，对《武训传》的批判，对《红楼梦研究》的批判，对胡风反革命集团的斗争，对资产阶级右派的斗争，直到“无产阶级文化大革命”，每次都严重打击了资产阶级，大大巩固和加强了无产阶级的思想阵地……
>
> 毛主席在1963年和1964年对于文艺问题的两个批示中，严厉批判了刘少奇反革命修正主义路线对文艺工作的干扰破坏……

因此，戴着“两个凡是”的沉重镣铐批判“四人帮”，只能陷入自相矛盾、不能自拔的境地，无法分清是非，辨不明曲直。

从批判关于教育界的“两个估计”，到批判“文艺黑线专政论”，只是打了批判“两个凡是”的外围战。

随着批判“四人帮”的深入，批判“两个凡是”也逐渐从外围向核心推进……

聂荣臻和陈云强调实事求是

中国政治舞台上的斗争，变得异常尖锐。

在中共十一届一中全会选出的五常委之中，明显地分为两派，即华国锋、汪东兴为一派，叶剑英、邓小平、李先念为一派。

华国锋、汪东兴坚持“两个凡是”，当时的海外报刊称之为“凡是派”；邓小平等批判“两个凡是”，当时海外报刊称之为“务实派”。

中共中央的领导之所以明显分为两派，这分歧产生于如何看待毛泽东，如何看待毛泽东思想。

叶剑英、华国锋、邓小平在一起

毛泽东毕竟是中国共产党从1935年遵义会议到1976年去世长达41年的领袖，深刻地影响了中国共产党，深刻地影响了中国。

毛泽东思想，则被作为中国共产党的指导思想——这是从中共七大起便载入中国共产党党章的。

两派的分歧，产生的根本原因，其实在于毛泽东本身的错综复杂，在于如何看待毛泽东思想这一问题上的错综复杂。

说毛泽东本身的错综复杂，是因为：一方面，如同邓小平在回答意大利女记者奥琳埃娜·法拉奇时所言：

> 毛主席一生中大部分时间是做了非常好的事情的，他多次从危机中把党和国家挽救过来。没有毛主席，至少我们中国人民还要在黑暗中摸索更长的时间。[1]

另一方面，又如邓小平所言：

> 但是很不幸，他在一生的后期，特别在“文化大革命”中是犯了错误

[1]《邓小平文选》第二卷，344~345页，人民出版社1994年版。

的，而且错误不小，给我们党、国家和人民带来许多不幸。[1]

邓小平还曾具体地指出，毛泽东的晚年错误，是“左”的错误，是从1957年下半年开始的，也就是从发动“反右派运动”开始的。

邓小平非常精辟地说了这么一句话：

> 毛泽东同志的错误在于违反了他自己正确的东西。[2]

邓小平又给毛泽东思想下了这么一个非同一般的定义：

> 毛泽东思想是毛主席一生中正确的部分。[3]

照邓小平这样说，毛泽东一生分为正确和错误两部分。正确的部分，是毛泽东思想；而错误的部分，则不能算入毛泽东思想范畴。特别是毛泽东晚年“左”的严重错误，不是毛泽东思想。

所以，邓小平和“两个凡是”派的根本分歧，就在于：

“两个凡是”派把毛泽东所有的话，不论是正确的还是错误的，不论是完整的还是片言只语，全都算是毛泽东思想，全都要不折不扣地执行；

邓小平则把毛泽东的话分为正确和错误两部分，正确的归入毛泽东思想，而错误的不算是毛泽东思想。

当然，说穿了“两个凡是”派们也不是完完全全执行毛泽东的每一句话、每一项指示。前已述及，华国锋下令修建“毛主席纪念堂”、保存毛泽东遗体，就是明显违背了毛泽东生前所写下的关于火葬的话。华国锋是出于树立自己“毛泽东忠实继承人”这一形象的目的，下令兴建“毛主席纪念堂”的。所以，“两个凡是”派实际上是拿毛泽东作为旗帜，推行自己的一整套“左”的路线。诚如邓小平后来一针见血地所指出的那样：

> “两个凡是”的观点就是想原封不动地把毛泽东同志晚年的错误思想

---

[1]《邓小平文选》第二卷，345页，人民出版社1994年版。
[2]《邓小平文选》第二卷，298页，人民出版社1994年版。
[3]《邓小平文选》第二卷，347页，人民出版社1994年版。

坚持下去。所谓按既定方针办，就是按毛泽东同志晚年的错误方针办。[1]

也就是说，“两个凡是”派并不是什么都按毛泽东的指示去办。“两个凡是”派的本质，“就是按毛泽东同志晚年的错误方针办”。

邓小平跟“两个凡是”派们的斗争，经历了三个回合：

第一个回合，是邓小平最初所正面强调的“完整地准确地理解毛泽东思想”。邓小平的言外之意就是说，那些不“完整”、不“准确”的毛泽东的话，不属于“毛泽东思想”。所以，不是所有毛泽东的话，都要执行。所以，不能搞“两个凡是”。

紧接着，作为第二个回合，邓小平提出，要坚持实事求是的原则。实事求是，也就是一切从实际出发，而不是从本本出发。而“两个凡是”则正好相反，一切从本本出发。

第三个回合，则是提出实践是检验真理的唯一标准。也就是说，毛泽东的话，必须经过实践的检验。凡是符合实践的，则是正确的，属于毛泽东思想；凡是不符合实践的，即便是毛泽东亲笔写下来的，那也是错误的，不属于毛泽东思想。

在中共十一大之后，邓小平等跟“两个凡是”派的斗争，进入第二回合。

“实事求是”，一时间成了中国报刊上的“高频词”。

1977年9月5日，聂荣臻在《人民日报》上发表了《恢复和发扬党的优良作风》一文，强调了实事求是精神：

> 《实践论》《矛盾论》所阐明的实事求是、一分为二的思想，是毛泽东思想的哲学基础，是对马克思列宁主义哲学的重大发展，也是毛主席留给我们党的最宝贵的理论遗产。
>
> 《实践论》的思想，也就是实事求是的思想。实践是第一性的，实际生活、现实事物，是第一性的，我们的一切正确思想，归根到底，只能从实际中来，从实际经验中来，并且必须回到实践中去，通过实践经验的检验。《矛盾论》讲的是客观世界的矛盾及其在我们头脑中的反映。我们的思想要符合客观世界，就必须实事求是地分析客观存在的矛盾，反映客观存在的矛盾。客观世界充满了矛盾，充满了变化，我们的思想必

[1]《邓小平文选》第二卷，298页，人民出版社1994年版。

须如实地反映这种矛盾的变化；一切正确思想，都以时间、地点、条件为转移，否则就变成形而上学。

在聂荣臻的文章发表不久，多年未在《人民日报》上发表文章的陈云，也写了文章，强调要坚持实事求是的革命作风。

陈云明确地支持邓小平，反对“两个凡是”。

在十一届一中全会选出的中共中央政治局委员之中，没有陈云。

陈云给人们的印象是“长期生病”。其实，从1962年8月的北戴河中共中央工作会议上，陈云因主张“包产到户”受到毛泽东不点名的批判之后，便长期称病不出。

晚年陈云

说有病，陈云是有那么点病。在“左”星高照的那些日子里，陈云无法出来工作，也就称病不出了。

其实，陈云的头脑是很清醒的。正因为这样，在1977年3月的中共中央工作会议上，陈云率先提出为邓小平平反，为“天安门事件”平反。

中共十一大刚刚结束，1977年9月28日，陈云在《人民日报》上发表了《坚持实事求是的革命作风——纪念伟大的领袖和导师毛主席逝世一周年》一文。

陈云指出：

在这里，我想特别讲讲毛主席倡导的实事求是的革命作风。实事求是，这不是一个普通的作风问题，这是马克思主义唯物主义的根本思想路线问题。我们要坚持马克思列宁主义，坚持毛泽东思想，就必须坚持实事求是。如果我们离开了实事求是的革命作风，那么，我们就离开了马列主义、毛泽东思想，而成为脱离实际的唯心主义者，那么，我们的革命工作就要陷于失败。所以，是否坚持实事求是的革命作风，实际上是区别真假马列主义，真假毛泽东思想的根本标志之一。

陈云在文章中说：

在“四人帮”横行的日子里，唯心主义泛滥，形而上学猖獗。他们和他们的追随者说假话，做假案，耍反革命两面派，成为司空见惯的事情。他们对马克思列宁主义、毛泽东思想进行疯狂的歪曲、割裂、篡改和伪造，用马克思主义经典作家的片言只语当做法宝来到处压人、害人、害党、害国。他们严重地破坏了毛主席长期培育的我们党的优良传统和作风。

他们不但极大地破坏了党的实事求是的作风，而且公然为他们搞的一套主观唯心主义制造“理论”根据，他们大搞什么“经验主义为纲”，实际上就是否认作为认识基础的实践经验，否定一切从实际出发的正确原则，否定毛主席的《实践论》思想，实事求是的思想。姚文元竟说什么“把‘辩证唯物主义’歪曲成‘存在第一，思维第二，客观第一，主观第二’……”是反动的形而上学。他们的御用工具宣扬，在整个社会主义时期，生产关系对于生产力，上层建筑对于经济基础的反作用都是决定性的……这就充分暴露了他们是在宣扬一种意志决定一切，权力决定一切的极端反动的主观唯心主义。

陈云的这篇文章，是邓力群负责起草，郑惠执笔的。在起草过程中，多次与陈云交换意见，最后由陈云审定，交《人民日报》发表。据邓力群回忆，文章发表前，按照当时的规定，必须交中央宣传口审查。负责审查的是王揖。王揖曾任《人民日报》副总编辑。王揖发现，陈云这篇文章的许多提法，与华国锋的说法不同。王揖说，文章必须与华国锋的说法一致，在当时叫作“对表”。陈云说道，如果都要与华国锋讲过的一样才能发表，那就不要写文章了，也不要发消息了，天天登华国锋的文章不就行了吗？看到陈云的态度如此强硬，王揖也就被“顶”回去了。陈云的文章，也就在《人民日报》上发表了。

后来，胡乔木在全国宣传部部长会议上这么说：

小平同志出来工作以前就提出反对“两个凡是”，这是党的历史上一个重大的转折的开端。提出反对“两个凡是”，比把“四人帮”几个头头抓起来要困难得多。

我们回想一下当时的政治空气。陈云同志要发表一篇文章，大概是为了纪念毛泽东同志逝世一周年，那时宣传部一位同志，也是好同志，他把陈云同志文章中凡是跟华国锋同志的提法或当时中央文件的提法有一点不同的地方统统改成一样，表示要跟那时的文件、讲话的提法完全一致，哪怕两个词是同义词，只是字面上不同也不行。后来陈云同志说，他们要这样搞，我的文章就不发表了（邓力群：陈云同志当时说，用不着他写文章了，你们把那些文件天天照登就行了）。我们想一想，当时党内的情况是这么一种空气。这还是中央，地方更可想而知了。小平同志提出反对“两个凡是”的时候，他指出“两个凡是”是讲不通的，毛泽东同志从来没这样讲过，马恩列斯也从来没这样讲过，如果这样讲，那么我就不能出来工作，因为毛泽东同志已经宣布我犯了什么什么滔天大罪了，我怎么能出来工作呢？而且对“天安门事件”，在当时一个文件里讲，这样的悼念活动是可以理解的，这样的话也不能讲，因为事件发生后党中央作的决议，毛泽东同志圈阅了的，说“天安门事件”是反革命事件。所以，提出反对“两个凡是”是我们党的历史上的一个重大转折的开端，是三中全会的思想上的开端。

当时小平同志还处在一种半合法的地位，等着别人来解放，他并不能自己解放自己。在那样一种情况下面提出这样的口号，实际上，就是否定了“文化大革命”。尽管当时还没有条件讲否定“文化大革命”这样的话。

除了聂荣臻、陈云之外，也就在那些日子里，1977 年 9 月 19 日，徐向前元帅在《人民日报》上发表了《永远坚持党指挥枪的原则》的文章。

文章指出，坚持党指挥枪的原则，首要的是贯彻执行党的正确路线。我们决不能不管路线是非，谁的权力大就跟谁跑。必须认真学习马列著作和毛主席著作，恢复和发扬毛主席一贯倡导的理论联系实际的革命学风，完整地、准确地领会和掌握马列主义、毛泽东思想，提高识别真假马列主义、分清路线是非的能力。

此后不久，1977 年 10 月 9 日，《人民日报》又发表“彭、罗、陆、杨”的那个“罗”——罗瑞卿——的文章《长征路上一场严重的路线斗争》。

罗瑞卿自“文革”以来多年未曾露面。罗瑞卿的文章，虽然回忆的是长征，针对的却是当前。罗瑞卿以长征往事告诫人们，必须完整地准确地领会和掌握马克思主义、毛泽东思想的精神实质，不能用片言只语骗人、吓人，不能把它当作僵死的教条。

不言而喻，罗瑞卿的文章是以史鉴今。

所以，从1977年9月5日起，9月19日、9月28日、10月9日，短短一个来月，聂荣臻、徐向前、陈云、罗瑞卿四位元老级的人物在《人民日报》发表文章，纷纷强调实事求是的精神，实际上也就是批评了“两个凡是”。

胡耀邦成为邓小平的得力助手

就在陈云文章发表后的第10天——1977年10月7日——《人民日报》以一个整版的篇幅，发表了一篇引起广泛注意的重要文章——《把“四人帮”颠倒了的干部路线是非纠正过来》。

这篇文章指出，就党的干部队伍来说是好的，干部大多数是好的和比较好的。对于干部要看他的全部历史和全部工作，要在长期的群众斗争中考察和识别干部，挑选和培养接班人。对待犯错误的干部要从团结的愿望出发，经过批评或者斗争，在新的基础上达到新的团结，而不能百般挑剔，无限上纲，造谣诬陷，残酷迫害。

这篇文章选择了“被‘四人帮’颠倒了的干部路线”作为突破口，是因为在“文革”中所造成的冤假错案实在太多了，数以万计的干部受到“百般挑剔，无限上纲，造谣诬陷，残酷迫害”，人们强烈地要求冲破“两个凡是”的禁锢，平反冤假错案，全面落实干部政策。

正因为这样，这篇文章一发表，一石激起千层浪，立即引起强烈的反响，震惊了中共高层：在短短一个多月中，一万多封来信和电报飞向人民日报社，表示对文章的坚决支持和拥护。

可是，当时中共中央组织部部长郭玉峰激烈地反对此文，宣称：“这是一株大毒草！”

这篇重要文章，前前后后修改了17次，才公开发表。

主持这篇文章的起草和修改工作的，是在4年后——1981年6月——的中共十一届六中全会上，取代华国锋而担任中共中央主席的重要人物。

他，便是胡耀邦。

胡耀邦，中国共青团著名的“三胡”——胡耀邦、胡克实、胡启立——之一。

胡耀邦年长华国锋6岁。

湖南有一首由唐壁光作曲、歌颂毛泽东的著名民歌叫作《浏阳河》，唱的是“浏阳河弯过了九道弯，五十里的水路到湘江”。1915年11月20日，胡耀

22岁的胡耀邦，经历了长征，在延安抗日军政大学发表演说

邦便出生在湖南省浏阳县一个贫苦农民的家庭。

胡耀邦跟王震同乡。胡耀邦家在浏阳北乡，王震家在浏阳南乡。

14岁时，胡耀邦便加入了中国共产主义青年团。

1933年，18岁的他转为中国共产党党员。这与华国锋很相似，华国锋是在17岁时加入中国共产党的。

19岁时，胡耀邦参加了举世闻名的二万五千里长征。贵州省遵义城北的娄山关，是居高临下的兵家必争之地。毛泽东曾写下《忆秦娥·娄山关》一词，内中“雄关漫道真如铁”的“雄关”，指的就是娄山关。在娄山关战斗中，“马蹄声碎，喇叭声咽”，胡耀邦曾在这惨烈的战场上负伤，那弹片后来一直留在他的身上。

经过长征到达陕北之后，胡耀邦先后担任少共中央秘书长、宣传部部长和组织部部长。

从此，胡耀邦跟“少共”——也就是后来的共青团——工作结缘。

此后，他历任中央军委总政治部组织部部长以及中国人民解放军晋察冀军区第4纵队和第3纵队政治委员、第18兵团政治部主任，参加了抗日战争和解放战争。

1949年底，胡耀邦进军大西南，担任四川省的中共川北区党委书记、川北行政公署主任和军区政委。邓小平的家乡广安县便在川北。

从1952年起，胡耀邦长期担任中国共产主义青年团的领导工作，曾先后担任中国新民主主义青年团、中国共产主义青年团中央第一书记。

在1962年，胡耀邦作为共青团中央第一书记，曾“带职下放”，担任中共湖南省委书记处书记。胡耀邦到湖南来，因为他是湖南人。

值得提到的是，这时华国锋也担任中共湖南省委书记处书记，自1961年起，华国锋兼任中共湘潭地委第一书记，以便能够直接过问湘潭方方面面的工作。1961年5月，华国锋甚至把家从长沙搬到湘潭，足见他对毛泽东家乡的重视。

然而，到了1962年11月，原本华国锋兼任中共湘潭地委第一书记，变成了兼任中共湘潭地委第二书记。谁兼任中共湘潭地委第一书记呢？胡耀邦！当时胡耀邦任中共湖南省委书记处书记兼湘潭地委第一书记，工作重点放在湘潭。

华国锋与胡耀邦在湘潭共事近两年。所以，胡耀邦和华国锋很熟悉。

自1964年底起，胡耀邦调离湖南，兼任中共中央西北局第二书记、中共陕西省委第一书记。

在“文革”中，胡耀邦成了“走资派”，成了打倒对象。1972年4月，胡耀邦甚至被共青团中央的“军宣队”定为“反党、反社会主义、反毛泽东思想”的“三反分子”。

据胡耀邦长子胡德平告诉笔者，在那些痛苦的日子里，他跟父亲胡耀邦生活在一起，当时，胡耀邦陷入深深的寂寞之中，胡德平的朋友们常来看望胡耀邦。胡耀邦依然保持当年共青团书记的本色，很喜欢跟年轻人交往。年轻的朋友们给寂寞中的胡耀邦带来了欢笑。[1]

胡德平记得，胡耀邦那时最大的爱好是看书。有一回，胡德平的一位朋友来了，见到胡耀邦在看书，便问：“胡伯伯，您看什么书？”胡耀邦答道：“马恩选集。”小伙子对胡耀邦说：“我现在什么书都不看！”胡耀邦很吃惊：“你为什么不看书？”

小伙子说起了自己在“文革”中的“学习三部曲”：在“文革”之初，拼命看“毛选”，想从“毛选”中寻找答案。可是，随着“文革”的进行，他很快就发现，学“毛选”无济于事。因为“造反”、“打倒‘走资派’”之类，是“毛选”中所没有的。

于是，他改学两报一刊社论。不过，很快又发现，跟着社论跑，也会惹麻烦。比如，两报一刊1967年的“八一社论”，号召“揪军内一小撮”，跟着社论跑就会犯大错误。所以，最后他改为“看照片”。

胡耀邦一听，很奇怪：“你看什么照片？”

小伙子说：“你只要看看《人民日报》上的照片少了谁，你就明白谁倒了！比如，照片上少了王力，就说明王力倒了；照片上少了陈伯达，就说明陈伯达倒了；照片上少了林彪，就说明林彪倒了……看照片最省力，最管用！”

胡耀邦听罢，哈哈大笑，这才悟出小伙子在那里用辛辣的笑话来挖苦

[1] 1996年5月29日采访于北京。

“文革”。

又有一回，报上在宣传“人人成为理论家”。那位小伙子指着报纸对胡耀邦说：“胡伯伯，如果真的‘人人成为理论家’，‘反修防修’就有指望了！”

胡耀邦不明白这位小伙子为什么称赞起当时的报纸来。

小伙子补充说明道：“‘人人成为理论家’，6亿中国人成为6亿个马克思，写出6亿本《资本论》，那‘反修防修’岂不就成功了！”

胡耀邦一听，又哈哈大笑起来。

胡德平记得，有一天晚上9点多，下着大雨，他从外面回家。推开家门，见到父亲的屋里亮着台灯，发出一阵阵大笑声。

胡德平细细一看，见到父亲躺在床上，床前站着胡克实。胡克实正聚精会神地听着胡耀邦在复述从那位小伙子那里听来的“文革”笑话，两人不时爆发大笑……

正是那些忘年之交的年轻朋友，给正处于孤寂和苦闷中的“三反分子”胡耀邦带来了慰藉。

1973年，邓小平复出，随即起用胡耀邦。1975年7月，胡耀邦被任命为中国科学院副院长兼党组负责人。

胡耀邦成了邓小平的得力助手。

胡耀邦在调查研究的基础上，根据邓小平的意见，在胡乔木的协助下，1975年9月写出了著名的《科学院工作汇报提纲》（即《关于科技工作的几个问题》讨论稿）。

在邓小平第三次复出之后，胡耀邦成为其得力助手

胡耀邦跟邓小平有着颇深的历史渊源：1937年，胡耀邦是延安抗日军政大学的学生，邓小平到那里讲过课，所以人们称邓小平和胡耀邦是“师生关系”。

1949年底，胡耀邦所在的第18兵团进入四川后，归入刘伯承、邓小平所率中国人民解放军第二野战军。邓小平成了胡耀邦的顶头上司。

1950年，胡耀邦和邓小平一起被调往北京。在胡耀邦出任中国新民主主义青年团中央委员会书记之后不久，1956年邓小平出任中国共产党总书记。他们之间有着许多工作上的联系，也有过许多通信。

胡耀邦和邓小平关系最为密切是在1975年。胡耀邦成为邓小平的得力助手，共同与“四人帮”作斗争。

1975年7月，胡耀邦到了中国科学院。在短短的七八十天里马不停蹄地去几十个研究所调查研究，了解情况。他关心着处于困难时刻的科学家们，提出要为科学家解决房子、车子、妻子（两地分居）、炉子、票子（提高工资）问题，做到“五子登科”。

胡耀邦是一位宣传鼓动家，每到一处，他都要发表讲话。那时，人们讲话战战兢兢，如履薄冰，生怕讲错了被抓住“辫子”，所以大都事先写好讲稿，照本宣科，讲稿“戴帽穿靴”——开头和结尾要讲一大堆套话、空话。胡耀邦反其道而行之，他到处讲话，从不拿讲稿。据吴明瑜告诉笔者，其实胡耀邦在讲话前，花了很多精力作准备。他常常在自己房间里独步，一边走着，一边讲着，还不住地打手势。

吴明瑜记得，1975年，在纪念长征40周年的时候，作为长征的老战士，胡耀邦在中国科学院向2500名共青团员发表了热情的讲话。会场上鸦雀无声，年轻人们聚精会神地听着胡耀邦的讲话。不少青年听到感动之处，热泪盈眶。正是在这次讲话中，胡耀邦第一次提出了一个新的概念——“新长征”。胡耀邦说，当年红军为了打败蒋介石，不畏艰难险阻，进行了二万五千里长征。在今天，我们依然要进行长征，那就是为实现四个现代化，不畏艰难险阻，进行“新长征”。[1]

正是在那些日子里，胡耀邦主持起草了跟“四人帮”对着干的《科学院工作汇报提纲》。胡耀邦满怀激情写作这一重要文献。他曾对吴明瑜说，写作时“下笔如有神”！

在1976年的“批邓、反击右倾翻案风”中，胡耀邦和邓小平同受批判。胡耀邦主持起草的《科学院工作汇报提纲》，被“四人帮”指责为邓小平的“三棵大毒草”之一。

胡耀邦在受批判时患病。他患急性胃炎，住进北京协和医院，曾被怀疑为胃癌。

然而，“批邓、反击右倾翻案风”的旋风在北京猛烈刮起。胡耀邦被说成

---

[1] 1996年5月28日采访于北京。

是“装病”，逐出医院。

1976年春节，北京召开万人批胡大会。姚文元嘱令《人民日报》在头版预留版面，以刊登批胡大会消息。

大会在北京体育馆举行。大会开始时，有人递条子，说不认识胡耀邦，要求胡耀邦站起来，让大家看一看。大会主持者不知是计，要胡耀邦站起来。当胡耀邦站了起来，整个会场顿时爆发极为热烈的掌声！批胡大会开不下去了！

姚文元得知后，大骂会议的主持者连会议都不会主持。自然，批胡大会的新闻稿，也就没有上《人民日报》。

“四人帮”不甘休，仍要斗胡耀邦。胡耀邦不得不从北京到大连休养。

到了大连也不得安宁。“批邓、反击右倾翻案风”也在大连开展。“四人帮”在大连的爪牙得知胡耀邦来到，要开大会批判他。

医生说，胡耀邦确实有病，不能到会场接受批斗，我们要为他的生命负责。但是，医生的劝告无效，胡耀邦还是被拉去批斗。

胡耀邦无法在大连休养，在受到批斗的当天下午，便坐火车离开大连，仍回北京。

当胡耀邦从大连回北京途中，到达沈阳时，发生了唐山大地震！如果火车早点开，就可能在唐山出轨，中国就可能少了一位未来的中共中央总书记！

当胡耀邦回到北京不久，北京便爆发了“十月革命”。如前所述，在1976年10月12日，当叶剑英派儿子叶选宁去看望胡耀邦时，胡耀邦就明确表示：“停止批邓，人心大顺。”

中共中央党校成了胡耀邦的阵地

胡耀邦在粉碎“四人帮”之后复出，比邓小平早一个多月。

胡耀邦是经华国锋“三请”，才终于复出的。

华国锋深知胡耀邦是一位具有高度理论修养和很强工作能力的领导人，恳请赋闲在家的胡耀邦出来工作。照理这是一件很容易做通的工作，没有想到华国锋“三请”胡耀邦，这才终于把胡耀邦“请”出来。

华国锋当时想请胡耀邦主持中共中央党校工作。中共中央党校是轮训培训党的高中级领导干部和马克思主义理论干部的最高学府，也是重要的理论阵地。“文革”十年，中共中央党校停办十年。在粉碎“四人帮”之后，华国锋着手恢复中共中央党校工作。中共中央党校校长，由中共中央主席华国锋兼任，中共中央党校第一副校长，由中央政治局委员汪东兴兼任。华国锋希望胡耀邦能够担任中共中央党校常务副校长，主持中共中央党校工作。

华国锋“一请”胡耀邦，是在粉碎“四人帮”不久。华国锋和汪东兴前往胡耀邦家看望。据胡耀邦女儿满妹回忆，华国锋亲自登门看望胡耀邦，请胡耀邦到中共中央党校主持工作。胡耀邦婉拒了，华国锋登门无果。[1]

华国锋“二请”胡耀邦，是在 1977 年 2 月 26 日，华国锋邀请胡耀邦到中南海商谈工作问题。这次仍是华国锋、汪东兴一起同胡耀邦谈话。华国锋告诉胡耀邦，中共中央党校即将恢复，请胡耀邦去党校主持工作。胡耀邦再度谢绝了华国锋。

华国锋“三请”胡耀邦，是请德高望重的叶剑英出面。1977 年 2 月底，叶剑英约胡耀邦来北京西山自己的家中畅谈，终于说动了胡耀邦。胡耀邦又征求了尚未复出的邓小平的意见，决定出任这一职务。

1977 年 3 月 3 日——中共中央工作会议召开前的一星期——中共中央政治局决定，恢复中共中央党校，中共中央委员会主席华国锋兼任中央党校校长，中共中央政治局委员汪东兴兼任中央党校第一副校长，调中国科学院党的核心小组第一副组长胡耀邦任中共中央党校副校长。

1977 年 3 月 25 日，刚刚结束了中共中央工作会议，胡耀邦来到位于北京西郊、颐和园附近的中共中央党校，开始主持工作。

中共中央党校是中国共产党的最高学府，集培养干部和理论研究于一身。这里既藏龙卧虎，又是风口浪尖。

不过，当胡耀邦来到中共中央党校，却因为十年浩劫而满目疮痍，不仅没有学员，教师大都在“五七干校”，连大部分校舍都被解放军总参谋部所占用。中共中央党校成了一座空校。

中共中央党校在 1949 年至 1955 年称中共中央马列学院，自 1955 年至 1966 年称中共中央高级党校，自 1966 年之后称中共中央党校。

中共中央党校在“文革”中经历了大劫大难。所谓的揪“杨家将”和“林家铺子”，几乎闹翻了中共中央党校。

“杨家将”指的是杨献珍的部属。杨献珍在 1955 年 4 月至 1961 年 2 月，担任中共中央党校校长。后来，杨献珍因“合二而一”论遭到批判，而在“文革”

[1] 转引自韩钢《关于华国锋的若干史实》，2011 年第 2 期《炎黄春秋》。

中杨献珍又因所谓“六十一人叛徒集团”的成员被打成“叛徒”。所以，凡是在工作上跟杨献珍有过较多接触的中共中央党校干部、教师，都被列为“杨家将”，受到株连。

《林家铺子》原本是茅盾的小说，被夏衍改编成电影而广有影响。在中共中央党校，“林家铺子”却有着特殊的含义：林枫在1963年1月至1966年8月担任中共中央党校校长。林枫因与彭真有着密切的工作关系，随着彭真在“文革”中被打倒，他也被打倒。于是，凡是在工作上跟林枫有较多接触的中共中央党校干部、教师，都被归入“林家铺子”，受到株连。

自从1966年8月林枫被免去中共中央党校校长之职以后，在十年“文革”中共中央党校没有任命过新的校长。康生左右着中共中央党校的运动，成了中共中央党校的“太上皇”。康生去世后，则由纪登奎主管中共中央党校工作。

在“文革”中，中共中央党校两派斗争非常激烈，由于康生拉一派、打一派，支持“红旗派”掌权，使中共中央党校成了“红旗派”的天下。

在“文革”中，中共中央党校不再招收正式的新学员，只办短期的读书班，教师们被送到河南省周口地区黄泛区农场“五七干校”。这样，北京西北郊的中共中央党校成了一座空校，只留一个小小的“留守组”。

后来，中共中央党校大部分校舍拨给了解放军总参谋部使用，只有图书馆和几座教师宿舍尚属中共中央党校。

胡耀邦对于中共中央党校不算陌生。在1975年，胡耀邦曾被指派前往中共中央党校的读书班学习。当时，学的是姚文元的《论林彪反党集团的社会基础》和张春桥的《论对资产阶级的全面专政》。胡耀邦居然在课堂上打起瞌睡来，公然表示蔑视。尽管胡耀邦对张春桥、姚文元不屑一顾，却在中共中央党校期间读了大量的马列著作。

这一回，胡耀邦重回故地。他来到长满荒草的中共中央党校，正是百废待兴之际。可是，他却定下半年之后——1977年9月1日——无论如何要开学校的目标。

胡耀邦只带着秘书梁金泉一人前来中共中央党校，住进了53号楼底层。他每星期一到校，星期三晚回城，星期四早上再到校，星期六下班回城。也就是说，除了星期天之外，他把全部精力都扑在中共中央党校的工作上。

胡耀邦一到中共中央党校，就深知工作量巨大。他要求从中共中央党校的干部中，选择一位熟知情况的人担任秘书。

胡耀邦选中了陈维仁。

笔者在中共中央党校幽静的校园里，采访了后来曾任中共中央党校副校长的陈维仁。戴着一副深咖啡色镜框近视眼镜的他，娓娓道来，深情地回忆着与胡耀邦共事的难忘岁月……[1]

陈维仁被胡耀邦选中，大抵出于以下三个原因：第一，他有着多年秘书工作经验；第二，在“文革”中受迫害，与造反派无涉；第三，有写作能力。

陈维仁原本是《人民日报》编辑、理论教育组副组长。在1954年至1955年，他曾担任《人民日报》总编辑邓拓的秘书。1959年，他被送往中共中央党校学习。1963年9月学习期满，本来要回《人民日报》工作，却被出任中共中央党校校长不久的林枫选为秘书。

在“文革”中，邓拓成了“三家村”的“黑掌柜”，林枫成了“反革命修正主义分子”，陈维仁也就被作为“黑秘书”受到批斗。从1969年到1974年，陈维仁在河南周口地区的“五七干校”度过了5年的“再教育”生活……

陈维仁记得，他是在1977年5月初去见胡耀邦的。在此之前，他正在保定参加“观察团”——因为在粉碎“四人帮”之后，保定两派的斗争仍很激烈，“观察团”受命在那里听取两派意见，向中央汇报。这样，也就延误了他去胡耀邦那里报到的时间。

他来到胡耀邦所住的53号楼，一推开门，正在看文件的胡耀邦马上站了起来，跟他热情握手，说道：“我等你好久了！我现在正在做你做的工作。”原来，胡耀邦正在校看中共中央党校揭批“四人帮”的简报。本来，这是秘书的工作。

胡耀邦比陈维仁年长9岁，陈维仁为称呼犯难：叫“胡校长”吧，他知道胡耀邦从来不喜欢“带衔”的称谓；叫“老胡”吧，又叫不出口。胡耀邦一眼就看出陈维仁的心思，说：“以后叫我耀邦同志吧——全校上上下下都这么叫我，你也不例外。”

从此，陈维仁一直叫他“耀邦同志”。胡耀邦则叫他“老陈”，在别人面前，称他“陈秘书”。

陈维仁对于秘书工作轻车熟路，很快就和胡耀邦相处非常融洽。后来，在1988年秋，已经离休的陈维仁在山东烟台与胡耀邦重逢，胡耀邦曾赋诗一首赠陈维仁：

---

[1] 1996年5月28日采访于北京。

胡耀邦和陈维仁在一起

碧海秋昊又相逢，
忽闻退作长寿翁。
十载辛耘莫嗟少，
栽得桃李到瀛蓬。

陈维仁说，胡耀邦工作非常尽心，每天工作到深夜。胡耀邦看书看报甚多，而且看得很快。他习惯于坐在沙发上看，文件则放在沙发前的长条茶几上。不过，沙发离门口很近，秘书的办公桌倒是在里面。这样，客人一进门，首先见到的是胡耀邦，而不是秘书。胡耀邦却从来不在乎这些。

胡耀邦擅长写作，擅长演讲，才思敏捷。他从来不要秘书为他起草讲话稿，只是在讲话后，要请秘书根据讲话稿整理成文。

胡耀邦写文章，总是要写上几句“提神的话”——也就是通常所说的“警句”吧。

他很注意语言的生动性，注意有新的见解。

有时，要提出新的观点，胡耀邦总是在小范围内先讲一次，听取大家的意见，然后才在大会上讲。所以，胡耀邦讲话实际上是很谨慎的。

胡耀邦没有架子。本来，作为首长，他应该到北京饭店去理发，可是他却常常到中共中央党校附近小街上去理发。他跟普通顾客一样坐在那里排队。不过，陈维仁和梁金泉考虑到他的安全，总是跟着他一起去。日子久了，理发师见到这人理发总是跟着两个不理发的人，一打听，才知道是胡耀邦！

胡耀邦对“走后门”极为反感。他曾说，中共中央党校不是做官的地方，而是一所学校。你要学习，请从前门进来。你要做官，这里没有“后门”！

胡耀邦还主张“走冷门”，别“走热门”。谁犯了错误，门庭冷落，倒是应该去看望；别到那些“门庭若市”的地方去凑热闹。

胡耀邦的最大嗜好是看书。一边看，一边喜欢用红笔画道道。他看《列宁选集》，连注解都很仔细地看了，画上许多道道。

胡耀邦很少出席晚会，偶尔有空，他去看历史性的电影。有一回，中共中央党校放映《斯大林格勒大血战》，胡耀邦倒是去看了。胡耀邦喜欢京剧，正巧，陈维仁也爱京剧。听说陈维仁有《杨门女将》的唱谱，胡耀邦向他借来，空闲时看着谱子哼几句。

胡耀邦不喝酒，但是抽烟很多，一天两包。后来，为了他的健康，改由秘书为他保管香烟，一天“定量”10支。胡耀邦常常“超额”，向梁金泉说：“超额了，那就‘超额’完成任务吧！”

陈维仁说，胡耀邦是一个富有开拓性的人，他到哪里，就把哪里的工作做得富有起色。陈维仁又说，胡耀邦是老红军，一直保持着老红军艰苦朴素的本色。

胡耀邦长子胡德平则回忆说，胡耀邦待人宽厚。[1] 胡耀邦曾再三说过：“我从来不整人，但是我要批评人。”

胡耀邦到中共中央党校之后，深感行政工作要有能人挑担。胡耀邦向中共中央要求，调冯文彬前来中共中央党校担任副教育长。冯文彬是井冈山时期的老干部，和胡耀邦一样经历了长征的考验。冯文彬还曾是胡耀邦的上级。

自从冯文彬来到中共中央党校之后，果真把行政工作抓得颇有起色。当时最为棘手的是向总参索回被占校舍。冯文彬四处奔走，他与叶剑英元帅颇熟，请求叶帅给予支持，终于使总参同意让房，校舍问题得以迅速解决。教师们也陆续调来，开始编教材。这样，中共中央党校的开学工作渐渐有了眉目。

---

[1] 1996年5月29日采访于北京。

胡耀邦把繁重的行政工作交给了冯文彬，便腾出手来抓中共中央党校的理论建设……

《理论动态》产生了广泛的影响

在“文革”中，中共中央党校写作组“唐晓文”（“唐晓”为“党校”的谐音）曾与“梁效”（即北京大学、清华大学两校的写作组）齐名，是“四人帮”手下的笔杆子。

胡耀邦领导中共中央党校学员开展对“唐晓文”的批判。

1977年5月7日，胡耀邦在中共中央党校的整风会议上指出，应该把被“四人帮”颠倒的是非重新颠倒过来。具体地说，就是要把被“四人帮”颠倒了的思想是非、理论是非、路线是非，再颠倒过来。

胡耀邦深感应该组织一套新的写作班子，开展对于理论的研究，于是找中共中央党校的“笔杆子”们商议组织新的写作班子。

胡耀邦约见了中共中央党校哲学教研室主任吴江（后来，吴江担任了中共中央党校理论研究室主任、校务委员会委员、第一副教育长）。

吴江，小胡耀邦3岁，出生于1918年，浙江诸暨人氏。吴江有深厚的理论功底，担任过中国人民大学哲学系系主任、《红旗》杂志编委。

此外，胡耀邦还物色了吴江手下的笔杆子孙长江。这时，孙长江已经从国务院科教组调入中共中央党校。

由吴江、孙长江等组成了写作班子，还必须有发表的阵地。胡耀邦以为，应该在中共中央党校创办一个刊物。

据吴江回忆，有一回胡耀邦找他“聊天”。由于胡耀邦知道他曾在《红旗》杂志工作过，首先问起“党内笔杆子”陈伯达、胡乔木的一些情况，然后才“言归正题”：

> 胡耀邦在仔细听了这方面的情况后，突然说：“我们也需要有自己的刊物，没有一个阵地不行。你看党校出个刊物如何？”“是校刊？”我问。他摇摇头：“是议论性的刊物，针对时弊，短小精悍，供党政干部阅读。”
>
> 看来，胡耀邦这次聊天的落脚点是在这里，他头脑中原来正酝酿着办

一个刊物。这次谈话使我察觉胡耀邦对于文字宣传和理论工作的重视。[1]

据陈维仁告诉笔者，商议创办这个刊物时，颇为有趣：

最初有人提议办成月刊。胡耀邦当即摇头，以为月刊周期太长，不能迅速“针对时弊”；

于是，有人提议改为半月刊。胡耀邦仍摇头；有人提议办旬刊，胡耀邦还是摇头。

人们问胡耀邦：“你想几天出一期？”胡耀邦说：“3天！”

3天？！这在中共中央党校几乎是不可想象的出版速度，大家明显地流露出畏难情绪。[2]

最后，胡耀邦“妥协”了，同意“5天出一期”。

胡耀邦说：“逢五、逢十出版，刊名就叫《理论动态》。”

这时，大家仍觉得难以办到。胡耀邦说：“每一期可以只发一篇文章嘛，但是文章必须有新意、有分量。”

胡耀邦拍板，《理论动态》就这样决定办了起来。

陈维仁回忆说：

胡耀邦之所以要办《理论动态》，宗旨非常明确，刊物首先办给领导干部看，内容是集中把十年动乱中被林彪、“四人帮”和康生一伙搞颠倒了的理论是非、路线是非、政策是非重新颠倒过来，从思想理论上清算极左思潮，拨乱反正，正本清源。他说，这个刊物，就是要起这个作用，要在思想理论战线上当个“排头兵”。当排头兵，就要敢于“冒尖”，带头冲破禁区，这需要多么大的勇气，在当时多么不容易！

陈维仁回忆，胡耀邦说，中共中央党校不光要有讲坛，而且要有论坛。这论坛就是《理论动态》。《理论动态》的影响，远远超出了中共中央党校的范围。

---

[1] 吴江：《十年的路》，18页，香港镜报文化企业有限公司1996年第2版。

[2] 1996年5月28日采访于北京。

陈维仁回忆，办《理论动态》，提倡思想解放，并非那么容易，在当时要担很大风险。

陈维仁说，胡耀邦思想活跃，敢讲话，但胡耀邦又是真正求真务实的人。他从不冒险，只是觉得该讲的话才讲。他对人宽厚，处事稳健，平时读的书很多，实际情况也了解得多，无论办党校，办刊物，都是从党的利益考虑，所以他能无私无畏。他心中装着党，为此，他当时感到不知有多少问题需要发言。常有这样的情况：有时编辑部同志感到没有题目做文章了，告诉他，他总是讲，你们怎么会觉得没有题目，题目多的是嘛！把大家找到一起，他就侃侃而谈，个把钟头下来，无形中就给动态组的同志出了一大堆题目。大家分头去写，个把两个月都不愁“无米下锅”了。开始一两年，可以说大多数文章的题目是他出的，有的连内容都点得很明白。稿子排出大样都要送给他看，看了还亲自改……

陈维仁还回忆说，《理论动态》创刊时，“四人帮”刚垮台几个月，许多人还受着“文革”宣传的那一套假大空的“马克思主义”的影响和束缚，特别是受着“两个凡是”的禁锢。而《理论动态》的文章与“两个凡是”相对立，“离经叛道”，常常违反人们习以为常的思维模式。不少文章一出来，在校内外都会引起震动，引发强烈反响。大体是三种情况：一是拥护文章的观点，感到读来很过瘾，认为是讲出了多年想讲而不敢讲的话；二是虽然赞成，但担心犯错误，给领导同志帮倒忙；再一种就是公然指责——“你们这是想干什么？”——认为是要“砍旗”了。

曾任中共中央党校理论研究室副主任的孟凡告诉笔者，《理论动态》编辑部人手很精悍，最初由他为组长，编辑有王聚五和沈宝祥。1982 年改由王聚五任组长。1985 年由沈宝祥任编辑部主任。[1]

笔者在中共中央党校采访，熟知《理论动态》内情的人几乎都说，《理论动态》真正的“总编辑”，当推胡耀邦：

《理论动态》的文章题目，最初差不多都是胡耀邦出的；

《理论动态》很多文章的观点，是胡耀邦提出的；

《理论动态》的文章，是由胡耀邦最后审定的。

胡耀邦说：“办了《理论动态》，等于在中共中央党校大院之外，又办了一个党校！”

---

[1] 1996 年 5 月 27 日采访于北京。

《理论动态》创刊于1977年7月15日。这个刊物，后来竟出了1000多期！

《理论动态》创刊号上，发表了《"继续革命"问题的探讨》一文。"继续革命"，也就是"无产阶级专政下继续革命"。须知，这是在"文革"中载入中共党章、载入中华人民共和国宪法的毛泽东思想的"精华"，这是被誉为马克思主义发展史上"第三个里程碑"的重要理论，这是即将召开的中共十一大上华国锋政治报告的主题，岂容"探讨"？！

《理论动态》一创刊，就对"继续革命"问题进行探讨，表明了对这一理论的怀疑，也就表明了编者的无限勇气。

这篇文章是吴江写的。据吴江回忆：

> 1977年4月间，由毛著编辑委员会编选的《毛泽东选集》第五卷终于出版了。
>
> 这本"毛选"收入了毛泽东1949年9月至1957年的著作、讲话等，以讲话居多。50年代的文章、讲话有许多表现毛泽东已进入了他的晚年。5月1日《人民日报》发表了华国锋为"毛选"第五卷出版而作的长文：《把无产阶级专政下的继续革命进行到底》。这显然是为下半年召开第十一次党代表大会作准备，文章可以说亮明了这次党代表大会的方针和意向。这篇长文贯彻"两个凡是"的原则，指出"文化大革命"结束后，"无产阶级专政下继续革命"的主要任务仍然是"抓党内走资派"，"继续革命"就是"继续反右"，等等。
>
> 全党组织学习这篇文章，党校自然不例外。7月12日，胡耀邦邀集各教研室部分同志座谈。我即席发言，讲到应当如何完整地、准确地理解关于无产阶级专政下继续革命这一命题。我说，对"继续革命"有个总的理解问题，不宜只限于"文革"的范围，何况现在"文革"已经结束。谈到"继续革命"的对象，我讲了三点意见：第一，不能讲"文革的重点是整走资派"，这样"完全有可能被某些野心家利用来不停顿地'打倒一切'"。第二，"继续革命"的任务应包括经济基础方面的革新和技术革命，即生产力方面的革命。在此特别引证了毛泽东1957年所写《工作方法六十条（草案）》中的一句话：社会主义改造基本完成以后"要把党的工作重点放到技术革命上去"。我说，我们要实现四个现代化，不首先抓好科学技术革命是不行的。第三，我说，有人认为"不断革命"就是"不断反右"，这不是毛泽东思想。毛主席说："我们要进行两条战线的斗争，既反对'左'，也反

对右。”

这天晚上，胡耀邦没有回城内，他把我找去，说：“我们的刊物可以办了。你将今天的发言整理成一篇短文，字数不超过5000，明天交稿，我作为创刊号的文章发表。刊物的名称我已经想好了，就叫《理论动态》吧！每5天出一期，一期只登一篇文章。”

我的发言并没有提纲，属即兴讲话，所以要草成一篇文章颇费斟酌。尤其当时全国正在学习华国锋的文章，我的意见明明是对“无产阶级专政下继续革命”这一命题另作解释，和“英明领袖”华国锋是同题异调，谈谈还可以，写成文字发表行吗？但我还是漏夜将它写了出来，冠上一个题目《“继续革命”问题的探讨》，第二天拿去交卷。

《理论动态》的创刊号就这样出版了，出版日期为1977年7月15日。这个刊物作为内部刊物发给中央和中央各部委以及各省市委负责人，党校的学员则人手一册。不出我之所料，《理论动态》创刊号就在有些地方遭到被封锁的命运，一些领导人下令“不得扩散”。这种情况后来也屡有发生。[1]

《理论动态》这份小小的内部刊物，最初只印300份，后来由于所刊登的文章令人耳目一新，不胫而走，印数迅速增加到几千份。

《理论动态》虽小，发出的声音不小。《理论动态》的文章，曾不断被《人民日报》《光明日报》《解放军报》冠以“特约评论员”名义所转载，产生了广泛的影响。

正因为这样，《理论动态》被誉为“新时期的《新青年》杂志”。

正因为这样，《理论动态》成了当时中国理论界的“风向标”。

据胡耀邦秘书陈维仁告诉笔者，在中共中央党校，胡耀邦很喜欢找笔杆子们谈话。

胡耀邦有句名言：“我的思想，常常是在谈话中‘磨’出来的！”胡耀邦在谈话中，谈出了自己的新思想、新观点，然后组织笔杆子们写成文章。《理论动态》上的许多鞭辟入里的文章，就是这样在谈话中“磨”出来的。

[1] 吴江：《十年的路》，19~21页，香港镜报文化企业有限公司1996年2月第2版。

胡耀邦出任中共中央组织部部长

中共中央党校，是培养干部的学校，理所当然关心干部问题。在“文革”中深受迫害的胡耀邦，深感要拨乱反正，首当其冲的就是全面落实干部政策，平反冤假错案，把被林彪、“四人帮”颠倒了的干部路线颠倒过来。

正因为这样，胡耀邦刚到中共中央党校主持工作，便找杨逢春、叶杨、陈中以及《人民日报》几位编辑一起谈话，谈了两个半天。胡耀邦谈话的核心意思就是那篇《把“四人帮”颠倒了的干部路线是非纠正过来》。[1]

后来，在胡耀邦的领导下，杨逢春、叶杨、陈中起草了《把“四人帮”颠倒了的干部路线是非纠正过来》。胡耀邦又与《人民日报》联系，《人民日报》同意给一个整版发表此文。

胡耀邦在主持起草这篇文章时，担任中共中央党校副校长，还没有引起人们的注意。在中共十一大上，胡耀邦只是当选为中共中央委员，没有进入中共中央政治局——当时，赵紫阳被选为中共中央政治局候补委员，开始在中国政坛上崭露头角。

胡耀邦在中共中央党校着手平反冤假错案。据陈维仁告诉笔者，中共中央党校在1957年错划了99名“右派分子”，内中学员“右派分子”66人，教师“右派分子”33人。胡耀邦到中共中央党校不久，就给这99名“右派分子”平反，恢复名誉。

胡耀邦在中共中央党校，很快就接触了“大案”——所谓的“六十一人叛徒案”。因为前中共中央党校校长杨献珍，便是这六十一人之一。只是“六十一人叛徒案”乃“通天大案”，胡耀邦作为中共中央党校副校长，一时还无权把这一大案翻过来。

就在《把“四人帮”颠倒了的干部路线是非纠正过来》一文发表的前两天——1977年10月5日——中共中央作出《关于办好各级党校的决定》。《决定》指出，办好各级党校是我们党的一项重要事业。不但要把党校办成捍卫马列主义、毛泽东思想的一个坚强阵地，而且要把学校办成一个发扬光大我们党的优良传统和作风的模范。

胡耀邦决心以中共中央党校为“坚强阵地”，向“两个凡是”发起攻击。

---

[1] 戴煌：《胡耀邦与平反冤假错案》，《南方周末》1996年1月28日。

《把“四人帮”颠倒了的干部路线是非纠正过来》一文在《人民日报》发表后的第三天——1977 年 10 月 9 日——中共中央党校举行开学典礼。兼任中共中央党校校长的华国锋以及叶剑英、邓小平，还有兼任中共中央党校第一副校长的汪东兴，都前往位于北京西北郊的中共中央党校，出席开学典礼。中共中央主席和三位副主席一起光临中共中央党校，使曾经一度十分冷落的中共中央党校变成令人瞩目的热点。

在开学典礼上，华国锋、叶剑英、胡耀邦发表了讲话。

华国锋说了一通学习毛泽东思想的重要性。

叶剑英在讲话中，谈到了理论和实际之间的关系。叶剑英说，第一，一定要掌握理论。没有理论，一张白纸，凭什么去联系实际呢？第二，一定要从实际出发。如果理论不能指导实际，不受实际检验，那算什么理论！绝不能把理论同空谈、吹牛甚至撒谎混为一谈。

叶剑英还说，在中共中央党校工作和学习的同志都来用心研究我们党的历史，特别是第九次、第十次、第十一次路线斗争的历史。

所谓“第九次、第十次、第十一次路线斗争”，是当时的提法，即与刘少奇、林彪、江青的三次路线斗争。叶剑英的意思，也就是要大家研究“文化大革命”的历史，从中吸取教训。

胡耀邦决定成立一个专门研究“文革”的小组，他要求小组拿出一份研究提纲。

华国锋在中共十一大政治报告中，充分肯定了第一次“无产阶级文化大革命”。华国锋又是中共中央党校的校长，研究小组当然依照华国锋定下的调子，写出关于“文革”的研究提纲。

1977 年 11 月，胡耀邦在讨论这份提纲时，摇头说：“这份提纲的观点是错误的，方法也是错误的。不敢从实际出发，而是从文件出发。对文件也不是作具体分析，而是照搬。正因为是抄的，对你们这些参加者可以原谅。但是研究历史，应该有自己的脑袋。”

在谈到“二月逆流”时，胡耀邦说：“什么‘二月逆流’，分明是正气凛然的二月抗争嘛！”

在“两个凡是”占统治地位的年月，胡耀邦敢于说出这样否定“文革”的话，使举座皆惊。

1977 年 12 月初，当中共中央党校在编写一份关于中共党史材料时，胡耀邦提出了两条非常鲜明的编写要求：一是“完整地准确地运用毛泽东思想”，二是“实践是检验真理的标准”。

胡耀邦所提出的这两条要求，第一条是邓小平的话，第二条是毛泽东的话。然而，胡耀邦把这两句话归结在一起，却体现一种新的含义，那就是不能搞“两个凡是”！

《把“四人帮”颠倒了的干部路线是非纠正过来》这篇文章在《人民日报》发表后，所以引起强烈反响，是因为在“文革”中遭受迫害的许多干部还未落实政策，“挂”在那里。

光是在北京的中央机关里，在粉碎“四人帮”已经一年了，还有6000多名干部“挂”着。内中包括夏衍、楚图南这样重要的老干部。

胡耀邦清楚地意识到，“解放后，我们对地下党，对知识分子，对民主党派，对起义人员，对侨属人员，都有不少失误”，都“必须坚决纠正过去的错误”。

这篇文章发表后，众多“挂”着的干部拥向中共中央组织部，要求尽早平反冤假错案，落实干部政策。一时间，位于北京西单商场北侧的中共中央组织部变得门庭若市，上访者比比皆是。

但是，当时的中共中央组织部部长郭玉峰，对上访者却冷若冰霜。在“文革”中被打倒的中共山东省委第一书记舒同，前往中共中央组织部上访，要求落实政策，竟被郭玉峰叫人挡在门外！

郭玉峰，曾被康生称赞为解放军几十位军政委中“最优秀的”。在“文革”中，郭玉峰被派往中共中央组织部“支左”，掌管了大权。1975年6月，郭玉峰被任命为中共中央组织部部长。粉碎“四人帮”之后，郭玉峰仍任中共中央组织部部长。在中共十一大上，郭玉峰被选为中共中央委员。

在郭玉峰看来，许多干部的案子是毛泽东定的，或者是毛泽东所领导的政治运动定的，不能平反。所以，只能“挂”着。这样，他对广大干部平反冤假错案的要求，漠然置之。

郭玉峰的冷淡态度，激怒了大批老干部。老干部们干脆写大字报，贴满中共中央组织部大楼。

郭玉峰说，那文章是《人民日报》发表的，叫人撕下大字报送往位于王府井大街南端的人民日报社。由于文章是胡耀邦主持写作的，也有的大字报被送到胡耀邦那里。

胡耀邦看了大字报，激动地连声说：“我们不下油锅，谁下油锅？！”

那一时期，吴明瑜常在晚上去胡耀邦家。吴明瑜记得，有一回胡耀邦跟他谈起郭玉峰，说郭玉峰完全变了！因为在解放战争中，胡耀邦担任兵团政委时，郭玉峰是他手下一个团的政委。郭玉峰怎么会变得这么厉害，对老干部毫无感情？[1]

确实，平反冤假错案是一个危险的“油锅”。“文革”的序幕——姚文元的那篇《评新编历史剧〈海瑞罢官〉》——批判的就是“翻案风”。平反冤假错案，很容易会被扣上替“阶级敌人翻案”的大帽子。在冤假错案如山的当时，要进行平反，必须冒极大的政治风险，如同下油锅。

平反这些冤假错案，很多要涉及“文化大革命”，涉及毛泽东。在那时，“文革”不能碰，毛泽东定的案子更不能碰。

例如，这时，薄一波等给中共中央写信，要求平反“六十一人案”。“六十一人案”，即所谓“六十一个叛徒案”，是“文革”中的重大错案。中共中央在1967年3月16日印发了《薄一波、刘澜涛、安子文、杨献珍等自首叛变材料的批示》和附件，这是由毛泽东批示同意发出的。所以，要平反“六十一人案”，必须冲破“两个凡是”的禁锢。在“两个凡是”很盛行的1977年，没有足够的政治勇气和胆识，是不敢踏进这片雷区的。

平反冤假错案，成了一场否定“两个凡是”的重要的外围攻坚战。

胡耀邦决心“下油锅”。

胡耀邦面对一大堆郭玉峰转来的大字报，决定进行反击，做两件事：第一，组织人马，再为《人民日报》写一篇文章，题曰《毛主席的干部政策必须认真落实》；第二，建议《人民日报》把这些大字报加以整理，在内部刊物《情况汇编》上发表，报送中央。

1977年11月27日《人民日报》在头版头条位置，发表了本报评论员文章《毛主席的干部政策必须认真落实》。这篇文章便是胡耀邦主持起草的。文章指出，无产阶级的原则是“有错必纠，部分错了，部分纠正，全部错了，全部纠正”。

配合这篇评论员文章，《人民日报》还发表了5封读者来信。

这篇评论员文章，又一次在广大读者中激起强烈反响，平反冤假错案的呼声越来越强烈。

这时，《人民日报》把有关大字报，整理汇编成《从一批老同志的大字报看郭玉峰在中组部的所作所为》一文，在《情况汇编》发表，以报社党委的名义送给中共中央主要负责人。

---

[1] 1996年5月28日采访于北京。

这一期《情况汇编》，引起了中共中央领导的重视，决定撤销郭玉峰中共中央组织部部长的职务。

派谁挑起中共中央组织部部长这一重担呢？

叶剑英、邓小平、陈云力荐胡耀邦。这不仅因为胡耀邦早在延安时就担任过少共中央组织部部长，有着组织工作的经验，更重要的是，他敢“下油锅”，已经为平反冤假错案做了大量的舆论工作。所以，新的中共中央组织部部长，非胡耀邦莫属！

1977 年 12 月 10 日，中共中央任命胡耀邦为中共中央组织部部长。虽然有了新的任命，胡耀邦仍兼任中共中央党校副校长。

尽管胡耀邦“兼任”中共中央党校副校长，但是毕竟他要“坐”到中共中央组织部部长这一位子上去。胡耀邦对于中共中央党校的种种工作，最为挂念的是《理论动态》。

胡耀邦在前往中共中央组织部之前，在中共中央党校建立了“理论研究室”，任命吴江为主任，孟凡和耿立为副主任（三年之后，又增加三位副主任，内中有孙长江和阮铭）。《理论动态》编辑组属理论研究室分管，继续出版。《理论动态》的每期稿子，仍送胡耀邦终审。

5 天之后——1977 年 12 月 15 日——中共中央组织部大楼前响起了噼里啪啦的鞭炮声。放鞭炮的，有中共中央组织部的干部，有上访的干部，内中居然还包括聂荣臻元帅的夫人张瑞华。他们用热烈的鞭炮声，欢迎新任的中共中央组织部部长胡耀邦的到来。这是中共中央组织部历届部长到任时所从未有过的盛况。

胡耀邦来了。胡耀邦只带着他原先的秘书梁金泉一人，到中共中央组织部走马上任。陈维仁则仍留中共中央党校，因为胡耀邦仍兼任中共中央党校副校长，陈维仁负责联系胡耀邦在中共中央党校的有关事务。后来，陈维仁担任了中共中央党校副校长。

胡耀邦来到中共中央组织部大楼二楼，召开处以上干部会议。

胡耀邦的“就职演说”简明扼要：

第一，应该把中共中央组织部办成“党员之家”、“干部之家”，要改变“门难进、脸难看、话难听、事难办”这“四难”的官衙作风；

第二，今后凡是受整挨压的老干部找我，一律不得阻拦。凡是写着“胡耀邦收”的来信，一律直交我本人，不许扣压，也不要代劳处理。

这天，胡耀邦还只是到中共中央组织部报到。当时，他在中共中央党校还有许多工作需要安排。

1977年12月19日，胡耀邦到中共中央组织部正式上班，当即决定成立专门的“老干部接谈组”……

胡耀邦走马上任中共中央组织部部长的消息传开后，每天到中共中央组织部上访的人竟达数百人之多！全国各地寄往中共中央组织部的信件，每个月多达6麻袋！

就这样，胡耀邦在复出后，先是在中共中央党校副校长的岗位上抓了理论上拨乱反正，紧接着又在中共中央组织部部长这一岗位上大力平反冤假错案。胡耀邦抓了这两件大事，显示了他的政治胆识和工作才干，他的威信也就日益上升。

“两个凡是”使平反工作无法深入开展

在延安，胡耀邦当过少共中央的组织部部长，也当过宣传部部长，所以他既有组织工作的经验，也有宣传工作的经验。

胡耀邦很重视宣传工作。他到中共中央党校，创办了内部刊物《理论动态》；他到了中共中央组织部，马上又创办了内部刊物《组工通讯》。

《组工通讯》创刊号上的第一篇文章，便是《抓紧落实党的干部政策》。这篇文章指出了在当时迫在眉睫需要去做的五项落实干部政策的工作：

一、过去受审查需要作结论而没有作结论的，要尽快作出正确结论；

二、已作结论但不正确的，要改正过来，一切诬蔑不实之词应予推倒；

三、可以工作而没有分配工作的，要尽快分配适当工作，已分配工作但不适当的，要进行调整，年老体弱不能工作的，要妥善安排，在政治上、生活上给予关怀和照顾；

四、对受审查期间死去的同志，要实事求是地作出结论，并把善后工作做好；

五、无辜受牵连的家属、子女、亲友、身边工作人员中应予解决的问题，要妥善解决。

其实，冤假错案是个“马蜂窝”，是个最棘手的难题，集中着最尖锐的矛盾和最错综复杂的关系，凝聚着历次政治运动的“精华”，交错着最敏感的“政治神经”。

平反冤假错案，实际上就是对于过去历次政治运动中的错误给予最无情的曝光。

平反冤假错案，几乎处处要触及“两个凡是”：

所谓“胡风反革命集团”的冤案，是毛泽东亲自定的；

1957年的“反右派运动”，是毛泽东领导的，把50多万人错划为“右派分子”；

1959年的“反右倾运动”，又是毛泽东领导的，使一大批领导干部蒙受冤屈；

至于“文革”，更是毛泽东亲自发动和领导的。在“文革”中，打了多少“走资派”，打了多少“五一六分子”……从“彭、罗、陆、杨”到刘少奇，从“六十一人案”到“新疆叛徒集团”、“东北叛徒集团”……

据统计，在当时的国家干部中，被立案审查的占干部总数的17.5%！

据统计，在当时中央、国家机关副部长以上和副省长以上的高级干部中，被立案审查的竟占75%！也就是说，4个高级干部中，有3个被立案审查!

又据后来统计，当时全国的冤假错案多达300多万件，受冤假错案影响的人多达800多万!

光是内蒙古一地，在“文革”中受“新内蒙古人民革命党”冤案牵连的人，就达34.6万多!

面对积案如山的艰难局面，作为中共中央组织部部长，胡耀邦很坚决地说：“建国以来的冤案、假案、错案，不管是哪级组织，哪一个领导人定的、批的，都要实事求是地改正过来。必须旗帜鲜明，坚决冲破阻力，一件一件地办到底。”

有人问胡耀邦：“毛主席批的怎么办？”胡耀邦毫不含糊地回答：“照样平反！”

话虽这么说，做起来就不那么容易。

就拿彭真来说，所谓“彭真、罗瑞卿、陆定一、杨尚昆反党集团”一案是毛泽东亲自定的。在1966年5月24日中共中央政治局常委决定成立专案审查小组，审查所谓“彭、罗、陆、杨反党集团”问题。彭真于1966年12月3日被监禁。1975年5月19日，彭真被从北京送往陕西商县，进行“监护改造”。

彭真这时从陕西商县写信，要求回到北京治病，并且要求查清自己的所谓问题。

同样，在安徽“监护改造”的原中共中央组织部部长安子文，也写来类似的信。

这样的“大干部”的平反问题，不是中共中央组织部所能做主的。汪东兴也宣称：“这些大案都是毛主席生前亲自定案的，中共中央组织部无权推翻毛主席定的案。”

胡耀邦把彭真和安子文的信，转呈主管中央专案组的中共中央副主席汪东兴。汪东兴以“两个凡是”为挡箭牌，答道：“中央专案组的这些大案要案，都是毛主席定的，不能翻！谁翻案，谁就是反对毛主席！”

汪东兴所说的“大案”、“要案”，其实是冤假错案中的“牵头案”、“标志案”。

胡耀邦则以为，平反一个“大冤案”，可以带动平反成千上万的同类案。

1978 年 9 月 25 日，胡耀邦在全国信访工作会议上，非常明确地说了这么一段话：“凡是不实之词，不管是什么时候，无论是什么情况下，不管是哪一级组织，是什么人定的、批的，都要实事求是地改正过来。”

可是，在印发胡耀邦的讲话稿时，他的这一段重要的话，却被中共中央办公厅的一位副主任删去！

这位副主任的理由是因为汪东兴这么说过：“有些案子是毛主席定的，中央组织部部长有什么权修改毛主席的决定？”

直到 1978 年 11 月 15 日，《人民日报》以“本报评论员”名义发表《实事求是，有错必纠》一文时，才特地引用了胡耀邦上面这段重要的话，将之公之于众，以促进全国的平反冤假错案工作。但是，这时距离胡耀邦讲那一段话，已经过去有一段时间了！

胡耀邦深深地体会到，不推倒“两个凡是”，无法真正深入、全面地平反冤假错案。平反冤假错案本身，就是纠正毛泽东在历次政治运动中造成的错误后遗症。

然而，要想推倒“两个凡是”又谈何容易？！

因为“两个凡是”不只是一种理论，不只是一种见解，而是代表着一种强大的政治势力——华国锋继承着毛泽东晚年“左”的思想。所以，推倒“两个凡是”，不仅要批判华国锋“左”的错误，而且要批判毛泽晚年“左”的错误。

胡耀邦很坚定地说，实践是第一位的。从实践的观点来看，即便是马克思主义，也只是流，不是源。只有人民的实践，才是源。“两个凡是”不符合认识论，必须批判。[1]

南京出了个胡福明

从批判“两个估计”到批判“文艺黑线专政论”；

从落实干部政策到平反冤假错案；

从“四人帮”是“左”是右到“文革”是“完全必要”还是“彻底否定”；

……

面对一道又一道难题，“两个凡是”派处处设障置碍，使得人们迷雾丛生，分不清是非，走不出旧框框。

不把前进路上的绊脚石——“两个凡是”——踢倒，已经无法前进。

终于到了向“两个凡是”发动攻击的时候了。

尽管邓小平早在1977年5月24日与王震、邓力群的谈话中就批判了“两个凡是”，但是在报刊上公开点名批判“两个凡是”却还不行。因为“两个凡是”毕竟是以中央两报一刊社论名义提出的，是“英明领袖”华国锋的主张。

这样，对于“两个凡是”，只能采取“旁敲侧击”，迂回包抄。

大夫开刀，讲究选择最佳“切口”；石油钻井，讲究选择最佳“井位”；攻城夺关，讲究选择最佳“突破口”。

批判“两个凡是”，是一场大战、硬战，这最佳“突破口”的选择，颇费思量。这“突破口”，必须是“两个凡是”的要害。

在北京，胡耀邦在思索着；在南京，也有一个人在思索着。

后来，南京的这个人是这样叙述自己选择“两个凡是”突破口的思路的：

> 当时我想，正面冲突是难以奏效的，于是我就想找一个突破口，找一个下笔的地方。写正面文章，论实事求是，很难直接接触“两个凡是”；批林彪“句句是真理”，老题目了，没有多少文章好做。既要切中“两个凡是”的要害，又不能公开提“两个凡是”，这是一个难题。我和陆锡书合写过一篇文章，题目是《马克思主义是科学》，发表在《南京大学学报》

---

[1] 1996年5月29日采访胡德平于北京。

1978年第1期，主要是说明端正对待马克思主义的态度，马克思主义是科学，要科学地对待马克思主义，不能把它当教条、当神学。但总觉得还不够味，不能解决问题。我就进一步考虑，“两个凡是”的要害是：一、毛泽东的话天经地义地是真理，无须实践检验；二、毛泽东的指示、讲话、批示、圈阅、同意的，都是绝对正确的。不仅他自己的话句句是真理，无须实践的证明，而且是证明的工具，真理的标准，这就违反了马克思主义的认识论，违反了实践是认识的基础，实践是检验真理的标准的原理。因此，要从真理标准问题下手来做文章。

抓住了这个题目，我很兴奋，我认为我捉住了“两个凡是”的要害问题。[1]

确实，“两个凡是”把毛泽东的每一句话，不仅作为真理，而且作为真理的标准。

所以，抓住了真理的标准究竟是什么这个题目，也就捉住了“两个凡是”的要害。

南京的这位沉思者，戴一副近视眼镜，穿一身中山装，一副教师模样。他姓胡，名福明，生于1935年7月，江苏无锡人氏。1959年，他毕业于中国人民大学新闻系，1962年毕业于中国人民大学哲学研究班。此后，任教于南京大学哲学系、政治系，担任教师、系副主任、系党总支副书记。

在“文革”中，胡福明蒙受了灾难。当时，南京大学校长匡亚明被打成“黑帮”，胡福明从1966年6月起就被打成“匡亚明黑帮”的一“分子”。于是，他被批斗、游街、扫厕所……

不过，由于胡福明出身贫下中农家庭，而且本人历史清白，所以没有什么“把柄”可抓，后来被定为“犯有严重错误的干部”。在南京大学恢复招生之后，胡福明仍担任教师，而且负责全系的教学工作。

胡福明是一位理论工作者。他喜欢引用德国著名诗人歌德的名言：

理论是灰色的，而生命之树是常青的。

---

[1] 张义德：《坚持实践标准，重新认识社会主义——访胡福明》，载陶铠、张义德、戴晴《走出现代迷信》，122~123页，湖南人民出版社1988年版。

《实践是检验真理的唯一标准》作者之一胡福明

然后，他又加以补充道：

> 理论要回答现实问题才有生命力。[1]

胡福明关注着中国的现实，思想敏锐而活跃。在粉碎“四人帮”之后，他积极投入揭批“四人帮”的现实斗争。

在粉碎“四人帮”还不到两个月——1976年12月3日——《人民日报》发表了新华社南京电讯，题为《剥掉“四人帮”画皮　大长革命人民志气——南京大学师生员工掀起揭发批判“四人帮”滔天罪行的高潮，全校形势一派大好》。内中，用上千字的篇幅写及胡福明：

> 政治系教师胡福明在批判大会上，以马列主义、毛泽东思想为武器，联系“四人帮”篡党夺权的罪行，一层层剥开了“四人帮”所谓“马克思

[1] 郭志坤：《理论要回答现实问题才有生命力——访〈实践是检验真理的唯一标准〉的作者胡福明》，《文汇报》1980年1月2日。

主义理论权威”的画皮。他列举事实说明，长期以来，“四人帮”采取斩头去尾、断章取义、偷梁换柱、肆意歪曲、拼命封锁、无耻伪造、顽固对抗等种种恶劣手段，背叛马列主义、毛泽东思想。例如，在生产关系与生产力、上层建筑与经济基础、政治与业务、革命与生产、红与专、精神与物质、认识与实践等一系列根本问题上，“四人帮”任意阉割马列主义、毛泽东思想的基本原理，以形而上学代替辩证法，强调一面，去反对和否定另一面……

在南京大学揭批“四人帮”的大会上，第一个站出来的是胡福明；在江苏省召开的第一次揭批“四人帮”的万人大会上，第一个站出来发言的也是胡福明。

他还在1976年《南京大学学报》第4期上发表了《评张春桥的“全面专政”》一文。他指出，张春桥的文章，在理论上是上层建筑决定论，是历史唯心论；在政治上是鼓吹法西斯专政，否定人民民主。

1977年3月华国锋在中共中央工作会议上讲了“两个凡是”之后，胡福明在南京听了传达。他当时是这样想的：

“两个凡是”实际上是要维护“文革”那一套，维护个人崇拜、个人专断。这样，就什么民主也没有了，仍然是以阶级斗争为纲。我认为，批“两个凡是”还不是核心问题，批“两个凡是”是为了否定“文革”，为“天安门事件”平反，为了平反冤假错案，要全面拨乱反正，实际上是批评毛主席老人家晚年的错误。批“两个凡是”不过是为这些扫清障碍。所以批“两个凡是”，实际上是要批评两个主席，这个风险当时是看到的。[1]

胡福明所说的批“两个凡是”，实际上是批评“两个主席”，一语道破了天机。他所说的“两个主席”，就是毛泽东和华国锋。批评“两个主席”，也就是批评毛泽东晚年的“左”的错误，批评华国锋坚持毛泽东晚年的“左”的错误。

就在这个时候，来了一个“催生婆”，促使胡福明产下那篇正在思索中的文章。

这位“催生婆”的到来，颇为偶然。

---

[1] 1996年7月1日采访。

那是在1977年5月，南京召开拨乱反正理论讨论会。胡福明出席了会议。北京《光明日报》哲学组组长王强华也应邀出席了会议。

笔者访问了王强华。据王强华说，他是以《光明日报》记者身份去南京出席会议的。他去南京，除了由于工作关系之外，还因为他是南京人，他的母亲当时在南京。[1]

王强华毕业于南京大学法律系，于1953年进入光明日报社工作。

王强华回忆说，那时他并不认识胡福明，跟江苏省的理论界也不熟悉。他来到南京中山门外的中共江苏省委党校，出席在那里举行的江苏省理论讨论会。

胡福明在会上作了发言。胡福明说，在“文革”中，批判“唯生产力论”是错误的，生产力是应当重视的。胡福明以为，“唯生产力论”是历史唯物论的根本观点。

在胡福明发言之后，有两三个人发言，表示不能同意胡福明的意见，认为“唯生产力论”是应该批判的。有人甚至说，“唯生产力论”是第二国际的机会主义观点。

这样，在会议上引起了争论，也就引起了王强华的注意。

在会议中间休息时，王强华主动去找胡福明。王强华告诉胡福明，他刚从北京来。在北京的讨论会上，他曾听到于光远的发言。于光远也认为“唯生产力论”不应该批判。这么一来，王强华也就跟胡福明结识了。

中间休息之后，胡福明作了一次发言，重申了不应该批判“唯生产力论”。

王强华是个责任心颇强的编辑，时时不忘为“本报”效力。他发现胡福明对一些问题有自己的独立见解，也就约他为《光明日报》“哲学”副刊写文章。

王强华的约稿，虽然只是“一般性号召”，并没有给胡福明出具体的题目，却促使胡福明把躁动于腹中的关于实践是检验真理的标准的文章赶紧写出来。

1977年7月上旬，胡福明的妻子生病住进江苏省人民医院，他每天晚上要去照顾她。天气正热，蚊子又多，他无法入睡，就在医院的走廊上看书。他思索着如何批判“两个凡是”，终于从哲学理论上找到了突破口，即“实践是检验真理的标准”。这样，他就从家里拿来一些马克思、列宁、毛泽东的著作，

---

[1] 1996年5月25日采访于北京。

把有关论述实践是检验真理的标准的内容一一摘录下来，开始着手认真研究这个问题。

胡福明回忆说："经过了五六天，提纲写成了，妻子也出院了。这时已是暑假，我坐下来整理提纲，大约用了一周时间，写成初稿，已是7月底了。我的习惯是，稿子写好后，放几天，然后再修改。经三次修改，于9月初寄给《光明日报》哲学组王强华同志。"

可是，胡福明的文章寄出后，竟然4个月没有消息！

为什么这么久没有消息呢？

据王强华告诉笔者，当胡福明的稿子寄到《光明日报》哲学组时，他又出差了。

胡福明终于收到了王强华的回信。那封信是王强华在1978年1月19日写的。至今胡福明仍保留着这封信。

王强华的信中，附了两份《实践是检验真理的标准》的清样。胡福明的稿子被排出清样，表明编辑部要采用这篇文章。

《实践是检验真理的标准》是在1978年1月14日发排的。清样上印着：

哲（四五一）七八、一、十四
实践是检验真理的标准
（送审稿）
胡福明

王强华在信中说：

我去年9月离京，到上海、南京出差，12月刚回来。

王强华出差南京时，曾去南京大学找过胡福明。很不巧，那天胡福明没有在学校，所以没有跟王强华碰面。

由于王强华出差，《光明日报》另一位编辑代王强华拆收了胡福明寄来的稿子。胡福明当时寄去两篇文章，一篇是《实践是检验真理的标准》，另一篇是批判江青的文章《女人也是生产力吗？》。

那位编辑首先觉得胡福明所写的批判江青的文章，在当时已经很多，显得一般，决定不用。至于那篇《实践是检验真理的标准》，倒是提出了一个崭新的论题，只是文章中引述马克思的话以及对于引文的解释显得太冗长，也决定不用。

不久，王强华出差归来，那位编辑把胡福明的两篇文章交给了王强华，并告知他自己的处理意见。

王强华看了胡福明的两篇文章，也觉得批判江青的那篇太一般，不能用。但是，当王强华看了《实践是检验真理的标准》一文，虽然觉得引文太多，显得冗长，而且理论讲得太多，但却认为这一文章的观点却是切中时弊的。

这样，王强华认为胡福明的《实践是检验真理的标准》一文在作修改之后，可用。

王强华又请《光明日报》党委委员、分工主管理论部的马沛文仔细地研读了胡福明的来稿《实践是检验真理的标准》。

马沛文是一位老资格的报人。1921 年出生于陕西的他，被陕北的红都延安所吸引，于 1944 年毕业于延安鲁迅艺术学校文学系。此后，他多年在延安《解放日报》以及后来的《人民日报》《光明日报》工作。

马沛文告诉笔者说，在粉碎“四人帮”之后，《光明日报》仍党政不分。当时《光明日报》没有设编委会，只有党委会。他是党委委员，实际上也就兼任编委。理论部当时是归他主管。[1]

多年的新闻工作，使马沛文的目光变得十分锐利。他称“两个凡是”是一把“达摩克利斯之剑”，高悬在人们头上。他读了胡福明的文稿，敏锐地看出：“这篇文章的价值不在学术方面，而在政治方面。”

马沛文以为，“实践是检验真理的标准”在理论上早已论定，胡福明的文章在理论上并没有太多的创见，而胡福明的贡献在于精心选择了“实践是检验真理的标准”这一角度批判“两个凡是”，因而击中了“两个凡是”的要害。所以，这篇文章是一篇政治文章，对于当时的政治斗争有着很大的现实意义。

于是，编辑部对胡福明的文章进行了修改，删去了冗长的引文及有关解释，排出清样。

王强华在 1978 年 1 月 19 日给胡福明的信中，这样写及关于《实践是检验真理的标准》一文的处理意见：

已粗粗编了一下，主要是把原稿第一部分压缩了，突出后两部分，但

[1] 1996 年 5 月 23 日采访于北京。

似觉得长了一些。是否请您看看再删一些？有些地方，文字的意思有些重复，可否精练一些？另外，这篇文章提的问题比较尖锐，分寸上请仔细掌握一下，不要使人有马列主义“过时”论之感的副作用。

文章请尽快处理寄来，争取早日刊用。

王强华的这封信，表明《光明日报》编辑部肯定了胡福明所写的《实践是检验真理的标准》一文，已决定“刊用”。不过，由于《实践是检验真理的标准》一文触及了“两个凡是”的痛处，所以“比较尖锐”，王强华叮嘱胡福明“分寸上请仔细掌握一下”。

胡福明同意王强华的意见，对文章作了改动，又寄回《光明日报》。

北京的孙长江与胡福明不谋而合

在科学史上，“同时”现象屡见不鲜：

1974 年 11 月 10 日，美籍华裔物理学家丁肇中所领导的小组发现了一种新的基本粒子；也就在这一天，美国科学家里奇特所领导的小组也发现一种新的基本粒子。后来经过查对，两个小组所发现的竟是同一种基本粒子。为此，丁肇中和里奇特在 1976 年同获诺贝尔物理学奖。

同样，1845 年 9 月，英国青年亚当斯算出了当时尚未发现的海王星的位置，只是由于受到英国皇家天文台台长的怀疑未能发表论文，而一年之后德国天文台根据法国青年勒维烈的计算，发现了海王星。勒维烈是在不知道亚当斯的研究成果的情况下作出自己的计算的。如今，人们把勒维烈和亚当斯并列为海王星的发现者。

同样，在 1900 年，荷兰植物学家德佛里斯、德国植物学家柯灵斯、奥地利植物学家哲尔马克差不多同时创立现代遗传学。还有，化学元素周期律是俄罗斯化学家门捷列夫创立的，但与此同时，法国的尚古都、英国的纽兰兹、德国的迈耶尔也接近于发现这一定律。非欧几何，是匈牙利的亚・鲍耶、德国的高斯和俄国的罗巴切夫斯基几乎同时创立的。生物进化论，是英国博物学家达尔文和华莱士差不多同时创立的……

这种“同时”现象表明，科学上的发现、发明需要具备一定客观条件。当这种条件一旦成熟，就会有许多人通过不同的途径作出同样的发现或者发明。

同样，在1977年，当“两个凡是”成为束缚中国人民前进的脚镣时，这种客观需要促使许多人寻找突破口。

就在南京的胡福明找到批判“两个凡是”的突破口的时候，几乎同时，北京也有人找到了这一突破口。

这里用得着中国的一句古话曰：“英雄所见略同。”

北京的那个人，也以为“实践是检验真理的标准”这一命题，是从理论上批判“两个凡是”的最佳切入点。

北京的这个人，便是孙长江——福建人氏，生于1933年。孙长江当时在胡耀邦领导下的中共中央党校理论研究室工作。

孙长江深感当时充满“噤若寒蝉，万马齐喑的沉闷空气”。他曾这样形容当时的情况：

> 对偶像的崇拜，凡事必须是“毛主席讲过的”，“红宝书中有的”才敢想、敢说、敢做。人们已经习以为常，见怪不怪，整个社会的活力和生机几乎被扼杀殆尽。中国如若按照那个样子再走下去，其结局肯定是要被开除球籍，不可能有更加光明的前途了。1978年邓小平同志讲得多么好！他说：“一个党，一个国家，一个民族，如果一切从本本出发，思想僵化，迷信盛行，那它就不能前进，它的生机就停止了，就要亡党亡国。”[1]

前面已经提及，1977年12月，胡耀邦在中共中央党校指出，编写中共党史要坚持“实践是检验真理的标准”。胡耀邦用毛泽东的《实践论》来反对“两个凡是”！

孙长江注意到胡耀邦所强调的“实践是检验真理的标准”。

孙长江也在思索着寻找批判“两个凡是”的最佳突破口。他跟胡福明不谋而合，不约而同，选择了“实践是检验真理的标准”作为突破口。

这样，在南京的南京大学和北京的中共中央党校，胡福明和孙长江各自在撰写论述“实践是检验真理的标准”的文章。

最初，胡福明和孙长江“水牛角，黄牛角，各归各”，他们彼此不知道对方所进行的工作，各自埋头于研究和写作。

---

[1] 易运文：《从实践标准到生产力标准——访孙长江》，载陶铠、张义德、戴晴《走出现代迷信》，110页，湖南人民出版社1988年版。

孙长江在1978年3月，向主持中共中央党校工作的马文瑞汇报过自己正在写作的这篇论文。那时，胡耀邦调往中共中央组织部之后，虽然仍兼任中共中央党校副校长，但是中共中央党校日常工作由马文瑞主持。

相比之下，胡福明比孙长江着手早一些，进展也快一些。胡福明的文章1978年1月14日在《光明日报》打出清样之后，又作了4次修改。

关于这4次修改，可以从1978年3月20日胡福明文章的第四次改样一开头所标明的一行字，查到每一次改样的日期：

> 哲（四五一）七八、一、十四，一、二十六改，一、三十，二改，二、二，三改，三、二十，四改[1]

这也就是说，胡福明的《实践是检验真理的标准》一文在1978年1月26日、1月30日、2月2日、3月20日，分别作了修改，前后共4次……

胡福明也这样回忆：

> 在2月、3月、4月，强华同志都给寄文章的小样，让我修改，然后寄去，我都照办了。这几次修改，改动不大。《光明日报》哲学组的同志对修改文章没有提出进一步明确要求。修改的目的，似乎在使文章全面正确，无懈可击，不给人以把柄。我也感到奇怪，为什么一篇理论文章反复修改，而迟迟不予发表？

确实，《光明日报》要胡福明一次次进行修改，却又“迟迟不予发表”。这既表明《光明日报》对胡福明文章的看重，又表明《光明日报》对发表胡福明文章的慎重，因为这是一篇很有分量的征讨“两个凡是”的文章。

胡福明曾写信告诉王强华，自己可能要去北京开会。

王强华在1978年3月13日给胡福明写了一封信。信中说：

> 您说要来北京开会，不知何时可到京？
>
> 您的文章，基本上已定稿，但现在看来，联系实际方面的内容较少，

[1] 据马沛文提供给本书作者的《光明日报》评论部《关于〈实践是检验真理的唯一标准〉一文写作和发表经过》附件五。

原想等您来京时面商，可老等也不见您来，只好再把小样寄给您，请抓紧补充，以便早日刊出！

您的文章立意是很清楚的，但为了使文章更加具有战斗性，请适当增加些联系实际部分。由于“四人帮”多年来抓住片言只语吓唬人，束缚人们的思想，致使一些同志至今仍不注意实践经验，不从实际出发，而是从定式出发，离开具体条件硬套某个指示，结果“心有余悸”，许多工作搞不好。请考虑能否把这样的话加上。

胡福明按照《光明日报》编辑部的意见，在3月20日又作了修改。

就在《光明日报》准备郑重推出胡福明的文章时刻，《人民日报》发表了一篇并不醒目但是很重要的文章……

《人民日报》打响第一炮

1978年3月26日，《人民日报》第三版的右下角“报刊论文摘要”栏目里，摘要发表了胡福明的文章，即《批判唯生产力论就是反对历史唯物论》。文末注明：“摘自《南京大学学报》哲学社会科学版1978年第1期。”

也真巧，就在这个版面上，紧挨着胡福明的文章，发表了用花边围起来的另一篇文章，署名“张成”。这是一篇思想评论，题为《标准只有一个》。

这篇理论性的文章不长，只有1000多字，却为“实践是检验真理的唯一标准”论战放响了第一炮。

张成的文章表明，除了胡福明、孙长江之外，又有人找到了“实践是检验真理的唯一标准”这一批判“两个凡是”的突破口。这清楚表明，此后在中国掀起的“实践是检验真理的唯一标准”的大论战，不是偶然的，而是必然的。

关于这篇文章，《人民日报》编辑部汪子嵩在1978年7月21日中国社会科学院哲学研究所召开的“理论与实践问题讨论会”上，曾这么谈及《标准只有一个》一文的来龙去脉：“可以这样说，只要我们报纸上发表一篇文章，把被‘四人帮’颠倒了的理论问题纠正过来，我们总要收到许多信，表示反对。他们的根据大多是引用毛主席的某一句话，许多实际上是被‘四人帮’篡改的话。

“今年初，我们初步感觉到这是个问题，写了一篇1000多字的思想评论，发表在3月26日的《人民日报》上，题目叫《标准只有一个》，就是说检验真理的标准只能是实践。马列主义、毛泽东思想是真理，是指导我们实践的理论，但真理和真理的标准不同，不能把理论当做检验真理的标准。这篇文章只是提出这个问题，讲得很简单……”

在当时，“马列主义、毛泽东思想是真理”，但不是“检验真理的标准”这样很明白的道理，很多人并不明白。

浙江大学在当时的政治课考试中，出了这么一道题：“马列主义、毛泽东思想是不是真理的标准？”

很多学生交了白卷！

学生们为什么交白卷呢？

其实，学生心里想说“不是”，却又担心：“老师是不是想引导我们犯错误呢？”所以，干脆还是交白卷为好！

张成的文章，虽然简单，但是毕竟把这个众所关注的重要问题公开提了出来。

这位“张成”，是何等人物，鲜为人知。

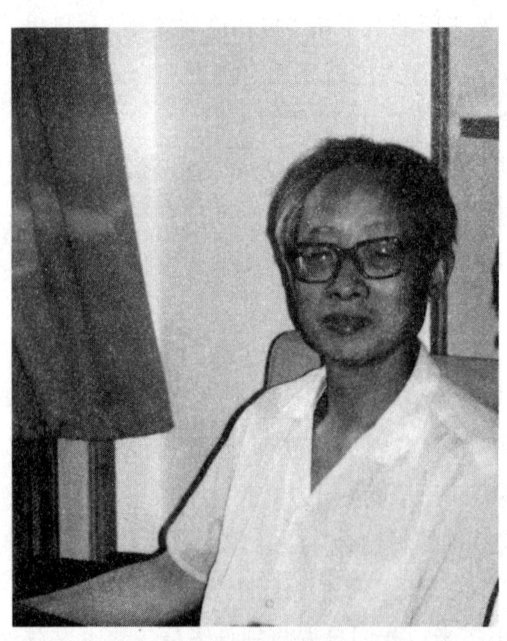
1978年3月26日，张德成以笔名“张成”在《人民日报》上首先发表了《标准只有一个》

为了了解“张成”文章的来历，笔者采访了当时《人民日报》理论部副主任汪子嵩。[1]

一头银灰色头发的汪子嵩，一派学者风度。他曾担任过北京大学哲学系党总支书记，后来调往《人民日报》理论部，而当时的主任则是何匡。

汪子嵩说，“张成”，实际上也就是张德成。张德成当时是《人民日报》理论部的编辑。不过，张德成在《人民日报》工作的时间很短，连他都不知道张德成现在在何处。

好在弄明白了“张成”即张

[1] 1996年5月23日采访于北京。

德成，几经曲折，笔者还是在北京找到了年已七十的张德成。[1]

戴着一副深度近视眼镜，头发花白的张德成向笔者回忆起往事……

张德成，四川自贡市富顺县人氏，出生于1926年，1953年加入中国共产党。

1954年任中共中央宣传部属下的《学习》杂志编辑。1958年任《红旗》杂志编辑。1969年到石家庄《红旗》杂志“五七干校”劳动。1975年调到河南省南阳地委政策研究室工作。1977年9月，调入《人民日报》理论部任编辑，工作了两年，于1979年10月调往中共中央书记处研究室（正式办理调离手续为1980年9月）。

笔者问张德成，那篇《标准只有一个》是怎么写出来的。

他说了一个颇为有趣的“故事”：

那时，《人民日报》理论部在主任何匡和副主任汪子嵩领导下，针对粉碎“四人帮”之后思想战线上诸多拨乱反正话题，提倡写“千字文”。即一题一文，短小精悍，说清道理，生动活泼。

何匡和汪子嵩出了一批题目，让理论部的编辑们“自由选择”，写成文章。

那时，张德成到《人民日报》工作不久，也就让老编辑们先选。轮到张德成时，那一批题目差不多都有“主”了，只剩下一个《标准只有一个》。张德成别无选择，只好奉命写《标准只有一个》。

张德成一着手，就发觉《标准只有一个》这题目很难做文章——怪不得这个题目没有人认领。

尽管难写，张德成花了几天时间，还是把文章写出来了，交到汪子嵩手里。

汪子嵩对张德成的文章，作了许多修改。接着，何匡也作了些修改。这样，文章决定发表。

发表时要署名。汪子嵩在文章上署了“张德成”三个字。张德成认为，汪子嵩和何匡对文章作了许多修改，出了很多力，怎么可以署他一个人的名字呢？于是，他随手把“德”字圈去，变成“张成”。

汪子嵩见了，开玩笑地对他说：“你怎么可以缺‘德’呢？！”张德成哈哈大笑起来。

后来，张德成也一直以为：“这篇只有1000余字的短文，事实上是当时《人民日报》理论部几位同志的集体作品，主要由我执笔。”[2]

---

[1] 1996年5月29日采访于北京。

[2] 张德成：《九十年代与中国社会主义》，145页，东北师范大学出版社1994年版。

这样，《标准只有一个》署名“张成”，在 1978 年 3 月 26 日《人民日报》发表了。

“张成”的文章一开头，就毫不含糊地说道：

> 真理的标准，只有一个，就是社会实践。这个科学的结论，是人类经过几千年的摸索和探讨，才得到的。

“张成”的文章论述了“在马克思主义产生以前，人们总是从认识、意志、思想、理论中去寻找真理的标准，因而，他们找不到真正的客观的检验真理的标准”。

文章列举了马克思、恩格斯、列宁对这一问题的见解：

> 马克思主义第一次科学地解决了人类认识历史上这个老大难的问题。马克思主义不同于以往的一切科学，它把社会实践引进了认识论，认为认识依赖于实践，实践是认识的基础。通过社会实践而发现真理，又通过社会实践而证实真理和发展真理。因此，只有社会实践才是检验真理的标准。马克思早在《关于费尔巴哈的提纲》中就明确提出，人的思维是否具有客观的真理性，这并不是一个理论的问题，而是一个实践的问题。恩格斯在《费尔巴哈和德国古典哲学的终结》中说，对一切哲学上的怪论的最令人信服的驳斥是实践。列宁在《哲学笔记》中再三强调：人应该以自己的实践证明自己的观念、概念、知识、科学的客观正确性。

“张成”着重谈到了毛泽东的《实践论》中的见解：

> 对这个问题作了最完整、最深刻的论述的，是毛主席的《实践论》。毛主席说，判定认识或理论之是否真理，不是依主观上觉得如何而定，而是依客观上社会实践的结果如何而定。真理的标准只能是社会实践。请注意！毛主席说的是“只能”，就是说，真理的标准，只有一个，没有第二个。除了社会实践，不可能再有其他检验真理的标准。

本来，关于真理的标准问题，毛泽东早已在《实践论》中已经谈得很清楚、很明白了，为什么这时又要拿出来重新谈论一番呢？

作者“张成”在文章的最后一段，点明了原因：

> 有的同志不愿意承认或者不满足于马克思主义的这个科学结论，总想在实践之外，另找一个检验真理的标准。当他们要判断理论是非、思想是非时，不管社会实践结果如何，而是看书本上是怎样讲的。这些同志不了解，即使书本上讲的是真理，但是，真理和真理的标准，是两个不同的概念。马克思主义是真理，这是不能怀疑的。但是，我们能说马克思主义就是检验真理的标准吗？当然不能这样说。因为马克思主义本身之所以是真理，也是由人类的社会实践来检验来证明的。认识、理论本身是不能自己证明自己的，它的真理性，最终只有通过社会的检验，才能加以确定。如果把理论也当做检验真理的标准，那就有两个标准了。这是不符合马克思主义的认识论的。

“张成”的文章，表面上似乎一直在谈论理论问题，但是如果把他的文章中的“马克思主义”换成“毛泽东思想”，那就清清楚楚是针对当时的现实的。

由于理论的“真理性，最终只有通过社会实践的检验，才能加以确定”，所以，毛泽东的某一句话、某一段指示、某一项政策是否正确，同样“最终只有通过社会实践的检验，才能加以确定”。

这篇思想评论，虽然通篇没有一句提到“两个凡是”，而实际上却在批判“两个凡是”。

这是从“实践是检验真理的唯一标准”这一角度批判“两个凡是”的第一篇文章。

只是这篇文章不长，是“千字文”，而且没有以显要地位发表，所以发表之后在当时没有引起太多的注意。

不过，“张成”文章的发表，却加速了胡福明文章的发表进程……

关键时刻来了杨西光

在“张成”的文章发表后的第 8 天，即 1978 年 4 月 4 日，《光明日报》对胡福明的文章又作了一些修改之后，决定在 4 月 11 日该报《哲学》专刊第 77 期上推出。

《光明日报》已经拼好《哲学》专刊第77期的大样：

这时，胡福明的文章约5000字左右，题目由原先的《实践是检验真理的标准》，改为《实践是检验一切真理的标准》，位于上半版，大约占整个版面的2/3篇幅。

下半版则是一篇题为《斥张春桥污蔑工人阶级的谬论》的文章。

就在胡福明的文章将发而未发这个关键的时刻，发生了关键性的变化：《光明日报》总编辑易人！

新总编辑是在3月被任命的。不早不晚，恰恰在4月上旬，他正式前来上班，坐进《光明日报》总编辑办公室。

说巧真巧，这位新总编辑居然算是胡耀邦的“学生”——虽说他跟胡耀邦同庚，但他是“文革”后中共中央党校第一期高级班的学员，而胡耀邦是副校长，当然可以算是他的“师长”。

此人名唤杨西光。

杨西光是安徽芜湖人氏。1933年，18岁的他加入中国共产主义青年团，1936年转入中国共产党。此后曾在重庆新闻记者学会工作。1940年入延安马列学院学习。

杨西光有着多年新闻工作经验。1949年后他曾历任《福建日报》总编辑，中共福建省委宣传部部长，中共上海复旦大学党委书记，上海《解放日报》总编辑。

此后，他担任中共上海市委常委，教育卫生工作部部长，中共上海市委书记处候补书记。当时，张春桥担任中共上海市委书记处书记，主管宣传。当年杨西光在上海的地位，只是略低于张春桥。

当“文革”之火在上海滩熊熊燃起，张春桥乘“火箭”上升，成为“中央文革”副组长，而杨西光则遭到批斗。上海的街头到处刷着这样的大字标语：“火烧陈丕显，揪出曹荻秋，打倒杨西光，砸烂常溪萍！”毛泽东曾十分赞赏这口号，居然能够一口气背出来。毛泽东说，红卫兵们也懂得“区别对待”了——“火烧”、“揪出”、“打倒”、“砸烂”，意味着“区别”。杨西光被列为第三档，在“打倒”之列，可见够呛。

杨西光的夫人庐凌，在“文革”中患肺癌去世。1975年，杨西光与季宝卿结婚。季宝卿曾担任过杨西光秘书。

在粉碎“四人帮”时，杨西光正在一家制药厂工作。不久，杨西光得以重新起用，出任上海市“革命委员会”（当时仍沿用“文革”中的名称）副主任，亦即相当于上海市副市长。

在中共中央党校复校、胡耀邦主持中共中央党校工作之际，杨西光被派往那里学习。杨西光在那里跟胡耀邦有了许多接触。杨西光听了胡耀邦多次报告，很佩服胡耀邦拨乱反正的勇气和见解。

1978年，杨西光没有回上海过春节，他去胡耀邦家拜年，两人作了长谈。

不久，胡耀邦出任中共中央组织部部长，得知《光明日报》总编辑缺人，便建议调杨西光担此重任。

胡耀邦调杨西光主笔《光明日报》，是为了改变北京中央报刊“二比二”的局面。

当时担任《光明日报》总编辑的杨西光，为发表《实践是检验真理的唯一标准》一文起了关键性的作用

据胡福明回忆，杨西光曾这样跟他谈及：

> 我在中共中央党校学习。学习结束时，胡耀邦同志找我谈话，要我到《光明日报》工作。耀邦同志说，北京四大报刊，二比二，《人民日报》《解放军报》是积极揭批“四人帮”，推动拨乱反正的，《红旗》杂志、《光明日报》是执行“两个凡是”的。现在要你去《光明日报》工作，就是要改变《光明日报》的面貌，把二比二变成三比一。[1]

据季宝卿回忆，在杨西光正式调动工作前，当时主持中共中央党校日常工作的冯文彬，曾征求过杨西光的意见。当时许多人劝杨西光别去《光明日报》，还是回上海为好。因为《光明日报》人地生疏，情况错综复杂，而总编辑工作又处于风口浪尖，缺乏“安全感”。不如回上海，人熟地熟。杨西光却是一位敢说敢为的人，他认为《光明日报》是很重要的宣传工作岗位，便于发挥自己的特长，也就同意组织上的安排，前往《光明日报》。[2]

---

[1] 胡福明：《真理标准大讨论的序曲——谈实践标准一文的写作、修改和发表过程》（续），《开放时代》1996年三四月号。

[2] 1996年5月26日采访于北京。

季宝卿说，杨西光是一个性格非常开朗的人。他从不隐瞒自己的观点，决不人云亦云，一旦他看准了，就坚决去做，毫不犹豫。他是一个对工作燃烧着高度热情的人。他喜欢工作，只是忙于工作。在他看来，只有在工作中度过，生命才有意义。他唯一的爱好是看书看报。杨西光读书面很广，政治、党史类的书要看，文艺书也爱看，常读《收获》杂志，自然科学的书也读了不少，每天必看中央电视台的《新闻联播》节目。由于工作太累，杨西光不断抽烟，每日两包，以致最后因气管炎转肺心病而去世。

在1978年3月，杨西光已经被任命为《光明日报》总编辑。但是，中共中央党校第一期高级班是在1978年4月初结业，所以杨西光在4月上旬走马上任《光明日报》总编辑。

就在杨西光刚刚坐进《光明日报》总编辑办公室不久，马沛文把准备在1978年4月11日刊出的第77期《哲学》专刊大样送给了杨西光，请这位新总编审阅。

据胡福明回忆，王强华后来告诉他："因为有不同意见，有争议，所以送给新任总编杨西光审阅。"[1]

杨西光一口气读完胡福明的文章，作出令人吃惊的决定：把这篇文章从"哲学"专刊上撤下！

作为总编，对文章握有生杀大权。杨西光难道要"杀"掉反复修改好多次的这篇文章？

不，不。杨西光作为经验丰富的总编辑，确实具备"慧眼"。尽管他并不知道这篇文章在他进《光明日报》之前已经改了多少遍，他却一眼就看出，这是一篇批判"两个凡是"的力作！

他觉得此文在"哲学"专刊上发表，不够醒目，不够突出。他要把此文放在《光明日报》头版位置醒目地推出。

杨西光的这一决定，充分显示了他的工作魄力和敏锐目光。

杨西光的这一决定，也表明了《光明日报》要"改变面貌"，脱离"两个凡是"的轨道。

正因为他准备把此文放在头版头条位置，所以他又觉得这篇文章分量还不够，还应作一些重大修改，以加强文章的针对性和战斗力，给"两个凡是"以

[1] 胡福明：《真理标准大讨论的序曲——谈实践标准一文的写作、修改和发表过程》，《开放时代》1996年一二月号。

有力的一击!

所以，杨西光看了胡福明文章后的意见可以归结为八个字，即：“主题重要，分量不够。”

为此，杨西光又决定：

第一，胡福明的文章不能局限于理论问题，而是应该从现实的思想斗争的需要出发，加强战斗性。文章要贯穿反对“两个凡是”，要作大修改。

第二，必须扩大这篇文章的影响。除了《光明日报》在头版推出之外，还要联合其他报纸加以转载。

也真巧，就在这关键的时刻，作者胡福明与南京大学哲学系两位教师一起，从南京到北京出席哲学研究所召开的全国哲学会议，住在北京左家庄朝阳区党校；

也真巧，就在这关键的时刻，有人告诉杨西光，中共中央党校的孙长江也在写一篇同一命题的文章。

这个“有人”，便是江春泽。江春泽毕业于复旦大学，而当时杨西光任复旦大学党委书记，有着师生之谊。这时，江春泽被抽调到全国宣传工作会议筹备组工作。消息灵通的江春泽，向杨西光通报了来自中共中央党校的重要信息。

这“三巧”凑在一起，即杨西光走马上任《光明日报》老总、胡福明来到北京、杨西光获知孙长江在写类似文章，促使事情发生了重大变化：

4 月 11 日，《光明日报》“哲学”专刊没有发表胡福明的文章。

4 月 13 日傍晚，王强华坐着杨西光那辆黑色的小轿车，先是到东直门外把刚刚抵京的胡福明接到光明日报社，接着又去把孙长江接来。

这样，五位核心人物，聚集在《光明日报》总编辑办公室。

这五位核心人物是：《光明日报》新老总杨西光，来自南京的胡福明，来自中共中央党校的孙长江，《光明日报》理论部负责人马沛文，责任编辑王强华。

胡福明见到了孙长江，客气了一番，称他为“孙老师”。这是因为胡福明 1959 年 9 月至 1962 年 11 月在北京的中国人民大学哲学研究班学习时，孙长江是哲学系教师，曾给胡福明教过先秦哲学的一部分，即《周易》。尽管孙长江的年龄跟胡福明相差不多，孙长江从 22 岁起就做教师，所以教过胡福明。

有杨西光挂帅，有胡福明和孙长江两位作者联手，加上马沛文和王强华参谋，汇成一支强大的力量。

杨西光作为总编辑，站得更高，看得更远。他看重胡福明的文章，就是因为可以用这篇文章狠狠地批判“两个凡是”——他的立意是非常明确的。

据杨西光夫人季宝卿回忆，杨西光在中共中央党校高级班学习期间，写信给她，便提及，他正在重温马克思主义的哲学。杨西光特别提及，他在细读毛泽东的《实践论》。他说，这次重温马克思主义的哲学，收益颇大，很难得有这样好的静心读书的机会。

在中共中央党校学习，学员们要写论文。当时，杨西光所选定的论文题目，便是《学习〈实践论〉》。他曾写出很详细的论文提纲。因为他在中共中央党校听了胡耀邦的关于要用实践来检验中共党史的报告，注意到实践是检验党的一切决策的唯一标准这一观点。所以，杨西光对这一问题进行了探讨。

也正因为杨西光在中共中央党校学习时，曾深入研究过这一论题，加上他作为高级干部，深知当时中共高层围绕“两个凡是”所展开的尖锐斗争，所以他能站得高，看得远。

诚如马沛文接受笔者采访时所说，当时他虽然也知道要批判“两个凡是”，但是并不知道“两个凡是”背后的那些深刻的高层斗争。杨西光则不同。杨西光站得比他高，比作者高。正因为这样，杨西光对于发表《实践是检验真理的标准》一文，起了关键性的作用。

在那个难忘的夜晚，在决定《实践是检验真理的标准》一文命运的那次会议上，杨西光先是征询胡福明和孙长江的意见：“你们认为该怎么改？”

胡福明说了自己的意见：“要从理论上讲透！”

孙长江也说了自己的意见：“要侧重于路线上讲透！”

听了胡福明和孙长江的意见后，杨西光谈了对文章的重要修改意见。

王强华在一侧，记下了杨西光的讲话要点。以下是王强华笔记本上所记杨西光讲话的要点原文：

> 完全、准确的毛泽东思想体系。
>
> 从马克思主义开始就有。我们党的历史上王明路线。
>
> 提高一些。
>
> 毛——想继承符合马列原理。
>
> 同时也是发展的，实践。
>
> 马克思主义本身不是检验真理的标准。
>
> 理论本身的作用也要讲。
>
> 指出寻找真理的明灯、途径。

本身不是检验标准。

理论本身。理论实践关系。

本文讲了三部分：

（1）理论

（2）本身

（3）现实

可以讲得更明确些。结构。

最后一部分放什么地方。

高潮。

在揭批“四人帮”中间出现的问题。

流毒的尾巴仍在最后。

（1）

（2）例子本身少一些，论述多一些。

例子太长，就有些沉闷。

如何对待经典著作。

联共党史的话。真理、路线与实践。

明朗：真正高举毛主席旗帜。

注意：完整、准确的毛泽东思想。

二条符合基本原理。

实践检验。

怎样研究探讨毛泽东思想。

两个凡是。

理论作用。

科学与民主。

文化与民主。[1]

虽说王强华的记录过于简略，但是从杨西光的思路还是可以清楚地看出：要强调“完整、准确的毛泽东思想”，强调“实践检验”，以求批判“两个凡是”。

王强华说，最后两行“科学与民主”、“文化与民主”，是杨西光给胡福明

---

[1] 转引自马沛文提供给本书作者的《光明日报》评论部《关于〈实践是检验真理的唯一标准〉一文写作和发表的经过》附件八。

和孙长江出的两个题目，希望胡福明和孙长江继续为《光明日报》写作这方面的文章。

据胡福明回忆，这次会议的意见是这样的：

当时，大家提了一些修改意见。归纳起来说，有几点：第一，要加强理论联系实际，批判“句句是真理，一句顶一万句”，冲破“四人帮”设置的禁区，打碎“精神枷锁”，宣传解放思想、实事求是，要加强针对性、战斗力，对准“两个凡是”。第二，文章的论述要更充分一些，再深一些，同时理论上更严谨、更完整一些，不能授人以柄。讨论结束时，杨西光同志要我按照大家提的意见，继续修改。这次会上，给我印象最深的是理论部主任马沛文同志的发言。马沛文同志主张公开点名批判“两个凡是”。[1]

《光明日报》评论部后来把那次讨论的意见，归结为以下五点：

（1）宗旨是要坚持实践是检验真理的标准这一马克思主义的基本观点，完整地、准确地理解毛泽东思想，解放思想，批评“两个凡是”，冲破禁区；

（2）从各方面充分论证实践是检验真理的标准，一切正确的理论都来源于实践，又反过来指导实践，阐述理论指导实践，实践检验理论的辩证关系；

（3）要充分论证马克思主义是不断发展的，马克思主义的导师都曾经用实践来修正自己的观点，检验和发展自己的理论；

（4）更加有力地批判林彪、“四人帮”的反动理论，鲜明地批判把马克思主义当成宗教信条的愚昧思想，批判“圣经上载了的才是对的”的教条主义倾向；

（5）真正高举马列主义、毛泽东思想的旗帜，而且马克思主义要永葆青春，使理论更具有活力和指导作用。[2]

---

[1] 胡福明：《真理标准大讨论的序曲——谈实践标准一文的写作、修改和发表过程》，《开放时代》1996年一二月号。

[2] 转引自马沛文提供给本书作者的《光明日报》评论部《关于〈实践是检验真理的唯一标准〉一文写作和发表的经过》。

胡耀邦一锤定音

胡福明这样回忆当时在北京对文章进行修改的情形：

> 白天参加哲学讨论会，晚上则修改《实践是检验真理的标准》这篇文章。哲学研究所的邢贲思、陈筠泉、李今山等同志，都知道我在修改文章，同宿舍的周抗（上海社科院）、黎克明（华南师范学院）、张明（曲阜师范学院）同志，也知道我在修改文章。南大哲学系的李华钰、马淑鸾同志，更知道我在修改文章，还读过我的修改稿。那时，我晚上修改好文章，第二天早上《光明日报》通讯员就把稿子拿走，傍晚又把修改后的小样送来。这样往返了三四次。[1]

胡福明修改稿的清样，到了杨西光的手中。

在杨西光看来，这篇文章应是摧毁“两个凡是”的一发重磅炮弹，所以，杨西光对于这篇文章寄予了很大的期望，要求也很高。

在胡福明结束了哲学讨论会之后，杨西光把胡福明接到了《光明日报》招待所，杨西光多次去看望胡福明，跟他交换意见。

杨西光告诉胡福明：“这篇文章要请胡耀邦同志审定，他站得高。他在中共中央党校成立了理论研究室，办了个内部刊物，叫《理论动态》。发表在《理论动态》的文章，都要经过胡耀邦同志审阅批准。所以，我们这篇文章要交给中共中央党校理论研究室修改，请胡耀邦同志审阅，先在《理论动态》发表，《光明日报》第二天就公开发表。”

杨西光向胡福明“透底”，使胡福明意识到这篇文章已经成了非同寻常的文章。

也正因为杨西光把胡福明的文章作为非同寻常的文章看待，所以反复看了胡福明修改稿小样，又请马沛文和王强华对胡福明的稿子进行了一次修改。

《光明日报》于4月20日又一次排出小样。

在这次修改中，马沛文在文章的第三节，加了一段极为重要的话，用“影

---

[1] 胡福明：《真理标准大讨论的序曲——谈实践标准一文的写作、修改和发表过程》，《开放时代》1996年一二月号。

射”的手法批评了“两个凡是”。

马沛文借马克思和恩格斯对《共产党宣言》进行重要修改一事，加以发挥道：

> 马克思、恩格斯对《宣言》的态度，给我们以很大的启发。他们并不认为自己的学说一开头就是完美的，绝没有把它看作一次完成的“绝对真理”，而始终用辩证法观点严肃地看待自己的学说，用实践来检验自己的理论。他们并不认为凡是自己讲过的话都是真理，也不认为凡是自己的结论都要维护。

马沛文借马克思、恩格斯“并不认为凡是自己讲过的话都是真理，也不认为凡是自己的结论都要维护”，来隐晦地点名批评了“两个凡是”。

杨西光把4月20日的小样派人送中共中央党校吴江那里，并嘱胡福明前往吴江那里听取吴江的意见。

据胡福明回忆：

> 按照杨西光同志的嘱咐，我去中央党校看望吴江同志，听取吴江同志的意见。吴江同志充分肯定了文章，向我谈了修改意见。他的基本观点是：加强理论联系实际，论证充分一些，文章写得周密一些，以增强战斗力。他的意见很好。在他桌上，放着杨西光同志给他送去的《实践是检验真理的标准》的一份小样，吴江同志在上面写了几句话，我随即在《光明日报》的稿纸上记了下来：
>
> “杨西光同志：
>
> 写得不错，是一篇有力的说理文章。
>
> 吴江 4月22日”
>
> 这张稿纸，我还保留着，用科学方法当可鉴定《光明日报》当年的稿纸与我当年的字迹。[1]

吴江看了4月20日的修改稿，还曾指出：“稿子写得有勇气，理论逻辑上

---

[1] 胡福明：《真理标准大讨论的序曲——谈实践标准一文的写作、修改和发表过程》，《开放时代》1996年一二月号。

差些，要理好，并加以提高。”

杨西光则提出，“要突出马克思主义有生命力、要永葆其青春的观点”。

4月23日、24日，杨西光、马沛文、王强华再次讨论4月20日的小样，并对文章进行了许多修改。

杨西光作为总编辑，反复斟酌着马沛文加的那段话。经过再三考虑，杨西光还是决定“忍痛割爱”！因为“两个凡是”毕竟是“英明领袖”的话，毕竟是中央两报一刊社论中的话，不便于如此直言不讳地点穿——尽管《实践是检验真理的唯一标准》一文就是为了批判“两个凡是”而写的，但是在写作中又不能不讲究斗争的策略。

这样，经过再次修改，又排出新的小样。新的小样的改动和补充处颇多。对于马沛文原先所加的那段话，改掉了两个“凡是”的字样：

> 马克思恩格斯对待《宣言》的态度告诉我们：坚持马克思主义，指的是坚持马克思主义的体系，即基本理论和立场观点方法。坚持实践标准，就是科学态度，否认实践标准，就会陷入蒙昧主义。

据马沛文提供给本书作者的《光明日报》评论部1985年1月20日所写《关于〈实践是检验真理的唯一标准〉一文写作和发表的经过》中指出，这几天的修改共分五个方面：

> 第一，文章的结构由三大段改为四大段。全文论述了检验真理的标准是社会实践；理论与实践的统一是马列主义的基本原则；马克思主义的导师怎样用实践来检验自己的理论；是否完整、准确地掌握马列主义、毛泽东思想体系，是否正确执行马克思主义路线，都由实践来检验等四个问题。修改后篇幅增加了1/3。
>
> 第二，文章的思想性和针对性前进了一步。改样的题目和内容都明确地提出，实践是检验真理的唯一标准，别无其他标准。与此同时孙长江在送出的20日的改稿上，也把文章题目改为《实践是检验真理的唯一标准》。从《实践是检验真理的标准》《实践是检验一切真理的标准》到《实践是检验真理的唯一标准》，文章的主题一步一步地深化了。
>
> 第三，文章突出了邓小平同志关于要完整地、全面地理解马列主义、毛泽东思想体系的观点，批判了“两个凡是”的观点。20日修改稿的第

三部分，在谈到马克思、恩格斯在《共产党宣言》发表后的45年中，一直根据实践来检验《宣言》的时候，增加了这样的话："他们并不认为凡是自己讲过的话都是真理，也不认为凡是自己的结论都要维护。"

后来考虑到当时的情况，在23日、24日的改稿中，改得比较含蓄："他们并不认为自己讲过的一切言论都是真理，也不认为自己作出的所有结论都不能改变。"

第四，文章阐述了理论与实践的辩证关系，指出了理论的巨大作用，又强调马列主义、毛泽东思想之所以有力量，正是由于它们高度概括了实践经验，使之上升为理论，并用来指导实践。

第五，文章的结尾部分分量加重了。这一次修改，明确指出"科学无禁区。凡是有'禁区'的地方，就没有科学"，强调现在存在的"禁区"，有待于我们以马列主义、毛泽东思想为武器来把它冲破。

就在这个节骨眼上，《光明日报》有人反对发表这篇《实践是检验真理的唯一标准》。反对者以为，发表这篇文章，将使《光明日报》"与中央处于对立的地位"。

杨西光置之不理，他非常坚决地要发表《实践是检验真理的唯一标准》一文。

杨西光指示把新的修改稿小样——4月23日、24日修改稿——再送中共中央党校，请吴江、孙长江提出意见。

这时，吴江向孙长江提出一项重要建议，即把孙长江写的文章和胡福明的文章捏在一起！因为两篇文章都是论述"实践是检验真理的唯一标准"，各有优点，不如把各自优点合在一起，以加强文章的分量。

据孙长江告诉笔者，当时他写的文章，已经写了一个多月了。[1]

杨西光也以为吴江的意见很好。

孙长江也同意了。

由于胡福明离开北京回南京去了，于是，杨西光请孙长江动手，以胡福明的文章为基础，进行一次大修改，题目改为《实践是检验真理的唯一标准》。

孙长江对笔者说，加上"唯一"两字是极为重要的。强调了"唯一"，那就是说，除了实践之外，再也没有别的检验真理的标准。也就是说，马列主义、

---

[1] 1996年5月25日采访于北京。

毛泽东思想不是检验真理的标准。所以，这“唯一”两字，把概念说得非常明确。孙长江强调说，“唯一”两字是文章的灵魂，加上“唯一”两字，使文章提高了一个层次。

据王强华回忆，当时《光明日报》张义德也建议加上“唯一”两字，可以说是与孙长江不谋而合。

后来，《实践是检验真理的唯一标准》发表之后，汪东兴果然对“唯一”两字兴师问罪，认为是“砍旗”。

但是，孙长江找出毛泽东的一段指示，内中有一句：“实践是唯一的标准。”

这下子，“两个凡是”派们无话可说！

孙长江说，本来，实践就是检验真理的唯一标准嘛，这是马克思主义哲学的基本原理。毛泽东是不是讲过“唯一”，都不影响这一基本原理的客观存在。但是，在当时的情况下，在与“两个凡是”的斗争中，却不能不用毛泽东的话，来堵“两个凡是”派的嘴。

关于这次大修改，《光明日报》评论部《关于〈实践是检验真理的唯一标准〉一文写作和发表的经过》是这么谈及的：

> 孙长江同志修改的稿子，与4月23日、24日的改稿比较，保持了基本观点，质量上有了提高。
>
> 文章对原来的稿子作了不少删削，约一半多段落是重写的，对真理和社会实践作了定义式的简明界说，使逻辑和文字叙述以及定论都更加清楚，更加精确；文章又加了毛主席在1958年修改三年前写的《中国农村社会主义高潮》按语中个别提法的例子，使文章的论据增加了分量。
>
> 文章最后一段写得更加有力，提出要反对躺在马列主义、毛泽东思想的现成条文上，并指出共产党人要有责任心和胆略，要研究生动的实际生活，研究新的实践中提出的新问题，这就使现实问题的针对性有了加强。
>
> 文章还加了小标题，使主题和表述更加鲜明。文章在公开发表时，对超越实践设置“禁区”的现象又加重了批判，说这不仅造成蒙昧主义，还会变为“唯心主义”、“文化专制主义。”[1]

---

[1] 转引自马沛文提供给本书作者的《光明日报》评论部《关于〈实践是检验真理的唯一标准〉一文写作和发表的经过》。

胡福明也认为：

孙长江老师下了很大力气，修改《实践是检验真理的唯一标准》一文。这里谈谈他作的修改：

第一，把文章梳理了一下。我修改后的文章是四部分，孙长江老师对四部分作了调整……

第二，对文章的观点作了分析发挥。如孙长江老师对“只有实践才是检验真理的标准”这个观点作了发挥，指出“只有”、“才是”就表明检验真理的标准只有一个，以说明实践是检验真理的唯一标准……

第三，孙老师的修改，使文章精练了，去掉了一些重复的词句……[1]

4 月 27 日，吴江在孙长江修改后的文稿上方，写了这么一段话：

孟凡同志：

请即排印 15 份［送胡（耀邦）、杨（西光）、作者——航空发出，各一份］5 月 10 日那期用。

吴江

4 月 27 日[2]

吴江所说的“5 月 10 日那期用”，是因为《理论动态》逢五或者逢十出版。《实践是检验真理的唯一标准》一文，已经箭在弦、剑出鞘，马上要向“两个凡是”发动攻击。

这时，华国锋正忙于准备出访。

对于华国锋来说，领导农业是他的特长，而外交则是他的“特短”。然而，作为国家元首，总不能一年到头坐在国内。华国锋要改善自己的领袖形象，要以中国国家元首身份出访。

华国锋要访问的，当然首先是社会主义国家。

---

[1] 胡福明：《真理标准大讨论的序曲——谈实践标准一文的写作、修改和发表过程》（续），《开放时代》1996 年三四月号。

[2] 转引自马沛文提供给本书作者的内部资料《关于〈实践是检验真理的唯一标准〉一文写作和发表的经过》附件十二。

就中国相邻的社会主义国家来说，当时苏联、蒙古和中国关系紧张，毛泽东称他们为“修正主义”，所以华国锋也就对他们很冷淡。越南在胡志明时代原本与中国关系很好，这时却与中国交恶，在国内掀起反华排华浪潮，以至中国政府不得不照会越南政府。跟中国关系最好的邻国，当然首推朝鲜。

朝鲜劳动党中央总书记、共和国主席金日成一直和中国领导人毛泽东、周恩来保持着亲密的友谊。

理论动态60

内部刊物 注意保存

中共中央党校理论研究室 1978年5月10日

实践是检验真理的唯一标准

检验真理的标准是什么？这是早被无产阶级的革命导师解决了的问题。但是这些年来，由于“四人帮”的破坏和他们控制下的舆论工具大量的歪曲宣传，把这个问题搞得混乱不堪。为了深入批判“四人帮”，肃清其流毒和影响，在这个问题上拨乱反正，十分必要。

检验真理的标准只能是社会实践

怎样区别真理与谬误呢？一八四五年，马克思就提出了检验真理的标准问题：“人的思维是否具有客观的真理性，这并不是一个理论的问题，而是一个实践的问题。人应该在实践中证明自己思维的真理性，即自己思维的现实性和力量，亦即自己思维的此岸性。关于离开实践的思维是否具有现实性的争论，是一个纯粹经院哲学的问题。”（《马克思恩格斯选集》第一卷第16页）这就非常清楚地告诉我们，一个理论，是否正确反映了客观实际，是不是真理，只能靠社会实践来检验。这是马克思主义认识论的一

·1·

1978年5月10日，《实践是检验真理的唯一标准》在中共中央党校内部刊物《理论动态》首先发表

华国锋决定访问朝鲜。他在1978年5月4日上午乘专车离开北京，邓小平、李先念、汪东兴三位中共中央副主席前往北京车站为他送行。华国锋所率的代表团成员中，有耿飚、陈慕华、黄华等，还有中共中央候补委员、中共中央办公厅副主任张耀祠。

代表团在5日上午11时50分到达平壤，金日成到车站迎接。华国锋沉浸于5月的鲜花和欢迎的歌声之中。

5月10日，华国锋结束对朝鲜的访问。

5月11日，华国锋回到北京，叶剑英、邓小平等到车站迎接。正是在这一天，《光明日报》以头版地位推出了《实践是检验真理的唯一标准》一文，给了“两个凡是”以沉重的一击！

其实，这篇《实践是检验真理的唯一标准》在前一天——5月10日——先在中共中央党校的内部刊物《理论动态》第60期先行发表，文末注明“《光明日报》供稿，本刊作了些修改”。

《光明日报》组织写作的文章，为什么要先在中共中央党校的《理论动态》上发表呢？这除了因为吴江和孙长江是在中共中央党校理论研究室工作之外，更重要的是，杨西光深知此文非同小可，应该主动争取胡耀邦的指导和支持。

当时，胡耀邦担任中共中央组织部部长，跟《光明日报》没有直接的领导

关系。杨西光无法以《光明日报》的名义将《实践是检验真理的唯一标准》一文送胡耀邦审阅。但是，杨西光知道，在中共中央党校《理论动态》上发表的文章，事先都要经过胡耀邦审阅。因为胡耀邦当时虽然已经担任中共中央组织部部长，但是仍兼任中共中央党校副校长。这样，杨西光决定先将此文交《理论动态》发表，便可以借助于《理论动态》的途径，使此文在正式发表前，听取胡耀邦的意见……

如此巧妙“设计”的送审途径，足见杨西光用心之良苦。

《理论动态》发表《实践是检验真理的唯一标准》一文，明明中共中央党校的孙长江是作者之一，却在文末注明“《光明日报》供稿”。据孙长江告诉笔者，这样加注，有着在当时不便明说的原因：这篇文章是批判“两个凡是”的，而华国锋当时是中共中央党校校长，《理论动态》作为中共中央党校的刊物有所不便，胡耀邦也有所不便。所以，文末特地注明“《光明日报》供稿”，表示《理论动态》是转载外稿。孙长江说，这一条在当时不便说明的原因，谁都不明说，但是谁心中都明白。

把《实践是检验真理的唯一标准》一文先交《理论动态》发表，内中还有一位人物在幕后牵线。此人便是《理论动态》编辑组长孟凡。

据孟凡告诉笔者，他与杨西光有着很深的战友之情。[1]

孟凡是山东黄县人，生于1919年。

1946年，孟凡在华东野战军联络部调研科担任副科长时，科长便是杨西光。

1947年，中共中央华东局成立教导总团，负责教育起义、投诚以及被俘的国民党团以上的高级军官。杨西光担任总团的教育长，而孟凡则担任总团的训练处副处长。

这样，孟凡和杨西光有着难忘的共事之谊。

杨西光原先的夫人庐凌，曾是孟凡领导下的科员，孟凡还是庐凌的入党介绍人。

后来，在1958年，孟凡下放到上海，担任上钢五厂副厂长，而杨西光当时担任上海复旦大学党委书记，他俩又在上海重逢。

正因为杨西光和孟凡有着很深的历史渊源，所以在粉碎“四人帮”之后，杨西光进入中共中央党校高级班学习，便与在中共中央党校工作的孟凡过从甚密。再说，不论是杨西光还是孟凡，又都非常崇敬胡耀邦，跟胡耀邦有着许多

---

[1] 1996年5月27日采访于北京。

交往。

所以，有了孟凡这位老战友的帮助，杨西光跟《理论动态》有了许多联系。

由于《实践是检验真理的唯一标准》一文决定先在《理论动态》上发表，而《理论动态》的文章在发表前照例要送胡耀邦审阅。这样，杨西光就争取到了胡耀邦的支持。

头一回，胡耀邦在清样上画了一个圈，改了一个字，改了一些标点。胡耀邦画的那个圈，是“圈阅”之意。这表示胡耀邦同意发表此文。

此文修改后，又送胡耀邦审阅。

胡耀邦第二次审阅，是在1978年5月6日下午。

胡耀邦看了之后说：“我认为这个稿子可以了。”胡耀邦还提出两点修改意见。

也就是说，胡耀邦为《实践是检验真理的唯一标准》一文最后拍板了。

胡耀邦对《实践是检验真理的唯一标准》一文的肯定，使杨西光心中有了主心骨。

《光明日报》终于推出“特约评论员”文章

不过，杨西光又为如何署名费思量。

本来，胡福明文章一直署胡福明的名字，孙长江的文章则署孙长江的名字。合并之后，4月27日，由吴江签发的《实践是检验真理的唯一标准》一文，文前没有署名，文末括号内加了这么一行字：“《光明日报》供稿，作者胡福明同志，本刊作了修改。”

1978年5月10日，《理论动态》第60期刊出《实践是检验真理的唯一标准》一文，文前也没有署名，文末括号内注明这么一行字：“《光明日报》供稿，本刊作了修改。”

显然，《理论动态》删去了原尾注中的“作者胡福明同志”7个字。

《理论动态》为什么要删去“作者胡福明同志”这7个字呢？

这是因为中共中央党校有人提出了意见。

马沛文提供给本书作者的《关于〈实践是检验真理的唯一标准〉一文写作和发表的经过》中，是这么谈及的：

此时中央党校有同志提出意见，认为文章很多段落已重写，后来改的过程中胡福明同志没有参加，又来不及听取他的意见，而且其中有些观点是领导和其他同志的，因此再署原作者的名字已不恰当。经再三斟酌，中央党校理论研究室决定将原注改为“《光明日报》社供稿，本刊作了修改”。[1]

这里所说的“中央党校有同志”，并非孙长江。孙长江对于如何署名，在当时丝毫不计较。但是中共中央党校理论研究室“有同志”提出了意见，于是决定仅注“《光明日报》供稿，本刊作了修改”。

孙长江还透露，这“本刊作了修改”一句，原本是“本刊作了较多修改”。后来删去了“较多”两字，以减轻中共中央党校的“参与”的分量。内中的原因如前所述，因为华国锋当时是中共中央党校校长，“本刊”——《理论动态》——是中共中央党校的刊物，发表反对校长的文章，不能不格外小心。“较多修改”无疑表明《理论动态》深深地卷入了此文的写作。所以，不能不把“较多”两字删去。

尽管《理论动态》已经对文末的只有一句话的注释反复推敲，但是《实践是检验真理的唯一标准》一文在《理论动态》发表后，还是使作为中共中央党校校长的华国锋和第一副校长的汪东兴深深的不快。后来，中共中央党校举行开学典礼，胡耀邦请华国锋来讲话，华国锋不去；胡耀邦请汪东兴来讲话，汪东兴也不来。于是，给胡耀邦造成很大的压力……这是后话。

眼下，此文要由“供稿”的《光明日报》发表，在《光明日报》上又该如何署名呢？

照理，此文应署：“胡福明、孙长江。”然而，杨西光却决定改署“本报特约评论员”！

为什么杨西光要改署“本报特约评论员”呢？

这“特约评论员”名义倒并非杨西光的创造，并非《光明日报》的创造，却是最早见于《人民日报》。

曾任《人民日报》总编辑的李庄，写过一篇《“本报特约评论员”》的文章，十分详细地记述了这一特殊的名义在那特殊的年月所起的特殊的作用：

---

[1] 转引自马沛文提供给本书作者的《光明日报》评论部《关于〈实践是检验真理的唯一标准〉一文写作和发表的经过》。

《人民日报》不署作者姓名的评论，从社论、编辑部文章、观察家到短评、编者的话等等，十多种名称，读者比较熟悉。只有“本报特约评论员”这个名称，从1978年2月开始，到1981年5月，用了3年多时间，以后很少再用。但这个名字给读者留下了深刻印象，在我国新闻史上应该记上一笔。当时不少兄弟报刊也用这个名字，发表了不少好文章，《人民日报》大多摘要转载，以《解放军报》的为多。[1]

李庄这样谈及“特约评论员”的来历：

在读者心目中，《人民日报》的评论员以署名“人民日报编辑部”的分量最重。远的如两论“无产阶级专政的历史经验”，已成为国际共产主义运动论战中的历史文献。近的如1977年11月1日刊登的《毛主席关于三个世界的理论是对马克思列宁主义的重大贡献》，对当代国际形势的变化和国际阶级斗争作了精辟的分析，当天《人民日报》6个版，全部登载这一篇文章，为创刊以来所仅见。这类文章质量高，数量少，都为有关机关精心准备，中央慎重审改，《人民日报》实际没有做多少工作。社论也受读者重视，它们代表党报的意见，更重要的是传达党中央和有关领导的声音。《人民日报》社论都由受中央委托的领导同志过目，最重要的由中央主要领导同志批准。

这本来是《人民日报》得天独厚的条件，但在某种特殊情况下也造成一些困难。1977年2月7日宣扬“两个凡是”的“两报一刊”社论，是党中央分管宣传的汪东兴同志决定、华国锋同志批准的，当时就非登不可。我们曾经考虑组织一些文章，用社论形式发表，展开讨论，进行反驳，但这种社论绝难在宣扬“凡是”的同志手中通过。为了绕过这一关，曾考虑作评论员文章发表，又担心在读者心目中分量不够。想来想去，想到“特约评论员”这个名称。它不必送审，又能引起读者较大的关注，好主意！

杨西光决定也采用“特约评论员”的名义，出于以下两点：第一是富有权威性；第二是可以不必送审。

[1] 李庄：《〈人民日报〉风雨四十年》，330~331页，人民日报出版社1993年版。

内中第二条特别重要。本来，重要的文章送审，也是应该的，只是考虑到当时送审要送到汪东兴手里，这篇《实践是检验真理的唯一标准》就可能胎死腹中！

据云，杨西光的主意，来自胡耀邦：本来，不署“社论”，署“评论员”文章，为的是避免报审。但是，由于当时《人民日报》已经多次使用“评论员”名义，汪东兴又规定，重要的“评论员”文章也要送审。为此，胡耀邦建议杨西光用“本报特约评论员”名义。这“本报特约”，意味着不是“本报评论员”，而是约写的外稿。既然是外稿，当然也就不必送审了。

当时，胡耀邦是这么说的：“用‘特约评论员’的名义，表明不是报社写的，而是社外同志个人写的，可以不代表党报，不送审也就更有理由。”

杨西光的头脑是很清醒的：遵照胡耀邦的意见，这篇文章特意署“本报特约评论员”名义，避免了送汪东兴审阅。

然而，胡耀邦作为中共中央组织部部长和中共中央党校副校长，与《光明日报》没有直接的领导与被领导关系，而杨西光却把此文事先交中共中央党校《理论动态》发表，借此“争”得胡耀邦的审阅！

所以，杨西光的“送审”，以及“送”哪里“审”，有着妙不可言的“天机”。

胡福明也曾这样回忆杨西光对他所谈改署“特约评论员”一事：

> 他说：“福明同志，我要跟你商量一个问题。这篇文章发表在第一版，不以你的名义发表，而以本报‘特约评论员’的名义发表，这样可以加重文章的分量。我们没有约你写这篇文章，但是现在我们聘请你做《光明日报》的特约评论员，你就是《光明日报》的特约评论员。你看行不行？”我爽快地表示：“行。”我说：“我写这篇文章，是为了批判‘两个凡是’，为了拨乱反正。文章发表后，能起更大作用就好。”当时，我只考虑如何批判“两个凡是”，推进拨乱反正。到4月底，在文章的小样上，都署我的名字，文章发表时署名“本报特约评论员”，让人觉得这篇文章来头很大，特别引人注目。这正是运用“本报特约评论员”名义所希望达到的效果。以上情况《光明日报》的同志大概是知道的。我想，聘请《光明日报》的特约评论员应该是总编辑杨西光同志职权范围内的事。[1]

[1] 胡福明：《真理标准大讨论的序曲——谈实践标准一文的写作、修改和发表过程》（续），《开放时代》1996年三四月号。

在《实践是检验真理的唯一标准》一文见报前，杨西光还在自己可靠的朋友圈内征求对这篇文章的意见。

据杨西光夫人季宝卿回忆，在《实践是检验真理的唯一标准》一文发表前，杨西光还曾把清样送金冲及，请他提意见。金冲及曾与杨西光共事于上海复旦大学，后来，金冲及担任中共中央文献研究室副主任。金冲及当时看了清样，对杨西光说："我赞成！"[1]

杨西光还给季宝卿看了《实践是检验真理的唯一标准》的清样。季宝卿看后则说："我担心会出问题。"

杨西光很坚决地说："我不怕！我已经是60多岁的人了，'文革'都过来了，还怕什么？"

杨西光还很严肃地说："你要作好思想准备，如果出什么事，我将承担全部责任！但是，我相信，我是做我应该做的事情，我没有错。"

季宝卿又说："文章中批评'圣经上载了的才是对的'，会不会惹麻烦？"

杨西光说："那是毛主席说的话，他们不敢说三道四的。"

杨西光在主持发表《实践是检验真理的唯一标准》一文中，起了重要作用。所以，在杨西光去世后，《光明日报》所载杨西光生平中用这样一句话来概括和评价杨西光："主持修订和果断公开发表"《实践是检验真理的唯一标准》。[2]

就这样，在1978年5月11日，《光明日报》以头版位置推出了酝酿了9个月之久、反复修改多次、署名"本报特约评论员"的《实践是检验真理的唯一标准》一文，掀起了一场批判"两个凡是"的理论风暴。

---

[1] 1996年5月26日采访于北京。

[2]《光明日报》1989年5月25日。

第九章　尖锐对立的 20 天

◎《光明日报》“特约评论员”的文章，引起“两个凡是”派们的激烈反对。汪东兴说此文是“砍旗”。胡耀邦却说：“理论问题要勇敢。”邓小平发表长篇讲话，有力地支持了《实践是检验真理的唯一标准》一文。

11 日：征讨“两个凡是”的檄文发表

本来，《实践是检验真理的唯一标准》是打算以《光明日报》头版头条位置推出的。

不过，由于那天有重要新闻，所以《实践是检验真理的唯一标准》只能屈居头版二条位置，占了头版下半版，再转到第二版。

那天头条的重要新闻，是关于华国锋的。《光明日报》的大字标题是：

满载朝鲜人民对中国人民的深情厚谊
华主席离平壤回国　金主席车站热烈欢送

配合这一新闻，还刊登了在平壤车站，华国锋和金日成握手告别的照片。

耐人寻味的是，下半版刊登的却是征讨“两个凡是”的檄文——《实践是检验真理的唯一标准》。只是在当时，很少有人知道这“上半版”与“下半版”之间的深刻斗争。

后来，外国记者这样加以评论：“‘实践派’发动这场大辩论之前，为了先声夺人，一战即胜，保密工作做得很好，‘凡是派’全被蒙在鼓里，一点没有察觉。据悉《光明日报》发表这篇文章时，恰逢华国锋访问朝鲜之际，‘凡是派’根本来不及作出及时、有效的反应。该文披露于世后，汪东兴、纪登奎联名致电华国锋，汇报这件事，并认为这件事牵涉甚广，后果堪忧，向华请示应付的方针。华接报后，主张持慎重态度。”[1]

也就是说，外国记者已经敏锐地观察到中共中央主要领导分为两派：一派坚持“两个凡是”，被称之为“凡是派”；另一派坚持“实践是检验真理的唯一标准”，被称之为“实践派”。

---

[1] 杰斯·布莱：《外国人眼中的中共群星》，311 页，四川人民出版社 1991 年版。

实践是检验真理的唯一标准

本报特约评论员

检验真理的标准只能是社会实践

理论与实践的统一，是马克思主义的一个最基本的原则

1978 年 5 月 11 日，《光明日报》以特约评论员的名义公开发表《实践是检验真理的唯一标准》一文，震动了全国。从此，在全国范围内掀起“真理标准”大讨论

“凡是派”与“实践派”之间，展开了激烈的论战。

《剑桥中华人民共和国史》也曾作了这样的评价：

> 1978 年 5 月 11 日，《光明日报》刊登了一篇用笔名发表的文章，题目是《实践是检验真理的唯一标准》，这篇文章成了拥邓力量的第二次呐喊。文章的作者胡福明当时是南京大学哲学系老师，中共党员。后来他自称，1977 年秋他把这篇文章送去发表，反对“两个凡是”，完全是自己主动做的，因为他意识到，如果不驳斥“两个凡是”那样的教条，邓就没有重新掌权的希望。

《实践是检验真理的唯一标准》这篇文章在写作时就很明确，是针对“两个凡是”而写的。且不说作者最初的立意、构思，在责任编辑王强华所作《光明日报》总编杨西光的讲话记录上，白纸黑字，写得明明白白。

不过，令人奇怪的是，这篇文章从头至尾却没有半句提到“两个凡是”！

显而易见，这纯粹出于斗争艺术的需要，行文不能不讲究“迂回曲折”。因为在那时，华国锋还是最高领袖，还不能正面冲击“两个凡是”，所以《实践是检验真理的唯一标准》只能打着“深入批判‘四人帮’”这样的旗号。

前已述及，《实践是检验真理的唯一标准》一文中本来是有一句“点”到“两个凡是”的：

（马克思、恩格斯、列宁）他们并不认为凡是自己讲过的话都是真理，也不认为凡是自己的结论都要维护。

但是，为了避免正面冲击，授“两个凡是”派以柄，杨西光考虑再三，还是把这句话删去了。

文章一开头，便点明主旨在于“为了深入批判‘四人帮’”：

检验真理的标准是什么？这是早被无产阶级的革命导师解决了的问题。但是这些年来，由于“四人帮”的破坏和他们控制下的舆论工具大量的歪曲宣传，把这个问题搞得混乱不堪。为了深入批判“四人帮”，肃清其流毒，在这个问题上拨乱反正，十分必要。

《实践是检验真理的唯一标准》分四大段加以论述，分别加上了这样的小标题：

检验真理的标准只能是社会实践
理论与实践的统一，是马克思主义的一个最基本的原则
革命导师是坚持用实践检验真理的榜样
任何理论都要不断接受实践的检验

批判“两个凡是”，也就是要批判“两个主席”的“左”的错误。可是，文章却巧妙地用“两个主席”来批判“两个主席”，令“两个凡是”派无话可说。

文章先是引用了华国锋的一段话：

正如华主席所指出：“毛主席从来对思想理论问题采取极其严肃和慎重的态度，他总是要让他的著作经过一段时间的实践的考验以后再来编定他的选集。”

接着，文章列举了毛泽东是如何“让他的著作经过一段时间的实践的考

验”的：

> 毛主席一贯严格要求不断用革命实践来检验自己提出的理论路线。1955年毛主席在编辑《中国农村的社会主义高潮》一书的时候，写了104篇按语。当时没有预料到1956年以后国际国内所发生的阶级斗争的新情况，因此，1958年在重印一部分按语时毛主席特别写了一个说明，指出这些按语“其中有一些现在还没有丧失它们的意义。其中说：1955年是社会主义与资本主义决战取得基本胜利的一年，这样说不妥当。应当说：1955年是在生产关系的所有制方面取得基本胜利的一年。在生产关系的其他方面以及上层建筑的某些方面即思想战线方面和政治战线方面，则或者还没有基本胜利，或者还没有完全胜利，还有待于尔后的努力”。（《毛泽东选集》第五卷225页）

这就是说，毛泽东在1958年便认为自己在1955年所作出的论断“不妥”。说得更明白些，也就是毛泽东在1955年所作出的这一论断经实践检验是错误的！

这样引用了华国锋的话，又用毛泽东自己的话声言自己的“不妥”，令“两个凡是”派无懈可击。

作者精心地这样论述，是为了证明毛泽东的话并非“句句是真理”——连毛泽东本人都以为自己的一些话“不妥”嘛！既然毛泽东的话并非“句句是真理”，对毛泽东也就不能“两个凡是”了！

所以，文章强调了“实践是检验真理的唯一标准”，对这一早已由马克思、恩格斯、列宁以及毛泽东本人反复论述过的基本原理，进行再论述。

文章针对“两个凡是”派把毛泽东著作当作神圣不可侵犯的“圣经”而加以批驳道：

> 革命导师这种尊重实践的严肃的科学态度，给我们极大的教育。他们并不认为自己提出的理论是已经完成了的绝对真理或“顶峰”，可以不受实践检验的；并不认为只要是他们作出的结论不管实际情况如何都不能改变；更不要说那些根据个别情况作出的个别论断了。
>
> 他们处处时时用实践来检验自己的理论、论断、指示，坚持真理，修正错误，尊重实践，尊重群众，毫无偏见。他们从不容许别人把他们的言

论当做“圣经”来崇拜。

这就是说，马列著作以及毛泽东著作都非“圣经”，他们也不容许别人把他们的言论、著作当作“圣经”。

文章指出，毛泽东曾批评过把马列著作当作“圣经”，认为只有“圣经上载了才是对的”：

> 林彪、“四人帮”为了篡党夺权，胡诌什么“一句顶一万句”“句句是真理”。实践证明，他们所说的绝不是毛泽东思想的真理，而是他们冒充毛泽东思想的谬论。
>
> 现在“四人帮”加在人们身上的精神枷锁，还远没有完全粉碎。毛主席在第二次国内革命战争时期曾经批评过的“圣经上载了的才是对的”（《论反对日本帝国主义的策略》）这种倾向依然存在。无论在理论上或实际工作中，“四人帮”都设置了不少禁锢人们思想的“禁区”，对于这些“禁区”，我们要敢于去触及，敢于去弄清是非。科学无禁区。凡有超越于实践并自奉为绝对的“禁区”的地方，就没有科学，就没有真正的马列主义、毛泽东思想，而只有蒙昧主义、唯心主义、文化专制主义。

这里点名批判林彪、“四人帮”，实际上暗指“两个凡是”派。因为“两个凡是”派把毛泽东的话当成“句句是真理”，把毛泽东著作当成“圣经”。

虽说《人民日报》在1978年3月26日发表了张成的《标准只有一个》一文，打响了“真理标准”论战的第一炮。但是，真正有分量、引起广泛注意和强烈反响的，是《光明日报》这发重磅炮弹——《实践是检验真理的唯一标准》。

对于《实践是检验真理的唯一标准》这一发重磅炮弹，胡耀邦曾在当时给友人的一封信中预言：“这篇文章将载入历史。”

后来的历史，证明了胡耀邦的判断完全正确，这篇文章确实载入了历史。

12日深夜：吴冷西来电

《实践是检验真理的唯一标准》在《光明日报》发表的那天，在平静中度过。

这也许因为《光明日报》是一张面向知识界的报纸，人们以为《实践是检验真理的唯一标准》是一篇“学术性”文章，没有太在意。

第二天，风暴骤起。这是因为许多家报纸转载了《实践是检验真理的唯一标准》，表明这篇文章“颇有来头”，引起中共高层的关注。

杨西光是老报人，深知要打响《实践是检验真理的唯一标准》这一炮，光靠《光明日报》的影响还不够。所以，他请报界同仁——新华社、《人民日报》和《解放军报》给予支持。

在《实践是检验真理的唯一标准》发表之前，杨西光就向新华社社长曾涛、《人民日报》总编辑胡绩伟和《解放军报》社长华楠通报了情况，打了招呼。他们曾向杨西光打听文章的“来头”。因为在当时，他们对于没有“来头”的文章，不敢随便转载、转发。杨西光告诉他们，此文经胡耀邦阅定。

这样，在《光明日报》发表《实践是检验真理的唯一标准》一文的当天，新华社就转发了这篇文章——在通常的情况下，只有重要文章，才会被新华社所转发。

由于新华社的转发，所以在第二天，即 5 月 12 日，有 7 家省市级大报转载了《实践是检验真理的唯一标准》。5 月 13 日，转载的省市级大报有 16 家。

更重要的是，《人民日报》和《解放军报》在 5 月 12 日转载了《实践是检验真理的唯一标准》。

也就是说，《人民日报》《解放军报》《光明日报》这一回站在一起，打破了往日的“二比二”，形成了“三比一”的局面。

《人民日报》是中共中央机关报。平日的惯例总是《光明日报》转载《人民日报》的文章，《人民日报》转载《光明日报》的文章是不多见的，而且被转载的文章也就被看成是非同一般的文章。正因为这样，许多人注意起《实践是检验真理的唯一标准》这篇文章，是从《人民日报》转载引发的。

果真，《人民日报》的转载，引起了一位权威人士的密切关注。这位权威人士在《人民日报》转载的当天夜里，对《实践是检验真理的唯一标准》一文进行了激烈的批评。

那是夜里 11 时，一个电话打到《人民日报》总编室。正在值夜班的《人民日报》总编辑胡绩伟一边接听电话，一边作记录。电话称《实践是检验真理的唯一标准》一文“砍旗”，影响“很坏很坏”。

所谓“砍旗”，也就是“砍毛泽东思想伟大红旗”。

笔者采访了当事人胡绩伟。[1] 据胡绩伟回忆，他当时左手持电话耳机，右手作记录。胡绩伟说，这是他在报社工作多年所养成的工作习惯，因为报社常常接到上级部门的电话，必须一边听，一边记录，便于贯彻、便于传达，也便于日后查核。

以下是胡绩伟所记的电话记录：

这篇文章犯了方向性的错误。理论上是错误的，政治上问题更大，很坏很坏。

文章否认真理的相对性，否认马克思主义的普遍真理。文章说马克思主义要经过长期实践证明以后，才是真理，列宁主义关于帝国主义时代个别国家可以取得革命胜利的学说，只有经过第一次世界大战和十月革命的实践以后，才能证明是真理。就是说列宁提出这个学说时不是真理，一定要等到23年以后，实践证明了才是真理。那么，人们怎么会热烈拥护，会为之贯彻执行而奋斗呢？文章是提倡怀疑一切，提倡真理不可信、不可知，相对真理不存在，真理开初提出时不是真理，要经过实践检验才是真理。这是原则错误。

文章在政治上很坏很坏。作者认为“四人帮”不是修正主义，而是教条主义，不是歪曲篡改毛泽东思想，而是死抱着毛主席的教条不放，因而现在主要不应反“四人帮”，反修正主义，而是应该反教条主义。如文章所说的，要粉碎人们的精神枷锁，就是要反对“圣经上说了才是对的”，所谓冲破禁区，就是要冲破毛泽东思想。文章结尾认为当前要反对的就是“躺在马列主义毛泽东思想的现成条文上，甚至拿现成公式去限制、宰割、裁剪无限丰富的革命实践”，就是要反对所谓教条主义，要向马列主义开战，向毛泽东思想开战。

文章用很大篇幅讲马克思、恩格斯如何修改《共产党宣言》，毛主席如何修改自己的文章，作者的意思就是要提倡我们去怀疑毛主席的指示，去修改毛泽东思想，认为毛主席的指示有不正确的地方，认为不能把主席指示当做僵死的教条，不能当圣经去崇拜。很明显，作者的意图就是要砍旗。文章批判林彪“一句顶一万句”，“句句是真理”，难道一句顶一句也不行？难道句句都不是真理才对吗？

---

[1] 1996年5月24日采访于北京。

毛泽东思想是我们团结的基础，如果都去怀疑主席指示有错，认为要修改，大家都去争论哪些错了，哪些要改，我们的党还能团结一致吗？我们的国家还能安定团结吗？所以这篇文章在政治上要砍倒毛泽东思想这面红旗，是很坏很坏的。[1]

当时担任《人民日报》总编辑的胡绩伟，曾在"真理标准"大讨论中起了重要作用

这个电话，是吴冷西打来的。

胡绩伟告诉笔者，他接完吴冷西的电话，便把所记电话记录交付排印。半小时后，电话记录就印好了。胡绩伟把这一电话记录分送给杨西光等有关人士。

胡绩伟以为，吴冷西的电话，并不是代表吴冷西个人，也不是一次普通的电话。那口气完全是上级训斥下级的味道。吴冷西的电话，不是随便说的，讲得很有逻辑性，层次分明，观点鲜明。

正因为这样，胡绩伟印发了吴冷西的电话记录，在小范围内供有关人士参考。

另据杨西光夫人季宝卿告诉笔者，那天晚上，她和杨西光住在北京一家宾馆里。当时，她和杨西光尚未在北京安家，中共中央宣传部把他们临时安排住在北京一家宾馆里。不过，杨西光由于工作很忙，平日住在报社里，很少去那家宾馆。《实践是检验真理的唯一标准》一文发表后，杨西光松了一口气，那天晚上和季宝卿去宾馆住。他们在宾馆的电话号码，很少有人知道，可是，半夜却忽地响起了电话铃声……[2]

电话是胡绩伟打来的。胡绩伟向杨西光通报了吴冷西电话的内容。在胡绩伟看来，吴冷西的电话是冲着《实践是检验真理的唯一标准》一文来的，而《实践是检验真理的唯一标准》首先是《光明日报》发表的，他除了要把排印好的

---

[1] 转引自陶铠、张义德、戴晴：《走出现代迷信》，47~49页，湖南人民出版社1988年版。
[2] 1996年5月26日采访于北京。

吴冷西电话记录派人送给杨西光之外，赶紧先打个电话给通报这一突发情况。

季宝卿记得，杨西光听罢胡绩伟转达的吴冷西电话内容，这么对胡绩伟说道："不去管他！他爱怎么说，随便他怎么说。《实践是检验真理的唯一标准》这篇文章没有错！"

接完电话，季宝卿问起出了什么事，杨西光简略地向她说了几句。

说罢，杨西光便呼呼大睡，没有把刚才的电话放在心里。可是，季宝卿却一夜没有睡好……

"电话事件"迅速在中共高层传开。

据吴明瑜告诉笔者，于光远曾这样风趣地评价了"电话事件"："《实践是检验真理的唯一标准》其实是'老生常谈'，而那个电话却立了'大功'，一下子使人们注意起那篇'老生常谈'来了。"[1]

吴江也这么说：

> 公平地说，首先对文章提出指责的吴冷西（"毛办"成员）有功劳，如果没有吴冷西的指责，正像当时于光远同志告诉我的：他看这篇文章只把它当做一个马克思主义的常识问题，浏览一下就放下了。吴冷西同志并不像于光远那样浏览一下就放下，我想这也不奇怪，因为他是"毛办"成员，与提出"两个凡是"有关，因此他对这个问题有高度的敏感。[2]

所以，从某种意义上讲，"电话事件"立了大功！

吴冷西曾是《人民日报》第二任总编

吴冷西是中国新闻界重要领导人，曾任《人民日报》第二任总编辑。

粗略地罗列一下中共中央机关报《人民日报》的"总编史"，便可以看出，每到中国历史的转弯口，《人民日报》往往要更替总编辑：

《人民日报》虽说早在 1946 年 5 月 15 日便在河北邯郸创刊，但那只是中共晋冀鲁豫边区中央局的机关报。

---

[1] 1996 年 5 月 28 日采访于北京。

[2] 吴江：《十年的路》，37 页，香港镜报文化企业有限公司 1996 年 2 月第 2 版。

一个月后，在河北平山县，《人民日报》与《晋察冀日报》合并，仍称《人民日报》，但只是中共中央华北局的机关报。

直至 1949 年 8 月，《人民日报》才改为中共中央机关报。

1949 年 10 月，邓拓被任命为中共中央机关报《人民日报》第一任总编辑。

1957 年 6 月，中国到了一个历史的转弯口——全国掀起“反右派运动”——毛泽东派吴冷西前往《人民日报》，担任第二任总编辑。

1966 年 5 月，中国又到了一个历史的转弯口——全国掀起“无产阶级文化大革命”——毛泽东派陈伯达到《人民日报》“夺权”，吴冷西下台。

不久，1966 年 6 月，唐平铸担任《人民日报》代总编辑。唐平铸“代”不了多久，到 1967 年 1 月下台。

后来，鲁瑛被任命为《人民日报》第三任总编辑。

1976 年 10 月，中国又到了一个历史的转弯口——粉碎“四人帮”——鲁瑛下台。

1977 年 1 月，胡绩伟被任命为《人民日报》第四任总编辑。

也就是说，《人民日报》第一任总编辑邓拓是从新中国成立至“反右派”开始；

第二任总编辑吴冷西是从“反右派”至“文革”开始；

第三任总编辑鲁瑛则是“文革”至粉碎“四人帮”；

第四任总编辑胡绩伟则从粉碎“四人帮”开始……

在这四任总编辑之中，吴冷西主持《人民日报》笔政的时间最长，整整 9 年。在这 9 年中，吴冷西还同时兼任新华社社长。另外，自 1961 年下半年胡乔木因病休养，吴冷西还兼任中共中央宣传部副部长。

吴冷西，1919 年生，广东新会人氏。1937 年先后入延安抗日军政大学、马列学院学习。1938 年加入中国共产党。1939 年起，先后担任中共中央机关刊物《解放》半月刊干事，延安《解放日报》编辑、国际评论部主任。1948 年起，先后任新华社编辑部主任、副总编辑、总编辑、社长。

接着，便是担任《人民日报》总编辑达 9 年之久。在这 9 年中，毛泽东与吴冷西之间有着颇为密切的联系，毛泽东有许多批件是批给吴冷西的。因为毛泽东认为什么文章值得在《人民日报》上发表，总是批示吴冷西。

吴冷西在“文革”中挨批斗。1967 年春，吴冷西甚至受到“军事监护”，投入狱中。内中的重要原因之一，是因为在“文革”前，他是以彭真为首的“‘文化大革命’五人小组”的“五人”之一。由这个小组制定的《二月提纲》，遭到严厉批判，彭真下台，也就导致吴冷西下台。

1966 年 5 月底，毛泽东派陈伯达率工作组进驻《人民日报》，夺了吴冷西的权。

毛泽东即便在这样严肃的时刻，仍不失幽默感。他说："陈伯达的扫帚不到，吴冷西的灰尘照例不会自己跑掉。"

毛泽东在这里所说的"扫帚"和"灰尘"，源于他在 1945 年 8 月 13 日延安干部会上所作的演讲，即《抗日战争胜利后的时局和我们的方针》中的一段话。这段话后来被编入"红宝书"《毛主席语录》，在"文革"中成了家喻户晓的名言：

> 人民靠我们去组织。中国的反动分子，靠我们组织起人民去把他打倒。凡是反动的东西，你不打，他就不倒。这也和扫地一样，扫帚不到，灰尘照例不会自己跑掉。[1]

毛泽东把陈伯达称作"扫帚"，把吴冷西比作"灰尘"。此言一出，吴冷西也就被"扫"出《人民日报》，"扫"出新华社，"扫"出中共中央宣传部，"扫"进了监狱。

在 1975 年，吴冷西一度复出，担任国务院政治研究室和《毛泽东选集》材料组领导成员。

粉碎"四人帮"之后，吴冷西在 1977 年担任中共中央毛泽东著作编辑委员会办公室副主任。

作为《人民日报》的第四任总编辑，胡绩伟跟《人民日报》第二任总编辑吴冷西是多年老同事。他们之间通个电话，原本是很普通的事。不过，吴冷西 1978 年 5 月 12 日夜的那次电话，对于《实践是检验真理的唯一标准》一文提出严厉批评，非同寻常，所以胡绩伟赶紧作了笔录。

对于胡绩伟所记的电话记录，吴冷西后来提出异议，认为他的原话并非胡绩伟所记的那样。

吴冷西根据他自己的记忆，复述了那次电话的内容。现把吴冷西所述电话内容，也照录于下，供读者诸君明鉴：

---

[1]《毛泽东选集》第四卷，1077 页，人民出版社 1966 年版。

（一）这篇文章提出“实践是检验真理的唯一标准”这个原则，是马克思主义认识论的常识，这是没有疑问的。但是文章中既然提出“理论与实践的统一，是马克思主义的一个最基本的原则”，就应当全面地阐述理论和实践的相互关系。可是文章只强调了理论来源于实践并受实践检验，而没有充分说明理论是实践的概括和理论对实践的指导作用，没有像十一大制定的党章那样明确指出“中国共产党的指导思想和理论基础是马克思主义、列宁主义、毛泽东思想”。这就割裂了毛主席在《实践论》中关于理论与实践相互关系的学说的完整性。文章这种观点是片面的，因而在理论上是错误的。

（二）这篇文章在第一节中引用了《实践论》的话：“马克思列宁主义之所以被称为真理，也不但在于马克思、恩格斯、列宁、斯大林等人科学地构成这些学说的时候，而且在于尔后革命的阶级斗争和民族斗争的实践所证实的时候。”但是，文章的第二节却改变了毛主席这个完整的观点，片面地说列宁关于帝国主义时代个别国家或少数国家可以取得社会主义革命胜利的学说，只有在第一次世界大战和十月革命实践之后，才证明是真理。按照文章的这个观点，列宁在提出这个学说时不是真理，不是分析帝国主义的特征和总结国际无产阶级革命运动的实践的科学结论；也就是说，一个科学理论，只有实现了才是真理，还没有实现就不是真理。那么读者会提出这样的疑问：现在全世界还没有一个国家实现共产主义，马克思主义关于共产主义的科学理论是不是真理呢？100 多年来无数先烈和亿万人民为什么要为之英勇奋斗呢？全世界的共产党存在和他们的斗争，岂不是没有根据，没有必要了吗？

党的十一大提出的新时期的总路线和总任务，是不是要等到 23 年后实现了四个现代化之后才是真理呢？按照作者的逻辑，全国人民热烈拥护四个现代化是不可理解的，我们党动员群众为之实现而奋斗也是没有根据的。文章的这种观点，实际上是提倡怀疑一切，提倡不可知论，提倡相对主义，否认相对真理，这是严重的理论错误。

（三）这篇文章的基本内容，不是用实践标准来检验“四人帮”反革命修正主义，而是要检验和修改马列主义、毛泽东思想。文章用很大的篇幅讲马克思、恩格斯和毛主席如何犯了错误和修正错误，接着指出，不仅革命导师的个别论断要修改，而且他们的理论都可以修改，也就是说要修改马列主义、毛泽东思想的基本原则。虽然文章也提了一下马克思主义的基本原理必须坚持，但这并不能掩盖文章的基本倾向是要修改马列主义、毛泽东思想。

文章提出这样的观点，会引起思想混乱，读者会提出：这究竟是要举旗还是砍旗？我不说毛主席没有任何缺点错误。他的某些话，某些指示以至个别结论，如果已经实践证明是错误的，或者已经不适合于新的情况的，当然应当修改。但这样做也要非常慎重，时机要适当，方式方法要适当。毛泽东思想是要发展的，它要随着三大革命运动实践的发展而发展。但是，作为一个思想体系的毛泽东思想，是我们全党全军全国人民团结的基础。我们对待毛泽东思想的态度，应该按照党的十一大确定的那样，就是高举和捍卫毛泽东思想的伟大旗帜，完整地准确地领会和掌握毛泽东思想体系。如果不是这样，而是像这篇文章那样公开在报纸上号召修改毛泽东思想，把干部和群众引到去争论毛泽东思想哪些是对的，哪些是错的，哪些要修改，那么我们党还能团结吗？按照这篇文章的这些错误观点去宣传，会在国内引起很坏的反应，在国际上也会引起很坏的反应。

（四）这篇文章把“四人帮”强加在人们身上的精神枷锁，同毛主席过去批判过的“圣经上载了的才是对的”倾向，相提并论，这就混淆了修正主义和教条主义的界限，按照文章的逻辑，“四人帮”似乎真的信奉马列主义、毛泽东思想，他们的错误只在于把马列主义、毛泽东思想当做教条，犯了教条主义的错误，而不是他们根本篡改和歪曲了马列主义、毛泽东思想，不是修正主义，不是一伙反革命。文章认为，现在主要是批判教条主义，批判那些“躺在马列主义、毛泽东思想的现成条文上，甚至拿现成公式去限制、宰割、裁剪无限丰富的飞速发展的革命实践”错误倾向。这就颠倒主次，方向错了，是不符合党的十一大提出的批判“四人帮”的反革命修正主义谬论的任务的。[1]

13日：胡耀邦说“历史潮流滚滚向前”

一波接着一波，一浪连着一浪。

就在吴冷西打了电话的翌日——1978年5月13日——有人到胡耀邦家中，

[1] 转引自陶铠、张义德、戴晴：《走出现代迷信》，49~52页，湖南人民出版社1988年版。

很严肃地对胡耀邦说："《实践是检验真理的唯一标准》这篇文章起了很坏的作用，把党中央主要领导人的分歧，公开暴露在报纸上！"

他说，在粉碎"四人帮"之后，放在首位的是党内的安定团结，尤其是主要领导人之间的团结。发表《实践是检验真理的唯一标准》这样的文章，显然不利于党内的团结，特别是不利于党的主要领导人之间的团结。

就在吴冷西打了电话的翌日，《光明日报》发表了中国科学院高能物理研究所研究员何祚庥的文章《真理的标准只能是社会实践——从宇称不守恒的发现说起》。《光明日报》发表这篇文章，显然是请自然科学家们为《实践是检验真理的唯一标准》摇旗助威。

就在这一天，又有人给新华社社长曾涛打了电话说："新华社不该转发《实践是检验真理的唯一标准》这篇文章。《实践是检验真理的唯一标准》是一篇错误的文章。"

曾涛当即表示不同意。

据云，后来这位打电话者曾对别人这么说及《实践是检验真理的唯一标准》：

"理论上是荒谬的，思想上是反动的，政治上是砍旗帜的。新华社和《人民日报》犯了错误。"

这里所说的"旗帜"，也就是指"毛泽东思想伟大红旗"。"砍旗"，也就是"砍毛泽东思想伟大红旗"，这是很严重的罪名。

就在这天下午，胡耀邦在北京东城富强胡同家中，召开中共中央党校《理论动态》编辑组会议。跟往常的会议不同的是，《人民日报》社派出两人出席了会议。

《人民日报》社来的人，出示了《人民日报》所排印的吴冷西昨夜打给胡绩伟的电话记录。接着，大家对《实践是检验真理的唯一标准》是不是"砍旗"进行了讨论。

发表《实践是检验真理的唯一标准》一文，可能会引起争论，对于这一点，大家原本已经有思想准备，但是反应会这样激烈、这样迅速，却出乎意料。

有人转告胡耀邦，华国锋称："理论问题要慎重。"胡耀邦马上针锋相对反驳道："理论问题要勇敢！"

胡耀邦很坦然。他说，历史潮流滚滚向前，这是任何人也无法阻挡的。

有人建议以胡耀邦所说的"历史潮流滚滚向前"为题，写一篇反驳文章。胡耀邦同意了。胡耀邦说，文章可以从真理越辩越明写起，写出历史潮流滚滚向前，不可阻挡。

后来，中共中央党校果然写出了《历史潮流滚滚向前》一文，发表于1978年6月30日第70期《理论动态》上。同日，《人民日报》头版右半版，以大半版的篇幅发表了这篇文章，署名“岳平”。

这篇文章指出：

> 还有一种人，不属于林彪、“四人帮”的帮派体系，但是中林彪、“四人帮”的毒很深。这些同志在路线上、思想上、感情上、作风上对林彪、“四人帮”那一套比较舒服，对人民起来揭批林彪、“四人帮”总是不那么舒服。他们的思想脉搏，同亿万人民跳不到一块，人民高兴的，他们不高兴。他们迈的步子，也就同新的历史条件格格不入，成为前进的阻力。

这里所说的“还有一种人”，不言而喻，是指“两个凡是”派们。

17日：汪东兴质问“哪个中央的意见？”

就在胡耀邦就吴冷西的电话作出表态后的第4天，也就是《实践是检验真理的唯一标准》一文发表后的第6天，1978年5月17日，事态升级了，中共中央副主席汪东兴表态了！

这天，汪东兴在一个小会上，“与政治局的几位同志谈了自己的看法”。这“政治局的几位同志”，即华国锋、纪登奎和吴德。

汪东兴以为，《实践是检验真理的唯一标准》一文的要害，是把毛泽东思想称为“枷锁”、“禁区”。

汪东兴用三句话概括《实践是检验真理的唯一标准》一文：“此文理论上是荒谬的，思想上是反动的，政治上是砍旗帜的。”

汪东兴问：“此文署‘特约评论员’。‘特约’，约的是谁？不知道！”

汪东兴还说：“如果实践是检验真理的唯一标准，那么现在党所提出的十一大路线是不是真理？是否要等到四个现代化实践之后，实践证明了才是真理？”

汪东兴指出：“理论问题要慎重。特别是《实践是检验真理的唯一标准》和《贯彻执行按劳分配的社会主义原则》两篇文章，我们都没有看过。党内外议论纷纷，实际上是把矛头指向主席思想。我们的党报不能这样干，这是哪个中央的意见？要坚持、捍卫毛泽东思想。要查一查，接受教训、统一认识、下不为例。当然，对于活跃思想有好处，但《人民日报》要有党性，中宣部要把好关。”

汪东兴所说的两篇文章中的《贯彻执行按劳分配的社会主义原则》一文，是以“《人民日报》评论员”名义在 1978 年 5 月 5 日《人民日报》上发表的。

汪东兴批评《人民日报》说：“《人民日报》没有党性！”

汪东兴还批评了张平化。汪东兴问，你这个中共中央宣传部部长是怎么当的？是怎么把关的？

华国锋也终于表态了。华国锋要求中共中央宣传部门的某些负责人，对于“真理标准”的讨论“不表态”、“不卷入”。

汪东兴的讲话，涉及了《贯彻执行按劳分配的社会主义原则》一文。

很巧，《实践是检验真理的唯一标准》是在华国锋访朝归来那天发表的，而《贯彻执行按劳分配的社会主义原则》一文则是华国锋赴朝鲜那天发表的。

1978 年 5 月 5 日，《人民日报》头版头条新闻的标题是：

> 应金日成主席的邀请进行正式友好访问
> 华主席离开北京前往朝鲜
> 邓小平、李先念、汪东兴副主席，宋庆龄副委员长等到车站热烈欢送。

就在这条新闻下方，《人民日报》以头版下半版位置醒目发表了《贯彻执行按劳分配的社会主义原则》。此文颇长，转往第三版后，占了整整一版。

《贯彻执行按劳分配的社会主义原则》这篇文章指出，一定要按照中共中央的决策，大张旗鼓地宣传和坚定不移地执行按劳分配原则，掀起社会主义劳动竞赛和社会主义建设的高潮。

《人民日报》这篇评论员文章是国务院政治研究室在胡乔木主持下起草的，发表前曾送邓小平审阅。

1978 年 3 月 28 日，邓小平在与国务院政治研究室负责人谈话时，曾这样指出：

> 国务院政治研究室起草的《贯彻执行按劳分配的社会主义原则》这篇文章我看了，写得好，说明了按劳分配的性质是社会主义的，不是资本主

义的。有些地方还要改一下，同当前按劳分配中存在的实际问题联系起来。

我们一定要坚持按劳分配的社会主义原则。按劳分配就是按劳动的数量和质量进行分配。根据这个原则，评定职工工资级别时，主要是看他的劳动好坏、技术高低、贡献大小。

政治态度也要看，但要讲清楚，政治态度好主要应该表现在为社会主义劳动得好，做出贡献大。处理分配问题如果主要不是看劳动，而是看政治，那就不是按劳分配，而是按政分配了。总之，只能是按劳，不能是按政，也不能是按资格。[1]

邓小平的谈话清楚表明，《人民日报》发表的《贯彻执行按劳分配的社会主义原则》一文，是经过他审阅的。

另外，这篇文章也曾送当时主管经济的中共中央副主席李先念审阅。

至于《实践是检验真理的唯一标准》一文，如前所述，是经胡耀邦亲自审定的。

汪东兴质问："这是哪个中央的意见？"显然，他把邓小平、李先念、胡耀邦视为另一个"中央"了！

18 日：张平化向各地"打招呼"

紧接着，1978 年 5 月 18 日上午，中共中央副主席汪东兴召见中共中央宣传部部长张平化以及熊复、王殊。

1966 年"文革"之初，当陶铸担任中共中央宣传部部长时，熊复曾担任中共中央宣传部副部长，不久就被打倒。1975 年，熊复在国务院政治研究室工作。1978 年，熊复在毛泽东主席著作出版委员会办公室工作。此时，熊复刚刚被任命为《红旗》杂志新总编，已于前一天到《红旗》杂志编辑部上任。

王殊则是刚刚离任的《红旗》杂志总编辑。据王殊告诉笔者，他长期担任驻外大使，就连"文革"期间也只回国一年多，所以他对国内的情况很不熟悉，而《红旗》杂志又是中共中央理论刊物，担负着指导全党理论工作的重任，他

[1]《邓小平文选》第二卷，101 页，人民出版社 1994 年版。

深感力不从心。[1]

正因为王殊对国内情况不熟悉，所以他最初对那篇中央两报一刊社论《学好文件抓住纲》中提出的“两个凡是”，并没有迅速看出方向性的错误。接着，对于围绕《实践是检验真理的唯一标准》错综复杂的斗争，他也没有像杨西光、胡绩伟、华楠这三报负责人以及新华社社长曾涛那样旗帜鲜明。

王殊认为，自己不适宜于再当《红旗》杂志总编辑。于是，他给中共中央主席华国锋写了信，要求回到外交界工作。但是，华国锋没有同意。这可能由于华国锋注意到王殊对待《实践是检验真理的唯一标准》的态度，跟杨西光等有所不同。华国锋当然不希望《红旗》杂志也批“两个凡是”。

王殊却是真心诚意希望离开宣传部门，所以不得不又给中共中央副主席邓小平写了同样内容的信。

邓小平倒是爽快地同意了王殊的请求。这样，王殊调离《红旗》杂志，担任外交部副部长。

王殊的继任者熊复，是中国新闻界资深的“老人”。

汪东兴召集他们开会，为的是就熊复接替王殊出任《红旗》杂志总编辑谈一些意见。

在谈了新旧总编交接问题之后，接着，汪东兴说道：“理论问题要特别慎重。《人民日报》就很不慎重。特别是讲实践标准和按劳分配两篇文章就很不慎重，在党内外引起议论纷纷。（对这两篇文章，事先）我们都没有看过。这是哪个中央定的？要查一查。按劳分配这样大的问题，牵涉到党的政策，怎么能不送审呢？实践标准一文很不好，矛头是对着毛主席的。（我们）要捍卫毛泽东思想。”

汪东兴特别嘱咐张平化道：“平化同志你要把关。”

既然汪东兴要张平化“把关”，当天下午，张平化便急急邀请全国教育工作会议的代表团团长们到钓鱼台宾馆开会。

全国教育工作会议于1978年4月22日起在北京召开。开幕这天，主管科学、教育的中共中央副主席邓小平在大会上发表了讲话。会议开了20多天，在5月16日闭幕。各代表团正准备“打道回衙”。就在这时，张平化紧急召开代表团团长会议，是因为代表团的团长们，要么是各省市的文教书记，要么是宣传部部长。张平化想趁他们回去之前，就“真理标准”的宣传问题跟他们打

[1] 1996年5月30日采访于北京。

个招呼，把汪东兴的意见转告他们。

张平化的话，不像汪东兴那样直露。他先是很“客观”地说：“《光明日报》发表的《实践是检验真理的唯一标准》这篇文章，我听到截然相反的两种意见，一种是很好，一种是很坏。我看了一遍，还没有摸透；至少证明这是一篇重要文章。大家都可以找来看一看。小范围内可以发表不同意见，比如在省、市、区党委领导班子内。”

接着，张平化对这篇“重要文章”加以“旁敲侧击”：“不要以为《人民日报》发表了，就成了定论了。今后不管《人民日报》或新华社发出的稿子，只要有不同意见，都可以议论，并希望向中宣部反映。毛主席说过，不论从哪里来，都要用鼻子嗅一嗅。表态不要随风倒，应该按真理办事；是真理就坚持，不是就不要坚持；态度要鲜明，不隐瞒自己的观点。有什么事情向中宣部打电话、捎口信，都可以。”

张平化要求代表团团长们回去之后，向各自的省委、市委的常委汇报。张平化拱着双手说：“拜托！拜托！”

张平化这番话，实际上就是向全国各省委、市委打招呼，要他们对《实践是检验真理的唯一标准》的表态要小心，要用“鼻子嗅一嗅”。

汪东兴和张平化对于《实践是检验真理的唯一标准》一文的批评，很快就传开来了。于是，谣言蜂起。

有人说：“《人民日报》犯了严重错误，中央已经派工作组进驻了！”

更有人说：“《实践是检验真理的唯一标准》的作者给抓起来了！”

19日：熊复说《红旗》要“慎重”

5月19日这天，新任总编辑熊复在《红旗》杂志编辑部发表“施政演说”。

熊复接替王殊，出任《红旗》杂志第三任总编辑。

熊复笔名傅容、茹纯。1915年，熊复生于四川邻水，四川大学肄业，1936年参加中华民族解放先锋队，翌年加入中国共产党。1938年熊复入延安抗日军政大学学习，此后，在重庆出任《新华日报》编辑部主任、总编辑。《新华日报》是当时唯一在国民党统治区公开发行的中共报纸，具有广泛的影响。

1949年后，熊复历任中共中央宣传部秘书长，中共中央对外联络部秘书长、副部长，中共中央宣传部常务副部长。

“文革”开始后，吴冷西被撤去新华社社长之职，熊复于1966年7月受命接替吴冷西，出任新华社社长。但是，他只短暂地担任了半年新华社社长，便被“文革”狂潮卷入水底。

粉碎“四人帮”之后，在重新恢复中共中央宣传部时，熊复出任中共中央宣传部副部长。

从1978年5月中旬起，熊复在《红旗》杂志总编辑这个岗位上工作了9年多，直至1987年8月卸任。

熊复在他到任后的“施政演说”中，传达了汪东兴的讲话精神，说道：“汪副主席很关心《红旗》杂志的工作，要我在理论方面很好把关，有什么问题多向中宣部平化同志请示，也可以向汪副主席报告。”

熊复也谈到了自己对于《红旗》杂志办刊方针的见解：“《红旗》杂志的任务是完整地准确地宣传马列主义，着重从理论上完整地准确地宣传毛泽东思想，捍卫毛泽东思想，同各种离开毛泽东思想的倾向作斗争。”

熊复提醒大家：“理论问题要慎重，这点特别要注意。在理论问题上，是捍卫毛主席的思想、路线呢，还是没有捍卫，这个问题是要很好考虑的。要注意党内外的思想与理论动态。思想理论战线很活跃，需要了解这方面的情况，有些什么倾向，（尤其是）离开毛泽东思想的倾向。”

熊复所说的“理论问题要慎重”，是汪东兴已经几次强调了的话题。

其实，不光是汪东兴这样强调，华国锋也指示说，“《红旗》杂志不要表态”。《红旗》杂志是中央两报一刊中的“一刊”，是中共中央权威性的理论刊物，举足轻重。熊复遵照华国锋和汪东兴的指示，对于《实践是检验真理的唯一标准》一文保持沉默，不表态……

后来，熊复曾就关于真理标准问题的讨论坦言：

1978年5月，我刚刚调到《红旗》杂志社任总编辑。当时，理论界正在开展关于真理标准问题的讨论。我的错误就在于从1978年7月到11月期间，共5期《红旗》没有参加关于真理标准问题的讨论，也就是实际上执行了当时主持党中央工作的同志对党刊提出的“不介入”的指示。在这个问题上，《红旗》杂志的错误就是我的错误。

当时，自己为什么会忠实地执行这种“禁令”呢？自己的思想根源在哪里呢？究其因，第一是“文化大革命”以前所受到的教育和熏陶就带有个人迷信性质，也就是有所谓“凡是”思想。尽管“文化大革命”中自己受到很大冲击，但直到十一届三中全会以前，还是相信毛主席的话，对“文化大革命”叫做“三七开”、“三个正确对待”。这些都是从对毛主席他老人家的个人迷信中来的。第二是自己长期脱离实际。在“文化大革命”中，自己接受审查，整整9年靠边站，又是住“牛棚”，又是下放“五七干校”，边受劳动改造，边受群众专政，同一切社会关系都断绝了往来。1975年7月，经邓小平同志向毛主席推荐，让我参加了《毛泽东选集》的编辑工作，自己又一头埋进了这项工作。第五卷出版后，又整天埋头于第六卷、第七卷的准备工作。在这几年里可以说是不问世事。第三是有奴隶主义思想。几十年里，在中央机关做文字工作，写什么和怎样写，总是执行领导意图，按领导要求去做。尽管也爱提意见，爱出主意，有时还爱争论，最终还是执行，这已成为习惯。[1]

从5月11日《实践是检验真理的唯一标准》在《光明日报》发表，到5月19日，不过短短8天时间，却已经在中共高层引起了高度的重视：华国锋和汪东兴、胡耀邦都对这篇文章表态。

终于，双方在全军政治工作会议上展开了交锋……

29日：华国锋强调“团结”和“纪律”

全军政治工作会议是从1978年4月27日开始的，一直开到6月6日。会议在北京京西宾馆召开。

会议开始时，由韦国清作了题为《在新的历史条件下发扬政治工作优良传统，提高我军战斗力》的主题报告。

会议期间，便曾发生了“用词之争”。

这是因为韦国清的报告标题用了“在新的历史条件下”，有人认为必须改为“在新的历史时期”。为什么要改呢？理由是华国锋提的是“在新的历史时期”，必须跟中央的口径——也就是跟华国锋的口径——保持一致。

这些人认为：“毛主席的话，不能改；华主席的话，也不能改。”也就是说，不仅要对毛泽东搞“两个凡是”，而且要对华国锋搞“两个凡是”！

[1] 许节良：《记忆中的原〈红旗〉杂志总编辑熊复》，《党史博览》2003年第11期。

另外，还对韦国清报告中的一句“我军是无产阶级性质”提出疑义，理由是“毛主席没有这样说过”。

到了5月下旬、6月上旬，会议进入尾声，请中共中央主席华国锋和中共中央副主席邓小平讲话。

华国锋在5月29日讲话。6月4日，《人民日报》发表了华国锋的讲话，用的是这样的标题：《华主席在全军政治工作会议上的讲话》。

邓小平在6月2日讲话。6月3日，《人民日报》发表了邓小平的讲话，用的是这样的标题：《邓副主席精辟阐述毛主席实事求是光辉思想》。

华国锋穿军装的标准照

在标题之下，《人民日报》还加了这样几行字，突出了邓小平讲话的主要精神：

> 强调指出：马列主义、毛泽东思想的基本原则，任何时候都不能违背。但是一定要从实际出发，理论和实践相结合，总结过去经验，分析新的历史条件，提出新的问题、任务和方针。
>
> 在当前和今后一个时期要深入揭批“四人帮”，联系揭批林彪，肃清他们的流毒和影响。

看得出，《人民日报》在发表华国锋的讲话时，用的是一般化的标题，而在发表邓小平讲话时，用了倾向性很强的标题。

这表明，《人民日报》本身的“倾向性”也很强！为了这两个标题，《人民日报》受到很严厉的批评。

当时的《人民日报》副总编辑李庄这么回忆道：

> 万万没有想到两个标题引来一场严厉批评，说是两个标题为什么不一样，“你们是什么意思？”我只好这样报告：标题是根据内容作的，如有错误，由我负责，没有什么意思……此事也就到此为止。但我由此加深对

这次争论的重大意义的认识，必须克服一切困难，把斗争坚持到胜利，否则拨乱反正是搞不下去的。

据当时《人民日报》总编辑胡绩伟回忆，那来自“上面”的批评是汪东兴发出的。汪东兴质问《人民日报》：“你们说邓副主席的讲话‘精辟阐述’了毛泽东思想，难道华主席的讲话没有‘精辟阐述’毛泽东思想？”

李庄以为，对华国锋的讲话采取一般化的标题，是因为对华国锋讲话的“主要命题，我们有不同看法。我们认为如果把这个主题做到新闻标题上，会造成思想混乱，对读者、对论者都没有好处。出于对各方面负责任，希望各方面都能通过的考虑，我们作了个一般化的标题：某某‘作重要讲话’”。

华国锋讲话的“主要命题”是什么呢？那就是华国锋讲话中的这么一段话：

我国社会主义革命和社会主义建设，是在第一次“无产阶级文化大革命”胜利结束之后，进入新的发展时期的。历时十一年的“无产阶级文化大革命”，是无产阶级专政下的一场政治大革命，是中国共产党及其领导下的广大革命人民群众同国民党反动派长期斗争的继续，是无产阶级同资产阶级以及一切剥削阶级斗争的继续，是马克思主义同修正主义斗争的继续，是这些斗争的一次历史性大决战。在这场大决战中，我们先后粉碎了刘少奇、林彪、“四人帮”三个资产阶级司令部，取得了我党历史上三次重大路线斗争的胜利……

在新的发展时期中，我们国内的主要矛盾仍然是无产阶级和资产阶级之间、社会主义道路和资本主义道路之间的矛盾。

华国锋这样的“主要命题”，确实无法做到新闻标题上去。

华国锋在讲话中，还强调了团结的重要性，强调了要遵守纪律。华国锋说：

我们这样一个有八亿人口的大国，三千五百万党员的大党，在社会主义革命和社会主义建设新的发展时期中，要做到统一认识，统一政策，统一计划，统一行动。

各级领导干部，要带头讲党性，顾全大局，发扬民主，遵守纪律。

不言而喻，华国锋是在那里不指名地批评了有人“不遵守纪律”。

5 月 30 日，邓小平在与几位负责人谈话时，很尖锐地指出：“只要你讲话同毛主席的不一样，同华国锋的不一样就不行。这不是一种孤立的现象，是当前思潮的一种反映。”

6 月 2 日：邓小平给予最有力的支持

6 月 2 日，邓小平在全军政治工作大会上作了重要讲话。

在这次讲话中，邓小平虽然一字未提《实践是检验真理的唯一标准》一文，但是邓小平讲话却如同《人民日报》所说的是“精辟阐述毛主席实事求是光辉思想”，实际上是对《实践是检验真理的唯一标准》一文的最有力的支持。

《实践是检验真理的唯一标准》一文，是胡耀邦一手审定的，邓小平没有看过。

《实践是检验真理的唯一标准》一文发表之后，一开始，邓小平也没有注意此文。由于这篇文章引起争议，邓小平仔细看了。

1978 年 8 月 19 日，邓小平在接见文化部核心领导小组时，说了涉及《实践是检验真理的唯一标准》一文的这么一段话：“《光明日报》发了文章，当时没注意。后来听说有人反对，才找来看了看。符合马克思列宁主义嘛，扳不倒嘛！我就在 6 月的讲话里支持了一下。”

邓小平所说的“《光明日报》发了文章”，就是指《实践是检验真理的唯一标准》一文。邓小平所说的“6 月的讲话”，就是 6 月 2 日在全军政治工作会议上的讲话。

邓小平这段话，清楚表明他对于《实践是检验真理的唯一标准》一文的肯定和支持，也说出了他 6 月 2 日讲话的背景。

邓小平对《实践是检验真理的唯一标准》一文的态度，和华国锋、汪东兴的态度，针锋相对。其实，这是因为《实践是检验真理的唯一标准》批的是“两个凡是”，而批判“两个凡是”最早就是邓小平提出来的。

华国锋、汪东兴反对《实践是检验真理的唯一标准》一文，也因为文章批的是“两个凡是”，而“两个凡是”是他们提出的。

邓小平 6 月 2 日的讲话，确实是对《实践是检验真理的唯一标准》一文的最有力的支持，是对“两个凡是”的最有力的批判。

据杨西光夫人季宝卿回忆，那天，邓小平刚刚作了讲话，海军司令员刘居英马上给杨西光打来电话，简要报告了邓小平讲话的内容，说邓小平支持《实践是检验真理的唯一标准》一文。刘居英的电话，使杨西光深受鼓舞。杨西光马上坐车赶往刘居英家，一口气看完全军政治工作会议印发的邓小平的讲话稿。尽管杨西光知道新华社当天晚上会转发邓小平的这一讲话稿，他在《光明日报》编辑部可以看到，但他还是希望先睹为快，所以专门赶到刘居英家看讲话稿。[1]

邓小平这一重要讲话，由于是关于部队政治工作的，所以《解放军报》副社长姚远方参加了讲话稿的起草工作。

据姚远方回忆，邓小平不仅事先讲述了他的主要意见，而且还亲自用钢笔写了 800 字。这 800 字，就是讲话中论述实事求是、一切从实际出发、理论与实践相结合那一段。姚远方说，这 800 字，一字不易地用在讲话稿中。[2]

邓小平的讲话分四部分：

> 第一个问题，讲讲实事求是。
> 第二个问题，讲讲新的历史条件。
> 第三个问题，讲讲破和立。
> 第四个问题，讲讲以身作则。

邓小平在讲第一个问题时，“精辟阐述毛主席实事求是光辉思想”。

邓小平鲜明地批判了“两个凡是”派——也就是他所说是“有一些同志”：

> 我们也有一些同志天天讲毛泽东思想，却往往忘记、抛弃甚至反对毛泽东同志的实事求是、一切从实际出发、理论和实践相结合的这样一个马克思主义的根本观点、根本方法。不但如此，有的人还认为谁要是坚持实事求是，从实际出发，理论和实践相结合，谁就是犯了弥天大罪。他们的观点，实质上是主张只要照抄马克思、列宁、毛泽东同志的原话，照抄照转照搬就行了。要不然，就说这是违反了马列主义、毛泽东思想，违反了中央精神。他们提出的这个问题不是小问题，而是涉及怎么看待

---

[1] 1996 年 5 月 26 日采访于北京。
[2] 1996 年 5 月 27 日采访于北京。

马列主义、毛泽东思想的问题。[1]

邓小平强调了实事求是的精神：

马列主义、毛泽东思想的基本原则，我们任何时候都不能违背，这是毫无疑义的。但是，一定要和实际相结合，要分析研究实际情况，解决实际问题。按照实际情况决定工作方针，这是一切共产党员所必须牢牢记住的最基本的思想方法、工作方法。实事求是，是毛泽东思想的出发点、根本点。这是唯物主义。不然，我们开会就只能讲空话，不能解决任何问题。[2]

邓小平引述了毛泽东的话，来批判“两个凡是”——毛泽东本人也早就声言马克思不是“先哲”：

1930年，毛泽东同志专门写了《反对本本主义》这篇文章，提出“没有调查，没有发言权”的科学论断。他坚决反对在共产党内讨论问题的时候，开口闭口拿本本来，以为上了书的就是对的这种错误的心理。毛泽东同志说：“盲目地表面上完全无异议地执行上级的指示，这不是真正在执行上级的指示，这是反对上级指示或者对上级指示怠工的最妙方法。”又说：“我们说马克思主义是对的，决不是因为马克思这个人是什么‘先哲’，而是因为他的理论，在我们的实践中，在我们的斗争中，证明了是对的。我们的斗争需要马克思主义。我们欢迎这个理论，丝毫不存什么‘先哲’一类的形式的甚至神秘的念头在里面。”[3]

邓小平又引用了毛泽东关于“理论和实践相结合”的话，来批判“两个凡是”：

毛泽东同志告诫全党同志不应该把马克思主义的理论“看成是死的教

[1]《邓小平文选》第二卷，114页，人民出版社1994年版。
[2]《邓小平文选》第二卷，114页，人民出版社1994年版。
[3]《邓小平文选》第二卷，115页，人民出版社1994年版。

条”，“把马克思列宁主义书本上的某些个别字句看作现成的灵丹圣药，似乎只要得了它，就可以不费气力地包医百病”。如果这样，“就阻碍了理论的发展，害了自己，也害了同志”。他指出：“真正的理论在世界上只有一种，就是从客观实际抽出来又在客观实际中得到了证明的理论。”根据马克思主义的根本观点，毛泽东同志在党的七大的报告中，把理论和实践相结合的作风，规定为我们党的三大作风的第一项。[1]

邓小平笑称“两个凡是”派们是“收发室”：

马列主义、毛泽东思想如果不同实际情况相结合，就没有生命力了。我们领导干部的责任，就是要把中央的指示、上级的指示同本单位的实际情况结合起来，分析问题，解决问题。不能当“收发室”，简单地照抄照转。[2]

邓小平在讲话中发出号召，“拨乱反正，打破精神枷锁，使我们的思想来个大解放”。所谓“打破精神枷锁”，实际上也就是打破“两个凡是”的精神枷锁：

如果我们只把过去的一些文件逐字逐句照抄一通，那就不能解决任何问题，更谈不到正确地解决什么问题。那样，即使我们口头上大讲拥护毛泽东思想，实际上也只能是违反毛泽东思想。我们一定要肃清林彪、“四人帮”的流毒，拨乱反正，打破精神枷锁，使我们的思想来个大解放。这确实是一个十分严重的任务。[3]

邓小平讲话的第二部分，是“讲讲新的历史条件”。这“新的历史条件”，分明是针对“两个凡是”派们前些日子所说的“华主席没有这样讲过”、“华主席讲的是‘新的历史时期’”。

邓小平的讲话，第二天就全文发表于《人民日报》，而且《人民日报》为

[1]《邓小平文选》第二卷，116~117页，人民出版社1994年版。
[2]《邓小平文选》第二卷，118页，人民出版社1994年版。
[3]《邓小平文选》第二卷，119页，人民出版社1994年版。

之加上了“倾向性很强”的标题《邓副主席精辟阐述毛主席实事求是光辉思想》，马上引起广泛注意，确实是给了“两个凡是”派们沉重一击，给了《实践是检验真理的唯一标准》一文最有力的支持。

回顾5月11日《实践是检验真理的唯一标准》一文在《光明日报》发表后，短短20天间的急剧变化、尖锐斗争，真可谓一石激起千层浪：

11日：征讨“两个凡是”的檄文发表；

12日深夜：吴冷西来电；

13日：胡耀邦说“历史潮流滚滚向前”；

17日：汪东兴质问“哪个中央的意见”；

18日：张平化向各地“打招呼”；

19日：熊复说《红旗》要“慎重”；

29日：华国锋强调“团结”和“纪律”；

6月2日：邓小平给予最有力的支持。

其实，这20天的激烈斗争还只是一场序幕而已。紧接着，一场更大范围、更为壮阔的斗争在延续着……

第十章 “真理标准”大论战

◎ 一石激起千层浪。关于“真理标准”问题，引起方方面面的注意。尽管汪东兴下令“下不为例”，但在罗瑞卿的支持下，《解放军报》又发出重磅炮弹。方毅和宋平分别在科学界和甘肃支持“真理标准讨论”。邓力群和周扬的报告成了北京的热点。

汪东兴发出“下不为例”的警告

新闻传媒每时每刻都在产生着广泛的影响。正因为这样，在中国，向来把党报党刊称之为“党的喉舌”。汪东兴力图严密控制“喉舌”。

在《人民日报》那“倾向性”很强的标题受到批评之后，《红旗》杂志在1978年第7期转载华国锋、叶剑英、邓小平在全军政治工作会议上的讲话时，便极为注意“分寸”。

《红旗》杂志的评论员文章提及华国锋、叶剑英、邓小平的讲话，用了这样分寸不同的“导语”：

> 华主席在讲话中，极其精辟地阐述了……
> 叶副主席在讲话中指示我们……
> 邓副主席在讲话中强调指出……

这就是说，《红旗》杂志跟《人民日报》的“分寸”不同：《人民日报》形容邓小平“精辟阐述”毛泽东思想，而《红旗》杂志不仅要把“精辟阐述”毛泽东思想“奉献”给华国锋，而且改为“极其精辟地阐述”。

这一字一词，都反映出《红旗》杂志和《人民日报》不同的态度。

汪东兴深知控制“喉舌”的重要性，他已经风闻有的报刊正在组织有关讨论“真理标准”的文章。

汪东兴要竭尽全力阻止报刊上开展有关“真理标准”问题的讨论。因为汪东兴深知，有关“真理标准”问题的讨论，绝不是纯粹的学术讨论，而是直接涉及当前的政治。

关于“真理标准”问题讨论的“潜台词”是很明白的：强调实践是检验真理的唯一标准，那就是说，毛泽东晚年“左”倾理论经实践检验是错误的，不是真理，应予否定。这也就是说，“文化大革命”应该否定，华国锋的“两个凡是”应该否定，华国锋的一系列“左”的方针、政策、理论也应予否定。所以，关于“真理标准”问题的讨论，直接关系到中国的命运，关系到华国锋的命运！

汪东兴由于在粉碎“四人帮”时出了大力，成了华国锋的副手，担任中共中央副主席、中共中央政治局常委

汪东兴正是明白“真理标准”问题讨论背后的“潜台词”，所以要对报刊严加控制，要阻止开展关于“真理标准”问题的讨论。

就在邓小平6月2日发表重要讲话后第13天——1978年6月15日——下午，汪东兴召集中共中央宣传部和中央直属新闻单位的负责人开会，跟他们“打招呼”。

汪东兴强调了新闻传媒的党性，他希图以党性、党纪约束中央直属新闻单位。汪东兴说：“党报要有党性。党性、个性的关系，是个性服从党性。《红旗》是党的刊物，《人民日报》是党报，新华社是党的喉舌，广播电台是党的喉舌，《光明日报》也是党报。党性与个性要摆得对，允许个性，但个性要服从党性，个性不能超过党性……”

汪东兴提到了《实践是检验真理的唯一标准》一文的发表，是“党性不强”的表现，声言“下不为例”：“我们要对党对人民负责。现在我们的党性还不够强，路线觉悟不高。有一次会上，我针对一个问题（即《实践是检验真理的唯一标准》）讲过：‘党性不强、接受教训、下不为例。’”

这“下不为例”，也就是要把“真理标准”问题画上句号，不许报刊再发表类似文章。

汪东兴接着说明了“党性不强”在宣传上所造成的危害：“宣传上不足之处，国内外敌人会利用，苏美两霸和反动派都要利用、挑拨，他们挑拨政治局常委之间的关系，挑拨中央委员之间的关系，挑拨毛主席和华主席之间的关系，挑拨工人和农民之间的关系。宣传的关把得不紧，被敌人利用是不得了的事……”

汪东兴在讲话中，几次点了胡耀邦的名。因为汪东兴已经知道，《实践是检验真理的唯一标准》一文，是在胡耀邦的支持下发表的。在汪东兴看来，胡耀邦在搞“小动作”。

汪东兴着重批评了《人民日报》，谈了对《人民日报》四篇文章的意见：

一、《人民日报》特约评论员关于落实干部政策的几篇文章讲得不对，只讲了一面而没讲另一面，没有分析，好像有一股气，在出气。打着特约评论员的名义在报纸上那样写，要注意。我给耀邦说，要他在报上写文章要注意。报纸好像什么都要翻案……这样翻，将来老百姓要算账的。对纪念总理的文章，有的讲过头了，有的还是假造的。

二、《人民日报》记者余焕春（全国政协委员）在政协的发言，竟认为天安门的案子（1976年“四五”运动）还没有彻底翻过来。这明明是毛主席说的“反革命事件”，你也要翻，翻谁呀？

三、《人民日报》在（刚刚召开过的）全军政治工作会议期间，对邓副主席的讲话，在标题上用了“精辟阐述”，而叶副主席讲的话，华主席讲的话，为什么就不标出“精辟阐述”呢？

四、（《人民日报》转载的）徐迟写陈景润那篇文章，对“文化大革命”那样写，对吗？徐迟还写了一篇周培源，对北大怎么那样写？北大是毛主席抓的点嘛！[1]

汪东兴这番讲话，显然是要把《实践是检验真理的唯一标准》一文发表所引爆的“两个凡是”的大堤突破口赶紧堵上。

《人民日报》偏偏再来一例

就在汪东兴告诫中央直属新闻单位“下不为例”的翌日，即1978年6月16日，《人民日报》发表了署名邢贲思的文章——《关于真理的标准问题》！

这清楚表明，“倾向性很强”的《人民日报》没有理睬汪东兴“下不为例”的警告，偏偏再来一例！

不仅《人民日报》如此。就在邢贲思的文章发表的当天，新华社也转发了这篇文章。这表明新华社也不理睬汪东兴的警告。

[1] 转引自戴煌：《胡耀邦与平反冤假错案》，《南方周末》1996年3月22日。

第二天，《光明日报》和《解放军报》全文转载了邢贲思的文章。这又表明，《光明日报》《解放军报》也不听汪东兴的话。

这就是说，邢贲思的文章，等于是一个多月前《实践是检验真理的唯一标准》一文发表模式的重演：《实践是检验真理的唯一标准》是《光明日报》发表，新华社转发，《人民日报》和《解放军报》转载。这一回，则只是把《光明日报》换成《人民日报》而已！

邢贲思文章的发表，表明《人民日报》《光明日报》《解放军报》和新华社又一次联手采取行动，置汪东兴的警告于不顾！

与上次一样，例外的仍然是《红旗》杂志。在总编辑熊复坐镇下，《红旗》杂志依然保持着“沉默”！虽说《红旗》杂志是中共中央理论刊物，发表关于“真理标准”的有关理论文章原本是《红旗》杂志的“本分”。

当年的《红旗》杂志办公楼，如今是《求是》杂志编辑部。

有趣的是，笔者步入大楼，在总编辑办公室宽大的沙发椅上，见到了邢贲思——当年是熊复坐在这里。当年，邢贲思是中国社会科学院哲学研究所研究员，如今成了《求是》杂志总编辑。

胖乎乎的他，戴一副深色边框的近视眼镜，学者风度，讲话很有条理。他对笔者说，虽然当年参加了关于“真理标准”问题的大讨论，但是从未细细回顾，你的采访，使我有机会回忆那难忘的岁月……[1]

曾任中共中央党校副校长、《求是》杂志总编辑的邢贲思，当时是“真理标准”大讨论的主要参加者之一

邢贲思笑称他当年参加关于“真理标准”问题的大讨论，跟胡福明、吴江、孙长江不同。他们有《光明日报》、中共中央党校为依托，有胡耀邦、杨西光做“后台”，署“本报特约评论员”，而他则单枪匹马，每篇文章署“邢贲思”，算是“单干户”。

邢贲思卷入这场大讨论，因为“真理标准”问题是一个哲学问题，而他是一位

[1] 1996年5月29日采访于北京。

哲学家，理所当然地加入了大讨论的行列。

笔者问起“邢贲思”是不是真名？怎么会走上哲学研究之路？

邢贲思大笑起来，说起自己颇有传奇色彩的经历：

他于1930年出生于越剧之乡——浙江嵊县。

他的原名叫邢承墉。1949年，他自己改名邢贲思，取义于《诗经》中的“皎皎白驹，贲然来思”。

笔者问他，那时候他是不是就想当哲学家，“贲然来思”？

他笑道，那时候他跟哲学压根儿不沾边。小时候，他喜欢文学，所以从“贲然来思”中取名。他学哲学，纯属“半路出家”！

他1949年5月参加学生运动，1949年7月，参加“北上外文大队”，来到北京。

当时，正处于中华人民共和国建立的前夜，急需外交人才。所谓“北上外文大队”是当时从上海、南京等南方城市，抽调一批外语基础尚可的学生，到北京外国语学校进行培训。邢贲思原本在教会学校学习，所以外语基础不错。他学过英语，后来学过法语、日语。于是，他被选中，进入“北上外文大队”。

也就是说，当年的他，是作为未来的外交官加以培养的。到了北京后，先是进入华北人民革命大学，“改造思想”3个月，然后进入北京外国语学校（北京外国语学院的前身），学习俄语——因为当时最需要的是派往苏联工作的外交干部。

邢贲思在这所学校学习了将近3年，即将毕业，却在一个夜晚改变了他一生的命运！

那时，这所学校的马列主义教研室缺少教员，而邢贲思“贲然来思”，思想活跃，平日喜欢在上理论课时发言，竟被马列主义教研室看中。于是，在一个夜晚，组织上找邢贲思谈话，要送他进入马列学院（中共中央党校前身）学习，培养他成为一名哲学课教师。

那时的青年人，视服从组织需要为天职。邢贲思服从了组织上的意见。已经学了4门外语的他，另打锣鼓新开张，进入马列学院去学哲学。从此，这位未来的外交家，一下子变成了未来的哲学家！

1956年，毛泽东发出“向科学进军”的号召，中国招考第一批副博士。“半路出家”的邢贲思，去报考中国科学院哲学研究所的副博士研究生，居然考上了！这充分显示，邢贲思这盏灯，点到哪里都能放光明。

从此，邢贲思进入中国哲学的研究中心。虽说到1958年中国又取消了原定的副博士制度，邢贲思转为助理研究员，但是他毕竟成了中国哲学的后起之秀。

在北京中国哲学研究所那幢灰色的大楼里，邢贲思把青春最宝贵的时光花费在哲学的思索上，天天“贲然来思”。到了 1978 年，48 岁的邢贲思，已经是中国哲学研究所的研究员——这时，他当年的同学，许多人已经成为驻外大使。

在 1978 年发生的关于“真理标准”问题的大讨论，使邢贲思第一次亲自感受到，哲学并不像哲学研究所那幢大楼一样是灰色的，而是充满生命的绿色！

邢贲思说，他当时在《人民日报》发表的第一篇文章，是 1978 年 4 月 8 日的《哲学与宗教》一文。其实，这篇文章并不是探讨宗教哲学问题，而是批判把毛泽东思想当作宗教，批判宗教色彩的个人迷信。他以为，哲学是智慧的科学。如果把哲学当成宗教，那就没有科学可言。

这篇文章，也是对“两个凡是”的批判，发表后，引起汪东兴的注意。汪东兴竟然说此文是“反动文章”！

邢贲思在《人民日报》上发表的《关于真理的标准问题》，其实是《人民日报》1978 年 3 月 26 日发表的张成的《标准只有一个》一文的继续。

《人民日报》编辑部汪子嵩 1978 年 7 月 22 日在北京“理论与实践问题”讨论会上发言，曾这么谈及邢贲思文章的由来：

“（张成的文章）发表之后，我们就收到 20 几封反对的信，主要的理由就是认为马克思主义应该是检验真理的标准。说马克思主义不是检验真理的标准，就是贬低马克思主义的理论。正是因为有这些来信，我们请邢贲思同志写了一篇文章回答这些问题。”

据“张成”——张德成——回忆：“从来信来稿作者的情况来看，全部都是年轻人，其中有解放军战士、连队干部、年轻工人、企业政工干部、基层党组织的干部、师范学院和中小学校的青年教师、地区级报纸的青年编辑。这些同志多是在‘文化大革命’当中学得一点理论知识的，因而受林彪、‘四人帮’的影响是难以避免的。在这批来信来稿中，对社会实践是检验真理的唯一标准的马克思主义观点表示完全赞成的只有一封，而其他来信来稿表示不能接受或不能完全接受，联系他们所受林彪、‘四人帮’的影响就不足为怪了。仅就这批来信来稿反映出来的严重情况就足以说明，提出和宣传社会实践是检验真理的唯一标准的马克思主义观点，是何等的重要和迫切！”

张德成把这些来信、来稿的观点，归结为以下五类：

一、赞同社会实践是检验真理的标准，但同时提出马列主义毛泽东思想也是检验真理、分辨理论是非的标准。

二、完全赞成社会实践是检验真理的唯一标准，不同意把马列主义、毛泽东思想说成是检验真理的标准。

三、坚持社会实践是检验真理的标准，但不能否定逻辑推理在探索真理过程中的作用。

四、担心强调社会实践是检验真理的唯一标准，就会否定科学预见，甚至会削弱人们对共产主义理想的追求。

五、还有的来信认为提出社会实践是检验真理的唯一标准是不合时宜的。因为当前最迫切的是要加强马列主义、毛泽东思想的学习和教育，担心作为党中央机关报《人民日报》提出并强调只有社会实践是检验真理的标准，就会使已经多年不重视马列主义、毛泽东思想理论学习的风气更加严重起来。

在笔者采访汪子嵩时，他回忆说，为了答复这些读者提出的问题，原本想请原作者张德成再写一篇文章。正在这时，一天晚上，邢贲思到他家。邢贲思跟汪子嵩有着多年的交往，曾为《人民日报》写过许多文章。听汪子嵩说起那些读者来信，邢贲思当即说，他可以写文章加以答复——因为他在哲学研究所工作，就是研究这些问题的。[1]

汪子嵩一听，觉得请邢贲思写答复文章会更合适些。汪子嵩在报社见到张德成，跟他说起邢贲思的意见，张德成也认为由邢贲思来写，比他更合适。

这样，张德成就把收到的20多封读者来信，转给了邢贲思。

邢贲思说，他的文章是在5月初交给《人民日报》的，当时还不知道《光明日报》要发表《实践是检验真理的唯一标准》一文。

汪子嵩也说，在《实践是检验真理的唯一标准》一文发表之前，邢贲思的文章就已经写好了："邢贲思同志的文章还没有发表，《光明日报》发表了特约评论员的文章（引者注：即《实践是检验真理的唯一标准》），《人民日报》转载了，很快就有人出来反对。原来给我们写信的同志，大都是由于对马列主义

[1] 1996年5月23日采访于北京。

理论学得比较少些，长期受‘四人帮’影响，他们提出这些问题是完全可以理解的。但是后来理论家也出来反对，而且上纲很高，我们确实是感到有些意外的。”

在《实践是检验真理的唯一标准》一文发表之后，原本是对于读者来信作些答复的邢贲思的文章，其意义也就远远超过了一篇“答读者问”，而是成为对那些反对派的一次有力的反击。

邢贲思说，他在写作上深受胡绳的影响。胡绳主张理论文章应是“剥笋式”，即一层一层地由表及里地剥下去。邢贲思不用那种“平面铺开、齐头推进”的写法。

邢贲思的文章一开头，这么写道：

> 最近收到一些同志来信，就实践是否是检验真理的唯一标准问题提出疑问。他们认为实践固然是真理的标准，但是马克思主义也应当是真理的标准。对于这一问题，我想谈一点自己的认识。

接着，邢贲思“扣住”了“实践是检验真理的唯一标准”这一论题，指出：

> 关于实践是真理的唯一标准问题，本来是马克思主义的常识。由于林彪和“四人帮”的破坏，这个常识问题被搅得混乱不堪。林彪和“四人帮”按照他们的反革命需要，任意摘取马克思主义经典著作的某一句话，而且就是这一句话，也往往是经过他们掐头去尾地精心篡改过的。他们把这一句话奉为不可移易的金科玉律，凡是和这句话或是他们对这句话所作的解释不一致的，都可以被他们扣上“反马克思主义”、“修正主义”、“反革命”的帽子。
>
> 经他们这样一搞，真理的标准才又成了问题。

邢贲思在文章中，深入一层，批驳了所谓“真理标准是两个”的错误说法，也就论证了实践是检验真理的“唯一”标准：

> 有的同志提出，实践固然是真理的标准，但马克思主义也应当是真理的标准。这就是说，真理的标准不是一个，而是两个。这种说法是不正确的。所谓实践和马克思主义都是真理的标准，是什么意思呢？两种答案中

不论哪一种，都违反了辩证唯物主义的一元论，都会造成理论上的混乱。一些同志所以把马克思主义也当做真理的标准，从认识上讲是混淆了真理和真理的标准两个问题，就是说把“马克思主义是真理”这样一个问题混同于“马克思主义是真理的标准”。马克思主义是迄今为止对人类全部文明发展的最完善、最正确的科学总结，当然是真理，而且是放之四海而皆准的普遍真理。但是正如任何真理不能由自己来证明一样，马克思主义也不能自己证明自己，它本身需要由实践来证明。同时，马克思主义也不能作为检验别的真理的标准。

邢贲思文章的发表，是对《实践是检验真理的唯一标准》一文的有力响应，也是对汪东兴“下不为例”的反击。

《哲学研究》出马呼应

“真理标准”问题，从理论上讲是一个哲学问题，哲学家们理所当然关注着这一问题。邢贲思“主动出击”，就表明了这一点。

邢贲思从1978年3月起，担任中国社会科学院哲学研究所副所长。他不仅自己写文章投入关于“真理标准”问题的大讨论，而且组织哲学界、理论界举行“真理标准”问题座谈会。

于是，由《哲学研究》编辑部出面，在1978年6月20日、21日，“邀请了首都部分哲学工作者和一些部门做实际工作的同志举行座谈”。

这次座谈会创造了一个“中国第一”——第一个关于“真理标准”问题的座谈会：

参加这次座谈会的有：中央党校、中国科学院、全国科协、北京大学、人民大学、北京师范大学、军事学院、政治学院、广播学院、石油部、冶金部、纺织部、轻工业部、新华社、人民日报、光明日报、中央人民广播电台，以及中国社会科学院科研组织局、哲学研究所等单位的60余位同志。[1]

---

[1]《〈哲学研究〉编辑部召开真理标准问题座谈会》，《哲学研究》1978年第7期。

从这张出席者名单上可以看出，一下子把首都很多大学、研究所和新闻单位吸引到这一讨论之中。这实际上是一种发动工作。

座谈会的主题很明确，就是邓小平6月2日在全军政治工作会议上的讲话：

> 在华主席、党中央主持召开的全军政治工作会议上，邓副主席根据新的历史条件的需要，重新提出和精辟阐述了实事求是、从实际出发、理论和实践相结合这个马克思主义的根本观点、根本方法。邓副主席所讲的这个根本观点、根本方法，就是辩证唯物论的认识论和方法论，就是指导我们认识世界和改造世界的唯一正确的思想路线。这引起了广大哲学工作者的高度重视和研究的兴趣。[1]

对于哲学家们来说，“实践是检验真理的唯一标准”本来是“马克思主义的哲学常识，是经典作家们早已透彻地解决了的”。所以，在座谈会上尽管也就“实践是检验真理的唯一标准”这一哲学命题的有关问题展开讨论，如“真理是过程；实践不但具有普遍性的品格，而且还具有直接现实性的品格；真理的相对性与绝对性，实践标准的确定性与‘不确定’性等等”，但是座谈会主要还是讨论当时的现实问题。

座谈会讨论了“为什么现在还要提出讨论真理标准问题”，指出两点现实的原因：

> 首先，应该说，这是由于林彪、“四人帮”多年来对于辩证唯物主义世界观进行了肆意的歪曲和篡改，散布了大量的唯心主义、形而上学观点，以假乱真，混淆是非，在理论上制造了很大的混乱。
>
> 其次，也应该看到，由于林彪、“四人帮”多年不准人们读马列著作，不让人们系统地学习毛主席著作，把人们引上寻章摘句，断章取义，不必理解，只管“照办”的所谓“走捷径”、“一本万利”的邪路，影响所及，使得许多人，特别是一些青年同志对于辩证唯物论的认识论，缺乏系统的知识，他们不熟悉马克思主义哲学的基本原则，常常分辨不清唯物主义和唯心主义、辩证法和形而上学，甚至形成了一些错误的思想方法、工作方

---

[1]《〈哲学研究〉编辑部召开真理标准问题座谈会》，《哲学研究》1978年第7期。

法，产生了许多糊涂观念。

座谈会指出，对于当前关于“真理标准”问题的种种“混乱的看法”，需要加以讨论：

同志们认为，由于上述种种原因，目前在真理问题上，在实践标准问题上，存在某些不同意见以及一些混乱的看法是完全可以理解的，因而也产生了重新学习、研究和讨论的必要。讨论是学习的一种好方法，也是研究问题的一种好方法。[1]

这次座谈会，“由于时间的限制，讨论没有充分展开。同志们希望，今后经过准备，举行一些规模较大的讨论会，并在刊物上多发表一些有关的文章。编辑部则希望同志们给以支持，多写些好文章，既在会上也在刊物上展开讨论。真理是越辩越明的”。

《哲学研究》编辑部召开这次座谈会，其意义超出了座谈会本身。这次座谈会，实际上是在北京的理论界作了一次发动工作，使更多的理论工作者投入到关于“真理标准”问题的讨论中去。

罗瑞卿大将鼎力相助

在汪东兴那番关于“下不为例”的讲话之后，北京出现这样的流言：“‘四人帮’时有‘两校’，如今有‘党校’。”

这“如今有‘党校’”，分明是指胡耀邦主持常务工作的中共中央党校，分明是指中共中央党校的《理论动态》编辑部。

不过，这流言倒是从反面说明了中共中央党校在关于“真理标准”问题讨论中所发挥的重大作用。

就在邢贲思的文章发表之际，另一篇重磅文章正在中共中央党校仔细修改之中。

此文的题目为《马克思主义的一个最基本的原则》，中共中央党校理论研

[1]《〈哲学研究〉编辑部召开真理标准问题座谈会》，《哲学研究》1978 年第 7 期。

究室主任吴江主笔，孙长江写作。这篇文章对《实践是检验真理的唯一标准》发表以来的种种反对意见，作出系统的正面回答。

孙长江是《实践是检验真理的唯一标准》一文的作者之一，吴江也参加了《实践是检验真理的唯一标准》一文最初的讨论，所以他们对于《实践是检验真理的唯一标准》一文的背景非常清楚。他们写作《马克思主义的一个最基本的原则》一文，是要扩大《实践是检验真理的唯一标准》一文已经炸开的突破口，再一次从理论上动摇“两个凡是”。

吴江曾希望寻求胡耀邦的支持。但是，当时由于发表《实践是检验真理的唯一标准》一文，胡耀邦已经受到很大的压力。

吴江这样回忆：

> 考虑到胡耀邦当时的为难处境，起草这篇文章我没有事先向他报告，但将所写的第一次稿送给他。他叫秘书给我打电话，只交代了一句：“等三个月以后再说。”我理解胡耀邦采取的慎重态度，但我觉得已经不能再等待了。为了不再给领导人之间的关系添上麻烦，至少在形式上摆脱胡耀邦与这篇文章的干系，最后的定稿就未送胡过目，如何处理亦未向胡请示。[1]

吴江和孙长江没有照胡耀邦“等三个月以后再说”的意见办。

孙长江对笔者说，当时他们急于发表《马克思主义的一个最基本的原则》一文，是因为面对着反对《实践是检验真理的唯一标准》一文的种种意见，第一是必须作出回答，第二是必须尽快作出回答！

孙长江还说，当时他们作了最坏的打算，即可能被打倒。一旦被打倒了，那就什么文章也发不了，什么意见也说不了。所以，他们决定尽快推出《马克思主义的一个最基本的原则》一文。

考虑到胡耀邦的处境，吴江决定不给胡耀邦增添压力，但是在当时，如果不寻求一位重要领导人的支持，是很难发表一篇重要文章的。

寻求领导人的支持，首先是寻求报刊的支持。

《实践是检验真理的唯一标准》是通过在《理论动态》上发表，送胡耀邦审阅，得到胡耀邦支持的。当时吴江、孙长江都在中共中央党校理论研究室工

---

[1] 吴江：《十年的路》，39 页，香港镜报文化企业有限公司 1996 年 2 月第 2 版。

作，而《理论动态》又是理论研究室主管的，《马克思主义的一个最基本的原则》一文交由《理论动态》发表是不难的。但由于中共中央党校的《理论动态》已经几度受到汪东兴的批评，而且《理论动态》的稿子发表前必须送胡耀邦审，所以此文不能在《理论动态》上发表。

《光明日报》呢？自从《实践是检验真理的唯一标准》发表以来，汪东兴已经把《光明日报》“盯”得很紧。汪东兴通过中共中央宣传部关照杨西光，《光明日报》在发表重要文章之前，必须送审。这“重要文章”，富有“弹性”，当然包括“本报特约评论员”的文章。《马克思主义的一个最基本的原则》当然属“重要文章”，一送审，势必会被“卡”住。所以，寻求在《光明日报》发表，已是“此路不通”。

《人民日报》也多次受到点名批评，汪东兴“盯”《人民日报》，比“盯”《光明日报》还紧。所以，《马克思主义的一个最基本的原则》一文，也无法寻求在《人民日报》上发表。

至于《红旗》杂志，那更加无从谈起。

所以，历数北京的中央重要报刊，唯一的“生路”在《解放军报》！

《解放军报》毕竟与《人民日报》《光明日报》《红旗》杂志不同。它是部队的报纸，虽说在宣传业务上也受中共中央宣传部领导，但它还是属中央军委主管。所以，如果《解放军报》能够支持的话，等于“网开一面”，有了冲出汪东兴控制圈的希望。

吴江对孙长江说，他认识《解放军报》副社长姚远方。也许，可以请他给予帮助。

说巧也真巧，正在吴江和孙长江走投无路之际，《解放军报》副社长姚远方居然上门，主动向吴江约稿！

《解放军报》社长华楠，在粉碎“四人帮”之后是中共中央宣传口五人领导小组成员之一，又是中国人民解放军总政治部副主任。

华楠敢于挑起发表《马克思主义的一个最基本的原则》一文的重担，不仅因为自己态度鲜明地支持此文，而且还因为知道“顶头上司”——中央军委秘书长罗瑞卿——的态度也很鲜明。

笔者采访了华楠的副手、当时担任《解放军报》副社长的姚远方。[1]

年逾古稀、满头飞霜的姚远方送给笔者的名片上，印着6个表明他特殊身

[1] 1996年5月27日采访于北京。

份的字：“作家，教授，将军”。

天底下的作家、教授不少，将军也不少，但是能够集“作家、教授、将军”于一身的人，则属凤毛麟角。

姚远方1922年出生于福建福州，至今讲话仍带有明显的福建口音。1938年7月，他加入中国共产党。

姚远方有着长达半个世纪的军旅记者经历，写下了300多篇作品。他在他的文集《笔舞龙蛇走天涯》一书中，写过这样一首诗，勾勒了他戎马笔耕的一生：

北风吹老南国娃，
太行延水惯为家；
金戈铁马忘生死，
笔舞龙蛇走天涯。
青春已逝奉献少，
白发岂肯逊朝霞；
待到大地风华茂，
拄杖共赏英雄花。

其实，姚远方的文集中，还有许多更为重要的文章没有收进去。

姚远方乃是“军内一支笔”，参与起草了许多重要军内文件。

1959年10月1日，《红旗》杂志发表署名林彪的《高举党的总路线和毛泽东军事思想的红旗阔步前进》，曾被许多外国历史学家视为林彪上台的“宣言书”——因为在此前半个月，即1959年9月17日，彭德怀被免去国防部部长职务，林彪被任命为国防部部长。

姚远方说，其实那篇文章虽然是以林彪名义发表的，但是与林彪没有太多的关系。

这篇长达万言的论文，原本是姚远方受命为纪念国庆10周年而写的。写完后，有两种意见，一种是此文以贺龙名义发表，另一种则是署林彪名字发表。最后，考虑到林彪新任国防部部长，还是以林彪的名义发表更好些。

于是，姚远方起草的文章，被送到林彪处征求意见。林彪说：“我不看。请总政把关。”就这样，这篇文章以林彪名义发表在《红旗》杂志上。

所以，把此文视为林彪上台的“宣言”，乃是不了解此文内幕而作出的想当然的推论。

1960 年 12 月 21 日，中共中央批转的中央军委《关于加强政治思想工作的决议》，主要也是姚远方起草的。

……

姚远方还是一位“悼词作家”。他向笔者历数由他起草或者他参与起草的军内首长悼词，其中有罗瑞卿、彭德怀、叶剑英、刘伯承、粟裕、杨勇……

这位“悼词作家”向笔者谈及外人很难有的“写作体会”：写悼词是极其紧张的写作，往往需要夜以继日！

这是因为悼词的写作，往往是在首长突然病危或者去世之际，作突击性的任务，限时限刻完成，以备举行追悼会时用。然而，悼词又往往是代表中央对去世者的一生进行概括而准确的评价，作者既要对逝者的一生有着深刻的了解，又要具备很高的政治素养和文字水平。悼词中的每一句话，都必须细细斟酌，而且又往往要反复修改、多次送审，写作很艰难。

姚远方记得，在他参加写作的悼词中，要算写作叶剑英的悼词最为特殊：悼词是在叶剑英一度病危时起草的。写好后，叶剑英由危转安。于是，悼词存放在中共中央办公厅的保密柜里。两年之后，叶剑英病逝。中共中央办公厅从保密柜里取出悼词，交给悼词写作组，作了一些小修改，便公开发表了。

姚远方说，悼词由于篇幅有限，必须抓住逝者的主要特征，进行评价。比如，关于叶剑英的悼词，着重写叶剑英在几次历史的转折关头，挺身而出，大智大勇：从最初在危难之中保护孙中山，到南昌起义时当机立断，从揭露张国焘的阴谋，到一举粉碎“四人帮”……在写作粟裕的悼词时，则突出粟裕高超的军事指挥才能。

姚远方与军队首长们有着许多接触，十分熟悉。他说，他跟聂荣臻元帅就很熟。

1980 年，当他和华楠去看望聂帅时，聂帅谈起 1940 年在抗日战争中，八路军战士曾从战火中救出两位日本小姑娘。这两位日本小姑娘成了聂荣臻将军的小客人，曾得到周到的照料……聂荣臻说，不知道这两位日本小姑娘现在在哪里。

富有新闻敏感神经的姚远方，立即将聂帅的怀念写成报道《日本小姑娘，你在哪里？》。报道发表后，在中日两国都引起轰动。《人民日报》《解放军报》《光明日报》《文汇报》以及日本许多报纸纷纷转载。很快，在日本找到了当年

罗瑞卿

的日本孤儿、受过聂帅关怀的美穗子。聂帅派出自己的女儿聂力去日本看望美穗子，美穗子也派自己的长女真智子前来北京看望聂帅。一时间，“一代名将救孤女，千秋佳话留人间”。

姚远方是罗瑞卿的老部下，与罗瑞卿也有着多年深厚的友谊。直至今日，他跟笔者谈起罗瑞卿，总是按当年的老习惯，称之为“总长”——亦即“总参谋长”。

姚远方记得，在1978年5月20日，他与华楠一起前往罗瑞卿将军家里汇报并请示正在召开的全军政治工作会议的有关工作。

那时，正值《实践是检验真理的唯一标准》一文在《光明日报》上发表不久。坐在轮椅上的罗瑞卿，一见到他们便问：“‘真理标准’的文章，你们看了没有？这是体现马克思列宁主义、毛泽东思想的好文章，提出一个牵一发而动全身的大问题。听说有几位秀才还不大赞成，我想劝劝他们。”

罗瑞卿称关于“真理标准”的讨论，是“一个牵一发而动全身的大问题”，这比喻深刻而形象。

罗瑞卿还指出：“全军政治工作会议就是要宣传实事求是的思想路线，宣传一切从实际出发，宣传实践是检验真理的唯一标准。不从根本上解决这个问题，我们不从现代迷信中走出来，就一步也前进不了。”

姚远方还向笔者谈及《马克思主义的一个最基本的原则》一文，从吴江手里交到他手里的内情：

1978年6月2日，邓小平在全军政治工作会议上作了重要讲话之后，当天晚上，罗瑞卿就给姚远方打电话，要求《解放军报》根据邓小平讲话精神，组织发表宣传文章。姚远方顿时记起吴江正在写一篇关于“真理标准”问题的文章，正适合《解放军报》发表。

姚远方跟吴江是老战友。姚远方记得，1939年，他和吴江是延安鲁迅艺术学院文学系的同学。他们曾一起通过封锁线，前往五台山。前些日子，姚远方见到吴江，在聊天中，吴江说他正在写一篇关于“真理标准”问题的文章。

接到罗瑞卿电话之后，第二天上午，姚远方就驱车赶往北京西北郊的中共中央党校。到了中共中央党校，已是中午。吴江正在午睡，姚远方把他叫醒，向他转告了罗瑞卿的意见。

吴江正愁《马克思主义的一个最基本的原则》一文无处发表，眼下《解放军报》主动向他约稿，而且还是罗瑞卿的意思，当然求之不得。当场，吴江就答应把《马克思主义的一个最基本的原则》一文交给《解放军报》。

几天后，姚远方就收到了吴江的《马克思主义的一个最基本的原则》一文。华楠和姚远方看后，非常重视，当即报送罗瑞卿。

罗瑞卿对于“两个凡是”深恶痛绝，对于《实践是检验真理的唯一标准》一文拍手称快，是有历史根源的。

罗瑞卿，1906 年生于四川南充县。1926 年，20 岁的他加入中国共产主义青年团，同年入黄埔军校武汉分校学习。1928 年，罗瑞卿加入中国共产党，1929 年加入中国工农红军。

罗瑞卿个子很高，外号“罗长子”。在长征中，他跟毛泽东结下深厚友谊。那时，罗瑞卿担任红一军团保卫局长，毛泽东经常随红一军团一起行动，罗瑞卿非常尽心地保卫毛泽东。

中华人民共和国成立之后，罗瑞卿被任命为中央人民政府公安部部长，总是亲自负责毛泽东的安全工作。他还担任过公安军司令员兼政治委员，国务院副总理，中央军委秘书长。在 1955 年，罗瑞卿被授予大将军衔。

在林彪主持中央军委工作之后，提出所谓“毛泽东思想是当代马列主义的顶峰，是最高最活的马列主义”。罗瑞卿反对林彪的“顶峰论”及“最高最活”。罗瑞卿说：“难道马列主义、毛泽东思想就不再发展了吗？把革命导师的理论说成‘顶峰’，这本身就违背了毛泽东思想。‘最高最活’，难道还有‘次高次活’？毛主席知道了也不会同意。”

在林彪高喊空头政治时，罗瑞卿抓部队的群众性练兵活动。

林彪深恨“罗长子”，终于在“文革”前夕——1965 年底——给罗瑞卿加上“反党篡军”的罪名。1966 年 5 月，又被打入所谓“彭（真）、罗（瑞卿）、陆（定一）、杨（尚昆）反党集团”。

林彪一心要置罗瑞卿于死地，罗瑞卿受到严酷迫害。1966 年 3 月 18 日深夜，罗瑞卿怀着满腔悲愤，从楼顶跳下，跌断了腿，却没有死……

正因为罗瑞卿对于林彪所谓“立竿见影”、“走捷径”之类“左”的一套深恶痛绝，所以在他复出之后，坚决反对“两个凡是”。也正因为这样，罗瑞卿 1977 年 10 月 9 日在《人民日报》上发表《长征路上一场严重的路线斗争》，强调必须完整准确地掌握毛泽东思想，不能用片言只语骗人、吓人，不能把毛泽东思想当做僵死的教条。

当罗瑞卿读到《实践是检验真理的唯一标准》一文，理所当然地为之叫好。

罗瑞卿说，“两个凡是”其实就是林彪所说的“句句是真理”、“一句顶一万句”。照“两个凡是”办，那就什么事情也干不成。现代迷信，不打倒不行。

罗瑞卿要求《解放军报》加强对“两个凡是”的批判。

也正因为这样，罗瑞卿读到《马克思主义的一个最基本的原则》一文清样，理所当然鼎力相助。

罗瑞卿还把《马克思主义的一个最基本的原则》一文清样送解放军总政治部主任韦国清审阅。韦国清也表示赞同。

尽管作者吴江、孙长江是“地方”上的，罗瑞卿却决定以“《解放军报》特约评论员”的名义，在《解放军报》上发表。

罗瑞卿以为，署“《解放军报》特约评论员”，可以加重文章的分量。

《解放军报》和《人民日报》并肩作战

罗瑞卿看了《马克思主义的一个最基本的原则》一文，给姚远方打电话说：“文章很好，但是应该把小平同志在全军政治工作会议上的讲话引进去。要把毛主席反对本本主义和有关实事求是的论述引进去，做到无懈可击。”

姚远方记得，为了《马克思主义的一个最基本的原则》一文，罗瑞卿给他、给华楠打了七八次电话，其中好多次，都是在深夜打来的。

罗瑞卿亲自动手，两次修改《马克思主义的一个最基本的原则》一文。

为了这篇文章，罗瑞卿给胡耀邦打了 6 次电话，交换意见。为了这篇文章，罗瑞卿给《人民日报》也打了多次电话。

罗瑞卿在给胡耀邦的电话中说，如果《马克思主义的一个最基本的原则》一文发表后，“要打屁股，就打我好了！”

据《人民日报》当时的副总编李庄回忆，罗瑞卿在 1978 年 6 月 23 日 22

解放军报社副社长姚远方将军，也是“真理标准”大讨论的重要参与者

时至24日凌晨2时之间，便打了3次电话！[1]

《马克思主义的一个最基本的原则》一文是安排在《解放军报》上发表，罗瑞卿为什么给《人民日报》打电话呢？

原来，其中有一个特殊的考虑：

《解放军报》虽然是中央两报一刊之一，但是毕竟只限于军内发行，一般的读者读不到《解放军报》。所以要扩大《马克思主义的一个最基本的原则》一文的影响，必须借助于《人民日报》的转载。

按照惯例，总是《解放军报》先发表，《人民日报》在翌日转载。可是，在那特殊的时刻，却不能按照这样的常规去做。因为《马克思主义的一个最基本的原则》一文是长达1.6万字的“重磅炸弹”，而且是汪东兴三令五申“下不为例”的情况下推出的，很可能《解放军报》一发表，当天就会引起注意，马上下令不许转载。这样，《人民日报》在第二天极有可能奉命不能转载。

在那特殊的时刻，《人民日报》采取了特殊的做法，即在同一天转载！也就是说，当《马克思主义的一个最基本的原则》一文在《解放军报》发表的同时，《人民日报》在当天转载。

这样的“当天转载”，其实也就是把《马克思主义的一个最基本的原则》一文同步在《解放军报》和《人民日报》发表。

这样，《解放军报》不能不与《人民日报》不断联络，协同作战，商量着在哪一天一起推出《马克思主义的一个最基本的原则》一文。

这一日子当然首先由《解放军报》确定。他们定下在6月24日发表。

罗瑞卿关切着《马克思主义的一个最基本的原则》的发表。在23日夜10时，罗瑞卿亲自给正值班的《人民日报》副总编李庄打电话，询问《人民日报》

[1] 1996年5月25日采访于北京。

在24日同时推出《马克思主义的一个最基本的原则》一文有无困难。

李庄曾在延安抗日军政大学学习，那时罗瑞卿是抗大副校长，所以与罗瑞卿有着师生之谊。据李庄回忆，罗瑞卿在电话中问，如果24日的《人民日报》没有合适的版面，《解放军报》可以推迟几天发表《马克思主义的一个最基本的原则》。李庄回答说，24日可以发表。罗瑞卿放心了。

午夜，罗瑞卿又给李庄来电话，询问他们在校看《马克思主义的一个最基本的原则》一文时，如发现什么问题，随时告知，以作最后的修改。

24日凌晨2时，罗瑞卿第三次给李庄来电话，询问版面如何安排。李庄告诉他，《马克思主义的一个最基本的原则》一文开头部分拟放在第一版的下半部，大约占2/5版面，通栏标题，文章用5号楷体字排印。罗瑞卿问，头版上面登什么文章？李庄告知，登的是华国锋会见阿曼外交大臣的消息和照片。罗瑞卿听罢，认为这样安排合适。罗瑞卿又叮嘱对文章作仔细校对，无论如何不能出现错别字……

后来，人们才知道，当时罗瑞卿是忍着双腿的剧痛打电话的。

不久，罗瑞卿飞赴德国动手术，姚远方到机场给他送行。姚远方记得，罗瑞卿见到他，问道：“那篇文章发表之后，有什么‘麻烦’吗？”罗瑞卿重申那句话：“如果要打屁股，就打我好了！”

不料，姚远方跟罗瑞卿竟是永诀。

罗瑞卿到德国不久，便离开了人世——那是1978年8月3日，离《马克思主义的一个最基本的原则》一文的发表只有40天！

罗瑞卿去德国，是为了做左腿手术。他从1966年3月18日起，丧失了站立和行走的能力。如今，他重新出任中央军委秘书长，要不断前往各处军营视察，老是坐着轮椅极感不便。由于被德国专家告知，那里可以进行手术，使他能够重新站立起来，能够独立行走，这样，罗瑞卿在1978年7月15日飞往德国，住进距波恩200多公里的海德堡医院。

8月2日早上，罗瑞卿被推进了手术室。德国医生很认真地进行手术。手术顺利。

傍晚，罗瑞卿从麻醉中苏醒，尚一切正常。

不料，8月3日当地时间凌晨2时40分，罗瑞卿突发心肌梗塞，从此离开了人世……[1]

---

[1] 点点（罗瑞卿之女）:《非凡的年代》，277页，上海文艺出版社1987年版。

据一位深知内情的人士告诉笔者，罗瑞卿之死，其实死于当时的医疗保密制度！因为当时对于中共中央首长的健康状况是严格保密的，尤其是对于外国医生。罗瑞卿去德国，是为了治腿病，有关部门只向德国提供罗瑞卿腿病的病历，却没有透露罗瑞卿的心脏疾病。

德国医生也就没有注意罗瑞卿的心脏病。德国医生在罗瑞卿死后得知真情，痛苦地流下了眼泪……

运送罗瑞卿遗体的专机从德国飞回北京，邓小平到机场迎接老战友的灵柩。姚远方怀着沉重的心情，也去迎接老首长的棺木。

只见罗瑞卿身上覆盖着洁白的被单，四周点缀着几朵鲜红的玫瑰。

“要打屁股，就打我好了！”人们深深怀念罗瑞卿，传颂着罗瑞卿为了发表《马克思主义的一个最基本的原则》一文时对胡耀邦说的这句话。

姚远方一片深情，吟成了一首含泪的诗，献给故去的总长：

良师乘云去，
今夜宿谁家？
太行麾下卒，
哀哀泪如麻。

批判“两个凡是”的又一记重锤响鼓

《马克思主义的一个最基本的原则》一文发表时，署名“《解放军报》特约评论员”。这一回，又一次借用“特约评论员”名义，也就绕过了向汪东兴报审这一关！另外，毕竟是《解放军报》，有罗瑞卿支持，汪东兴也不便吱声。

当汪东兴见到这篇“特约评论员”文章时，文章已经同时在《解放军报》和《人民日报》发表！

《马克思主义的一个最基本的原则》一文是批判“两个凡是”的又一檄文。虽然文章批判的是“两个凡是”，然而跟《实践是检验真理的唯一标准》一文一样，在当时不能不避开正面冲击，通篇没有一句提到“两个凡是”。文章巧妙地借用华国锋的话，批判华国锋。

《马克思主义的一个最基本的原则》一开头，就引用了华国锋的话：

华主席在去年中共中央党校开学典礼上的讲话，曾着重地指出：“毛主席教导我们：‘理论与实践的统一，是马克思主义的一个最基本的原则。’毛主席同夸夸其谈、理论脱离实际的坏作风作了一辈子斗争……林彪、陈伯达、‘四人帮’这一伙反马克思主义的政治骗子，搞乱了很多基本的理论问题，也把党的优良学风给破坏了。我们必须用大力气把它纠正过来。”

文章接着引用了叶剑英“在同一场合，在同一问题上”的一段论述，然后笔锋一转，切入正题：

我们如果把华主席和叶副主席这样重要的指示看做是无的放矢，或者泛泛之论，那当然是大错特错。这些指示是切中林彪、“四人帮”所造成的时弊的。林彪、陈伯达、“四人帮”这伙反马克思主义的政治骗子，搞乱了许多基本问题，其中，最值得注意的是两个颠倒：一个，是在政治上根本颠倒敌我关系；另一个，是在思想上根本颠倒理论与实践的关系。

前一个颠倒所带来的严重后果，已经十分清楚。后一个颠倒也绝不是一件小事情，这种颠倒是从根本上干扰毛主席的思想路线和政治路线，从根本上毁坏毛泽东思想，由此产生出一系列的混乱。思想上的拨乱反正，正本清源，澄清是非，不能不从这里开始。

《马克思主义的一个最基本的原则》一文详细论述了“实践是检验真理的唯一标准”之后，尖锐地批判了某些人的责难——亦即回敬了“两个凡是”派：

有些同志甚至发出了这样的责难：把实践摆在第一位，以实践是检验真理的唯一标准，那么，把毛泽东思想、毛主席的话摆在什么位置呢？对于说这种糊涂话的人，除了上面所说的可供他们思考以外，这里，只需要反问他们一句：毛主席说过：“只有千百万人民的革命实践，才是检验真理的尺度！”（《新民主主义论》）“此外再无别的检验真理的办法”（《人的正确思想是从哪里来的？》），你们把毛主席的这个教导摆在什么位置？怎样才算是按照毛主席的教导办事？看来，马克思主义这门科学，不经过认真学习，单凭朴素的感情，是不可能真正弄懂的，我们还是要好好学习……林彪、“四人帮”肆意篡改毛泽东思想，打着毛主席的旗帜，贩卖他们的黑货，我们不少人受过骗上过当，这个教训太深刻了……

《马克思主义的一个最基本的原则》一文指出，“关于毛泽东思想的根本观点，邓小平同志最近在中央军委召开的全军政治工作会议上作了极其精辟的阐述”。文中引用了邓小平报告中三段重要的阐述之后，称赞邓小平“说得多么中肯、多么深刻、多么好啊！”

文章有力地驳斥了“两个凡是”派所谓的“砍旗论”：

> 正如邓副主席所指出，我们有一些同志天天讲毛泽东思想，却往往忘记、抛弃甚至反对毛泽东思想的根本观点、根本方法。有的人甚至不准别人坚持实事求是，只要求躺在马列主义、毛泽东思想的现成条文上，照抄照转照搬，而不顾实际情况如何。甚至不允许讲实践是检验真理的标准，不允许讲冲破林彪、“四人帮”设置的“思想禁区”，仿佛一讲实践标准，一旦冲垮那些“禁区”，马列主义、毛泽东思想就会站不住，就会大祸临头似的。真是怪事！世界上哪里有这样的马列主义、毛泽东思想？马列主义、毛泽东思想是人类历史上最先进最革命的科学思想体系，是经过千百万人民的实践证明了的普遍真理，它可以战胜一切倒退的、反动的思潮而决不被它们所战胜。马列主义、毛泽东思想的旗帜是砍不倒的。

这里所说的“照抄照转照搬”，正是“两个凡是”的生动写照。

文章最后指出：

> 我们有些同志自称信奉唯物主义，熟读《实践论》，但一听到实践标准，就如临大敌，究竟为了什么呢？应当认为，这是目前一种很值得注意的思潮。

《马克思主义的一个最基本的原则》一文是又一记重锤响鼓。这篇文章的发表，在“两个凡是”的大堤上炸开了又一个大缺口……

甘肃第一个发出响应的声音

就在《马克思主义的一个最基本的原则》一文发表后的第 4 天——1978

年6月28日——《光明日报》发表了《宋平同志在甘肃省委召开的理论工作座谈会上的讲话》。

紧接着，6月30日，《甘肃日报》发表了“甘肃省委宣传部和《甘肃日报》编辑部召开讨论真理标准问题的座谈会”的报道。

这是一个重要的讯号：甘肃对“真理标准”问题展开了讨论！这意味着，关于“真理标准”的讨论，不再只是局限于北京，局限于中央报刊。这一讨论，开始在各地展开，而甘肃打响了第一炮。

甘肃地处大西北，属于经济不发达地区，在政治上也只是一般性的省份，然而，在关于“真理标准”的讨论中，在各省市委之中，却一马当先。

甘肃原来的省委书记、省“革命委员会”主任是冼恒汉。自1977年6月17日起，由宋平担任中共甘肃省委第一书记兼省“革命委员会”主任、兰州军区第二政委。

宋平是山东莒县人，原名宋延平，生于1917年4月。他9岁才上学，连着跳级，很快念完了小学、中学。

据宋平之子宋宜昌告诉笔者，一个非常奇特的机遇，使宋平有机会到北平上大学：那是宋平的哥哥参加万国邮政奖，得了奖——300大洋！于是，哥哥把这笔钱给了宋平去北平上学。[1]

这样，宋平进入北平农业大学。在农业大学念了一年，宋平又考入清华大学化学系。

1936年，宋平参加中华民族解放先锋队，翌年加入中国共产党。

宋平担任过延安马列学院组织科长、重庆《新华日报》编辑部秘书长、南京中共代表团周恩来政治秘书、东北总工会副主席。这样，宋平有了多方面的工作阅历。

1949年后，宋平担任过政务院劳动部副部长、国家计委副主任。

1958年，在毛泽东的领导下，中国掀起了“大炼钢铁”的热潮，钢铁生产的指标一次次攀升，完全脱离了中国当时的生产能力。1959年，中国的钢铁生产指标定为年产1800万吨。

1959年春，在国务院领导和有关部门负责人开会讨论钢铁生产指标时，作为国家计委副主任，宋平作了重要发言。宋平没有正面批评当时的高指标，却是算了一笔细账：要完成年产这么多的钢铁，需要多少铁矿石，需要多少石

---

[1] 1996年5月25日采访于北京。

灰石与焦炭，需要多少运输能力，而当时中国的铁矿石、石灰石、焦炭的生产能力是多少，运输能力又是多少……再说，炼出多少吨铁，才能生产多少吨粗钢，而粗钢还得精练，要开坯，要轧材，每一道工序都要损耗……

宋平用具体的数字，实实在在的计算，证明了高指标远离了中国的生产实际。宋平指出，当年完成1800万吨钢是很困难的。

宋平的发言，深为陈云所赞赏。散会时，走到门口，陈云拍着宋平的肩膀说："质量！质量！"

陈云的意思是必须强调钢的质量，克服当时片面追求钢的产量。当时的钢铁很多不符合质量标准，成了废品。后来，在陈云的强调下，总算把钢铁生产的高指标降了下来。

1960年，宋平调任中共西北局委员兼西北局计委主任，这样开始在西北工作。

1963年9月，宋平担任"三线建设委员会"副主任。

"文革"中，宋平曾受到非难，在"牛棚"里关了一年多。

后来，陕西要搞生产，成立了"生产指挥部"，让宋平当顾问。这样，宋平才算又开始工作。

那时宋平全家5口人，拥挤在一间20多平方米的屋子里，过了两三年。

1972年，宋平出任中共甘肃省委书记、甘肃省"革命委员会"副主任。

从1977年6月17日起，宋平成为甘肃的"一号人物"。

在《实践是检验真理的唯一标准》一文发表之后，宋平便在甘肃注意到了这篇不同凡响的文章。接着，他又注意到《马克思主义的一个最基本的原则》一文。

在宋平的提议下，甘肃接连开了两个座谈会：先是在6月25日由中共甘肃省委召开甘肃省理论工作座谈会。接着，在6月27日，中共甘肃省委宣传部和《甘肃日报》在兰州联合召开"真理标准"座谈会。

这两个座谈会，座谈的都是《实践是检验真理的唯一标准》和《马克思主义的一个最基本的原则》两文所提出的"真理标准"问题。

也就是说，中国省级第一个"真理标准"座谈会，是在甘肃召开的。

6月25日，作为中共甘肃省委第一书记，宋平在座谈会上发表讲话。宋平指出：

我们要刻苦学习，弄懂理论。路线是非是可知的。实践是检验真理的唯一标准。有些问题已经有了实践，有些问题还有待继续实践，真正通过实践有把握了，心里也就踏实了。

我们搞社会科学研究的同志，一定要坚持唯物主义，坚持真理，当老实人。要拿出勇气，追求真理。[1]

紧接着，“真理标准”问题座谈会在兰州召开。当时的报道是这样写的：

为了深入揭批“四人帮”，拨乱反正，正本清源，恢复发扬党的理论与实践相联系的优良传统和作风，省委宣传部和本报编辑部于6月27日召开座谈会，座谈《人民日报》《解放军报》《光明日报》最近发表的《马克思主义的一个最基本的原则》《实践是检验真理的唯一标准》等重要文章，讨论关于检验真理的标准问题。参加座谈会的有在兰州的部分大专院校、省委党校和兰州市委党校、部分厂矿企事业和兰州市委宣传部的有关负责同志。[2]

报道对刚刚发表不久的《马克思主义的一个最基本的原则》给予很高的评价：

大家在座谈讨论中一致认为，《马克思主义的一个最基本的原则》等重要文章，正确地阐明了实践是检验真理的唯一标准这个马克思主义的基本原理，完全符合毛主席的一贯教导。这些文章对林彪、“四人帮”多年来颠倒理论和实践关系的罪行，进行了深刻的揭露和批判，对我们从思想上理论上深入揭批“四人帮”有十分重要的意义，我们应当认真学习。[3]

报道批判了对毛泽东思想的“绝对化”、“宗教化”的错误倾向：

大家指出，多年来，林彪、“四人帮”反对马列主义和毛泽东思想的

---

[1]《宋平同志在甘肃省委召开的理论工作座谈会上的讲话》，《光明日报》1978年6月28日。

[2]《甘肃省委宣传部和〈甘肃日报〉编辑部召开讨论真理标准问题的座谈会》，《甘肃日报》1978年6月30日。

[3] 同上。

一个十分恶毒的办法是，打着“高举”的幌子，宣传什么“句句是真理”、“一句顶一万句”、“顶峰”、“最高真理”、“绝对权威”、“句句照办”等等，从而把马列主义和毛泽东思想绝对化、宗教化。他们这样做的目的是，窒息马列主义、毛泽东思想的革命灵魂，否定它是科学真理。

这样，他们就可以从根本上推翻马列主义和毛泽东思想，从根本上埋葬党的实事求是的优良传统，以致整个毁坏党的革命事业。这是他们糟蹋和反对马列主义、毛泽东思想的最卑鄙的伎俩。[1]

报道虽然没有点“两个凡是”的名，但是尖锐地指出，“两个凡是”实际上是林彪、“四人帮”流毒的反映：

我们许多同志至今办事情，做工作，不从实际情况出发，不看它是否合乎客观实际，是否对广大群众有利，而是依它是否符合本本而定；执行上级指示，不结合本地区本单位的实际情况，而是照本宣科，照抄照转，当“收发室”，等等，就是这种流毒的反映。大家一致表示，一定要下定决心，彻底清除它们的流毒。[2]

应当说，地处西北一隅的甘肃，在当时能够如此态度鲜明地支持《人民日报》《光明日报》《解放军报》关于“真理标准”问题的讨论，支持《实践是检验真理的唯一标准》和《马克思主义的一个最基本的原则》两文，确实很不容易。尤其是在张平化向各地“打招呼”之后，仍不顾“禁令”，在各省之中第一个站出来积极开展关于“真理标准”问题的讨论，更不容易。

笔者托宋平之子向宋平请教：为什么甘肃在关于“真理标准”问题的大讨论中会在全国领先？有没有来自北京的“关系”在起作用？ 1996年5月29日，宋平给予了答复：“当时甘肃完全是独立发起的，并没有北京的‘关系’在起作用。”

宋平说：“甘肃率先开展‘真理标准讨论’，是因为当时甘肃不开展这个讨论，不批判‘两个凡是’，任何工作都无法进行。”

---

[1]《甘肃省委宣传部和〈甘肃日报〉编辑部召开讨论真理标准问题的座谈会》，《甘肃日报》1978年6月30日。

[2] 同上。

宋平还说，在农村实行“包产到户”，甘肃也是在全国比较早的，因为甘肃是个十年九旱的地方，农民很穷。不进行这样的改革，农民早就没饭吃了。

笔者得知当时主持《甘肃日报》工作的总编辑刘爱芝，如今已经调往北京工作，便于1996年5月26日对刘爱芝进行采访。

刘爱芝这名字，很容易令人误会是女性，在“文革”中进“牛棚”时甚至把刘爱芝列入打扫女厕所的名单。其实，刘爱芝乃男子汉。他曾在《红旗》杂志担任编辑，1959年被打成“右倾机会主义分子”，“下放”到甘肃。平反后，他担任过县委书记，后来担任《甘肃日报》总编辑。

刘爱芝说，正因为甘肃穷，又深受“左”的长期祸害，所以“穷则思变”，深知不批“左”、不批“两个凡是”，甘肃翻不了身。在宋平同志领导下，甘肃率先开展“真理标准”问题的讨论。我们都切身感到，“左”的东西不清除不行。抓住了批“两个凡是”，就是抓住了当时思想工作的根本。

刘爱芝说，他从1959年起就遭受“左”的灾难，所以对“左”的一套深恶痛绝。《甘肃日报》上关于甘肃开展“真理标准”问题讨论的报道即出于他的手笔。

刘爱芝说，《甘肃日报》在宣传报道个体经济方面，在全国也是最早的。当时，甘肃农村出了个养鸡致富的个体户，他跑去采访，写报道。宋平同志看了报道，很赞赏，指示写评论加以推广。

甘肃一马当先，早于第二个开展关于“真理标准”问题讨论的省份——黑龙江省——达40天！比起别的省份，更可谓遥遥领先了！

科学家加入战斗行列

七月流火。随着气温的上升，关于“真理标准”问题的论战也不断升温。

北京哲学界和甘肃省理论界相继介入“真理标准”问题的讨论之后，自然科学家们也加入了这一讨论。

其实，自然科学家们早就注意到“真理标准”问题的讨论。前已提及，就在《实践是检验真理的唯一标准》一文发表的第3天，高能物理学家何祚庥就在《光明日报》上发表文章，从自然科学的角度说明“实践是检验真理的唯一标准”。

确实，在自然科学上，“实践是检验真理的唯一标准”这一道理是最容易理解、最容易接受的。因为一切自然科学理论，只有经得起实验——也就是实践检验——才能确立。这是众所周知的，是谁都承认的。

中国化学家、中国科学院学部委员傅鹰教授有句名言："事实是科学的最高法庭。"所以，任何科学理论，只有经得起事实（实验）的检验，才被承认为理论。正因为这样，《实践是检验真理的唯一标准》一文，在中国科学界得到热烈欢迎。

也就在《实践是检验真理的唯一标准》一文刚刚发表之后，主持科学方面领导工作的方毅就非常重视这篇文章。

方毅，福建厦门人氏，1916 年出生，1931 年加入中国共产党。他曾先后担任过山东省人民政府副主席、福建省人民政府副主席、上海市副市长、财政部副部长、对外经济联络部部长、对外经济联络委员会主任。

据方毅秘书郭曰方告诉笔者，对于方毅来说，1977 年 1 月 13 日是一个值得纪念的日子。在这一天，方毅的工作发生了大变化，他被任命为中共中国科学院党组书记兼中国科学院副院长。从此，方毅从对外经济联络部的领导工作，转向了科学教育方面的领导工作。[1]

国务院副总理方毅发动科学界积极参加"真理标准"大讨论，从自然科学的角度论证"实践是检验真理的唯一标准"

当时，郭曰方正在对外经济联络部值班室工作。忽然，陈慕华找他谈话，说是要调他担任方毅同志的秘书，并立即随方毅同志前往中国科学院工作。郭曰方服从了组织的分配，立即收拾文件，随方毅奔赴新的工作岗位。

不久，邓小平第三次复出，主动向中央要求抓科学、教育工作。于是，方毅成了邓小平在科教工作方面的副手。那时，邓小平跟方毅在工作上有着非常密切的联系。方毅很认真地贯彻邓小平对科教工作的指示。

邓小平在 1975 年第二次复出时，派往中国科学院主持工作的是胡耀邦。只是胡耀邦刚刚对这个"文革"的"重灾区"进

[1] 1996 年 5 月 25 日采访于北京。

行调查，还没有展开工作，就被“批邓、反击右倾翻案风”赶下了台。如今，方毅继续着当年胡耀邦未竟的工作。

虽然“四人帮”已经被打倒，但是“左”的影响还非常深刻。郭曰方记得，他随方毅一到中国科学院，第一件事是去看望中国科学院院长郭沫若。接着，就忙着跑研究所。方毅说，他必须对一个一个研究所进行了解，摸清存在的问题。

根据邓小平的指示，方毅在1977年8月上旬主持召开科学和教育工作座谈会。

邓小平出席了会议，并在8月8日作了重要讲话。邓小平提出要“尊重知识，尊重人才”，使科学家们深受鼓舞。

邓小平的重要讲话在中国科学院传达之后，科学家们群情振奋。郭曰方记得，那时每天一上班，办公室前就排起了长队。中国科学院冤假错案成堆，蒙冤者听说方毅来了，纷纷前来向他申诉。为了能使方毅考虑中国科学院的全面工作，郭曰方代表方毅出面接待一个个来访者，然后把情况向方毅汇报。

郭曰方说，他那段时间的工作非常累，方毅比他更累。即便如此，方毅每天忙完工作之后，在深夜仍有三项“雷打不动”的安排：一是收听中央人民广播电台的新闻广播，二是坚持半小时学习外语，三是坚持半小时练书法。在完成这“雷打不动”的三项工作后，方毅还要跟郭曰方谈明天的工作安排。

郭曰方回忆说，那一段在中国科学院的工作极度紧张，往往半夜刚睡下，又被送机要文件的通讯员叫醒。所以他在方毅身边工作了两年多，便因患胃癌不得不紧急住院……方毅的体质也差，因为方毅曾在解放前坐过七八年监狱，受过各种酷刑的折磨，身体遭受很大的损害。但是方毅的毅力是惊人的，他顽强地工作着，挑起了科学界拨乱反正的重任。

自1977年9月起，方毅担任国家科学技术委员会主任。自1978年3月起，方毅又出任国务院副总理。

在《光明日报》发表了《实践是检验真理的唯一标准》一文之后，方毅非常重视。因为方毅深知，不彻底批判“两个凡是”，科学界就无法清除“左”的恶劣影响。

当时的国家科委副主任童大林，也和方毅一样，积极赞成在科学界开展“真理标准”问题的讨论。

1978年5月中旬，国家科委、中国科学院和中国科协这“三科”，便在方毅主持下举行联席会议，对《实践是检验真理的唯一标准》一文进行讨论，表示支持。会议希望中国科学界重视关于“真理标准”问题的讨论。

在中国各界之中，方毅领导下的科学界最早对《实践是检验真理的唯一标准》表示响应。

当然，这次会议还只是一次动员会、表态会。

1978 年 7 月 5 日，由中国科学院理论组和自然辩证法研究会出面，正式召开了关于“真理标准”问题的讨论会。

耐人寻味的是，这次讨论会借用的名义是“纪念毛主席的光辉著作《实践论》《矛盾论》发表 41 周年”。按照惯例，人们在举行纪念活动时，很重视逢五或者逢十。

1977 年 7 月，是毛泽东的《实践论》《矛盾论》发表 40 周年，他们并没有进行纪念。可是，在这“41 周年”时，却举行纪念会。其实，无非是借用这一名义，进行“真理标准”问题讨论罢了。因为毛泽东这“两论”，特别是《实践论》，反复阐明了“实践是检验真理的唯一标准”这一问题。在“两个凡是”仍十分盛行的时候，借用毛泽东著作来批判“两个凡是”，乃是一种高超的斗争艺术。

众多的科学家集结在北京的科学会堂，他们纷纷以自然科学发展史上的事例，来说明“实践是检验真理的唯一标准”。

科学家们指出：

> 科学就是实事求是的学问，科学不承认任何偶像，而要倾听实践的呼声，接受实践的检验。一部科学技术发展史，就是在实践的基础上，不断地有所发现、有所发明、有所创造、有所前进的历史。[1]

科学家们以他们特有的专业语言和科学史上的名人名言名事名例，说明“实践是检验真理的唯一标准”：

> 近代自然科学就是在冲破中世纪的封建神学和经院哲学的羁绊中发展起来的。在封建神学和经院哲学统治下，正如伽利略所说：“在公开辩论时，当有人正在讲述一个可以证明的结论时，他的话却被一个反对者打断

[1]《中国科学院理论组和自然辩证法研究会联合召开第二次理论讨论会》，《光明日报》1978 年 7 月 13 日。

了，用一段亚里士多德的原话堵讲述者的嘴（这段原话时常是为了完全不同的目的而写的）。”甚至当一个学生发现太阳上有黑点时，他的老师、一个经院哲学家，因为圣经和亚里士多德的书上都没有谈到那些黑点，竟向这个学生说：“这些黑点只在你的眼睛里，而不是在太阳上。”法国哲学家蒙台涅曾嘲笑这些经院哲学家说：“我们都会郑重其事地说，‘西塞罗是这样说的，或者，这就是柏拉图的道德学说，或者，这就是亚里士多德的原论’。至于我们能代表自己说些什么呢？我们自己的论断是什么呢？我们的行为是怎样的？只是鹦鹉学舌而已。”这些不也正是对那些生活在现代而却要复活中世纪经院哲学的人们的绝妙写照吗！[1]

科学家们不光是参加讨论会，还拿起笔来写文章，在《人民日报》《光明日报》等报刊上发表，从科学史的角度说明“实践是检验真理的唯一标准”。

虽说科学家们逊称自己只是“敲边鼓”罢了，但是科学家们的加入，使关于“真理标准”问题的讨论声势更为壮大。

中共高层的不同表态

报纸上关于“真理标准”问题的讨论日趋热烈，中共高层领导中对于这一问题的分歧也日见明显。

也就在7月，中共中央副主席汪东兴到山东视察，在济南跟中共山东省委负责人谈话时，谈到了关于“真理标准”问题的讨论，说了三句分量很重的话：“一不要砍旗，二不要丢刀子，三不要来一百八十度的转变。”

“砍旗”之意，前已述明，即“砍毛泽东思想伟大红旗”。“丢刀子”则取义于毛泽东的话。毛泽东曾批评当时苏联的领导人，把列宁这把“刀子”丢了。汪东兴所说的“丢刀子”，也就是“丢掉毛泽东”之意。

汪东兴还说：“现在报纸上只宣传17年（引者注：指“文革”前的17年），宣传粉碎‘四人帮’后的两年，不宣传‘文化大革命’。‘文化大革命’成绩是主要的嘛！三七开嘛！”

---

[1]《中国科学院理论组和自然辩证法研究会联合召开第二次理论讨论会》，《光明日报》1978年7月13日。

另一位中共中央副主席李先念，则在国务院召开的“务虚会”上，发表了与汪东兴相反的意见。

国务院的“务虚会”从1978年7月6日开始，陆续开到9月9日结束。会议的主题是研究加快中国四个现代化的速度问题。会议开始时，李先念在讲话中明确表示：“实践是检验真理的唯一标准”是正确的，这是我们一向坚持的观点；我们要解放思想，振奋大无畏的革命精神。

李先念支持开展关于“真理标准”问题的讨论。

中共中央主席华国锋又一次跟各地打招呼，要求各地对于“真理标准”问题的讨论“不表态”、“不卷入”。中共中央宣传部部长张平化贯彻执行了华国锋的指示。

中共中央副主席邓小平在7月21日找中共中央宣传部部长张平化谈话。邓小平跟张平化谈到了关于“真理标准”问题的讨论，很严肃地向张平化指出：“你不要再下‘禁令’、设‘禁区’了，不要再把刚刚开始的生动活泼的政治局面向后拉。”

张平化不以为然。此后，8月初，张平化去了东北。

对于这位中共中央宣传部部长的到来，东北三省省委自然都很希望他能够谈谈“热点问题”——关于“真理标准”的讨论。张平化在黑龙江、在辽宁，一字不提这一讨论。

在吉林，张平化终于谈到了这一问题，然而他语出惊人：“国内外的阶级敌人，都在骂毛主席，恶毒攻击毛主席……人民内部呢，也有些思想动态值得注意。比如，在我们宣传战线上有个别人不承认毛主席是我们党的缔造者。”

他说，有些外国评论家“说现在我们否认了毛主席是神，那意思是说我们原来把毛主席当作神了，那就是我们信仰毛主席是宗教信仰，把他当作神了，迷信了。这完全是污蔑”。

张平化还说，（关于“真理标准”问题的讨论）只讲一条语录，不全面贯彻《实践论》不行，要融会贯通。

张平化的言外之意，是说《实践是检验真理的唯一标准》一文，只讲毛泽东关于“实践是检验真理的唯一标准”这一条语录。

张平化说，还是学《实践论》吧，这是最好的教材。

最后，张平化用极其“简练”的语言概括道：“我们只能宣传一个领袖，过去宣传毛主席，现在宣传华主席。”

邓力群的报告吸引上千听众

就在中共高层对于“真理标准”问题讨论的意见分歧日见明显的时候，关于“真理标准”问题的讨论却日益热烈。

1978年7月17日上午，上千人涌向北京的中央歌剧院礼堂。

这么多人去看歌剧？歌剧一般在晚间上演，极少在上午演出，更何况在那时，中国歌剧尚处于“苏醒”阶段，几乎没有什么歌剧上演。

冷落多年的中央歌剧院礼堂忽地爆满，人们为的是去听一个不平常的报告——关于“真理标准”问题的报告。

报告人名曰邓力群，中国社会科学院副院长。

那是因为自7月17日至7月24日，在北京并不起眼的朝阳区委党校，举行了一个热烈而重要的讨论会。

这个讨论会的全称是“中国社会科学院哲学研究所、《哲学研究》编辑部召开理论和实践问题的讨论会”。

会议是这样进行讨论的：

> 讨论会遵循“百家争鸣”的方针，紧紧围绕着真理的标准问题和当前讨论这个问题的重大意义，进行了热烈的讨论。通过讨论大家认识到，检验真理只能是社会实践这样一个标准，而不允许还有别的标准。反对实践这个标准，妄图另立什么标准，这是林彪、“四人帮”从根本上颠倒理论和实践的关系造成的流毒没有肃清而产生的一种社会思潮。这种思潮的实质是：反对马克思主义作为实事求是、从实际出发的指南，主张把马克思主义看成万古不变的教条。只有坚持与这种社会思潮作斗争，才能解决科学地对待马列主义、毛泽东思想的问题，才能真正高举马列主义、毛泽东思想的伟大红旗。[1]

会议的出席者不再局限于北京地区，而是“邀请了全国各省、市、自治区的部分哲学理论工作者和实际工作者”。

---

[1]《中国社会科学院哲学研究所、〈哲学研究〉编辑部召开理论和实践问题的讨论会》，《哲学研究》1978年第8期。

会议的正式出席者为160多人。但是，会议的开幕式却不得不改在中央歌剧院礼堂举行，因为听说中国社会科学院副院长邓力群要在开幕式上讲话，许多并非会议的正式代表闻风而来，要求听取这一讲话……人们蜂拥而至，就连中央歌剧院的礼堂的过道里都站满了。这充分表明，人们对于“真理标准”问题是何等的关注。

邢贲思记得，范若愚、逄先知等，也都很兴奋地去出席了会议。

报告人邓力群，乃湖南省桂东县人氏，生于1915年。他在21岁时加入中国共产党，先后担任过北平学联执行委员，中华民族解放先锋队总队部代理组织部部长，马列学院教育处长，吉北地委宣传部部长，东北财委办公室副主任，辽宁省政研室主任，中共中央新疆分局常委、秘书长、宣传部部长。此后他的重要任命是担任刘少奇政治秘书多年，《红旗》杂志副总编辑。

邓力群在“文革”中，随着刘少奇的下台而受到批判，后来又随邓小平的复出而复出，担任国务院政研室负责人。在1975年8月，他根据邓小平多次讲话精神而主持起草《论全党全国各项工作的总纲》。

在1976年的“批邓、反击右倾翻案风”中，《论全党全国各项工作的总纲》也被打成“大毒草”，邓力群再次受到批判。

粉碎“四人帮”之后，邓力群再度复出，担任中国社会科学院副院长。当时的院长为胡乔木。

邓力群对于邓小平批判“两个凡是”，是非常了解的。早在1977年5月24日，邓小平那番批判“两个凡是”的重要谈话，就是跟王震、邓力群谈的。

正因为这样，邓力群出来作报告，听众踊跃。

邓力群的口才也不差，所以他的报告颇受欢迎。

邓力群在讲话中，先是引用了邓小平的话：

> 在全军政治工作会议上，小平同志就对待毛泽东思想的态度问题讲到了三种人：
>
> 第一种人是按照毛主席倡导的实事求是的根本观点、根本方法办事的。这是很好的。
>
> 第二种人尽管口头上也讲马列主义、毛泽东思想，实际上却往往忘记、背弃甚至反对毛主席的实事求是的根本观点、根本方法。
>
> 第三种人比较少。他们不但自己背弃和反对实事求是，而且反对别人

实事求是。他们认为，只要不是照抄照转照搬，当“收发室”，就是犯了弥天大罪。

我们搞哲学研究工作的同志，应该支持、遵循哪一种态度呢？我想在座的同志都会赞成小平同志的意见。我们的一切研究工作，都应该遵照实事求是的根本观点、根本方法。如果这个问题不解决，如果这个问题上有动摇，我们很多事情就无法前进。

接着，邓力群讲述了自己对《实践是检验真理的唯一标准》一文的认识经过：

《光明日报》发表《实践是检验真理的唯一标准》以后，引起了一些议论。后来《解放军报》又发表了长篇文章，对前一篇文章的观点进行进一步阐述，对不赞成这篇文章的看法进行了商讨和批评。我个人是完全同意这两篇文章的。说实在话，第一篇文章见报后，在没有听到不同意见时，我认为是一篇很普通的文章，并没有觉得发表了什么谁也没有讲过的新意见。听到不同意见以后，我才觉得，这篇文章的确起了好作用。理论界、学术界由此展开了热烈的讨论。这个讨论还在继续深入，它对于我们各方面的工作，都会有很好的影响。

邓力群着重指出林彪、“四人帮”“打着毛主席旗号打击毛主席的力量”所造成的复杂局面，指出拨乱反正的艰难性：

林彪、“四人帮”打着毛主席的旗号打击毛主席的力量。这个非常恶毒的策略，使我们的理论工作和各项工作，对新的问题的探讨，遇到很复杂的情况。现在拨乱反正，肃清林彪、“四人帮”的流毒，批判他们歪曲、篡改、攻击马列主义和毛泽东思想的罪行，必须完整、准确地学习和掌握毛泽东思想体系。一定要好好地研究他们是怎样打着毛主席旗号，又是怎样歪曲、篡改、反对毛泽东思想，怎样反对毛主席的革命路线，怎样反对党和社会主义制度的。不能够粗枝大叶，不要以为反正是歪曲、篡改，就不去进行科学的分析和批判，放松在理论战线上同“四人帮”斗争的任务。我们是要维护毛主席旗帜的。批判“四人帮”的歪曲、篡改，正是为了恢复毛主席旗帜的真面目。如果不严肃对待，就会由于疏忽轻率而犯一些自己不想犯的错误。所以，有了自信以后，还建议同志们采取严肃的、科学的态度。

当然，我们的自信本身，也是采取严肃的、科学的态度的表现。我们要负起责任，在完整地、准确地维护毛泽东思想问题上，做得越来越好。

邓力群的报告，对于理论界投入“真理标准”问题的讨论，起了很好的发动作用。

哲学家冯定、《光明日报》编辑部马沛文、《人民日报》编辑部汪子嵩、《实践是检验真理的唯一标准》作者胡福明等，都在会上作了发言，使会议的“气温”不断上升。

内中，《人民日报》编辑部汪子嵩的讲话，声明只“代表我自己”，“完全是个人意见”。他在发言中指出，《实践是检验真理的唯一标准》一文，正是说到了“两个凡是”派们的“根子”上去了，所以才会引起他们那么强烈的反对：

《光明日报》特约评论员的文章（引者注：即《实践是检验真理的唯一标准》一文）本来并没有太新的论点，可是为什么它一发表，立即引起强烈的反对，引起这样大的反响呢？……我觉得现在提出的实践是检验真理的标准的问题，是说到这种思潮的根子上面去了。

因为这种思潮，认为“句句是真理”，凡是革命导师讲过的话，句句都要办。

周扬尖锐批判“两个凡是”

如果说，邓力群的报告是中国社会科学院哲学研究所、《哲学研究》编辑部召开理论和实践问题的讨论会的“凤头”，那么这个讨论会闭幕式上周扬的讲话则是“豹尾”。

周扬是以中国社会科学院顾问的身份发表讲话的。

周扬，原名周起应，1908 年生于湖南益阳县，是中国著名的文艺理论家。他在 1927 年蒋介石发动“四一二”政变的日子里，加入中国共产党。此后，他曾在上海担任中共左翼作家联盟党团书记、中共上海局文委书记，“左联”机关刊物《文学月报》主编。

周扬在1937年秋到延安，担任陕甘宁边区教育厅长、陕甘宁边区文协主任、鲁迅艺术学院院长。

1949年后，周扬是中国文艺界的主要领导人，先后担任文化部副部长、中国文联副主席、中国作家协会副主席、中共中央宣传部副部长。

在“文革”中，周扬遭到“四人帮”的严重迫害。《林彪同志委托江青同志召开的部队文艺工作座谈会纪要》声称中国文艺界被一条“黑线”专了政，周扬被指斥为这条“黑线”的头目。追溯这条“黑线”，一直“追”到30年代所谓的“四条汉子”——周扬、田汉、夏衍、阳瀚笙。

姚文元在1967年第1期《红旗》杂志上发表长文《评反革命两面派周扬》，把对周扬的“批判”推向了“高潮”。

周扬在“文革”中被投入监狱达9年之久，粉碎“四人帮”之后得以复出。

周扬在担任中国文艺界联合会主要领导时，曾做过许多有益的工作。但是，平心而论，他也曾受“左”的深刻影响，做了不少错事。例如，在把丁玲、陈企霞打成“丁陈反党集团”等事上，周扬负有不可推卸的责任。

周扬的可贵在于复出之后，进行了认真的反思，对于“左”的一套进行深刻的批判。他主动地、诚恳地向过去被他错整过的人进行道歉。也正因为这样，在批判“两个凡是”时，周扬始终站在第一线。

周扬的讲话很直率，态度很鲜明。周扬讲话的“核心句”，乃是很明确地说“真理标准”问题是“思想政治问题”：

> 因为这个问题不单单是个哲学问题，而且是个思想政治问题。这个问题的讨论，关系到我们的思想路线、政治路线，也关系到我们党和国家的前途。如果我们放弃了实践是检验真理的标准这一马克思主义的基本观点，那么我们就会离开马克思主义的轨道。所以这次讨论很有必要。

周扬之所以这么说，是因为有一位负相当责任的人士强调说，“真理标准讨论”是纯学术问题，不是政治问题。于是，在会上有人专门出了一些“纯学术”问题让大家讨论，以求把这场讨论纳入学术轨道。

周扬之所以这么说，还因为有一位负相当责任的人士向大家保证说，对于“真理标准”问题，中央主要领导同志的意见是一致的，没有分歧。也就是说，

“真理标准讨论”绝不涉及政治问题，涉及中共中央主要领导的思想分歧、政治分歧。

周扬难能可贵的是说真话，指出了“真理标准讨论”的真实情况：这是一场政治斗争！

周扬还很鲜明地批判了所谓的“砍旗论”：

> 但是至今还没有看到持反对意见的同志的文章。听说有的同志认为这篇文章理论上和政治上是错误的，是“砍旗”的。这样，问题就严重了，这就关系到对毛泽东思想是举旗还是砍旗的问题。事关重大，这样重大的问题必须搞清楚，对它作出明确的回答。当前确实存在着不承认实践是检验真理的标准的这样一种观点、一种思潮，所以值得我们来讨论。
>
> 如果说坚持实践是检验真理的唯一标准是砍旗，那是砍林彪、“四人帮”的旗。

周扬在讲话中，尖锐地称“两个凡是”派们是“反马克思主义”、“假马克思主义”：

> 如果你对马克思主义、毛泽东思想只是背诵个别词句，而不是领会它的精神实质，它的立场、观点和方法，也就是说，不是完整地准确地理解它的整个思想体系，那你的这种“马克思主义”，正如毛主席早在延安整风时说过的，就是反马克思主义。对于这种反马克思主义或者假马克思主义的东西，就是要否定它，要削弱它。只有彻底否定这种反马克思主义或假马克思主义的东西，真正的马克思列宁主义、毛泽东思想才能够得到巩固和加强。

中国社会科学院哲学研究所、《哲学研究》编辑部召开理论和实践问题的讨论会，在首都、在全国产生了很大的影响。

不过，诚如周扬在讲话中所说：“至今还没有看到持反对意见的同志的文章。”

这确实是一种奇怪的现象：自从《实践是检验真理的唯一标准》一文发表以来，那些“持反对意见的同志”，从中共中央主席华国锋、中共中央副主席汪东兴、中共中央宣传部部长张平化等，都只是发表内部指示、讲话，尽管这些内部指示、讲话非常尖锐，但是在报刊上却见不到一篇“持反对意见的同志的文章”。

“持反对意见的同志”真的不写文章吗？

不，不！一篇“大文章”，从 1978 年 7 月底开始，正在“保持沉默”的《红旗》杂志编辑部一次又一次地起草、修改着……此是后话。

第十一章 大论战推向全国

◎ 关于“真理标准”问题的大讨论终于轰动全国。尽管中共中央没有发出要求各地参加讨论的文件，但是各地首脑纷纷表态支持“实践是检验真理的唯一标准”。唯有《红旗》杂志保持沉默。但是，《红旗》杂志终于“后院起火”。

黑龙江爆发“红与黑”之争

就在中国社会科学院哲学研究所、《哲学研究》编辑部召开理论和实践问题的讨论会期间，1978 年 7 月 22 日，《人民日报》发表了邢贲思的又一篇重要文章《哲学的启蒙和启蒙的哲学》，对“真理标准”问题作了深入的阐述。

就在这天下午，邓小平找胡耀邦作了一次重要谈话。

邓小平指出，《实践是检验真理的唯一标准》这篇文章是马克思主义的。争论是不可避免的。有些人所以出来争论，其根源就是“两个凡是”。《理论动态》的班底很不错。这些同志很读了一些书，不要搞散了，这是一个好班子。[1]

邓小平的这一谈话，明确地肯定了《实践是检验真理的唯一标准》一文。邓小平还指出了关于《实践是检验真理的唯一标准》一文的争论的“根源”，是“两个凡是”。所以，邓小平在“真理标准”问题论战的关键时刻，给了《实践是检验真理的唯一标准》的作者、审定者胡耀邦以及中共中央党校的《理论动态》以有力的支持。

也就在这一天，新华社的《内部参考》所载孙铭惠的报道，引起了胡耀邦的关注。

孙铭惠是新华社驻黑龙江记者，报道了中共黑龙江省委召开常委扩大会议进行关于“真理标准”问题的讨论。

黑龙江省曾在批判极左思潮中一马当先。这一回，中共黑龙江省委及时注意到“真理标准讨论”。

黑龙江省为什么会讨论起“真理标准”问题呢？事情是从“文革”前 17 年的中共黑龙江省委是“黑省委”还是“红省委”引发的。

孙铭惠在报道中，写及中共黑龙江省委第一书记杨易辰的观点：

---

[1] 转引自戴煌：《胡耀邦与平反冤假错案》，《南方周末》1996 年 3 月 22 日。

前不久，杨易辰同志在一次动员报告中谈到，“无产阶级文化大革命”前的黑龙江省委不是黑的，而是红的；那时省委虽然有缺点、错误，但不是主流。明确这个问题，对弄清“文化大革命”以来全省一些重大是非问题很有必要。

杨易辰的话，有许多人表示反对。

在黑龙江，为什么会爆发关于“文革”前中共黑龙江省委的“红与黑”之争呢？

内中的原因是在粉碎“四人帮”之后，进入中共黑龙江省委的领导成员，大部分都是“文革”前的中共黑龙江省委领导成员。这些重新进入中共黑龙江省委的领导成员认为，“文革”前的中共黑龙江省委是“红”的，应该称“原省委”。

然而，也有许多人坚持“文革”中的观点：因为在“文革”中，原中共黑龙江省委被“彻底打倒”，被称之为“黑省委”。当时，按照“两个凡是”，“文革”是被充分肯定的，因此，“文革”中的“黑省委”一词也就必须延续下去。

正处于“红与黑”之争的黑龙江，理所当然对“真理标准”问题产生很大的兴趣。

于是，中共黑龙江省委召开常委扩大会，作出决定，组织全省县团级以上干部认真学习中央报刊有关真理的标准问题的文章。这一决定，“要求大家在学习的基础上，联系实际，认真开展大讨论，彻底肃清林彪、‘四人帮’假左真右的流毒”。

在全国各省市委中，关于“真理标准”问题的讨论，领先一步的是甘肃。但是，由省委作出决定，要求县团级以上干部认真学习“中央报刊有关真理的标准问题的文章”，黑龙江是第一个。

孙铭惠报道了中共黑龙江省委召开的常委扩大会：

会议开始时，省委第一书记杨易辰同志宣布：要解放思想，畅所欲言，不抓辫子，不戴帽子，不打棍子。这为开好这次会议打下了良好基础……

大家列举了心有余悸的一些表现。这些表现归纳起来有“五怕”，即怕别人给自己扣上“反毛泽东思想”、“否定‘文化大革命’”、“否定群众运动”、“否定解放军支左”、“否定新生事物”这样五顶帽子。

胡耀邦从新华社的《内部参考》上见到孙铭惠的报道，当即嘱咐给中共中央党校每个学员小组发一份。

新华社也注意到这篇报道，几天后改作公开电讯发出。《人民日报》于1978年8月4日发表了这一报道。

此后，1978年8月23日，《人民日报》发表了中共黑龙江省委第一书记杨易辰在省委召开常委扩大会上的讲话，题为《拨乱反正必须解放思想》。

杨易辰指出，林彪、“四人帮”种种流毒中，危害最大的是两种谬论：

> 一是“句句是真理”，“一句顶一万句”，并由此任意割裂马列主义、毛泽东思想，用片言只语吓唬群众；
>
> 二是鼓吹“绝对权威”和“顶峰”，并由此给反对他们的人扣上“反毛泽东思想”的大帽子，不允许用实践作为检验真理的标准。
>
> 林彪、“四人帮”被人民打倒了，他们的这些谬论的流毒还远远未肃清。因此，拨乱反正、正本清源的根本问题，就是拨林彪、“四人帮”歪曲、篡改毛泽东思想之乱，正毛泽东思想体系之本。

杨易辰的这段话，很明确地把“两个凡是”列为林彪、“四人帮”的流毒。

杨易辰还指出，关于中共黑龙江省委的“红与黑”之争，实际上也就是肃清林彪、“四人帮”的流毒的问题，只有强调实事求是，才能求得正确的结论：

> 只有肯定17年毛主席的革命路线占主导地位，承认林彪、“四人帮”从“文化大革命”一开始就进行干扰破坏，许多重大问题的路线是非才能分清。例如，过去我省只要谁说一句“原省委”，就被认为是大逆不道，是“复旧”、“复辟”、“翻‘文化大革命’的案”，只能违心地说“黑省委”、“旧省委”。最近，我们根据党中央对欧阳钦同志的评价，明确地肯定了在欧阳钦同志主持下的原省委，是高举毛主席伟大旗帜的，是执行毛主席革命路线的，是红的，而不是黑的，虽然也有缺点错误，但这并不是主流而是支流。这样实事求是的评价，得到了群众的欢呼和拥护，它使多年来压在党员、干部和群众身上的石头搬掉了，思想解放了。这个问题解决了，“文化大革命”以来发生的一些重大事件和路线是非等问题，就会得出正确的结论。

杨易辰的讲话，在中国北疆响起了关于“真理标准”问题讨论回应的雷声。

新疆率先出版《实践是检验真理的唯一标准》一书

一时间，发生了令人难以理解的奇特现象：对于“真理标准”问题讨论的回应，先是在西北的甘肃，接着是中国最北的黑龙江，第三个发出回应的是西北边陲的新疆。这些省和自治区，全是边远地区。

受北京召开的“真理标准”问题座谈会的影响，新疆召开了“加强理论学习会议”。据《新疆日报》1978 年 8 月 27 日报道：

> 自治区党委宣传部于 8 月 23 日召开乌鲁木齐地区部分理论工作者和宣传干部会议，传达中国社会科学院哲学研究所、《哲学研究》编辑部 7 月 17 日至 24 日在北京召开的关于理论和实践问题讨论会的精神。
>
> 自治区党委常委、宣传部部长韩劲草同志出席了会议，并就注意理论动态、加强理论学习的问题讲了话。

新疆的座谈会上，传达了北京座谈会的精神，这清楚表明是受了北京座谈会的影响。

中共新疆维吾尔自治区党委宣传部部长韩劲草在会议上指出：

> 当前全国思想理论战线很活跃。关于社会实践是检验真理的唯一标准问题的讨论，是一场带有原则意义的讨论，既有理论上的意义，也有实践的意义。不仅值得理论战线上的同志注意，也值得所有干部注意。

新疆的“加强理论学习问题会议”，有 300 多人参加。《新疆日报》是这样报道的：

> 参加会议的有乌鲁木齐地区各高等院校、干校，自治区各部、委、办、局，新疆部队和乌鲁木齐市有关单位的理论工作者和宣传干部共 300 多人。

最令人不解的是，率先出版《实践是检验真理的唯一标准》一书的，不是北京，竟是新疆！

《实践是检验真理的唯一标准》一书是中共新疆维吾尔自治区党委宣传部编辑出版的。他们收集了《人民日报》《光明日报》《解放军报》有关“实践是检验真理的唯一标准”的有关文章，汇编成册，便于新疆的干部们学习。

中共新疆维吾尔自治区党委宣传部为《实践是检验真理的唯一标准》一书加了《编者的话》。《人民日报》在1978年9月27日转载这一《编者的话》。《编者的话》指出：

> 搞清楚真理的标准问题，对于我们完整地准确地领会和掌握马列主义、毛泽东思想体系，深入揭批林彪、“四人帮”，打好第三个战役，对于从思想上、理论上、路线上拨乱反正，正本清源，澄清是非，总结28年来的经验教训，解决大量的现实问题，恢复和发扬党的优良传统和作风，对于我们破除迷信，解放思想，研究和解决新时期提出的新问题，调动广大干部、群众的社会主义积极性，加快实现四个现代化的步伐，为实现新时期的总任务而斗争，都具有十分重要的意义。

新疆不仅在全国率先出版了《实践是检验真理的唯一标准》一书，召开了“加强理论学习问题会议”，而且还举行了“真理标准”问题理论讨论会。

据《新疆日报》1978年10月27日报道：

> 自治区党委宣传部最近召开了关于检验真理的标准问题的理论讨论会。通过讨论，大家一致认为，承认不承认实践是检验真理的唯一标准，这是关系到是坚持辩证唯物主义世界观，还是搞唯心主义和形而上学，是真高举毛主席的伟大旗帜，还是假高举的重大问题；是关系到能不能恢复和发扬党的优良传统和作风，特别是实事求是，一切从实际出发，理论联系实际的作风，能不能加快实现四个现代化的重大问题。

这次讨论会的规模也很大。《新疆日报》报道说：

> 参加这次理论讨论会的，有自治区党委、革委会各部、委、办和各局政工部门、宣传部门的负责同志，乌鲁木齐地区各大专院校马列主义教研室的同志。出席自治区宣传工作座谈会的各地、州、市委宣传部门负责同

志和部分县委宣传部门负责同志也参加了这次理论讨论会。有 14 位同志在会上发言。自治区党委常委、宣传部部长韩劲草同志主持了讨论会，并在会上作了总结性的发言。

新疆在“真理标准”问题上能够跑在全国的前列，是由于当时的中共新疆维吾尔自治区党委第一书记兼自治区主席汪锋的态度鲜明。

1978 年 8 月 29 日，《光明日报》报道了汪锋在新疆维吾尔自治区党委工作会议上的讲话。报道说：

> 新疆维吾尔自治区党委第一书记汪锋同志，在最近举行的自治区党委工作会议上作了一次讲话，要求所有干部特别是领导干部加强理论学习，澄清林彪、“四人帮”在思想理论问题上制造的混乱，坚持实践是检验真理的唯一标准，完整地准确地掌握毛主席的思想体系。

汪锋批判了“两个凡是”派在理论上设置重重禁区。他指出：

> 马列主义、毛泽东思想不是教条，是行动的指南。我们学习马列主义、毛泽东思想，就是要领会和掌握它的精神实质，学习它解决问题的立场、观点和方法，完整地准确地掌握它的思想体系，而不是拘泥于片言只语和现成的结论，用它来束缚和剪裁生动丰富的实践。坚持实践是检验真理的唯一标准，就是从根本上坚持了马克思主义的认识论。在理论上设置禁区，这本身就是违反马列主义、毛泽东思想的。

辽宁批判“特殊身份论”

在甘肃、黑龙江、新疆对于“真理标准”问题讨论作出回应之际，从辽宁也发出了回应的声音。

辽宁召开“真理标准”问题讨论会，从时间上来说，早于新疆，甚至早于黑龙江，但是《辽宁日报》在会议召开后半个月才加以报道，所以人们得知这一消息较晚。

《辽宁日报》是在 1978 年 8 月 11 日发表报道的。报道说：

目前，在理论战线上正在热烈开展关于检验真理的标准问题的讨论，引起了人们的广泛注意。7月25日到7月31日，省委宣传部召开了理论与实践关系问题讨论会。出席讨论会的有各市、地、盟委宣传部负责人和专业理论工作者60多人。省委书记张树德同志，省委常委、宣传部部长刘异云同志分别在会上讲了话。

辽宁开展“真理标准”问题讨论，面临着一个特殊的问题，那就是“特殊身份论”。所谓“特殊身份论”，是因为辽宁有个有着“特殊身份”的人引起的。此人是毛远新。

毛远新确实身份特殊，他是毛泽东胞弟毛泽民之子。

毛远新的名字，头一回引起人们注意，是在1964年。那时，毛远新还只是哈尔滨军事工程学院的学生。这年7月5日，毛泽东在跟回家度暑假的毛远新谈话时，说到了教育问题。毛泽东说：“阶级斗争是你们的一门主课。你们学院应该去农村搞‘四清’，去工厂搞‘五反’。阶级斗争都不知道，怎么能算大学毕业？反对注入式教学法，连资产阶级教育家在‘五四’时期早已提出来了，我们为什么不反？教改的问题，主要是教员问题……”

当时，毛泽东随口而谈。事后，毛远新深知这一谈话的重要性，作了追记，写出《谈话纪要》。谈话内容迅速传到了高等教育部。高教部征得毛泽东同意，印发了《毛主席与毛远新谈话纪要》。虽说是内部文件，却一下子便轰动了教育界。在“文革”中，红卫兵把这一《谈话纪要》刻成传单，传遍了全国。于是，人人皆知毛泽东有个侄子叫毛远新，深得毛泽东看重。

毛远新1965年毕业于哈尔滨军事工程学院。不久，遇上了“文革”。他发起组织了“哈军工红色造反团”。他的特殊身份，使他成了当地红卫兵领袖。1968年5月10日，辽宁省“革命委员会”成立，陈锡联担任主任，毛远新担任“革委会”副主任兼沈阳军区政委。

从此，毛远新步入中国政界，被视为“可靠接班人”。

1971年1月，中共辽宁新省委建立，毛远新担任省委副书记。

毛远新在辽宁树了两个“典型”：一是把交白卷的张铁生树为“反潮流英雄”；二是与传统“决裂”的所谓“朝阳农学院经验”（朝阳农学院前身为沈阳农学院）。

毛远新受到了江青的支持。

在毛泽东病重时，毛远新被调来北京，担任毛泽东的联络员。这时，中共中央政治局与毛泽东之间，靠毛远新这位联络员联络。这时，毛远新的地位极为显要，成为下情上达、上情下达的枢纽。

复出的邓小平与“四人帮”之间进行着尖锐的斗争。

从1975年9月起，毛远新多次向毛泽东汇报：“感觉到一股风，比1972年借批极左而否定‘文化大革命’时还要凶些。”“我很注意小平同志的讲话，我感到一个问题，他很少讲‘文化大革命’的成绩，很少批判刘少奇的修正主义路线。”

毛远新对于“批邓”曾出了大力，成为“四人帮”帮派体系中的重要一员。

这样，1976年10月6日夜，当“四人帮”被一举扫除之际，毛远新也被拘捕。

据执行拘捕任务的原中共中央办公厅副主任、中央警卫团团长张耀祠少将告诉笔者，他是在中南海拘捕江青之前，先去拘捕毛远新的。毛远新当时拒绝交出手枪，张耀祠命令身后的警卫一把夺下了毛远新的手枪……

在粉碎“四人帮”之后，辽宁开展了对毛远新的批判。不过，在报纸上，没有点毛远新的名，只是称之为“‘四人帮’在辽宁的那个死党”。

1977年7月4日，中共中央批转了《关于辽宁省揭批“四人帮”及其死党毛远新斗争情况的报告》。

中共中央指出：“辽宁揭批‘四人帮’的群众运动发展迅猛，局势稳定，生产上升，中央对此表示满意。”

虽说毛远新被列为“‘四人帮’死党”，但是在批判他的时候，人们却不能不小心翼翼，那便是由于毛远新有着“特殊身份”。

毛远新经常打着毛泽东的旗号，动不动就是“主席指示”。人们弄不清毛远新所说的“主席指示”，究竟是不是毛泽东的指示。在“两个凡是”盛行的那些日子里，人们一听说是“主席指示”，就不敢批判，即便是实践已经证明是错了的，也不敢否定。

诚如1978年8月11日《辽宁日报》关于中共辽宁省委宣传部召开理论与实践关系问题讨论会的报道所指出的：

> “四人帮”在辽宁的死党，就是以他的“指示”、“讲话”和“精神”作为律令，翻手为云，覆手为雨，颠倒黑白，指鹿为马，让全省人民服从他一个人的意志。

他们打着用马列主义、毛泽东思想“衡量一切”、“改造一切”的幌子，实际上，却是把他们的帮理论、帮思想冒充为马列主义、毛泽东思想，作为检验真理的唯一标准，顺之者兴，违之者则被打入十八层地狱。

“特殊身份论”跟“两个凡是”串在一起，常常分不清哪些是毛泽东指示，哪些是“帮指示”、“帮理论”、“帮思想”，使辽宁对于“四人帮”的批判不断受阻。

这样，在“真理标准”问题的讨论中，辽宁很自然就涉及“特殊身份论”。

中共辽宁省委第一书记任仲夷，联系辽宁的实际，在关于“真理标准”问题的讨论中，剖析了“特殊身份论”。

1978年9月20日，《人民日报》转载了任仲夷在中共辽宁省委主办的理论月刊《理论与实践》1978年第八、九期合刊上的文章《理论上根本的拨乱反正》。任仲夷在文章中批判了辽宁“迷信‘特殊身份’”的错误倾向。他指出：

有些同志对“四人帮”在辽宁的那个死党所鼓吹的东西，有时也觉得不对劲，但因为是他这样一个有“特殊身份”的人讲的，就不敢怀疑，只好“不理解也执行”。上当的原因在哪里呢？就在于不敢实事求是。固然，那个死党常常打着毛主席的旗号讲话，引用毛主席的片言只语，有它欺骗性的一面；但是，经过他歪曲篡改的那些话，已经不是毛泽东思想的本来面目，根本不符合实际，在实践中根本行不通，所以，这又是可以识别的。我们有的同志多年不学马列，又缺乏实事求是的态度，结果就迷信他。所谓“特殊身份”，不仅这个死党有，江青也有。林彪以及王洪文、张春桥、姚文元都有很高的地位和非同寻常的“身份”。

如果迷信“特殊身份”，他们都能成为迷信的对象。由于迷信“特殊身份”，实事求是的态度没有了，马列主义的觉悟没有了，党性没有了。这是一条深刻的教训。

除了甘肃、黑龙江、新疆、辽宁四省、自治区领先之外，地处东海前线的福建省也追了上来。

1978年9月12日，《光明日报》报道了中共福建省委第一书记廖志高9月2日在福建省委工作会议上的讲话。

廖志高指出：

最近一段时期，对于实践是检验真理的唯一标准这个问题，全国正在热烈地展开讨论。这是哲学上的一个带根本性的理论问题，是一个思想路线问题，是对马列主义、毛泽东思想的根本态度问题，是关系到党和国家的前途和命运的大问题。

在廖志高讲话的影响下，福建省也热烈开展起“真理标准”问题的讨论。

邓小平在吉林再批“两个凡是”

在东北三省中，黑龙江和辽宁两省省委对于“真理标准”问题态度鲜明。大约正是因为这样，1978 年 8 月初，中共中央宣传部部长张平化去东北，在黑龙江、辽宁两省，避而不谈“热点问题”——关于“真理标准”的讨论。

如前所述，张平化到了吉林，终于谈到了这一问题，而且语出惊人：“我们只能宣传一个领袖，过去宣传毛主席，现在宣传华主席。”

在张平化走后一个来月，中共中央副主席邓小平来到东北视察。

邓小平是从朝鲜访问归来路过东北的。邓小平与朝鲜民主主义共和国主席金日成早在“文革”前就有着多年的交往。在“文革”中,1975 年 4 月中下旬，金日成率朝鲜党政代表团访问北京，邓小平与金日成举行了 4 次会谈。

1978 年 9 月 8 日至 13 日，邓小平率中国党政代表团访问朝鲜，参加朝鲜民主主义共和国成立 30 周年庆典。

邓小平从朝鲜归来，在东北进行了视察。邓小平也敏锐地注意到，在东北三省中，黑龙江和辽宁两省在“真理标准”问题讨论中已经跑在全国前列，只是吉林稍稍落后一步。

1978 年 9 月 16 日，邓小平在听取中共吉林省委常委的工作汇报时，作了一次非常重要的谈话。邓小平在这次谈话中，没有拐弯抹角，而是直接点了“两个凡是”的名，给予很尖锐的批判。

邓小平着重谈了“高举毛泽东思想旗帜”的问题。他以为，“高举”有两种，一种是“真高举”，一种是“假高举”。他指出，“两个凡是”是“假高举”：

怎么样高举毛泽东思想旗帜，是个大问题。现在党内外、国内外很多人都赞成高举毛泽东思想旗帜。什么叫高举？怎么样高举？大家知道，有一种议论，叫做“两个凡是”，不是很出名吗？凡是毛泽东同志圈阅的文件都不能动，凡是毛泽东同志做过的、说过的都不能动。这是不是叫高举毛泽东思想的旗帜呢？不是！这样搞下去，要损害毛泽东思想。[1]

邓小平在这次谈话中，第一次提出了毛泽东思想的“精髓”的概念。邓小平指出，实事求是是毛泽东思想的“精髓”。

邓小平说：

毛泽东思想的基本点就是实事求是，就是把马列主义的普遍原理同中国革命的具体实践相结合。毛泽东同志在延安为中央党校题了“实事求是”四个大字，毛泽东思想的精髓就是这四个字。毛泽东同志所以伟大，能把中国革命引导到胜利，归根到底，就是靠这个。[2]

“真理标准”大论战推向全国

1978年全国开展的关于“真理标准”问题的大讨论，最初是由《光明日报》发表《实践是检验真理的唯一标准》一文引发的，是自下而上的。

然而，中共中央当时并没有就这场“真理标准”问题大讨论给各省市委下达要求开展的文件，没有号召各省市委对这一问题表态。也就是说，没有自上而下地进行发动。各省市委最初对这一问题的表态，纯属“自发”。

在邓小平吉林谈话前，已经对“真理标准”问题讨论“自发”地明确表态的有5个省委、自治区党委，即甘肃、黑龙江、新疆、辽宁和福建。他们的表态，是陆陆续续的，像一声又一声稀疏的掌声。

邓小平在吉林的谈话，给了正在全国逐渐推开的“真理标准”问题大讨论以极大的鼓舞。在邓小平这次谈话之后，全国各省委对于“真理标准”问题的表态“频率”大大加快，数量迅速增加，犹如爆发了一阵持续的、热烈的以至“雷鸣般”的掌声。

---

[1]《邓小平文选》第二卷，126页，人民出版社1994年版。
[2] 同上。

这样，一下子便形成全国关于“真理标准”问题大讨论的氛围。

两年前，中国在秋天进入两种命运的大决战，赢得了“十月的胜利”。1978年的秋日，中国又爆发了“真理标准”问题大论战。

这种全国大论战的热烈气氛，使“两个凡是”派们陷于空前的孤立之中。

以下以当时报纸的报道先后为序，用粗线条勾勒在邓小平吉林谈话之后，全国开展“真理标准”问题大讨论的大致轮廓：

广东——

1978年9月20日，《人民日报》报道：

> 中共广东省委第二书记习仲勋（注：当时中共广东省委第一书记为韦国清）在广东省委常委和省革命委员会副主任学习会上讲话，强调实践是检验真理的唯一标准是一个有着重大现实意义、针对性很强的实践问题。

浙江——

9月26日，《光明日报》报道：

> 中共浙江省委常委连续召开讨论会，学习和讨论关于检验真理的标准问题。在新近召开的讨论会上，省委第一书记铁瑛和省委书记李丰平发表了意见。他们说，目前正在全国展开的关于真理的标准的讨论，对进一步揭批林彪、“四人帮”，对推动当前的实际工作，对加快实现四个现代化的前进步伐，都有极其重要的意义。

江西——

9月28日，《光明日报》报道：

> 9月25日，中共江西省委第一书记江渭清同志，在中共江西省委党校干部读书班的开学典礼上说，最近在报刊上开展的关于实践是检验真理的唯一标准的讨论，是关系到能不能真正高举毛主席的伟大旗帜，贯彻执行党的十一大路线，加快实现四个现代化的问题。

河北——

10月4日，《光明日报》报道：

中共河北省委第一书记刘子厚在最近召开的全省农田基本建设会议上说，坚持实事求是，坚持实践是检验真理的唯一标准，是毛主席在长期革命斗争中为我党培育的优良传统，是马克思主义的一个最基本的原则，也是我们党一切工作的根本出发点。开展真理标准问题的讨论，弄清理论与实践的关系，是肃清林彪和"四人帮"的流毒、拨乱反正的一件大事。

青海——

10月7日，《人民日报》报道：

中共青海省委第一书记谭启龙，在谈到关于检验真理标准这场讨论的意义时说，这不是一般的学术观点的争论，而是具有重大政治意义的争论。中共青海省委最近召开州、市、县委宣传部部长会议，认真讨论了检验真理的标准问题。

在会议结束时，谭启龙同志对这个问题作了专题发言。

内蒙古——

10月9日，《人民日报》报道：

内蒙古自治区党委书记王铎同志最近在自治区直属机关局以上干部学习会上的讲话中指出：认真学习实践是检验真理的唯一标准问题，对于拨乱反正，大治内蒙古，具有极为重大的意义。

宁夏——

10月12日，《人民日报》报道：

宁夏回族自治区党委召开地委、县委书记会议，联系实际，总结正反两方面的经验，讨论实践是检验真理的标准问题。自治区党委第一书记霍士廉在会上发言。他说，当前，在全国思想、理论战线开展的关于实践是检验真理的唯一标准问题的大讨论，是我们在华主席、党中央领导下，高举毛主席伟大旗帜，深入揭批林彪、"四人帮"，捍卫马列主义、毛泽东思想原则立场的重大斗争。

四川——

10月13日，《光明日报》报道：

中共四川省委第一书记赵紫阳同志，最近在省委召开的省、地、县三级干部会议上说，坚持实践是检验真理的唯一标准，不仅在理论上有深远的意义，而且有非常重大的现实意义。

陕西——

10月14日，《陕西日报》报道：

中共陕西省委第二书记王任重在最近召开的省委常委扩大会议结束时的讲话中说，在理论界，近来有一个比较大的争论问题：实践是不是检验真理的唯一标准？我完全赞成实践是检验真理的唯一标准这个马克思主义的观点。我认为，反对这个观点就是否定马克思主义的基本原理。说要“句句照办”的人，不管他的主观愿望如何，实际上是反马列主义、毛泽东思想的。希望同志们注意研究这个问题。

湖北——

10月15日，《人民日报》报道：

中共湖北省委第一书记陈丕显最近指出：关于实践是检验真理的唯一标准问题的讨论，不仅有重大的理论意义，而且有重大的政治意义。

这场讨论，是坚持辩证唯物主义认识论，反对唯心主义、形而上学认识论的问题，是高举毛泽东思想伟大旗帜，彻底肃清林彪、“四人帮”流毒和影响，拨乱反正，正本清源的问题，是坚决贯彻执行党的十一大路线、加速实现四个现代化的根本问题。

陈丕显同志是在湖北省委召开的全省理论工作会议上说这番话的。

天津——

10月18日，《人民日报》报道：

中共天津市委11日举行学习讨论会，认真讨论检验真理的标准问题。天津市委第一书记陈伟达和第二书记黄志刚在发言中指出，坚持实践是检验真理的唯一标准，这对于我们落实华主席关于“思想再解放一点，胆子再大一点，办法再多一点，步子再快一点”的号召，加速实现四个现代化，具有十分重要的意义。

江苏——
10月23日，《人民日报》报道：

中共江苏省委第一书记许家屯最近在全省教育工作会议上说，当前关于实践是检验真理的唯一标准问题的讨论，对于我们高举毛主席的伟大旗帜，完整地准确地领会和掌握毛泽东思想体系，正确地用马列主义、毛泽东思想指导我们的革命，恢复和发扬党的优良传统和作风，进一步加快建设社会主义现代化强国的速度，都具有深远意义。

广西——
10月26日，《人民日报》报道：

10月16日，中共广西壮族自治区委员会召开常委扩大会议，认真学习和讨论关于实践是检验真理的唯一标准问题。自治区党委第一书记乔晓光在会上就当前开展对这个问题的讨论发表了意见。他说，弄清实践是检验真理的唯一标准问题，对于进一步解放思想，坚持实事求是，落实政策，调动广大干部、群众的积极性，加快实现四个现代化的步伐，都具有极重要的意义。

贵州——
10月27日，《光明日报》报道：

中共贵州省委第一书记马力同志最近在省委召开的一次理论学习座谈会上作总结发言时说，坚持实践是检验真理的唯一标准，对于深入揭批林彪、“四人帮”，拨乱反正，正本清源，具有十分重大的意义。

湖南终于赶上“末班车”

进入11月，没有表态的省份继续表态，使关于“真理标准”问题的论战向纵深发展：

山东——

11月2日，《光明日报》报道：

中共山东省委第一书记白如冰10月16日在省委党校领导干部读书班开学典礼的讲话中说，坚持实践是检验真理的唯一标准，恢复和发扬党的实事求是、群众路线的优良传统和作风，十分重要。

安徽——

11月3日，《安徽日报》报道：

中共安徽省委最近召开地、市委宣传部部长会议，围绕着加速实现四个现代化的问题，讨论研究了当前思想战线上的战斗任务。

山西——

11月6日，《人民日报》报道：

在最近召开的中共山西省委常委扩大会议上，省委第一书记王谦同志说，凡是实践证明是正确的就坚持，凡是实践证明是错误的就抛弃。

上海——

11月8日，《光明日报》报道：

中共上海市委第三书记彭冲11月3日在市委党校第三期开学典礼上讲话时指出，在理论与实践的关系问题上，林彪、“四人帮”及其在上海的余党出于反革命目的，把它根本颠倒了，搞得很混乱。他们否定实践是认识的源泉，否定实践是理论的基础，否定“实践、认识、再实践、再认识”这个人类认识运动的规律。

林彪宣扬“生而知之”的“天才论”，鼓吹颠倒物质和精神关系的“倒过来”哲学。张春桥抛出了一个“理论——实践——理论”的公式，“四人帮”在上海的一个余党便跟风胡说：“理论和实践的关系，无非是两条腿，一会儿理论跑在前面，一会儿实践跑在前面，就这样一前一后。”

他们偷偷地把精神抬到第一位，并进一步把实践第一的观点歪曲为“经验主义”，变成打人的一根棍子。谁要坚持实践第一，谁就是“经验主义者”，谁就是“当前的主要危险”，谁就要被打倒。他们否定实践是检验真理的唯一标准，鼓吹实用主义的真理观，猖狂反对按科学态度办事。谁要真正按照马列主义、毛泽东思想办事，坚持实事求是，从实际出发，谁就犯了弥天大罪，就要饱尝他们的帽子、棍子的滋味。他们的所作所为，完全证明了他们是一伙祸国殃民的害人帮。

吉林——

11月14日，《人民日报》报道：

中共吉林省委第一书记王恩茂最近先后在省委常委扩大会议、省直属机关干部大会和全省地县委书记会议上作了讲话。王恩茂同志说，实事求是，一切从实际出发，理论与实际相结合，实践是检验真理的唯一标准，是马列主义、毛泽东思想的一个根本观点、根本原则。这个问题关系到无产阶级革命事业的成败，是高举毛主席伟大旗帜的关键，必须搞清楚这个根本问题。掌握马克思主义的思想武器，才能高举毛主席的伟大旗帜，解决新的历史条件下提出的新问题、新任务，才能加速实现社会主义的四个现代化，我们的事业才有希望。

云南——

11月16日，《人民日报》报道：

在文山壮族自治州进行调查研究的中共云南省委第一书记安平生同志，最近在听取了州委、丘北县委和部分公社党委负责人的工作汇报之后，向他们强调指出，在一切工作中，都要从实际出发。凡是实践证明是正确的，就要敢于坚持；凡是实践证明是错误的，就要勇于改正。实事求是，坚持真理，修正错误，这是我们取得胜利的根本保证。

西藏——

11月16日，《人民日报》报道：

> 中共西藏自治区委员会第一书记任荣最近在拉萨地区县、团级以上领导干部会议上说，坚持实践是检验真理的唯一标准，将会使我们更高地举起毛主席的伟大旗帜。我们都知道，坚持理论与实践的统一，是毛泽东思想的基本特征。

河南——

11月24日，《人民日报》报道：

> 最近，中共河南省委第一书记段君毅同志在省委常委扩大会议上说，只有坚持实践是检验真理的唯一标准这一马克思主义的基本原则，才能解放思想，把华主席为首的党中央的指示落到实处，做好各项工作。

在全国所有省、市、自治区中，迟迟不对“真理标准”问题表态的，是那个“伟大领袖毛主席的故乡，英明领袖华主席工作过的地方”的湖南省。人们笑谓：“在中国，除了台湾省之外，就是湖南省没有表态了。”

不言而喻，湖南受着华国锋的深刻影响。

直到全国各省、市、自治区都一一表态，在1978年12月8日，《人民日报》终于登出来自长沙的报道，中共湖南省委赶上了“末班车”：

> 中共湖南省委第一书记毛致用同志在省委召开的省直属机关负责干部会议上说，实践是检验真理的唯一标准。凡是经过长期社会实践证明是符合客观规律，符合大多数人利益的事，我们就坚决地办，坚持到底。他要求领导机关进一步解放思想，切实整顿作风，改进工作，以适应加速社会主义现代化建设的需要。

这样，从最早响应的甘肃，到最晚的湖南，除台湾省外，全国各省、市、自治区党委都对“真理标准”问题表了态。

除了各省、市、自治区党委纷纷对“真理标准”问题表态之外，中国人民解放军沈阳、广州、兰州、南京、福州、济南、成都、新疆、昆明、北京、武汉、上海等地部队首长们，也对“真理标准”问题表态。

所有的这些表态，全都对“实践是检验真理的唯一标准”表示拥护，这清楚地表明“两个凡是”不得人心！

两个“特写镜头”

在全国轰轰烈烈开展关于“真理标准”问题的大讨论之中，笔者选取两个“特写镜头”，以使读者诸君一睹当年的热烈景象。

特写镜头之一，是《光明日报》。

《光明日报》由于发表了《实践是检验真理的唯一标准》一文，在当时名声大振，成了“热点报纸”。

不光是《人民日报》《解放军报》加以转载，新华社发了通稿，全国29个省、市、自治区报纸，相继全部转载了《光明日报》“特约评论员”的《实践是检验真理的唯一标准》一文。这在《光明日报》历史上是罕见的。

《实践是检验真理的唯一标准》一文的发表，大大提高了《光明日报》的威信。《光明日报》的订户骤增。

据《实践是检验真理的唯一标准》一文责任编辑、后来成为《光明日报》副总编辑的王强华告诉笔者，1979年1月，《光明日报》的发行量达到144万份，成为《光明日报》历史上最高的发行量！[1]

《实践是检验真理的唯一标准》一文发表在1978年5月，而《光明日报》在1979年1月达到发行量的顶峰，这个“时间差”，是因为人们订报纸大都是一年一订。《实践是检验真理的唯一标准》一文在1978年的大轰动，使很多人决定在1979订《光明日报》。所以，在1979年，《光明日报》的发行量达到了历史上的峰巅。

特写镜头之二，是邢贲思。

《实践是检验真理的唯一标准》和《马克思主义的一个最基本的原则》两文，都是以“特约评论员”名义发表的。在当时，读者并不知道“特约评论员”是谁。

---

[1] 1996年5月26日采访于北京。

自称是“单干户”的邢贲思与他们不同，邢贲思的文章，一篇篇都是署真名在《人民日报》上发表的。据邢贲思告诉笔者，他当时在《人民日报》发表了30来篇文章，都署名“邢贲思”。由于他的名字在《人民日报》上出现的频率太高，在发表《评有权即有理》一文时，才偶尔改署笔名“余思”。[1]

于是，邢贲思成了“热点人物”。于是，各处、各地纷纷派人请邢贲思去作关于“真理标准”问题的报告，掀起了“报告热”。于是，一时间，邢贲思“云游”各处，一场报告接着一场报告，竟作了七八十场！

为什么各处会掀起“报告热”呢？

因为发表在报纸上的文章，必须字斟句酌，篇幅也有限，而报告则可以随便得多，可以透露种种幕后的内情，信息量也大得多。何况作报告时，还可以当场回答听众的问题，而当时人们不明白关于“真理标准”问题的大讨论的背景，巴不得有机会能够向知情者提问、寻求解疑。

据邢贲思回忆，他应邀在外交部作的报告，被整理成文字印发中国各驻外大使馆，以使驻外人员了解国内关于“真理标准”问题的大讨论情况。

他在海军军以上干部读书班上作了报告。

他在国防科工委、公安部、地质部、中国科学院等单位作了报告。

他还应邀去外地作报告。

当时的中共甘肃省委第一书记宋平通过夫人陈舜瑶邀请他到甘肃去作报告。陈舜瑶在一次会议上认识了邢贲思，邢贲思应邀去甘肃，作了两场报告。

他在东北黑龙江、辽宁、吉林三省作了报告。

他应中共新疆维吾尔自治区党委第一书记汪锋的邀请，去新疆作了三场报告，分别针对汉族干部、维族干部和自治区党委。其中，给维族干部作报告时，还特地请来了维族翻译，邢贲思讲一句，翻译翻一句，这是他一场很特殊的报告。

胡福明、吴江、孙长江、汪子嵩、马沛文也应邀作了许多场报告。

在一场场报告中，也曾发生有趣的“幕后新闻”：

1978年9月下旬，应中共湖北省委第一书记陈丕显的邀请，邢贲思去武汉，在湖北省一次很大规模的会议上作了报告。这一回，邢贲思与汪子嵩、马沛文同去，汪子嵩、马沛文也作了报告。他们在武汉作了报告，还在宜昌作了报告。

有趣的是，湖北的“两个凡是”派们听了报告，纷纷议论道：“陈书记怎

---

[1] 1996年5月29日采访于北京。

么从北京请来了三个‘右派’作报告？”

据马沛文回忆，湖北有人说：“北京三同志的发言，超过苏共二十大赫鲁晓夫的秘密报告，好不吓煞人也！”

据汪子嵩告诉笔者，他去天津作报告时，发生了这样的小插曲：他在报告中，为了批驳吴冷西的那个电话，引用了毛泽东的那句“陈伯达的扫帚不到，吴冷西的灰尘照例不会自己跑掉”的话。汪子嵩说，如果按“两个凡是”去办，那“吴冷西的灰尘”岂非要用“陈伯达的扫帚”去扫吗？[1]

消息不胫而走。

汪子嵩刚回到北京，朋友们便告诉他，有人说他在天津“胡说八道”！

不管怎么说，在当时掀起的这阵“报告热”，毕竟对开展关于“真理标准”问题的大讨论，起了极大的推波助澜的作用。

“《人民》上天，《红旗》落地”

斗争依然是艰巨的。

就在全国各地广泛开展“真理标准”问题大讨论的时候，在《人民日报》《光明日报》《解放军报》连续报道各地省委、市委、自治区党委对于“实践是检验真理的唯一标准”的种种论述时，作为中共中央权威性的理论刊物，《红旗》杂志却奇怪地保持缄默。

人们笑称：“《人民》上天，《红旗》落地！”

不言而喻，这句话是套用了当年中国对于苏联的评价：“卫星上天，红旗落地！”

《人民日报》顶住压力，大张旗鼓地开展关于“真理标准”问题的讨论，所以在人民心目中享有威信——“《人民》上天”；《红旗》杂志对于“真理标准”问题的讨论一声不吭，“不表态，不卷入”，所以读者冷漠《红旗》杂志——“《红旗》落地”！

其实，《红旗》杂志并不是“不表态，不卷入”，而是正在准备“积极卷入”！

前文已经提及，周扬在北京中国社会科学院哲学研究所举行的座谈会上，曾说过：“至今没看到持反对意见的同志的文章。”

---

[1] 1996年5月23日采访于北京。

其实，一篇“大文章”，从1978年7月底开始，正在“保持沉默”的《红旗》杂志编辑部一次又一次地起草、修改着……这篇“大文章”，是由《红旗》杂志总编辑熊复下达写作任务，由《红旗》杂志的一位副总编辑执笔起草的。

据云，在1978年7月3日，熊复在《红旗》杂志内部说了这么一段非常“深刻”的话：“我们要跟着华主席，随时准备用‘无产阶级文化大革命’大民主方法，对付可能重新出现的像刘少奇、林彪、‘四人帮’那样死不改悔的走资派，跟着华主席造他们的反。”[1]

熊复所说的“像刘少奇、林彪、‘四人帮’那样死不改悔的走资派”，指的是谁？谁都明白！

在1978年8月初，熊复曾这么谈及这篇“大文章”的设想：“关于实践标准的文章，要写，但要注意现在对马列主义、毛泽东思想不应强调发展和创新，不应强调用新结论代替旧结论，而应强调坚持和维护马列主义、毛泽东思想的基本原理。”[2]

按照熊复的意见，那位副总编花了一个来月的时间，在9月11日写出了初稿。文章有两万多字，题目为《实践标准是马克思主义认识论的基础》。

熊复请示了汪东兴。最初，汪东兴不同意发表这样的一篇文章；后来，汪东兴同意了，但是要把文章的标题改为《〈实践论〉的认识论》。

后来，那位副总编把标题改为《重温〈实践论〉——实践标准是马克思主义认识论的基础》。

9月19日，这篇文章改出第三稿。文章分六部分，小标题为：

一、当前重温《实践论》对讨论实践标准问题的重大意义

二、重温《实践论》，坚持以实践作为检验真理的唯一标准

三、彻底批判林彪、“四人帮”搞乱真理标准的罪行

四、正确认识理论指导与实践标准的关系

五、对怀疑论、不可知论最令人信服的驳斥是实践

六、从林彪、“四人帮”的精神枷锁下解放出来，在马克思主义认识

[1] 转引自马沛文《从路线的大转折到理论的大突破》，载《猛醒的时刻》，34页，中外文化出版公司1989年版。

[2] 转引自陶铠、张义德、戴晴：《走出现代迷信》，70页，湖南人民出版社1988年版。

论的指导下不断攀登真理的高峰[1]

这篇“大文章”，到底出自“权威性理论刊物”。文章以实践发展的“有限性”，论证实践标准的“相对性”和“不确定性”，以此来否认“实践是检验真理的唯一标准”：

由于实践发展的有限性，带来了实践标准的相对性和“不确定性”，这表现为三种情况：第一，实践在一定条件的范围内，只能相对正确地检验某一认识的真理性……第二，实践在一定的发展阶段，不能对现有的一切理论和观点都作出正确的判断……第三，在某些实践中，由于某种不可抗拒的力量在起作用，使实践结果带来局限性……[2]

文章危言耸听，借用所谓“海外奇谈”对人们发出警告：

可值得注意的是，就在这个时候，出现了真正的“海外奇谈”。谈些什么呢？他们说我们是在“打破永不犯错误的神话”；是要“改变一直讳言犯错误的做法”；是要克服什么“晚年”的“僵化”，“解脱几十年来中国人奉若圣旨的被称为马克思列宁主义、毛泽东思想的教条束缚”；是要搞清“文化大革命”中“直接间接的责任问题”；等等。看来，他们是在把问题引向背离马克思列宁主义、毛泽东思想的轨道。

文章充分肯定了“文化大革命”——居然说“文化大革命”已经由“实践证明”是如何“正确”：

现在实践已经证明，经过“文化大革命”，我们已经找到了反修防修的对症良方……像“文化大革命”这样伟大的历史事件，只有站在珠穆朗玛峰的高度才能总结出正确的经验的；局限于一时一地的狭隘眼界，都会差之毫厘，谬以千里的。

[1] 转引自陶铠、张义德、戴晴：《走出现代迷信》，70页，湖南人民出版社1988年版。
[2] 转引自陶铠、张义德、戴晴：《走出现代迷信》，73页，湖南人民出版社1988年版。

这篇“大文章”最后在高呼“排除干扰”中结束：

> 批评家的袭来，对我们倒是一个有益的警告。它告诉我们，当我们走在马克思列宁主义、毛泽东思想的大路上的时候，阻力和干扰是不会少的。我们必须提高警惕，擦亮眼睛，克服阻力，排除干扰，坚定地走自己的路！……迎接一个新的光辉的日出！

这篇“大文章”曾以红旗杂志社党委的名义，在1978年9月20日送往中国社会科学院哲学研究所“征求意见”。

不言而喻，这是一次“火力侦察”。

由于红旗杂志社这次“主动征求意见”泄露了“天机”，这才使中国社会科学院哲学研究所吃惊地得知，长期保持沉默的《红旗》原来并不打算沉默，居然写出了这样违背历史潮流的“大文章”。

中国社会科学院哲学研究所于9月24日对这篇“大文章”提出了6条尖锐的批评意见。

这六条意见使红旗杂志社尝到了反击火力的猛烈。

这次“火力侦察”，使《红旗》杂志不敢贸然公开发表那篇“大文章”。

他们从第10期推到第11期，从第11期又推到第12期，而到了第12期，全国上上下下都在拥戴“实践是检验真理的唯一标准”，“大文章”终于无法推出，胎死腹中。

另外，他们曾将此文报送中共中央政治局常委审阅。

胡耀邦后来在1979年1月18日理论工作务虚会上，曾这么说及：

> 去年9月，红旗杂志社写出了一篇题为《重温〈实践论〉——论实践标准是马克思主义认识论的基础》的长文，文章送到了中央常委。叶剑英同志建议中央召开一次理论工作务虚会，大家把不同意见摆出来，在充分民主讨论的基础上，统一认识，把这个问题解决一下。[1]

虽然中共中央政治局常委没有同意《红旗》杂志发表《重温〈实践论〉》一文，不过却因此导致理论工作务虚会的召开。也许，这也是《重温〈实践论〉》

---

[1]《三中全会以来》，50页，人民出版社1982年版。

一文的“功绩”。

当然，倘若《重温〈实践论〉》一文在当时如果能够在《红旗》杂志推出，会使实践是检验真理的唯一标准的大讨论更加有声有色！

谭震林给《红旗》出了难题

北京中央报刊的“三比一”阵势，非常鲜明。《红旗》杂志坚持着“两个凡是”的立场。

就在红旗杂志社一再推迟那篇“大文章”的发表之际，另一篇文章却又使他们陷入无比尴尬之中……

这篇文章是《红旗》杂志主动约来的。

1978 年 12 月 26 日，是毛泽东诞辰 85 周年。这是毛泽东去世后，第一个逢五的诞辰。《红旗》杂志考虑应在第 12 期发表纪念毛泽东的文章。

找谁写好呢？《红旗》杂志编辑部把老干部的名单进行“扫描”，选中了谭震林。

论资格，谭震林够老的了；论与毛泽东的交情，谭震林够深的了。

特别是在“文革”中，毛泽东多次提出，“要保谭震林”。所以，从“两个凡是”的角度来看，选择谭震林来写纪念毛泽东的文章，也是非常合适的。

谭震林，1902 年生于湖南攸县。1926 年加入中国共产党。1927 年 11 月，当井冈山工农兵政府成立时，谭震林便担任主席。不久，他认识了毛泽东。所以，谭震林是毛泽东在井冈山上的老战友。

红军长征之后，谭震林留在闽西南领导游击战争。后来担任新四军第六师师长兼政委。

1949 年，谭震林出任中共浙江省委书记、浙江省人民政府主席。1954 年，调往北京担任中共中央副秘书长。1962 年任国务院农村办公室主任。

在“文革”中，1967 年 2 月，发生了著名的“二月逆流”——在粉碎“四人帮”之后胡耀邦建议改称为“二月抗争”。

所谓“二月逆流”，是谭震林、陈毅、叶剑英、李富春、李先念、徐向前、聂荣臻等老干部、老帅对“中央文革”小组的“秀才”们的猛烈抨击。内中，冲锋陷阵冲在最前面的，便是谭震林。

谭震林快人快语，不仅在怀仁堂的会上当面指斥张春桥之流新贵，被称为

“大闹怀仁堂”，而且还在会后的2月17日，给林彪写了一封亲笔信。

谭震林在这封信中，指斥江青“真比武则天还凶”！

谭震林在信中说：

> 我想了好久，最后下了决心，准备牺牲。但我决不自杀，也不叛国，但决不允许他们再如此蛮干。总理，已被他们整得够呛了，总理胸襟宽，想得开，忍下去。等候等候。等到何时，难道等到所有老干部倒下去再说吗？不行，不行，一万个不行。这个反，我造定了，下定决心，准备牺牲，斗下去，碰下去。请你放心，我不会自杀。

这封信，充分显示了谭震林的品格。他在信中所说的“他们”，也就是“江青们”，也就是“中央文革”小组的政治新贵们。

此后，谭震林的命运可想而知。“江青们”诬陷他是“大叛徒”，在1969年被“疏散”到广西桂林，去“劳动改造”。

不过，毛泽东毕竟深知他这位井冈山时代的老战友，执意要“保”谭震林，所以在1973年的中共十大上，谭震林仍然当选中共中央委员。

1975年，谭震林担任全国人大常委会副委员长。

在《红旗》杂志选中了谭震林之后，虽然文章到12月才发表，但是考虑到纪念文章有个修改过程，所以就在1978年8月，给谭震林打了电话，表示了约稿之意。

谭震林很爽快地一口答应。于是，《红旗》杂志就派人前往谭震林家，向谭震林谈了约稿要求、交稿时间。

这一谈，“麻烦”就来了。谭震林说，要我回忆井冈山时代的毛泽东，这不难，我的记忆力还很不错。不过……

谭震林在“不过”之后，讲了一句令《红旗》约稿编辑震惊的话：“要我写文章，我不能就历史谈历史，我要从现实着眼。”

谭震林要从什么“现实”着眼呢？他说，他看了《实践是检验真理的唯一标准》一文，觉得很好。他要从毛泽东在井冈山上的实践，写毛泽东思想是从实践中来，又经过实践检验，成为革命真理。

谭震林并不知道《红旗》杂志对于“真理标准”问题的“不表态、不卷入”的态度。《红旗》杂志的约稿编辑哭笑不得，可是面对这么一位资深又耿直的老干部，却又不敢说三道四，只好等稿子来了再说。

10月下旬，谭震林的文章写好了，送到了《红旗》杂志编辑部，使编辑部陷入尴尬的境地！这是因为谭震林的文章共分四部分，在文章的第四部分，专讲“实践是检验真理的唯一标准”问题！

这正是《红旗》杂志的“心病”所在。

《红旗》杂志进退两难：不用吧，作者是德高望重的老前辈，而且稿子是应约而写的；用吧，又违反了《红旗》杂志“不表态、不卷入”的“方针”。

就在《红旗》杂志进退维谷之际，谭震林又送来此文的修改稿，并且还附了一信，说明修改的原因：

> 文章只作了一点小的修改，主要是实践是检验真理的唯一标准问题。这一点原文上是有的，只是不够突出，不够明确，我把它加强了……如果你们认为还有什么修改，请想好后，到我家来当面商量。

谭震林给《红旗》杂志出了难题，使《红旗》杂志总编辑熊复万分难堪。

邓小平说《红旗》“不卷入”就是卷入

谭震林给《红旗》杂志出了难题，他本人并不知道——因为他并不明白《红旗》杂志“不表态、不卷入”的“方针”。

怎么办呢？

《红旗》杂志总编辑熊复终于想出了进退之策：上策，进——先派人跟谭震林商量，向他挑明《红旗》杂志对于“真理标准”问题讨论的态度，请谭震林删去有关“实践是检验真理的唯一标准”的那一部分；下策，退——如果谭震林不同意，那就把谭震林的文章送中共中央政治局常委审阅。因为中共中央政治局常委如果同意发表谭震林的文章，《红旗》杂志也就不必为“卷入”了“真理标准”问题讨论而担心了。

北京东城有座圆恩寺，谭震林家就在圆恩寺附近一条不起眼的胡同里。

1978年11月14日，《红旗》杂志派人前往谭震林家，转达了编辑部的意见，希望他删去文章中关于“实践是检验真理的唯一标准”部分。

谭震林一听，这才恍然大悟！

谭震林依然快人快语。当年他“大闹怀仁堂”，今日还是那样毫不含糊。

谭震林说：

要是说这篇文章的材料选用的不是特别恰当，这都好商量。文章的观点不能动。实践标准的讨论，是关系到全党的大事，不能若明若暗，不置可否。[1]

谭震林还毫不客气地说：

你们回去告诉你们的负责人，发表了这篇文章，丢不了党籍，住不了牛棚。如果有谁来辩论，叫他找我好了。

谭震林最后这么说：

我对这篇文章想了两个月，想出了两句话：凡是实践证明正确的，就要坚持；凡是实践证明是错误的，就要改正。

谭震林的这“两个凡是”，跟华国锋的“两个凡是”，针锋相对！

事情到了这等地步，“上策”无效，熊复只能采取“下策”，即把谭震林的文章报送中共中央政治局常委审阅。

11 月 16 日，《红旗》杂志写了这么一封信：

汪副主席并华主席：

我们请谭震林同志写了一篇纪念毛主席诞辰 85 周年的文章，准备在 12 期发表。谭震林同志强调要把实践是检验真理的唯一标准作为这篇文章的指导思想，这就要使《红旗》卷入这场讨论。我们建议他修改，他表示不同意，就要请中央主席审查。现送上这篇文章，请审定。

于是，谭震林的文章被送到中共中央政治局常委们手中。

中共中央主席华国锋看了，批示同意发表。

11 月 19 日，中共中央副主席李先念批示：

---

[1] 转引自董保存：《谭震林外传》，169 页，作家出版社 1992 年版。

文章确实长，没有时间看，反映对《红旗》意见不小。

李先念的批示，很明确地批评了《红旗》杂志。

对于谭震林的文章，李先念还是抽时间看了，在11月21日又写下一段批示：

我看了这篇文章，谭震林同志讲的是历史事实，应当登。不登，《红旗》太被动了，《红旗》已经被动了。

这一回，李先念除了对谭震林的文章表示同意之外，又一次批评了《红旗》杂志。

对于谭震林的文章，看得最认真的，要算是中共中央副主席邓小平了。邓小平写下了这么一段批示：

我看这篇文章好，至少没有错误。改了一点。如《红旗》不愿登，可转《人民日报》登。为什么《红旗》不卷入？应该卷入。可以发表不同观点的文章。看来不卷入本身，可能就是卷入。[1]

邓小平对于《红旗》杂志的批评，分量是够重的了。"看来不卷入本身，可能就是卷入。"邓小平这句话，使熊复不能不慎重地加以考虑。

不过，《红旗》杂志的请示报告是写着"汪副主席并华主席"，汪东兴却没有对谭震林的文章表态。

汪东兴是当时主管宣传的中共中央副主席。熊复见到了中共中央主席华国锋、中共中央副主席邓小平和李先念的批示，不能不前往汪东兴那里再作请示。

汪东兴无奈，说："那只好这样。"

于是，熊复把谭震林的文章发表在《红旗》杂志1978年第12期上。

谭震林的文章题为《井冈山的斗争实践与毛泽东思想的发展——纪念伟大领袖导师毛主席诞辰85周年》。

谭震林的文章，一开头就提到了"实践是检验真理的标准"：

---

[1] 转引自董保存：《谭震林外传》，171页，作家出版社1992年版。下同。

以实践作为检验真理的标准呢，还是以思想、意识等精神方面的东西作为检验真理的标准呢？这是马克思主义辩证唯物主义同形形色色的唯心主义、形而上学之间的一条根本分界线，也是是否真正高举毛泽东思想旗帜的根本标志。

毛主席在《实践论》中指出："真理的标准只能是社会的实践。"毛主席把马克思列宁主义的普遍真理与中国革命和世界的具体实践相结合，创造性地继承和发展了马克思列宁主义，极大地丰富了马克思列宁主义的理论宝库。当我们今天隆重纪念伟大领袖和导师毛泽东同志诞辰85周年之际，回忆毛主席在井冈山时期的斗争，就有助于我们看清伟大的毛泽东思想的形成与革命实践的紧密联系。

谭震林在文章的最后一段，即第四段，以整段篇幅，论述"真理标准"问题：

今天纪念毛主席的诞辰，缅怀毛主席的丰功伟绩，我们要继承毛主席的遗志，高举毛主席的伟大旗帜，就必须坚持毛主席一贯倡导的实事求是、实践第一的科学态度，正确地对待毛泽东思想。这是我国革命继续取得不断胜利的关键。毛泽东思想同马列主义一样，不是教条，而是在实践中总结出来又用来指导实践的革命理论。我们绝对不能像林彪、"四人帮"那样，把毛泽东思想加以割裂和歪曲，断章取义地摘引只言片语，奉若神明，变成教义，不顾时间、地点和条件，到处套用。林彪、"四人帮"表面上打着拥护毛主席的旗号，高喊"句句是真理"，实际上他们在反对马列主义、毛泽东思想最根本的东西。

谭震林在文章结尾处，公开提出了与华国锋"两个凡是"针锋相对的"两个凡是"：

凡是实践证明是正确的，就要敢于坚持；凡是实践证明是错误的，就要敢于纠正。

《红旗》终于“后院起火”

《红旗》杂志总编辑熊复真是始料不及：约谭震林写文章，会导致把文章送往中共中央政治局常委审阅；送审谭震林文章，会引发中共中央副主席邓小平和李先念对《红旗》杂志的尖锐批评！

熊复更没有想到：邓小平和李先念的批评传到《红旗》杂志，导致了《红旗》杂志“后院起火”！

对于熊复的“不表态、不卷入”，《红旗》杂志编辑部很多编辑其实早就有异议。他们关注着“真理标准”问题的大讨论，见到《人民日报》《光明日报》《解放军报》一片火热地宣传“实践是检验真理的唯一标准”，见到各地领导纷纷表态支持“实践是检验真理的唯一标准”的讨论，而唯有《红旗》杂志不吭一声，陷入非常被动的境地。他们早已怨声载道！

就在邓小平、李先念对谭震林的文章作了批示之后，1978 年 11 月 23 日，在北京沙滩《红旗》杂志那座灰色的大楼前，马上贴出了一张大字报，署名为“王忠明、邢雁”。

这张大字报对熊复猛击一掌，轰动了《红旗》大院。

大字报首先批评了熊复在“真理标准”问题大讨论中“唱反调”：

> 作为党中央理论刊物的《红旗》杂志，理所当然地要大力参加这一讨论。但是《红旗》杂志至今没有发表过一篇文章，保持沉默。为什么会出现这种状况？我们从熊复同志对这个问题的态度可以找到答案。熊复同志不止一次地表白，他并不反对实践是检验真理的标准，没发表过文章，也没作过讲演。事实并不如此。他刚来《红旗》不久，就在一次会上针对《光明日报》发表的《实践是检验真理的唯一标准》的特约评论员文章说：“我是有不同意见的，在这里表明我自己的观点，这些文章是有问题的。”最近熊复同志在召集一些同志座谈宣传问题的会上，当有的同志提到《红旗》没有刊登实践是检验真理的唯一标准的文章，很被动时，熊复同志很激动地说，“你被动什么，我并不感到被动”，“这没有什么关系，不要怕这种人”，“有人跳得很高，其实，他作了些什么，中央很清楚，我今天不点他的名”。我们要问熊复同志，这难道不是反对吗？
>
> 熊复同志还表白说，他授意一位同志写过文章，我们看看写的这篇

《重温〈实践论〉》是一篇什么样的文章呢？这篇文章全文两万多字，除了教科书式的毫不联系实际地讲了理论和实践的关系外，很大篇幅是驳所谓“怀疑论”、“不可知论”和“海外奇谈”（请同志们读一读这篇文章，看是不是讲的实践是检验真理标准问题），这种文章实质上是同实践是检验真理的唯一标准的讨论唱反调的。[1]

大字报又揭露了熊复反对平反1976年“天安门事件”的错误态度：

发生在1976年清明节的“天安门事件”是悼念敬爱的周总理、愤怒声讨“四人帮”，完全是革命行动，反映了亿万人民的心愿。熊复同志对这事件抱什么态度呢？今年第10期《红旗》登载的《评姚文元》一文中的第二部分“用笔杆子杀人”，原来上海写作组同志写的全部内容是揭露“四人帮”怎样歪曲“天安门事件”的事实真相，制造白色恐怖，经过熊复同志的手，把它砍掉了，这是为什么？现在华主席、党中央为“天安门事件”完全彻底平反了，这是我国人民政治生活中的一件大喜事。但是，至今没有看到熊复同志的态度，他既不传达中央的指示，也不组织机关同志学习，这又是为什么？从这里可以看到熊复同志对敬爱的周总理是什么感情！前一个时期，机关批判姚文元和他的亲信利用《红旗》反对周总理的罪行，同志们要求曾在总理身边工作过的熊复同志讲一讲周总理的丰功伟绩，但他一再推托，根本不讲。

大字报还揭露了熊复对于胡耀邦的错误态度：

6月中旬，在一次揭批“四人帮”的核心小组扩大会上，熊复同志用嘲讽的口吻说：“有人竟用老干部的名义，发表给青年的复信，说过去上当受骗是难免的，这是什么话，不是明目张胆地鼓吹投降主义，鼓吹投降有理吗？”说“那封信是错误的”，是“根本违背毛泽东思想的”。大家知道，4月10日《人民日报》发表的一位老干部给青年的复信，是胡耀邦同志写的。熊复同志对这样一封信竟破口大骂，其用意何在？在这次会上，熊复同志还耸人听闻地说：“现在思想理论界很混乱，有些人不是不懂理论，为

[1] 转引自陶铠、张义德、戴晴：《走出现代迷信》，81~84页，湖南人民出版社1988年版。

什么提出一些怪问题？”

还说“这样严重的情况，不应当引起我们的深思吗？”熊复同志在这里这样提出问题，不知为什么？

大字报还指出，熊复至今仍要批“走资派”：

熊复同志还多次在会上说：“现在文章中为什么不提走资派呢？不是有死不改悔的走资派吗？”在7月3日的全社大会上，他竟然号召全社同志要对付可能出现的死不改悔的走资派。在目前情况下，提出这样的问题，其用意何在？

好在熊复是个明白人。熊复在“真理标准”问题讨论中，确实使《红旗》落伍。不过，他自己也意识到了这一点。熊复的“不表态、不卷入”，来自华国锋的指令，来自汪东兴的指令。

王忠明、邢雁的大字报，给了熊复以极大的震动。

就在那张大字报贴出的第3天，熊复写了一张小字报，贴在旁边。

熊复知错便改，他的小字报的标题便是《为大字报的出现而欢呼》。

熊复写道：

读了王忠明、邢雁同志的大字报，我非常高兴，为这张大字报欢呼。

王、邢两同志对我的工作提出了尖锐的批评。总括起来就是，《红旗》的运动和工作落后于当前的形势，而这是同我的领导思想和工作作风分不开的，我要负完全的责任。我认为，这样的批评是中肯的，我诚恳地接受王、邢二同志的批评。

可以看出，王、邢二同志的批评是善意的。因为他们提出的问题，是要迅速改变《红旗》的落后面貌、紧紧跟上新长征的步伐。这是一个摆在我们面前的尚未解决的大问题。

我希望全社同志都来思考这个问题，研究解决这个问题的办法。

至于我，从王、邢二同志的大字报得到很大的启发。我这个人的缺点是很多的，几个月工作中这样那样的错误也是有的。由于大家知道的原因，我现在还来不及总结我在这个时期的工作，而在适当的时候是应该作出总结，取得教训的。错了就改，我有决心改正工作中的错误。希望同志们在这方面帮助我，督促我，有以教我！

熊复

1978年11月25日[1]

由于熊复很诚恳地检讨了自己的错误，所以他后来仍担任《红旗》杂志总编辑，直至1987年8月《红旗》杂志停刊。

《红旗》杂志也终于追了上来，参加关于“真理标准”问题的大讨论。

关于“真理标准”问题的大讨论，在全国广泛展开，冲破了“两个凡是”的禁锢，也就冲破了自1957年开始的“左”的禁锢，导致一场思想大解放运动。

周扬曾这样进行评价：中国在20世纪，有三场思想大解放运动，一场是1919年的“五四”新文化运动，一场是40年代在延安开展的整风运动，一场就是1978年的关于“真理标准”问题的大讨论。

也有人以为，还是提两场思想大解放运动为宜：

1919年的“五四”新文化运动，促使了中国共产党的诞生，而1978年的关于“真理标准”问题的大讨论，则促使中共十一届三中全会作出历史性的大转折。

胡耀邦则在1979年1月18日理论务虚会上讲话时，这么评价关于实践是检验真理的唯一标准的大讨论。胡耀邦说：

到了去年5月，思想理论战线的一个重要发展，就是开始了关于实践是检验真理的唯一标准的讨论。这场讨论的重要意义，是使全党和全国人民的思想重新统一到毛泽东同志的《实践论》的基础上来，重申毛泽东同志一贯强调的在辩证唯物论的认识论中实践第一的观点，重申只有千百万人民的社会实践，才是检验真理的尺度。这虽然是马克思主义的普通常识，但多年来被遗忘了，甚至被搞颠倒了。这个问题的重新提出，的确打中了林彪、“四人帮”那个反科学的思想体系的要害，推进了对林彪、“四人帮”的假马克思主义理论的总清算。同时，也深深触动了人们对马克思主义的根本态度问题。这就引起了我国思想理论战线上的一场风波。有些同志给《实践是检验真理的唯一标准》那篇文章以及参加讨论的其他文章和发言扣了很大的帽子，甚至说那是“丢刀子”，是

[1] 转引自陶铠、张义德、戴晴：《走出现代迷信》，84~85页，湖南人民出版社1988年版。

“非毛化”，是“砍旗”。

去年6月2日，邓小平同志在全军政治工作会议上精辟地阐述了毛泽东同志的实事求是、一切从实际出发、理论与实践相结合这样一个马克思主义的根本观点、根本方法，批评了那股反对实事求是、反对实践是检验真理的唯一标准的思潮，使这场讨论提高到新的水平。许多省、市、自治区和军队的领导同志和理论工作者都积极地参加了这场讨论，已经对我们的实际工作起了巨大的促进作用。[1]

---

[1]《三中全会以来》，49页，人民出版社1982年版。

第十二章　中央工作会议上的交锋

◎ 北京的京西宾馆，成了全中国的“焦点”。中共中央工作会议在这里开了 36 天。陈云向“两个凡是”放了一炮，震动了会议。经过艰难的斗争，“天安门事件”在会上终于得以平反。华国锋、汪东兴不得不在会上承认“两个凡是”错了。中共中央工作会议成了中共十一届三中全会的预备会议。

国务院务虚会受到好评

1978年7月6日，在中南海怀仁堂召开了国务院务虚会。会议由当时担任中共中央副主席兼国务院副总理的李先念主持。这个会议采取边工作边开会的方式，差不多开了两个月，直至1978年9月9日结束。

国务院务虚会的出席者有国务院所属各部、委、直属局、室（组）的负责人，会议的主题是研究如何加快实现中国的现代化建设。

国务院务虚会实行自由发言，开得生动活泼。会议触及经济建设领域中诸多敏感问题：尊重经济客观规律，反对长官意志，讲求经济效益；重视提高人民消费水平；改革工资制度，实行按劳分配；重视商品生产；加强技术引进，扩大外贸出口，灵活利用国外资金；改革与生产力不相适应的生产关系和上层建筑。

这次会议实际上是对中国实行多年的计划经济提出挑战，反映了经济领域强烈的改革开放意识。

国务院务虚会反映了思想观念的巨大转变：从过去的片面强调自力更生发展到向国外大规模借贷，由单纯引进成套设备发展到吸引外资到中国开办合资企业，由借贷发展到境外发行外债。

在1978年，中国同外国签订了22个重点引进先进技术和成套设备项目的意向，共需外汇130亿美元（1978年已签约部分为78亿美元），按照当时的美元价格约折合人民币390亿元，加上国内工程投资200多亿元人民币，共需600多亿元人民币。1978年一年中，引进已经签约金额相当于前五年（1973~1977）成交总额的两倍，相当于1950年到1977年28年中国引进累计完成总额的89.2%。这一年是建国以来技术引进规模最大、进展最快的一年，涉及十几个国家几百个厂商。

9月9日，李先念在总结报告中指出：要“提高中国的生产技术水平、科学研究水平和经济管理水平，增强自力更生的能力，加快实现四个现代化的步伐。这个目的一定要明确。要努力引进中国当前急需的先进技术”。要“搞好技术引进，努力扩大出口”。

李先念强调，实践是检验真理的标准是正确的，这是我们一向坚持的观点。我们要解放思想，振奋大无畏的革命精神。

国务院务虚会议结束之后，李先念向中央政治局常委会作了汇报，引起党中央极大兴趣，华国锋、叶剑英、邓小平都认为会开得很成功，务虚会这种形式很好。

叶剑英副主席在中央政治局常委会上，建议中央开一个理论方面的“务虚会”，专门讨论真理标准问题，统一大家思想。

1978 年 10 月 14 日，邓小平同解放军总政治部主任韦国清谈话时也说：“叶帅提议召开理论务虚会，索性摆开来谈，免得背后讲，这样好。”

此后不久，在北京京西宾馆所召开的一次重要会议，便是“索性摆开来谈”的会议（在这次重要会议之后还召开了专门的“理论务虚会”）……

邓小平的建议成了“会议的中心”

北京宾馆林立，宾馆迎宾接客，电话号码当然可以从电话号码本或者“114”那里查到。然而，在北京西城，有一座规模宏大的京西宾馆，却无法从

京西宾馆——中共十一届三中全会在这里召开

电话号码本或者“114”那里查到电话号码。

显然，这是一座不对外的内部宾馆。

笔者虽然因出席会议而多次住在京西宾馆，但是并不了解京西宾馆的历史。这一回，为了写作本书，笔者到京西宾馆作了专门的采访。

据京西宾馆有关人员告知，京西宾馆建于1964年秋，原本属于部队系统，有着很严密的保安措施。[1]

京西宾馆不仅大门口有军人站岗，每幢楼的门口也有岗哨。

另外，京西宾馆有着宽敞的走廊、大房间、大餐厅，每层楼都有几个大小不一的会议室，可供分组讨论用。在主楼之侧，还有一座大会堂，可供召开大会之用。

这样，京西宾馆建成后，不光是供部队开会，而且成了北京召开各种重要会议的场所。

在京西宾馆建成之前，中共八大的代表是住在北京饭店。那时，每一次中共中央全会，也在北京饭店召开。但是，在京西宾馆建成之后，中共中央全会如果在北京召开的话，几乎都在京西宾馆召开。

每逢全国人民代表大会、全国政协开会，人大代表、政协委员们往往住在这里。全体大会在人民大会堂举行，这里大大小小的会议室则成为分组讨论的会场。

在“文革”中，京西宾馆曾一度成为全国关注的“热点”——“大闹京西宾馆”轰动全国。

所谓“大闹京西宾馆”，是指1967年1月19日，中央军委在京西宾馆召开碰头会，讨论军队里搞不搞“四大”（即“大鸣、大放、大字报、大辩论”）。江青、陈伯达、叶群等“文革新贵”们也到会。在会上，叶剑英、聂荣臻、徐向前等老帅们坚决反对军队里搞“四大”，跟江青等发生激烈争论。在第二天的会上，叶剑英拍桌怒斥江青们，以至把右手掌骨震裂。徐向前在拍案时，把茶杯震落在地上……

此后不久，在1967年2月中旬，老帅们和几位副总理在中南海怀仁堂又与“中央文革”小组的“新贵”们正面冲突，被称为“大闹怀仁堂”。

这“两闹”，被合称为“二月逆流”……

随着“批判二月逆流”之声震撼全国，京西宾馆也就广为人知了。

---

[1] 1996年5月28日采访。

1978年11月10日起，一次重要的会议也在京西宾馆举行。

这便是中共中央工作会议。

这是一次历时长达36天的极为重要的工作会议——会议闭幕式之前开了34天，在闭幕式之后又开了2天，共计36天。

出席中共中央工作会议的有各省、市、自治区和各大军区的主要负责人以及中央党政军各部门和群众团体主要负责人，共212人（应出席人数为218人）。

1978年11月10日下午，中共中央工作会议举行开幕式。中共中央主席华国锋在开幕式上宣布了会议的三项议题：

> 一、讨论如何进一步贯彻执行以农业为基础的方针，尽快把农业生产搞上去的问题，讨论《关于加快农业发展速度的决定》和《农村人民公社工作条例（试行草案）》两个文件。
>
> 二、商定1979、1980两年国民经济计划的安排。
>
> 三、讨论李先念在国务院务虚工作会上的讲话。

本来，按照华国锋所宣布的这三项议题，这次会议只是一次具体的工作会议。华国锋最初规定的会期是半个月。

在宣布这三项议题之后，华国锋又代表中共中央政治局常委提出：

> 在讨论上面这些议题之前，先讨论一个问题，这就是在新时期总任务总路线指引下，从明年1月起把全党工作重点转移到社会主义现代化建设上来的问题。
>
> 这是新形势的需要。列宁和毛主席都曾提出过按照形势的需要，实现这种转移。这是关系全局的问题，是我们这次会议的中心。

华国锋原本打算，花两三天时间讨论这个“关系全局的问题”，然后，即转入他提出的三项议题的讨论。

其实，华国锋所说的这个“关系全局的问题”，这个“会议的中心”，是邓小平在会前提出的，并得到了中共中央政治局常委的赞同。

正是邓小平的这个提议，扭转了这次会议的方向，使“会议的中心”转移。

邓小平所说的全党工作重点的转移，是一件战略性的大事，确实是“关系全局”的大问题。如果不进行这一讨论，这次中共中央工作会议就不可能是一

邓小平与华国锋

次思想大解放的会议，不可能成为冲破“左”的禁锢的会议。

早在 1958 年初，毛泽东曾经谈及过这一问题。

那是 1958 年 1 月上旬，中共中央在杭州召开会议，讨论领导生产建设的方法问题、政治与业务的关系问题、技术革命问题。毛泽东在会上说：

> 今后思想政治战线上的革命仍旧会有，但要把党的工作重点放到技术革命上去。

毛泽东的话，萌发了全党工作重点转移的意思。因为在当时，经过 1957 年激烈的“阶级斗争”——“反右派运动”，毛泽东想在 1958 年转向经济建设——发动“大跃进”，所以产生了全党工作重点“放到技术革命上去”的想法。

很遗憾，毛泽东刚想转移全党的工作重点，很快就被 1959 年庐山会议上的“反右倾运动”所打破。全党工作重点仍放在“阶级斗争”上。毛泽东晚年，深深陷入“左”的迷误，他一直注重“阶级斗争”，从“反右倾”到“批判现代修正主义”，到开展“社会主义教育运动”，直至发动那“史无前例”的“无产阶级文化大革命”……所以，毛泽东一直把全党的工作重点放在“阶级斗争”

之上。

在粉碎“四人帮”之后，华国锋仍坚持“无产阶级专政下继续革命”的理论，把全党的工作重点仍然放在“阶级斗争”上。

邓小平首先提出了全党工作重点的转移问题，即从“阶级斗争”转移到经济建设上去。如果说，中国共产党是一艘巨大的航船，那么，工作重点的转移，则意味着“转舵”，意味着从“阶级斗争”航线转到“经济建设”航线。这确实是战略性的重大决策。

1978 年 9 月，邓小平从朝鲜访问归来之后，在视察东北三省时，便提出这一战略性的重大决策：

> 我强调提出，要迅速地坚决地把工作重点转移到经济建设上来。[1]

邓小平提出的这一重大战略决策，成为中国当代历史的转折点。

邓小平曾在 1982 年 9 月 18 日陪同朝鲜劳动党中央委员会总书记金日成前往成都访问途中，忆及 1978 年 9 月从朝鲜归来，在东北三省的谈话内容。

邓小平关于党的工作重点转移问题的谈话，全文如下：

> 我在东北三省到处说，要一心一意搞建设。国家这么大，这么穷，不努力发展生产，日子怎么过？我们人民的生活如此困难，怎么体现出社会主义的优越性？“四人帮”叫嚷要搞“穷社会主义”、“穷共产主义”，胡说共产主义主要是精神方面的，简直是荒谬之极！我们说，社会主义是共产主义的第一阶段。落后国家建设社会主义，在开始的一段很长时间内生产力水平不如发达的资本主义国家，不可能完全消灭贫穷。所以，社会主义必须大力发展生产力，逐步消灭贫穷，不断提高人民的生活水平。否则，社会主义怎么能战胜资本主义？
>
> 到了第二阶段，即共产主义高级阶段，经济高度发展了，物资极大丰富了，才能做到各尽所能，按需分配。不努力搞生产，经济如何发展？社会主义、共产主义的优越性如何体现？我们干革命几十年，搞社会主义三十多年，截至 1978 年，工人的月平均工资只有四五十元，农村的大多数地区仍处于贫困状态。这叫什么社会主义优越性？因此，我强调提出，

[1]《邓小平文选》第三卷，11 页，人民出版社 1993 年版。

要迅速地坚决地把工作重点转移到经济建设上来。[1]

在召开这次中共中央工作会议之前，先召开了中共中央政治局常委会。会上，华国锋提出了那三项议题。邓小平以为，“只有解决好思想路线问题，才能提出新的正确政策”。所以，邓小平建议中共中央工作会议在讨论三项议题之前，先讨论全党工作重点的转移问题。中共中央政治局常委同意了邓小平的意见。所以，华国锋在开幕式上，代表中共中央政治局常委宣布了会议要先进行关于党的工作重点转移问题的讨论。

华国锋在开幕式的讲话中，只字不提已经在全国热烈展开的关于“实践是检验真理的唯一标准”的大讨论，也没有表示“两个凡是”应该否定。实际上，这是华国锋对于“实践是检验真理的唯一标准”大讨论又一次采取“不表态、不卷入”的态度，引起了到会代表的不满。

开幕式之后，中共中央工作会议分为华北、东北、华东、中南、西北、西南六个小组进行分组讨论。

陈云作了“爆炸性”发言

刚刚开始分组讨论，11 月 12 日，陈云在东北组作了第一次发言，便使整个大会为之震动！

陈云是中国资深的政治家，他和邓小平是当时健在的中共第一代领导核心成员。1989 年 6 月 16 日，邓小平对几位中共中央领导人所作的题为《第三代领导集体的当务之急》谈话中，谈起中共领导集体形成的历史，说了这么一段话：

我们中国共产党现在要建立起第三代的领导集体。在历史上，遵义会议以前，我们党没有形成过一个成熟的党中央。从陈独秀、瞿秋白、向忠发、李立三到王明，都没有形成过有能力的中央。我们党的领导集体，是从遵义会议开始逐步形成的，也就是毛刘周朱和任弼时同志，弼时同志去世后，又加了陈云同志。到了党的八大，成立了由毛刘周朱陈邓六个人组

[1]《邓小平文选》第三卷，10~11 页，人民出版社 1993 年版。

成的常委会，后来又加了一个林彪。这个领导集体一直到“文化大革命”。[1]

邓小平这一段话清楚说明，陈云是属于以毛泽东为首的中共第一代领导集体中的一个核心成员。在中共第一代领导集体的核心成员之中，毛泽东、刘少奇、周恩来、朱德、任弼时、林彪都已经去世，在当时健在的只有邓小平和陈云。

陈云在粉碎“四人帮”的行动中，曾表示坚决的支持。

粉碎“四人帮”之后，在1977年3月的中共中央工作会议上，陈云又曾为邓小平平反和复出，作了重要发言。由于受到华国锋的压制，陈云的重要发言，没有登上会议简报。

在中共十一大上，陈云没有进入中共中央政治局，只是当选中共中央委员——其实，即便在“文革”中，陈云在中共九大、十大，也一直是中共中央委员。

这时，陈云仍住在北京北长街的老房子里。

1978年7月1日，阔别多年的陈云的老秘书刘家栋去看望陈云，曾目击这样的场面：

> 1977年，闹地震时盖的防震棚还没有完全拆除，上面已经空了，但钢架还在屋内立着。架子下面有一对破旧的小沙发，沙发的白布罩已经变成暗灰色，上面尽是破洞，看上去已经用了一二十年了。一个不小的办公桌，桌面上只有一部旧的电话机，一个台历，一份文件也没有。从这些摆设中，可以看得出来，他虽然“解放”了，但还没有安排工作，没有事干，还在“待命”。[2]

“待命”中的陈云，终于在这次中共中央工作会议上，发出了震惊中国的声音，表现出他作为资深的中国政治家的勇气。

在中国政坛上沉默已久的陈云一发言，便引起全会的广泛注意。人们惊讶地发现，陈云的话是那样的尖锐而有分量，见解是那样深刻。

陈云以为，在实现全党工作重点转移的时候，必须做好安定团结工作，而

---

[1]《邓小平文选》第三卷，309页，人民出版社1993年版。

[2] 刘家栋：《陈云在延安》，215页，中央文献出版社1995年版。

众多的历史遗留问题不加解决的话，也就无法安定团结，无法实现工作重点的转移。

陈云在东北组发言指出：

华主席说，对于那些在揭批“四人帮”运动中遗留的问题，应由有关机关进行细致的工作，妥善解决。我认为这是很对的。但是，对有些遗留的问题，影响大或者涉及面很广的问题，是需要由中央考虑和作出决定的。对此，中央应该给以考虑和决定。[1]

陈云首先指出，“文革”中震动全国的“六十一人叛徒集团”一案应予平反。陈云此言，一下子引起全会关注。

陈云说：

薄一波同志等61人所谓叛徒集团一案。他们出反省院是党组织和中央决定的，不是叛徒。

1937年7月7日，中央组织部关于所谓自首分子的决定，这个文件是我在延安任中央组织部部长（1937年11月）以前作出的，与处理薄一波同志等问题的精神是一致的。我当时还不知道有这个文件，只是根据当时审查干部中遇到的问题，在1940年也写过一个关于从反省院出来履行过出狱手续，但继续干革命的那些同志，经过审查可给以恢复党籍的决定。这个决定与“七七”决定的精神是一致的。这个决定也是中央批准的。我认为，中央应该承认“七七”决定和1940年中组部的决定是党的决定。对于那些在“文化大革命”中被错误定为叛徒的同志应给以审查，如果并未发现有新的真凭实据的叛党行为，应该恢复他们的党籍……

对他们作出实事求是的经得起历史检验的结论，这对党内党外都有极大的影响，不解决这些同志的问题，是很不得人心的。这些同志大体都是已六七十岁的人了。现在应该解决这个问题。[2]

陈云提出要把“文化大革命”大案“六十一人叛徒集团”案翻过来，是因

[1]《陈云文选》第三卷，232页，人民出版社1995年版。

[2]《三中全会以来》，16~18页，人民出版社1982年版。

为他在延安担任中共中央组织部部长7年，深知这一案件内情。

1937年7月7日，在陈云担任中共中央组织部部长前夕，中共中央组织部曾作出《关于所谓自首分子的决定》，内中第三条规定：

> 凡在狱中表示坚定坐满刑期，送到反省院的同志，照例要办自首手续，或填一般反共自愿书，才能出狱。如他们曾经组织允许填写这类文件后出狱的，得恢复其组织。如具有上述情形，但未经组织允许者，经过工作中考察后，亦得恢复其组织。

另外，在陈云担任中共中央组织部部长期间，1941年7月22日，中共中央通过了《关于过去履行出狱手续者（填写悔过书声明脱党反共）暂行处理办法》，内中第二条规定：

> 共产党员在被捕后，毫无叛党行为，仅仅在刑期满后或交保释放时由自己或家属填写过“悔过”“自新”一类文件作为出狱手续，而在出狱后仍然坚决革命，并未改变其革命本质，并未对革命发生动摇者，虽在当时中央并无允许履行这类手续之决定，应视为实质上并未叛变。因此出狱后经地委以上审查和认可之后，已恢复党籍者仍然不变，未恢复或恢复后又被开除者，则在本人要求恢复时可恢复其党籍。但在党表上应登记此种出狱情况，以区别于过去拒绝履行出狱手续坚持无条件出狱者。

1945年召开中共七大时，陈云负责审查七大代表资格工作。曾有人提出，这61人之中能不能当选代表的问题。陈云对此作了深入了解，知道这是在抗战前夕，刘少奇给中共中央写信，提出这61人可以做个假手续，把他们从国民党监狱中营救出来。

刘少奇给毛泽东、中共中央的信，是经原中共中央北方局和河北省委秘书长王林从天津带到延安，交给了张闻天，再由张闻天交给毛泽东的。此后，刘少奇来到延安时，又当面向毛泽东作了汇报。中共中央经过研究，同意了刘少奇的意见……正因为这样，陈云在当时就指出，这61人可以入选中共七大代表。

由于陈云对“六十一人案”有着亲自的调查，所以他非常坚决地提出为他们所谓的“叛徒”问题进行平反。

接着，陈云又对“文革”中的大案——陶铸以及王鹤寿案件——提出尖锐的意见：

陶铸同志、王鹤寿同志等是在南京陆军监狱坚持不进反省院，直到“七七”抗战后由我们党向国民党要出来的一批党员，他们“七七”抗战后还坚持在狱中进行绝食斗争。这些同志，现在或者被定为叛徒，或者虽恢复了组织生活，但仍留着一个尾巴，例如说有严重的政治错误。这些同志有许多是省级、部长级的干部。陶铸一案的材料都在中央专案一组办。中央专案组是“文化大革命”时期成立的，他们做了许多调查工作，但处理中也有缺点错误。我认为，专案组所管的属于党内部分的问题应当移交给中央组织部，由中央组织部复查，做出实事求是的结论，这些结论都应该放到当时的历史情况去考察。像现在这样既有中央组织部又有专案组，这种不正常的状态应该结束。

陈云又为另一大案——彭德怀冤案——提出平反：

彭德怀是担负过党和军队重要工作的共产党员，对党贡献很大，现在已经死了。过去说他犯过错误，但我没有听说过把他开除出党。既然没有开除出党，他的骨灰应该放到八宝山革命公墓。

陈云提及了最敏感的话题“天安门事件”，认为应该予以平反：

关于“天安门事件”，现在北京市又有人提出来了，而且又出了话剧《于无声处》，广播电台也广播了天安门的革命诗词。这是北京几百万人悼念周总理，反对“四人帮”，不同意批邓小平同志的一次伟大的群众运动，而且在全国许多大城市也有同样的运动。中央应该肯定这次运动。

陈云最后还提出一个非常重要的问题，那就是康生必须批判。须知，康生在 1975 年 12 月 16 日病死时，中共中央的讣告中，给他戴上三顶光辉的桂冠，即“无产阶级革命家”、“马克思主义理论家”、“光荣的反修战士”。陈云却指出康生犯了严重错误：

> “文化大革命”初期，康生同志是“中央文革”的两个顾问之一。康生同志那时随便点名，对在中央各部和全国各地形成了党政机关的瘫痪状态是负有重大责任的。康生同志的错误是很严重的，中央应该在适当的会议上对康生同志的错误给以应有的批评。

陈云最后用这么一句话，结束发言：

> 华主席讲话中要我们畅所欲言，我提出以上6点，请同志们批评指正。

陈云的发言，人称“爆炸性的发言”。他的话虽说不多，却扔出了5颗重磅炸弹。

他当过中共中央副主席，又当过7年中共中央组织部部长，他的发言富有权威性。不言而喻，陈云是经过深思熟虑，才扔出那5颗重磅炸弹的，每一颗都精确地命中了目标。

陈云的发言，使出席会议的代表们意识到，必须解决一系列大是大非的问题，必须解放思想、冲破“左”的禁锢，只有先解决这些问题之后，才能讨论那些具体的工作问题。

陈云发言引起强烈反响

陈云的发言，可谓“十年不鸣，一鸣惊人”。其实，倘若从1962年算起，他已经保持沉默14年了——除了1977年3月他为了支持邓小平复出在中共中央工作会议上作了一次书面发言，但是他的发言没有在大会简报上登出。

这一回，陈云的发言终于在大会简报上登出，使全体出席者都知道他在东北小组会上扔出的5颗重磅炸弹。

华国锋极想尽早让大会按照他的三项议题的轨道“运行”，所以在陈云发言后的翌日——1978年11月13日——华国锋要求会议转入农业问题的讨论，并由纪登奎在大会上对两个农业文件进行了说明。

可是，会议并没有被华国锋“纳入”轨道。各组在讨论时，纷纷对陈云的讲话作出了强烈反响，打乱了华国锋的部署。

东北组对于陈云的讲话普遍支持。这是因为在东北三省中，黑龙江和辽宁在“真理标准”问题大讨论中是冲在最前面的省份，而吉林则是邓小平在1978年9月作了重要谈话的省份。

东北组如此说：

搞社会主义现代化需要有一个安定团结的政治局面，陈云12日在会议上提出的几件事都是有关安定团结的问题，也是落实政策的问题，有必要加以解决。萧克在发言中还要求为“二月逆流”的冤案平反。

中南组这样说：

陈云所提到的这些问题是当前干部讨论较多、关系全局的问题，在宣布工作重点转移的时候，中央最好能给以解决。这对调动广大干部群众的积极性，加强团结，是有好处的。

西南组指出：

陈云提出的几个问题影响较大，希望中央明确一下。这样有利于实现四个现代化和调动积极因素。

西北组则说：

这些重大的政治问题中央不正式表态，干部群众有抵触情绪。最好能在党的工作重点转移到现代化建设上来之前，把这些问题讲清楚。

胡耀邦在西北组发言说：

我赞成把“文革”中遗留的一些大是大非问题搞清楚。这些大是大非的解决，关系到安定团结，关系到实事求是作风，关系到拥护毛主席的旗帜。

对于陈云发言的反应，接连不断。

11月16日，万里在华东组说：“陈云提出的5个问题要解决，不然人们心里不舒服。”

11 月 17 日，杨得志、李成芳在中南组指出：“联系‘天安门事件’，我们认为武汉‘七二〇事件’也到彻底平反的时候了。”

陈丕显则提出：“上海的‘一月风暴’问题也应该弄清楚。”

11 月 27 日，聂荣臻在华北组发言说：“关于案件问题，陈云在这次会上首先提出来，我很同意。这类问题面相当大，各省都有一些，如武汉的‘百万雄师’、四川的‘产业军’等等。”

陈云接着插话：“这些问题不解决，党内党外很不得人心。”

王首道发言说：“只有把遗留的问题解决好，才能真正达到全党、全军、全国各族人民的团结，把党的工作重点转移到实现社会主义现代化建设上来。”

康克清在华北组的书面发言中说：“我完全同意陈云 11 月 12 日提出的 6 点意见。我建议，凡是林彪、‘四人帮’强加于人的一切诬蔑不实之词，都应予以推倒。”

许多人提到，“批邓、反击右倾翻案风”应予推倒。

还有人提出了谢富治的问题，认为应该对谢富治立案审查。

发生“《中国青年》风波”

陈云提出了“文革”中遗留的一系列大是大非问题，而陈云的讲话又引发出一系列“文革”遗留问题：武汉的“七二〇事件”和“百万雄师”；上海的“一月风暴”；四川的“产业军”；“批邓、反击右倾翻案风”；审查谢富治……

这种种问题，几乎桩桩件件都涉及毛泽东。只有冲破毛泽东当年“左”的种种批示，才能彻底加以解决。

然而，“两个凡是”成了最大的拦路虎。如果推倒“两个凡是”，那就什么问题也解决了！

在这许许多多历史积案中，最为迫切、亟待解决、呼声最高、影响最大的，要算是 1976 年的“天安门事件”。

在粉碎“四人帮”的第 20 天——1976 年 10 月 26 日——华国锋在对中共中央宣传部门负责人谈话中，就明确指示“‘天安门事件’要避开不说”。华国锋所谓的“避开不说”，就是不准平反。

在 1977 年 3 月的中共中央工作会议上，陈云提出要为 1976 年的“天安门事件”平反。可是，华国锋坚持“两个凡是”，坚持“天安门事件”是毛泽东亲自定为“反革命事件”的，不能平反。

邓小平的复出，本来就意味着对“天安门事件”是“反革命事件”的否定。然而，华国锋却硬要解释为“天安门事件”仍是“反革命事件”，邓小平的复出只是由于事实表明邓小平与“天安门事件”无关，不是“天安门事件”的“总后台”。

要求为“天安门事件”平反的呼声越来越强烈。

就在这次中共中央工作会议召开前的两个来月，曾爆发了“《中国青年》杂志事件”，围绕“天安门事件”的平反问题展开了一场斗争……

《中国青年》杂志是中国共产主义青年团中央的机关刊物，创刊于1923年10月20日，具有悠久的历史和广泛的影响。在“文革”中，由于共青团中央以总书记胡耀邦为首的“三胡”被“打倒”，共青团被红卫兵所取代，《中国青年》也停刊了。

1978年8月19日，中共中央转发共青团十大筹委会《关于红卫兵问题的请示报告》，决定取消全国的红卫兵组织。共青团十大定于1978年10月中旬召开。

这时，作为共青团中央机关刊物的《中国青年》杂志也就定于1978年9月复刊。复刊号印数高达200万份！

《中国青年》复刊号定于1978年9月11日出版。在9月10日，《人民日报》刊登了《中国青年》复刊号的目录。

不料，就在9月10日下午，共青团十大筹委会负责人韩英接到了汪东兴的电话，严厉的质问使韩英陷入了困惑之中。

汪东兴是主管青年工作又主管宣传工作的中共中央副主席，《中国青年》杂志属于他的管辖范围之中。他在电话中对《中国青年》复刊号提出四点质问：

> 一、《中国青年》第一期为什么只有叶副主席题词，没有华主席题词。
>
> 二、《革命何须怕断头》所宣传的韩志雄，你们了解清楚了吗？这个人有问题。
>
> 三、童怀周的《天安门诗抄》怎么又出来了。
>
> 四、没有纪念毛主席逝世两周年的文章。

汪东兴的批评，四条意见中有两条涉及“天安门事件”：

《中国青年》在复刊号上，发表了关于韩志雄的报道《革命何须怕断头》。

韩志雄是在“天安门事件”中跟“四人帮”做过坚决斗争的北京青年工人，而汪东兴认为“这个人有问题”！这篇报道还称“天安门事件”为“伟大壮烈的人民运动”，而汪东兴仍坚持“天安门事件”是“反革命事件”。

“童怀周”，即“同怀周”的谐音。“周”即周恩来，“童怀周”是北京第二外国语学院部分师生的集体笔名，他们在“天安门事件”中，收集了天安门广场上众多的诗篇。

1977年5月4日，《人民日报》为了纪念“天安门事件”一周年，曾编了一整版根据“童怀周”提供的《天安门革命诗抄》。但是，这个版被“上面”扣压了，没有发出来。“上面”批评道：“谁叫你们编的？！”

《人民日报》干脆支持“童怀周”，以“内部发行”的名义印行了《天安门革命诗抄》一书，一下子风行全国。

汪东兴得知，曾严厉批评过《人民日报》出版《天安门革命诗抄》。

这一回，《中国青年》却在复刊号上选用了《天安门革命诗抄》中的部分诗作，冠以《青年革命诗抄》的标题。

不论是刊登关于韩志雄的报道，还是转载《天安门革命诗抄》，这都意味着要为“天安门事件”平反。这也正是使汪东兴光火的原因。

然而，在接到汪东兴的电话时，200万册《中国青年》已经大部分印刷完毕，而且已经有4万多册发出，到了读者手中！

尽管如此，9月13日，韩英跟《中国青年》编辑部商量后，还是决定尊重中共中央副主席汪东兴的意见，对《中国青年》复刊号进行修改，然后再发行。

就在这时，北京第二外国语学院“童怀周”获知汪东兴的意见，得知要从复刊号上删去《天安门诗抄》，怒不可遏，在北京闹市西单贴出了大字报：《救救〈中国青年〉！》。

顿时，消息不胫而走，迅速传遍了北京城。

这下子使情况复杂化了。

《中国青年》编辑部认为，已经有那么多的《中国青年》杂志复刊号流入社会，如果再出一个不同版本的《中国青年》复刊号，而且其中的内幕又已经广为社会所知，将会对《中国青年》产生极不好的影响。为此，《中国青年》杂志编辑部在9月14日打了报告给中共中央主席华国锋以及四位副主席，希望复刊号不要再作修改。

9月14日晚，中共中央副主席汪东兴在人民大会堂召见了《中国青年》杂志组长以上的干部。

汪东兴说："'天安门事件'，华主席已经讲了。"

接着，汪东兴便念了1977年3月华国锋在中共中央工作会议上讲话中有关"天安门事件"的一段话。汪东兴还念了华国锋关于"两个凡是"的一段话。

汪东兴念毕，说道："华主席在天安门问题上早就讲过，为什么有的人还在上面纠缠？这样行不行？"汪东兴坚决要求《中国青年》杂志复刊号删去有关韩志雄的报道，坚决要求删去"童怀周"的《天安门革命诗抄》……

汪东兴毫无商量的余地，他说了一连串颇为严厉的话："中央叫我分管工青妇，这个你们知道不知道？我翻了这期《中国青年》的大概内容，没详细看，还以为是清样，不知道已经正式出版。如正式出版，就不要我审查了。今天把口径统一一下。你们已经发出4.1万份，发都发了，怎么叫我审查？如果你们认为我们没有审查的任务，那我们就不审查了。

"我现在分管，我就不能不提意见！出版《中国青年》是很重要的事情，涉及全国，发行200多万份，涉及面是比较大的，出版就要考虑得周到点。《中国妇女》的出版是经过我批准同意了的。《中国青年》送来了，我下午就打电话，我并不慢啊。叫你们考虑一下，结果考虑出这么大的风波。

"不要我审查，我不负责，我这个人好办。你们《中国青年》社捅这个情况，离开了团的十大筹委会。你们直接写信给中央了，并没有通过筹委会转给我。不是和筹委会打官司，而是涉及中央。"

最后，汪东兴说："历史上有教训，凡是离开党的领导的，一事无成，会碰得头破血流。"

汪东兴既然把话说得那么严重，而他又是代表"党的领导"，中国青年杂志社不能不照办。

他们终于删去了复刊号上有关韩志雄的报道，删去了"童怀周"的《天安门革命诗抄》，补上华国锋的题词，补上毛泽东的照片和诗词三首，重新印刷，重新出版，并把已经发出的4万多份尽量收回。

这样，总算了结了"《中国青年》复刊风波"！

"天安门事件"终于平反

"《中国青年》复刊风波"清楚表明，为"天安门事件"平反遇到的阻力是多么巨大！

这一回，在中共中央工作会议，陈云又一次提出了要为“天安门事件”平反，一呼百应，在会上形成一股强大的声势。中共中央副主席邓小平、叶剑英、李先念都坚决支持陈云的发言。

这股强大的力量，向着华国锋筑起的“不许平反”的堤坝发起了总冲击。

说实在的，华国锋坚持“天安门事件”不能平反，他打的是“两个凡是”的挡箭牌——“天安门事件”是“反革命事件”，这是“伟大领袖毛主席定的”。实际上，“天安门事件”与华国锋本人休戚相关。

在“天安门事件”的紧急关头，华国锋在1976年4月4日晚的中共中央政治局会议上，曾说：

> 一批坏人跳出来了，写的东西有的直接攻击主席，很多攻击中央……很恶毒。

吴德则说：

> 看来这是一次有计划的行动。邓小平从1974年到1975年作了大量的舆论准备……今天出现这件事是邓小平搞了很长时间的准备形成的……性质是很清楚的，就是反革命事件。

正是由于1976年的“天安门事件”被定为“反革命事件”，邓小平被撤销一切职务；也正是由于1976年的“天安门事件”被定为“反革命事件”，邓小平下台了，华国锋取而代之，先是担任国务院总理，紧接着担任中共中央第一副主席。

所以，对于华国锋的政治生涯来说，“天安门事件”是重大的转折点。

所以，华国锋死死守住“天安门事件”是“反革命事件”这道防线。华国锋深知，一旦这道防线被突破，将直接动摇他的政治根基。

然而，为1976年的“天安门事件”平反的呼声日益高涨。如果华国锋仍然坚持不为“天安门事件”平反，这也将会动摇他的领袖地位。

这样，华国锋不得不表示接受党内压倒多数的意见：为“天安门事件”平反。

这样，在陈云发言后，隔了一天，即1978年11月14日，经中共中央政治局批准，中共北京市委郑重宣布：

> 1976年清明节，广大群众到天安门广场沉痛悼念敬爱的周恩来总理，

1976年清明节的天安门广场

愤怒声讨“四人帮”，完全是革命行动。因参加此事件而被捕的338人中没有一个人是反革命。对于因悼念周恩来、反对“四人帮”，而受到迫害的同志，一律平反，恢复名誉。

《北京日报》发表了中共北京市委的决定。

出席中共中央工作会议的“大秀才”胡乔木，反反复复捉摸着中共北京市委决定，觉得“广大群众到天安门广场沉痛悼念敬爱的周恩来总理，愤怒声讨‘四人帮’，完全是革命行动”这句话说得不明确。到底是“大秀才”，咬文嚼字，以为仅仅说“沉痛悼念敬爱的周恩来总理，愤怒声讨‘四人帮’完全是革命行动”，是留了很大余地的。因为“沉痛悼念敬爱的周恩来总理，愤怒声讨‘四人帮’，完全是革命行动”，这还用说吗？内中最为关键的是“天安门事件”究竟是什么性质的事件，中共北京市委并没有明明白白地说出来。

胡乔木，从1941年起便担任毛泽东的秘书，中共中央政治局秘书，人称“中共中央一支笔”，中共中央许多文件以及《人民日报》许多社论便出自这支笔下。不过，在中共十一大上，胡乔木竟然连中共中央委员都没有选上，所以他是以中国社会科学院院长的身份出席中共中央工作会议的。

胡乔木是江苏盐城人，与那位“外交才子”乔冠华同乡，人称“盐城二乔”。胡乔木生于1912年，曾就读于清华大学、浙江大学，1930年加入中国共产主义青年团，1932年加入中国共产党，1935年任中国社会科学家联盟书记，中国左翼文化界总同盟书记。

深刻地影响了胡乔木一生的事，是1941年起担任毛泽东的秘书。从此，他一直生活在中共高层核心圈之中。

作为“中共中央一支笔”，胡乔木在1945年参与起草了《关于若干历史问题的决议》。后来，在1954年，参与起草了第一部《中华人民共和国宪法》。

胡乔木历任新华社社长，新闻总署署长，中共中央宣传部副部长，中共中央副秘书长，中共中央书记处候补书记。

自1961年起，胡乔木因患神经衰弱症，长期休养。在“文革”中受冲击后，闭门不出。直至邓小平复出后，于1975年重新起用胡乔木，出任国务院政治研究室负责人。胡乔木曾根据邓小平的意见，对胡耀邦主持起草的《科学院工作汇报提纲》作了多次修改。

不久，在“批邓、反击右倾翻案风”中，《科学院工作汇报提纲》被打成“大毒草”，胡乔木也受到“批判”，再度闭门不出。

在粉碎“四人帮”之后，1977年，胡乔木出任中国社会科学院院长。

胡乔木毕竟多年在毛泽东身边工作，毛泽东晚年的“左”的思想也曾给了胡乔木以深刻的影响。胡乔木在粉碎“四人帮”之后，也走过了一段思索的路。他最初对所谓“无产阶级专政下继续革命”理论，也赞同。在“真理标准讨论”之初，也未曾听见他的声音。

但是，随着对“四人帮”批判的深入，对“左”的批判的深入，胡乔木对一系列理论问题进行了反思，坚决加入了批判“两个凡是”的行列。

胡乔木有着多年研究马列主义的阅历，有着较高的理论水平。这“中共中央一支笔”的加入，使批判“两个凡是”多了一员猛将。

在中共中央工作会议上，11月13日，胡乔木放“炮”了。他在小组会上发言，批评了华国锋。

胡乔木指出，华国锋在中共中央工作会议开幕式上所说“把全党工作重点转移到社会主义建设上来”，是“新形势的需要”，这是不妥的。

胡乔木发言说：

> 把工作的重点的转移讲成是形势的需要，这个理由不妥。应当说，无产阶级在夺取政权之后，就要把工作重点转移到经济建设上。建国后，我们已开始了这种转移，但是没有坚持住。因此，这次的转移，是根本性的转移，而不是通常意义上的转移。不能给人一种印象，似乎今天形势需要，就把工作重点转过来，明天不需要了，还可以再转回去。[1]

---

[1] 转引自朱佳木：《胡乔木同志在十一届三中全会上——为纪念乔木同志而作》，《回忆胡乔木》，310页，当代中国出版社1994年版。

就在胡乔木非常仔细捉摸中共北京市委为“天安门事件”所作的平反决定的字句时，很快地他就注意到，《人民日报》在11月16日在头版头条刊登中共北京市委的决定，加上了这样鲜明的标题：《“天安门事件”完全是革命行动》。

胡乔木指着这一标题说，这下子把话说明白了！

11月16日，《人民日报》就中共北京市委决定为“天安门事件”平反一事，发表了评论员文章《实事求是，有错必纠》。紧接着，《人民日报》在11月21日、22日连载了《人民日报》记者采写的长篇报道《“天安门事件”真相——把“四人帮”利用〈人民日报〉颠倒的历史再颠倒过来》。

《人民日报》还把这篇报道赶印成小册子，印了20万册。

这篇报道一开头，便这么写道：

全国人民十分关心的“天安门事件”昭雪平反了！

“天安门事件”根本不是什么“反革命政治事件”，而完全是革命行动。这是人民的结论。真理战胜了邪恶，被颠倒了的历史恢复了它本来的面目。这是华主席为首的党中央领导我们揭批“四人帮”、拨乱反正的伟大胜利，是坚持毛主席倡导的实事求是的马克思主义原则的伟大胜利。

《人民日报》社曾经被“四人帮”篡夺了领导权，成为他们制造反革命舆论的一个重要工具。“天安门事件”前后，“四人帮”及其心腹利用《人民日报》搞了许多假情况，造了许多谣言，上欺中央，下骗群众，对导致天安门广场流血事件起了极其恶劣的作用。他们在（1976年）4月8日抛出的题为《天安门广场的反革命政治事件》的报道，歪曲事实，诬蔑群众，陷害邓小平副主席，其后又利用这一事件，大做文章，疯狂镇压革命群众，妄图打倒从中央到地方一大批党政军负责同志，对全党和全国人民犯下了大罪。《人民日报》广大职工在揭批“四人帮”的斗争中，揭发了他们在“天安门事件”中犯下的大量罪行。现在，“天安门事件”平反了，《人民日报》职工同全国人民一样欢欣鼓舞，同时也深感有责任把颠倒的“天安门事件”的真相公之于众。

报道在结尾处，高度评价了1976年的“天安门事件”：

“天安门事件”被人们誉为伟大的“四五运动”。它以鲜明的旗帜，磅礴的革命气势，史无前例的巨大规模，向全世界庄严宣告：中国不是“四人帮”的；人民，只有人民才能决定中国的命运，只有人民才能推动历史前进。

人民是历史的主人，这个马克思主义的真理，经过“天安门事件”，化为气壮山河的巨画，深深地铭刻在亿万人民的心中。谁是“天安门事件”的组织者？人民。谁是“天安门事件”的指挥者？人民。百万人民群众表现了这样高的政治觉悟、组织才能和斗争艺术，在天安门广场演出了这样惊天动地的史剧，是历史上少有的壮举。它极其深刻地说明，人民革命运动的历史潮流，是任何反动势力都阻挡不了的。“四五运动”虽然遭到“四人帮”的镇压，但是真理的火种已经撒遍神州大地。人民觉醒了，看到了自己的力量，开阔了自己的眼界，增长了斗争的才干，增强了胜利的信心。4月的斗争敲响了“四人帮”的丧钟，为华主席领导的10月的胜利准备了最重要的条件——亿万觉醒了的人民。

“四五运动”革命精神光照千秋，永远鼓舞着中国人民前进！

在“天安门事件”得以平反之后，李冬民也获释。

李冬民经考试进入北京市社会科学所工作。后来，他自己创办了民办的中国社会调查事务所。[1]

另外，从11月14日至20日，中共江苏、浙江、河南等省委也陆续对同类事件作了类似的处理。

为彭德怀平反的艰难历程

在陈云提出的一系列要求平反的历史事件中，最为艰难的是“天安门事件”和彭德怀问题。这是因为这两大事件的背后，涉及了更为重大的历史问题。

为“天安门事件”平反经历了千辛万苦，因为“天安门事件”直接涉及为邓小平彻底平反，涉及为“批邓、反击右倾翻案风”彻底平反。

为彭德怀平反，也经历了千辛万苦，因为为彭德怀平反，也就是要否定1959年毛泽东在庐山会议上对彭德怀所谓“右倾机会主义”的批判；更重要的是，直接涉及了否定“无产阶级文化大革命”。

---

[1] 据香港《亚洲周刊》1996年5月26日报道。

“无产阶级文化大革命”是从发表姚文元的《评新编历史剧〈海瑞罢官〉》一文揭开序幕的。姚文元批海瑞，而海瑞便是彭德怀！

毛泽东曾就《评新编历史剧〈海瑞罢官〉》说了一段“名言”：

《海瑞罢官》的要害是“罢官”。嘉靖皇帝罢了海瑞的官，1959 年我们罢了彭德怀的官，彭德怀也是“海瑞”。

所以，一旦为彭德怀平反，也就意味着“文革”的“开场锣鼓”是完全错误的，也就意味着“文革”必须彻底否定。正因为这样，在中共中央工作会议上，在陈云呼吁为彭德怀平反之后，依然阻力重重。

令人震惊的是，在中共中央工作会议期间，《红旗》杂志编辑部居然还约毛泽东著作编辑委员会办公室的一位成员写了一篇批判“彭德怀反党集团”的文章，题为《篡党夺权的一个大阴谋》。

这篇文章不仅批判彭德怀，而且还特别“针对现实”，引用了毛泽东的话：

要警惕出修正主义，特别要警惕中央出修正主义。

在作者向《红旗》杂志交稿时，正是陈云在中共中央工作会议上发言后的第 12 天！这篇文章呼吁“特别要警惕中央出修正主义”，不言而喻，是冲着邓小平来的，是冲着陈云来的，是冲着胡耀邦来的。

胡耀邦面对“两个凡是”派们，曾引用了毛泽东在 1965 年对彭德怀说的三句话，加以反驳。那是彭德怀在 1965 年即将去四川担任“三线”副总指挥时，毛泽东约见彭德怀时，曾对他说过的三句话：“你要向前看。你的问题由历史作结论吧。也许真理是在你这一边。”

胡耀邦说，这三句话是彭德怀夫人浦安修回忆的，是彭德怀生前对浦安修讲的。我相信毛泽东同志当时是这样讲的，他老人家在经过一个时期后总要回过头来想一些问题。

胡耀邦借毛泽东此言，说道：“现在，是该由历史给彭德怀同志做结论了——历史已经证明，真理在彭德怀同志这一边！”

后来，在中共十一届三中全会结束不久——1978 年 12 月 28 日——胡耀邦在中共中央党校谈及中共中央工作会议时，这么说起为彭德怀平反的曲折经过：

这次中央会议解决了一大批遗留问题，共有十几个。比如解决了彭老总问题、陶铸同志问题。

我们不搞什么繁琐哲学。开会的时候，许多同志向我建议，说你那个组织部，彭老总要平反，开一个追悼会吧。我说，好，请你们写一个悼词。他们愿意写，七八天把悼词写出来了。写的当中不敢提高，改来改去评价都比较低。

怎么办？后来说实事求是，解放思想，才写上彭老总是红三军团的创立者。

把稿子送到小平同志那里，小平同志说，思想还要解放。他说我来改，作了"国内和国际著名的军事家和政治家"这样公正的评价。

担任国防部长时的彭德怀

彭德怀悼词的起草者，便是当时担任《解放军报》副社长的姚远方。姚远方告诉笔者，他参加起草过许多军内领导人的悼词，改来改去改得最多的，便是彭德怀的悼词。[1]

正因为姚远方这"军内一支笔"，起草了军内许多重要文件，所以在中共中央工作会议期间，在陈云提出要为彭德怀平反之后，起草彭德怀悼词的任务就落在他头上。

姚远方说，彭德怀的悼词很难写，因为一开始就有人提出，应该把彭德怀的"缺点"写进悼词！因为这些人总觉得毛泽东当年批判彭德怀"右倾机会主义"是对的，批判《海瑞罢官》是对的，所以应该在悼词中写写彭德怀的"缺点"才行。

这使姚远方感到很为难。姚远方说，他写过那么多悼词，从来没听说要在

[1] 1996年5月27日采访于北京。

悼词中写“缺点”的!

姚远方拒绝了在彭德怀的悼词中写“缺点”。

接着，遇到的麻烦是关于彭德怀的评价。当时有人总认为不能给彭德怀以很高的评价。其实，这也反映出这些人不甘为彭德怀平反的心理。

关于彭德怀的评价，改来改去，就如胡耀邦所说的那样，最后还是邓小平亲自出马，作了“国内和国际著名的军事家和政治家”这样公正的评价。

陶铸女儿《一封终于发出的信》引起震动

在中共中央工作会议召开期间，在陈云提议为陶铸平反的整整一个月后——1978年12月11日——胡德平记得，他在晚上回家时，见到父亲胡耀邦正半躺在沙发上。[1]胡耀邦很兴奋地问道:“今天《人民日报》上亮亮的文章你看了没有？写得很感人！”

胡耀邦所说的“亮亮”，就是陶铸的女儿陶斯亮；胡耀邦所说的“亮亮的文章”，就是《一封终于发出的信——给我的爸爸陶铸》。

胡耀邦对胡德平说，今天的《人民日报》一到京西宾馆，出席中共中央工作会议的代表们几乎都仔细读了亮亮怀念父亲陶铸的文章，深深被感动了!

这是陶铸在“文革”中蒙尘之后，《人民日报》发表的第一篇怀念陶铸的文章，成了为陶铸平反的讯号。

胡耀邦叫胡德平看看亮亮的文章，是因为胡德平跟陶斯亮很熟，跟陶铸也很熟。在延安的时候，胡耀邦的住处跟陶铸家相距不远，胡德平比陶斯亮小两岁，常在一起玩。

至今，王稼祥夫人朱仲丽手头，还保存着当年在延安拍的一张珍贵照片。照片上，她抱着胡德平，而陶铸夫人曾志抱着陶斯亮。

胡耀邦跟陶铸有着很深的友谊。胡耀邦脾气爽快，陶铸性格开朗，两人很谈得来。有时，他们也发生争论，争完了又和好如初，谁也不在心中留下芥蒂。

胡耀邦对亮亮也很熟，是看着她长大的。

胡耀邦对胡德平说：“亮亮的文章写得很好，写得很有感情，也很有文采。我们的子弟，对父母有这么深的感情，是很令人欣慰的。”

---

[1] 1996年5月29日采访于北京。

胡德平连忙去看亮亮的文章，也深深感动了。陶斯亮这么深情地怀念着在“文革”中屈死的父亲：

爸，我在给您写信。

人们一定会奇怪：“你的爸爸不是早就离开人世了吗？”是的，早在九年前，您就化成灰烬了，可是对我来说，您却从来没有死。我绝不相信像你这样的人会死！您只是躯体离开了我们，您的精神却一直紧紧地结合在我的生命中。您过去常说我们是相依为命的父女，现在我们依然如此。爸爸呀！你我虽然隔着两个世界，永无见面的那一天，但我却铭心刻骨，昼夜思念，与您从未有片刻分离……

爸，九年前，您含冤死去；九年来，我饮恨活着。是万恶的林彪、“四人帮”害得我们家破人亡，妻离子散。我简直无法想象您这么一条硬铮铮的汉子，是如何咽下最后的一口气；同样，您也想象不到在您印象中如此脆弱的女儿，又是怎样度过了那些艰难的岁月……

爸，我永远不会忘记这一天。1967年1月4日，半夜里有几个同学猛然把我从睡梦中叫醒，递给我一张《打倒陶铸》的传单，上面印着江青、陈伯达等人1月4日对一些群众组织的讲话，说您“背着‘中央文革’小组独断专行”，是“中国最大的保皇派”，他们要“发动群众”把您“揪出来”。记得1966年11月我离开北京回上海时，妈妈曾对我说，爸爸还是有一定的危险性，弄不好就会粉身碎骨，你要事事谨慎……

陶斯亮的这封终于发出的信，震动了京西宾馆，震动了中共中央工作会议。她的信，是对“文革”的控诉，是对平反冤假错案的强烈呼吁。

中共中央决定为陶铸平反。

中共十一届三中全会刚刚结束，1978年12月24日，彭德怀、陶铸追悼大会终于在北京隆重举行。

华国锋、叶剑英、邓小平、李先念、陈云、汪东兴等出席了追悼会。

大会由叶剑英主持，邓小平为彭德怀致悼词，陈云为陶铸致悼词。

邓小平在悼词中指出：

彭德怀同志是我党的优秀党员、老一辈无产阶级革命家，是平江起义的主要领导者、红三军团的创立者，是我们党、国家和军队的杰出领导人，曾担任过党政军的许多重要职务。

他在林彪、“四人帮”的迫害下，于1974年11月29日在北京逝世，终年76岁。

今天，华国锋同志为首的党中央本着实事求是的精神，认真落实党的政策，给彭德怀同志做出了全面的、公正的评价，为他恢复了名誉。

彭德怀同志在近半个世纪的革命斗争中，在伟大导师毛泽东同志的领导下，南征北战，历尽艰险，为中国革命战争的胜利，为人民军队的成长壮大，为保卫和建设社会主义祖国，作出了卓越的贡献。他的一生，是革命的一生，是忠于党、忠于人民的一生。他的不幸逝世，是我党我军的重大损失。[1]

邓小平在悼词中，追述了彭德怀一生的丰功。最后，邓小平指出：

彭德怀同志热爱党，热爱人民，忠诚于伟大的无产阶级革命事业。他作战勇敢，耿直刚正，廉洁奉公，严于律己，关心群众，从不考虑个人得失。他不怕困难，勇挑重担，对革命工作勤勤恳恳，极端负责。

彭德怀同志是国内和国际著名的军事家和政治家，一直受到广大党员和群众的怀念和爱戴。

我们要学习彭德怀同志的革命精神和高贵品质，高举毛泽东思想的伟大旗帜，在华国锋同志为首的党中央领导下，团结一致，同心同德，在马列主义、毛泽东思想指导下，解放思想，开动机器，为实现新时期的总任务，为加快建设社会主义的现代化强国而奋勇前进！

彭德怀同志永垂不朽！[2]

彭德怀冤案的平反，在全国产生了极大的震动。因为彭德怀的平反，便意味着对1959年庐山会议反对“右倾机会主义”的否定，也意味着对“文革”的否定。

陈云在追悼会上，代表中共中央宣读陶铸悼词。陈云谴责了林彪、“四人帮”对陶铸的迫害，实际上也是对“文革”的否定：

---

[1]《解放军报》1978年12月25日。

[2] 同上。

我们怀着十分沉重的心情，在这里悼念伟大导师毛泽东同志的好学生，我们党和国家的一位卓越领导人，久经考验的无产阶级忠诚的革命战士陶铸同志。

陶铸同志遭受林彪、“四人帮”的残酷迫害，于1969年11月30日含冤去世，终年61岁。陶铸同志的不幸逝世，是党和国家的重大损失。

陶铸同志生前同林彪、“四人帮”反党集团进行了坚决的斗争。陶铸同志在党的八届十一中全会上，当选为政治局常委、兼任书记处常务书记、国务院副总理、中央宣传部部长。在毛泽东同志的领导下，他协助敬爱的周恩来总理处理党和国家的日常事务。他坚决执行毛泽东同志的革命路线，抵制林彪、“四人帮”破坏“文化大革命”的倒行逆施，积极保护老干部和革命群众，贯彻执行抓革命、促生产的方针，成为林彪、“四人帮”篡党窃国的障碍。

1967年1月，“四人帮”采取突然袭击的卑鄙手段，捏造罪名，诬陷陶铸同志是什么“中国最大的资产阶级保皇派”、“复辟资本主义的急先锋”、“叛徒”等，在精神上和肉体上对陶铸同志进行了残酷的折磨和摧残。这是林彪、“四人帮”陷害老一辈无产阶级革命家的严重罪行。[1]

陈云代表中共中央，给予陶铸以崇高的评价：

陶铸同志的一生，是鞠躬尽瘁、全心全意为人民服务的一生。陶铸同志不幸逝世，我们非常悲痛。我们深切怀念他。

我们要学习他对党忠诚，无私无畏，威武不屈，为共产主义奋斗终生的高贵品质；

学习他襟怀坦白，光明磊落，坚持真理，英勇斗争的革命情操；

学习他密切联系群众，善于发扬民主，敢于独立思考，多谋善断，勇于负责的优良作风；

学习他艰苦朴素，忘我工作，严格要求自己，对党和人民高度负责的革命精神。

我们要化悲痛为力量，紧密团结在华国锋同志为首的党中央周围，高

[1]《解放军报》1978年12月25日。

举毛泽东思想伟大旗帜，贯彻执行党的十一大路线和新时期的总任务，为在本世纪内把我国建设成为伟大的社会主义强国努力奋斗。

陶铸同志永垂不朽！[1]

随着彭德怀、陶铸的平反，“文革”中最大的冤案——刘少奇冤案——也被提到日程上来。因为“文革”中所批判的“刘邓反革命修正主义路线”，既然邓小平已经平反，而且主持中共中央工作，这本身就表明所谓的“刘邓反革命修正主义路线”不存在。

不过，刘少奇一案关系重要，直接涉及否定“文革”，涉及批判毛泽东晚年错误，所以还需要时间……

顺便提一笔，也就是在中共中央工作会议期间，胡德平记得，有一天，胡耀邦在家里对胡德平说，我的秘书有事，你跟我出去一趟吧，去看望一位老朋友。

胡德平不知道胡耀邦要去看谁。上了车，胡耀邦才告诉胡德平，是去看望刘澜涛。胡耀邦对胡德平说，此行是为了“化干戈为玉帛”！

原来，胡耀邦在1964年底，奉中共中央之命，担任了中共陕西省委第一书记、中共中央西北局第二书记，而刘澜涛则是中共中央西北局第一书记。在工作中，他们产生意见分歧，特别是对于当时正在开展的“社会主义教育运动”，有着不同的看法，发生“干戈”。

然而，胡耀邦并不把那些历史旧账记在心中。他主动去看望刘澜涛，化“干戈为玉帛”，就是为了向前看，团结一致，投入新的工作。

华国锋宣布八条决定

“天安门事件”发生在北京，由中共北京市委出面宣布平反，当然可以。但是“天安门事件”毕竟是影响全国的大事件，中共中央以及作为中共中央主席的华国锋必须明确表态。

尽管华国锋仍然希望大会讨论他提出的三个议题，但是他已经很难控制大会。他只有对“天安门事件”等作出明确表态后，大会才有可能进入农业等经

[1]《解放军报》1978年12月25日。

济问题的讨论。

这样，在11月25日，华国锋代表中共中央政治局在中共中央工作会议上宣布了八条决定，对陈云等提出的一系列问题作出了明确的表态。

其中的第一条便是关于“天安门事件”：

> 一、为“天安门事件”平反。中央认为，“天安门事件”完全是革命群众运动，应该为“天安门事件”公开彻底平反。11月14日中央政治局常委已批准中共北京市委宣布：1976年清明节广大群众到天安门广场沉痛悼念敬爱的周总理、愤怒声讨“四人帮”，完全是革命行动。对于因悼念周总理、反对“四人帮”而遭受迫害的同志一律要平反，恢复名誉。
>
> 同时，江苏、浙江、河南等省委，对同类事件也照此办理。

华国锋还为即将由人民文学出版社出版的“童怀周”编的《天安门诗抄》一书题写了书名。这也是他作为中共中央主席表示为“天安门事件”平反所作的一种表示。

华国锋还代表中共中央政治局常委郑重宣布：

> 二、关于所谓“二月逆流”问题。中央认为，这完全是林彪一伙颠倒是非、蓄意诬陷，其目的是为了打倒当时反对他们的几位老帅和副总理，进而打倒周恩来和朱德。中央决定，由于这个案件受到冤屈的所有同志，一律恢复名誉；受到牵连和处分的所有同志，一律平反。过去各种文件、材料中关于所谓“二月逆流”的不实之词，都应作废。
>
> 三、关于薄一波等61人所谓“叛徒集团”问题。现已查明，这是一起重大错案。1975年邓小平同志主持中央工作时，在一次中央政治局会上提出，“六十一人问题”必须解决。当时由于“四人帮”的破坏，问题未能解决。1978年1月，中央政治局常委议过要为这一案件平反的问题。六七月，中央责成中央组织部复查。中央组织部于11月3日向中央提出报告，中央决定为这一重大错案平反。
>
> 四、纠正过去为彭德怀所作的错误结论。彭德怀同志是我党的一位老党员，曾任党政军的重要领导职务，对党和人民作过重大贡献。他在历史上也犯过错误。但经审查，怀疑他里通外国是没有根据的，应予否定。彭德怀同志已于1974年11月29日病逝，他的骨灰应放到八宝山革命公墓

第一室。

五、关于陶铸同志的问题。陶铸同志是我党的一位老党员，在几十年工作中，对党对人民是有贡献的。经复查，过去把陶铸同志定为“叛徒”是错误的，应予平反。陶铸同志已于1969年11月30日病逝，他的骨灰应放到八宝山革命公墓第一室。

六、关于杨尚昆同志的问题。经复查，过去把杨尚昆同志定为“阴谋反党、里通外国”是错误的，应予平反。中央决定，恢复杨尚昆的组织生活，分配工作。

七、关于康生、谢富治问题。康生、谢富治民愤很大，对他们进行揭发、批判是必要的。但是不设专案组，有关揭发材料送中央组织部审理。

八、一些地方性的重大事件，中央决定一律由各省、市、自治区党委根据情况实事求是地予以处理。

华国锋代表中共中央政治局所宣布的这八条决定，表明接受了陈云等众多代表提出的意见，清理了一大堆历史积案，大快人心。内中，尤其是为“天安门事件”平反，在全国、全党引起了极大的震动，引起一片欢呼声。

另外，在中央工作会议结束之后，在华国锋讲话最后定稿并印发中共十一届三中全会时，加上了重要的一条：

“批邓、反击右倾翻案风”，实践证明是错误的。中央政治局决定：中央在1975年下发的二十三、二十四、二十六、二十七号文件，1976年下发的二、三、四、五、六、八、十、十一号文件，全部予以撤销。贯彻执行这些文件的党委和个人是没有责任的，责任由中央承担。

这也清楚表明，中共中央政治局如果不对这一系列重要的冤假错案问题作出平反决定，中共中央工作会议的代表们怎么能够坐下来讨论农业等问题呢？

华国锋宣布八条决定，固然是一大进步。不过，这八条决定点，每一条都意味着对毛泽东当年的决定的一次否定。

这八条，也就是对“两个凡是”的有力否定。

所以，在华国锋宣布八条决定之后，“两个凡是”已经处于摇摇欲坠的地步——尽管华国锋只字不提“两个凡是”，但这八条决定也就是八项“实践”，每一项都证明了“两个凡是”是错误的。如果按“两个凡是”办，连一条决定也作不出来！

华国锋承认“两个凡是”错了

华国锋代表中共中央政治局所宣布的八条决定，使会议的情绪为之一振。但是，人们仍憋着一口气：关于“真理标准”问题的大讨论在全国轰轰烈烈地开展着，华国锋为什么对这一问题不置一词呢？关于“真理标准”问题的大讨论，实际也就是批判“两个凡是”。华国锋为什么不对“两个凡是”表态呢？

“两个凡是”已经成了阻碍历史前进的一大障碍。那八条决定是冲破“两个凡是”的禁锢才作出的。要想作出正确的决定，必须推倒“两个凡是”。

然而，大会的议题之中，并没有关于“真理标准”问题，没有关于“两个凡是”问题。

华国锋在11月25日代表中共中央政治局宣布了八条决定之后，11月27日，他又一次要求大会转入农业等经济问题的讨论。然而，华国锋已经无法控制会议的进程了。

就在华国锋刚刚说毕，便有人在发言中提到了关于“真理标准”问题的大讨论，认为在这场讨论中，一些口号不妥，例如“反对现代迷信”、“来一个思想解放运动”等，这些口号是在引导人们“去议论毛主席的错误”。

这位发言者还认为，在关于“真理标准”问题的大讨论中所产生的分歧，只是思想认识问题，不是政治问题、路线问题，更谈不上是关系国家前途命运的问题。

这位发言者原本想批评关于“真理标准”问题的大讨论，想不到，这一发言帮了倒忙：马上引起绝大多数代表的不满，一下子把大会的注意力吸引到关于“真理标准”问题的大讨论上去了！

针对这一发言，胡乔木在小组会上作了这样的发言：

> 希望华国锋同志在会议结束时能谈一下实践是检验真理的唯一标准问题，对这次讨论作出一个结论。

胡乔木还指出：

> 这个问题本来是一个理论问题，但在两个意义上也是政治问题：
>
> 第一，搞清楚这个问题，对于解放思想，搞好当前工作，加速四化建设，正确处理遗留的各种案件等，都具有指导意义。
>
> 第二，对这个问题的讨论，绝大多数省、市和大军区负责人都表了态，这也就不是一般的理论问题了。[1]

于是，华国锋对于会议议程的安排又一次受挫。代表们纷纷提出，大会暂不讨论经济问题，应该先讨论思想路线问题。

这么一来，关于“真理标准”问题的大讨论一下子成了大会的中心议题。

代表们纷纷指出，目前出现的思想分歧恰恰说明，讨论真理标准问题很有必要。这一问题本来是马克思主义的常识问题，但从前一段讨论的情况看，它已不是一般的思想认识问题，而是关系到如何总结“文化大革命”的教训，总结历史经验的问题。如不解决这个问题，用什么标准来判定思想理论是非？怎样得出真正的经验教训？所以这既是理论问题，更是政治问题。

代表们纷纷指出，在真理标准讨论问题上的分歧，实质是两种指导思想的分歧。这种分歧现在已经公开化、表面化了，已经不能回避。这不只是一个理论之争，而是党内的一场严肃的政治斗争。斗争焦点，就在于是否能够解放思想、实事求是，因而这的确是个思想路线问题。这个问题不解决，是非就搞不清，工作重点转移也无法顺利进行。

这样一来，关于“真理标准”问题的大讨论，也就在中共中央工作会议上展开了。

代表们纷纷批评中共中央宣传部，批评中共中央宣传部部长张平化。本来，中共中央宣传部理应积极组织、领导全国关于“真理标准”问题的大讨论，不应该设置种种禁区，下达种种禁令，阻止、压制这场大讨论。

代表们也纷纷批评《红旗》杂志编辑部，批评《红旗》杂志总编辑熊复。本来，《红旗》杂志作为中共中央权威性的理论刊物，理应在关于“真理标准”问题的大讨论中起理论指导作用。然而，《红旗》杂志起初“不表态、不卷入”，

---

[1] 转引自朱佳木：《胡乔木同志在十一届三中全会上——为纪念乔木同志而作》，《回忆胡乔木》，313页，当代中国出版社1994年版。

后来甚至发展到组织写作反对《实践是检验真理的唯一标准》的文章。《红旗》杂志自称在关于“真理标准”问题的大讨论中“一花独放”，实际上这“一花”脱离了百花，脱离了真理。

代表们从批评中共中央宣传部、批评《红旗》杂志编辑部，进而不指名地批评主管宣传的中共中央副主席汪东兴，甚至不指名地批评中共中央主席华国锋。

代表们从关于“真理标准”问题的大讨论，进一步直截了当地批评“两个凡是”。代表们还提出建议，在中共中央工作会议之后，召开一次“理论务虚会”，以求对思想理论问题进行深入的讨论。

在这样的形势下，作为中共中央主席的华国锋和中共中央副主席的汪东兴，不能不对“两个凡是”表态了。

12 月 13 日，华国锋在中共中央工作会议的闭幕会上的讲话中，对“两个凡是”的错误作了检讨。

华国锋说，1977 年 3 月在中央工作会议上，所讲关于“凡是毛主席作出的决策，都必须拥护；凡是损害毛主席形象的言论，都必须制止”，这些话讲得绝对了。

华国锋还说，1977 年 2 月 7 日中央两报一刊《学好文件抓住纲》的社论中，也讲了“凡是毛主席的决策，我们都坚决拥护；凡是毛主席的指示，我们都始终不渝地遵循”，这“两个凡是”的提法就更加绝对，更为不妥。

华国锋承认，“两个凡是”在不同程度上束缚了大家的思想，当时对这两句话考虑得不够周全，现在看来，不提“两个凡是”就好了。

但是华国锋解释说，提出“两个凡是”，是“从当时刚粉碎‘四人帮’的复杂情况出发，从国际共运史上捍卫革命领袖旗帜的正反两方面的经验出发”。这表明，华国锋对于大家的批评，内心并不服气。

华国锋还说，“华主席、党中央”这样的提法不妥，把主席放在党中央之前、之上，希望今后不要再这么讲了。

虽然华国锋以上关于“两个凡是”的检查讲得很不深刻，但是，起码华国锋已经承认“两个凡是”这话“讲得绝对了”，这本身就意味着关于“真理标准”问题大讨论的巨大胜利。从“实践是检验真理的唯一标准”这一突破口进行爆破，经过几个月的较量，终于迫使中共中央主席华国锋承认了“两个凡是”的错误，这确实是巨大的胜利。

也正是这一巨大胜利，动摇了华国锋“英明领袖”的政治地位。虽说此后华国锋仍然担任中共中央主席，但是中国共产党的真正掌舵人从此转为邓小平。

汪东兴在小组会上也作了几句检讨和说明，只是讲了一些情况，没有承担自己应负的责任。但是，不管怎么说，汪东兴毕竟也承认了“两个凡是”的提法是不妥的。

从此，从粉碎“四人帮”之后，华国锋奉行了两年的“左”的“两个凡是”方针，得以初步否定。

华国锋提出“新的大跃进”

中共中央工作会议在一系列重大的政治思想问题上克服了“左”的错误倾向之后，讨论了面临的经济问题。

因为全党的工作重心今后要转移到经济建设上来，必须对经济建设的方针、计划加以认真研究。

代表们仔细讨论了提交大会的三个经济问题文件，即《关于加快农业发展速度的决定》《农村人民公社工作条例（试行草案）》和《1979、1980年国民经济计划安排》。

代表们在讨论中，批评了华国锋在经济工作上的急于求成、求大、求全的“左”的倾向。

十年浩劫，把中国的国民经济几乎推到了总崩溃的边缘。在粉碎“四人帮”之后，华国锋就急于把中国的农业、中国的工业——中国的国民经济——抓上去。但是，华国锋操之过急，过于浮躁，他提出的高指标，脱离了当时中国的实际。

对于华国锋来说，他在政治上的“左”，必然导致经济建设上的“左”。

应当说，华国锋有过多年的领导农业生产的经验。但是，在“左”的急躁情绪的支配下，1976年12月，华国锋在山西昔阳召开的全国第二次“农业学大寨”大会上，却提出了不切实际的高指标、高要求：

> 到1980年，全国要有1/3的县，建成大寨县！
>
> 到1980年，各省、市、自治区都实现粮、棉、油、猪达到《纲要》指标！

到 1980 年，全国要基本实现农业机械化！

1977 年 1 月 19 日，中共中央同意国务院《关于 1980 年基本上实现农业机械化的报告》。这样，全国各地农村的土墙上，都刷出了大字标语：

为 1980 年基本实现全国农业机械化而奋斗！

全党动员，实现农业机械化！

一时间，中国仿佛回到了 1958 年的“大跃进”岁月！

农业要“跃进”，工业也要“跃进”。1977 年 4 月 20 日至 5 月 13 日，全国“工业学大庆”会议举行，7000 多人出席了会议。会议在大庆开幕，在北京闭幕。

华国锋在大会上发出豪迈的号召：

第五个五年计划期间（即 1976 年至 1980 年），全国至少要有 1/3 的企业办成大庆式企业！

石油光有一个大庆不行，要有十来个大庆！

要大大加快我国国民经济步伐！

华国锋振臂高呼：

我国国民经济必将出现一个全面跃进的局面！

这样，华国锋正式提出了“全面跃进”的口号。

在华国锋的“全面跃进”的口号鼓舞下，1977 年 7 月 8 日，国家计委向国务院递交了这样大规模的“引进设备”的报告：

在“五五”计划后三年和“六五”计划期间，除抓紧 1973 年批准的 43 亿美元进口方案中在建项目尽快建设投产以外，再进口一批成套设备、单机和技术专利。其中有：2 套大型化肥装置，2 套化肥关键设备，4 套中间体原料装置；3 套大型石油化肥成套设备，1 套 30 万吨乙烯综合利用工程，4 套化纤成套和关键设备，2 套年产量 200 万 ~300 万平方米的合成革装置，3 套合成洗涤用品原料生产装置；大批石油勘探设备，1 套年产

1000万吨露天煤矿成套设备，1套60万千瓦或90万千瓦原子能电站，1套年产1200万吨采矿设备……以上各项目，8年内共需外汇65亿美元，国内配套工程基建投资需要400亿元。

如果说1958年毛泽东领导下的“大跃进”是“土跃进”，那么如今在华国锋领导下的“大跃进”则地地道道成了“洋跃进”。

1977年9月11日，华国锋在国务院领导及有关部门负责人会议上，又进一步提出：

今后工业部门要开足马力，挽起袖子大干！

于是，各经济部门都“挽起袖子”，都“大干”起来，制定出各种高指标。

1978年2月，华国锋代表国务院在全国五届人大一次会议所作的政府工作报告中，便对当时国民经济严重比例失调估计不足，急于求成，提出了一系列高指标：

到1985年，钢产量达到6000万吨，原油产量达到2.5亿吨。

在农业方面，到1985年，粮食产量达到8000亿斤，农业主要作业机械化水平达到85%以上，建设12个大面积商品粮基地。

从1978年至1985年的8年期间，计划新建和续建120个大型项目。其中有10大钢铁基地，9大有色金属基地，8大煤炭基地，10大油田，30大电站，6条铁路新干线和5个重点港口。

要形成14个大型重工业基地，基建投资总额相当于过去28年的总和。

要引进外国先进设备22个大项目。

1978年7月，国务院提出了“组织新的大跃进”。

1978年9月30日，华国锋在中共中央、国务院举行的盛大国庆招待会上致祝酒词，明确地提出了“持续跃进”：

国民经济正在走上持续跃进的轨道。一个安定团结，大干快上的局面已经出现。

“经济专家”陈云强调“稳重”

随着华国锋“两个凡是”的方针遭到否定，政治上“左”的错误受到批评，在中共中央工作会议上，代表们对华国锋在经济建设上的“左”的倾向也提出了批评。

代表们在讨论农业问题时，批评了在1980年“基本实现农业机械化”、“把全国1/3县建成大寨县”等“左”的不切实际的指标，对《关于加快农业发展速度的决定》作了重大修改，以提交即将召开的中共十一届三中全会审议。

代表们在讨论《1979、1980年国民经济计划安排》时，总结了1949年以来在经济建设中的经验教训，指出国民经济中一些重大的比例失调状况还没有完全改变过来，生产、建设、流通、分配中一些混乱现象还没有完全消除，因而必须采取一系列新的措施，解决好国民经济重大比例失调问题。

代表们批评了在经济建设中急于求成的倾向，指出要吸取当年“大跃进”的教训。

有的代表尖锐地指出：农业发展缓慢，除了林彪、“四人帮”的破坏以外，还必须认真正视和检查我们工作中的缺点错误。多年来我们总是反右，一些人总是觉得“左”比右好，在政治上瞎折腾。实际上，农业上不去，主要是“左”倾错误作怪，政策太“左”。有的同志还检查了自己在领导农业工作当中所犯的瞎指挥、浮夸、说大话、空话，片面强调“以粮为纲”，忽视多种经营等错误。所以，在领导农业方面，批“左”是最主要的。

也有代表指出：解决农业问题的根本在于调动农民的积极性，而调动农民的积极性的根本则在于落实党在农村的各项政策，改进各级领导的工作作风，改善党和农民的关系。

对农民不能动不动就割“资本主义尾巴”，不能卡得太死，对农民要放开点，允许农民真正的自由和自主，允许农民经营自留地和家庭副业。

还有的代表指出，农村政策必须保持稳定，不能变动太多，不能动不动就“批判资本主义倾向”。朝令夕改，无法取信于农民，无法调动农民的生产积极性。

胡耀邦对农业问题很重视，在会上提出农村要“放开口子”。胡耀邦以为，从1958年以来在中国农村实行的人民公社制度，已经不适合于中国农村。他

陈云在党内素有“经济专家”之称

所谓“放开口子”，也就是实行承包制。后来，胡耀邦主持中共中央工作，从1981年至1985年，每年所下发的中共中央“一号文件”，讲的都是关于改革农业体制的问题。

陈云有着多年领导经济建设的经验，被誉为中共党内的“经济专家”。当年，在毛泽东发动“大跃进”时，正是陈云一次次建议降低指标，使“大跃进”的“热度”逐渐降下来。后来，陈云被毛泽东斥为“右倾”而“靠边”。

陈云“靠边”了这么多年，这一回，在中共中央工作会议上，先是在11月12日就冤假错案问题作了震动大会的发言，接着，又在1978年12月10日，在东北小组，就经济工作作了一次重要发言。

陈云毕竟是“经济专家”，他一开始就这么说：

> 实现四个现代化是我国史无前例的一次伟大进军，必须既积极又稳重。[1]

陈云所说的“既积极又稳重”，道出了领导中国经济的两个方面。就华国锋而言，显然“积极”有余，而“稳重”不足。

陈云接着指出：

> 我们要坚持实事求是，就是要根据现状，找出解决问题的办法。首先要弄清事实，这是关键问题。[2]

---

[1]《陈云文选》第三卷，235页，人民出版社1995年版。

[2] 同上。

陈云对于工业引进项目问题，谈了这样的意见：

工业引进项目，要循序而进，不能窝工。

我们的起点，是3000万吨钢。但是，不能光看钢铁这个指标。我们同日、德、英、法不同，工业基础不如他们，技术力量不如他们，这两点是很重要的。我们的工业基础和技术力量比解放初期有很大进步，但同日、德、英、法比，还是落后的。

我们也不能同南朝鲜、台湾比，它们是美国有意扶植的，而且主要是搞加工工业，我们是要建设现代化的工业体系。

要循序而进，不要一拥而上。一拥而上，看起来好像快，实际上欲速则不达。项目排队，如有所失，容易补上；窝工，就难办了。[1]

陈云以为，“建国快30年了，现在还有讨饭的，怎么行呢？要放松一头，不能让农民喘不过气来”。“我们不能到处紧张，要先把农民这一头安稳下来。农民有了粮食，棉花、副食品、油、糖和其他经济作物就都好解决了。摆稳这一头，就是摆稳了大多数了，天下就大定了”。

陈云建议，“要给各省市一定数量的真正的机动财力”。

陈云还建议，“对于生产和基本建设都不能有材料的缺口”。

陈云在中共中央工作会议上，作了精彩的“亮相”。人们开始认识到，这位称病多年的中共元老，目光锐利，思维敏捷。这样，陈云在中共党内大得人心，威信迅速提高。

邓小平作了历史性的总结

历时一个多月的中共中央工作会议，终于在1978年12月13日举行闭幕式。

这时，中共的“第一提琴手”，名义上虽然还是华国锋，但实际上已经是邓小平。

74岁的邓小平，经历了三起三落的沧桑，富有政治经验，而精力又十分充沛，成了支撑中国共产党的栋梁。

---

[1]《陈云文选》第三卷，236~237页，人民出版社1995年版。

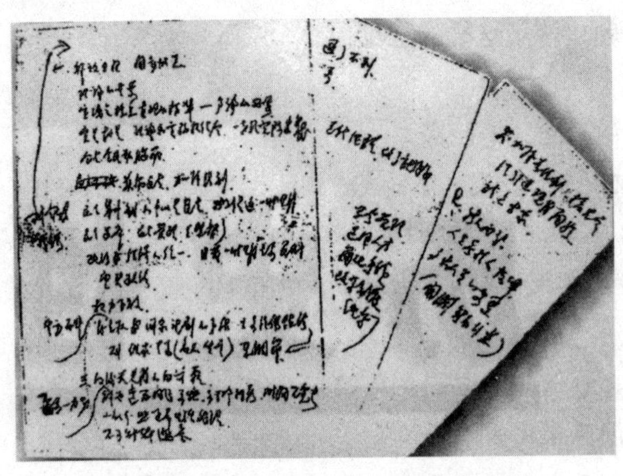
邓小平在中央工作会议闭幕会上讲话的提纲手稿

邓小平在闭幕式上作了历史性的重要讲话。

关于邓小平这一重要讲话是如何起草的，有着两种说法。

本书初版版本引述了当时担任胡乔木秘书的朱佳木回忆，这一回忆是其中的一种说法：

> 原先，在工作会议开始不久，小平同志曾要乔木同志帮助他准备了一个讲话稿。但由于会议形势的发展变化，这个讲话稿已显得不适用了。因此，在会议进入后期时，小平同志又把乔木等同志找去谈他的讲话稿……[1]

邓小平向起草小组以及胡乔木讲述了讲话稿的中心思想。朱佳木回忆道：

> 小平同志说，这次别的问题他都不讲，只讲四个问题：
>
> 第一，解放思想。真理标准问题的讨论，的确是一个思想路线问题，是一个重大政治问题，是关系到党和国家前途命运的问题。
>
> 第二，发扬民主。当前最迫切的是扩大厂矿企业和生产队的自主权。民主选举的范围要逐步扩大。
>
> 第三，向前看。对过去搞错了的要纠正，也要给犯错误的同志认识和改正错误的时间。对毛泽东同志和“文化大革命”的评价，要从国际国内的大局出发，从历史的角度来看。
>
> 第四，研究和解决新问题。要用经济办法管理经济，要特别注意加强责任制。要用先使10%~20%的人富裕起来的办法，扩大国内市场，促进生产发展。

---

[1] 朱佳木：《胡乔木同志在十一届三中全会上——为纪念乔木同志而作》，《回忆胡乔木》，318页，当代中国出版社1994年版。下同。

起草小组根据邓小平的谈话，写出了讲话稿，交给胡乔木作修改。

朱佳木回忆道：

> 由于小平同志对讲话的内容交代得十分详尽清楚，所以，讲话稿很快写了出来，并交到了乔木同志手里。记得那天晚上，乔木同志并没有动笔，但第二天早饭后，他却把改过的稿子交给了我。原来，他是半夜两点爬起来，用了两个多小时改出来的。

经过胡乔木修改后，邓小平看了又作修改。朱佳木说：

> 以后，小平同志再一次把乔木等同志找去，认为稿子基本上可以了，还需要加工，并讲了具体的修改意见。
>
> 12 月 13 日，也就是工作会议召开闭幕会的那天，下午 4 点小平同志就要讲话了，午饭后，乔木同志还在对讲话稿进行最后的文字上的润色，直到下午两点才脱手。那时，他已经是 66 岁的人了，这种拼命的工作精神给我留下了很深的印象。

另外，据曾经参与邓小平这一讲话稿的起草工作的于光远的回忆，则提供了另一种说法。

中共中央党史研究室韩钢所写《一份邓小平珍贵手稿的发现》一文，记述了于光远的回忆：

> 邓小平同志逝世后的第三天，即 2 月 22 日，郑惠同志和我一道去著名学者于光远同志家约稿。谈话间，于老偶然说起小平同志在 1978 年 12 月中央工作会议闭幕会上讲话稿起草的一些情况，还说他保存有小平亲自拟定的这篇讲话的提纲手稿。这真是一个意外而又重要的发现！因为小平同志的这篇讲话，就是以《解放思想，实事求是，团结一致向前看》为题收入《邓小平文选》第二卷的著名文章，在文章的题解中被称作"实际上是三中全会的主题报告"。这是我们党和国家处在历史转折时刻的一个极其重要的指导文件。我们知道海内外对于这篇文稿的起草情况有过一些不同的说法，但从来没有听说小平同志自己写过一份提纲，这引起我们想要看到这份提纲和了解这篇讲话稿产生经过的极大兴趣。

这份提纲是小平同志用铅笔写在16开的白纸上的，一共3页，近500字。由于年深日久，纸面已微微发黄。小平同志的提纲列了七个方面的问题：一、解放思想，开动机器；二、发扬民主，加强法制；三、向后看为的是向前看；四、克服官僚主义、人浮于事；五、允许一部分人先好起来；六、加强责任制，搞几定；七、新的问题。在最前边，还加了，“对会议评价”一句。

这当然是指对中央工作会议的评价。

原来，小平同志的讲话稿是在中央工作会议期间写成的。最初请另外的同志起草了一个稿子，小平看了不满意，他就自己亲拟了这份提纲，召集胡耀邦、于光远等来谈起草讲话稿的问题。小平同志按照这个提纲，谈了讲话稿所要写的几个部分的问题，对需要阐明的思想观点、方针政策都一一作了交代，讲得很具体。光远同志清楚地记得，讲话稿的题目也是小平同志提出的。小平同志问这个题目好不好；耀邦说好，光远也说好，觉得题目很新鲜、醒目。当时，胡耀邦是中央组织部部长，于光远是国务院研究室负责人之一，都是中央工作会议上十分活跃的人物。小平同志将提纲交给他们，指示他们负责重新起草稿子。这时中央工作会议正在民主大发扬的热烈气氛中进行，议程已经过半，时间很紧迫。

胡耀邦、于光远于是赶忙找了国务院研究室林涧青等执笔起草。两天之后初稿形成，送给小平同志。他再次召集耀邦、光远等同志逐字逐句地边念边作修改。以后又经过若干文字润色，形成了最后的讲话稿。讲话稿起草完之后，这份提纲手稿就留在于光远手里，一直保存至今。

经过与《邓小平文选》对照，可以看出，从思想观点、逻辑结构到主要观点的文字表述，讲话稿都是根据提纲写成的。

……

新发现的这份提纲手稿本身和讲话稿起草经过都表明，讲话稿是在小平同志精心设计、直接指导下写成的。[1]

邓小平的这一重要讲话所以是历史性的，是因为他在讲话中对中共中央工作会议作出了总结，对即将召开的中共十一届三中全会指明了方向。所以，邓小平的这一讲话，对于中共中央工作会议来说，是总结报告；对于即将召开的

[1] 韩钢：《于光远回忆邓小平讲话稿起草经过》，《百年潮》1997年第4期。

中共十一届三中全会来说，则是主题报告。

邓小平高度评价了中共中央工作会议：

这次会议开了一个多月，就要结束了。中央提出了把全党工作的重心转到实现四个现代化上来的根本指导方针，解决了过去遗留下来的一系列重大问题，使全党、全军和全国各族人民提高了斗志，增强了信心，加强了团结。现在，我们可以有把握地说，全党、全军和全国各族人民在党中央的正确领导下，在新的长征中，一定会不断取得新的胜利，这次会议开得很好，很成功，在党的历史上有重要意义。我们党多年以来没有开过这样的会了，这一次恢复和发扬了党的民主传统，开得生动活泼。我们要把这种风气扩大到全党、全军和全国各族人民中去。

这次会议讨论和解决了许多有关党和国家命运的重大问题。大家敞开思想，畅所欲言，敢于讲心里话，讲实在话。大家能够积极地开展批评，包括对中央工作的批评，把意见摆在桌面上。一些同志也程度不同地进行了自我批评。这些都是党内生活的伟大进步，对于党和人民的事业将起巨大的促进作用。[1]

接着，邓小平谈了四个重要观点：

一、解放思想是当前的一个重大政治问题

二、民主是解放思想的重要条件

三、处理遗留问题为的是向前看

四、研究新情况，解决新问题

邓小平指出，由于“文革”，由于党内存在“权力过分集中的官僚主义”，造成思想僵化，是当前一大障碍。“思想一僵化，不从实际出发的本本主义也就严重起来了。书上没有的，文件上没有的，领导人没有讲过的，就不敢多说一句话，多做一件事，一切照抄照搬照转”。

正因为这样，邓小平发出了“解放思想”的号召。邓小平说：“解放思想，开动脑筋，实事求是，团结一致向前看，首先是解放思想。”

---

[1]《邓小平文选》第二卷，140~141 页，人民出版社 1994 年版。

邓小平高度评价了关于“实践是检验真理的唯一标准”的讨论，为这场大讨论作了总结：

目前进行的关于实践是检验真理的唯一标准问题的讨论，实际上也是要不要解放思想的争论。大家认为进行这个争论很有必要，意义很大。从争论的情况来看，越看越重要。

一个党，一个国家，一个民族，如果一切从本本出发，思想僵化，迷信盛行，那它就不能前进，它的生机就停止了，就要亡党亡国。这是毛泽东同志在整风运动中反复讲过的。只有解放思想，坚持实事求是，一切从实际出发，理论联系实际，我们的社会主义现代化建设才能顺利进行，我们党的马列主义、毛泽东思想的理论也才能顺利发展。从这个意义上说，关于真理标准问题的争论，的确是个思想路线问题，是个政治问题，是个关系到党和国家的前途和命运的问题。[1]

邓小平强调了“民主是解放思想的重要条件”，重申了“三不主义”：

我们要创造民主的条件，要重申“三不主义”：不抓辫子，不扣帽子，不打棍子。在党内和人民内部的政治生活中，只能采取民主手段，不能采取压制、打击的手段。宪法和党章规定的公民权利、党员权利、党委委员的权利，必须坚决保障，任何人不得侵犯。

前几天对“天安门事件”进行了平反，全国各族人民欢欣鼓舞，大大激发了人民群众的社会主义积极性。群众提了些意见也应该允许，即使有个别心怀不满的人，想利用民主闹一点事，也没有什么可怕。要处理得当，要相信绝大多数群众有判断是非的能力。一个革命政党，就怕听不到人民的声音，最可怕的是鸦雀无声。[2]

邓小平既批判了“两个凡是”，又指出“毛泽东同志在长期革命斗争中立下的伟大功勋是永远不可磨灭的”。邓小平说：

---

[1]《邓小平文选》第二卷，143 页，人民出版社 1994 年版。
[2]《邓小平文选》第二卷，144~145 页，人民出版社 1994 年版。

> 没有毛主席就没有新中国，这丝毫不是什么夸张。毛泽东思想培育了我们整整一代人，我们在座的同志，可以说都是毛泽东思想教导出来的。没有毛泽东思想，就没有今天的中国共产党，这也丝毫不是什么夸张。毛泽东思想永远是我们全党、全军、全国各族人民的最宝贵的精神财富。我们要完整地准确地理解和掌握毛泽东思想的科学原理，并在新的历史条件下加以发展。当然毛泽东同志不是没有缺点、错误的，要求一个革命领袖没有缺点、错误，那不是马克思主义。我们要领导和教育全体党员、全军指战员、全国各族人民科学地历史地认识毛泽东同志的伟大功绩。[1]

邓小平的这次讲话，既是历史性的，也是纲领性的。他的这次讲话，成了即将召开的中共十一届三中全会的纲领。

---

[1]《邓小平文选》第二卷，148~149 页，人民出版社 1994 年版。

第十三章　新时期的里程碑

◎ 中共十一届三中全会在京西宾馆举行，成为中国历史的转折点。从此，中国从 1957 年下半年以来长达 21 年的“左”的阴影中走出来。确立了邓小平的领袖地位，确立了“一个中心、两个基本点”的方针。

与中共中央工作会议紧紧衔接

中共中央工作会议在1978年12月13日举行了闭幕式之后，又开了两天会，于12月15日结束。会议结束之后，代表们却大多还是住在北京的京西宾馆，还有不少“新面孔”搬进了京西宾馆。

原来，中共中央工作会议一结束，趁中共中央委员们大都在北京，马上就接着召开中共十一届三中全会。

出席中共中央工作会议的是212人（应出席人数为218人），而出席中共十一届三中全会的人数更多，有中共中央委员169人、中共中央候补委员112人。

就在中共中央工作会议刚刚结束，中共十一届三中全会即将召开，12月16日（由于时差，这天美国时间为12月15日），发生了一桩震惊世界的外交大事：中华人民共和国国务院总理华国锋和美利坚合众国总统卡特分别在北京和华盛顿同时提前15天，发表了《中华人民共和国和美利坚合众国关于建立外交关系的联合公报》，宣布两国政府自1979年元旦起正式建交。

从此，中美关系揭开了崭新的一页。

也就在12月16日这天，中共中央同意中共中央组织部《关于“六十一人案件”的调查报告》。这一调查报告，是中共中央工作会议的重要成果之一。报告指出，在“文革”中把薄一波等61人打成所谓的“叛徒集团”是一大错案。薄一波等在反省院对敌斗争的表现是好的，他们履行的出狱手续是组织上在当时特定历史条件下采取的特殊措施。

12月17日上午10时，华国锋以国务院总理身份在北京人民大会堂为中美建交举行中外记者招待会。招待会由当时担任外交部新闻司司长的钱其琛主持，100多名记者出席了招待会。华国锋的两侧，坐着外交部部长黄华和外交部副部长、主管美洲事务的章文晋。

华国锋回答了记者们的六个问题。

翌日——12月18日——中共十一届三中全会在北京京西宾馆大会厅开幕。

会场的正中，高悬两幅画像，即毛泽东像和华国锋像。

画像左侧，是一幅红底白字标语："全世界无产者，联合起来！"画像右侧，是另一幅红底白字标语："团结起来，争取更大的胜利。"

诚如本书开头的"小引"中所言：

> 中国共产党自从1921年7月在上海诞生以来，已经举行过17次全国代表大会。至于每一次全国代表大会所选举产生的每一届中共中央委员会，已经开了上百次中央全会。然而，中共十一届三中全会却是一次非同凡响的中共中央全会，其深远的意义超过了许多次中央全会，甚至超过了许多次全国代表大会。中共十一届三中全会如此令人瞩目，是因为中国当代历史在这里大转折！

然而，如此非同凡响的中共十一届三中全会，只开了5天而已！

中共十一届三中全会只开了5天，而此前的中共中央工作会议却开了36天！其实，就某种意义上讲，中共中央工作会议是中共十一届三中全会的预备会议。"大转折"所涉及的众多的问题，已经在中共中央工作会议上进行了深入的交锋，充分的讨论，然后提交中共十一届三中全会作出结论。正因为这样，中共十一届三中全会才会在5天之内，作出一系列历史性的决策。

就某种意义上讲，关于"真理标准"问题的大讨论又是中共中央工作会议的舆论准备。从1978年5月10日《光明日报》发表特约评论员文章《实践是检验真理的唯一标准》以来，掀起了全国性关于"真理标准"问题的大讨论。这一大讨论，导致在中共中央工作会议上推倒了华国锋的"两个凡是"方针，为中共十一届三中全会的召开铺平了思想道路。

有了7个多月关于"真理标准"问题的大讨论，有了36天的中共中央工作会议，为中共十一届三中全会作了充分的准备。这情况很类似于1935年1月的遵义会议。在遵义会议之前，有了因湘江之败而引发的全党、全军对中共中央总负责人博古以及共产国际代表李德"左"的军事领导的强烈不满，有了湖南的通道会议，有了贵州的黎平会议，对博古、李德进行了初步的批判。在贵州黎平县召开的中共中央政治局会议，甚至已经作出了让李德"靠边"的决定。这时，虽然中共中央总负责仍是博古，但是毛泽东的战略意图已经被中共中央政治局所接受。正因为有了前面的这些"铺垫"，毛泽东才会在遵义会议上取得决定性的胜利，确立了他在中共的领袖地位。

其实，关于“真理标准”问题的大讨论以及中共中央工作会议，也就是中共十一届三中全会前的“铺垫”。

纵观中共十一大以来的历程：中共十一大是在1977年8月12日至18日召开的。在中共十一大结束后，8月19日，紧接着召开了中共十一届一中全会，只花一天时间选举中共中央主席、副主席、政治局常委、政治局委员、政治局候补委员等。中共十一届二中全会是在1978年2月18日至23日召开的。这是一次平常的会议，几乎没有给人们留下多少印象。会议的议题只是审议即将召开的五届人大和五届政协的各项准备工作。华国锋主持了会议并讲话，会议讨论通过了《政府工作报告》《1976年至1985年发展国民经济十年规划纲要(草案)》《中华人民共和国宪法修改草案》和《关于修改宪法的报告》，决定提请第五届全国人民代表大会第一次会议审议。

本来，中共十一届三中全会也只是讨论和通过《关于加快农业发展速度的决定》和《农村人民公社工作条例（试行草案)》，讨论和通过《1979、1980两年国民经济计划》。此前召开的中共中央工作会议，也只是讨论这些文件而已，会期也不过几天罢了。

然而，由于邓小平提议中共中央工作会议讨论党的中心工作的转移，一下子使中共中央工作会议从战术性的会议转为战略性的会议，会期也就由半个月延长至36天。

正因为中共中央工作会议讨论了一系列战略性的重大问题，也就为中共十一届三中全会作出一系列战略性的决策作了充分的思想准备。所以，可以这么说：“瓜熟”于中共中央工作会议，“蒂落”于中共十一届三中全会；“水到”于中共中央工作会议，“渠成”于中共十一届三中全会。

也正因为这样，中共十一届三中全会只开了5天，就作出了使中国历史大转折的战略性决策。

其实，确切地说，是中共中央工作会议这36天，再加上中共十一届三中全会这5天，总共41天，完成了中国历史的大转折。

吴明瑜在跟笔者谈论中共十一届三中全会时，曾说及一个关于中共中央全会的“规律”，倒是颇有几分道理的。[1]

吴明瑜说，大体上一中全会是解决人事安排问题，因为一中全会总是紧挨

[1] 1996年5月28日采访于北京。

着党的全国代表大会召开的。党的全国代表大会选出了新一届中央委员，这新一届中央委员第一次开会，要选举新一届中共中央政治局委员、常委、主席。所以，一中全会总是解决新的人事安排问题。

二中全会一般平平淡淡，因为二中全会距离党的全国代表大会不久，不会出现太多的问题。

到了三中全会，往往要发生变化，因为全国代表大会所决定的路线，在实践中出现的问题已经很明显，这时需要三中全会作出调整政策。

至于四中全会或者五中全会，则会出现激烈的斗争。因为临近下一次新的全国代表大会，要为下一届全国代表大会在人事、政策、路线上作出新的安排，理所当然会产生激烈的斗争。

当然，吴明瑜说的只是“一般规律”。

用这“一般规律”来观察、分析中共十一届一中全会、中共十一届二中全会和中共十一届三中全会，以至后来的中共十一届六中全会，倒是有几分道理的。

中共十一届三中全会及此前的中共中央工作会议，开得有声有色。

据统计，在中共中央工作会议和中共十一届三中全会这 41 天里，光是收到的发言稿就有 500 多份，仅会议简报就多达 150 万字之多！

正是因为解放思想，畅所欲言，所以中共中央工作会议和中共十一届三中全会才会取得了转折性的胜利。

形成以邓小平为核心的中共第二代领导集体

中共十一届三中全会与中共中央工作会议不同，出席中共中央工作会议的，不一定都是中共中央委员。中共十一届三中全会的全称是“中国共产党第十一届中央委员会第三次全体会议”，顾名思义，出席会议的必须是中共中央委员或者中共中央候补委员。

然而，令人不解的是，好几位在中共第十一届中央委员名单上找不到名字的人物，也坐到了委员席上。他们是黄克诚、宋任穷、胡乔木、习仲勋、王任重、黄火青、陈再道、韩光、周惠，共 9 位。

这是在特殊历史条件下采取的特殊措施。因为中共十一大是在粉碎“四人帮”之后不久召开的，有许多干部在“文革”中蒙受的冤屈还来不及拂去，还没有被选为中共中央委员。然而，如果要等到中共十二大，又太晚了。所以，中共十一届三中全会决定采取临时措施，把黄克诚、宋任穷、胡乔木、习仲勋、王任重、黄火青、陈再道、韩光、周惠等9位增补为中共中央委员，将来提请中共十二大对这一增补手续予以追认。

其实，这9位都曾是中共中央委员，都担任过重要职务。例如，黄克诚曾任第八届中共中央书记处书记；宋任穷曾任中共第八届政治局候补委员；胡乔木曾任中共中央副秘书长、第八届中共中央书记处候补书记……

尽管中共十一届三中全会是一次摈弃“两个凡是”的会议，但还是由华国锋主持。因为华国锋毕竟还是中共中央主席。

坐在华国锋两侧的，理所当然是四位中共中央副主席，即叶剑英、邓小平、李先念、汪东兴。

但是，这次会议决定增选一位中共中央副主席。大会一致选举陈云为中共中央副主席。

所以，陈云成了中共十一届三中全会上跃升最快的人物：在中共中央工作会议期间，陈云还只是中共中央委员，但是在中共十一届三中全会上，陈云一下子跃为中共中央政治局委员、中共中央政治局常委、中共中央副主席。另外，陈云还被选为中共中央纪律检查委员会第一书记。

这样，陈云在中共十一届三中全会上一下子增加了四项职务——尽管对于陈云来说，他早在1935年的遵义会议上，便是中共中央政治局常委；早在

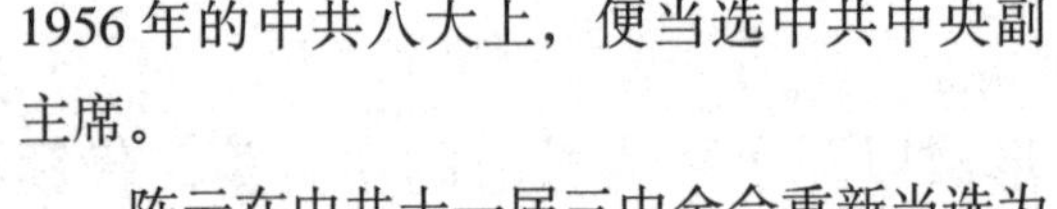

1956年的中共八大上，便当选中共中央副主席。

十一届三中全会上的邓小平

陈云在中共十一届三中全会重新当选为中共中央副主席，显而易见，是因为他早在1977年3月的中共中央工作会议上便提出为邓小平平反、为“天安门事件”平反；在这次中共中央工作会议上，陈云又作了震动会议的两次重要发言。

陈云在中共十一届三中全会重新当选为中共中央副主席，使中共中央副主席增至5人。这5位副主席的排名顺序为：叶剑英、邓小平、李先念、陈云、汪东兴。

于是，中共形成了这样的领导核心：主

席华国锋，副主席叶剑英、邓小平、李先念、陈云、汪东兴。这6人之中，华国锋和汪东兴实际上已经失去了权势。内中特别是汪东兴，地位已经岌岌可危。

尽管邓小平排名第三，实际上他已经是“第一提琴手”。华国锋虽然仍是中共中央主席，随着“两个凡是”的破产，他已经从政治的巅峰跌下来。叶剑英虽然德高望重，但是毕竟年事已高。所以，中共十一届三中全会实际上确定了邓小平的领袖地位。

这与1935年1月的遵义会议十分相似：在遵义会议上，虽然只是作出毛泽东进入中共中央政治局常委的决定，此后8年的中共中央总负责名义上一直是张闻天（毛泽东是在1943年3月20日的中共中央政治局会议上，才被“推定”为中共中央政治局主席的），但实际上中共最高领袖是毛泽东。所以说，遵义会议确立了毛泽东的领袖地位。

同样，中共十一届三中全会确立了邓小平的领袖地位。

正因为这样，1935年的遵义会议和1978年的中共十一届三中全会，都成为中共历史上的转折点。以毛泽东为首所形成的是中共第一代领导核心。以邓小平为首所形成的是中共第二代领导核心。

本书“小引”中引述了邓小平对于第二代领导核心形成的论述：

> 党的十一届三中全会建立了一个新的领导集体，这就是第二代的领导集体。在这个集体中，实际上可以说我处于一个关键地位。[1]

邓小平所说的“关键地位”，其实也就是他所说的，“第二代实际上我是核心”。邓小平是这样论述中共两代领导集体的核心的：

> 任何领导集体都要有一个核心，没有核心的领导是靠不住的。第一代领导集体的核心是毛主席。因为有毛主席作领导核心，“文化大革命”就没有把共产党打倒。第二代实际上我是核心。[2]

在中共十一届三中全会上形成以邓小平为核心的中共第二代领导集体，是中共十一届三中全会的重大成果。

---

[1]《邓小平文选》第三卷，309页，人民出版社1993年版。

[2]《邓小平文选》第三卷，310页，人民出版社1993年版。

在中共中央工作会议上，西北组的胡耀邦、萧华、汪锋、霍士廉等30人，就中共中央的组织人事调整提出了具体意见。他们的意见在大会简报上刊登之后，中南组、华北组也提出了关于调整组织人事方面的意见。

在会上，人们对汪东兴的意见最多，对华国锋也颇有微词。

不过，在中共十一届三中全会上，当时出于保持安定团结局面的考虑，提出“只增不减”、“只进不出”的原则，所以，仍让汪东兴保持中共中央副主席的职务，对他“不减”、“不出”。对于华国锋也仍让他保持中共中央主席的职务。

这种处理方法，颇像1935年的遵义会议。在遵义会议上，犯了“左”倾错误的中共中央总负责博古仍保持原职，而毛泽东只是进入中共中央政治局常委——虽然当时要求毛泽东担任中共中央领袖的呼声甚高。

在中共十一届三中全会上，邓小平也仍只是保持中共中央副主席的职务——虽然他实际上已经成为中共中央的掌舵人，成为中共第二代领导集体的核心。

根据“只增不减”、“只进不出”的原则，中共十一届三中全会还决定，增选邓颖超、胡耀邦、王震为中共中央政治局委员。

选举了以陈云为首的100人组成中共中央纪律检查委员会。中共中央纪律检查委员会的根本任务是维护党规党纪，切实搞好党风。中共中央纪律检查委员会的成立，是保障中共的政治路线得以贯彻执行的一个重要措施。

全会选举邓颖超为中共中央纪律检查委员会第二书记，胡耀邦为第三书记，黄克诚为常务书记，王鹤寿等为副书记。

在中共十一届三中全会结束后的第三天——1978年12月25日——中共中央政治局在北京举行会议。这次中共中央政治局会议对领导层又一次作了若干调整，这些调整，显然是中共十一届三中全会的继续。只是这些调整由中共中央政治局会议便可作出，所以不必由中共十一届三中全会作出决议。

会议对四位新增选的中共中央政治局委员的分工，作了这样的决定：

陈云主管中共中央纪律检查委员会、公安、检察、法院、民政等政法部门；

邓颖超主管工会、共青团、妇联等群众团体；

王震主管第三、四、五、六机械工业部；

胡耀邦主管中共中央日常工作和宣传工作。

这次中共中央政治局会议，根据许多中共中央委员的建议，决定重新设立中共中央秘书长和副秘书长，以协助中共中央领导人处理日常工作。会议任命：

胡耀邦任中共中央秘书长；
胡乔木任中共中央副秘书长兼毛泽东著作编辑委员会办公室主任；
姚依林任中共中央副秘书长兼中共中央办公厅主任、党委书记。

会议还决定：

宋任穷任中共中央组织部部长，免去胡耀邦的中共中央组织部部长职务；

免去张平化的中共中央宣传部部长职务，调任中共中央党校副校长（不久又调任国家农业委员会副主任）；

胡耀邦兼任中共中央宣传部部长；

调中共陕西省委第一书记王任重任国务院副总理兼国家农业委员会主任（提请全国人大讨论通过后公布）；

调中共中央党校副校长马文瑞任中共陕西省委第一书记；

任命冯文彬为中共中央办公厅第一副主任；

任命杨德中为中共中央办公厅警卫局局长兼中央警卫师师长、党委书记；

姚依林原任商业部部长，由金明接任；

任命陈国栋为国务院财贸小组组长兼中华全国供销合作社总社主任；

任命刘澜涛为中共中央统战部第一副部长、全国政协秘书长。

另外，会议还决定：

汪东兴不再兼任中共中央办公厅主任、党委书记，中央警卫局局长，8341部队政委，毛泽东著作编辑委员会办公室主任、党委书记，中共中央党校第一副校长，中央专案组组长等职。

这一决定，实际上等于削去了华国锋的“副手”汪东兴的实权。

在中共十一届三中全会及稍后举行的中共中央政治局会议上，有3人得到最明显的提升，这便是陈云、胡耀邦和胡乔木。

陈云身兼中共中央副主席、中共中央政治局常委、中共中央政治局委员、中共中央纪律检查委员会第一书记四职；胡耀邦身兼中共中央政治局委员、中共中央秘书长、中共中央宣传部部长三职；胡乔木身兼中共中央副秘书长、毛泽东著作编辑委员会办公室主任、中国社会科学院院长三职。

前已述及，陈云的贡献在于在两次中共中央工作会议上的重要发言；胡耀邦的贡献则在于关于“真理标准”问题的大讨论以及平反冤假错案；胡乔木的贡献则是理论上的拨乱反正。

本来，有人提议由胡乔木担任中共中央宣传部部长，胡耀邦也曾这么建议。

确实，由胡乔木担任中共中央宣传部部长，是非常恰当的人选——胡乔木过去曾多年担任过中共中央宣传部副部长，有着领导宣传工作的丰富经验。但是，中共中央政治局会议还是决定由胡耀邦担任中共中央宣传部部长。后来，在 1978 年 12 月 28 日，胡耀邦在中共中央党校作关于中共十一届三中全会的报告时，曾作这样的说明：

> 中央政治局会议上有同志提议我不再兼组织部部长，改作中央秘书长和中央宣传部部长。本来有的同志提议乔木同志当宣传部部长，他是最合适了。为什么不是他呢？中央的同志有过考虑，乔木同志思想水平比较高，宣传部的工作还有许多行政事务，如果要他来管宣传部，势必要分散一些精力搞行政，这就是浪费人才。所以，避其所短，用其所长。我做秘书长和宣传部部长本不够格，是赶着毛驴当马骑，勉为其难。乔木同志当中央副秘书长兼“毛办”主任，汪东兴同志不再兼“毛办”主任了。

对于胡耀邦的提升，胡德平记得，他的丈人安子文最为感叹。因为安子文从 1956 年 11 月到 1966 年 8 月，当了 10 年的中共中央组织部部长，如果加上此前担任中共中央组织部副部长 10 多年，他在中共中央组织部担任领导达 20 多年。可是，他却在“文革”中受迫害进了秦城监狱。安子文向女儿这么感叹道：“我当了 20 多年的中共中央组织部副部长、部长，结果进了监狱；胡耀邦才当了一年中共中央组织部部长，却进了中共中央政治局！”[1]

有趣的是，在中共十一届三中全会结束不久——1979 年 1 月 17 日——安

---

[1] 1996 年 5 月 29 日采访于北京。

子文被任命为中共中央党校副校长，恰巧与胡耀邦“对调”。

在中共十一届三中全会及其稍后举行的中共中央政治局会议，有两人受到最明显的冷落，那便是汪东兴和张平化。不言而喻，在关于“真理标准”问题的大讨论中，汪东兴和张平化的种种行为，受到了中共中央委员们的尖锐批评。

中共十一届三中全会对中共高层领导核心所作的这一系列调整，保证了中共十一届三中全会的决策得以贯彻。

胡乔木主笔起草《公报》

中共十一届三中全会的一系列重要决策，集中体现在1978年12月22日全会所通过的公报上。

通常，中共全国代表大会，发布的是“新闻公报”——因为全国代表大会已经有政治报告阐述会议的政治内容。中共中央全会则通常用“公报”，这公报概括会议的政治内容。

“公报”比起“新闻公报”更给人以庄重感，因为这是“全体会议”的“公报”，而且标明“某年某月某日通过”——这意味着，《公报》是由全体中共中央委员们举手通过的，相当于会议的宣言。

中共十一届三中全会所通过的《公报》，主要不是新闻性的，而是理论性的。《公报》是对中共中央工作会议和中共十一届三中全会的理论性概括，分政治、经济、组织、思想和作风五个方面加以论述。《公报》写入中共十一届三中全会一系列的新决策、新观念、新思想，对于中国历史的大转折起着指导性的作用。

中共十一届三中全会尚未召开，《公报》的起草已在进行！

对于中共中央全会来说，这是常有的事。因为有的中共中央全会只开几天，必须事先起草好公报，到时再根据会议情况作些修改，然后公开发表。

对于中共十一届三中全会来说，跟往常的中共中央全会又有不同，因为在中共十一届三中全会之前召开的长达36天的中共中央工作会议，就是中共十一届三中全会的准备会议。中共十一届三中全会所通过的一系列重要决策，都在中共中央工作会议上一一讨论了。

正因为这样，《公报》是在中共中央工作会议接近尾声时开始起草的。

最初，《公报》的起草仍由主管宣传的中共中央副主席汪东兴负责。由于

晚年胡乔木

中共中央工作会议来了一百八十度的大转弯，汪东兴本人又在会上受到许多批评，由他负责起草的《公报》理所当然是不能用了。

于是，中共中央主席华国锋指令会议文件的起草班子又起草了一份《公报》。这个起草班子写出了《公报》草稿，内容仍很不令人满意。所以，改由胡乔木主笔。

那时，胡乔木是以中国社会科学院院长的身份出席中共中央工作会议的，起草《公报》本来不属于他的工作范围。何况中共十一届三中全会开幕时，胡乔木是以“列席者”身份出席的——直至全会同意增补他为中共中央委员。

考虑到胡乔木当年担任毛泽东的政治秘书，为中共中央起草过许多文件，所以由中共中央主席华国锋出面，请胡乔木主持《公报》的起草工作。

胡乔木当时的秘书朱佳木是这样回忆的：

> 华国锋同志……亲自出面，请乔木同志负责重新起草一份。于是，乔木同志邀集中央有关领导同志开会研究公报的框架，然后请起草班子的同志按研究的意见写出初稿。初稿拿出后，他又听取了有关领导同志的意见，随后，便把自己关在房间里，从下午2点开始，一口气改到晚上8点。由于改动太多，乔木同志的字又写得很小，所以他要我重抄了一遍，才送到印刷厂去排印。这时，全会已经开始，公报稿件作为会议文件之一，及时印发到了每个代表的手中。全会闭幕前一天，中央为讨论公报稿，还专门召开了一次政治局会议，并请乔木同志列席。在大家讨论的基础上，乔木同志对公报稿进行了进一步修改。全会闭幕是在12月22日晚上10点，因此，当天已不可能发表公报。第二天，乔木同志根据会议简报组收集上来的新意见，利用上午和午休的时间，对公报稿进行了最后的加工。下午，中央领导同志审定了修改的地方。晚上8点，中央人民广播电台在新闻联

播节目中全文播出。[1]

《公报》高度评价了关于“真理标准”问题的大讨论。作为中共中央全会的《公报》，对于一场由报纸特约评论员引发的讨论作出评价，这可以说是“史无前例”的。这实际上也就是宣布了“两个凡是”已经被彻底否定：

会议高度评价了关于实践是检验真理的唯一标准问题的讨论，认为这对于促进全党和全民解放思想，端正思想路线，具有深远的历史意义。一个党，一个国家，一个民族，如果一切从本本出发，思想僵化，那它就不能前进，它的生机就停止了，就要亡党亡国。

以上这段言简意赅的话，不是出自某篇社论，而是中国共产党中央委员会的“高度评价”，具有极高的权威性。这一段评价意味着思想路线的重大转变，即从“两个凡是”转变到实事求是的思想路线上来。

《公报》虽然没有点名批判“两个凡是”，但是用这样一段话正面加以阐述，实际上也就是对“两个凡是”的批判：

毛泽东同志是伟大的马克思主义者。他对于包括自己在内的任何人，始终坚持一分为二的科学态度。要求一个革命领袖没有缺点、错误，那不是马克思主义，也不符合毛泽东同志历来对自己的评价。党中央在理论战线上的崇高任务，就是领导、教育全党和全国人民历史地、科学地认识毛泽东同志的伟大功绩，完整地、准确地掌握毛泽东思想的科学体系，把马列主义、毛泽东思想的普遍原理同社会主义现代化建设的具体实践结合起来，并在新的历史条件下加以发展。

《公报》还对1975年邓小平主持中央工作给予高度评价，从而彻底否定了所谓“批邓、反击右倾翻案风”：

会议指出：1975年，邓小平同志受毛泽东同志委托主持中央工作期间，

[1] 朱佳木：《胡乔木同志在十一届三中全会上——为纪念乔木同志而作》，《回忆胡乔木》，321页，当代中国出版社1994年版。

各方面工作取得很大成绩，全党全军和全国人民是满意的。邓小平同志和中央其他领导同志一道，按照毛泽东同志的指示，对“四人帮”的干扰破坏进行了针锋相对的斗争。“四人帮”硬把1975年的政治路线和工作成绩说成是所谓“右倾翻案风”，这个颠倒了的历史必须重新颠倒过来。

《公报》也高度评价了中共十一届三中全会本身以及此前所召开的中共中央工作会议：

会议认为，这次会议和会议以前的中央工作会议，在党的历史上具有重大的意义。在两次会议的整个过程中，大家在马列主义、毛泽东思想的基础上，解放思想，畅所欲言，充分恢复和发扬了党内民主和党的实事求是、群众路线、批评和自我批评的优良作风，增强了团结。会议真正实现了毛泽东同志所提倡的“又有集中又有民主，又有纪律又有自由，又有统一意志又有个人心情舒畅、生动活泼，那样一种政治局面”。全会决定，一定要把这种风气扩大到全党全军和全国各族人民中去。

中国列车驶离“左”的轨道

如果说从“两个凡是”到实事求是是中共十一届三中全会在思想路线上的重大转折，那么，党的工作中心的转移，则是中共十一届三中全会在政治路线的重大转折。

中共十一届三中全会的这一最重要的决策，清楚地写在《公报》的第一段里，那就是结束“以阶级斗争为纲”，把党的工作中心转移到经济建设上来。

这是邓小平在召开中共中央工作会议前提出的。

经过中共中央工作会议和中共十一届三中全会的讨论，邓小平这一战略性重大决策，成了会议代表的共识。华国锋也表示赞同邓小平的这一重大战略决策。

《公报》指出：

全会一致同意华国锋同志代表中央政治局所提出的决策，现在就应当适应国内外形势的发展，及时地、果断地结束全国范围的大规模的揭批林彪、“四人帮”的群众运动，把全党工作的着重点和全国人民的注意力转移到社会主义现代化建设上来。

中共十一届三中全会的这一重大战略性决策，使中国的历史实现了大转折，即从“以阶级斗争为纲”的轨道，转移到了以经济建设为中心的轨道。

对于这一战略性的“转移”，毛泽东曾经想到过，也曾说过，但是他一直未能“转移”。

在1956年9月召开的中共八大上，中共中央副主席刘少奇在所作的政治报告中，就已经很明确指出，党的工作重点不再是阶级斗争。刘少奇说，党的主要任务是发展生产力，尽快把中国从落后的农业国变为先进的工业国。毛泽东在开幕词中，也讲述了类似的观点。

但是，就在中共刚刚打算实现工作重点的战略性转移，就被毛泽东在1957年下半年发动的“反右派运动”打断了。

诚如邓小平所言：

> “文化大革命”十年浩劫，中国吃了苦头。中国吃苦头不只这十年，这以前，从1957年下半年开始，我们就犯了“左”的错误。总的来说，就是对外封闭，对内以阶级斗争为纲，忽视发展生产力，制定的政策超越了社会主义的初级阶段。[1]

邓小平又指出：

> 毛泽东同志从1957年开始犯“左”的错误，最“左”是“文化大革命”。[2]

邓小平还说：

> 总起来说，1957年以前，毛泽东同志的领导是正确的，1957年反右

---

[1]《邓小平文选》第三卷，269页，人民出版社1993年版。

[2]《邓小平文选》第三卷，271页，人民出版社1993年版。

中共十一届三中全会会场

派斗争以后，错误就越来越多了。[1]

与1957年下半年的“反右派运动”相反，1978年底的中共十一届三中全会是中共从“左”的轨道拨正方向的转折点。

到1976年10月，粉碎“四人帮”，中国列车终于驶出那黑暗的漫长的隧道。但是，在华国锋的驾驶下，中国列车仍在“左”的“阶级斗争”轨道上运行。

直至1978年底，在中共十一届三中全会上，中国列车改由邓小平驾驶，这才实现了“转轨”——脱离“左”的“阶级斗争”轨道，在正确的“四化”建设的轨道上呼啸前进。

平反假案，纠正错案，昭雪冤案

在中共中央工作会议上由陈云的发言而引发关于众多历史重大事件的讨论，中共十一届三中全会“认真地讨论了‘文化大革命’中发生的一些重大政治事件，也讨论了‘文化大革命’前遗留下来的某些历史问题。会议认为，解决好这些问题，对于进一步巩固安定团结的局面，实现全党工作中心的转变，使全党、全军、全国各族人民万众一心向前看，调动一切积极因素为四个现代化努力，是非常必要的”。

《公报》用八个字来概括处理历史重大事件的原则，那就是：“实事求是，有错必纠。”

《公报》指出：

只有坚决地平反假案，纠正错案，昭雪冤案，才能够巩固党和人民的

---

[1]《邓小平文选》第二卷，294~295页，人民出版社1994年版。

团结，维护党和毛泽东同志的崇高威望。

鉴于沉痛的历史教训，特别是“文革”的教训，“会议认为，过去那种脱离党和群众的监督，设立专案机构审查干部的方式，弊病极大，必须永远废止”。

《公报》以中共中央全会的名义，对于一系列重大历史事件作出了明确的结论。

《公报》首先正式宣布为“天安门事件”平反和为“反击右倾翻案风”平反：

> 会议指出：1976年4月5日的“天安门事件”完全是革命行动。以“天安门事件”为中心的全国亿万人民沉痛悼念周恩来同志、愤怒声讨“四人帮”的伟大革命群众运动，为我们党粉碎“四人帮”奠定了群众基础。全会决定撤销中央发出的有关“反击右倾翻案风”运动和“天安门事件”的错误文件。

《公报》也以中共中央全会的名义宣布：

> 会议审查和纠正了过去对彭德怀、陶铸、薄一波、杨尚昆等同志所作的错误结论，肯定了他们对党和人民的贡献。

叶剑英在会上着重讲了发扬民主、加强法制的问题。

叶剑英指出：“只有充分发扬民主，才能最大限度地调动起广大干部和群众的积极性，集思广益，群策群力地建设社会主义；只有充分发扬民主，才能广开才路，及时发现我们党的优秀人才，把他们充实到各级领导岗位中去；只有充分发扬民主，才能保障广大干部和群众有对领导实行监督和批评的权力，从而有可能及时发现和揭露像林彪、‘四人帮’一类阴谋家、野心家，使社会主义现代化建设事业有切实保证。”

对于加强法制，叶剑英说了一段振聋发聩的话，使中共中央委员们深受震撼：“人大常委会如果不能尽快担负起制定法律、完善社会主义法制的责任，那人大常委会就是有名无实，有职无权，尸位素餐，那我这个人大常委会委员长就没有当好，就愧对全党和全国人民。”

在会上，代表们对华国锋个人崇拜的严重倾向提出尖锐的批评。为此，华国锋表示今后要“少宣传个人”。

这样，《公报》中写了这么一段：

> 华国锋同志在会上着重强调了党中央和各级党委的集体领导。他提议：全国报刊宣传和文艺作品要多歌颂工农兵群众，多歌颂老一辈革命家，少宣传个人。全会完全同意并高度评价华国锋同志的提议，认为这是党内民主生活健全化的重要标志。全会重申了毛泽东同志的一贯主张，党内一律互称同志，不要叫官衔；任何负责党员包括中央领导同志的个人意见，不要叫“指示”。

这样，在中共十一届三中全会《公报》发表之后，那股“宣传英明领袖华国锋”的热潮，也就画上了句号。对于华国锋的个人崇拜，也就降温了。

胡耀邦评说中共十一届三中全会

在中共十一届三中全会结束后的第六天——1978 年 12 月 28 日——胡耀邦来到中共中央党校。

胡耀邦此行，原本是为了和前来继任的中共中央党校副校长张平化办理交接手续的。然而，胡耀邦的到来，中共中央党校为之轰动，教师和学员强烈要求胡耀邦就刚刚结束的中共十一届三中全会作一次报告。

原本没有作报告打算的胡耀邦，感到盛情难却，不得不在全校作了即兴讲话。话题便是中共十一届三中全会。

中共中央党校作了详细记录。这份记录后来送交胡耀邦审阅，然后印发给学员学习。

这份记录，是一份珍贵的历史文献，记载了胡耀邦对于中共十一届三中全会的评说。

胡耀邦一开始，便说及了中共十一届三中全会以及此前召开的中共中央工作会议的大致情况：

> 会议的发言简报估计有 150 多万字，相当于两部《红楼梦》，近三部《三国演义》。

总起来说，是五大问题：

（一）转变有伟大的意义，伟大的前途；

（二）转变以后，我们要老老实实抓经济，把生产搞上去；

（三）要转变得好，就要我们把政治上的安定团结搞好，做到是非、功过、赏罚分明；

（四）还要把我们的思想路线、思想方法搞好；

（五）把我们党的风气搞好，党的生活搞好。[1]

胡耀邦谈起了中共十一届三中全会的中心思想：

全会主要精神在哪里呢？公报上面基本上把它概括报道了。我只向大家阐述一下公报的内容。

公报的中心思想是什么？中心思想就是一个，就是从明年起，一定要把我们工作的着重点（或者叫重心，或者叫中心）转移到搞四个现代化上。

再说一遍，从此以后，只要没有外敌侵略，我们一定要把主要精力集中起来搞四个现代化，不搞别的。千万不要用主要的精力今天搞这个，明天搞那个了。这个根本思想，就是会议的中心思想。

胡耀邦要求大家适应这一转变：

我们适应不适应呢？我觉得我们许多同志不适应。我们有许多同志的脑子不是这么想的，老是想搞运动，老是想什么批评人。

如何搞现代化，我们懂吗？我们知识多吗？我觉得我们在座的同志，台下的，台上的，还加上楼上的，我看我们大家都要老老实实地承认我们知识不多，经验不多。思想上的习惯势力厉害得很。

习惯势力就好像抽烟，讲话开会两只手总往口袋里抓。（众大笑）

脑子里面有个习惯势力作怪，新的事物它装不进去，老是想从别的地方——从政治上——干一下。一干，把事情就搞坏了。

胡耀邦称中共十一届三中全会是“历史的转折，伟大的转变”：

---

[1] 吴江：《十年的路》，香港镜报文化企业有限公司 1996 年 2 月第 2 版。下同。

所以，这次党中央明确提出来，这是根本的历史的转折，这是个伟大的转变。

公报分析了我们要转到四个现代化的建设上来的历史经过和现在的条件，指出我们把“四人帮”粉碎了，最大的障碍扫除了。也谈了我们这一历史性转变的深远意义和伟大意义。

同时，也谈了我们还有困难。不单还有遗留问题，我们的思想也不适应，因此我们要重新学习。

我们的《理论动态》写了《伟大转变和重新学习》一文，指出从历史上讲，我们有两个重新学习。进城的时候，1949 年毛主席指出重新学习，这是第一次。现在要来个第二次重新学习。

这篇文章还提到了一个古代故事，南郭先生吹竽的故事，“滥竽充数”，不会吹，但是人很多，他可以混到里面不吹。好像我们唱《国际歌》《东方红》，有的人忘了歌词，不唱，唱不出来，就跟着大家啊、啊、啊，这叫“充数”。

我们现在搞四个现代化，同志们，如果再搞南郭先生那个“滥竽充

胡耀邦在题词

数”，那就不行了。

也许有人说，我以后还慢慢干。为什么？我害怕将来还会有什么运动。

我告诉同志们，中央不再搞什么运动了，这个决心下定了。我们吃了20几年的苦头，你们回去以后也不许再搞什么“土政策”：不搞四个现代化，去搞什么政治运动。

胡耀邦直言不讳，发人深省地指出中国乃是“伟大的落后”：

同志们，我们确实太落后了。我们的祖国伟大是伟大，但是很落后也确是事实。我看是“落后的伟大，伟大的落后”！

列宁曾经在一篇文章中引用过俄国诗人涅克拉索夫的如下著名诗句：“俄罗斯母亲啊，你又贫穷又富饶，你又强大又软弱！”

我们现在也是这样，不要夜郎自大，也不要悲观失望。

胡耀邦提出了“三分明”原则：

为了四个现代化，我们必须安定团结。没有政治上的安定团结，我们搞四个现代化的想法不一致。

要政治上安定团结，必须分清一些大是大非问题，主要是政治上的功过是非，做到“功过分明，是非分明，赏罚分明”，叫做“三分明”。

胡耀邦接着又谈到了彭真和陆定一，而且还鲜明地指出刘少奇那三顶大帽子“大体不可靠”——在当时能够这么说，是很不容易的：

由于大家敢讲真话，讲了许多问题。但不是所有问题这次都解决了。

彭真同志明天或者后天中央用飞机把他接回来。

陆定一同志的问题怎么解决，没有宣传，他吃了很大的苦头。

彭罗陆杨只平反了50%。

还有同志问，还有刘少奇那个“叛徒、内奸、工贼”算数不算数？有没有？这我还讲不清楚，因为我没有看材料，我估计可能不可靠，大体上不可靠。

胡耀邦谈了民主和法制问题：

公报还讲了民主和法制。

前天黄火青同志说，现在正在开全国高检会议，一定要请我去讲一讲。

我说，我去讲不犯“法”吗？他说，你去讲一讲，这是同志之间友好的支持嘛。

我讲了三个问题，我把第二个问题简单说一说。

我说，我们公报上写了“有法可依，有法必依，执法必严，违法必究”，你们就是干这么四件事。可是你们会反过来问：现在我们有什么法？无法可依嘛。违法必究，是你违法还是我违法哟？是你究我还是我究你哟？

现在的问题是，你们的工作困难重重怎么办？按什么办事？

第一，按上级指示办事，现在上级不会有很多指示。比如男女青年要满 25 岁才能结婚，谁敢发这个指示？原来婚姻法规定男的 20 岁，女的 18 岁可以结婚，你要改变婚姻法的规定，谁敢作个人指示？

第二，靠过去的法律条文办事。解放以来，我们有多少法？有些法对不对？

第三，靠先进单位的经验办事。政法先进单位究竟是哪个，我不清楚？先进单位先进经验也得要分析。

那么，靠什么办事？我们还要老老实实，靠法制办事，靠实事求是办事。法律不光是写好多文章、条文，在我看起来，高检当前工作中很重要的一个工作，就是平反冤假错案。

冤假错案不光干部里面有，监狱里面也有。青海有 5 万个劳改犯（连家属一起），有的早就释放出来了，可是现在同样没有公民权。人家现在提出问题来了，说我刑期早就已经满了，怎么还不给公民权。问题一大堆，所以不管怎么样，我们要把法制搞好。

胡耀邦又谈了思想方法、思想路线问题：

公报第四部分讲的是我们的思想方法、思想路线问题。你要搞四个现代化，矛盾一大堆，问题一大堆，新问题很多。新情况，新矛盾，新问题，都要靠上级指示才能办事。解决问题，上级哪里管得了那么多？同志们，要靠我们自己开动脑筋。

开动脑筋首先碰到一个问题——敢不敢解放思想。

小平同志在中央工作会议上发表了一篇非常重要的讲话，7000多字，讲了一个主题，就是解放思想，开动机器，实事求是，团结一致向前看。四句话是一个问题。他在整个会议上就讲这么一个问题。小平同志说，解放思想这个问题我们没有完全解决，我们现在党内敢于讲话的只有少数人，不敢讲话的是多数人。

在工作会议期间有同志讲，我们党里面有的同志敢放炮，是高级炮手。但是，敢讲真话，敢批评和自我批评，真正敢讲话的还只有少数。

小平同志说我们有许多同志思想有些僵化，或者半僵化。然后他就分析我们党里面有许多同志思想有些僵化的原因，这是在一定历史条件底下形成起来的。

小平同志分析有四条原因：

第一条是，十几年来林彪、“四人帮”搞了许多禁区，到处下禁令，制造了迷信，这个流毒很深，影响很大。

第二个原因，我们党里面民主集中制遭受了破坏。简单地说，就是党内民主生活不正常，许多重大问题一两个人说了算。

第三是功过是非不清，赏罚不明。

第四是小生产的习惯势力，容易满足，因循守旧，安于现状，不求发展，不愿意接受新鲜事物。

胡耀邦高度评价了关于“真理标准”问题的大讨论：

所以，思想不解放的原因，不完全是“四人帮”的流毒，四个方面的原因都有。从这个问题，就讲到“实践是检验真理的唯一标准”这个讨论所起的良好作用了。

一切都要按照实践来检验，检验错了，纠正过来，对的肯定下来。可是现在许多同志，包括一些地县级干部，哲学知识太少。他们说，这么讲，实践检验真理，行吗？他根据他的实践说他是真理，那不张三有张三的真理，李四有李四的真理了吗？人家这里讲的实践是千百万人的实践，不是哪个人的。

多少年来我们很多同志不读书。无论如何拜托你们各位，你们自己回去注意看一看，你们那里有多少同志不读书，不看报，连文件都不看。

胡耀邦最后谈到了组织问题：

最后一个问题是我们党的生活问题，我们的组织问题。我们要把组织工作搞好，组织路线搞好。

我们补了一些人，增加了3个政治局委员（邓颖超、胡耀邦、王震），增加了1位副主席（陈云），增加了9位中央委员。这是解放以来所没有的措施。这次补选，将来开十二大的时候追认，这是大家一致同意的。

这次中央选举产生了以陈云同志为首的由100人组成的中央纪律检查委员会。

我顺便讲一下，我们纪律检查委员会搞了一个很重要的文件，就是编了一个党内政治生活十二条基本准则。说的是共产党里面按什么办事。文件经纪律委员会全体会议讨论以后提交中央，由中央颁布。

要把我们党内正常生活搞好，就是搞民主集中制，就是要搞批评自我批评。党的会议上对谁有意见都可以讲，至于处理那就不能随便，要慎重。但请同志们注意一条，批评人主要不是算多少年前的老账，主要是着眼于现在。在我看来，我们某些同志在粉碎“四人帮”以后，做了一些不应该做的事情，或者说对于拨乱反正不认真，不坚决，或者说有错误。

这是一个最主要的问题。我觉得我们党粉碎“四人帮”两年多以来，要拨乱反正，扭转乾坤。

那么，我们的乾坤扭转了没有？我个人的看法没有完全扭转，乾坤初转，或者是乾坤始转，开始转了。我们还没有完全扭转，所以我们的党，我们的国家还有危险性。

胡耀邦尖锐地抨击了个人迷信：

我们党的生活还有一条很重要，你们可能没有意识到，也可能意识到了。我们党内不能制造迷信，不能搞特权，不要多宣传个人。这一条非常重要。

不要突出宣传个人，就是不要制造迷信，我们吃了制造迷信的亏。我们尊重领袖，尊重我们的导师，是非常正确的，可是不要迷信。我们多少年来习以为常，甚至我们现在的宣传中还在搞那个突出宣传个人，实际上我们搞了一些迷信的东西。这是非常错误、非常危险的东西。

我们党内，县委制造县委书记的迷信，说我这里的第一把手某某同志，他是毛主席的好学生，艰苦奋斗几十年，英明哪，正确哪，伟大呀。同志，这么搞下去，就不得了呀！

多少年来我们的宣传工作、文艺工作都有教训哪！不是说这几年文艺方面没有创作，也创作了一些好的东西，解放了思想，但是有制造迷信的流毒。搞迷信可要警惕呀。

不要以为这一套就是马克思主义的东西，恰恰相反，这个东西是反马克思主义的。我们马克思主义是实事求是，我们的组织原则是民主集中制，集体领导。

中国人好面子，中国人和西方资本主义国家的人不同，明明两个人关系不好，还说我们两个人是好朋友。搞这个，德国人就对我们有这样的批评，说你们中国人太讲客气，我们德国人不，好就好，不好就不好。我们党的生活的这一条原则你们千万要注意。上级来，招待他，生怕招待不好，请你吃饭，吃得不好怎么办，他回去以后会怎么的。有人说“帽子”没有了，还有“小鞋”，给你穿“小鞋”怎么办？穿就穿，穿不进去甩掉它，你怕什么！我们要把我们的党风搞好，把我们的社会风气搞好，把我们的干部作风搞好。

胡耀邦快人快语。他的这一即兴报告，把他对中共十一届三中全会的见解和盘托出，非常生动，又非常鲜明。

胡乔木批判华国锋“左”的理论

中共十一届三中全会刚刚结束，1979 年 1 月 3 日，胡乔木在中共中央宣传部的会议上，作了一次颇为重要的讲话。

胡乔木的这次讲话，拨乱反正，从理论上纠正了许多沿袭多年的“左”的口号，内中特别是批判了华国锋在中共十一大政治报告中“左”的理论，起了很大作用，产生了很大的影响。

前已述及，胡乔木长期在毛泽东身边工作，也曾深受毛泽东晚年“左”的思想影响，也曾赞同过所谓“无产阶级专政下继续革命”的“理论”。胡乔木经过反思，积极投入了批判“两个凡是”的斗争。胡乔木仔细研究了华国锋在中共十一大的政治报告，从理论上对其中“左”的口号进行了分析、批判。

比如，“以阶级斗争为纲”是在“文革”中广泛流行的口号。华国锋也强调“抓纲治国”。华国锋所谓“抓纲”，这“纲”便是阶级斗争。

胡乔木否定了沿袭多年、影响广泛的这一口号。他说：“这样势必造成阶级斗争的人为的扩大化。而且，照这样推论，社会一旦消灭了阶级，失掉了以阶级斗争为纲的根据，社会发展就似乎没有纲、没有动力，或者忽然有别的矛盾取而代之，成为纲和动力了。”

又如，“无产阶级专政下继续革命”这一理论，是华国锋在中共十一大政治报告中的核心理论，流行甚广。

胡乔木否定了这一口号。他认为：“这个口号本来不是毛泽东同志提出的，而是‘四人帮’一伙提出的。它公开见之于文字，最早是在1967年两报一刊编辑部写的《沿着十月社会主义革命开辟的道路前进》一文中。后来康生把它写到九大政治报告中，他在向中直机关传达九大精神时，又作了发挥。这个口号提出以来，报刊上发表过不少文章，但始终没有严格推敲，把它的科学含义和根据讲清楚……粉碎‘四人帮’以后，对这个口号还作过一些宣传，但是究竟它的含义又是什么仍然是一个问题……今后，这种含义不清的口号，在现实生活中仍然可能成为不安定的因素。讲清楚这个问题，对党的理论和实践，对中国革命和国际共产主义运动，都有重要的意义。至于采取什么形式讲清楚，那需要考虑，至少在一段时间内不要在报刊上讲。”

再如，在社会主义社会“这个历史阶段中，始终存在着阶级、阶级矛盾和阶级斗争”，是载入中共九大通过的党章之中的，也曾产生过广泛的影响。

胡乔木加以如下剖析：“毛泽东同志没有说过‘始终’这两个字，这两个字是康生加的。加上这两个字，就把毛泽东同志的话搞得面目全非，在逻辑上也讲不通。列宁说：‘社会主义就是消灭阶级。’如果说在社会主义社会，阶级和阶级斗争始终存在，那怎么消灭阶级，怎么进入共产主义？那岂不等于说，社会主义永远不是社会主义，或永远不能实现消灭阶级的社会主义？这种‘始终存在’的错误提法，迫切需要纠正，也很容易纠正。但是也要经过中央正式决定，采取一定的手续才好把它正式纠正过来。”

还有，毛泽东在中共九大上扳着手指头历数党内一次次路线斗争，给人们留下极深印象。于是，动不动就要说成路线斗争，说成第几次路线斗争。

胡乔木对此作如是说：“党内斗争，是否都是社会阶级斗争的反映，都是路线斗争？党的历史是否只是路线斗争的历史？……党内存在路线斗争，这是事实。但是，党的历史不等于就是路线斗争的历史。如果任何斗争都是路线斗争，那么，党内就几乎天天存在路线斗争……很长时间以来，在一些同志中间形成这么一种心理，似乎党内的任何斗争不提到路线斗争的高度上来，就没有重要意义，就像吃饭没有吃饱似的，总不过瘾……马克思、恩格斯、列宁一生都进行过不少的党内斗争，但是他们并没有说进行过多少次路线斗争，别人也没有这样说过，因为没有必要这样来归类和计数。把党内一切复杂的斗争都简单化成为一定的刻板的模式，我们以后有没有必要继续这样做？”

胡乔木的这些见解，很多是邓小平的见解。他在中共中央宣传部的会议上讲这些问题，是希望中国报刊从此不再使用那些华国锋时期曾流行甚广的“左”的政治口号。这样，便可逐渐消除华国锋在中共十一大政治报告中的“左”的影响。

所谓“右倾”和“非毛化”

世上的路，笔直朝天的毕竟不多，总有起伏，总有曲折。

中共十一届三中全会之前的路是曲折艰难的，中共十一届三中全会之后的路也是波浪起伏的。

令人震惊的是，就在中共十一届三中全会刚刚结束，《公报》刚刚见报，在山西省西角的运城地区，马上刷出了这样的大字标语：

> 高举毛泽东思想伟大红旗，贯彻十一大路线！

为什么在中共十一届三中全会公报发表之际，强调“贯彻十一大路线”呢？

这是因为大字标语的作者，敏锐地从中共十一届三中全会公报中看出，政治路线发生明显的变化，不同于华国锋在中共十一大所作的政治报告。

他们鼓吹要“贯彻十一大路线”，不言而喻，这表明他们反对中共十一届三中全会所确定的政治路线。

他们还刷出了这样的大字标语：

千万不要忘记阶级斗争！

坚决镇压反革命！

无产阶级专政万岁！

大字报的作者们，显然是“两个凡是”派。

最为令人惊讶的是，大字标语的落款不是某某“战斗队”，竟然是“地委秘书处”！

这表明，这是一个地委反对中共十一届三中全会！中共山西的两个县委书记，甚至称中共十一届三中全会为：“逆风千里，一场浩劫！”

不光是偏远的山西运城出现反对中共十一届三中全会的大字标语，而且首都北京也不平静。在北京西单民主墙上，出现署名“工向东”的大字报，激烈地攻击中共十一届三中全会。

这“工向东”的名字本身，就带有浓烈的“文革”味。所谓“工向东”，乃“工人阶级心向毛泽东”之意。在“文革”中，“红向东”、“全向东”、“农向东”之类的名字曾经泛滥于一时。

“工向东”的大字报，果真充满“文革”味。大字报声称：

中共十一届三中全会践踏了毛主席的革命路线。

中共十一届三中全会蚕食了毛主席的革命事业。

大字报以为，中共十一届三中全会为彭德怀翻案，是“右派翻天”，“否定伟大的‘无产阶级文化大革命’的胜利成果”。

北京街头还出现署名“马列主义、毛泽东思想研究会”的传单。那传单的标题十分刺目：《批判胡耀邦的修正主义路线》！

《人民日报》和《光明日报》编辑部还同时收到一份长达1.6万字的传单，猛烈地攻击邓小平。传单的署名为“反对机会主义者全国联盟十九人委员会”。

……

这些大字标语、大字报、传单，表明了在中共十一届三中全会之后，出现了一股反中共十一届三中全会的逆流。反对者们制造流言，声称中共十一届三中全会犯了“右倾修正主义错误”，是中国历史的“大倒退”。

中共十一届三中全会的反对者，不仅在国内有，而且在国外也有。

海外报刊上出现了一个新名词，曰“非毛化”。“非毛化”的含义明明白白，即“非毛泽东化”。他们宣称，中共十一届三中全会是“非毛化”会议。

其实，这“非毛化”一词，是套用“非斯大林化”一词。

“非斯大林化”一词，始见于1956年。在这年2月14日至24日，苏共在莫斯科召开了二十大，苏共第一书记赫鲁晓夫作了反斯大林的秘密报告，在苏联掀起了反斯大林的浪潮。这样，海外报刊称赫鲁晓夫在苏联推行“非斯大林化”。

海外报刊把中共十一届三中全会比作苏共二十大；把中共十一届三中全会对于“两个凡是”的批判，视为“非毛泽东化”，亦即“非毛化”。

其实，在“非毛化”一词出现之前，在关于“真理标准”问题的大讨论中，在中国国内就已经有了类似的新名词，那就是汪东兴所说的“砍旗”。

所谓“砍旗”，也就是“砍毛泽东思想伟大红旗”，其实就是“非毛化”的同义语。

实际上，中共十一届三中全会跟苏共二十大截然不同。赫鲁晓夫在苏共二十大所作的秘密报告，主题是全盘否定斯大林。但是，中共十一届三中全会并没有全盘否定毛泽东，实行“非毛化”。中共十一届三中全会充分肯定毛泽东，肯定毛泽东思想，只是指出对毛泽东不能搞“两个凡是”。

关于这一点，后来在1980年8月，邓小平回答意大利记者奥琳埃娜·法拉奇的提问时，谈得非常明白：

> 我们不会像赫鲁晓夫对待斯大林那样对待毛主席。[1]

邓小平还指出：

> 我们要对毛主席一生的功过作客观的评价。我们将肯定毛主席的功绩是第一位的，他的错误是第二位的。我们要实事求是地讲毛主席后期的错误。我们还要继续坚持毛泽东思想。毛泽东思想是毛主席一生中正确的部分。[2]

所以，邓小平也就回击了所谓中共十一届三中全会是苏共二十大在中国重

[1]《邓小平文选》第二卷，347页，人民出版社1994年版。

[2] 同上。

演的海外谬论。

赫鲁晓夫所实行的是全盘否定斯大林。

邓小平截然不同。邓小平把毛泽东一生分为正确的和后期的错误两部分。邓小平不仅指出毛泽东正确的部分是第一位的，而且把“毛泽东思想”定义为“毛主席一生中的正确部分”。这样，邓小平就充分肯定了毛泽东的功绩，肯定了毛泽东思想。

所以，中共十一届三中全会批判“两个凡是”，不是“非毛化”，而只是否定了毛泽东的“后期错误”。

虽然中共十一届三中全会公报对于“实践是检验真理的唯一标准”大讨论给了高度评价和充分肯定，但是这一大讨论并没有因此画上句号。在中共十一届三中全会之后，“两个凡是”派并没有善罢甘休，关于“真理标准”问题的大讨论仍在继续中。

在 1979 年 7 月 29 日，邓小平接见海军党委常委扩大会议代表时，便针对当时的情况，指出“这个争论还没有完”，要“考虑补课”。

在这次讲话中，邓小平便提到了反对中共十一届三中全会“还大有人在”。邓小平说：

> 我们要注意，现在反对党的政治路线、思想路线的，还大有人在。他们基本上是林彪、“四人帮”那样一种思想体系，认为中央现在搞的是倒退，是右倾机会主义。他们打着拥护毛泽东同志的旗帜，搞“两个凡是”，实际上是换个面貌来坚持林彪、“四人帮”那一套。[1]

邓小平重新回顾了关于“真理标准”问题的大讨论。邓小平说：

> 就全国范围来说，就大的方面来说，通过实践是检验真理的唯一标准和“两个凡是”的争论，已经比较明确地解决了我们的思想路线问题，重新恢复和发展了毛泽东同志倡导的实事求是、理论联系实际、一切从实际出发的思想路线。这是很重要的。关于真理标准问题，《光明日报》登了一篇文章，一下子引起那么大的反应，说是“砍旗”，这倒进一步引起我的兴趣和注意。最早是林彪搞乱了我们党的思想路线，他搞了那个语录本，

---

[1]《邓小平文选》第二卷，192 页，人民出版社 1994 年版。

把毛泽东思想庸俗化，搞得支离破碎，而不是让人们准确地完整地学习和运用毛泽东思想来思考问题、提出问题、解决问题。我是不赞成“两个凡是”的。“两个凡是”不是马列主义、毛泽东思想。因此，我提出要准确地完整地学习和运用毛泽东思想，以后又解释什么是准确地完整地学习和运用毛泽东思想。对于实践是检验真理的唯一标准的论点，开始的时候反对的人不少，但全国绝大多数干部群众还是逐步接受了的。[1]

邓小平又一次高度评价了“实践是检验真理的唯一标准”的大讨论：

不要小看实践是检验真理的唯一标准的争论。这场争论的意义太大了，它的实质就在于是不是坚持马列主义、毛泽东思想。[2]

在邓小平的提议下，在1979年下半年，又进行了“实践是检验真理的唯一标准”大讨论的“补课”。

以邓小平视角看中共十一届三中全会

中共十一届三中全会实现了中国历史的大转折。诚如本书开头“小引”中所说，从此，“中共十一届三中全会以来”成了中国报刊、书籍、报告、讲话中的“高频词”。

其实，“中共十一届三中全会”也成了《邓小平文选》中的“高频词”。

邓小平曾多次、多角度论述过中共十一届三中全会的重大意义。从中共十一届三中全会之后，邓小平差不多每年都要谈到中共十一届三中全会，有时一年中几次谈到中共十一届三中全会。

以下从《邓小平文选》中，摘录若干片断，以求以邓小平的视角来看中共十一届三中全会。

在中共十一届三中全会结束后七个月，即1979年7月29日，邓小平把是否拥护中共十一届三中全会的路线，定为选干部的主要标准。邓小平指出：

---

[1]《邓小平文选》第二卷，190页，人民出版社1994年版。
[2]《邓小平文选》第二卷，191页，人民出版社1994年版。

选干部，标准有好多条，主要是两条，一条是拥护三中全会的政治路线，一条是讲党性，不搞派性。[1]

1980年1月16日，邓小平在中共中央干部会议上作《目前的形势和任务》报告时，回顾了粉碎“四人帮”三年以来的工作。他很强调这三年中中共十一届三中全会以来的那一年。

邓小平说：

我从政治、经济、外交方面，大致谈了这三年、特别是三中全会以后的一年，我们做了一些什么工作。[2]

1980年2月29日，邓小平在中共十一届五中全会第三次会议上，这样评价中共十一届三中全会：

关于“真理标准”问题的讨论，现在越来越显示出它的重要性。这个讨论是针对“两个凡是”的，意思是不要把马列主义、毛泽东思想当做教条。三中全会的提法，叫研究新情况，解决新问题。[3]

1980年10月25日，邓小平在与中央负责同志谈起草《关于建国以来党的若干历史问题的决议》的意见时，这么说及中共十一届三中全会：

三中全会以后，我们就是恢复毛泽东同志的那些正确的东西嘛，就是准确地、完整地学习和运用毛泽东思想嘛。基本点还是那些。从许多方面来说，现在我们还是把毛泽东同志已经提出、但是没有做好的事情做好。今后相当长的时期，还是做这件事。当然，我们也有发展，而且还要继续发展。[4]

---

[1]《邓小平文选》第二卷，192页，人民出版社1994年版。

[2]《邓小平文选》第二卷，247页，人民出版社1994年版。

[3]《邓小平文选》第二卷，279页，人民出版社1994年版。

[4]《邓小平文选》第二卷，300页，人民出版社1994年版。

1981年3月27日，邓小平从反对错误思想倾向的角度，论述了中共十一届三中全会：

解放思想，也是既要反“左”，又要反右。三中全会提出解放思想，是针对“两个凡是”的，重点是纠正“左”的错误。[1]

在邓小平的直接指导下起草的《中国共产党中央委员会关于建国以来党的若干历史问题的决议》，于1981年6月27日由中共十一届六中全会通过。这一决议中，其中第26条，是专门关于中共十一届三中全会的。这是对中共十一届三中全会的措辞严谨的评价。

这段评价的第一句话，便用“伟大转折”四个字来充分评价了中共十一届三中全会在中共党史上的地位：

1978年12月召开的十一届三中全会，是建国以来我党历史上具有深远意义的伟大转折。

接着，又用了两句概括性很强的话，评价了中共十一届三中全会的具体意义：

全会结束了1976年10月以来党的工作在徘徊中前进的局面，开始全面地认真地纠正“文化大革命”中及其以前的“左”倾错误。

再接着，对中共十一届三中全会的成就作了这样的评价：

这次全会坚决批判了“两个凡是”的错误方针，充分肯定了必须完整地、准确地掌握毛泽东思想的科学体系；高度评价了关于真理标准问题的讨论，确定了解放思想、开动脑筋、实事求是、团结一致向前看的指导方针；果断地停止使用“以阶级斗争为纲”这个不适用于社会主义社会的口号，作出了把工作重点转移到社会主义现代化建设上来的战略决策；提出

[1]《邓小平文选》第二卷，379页，人民出版社1994年版。

了要注意解决好国民经济重大比例严重失调的要求，制订了关于加快农业的决定；着重提出了健全社会主义民主和加强社会主义法制的任务；审查和解决了党的历史上一批重大冤假错案和一些重要领导人的功过是非问题。

全会还增选了中央领导机构的成员。

这些在领导工作中具有重大意义的转变，标志着党重新确立了马克思主义的思想路线、政治路线和组织路线。

从此，党掌握了拨乱反正的主动权，有步骤地解决了建国以来的许多历史遗留问题和实际生活中出现的新问题，进行了繁重的建设和改革工作，使我们国家在经济上和政治上都出现了很好的形势。

此后不久，1982 年 9 月 18 日，邓小平对中共十一届三中全会作了这样的评价：

从十一届三中全会到十二大，我们打开了一条一心一意搞建设的新路。[1]

1983 年 10 月 12 日，邓小平这样评价中共十一届三中全会：

我们党从十一届三中全会以来，重新确立了马克思主义的思想路线、政治路线和组织路线，制定了各方面的适合情况的正确政策，收到了显著的成效，各项工作的新局面正在逐步打开。[2]

1984 年 6 月 30 日，邓小平又这样强调中共十一届三中全会的作用：

我们在粉碎“四人帮”以后，从党的十一届三中全会开始，制定了正确的思想路线、政治路线、组织路线和一系列的方针、政策。[3]

---

[1]《邓小平文选》第三卷，11 页，人民出版社 1993 年版。
[2]《邓小平文选》第三卷，36 页，人民出版社 1993 年版。
[3]《邓小平文选》第三卷，62 页，人民出版社 1993 年版。

1984年10月10日，邓小平再一次提到了中共十一届三中全会：

中国现在发生的变化主要是从1978年底开始的，我指的是我们党的十一届三中全会。那次全会总结了历史经验，决定了一系列拨乱反正的政策。[1]

1985年4月15日，邓小平说：

在总结经验的基础上，党的十一届三中全会提出一系列新的政策……十一届三中全会以后，我们探索了中国怎么搞社会主义。归根结底，就是要发展生产力，逐步发展中国的经济。[2]

1985年8月21日，邓小平在会见坦桑尼亚联合共和国总统尼雷尔时，谈到中共十一届三中全会为什么要决定实行改革：

社会生产力发展缓慢，人民的物质和文化生活条件得不到理想的改善，国家也无法摆脱贫穷落后的状态。这种情况，迫使我们在1978年12月召开的党的十一届三中全会上决定进行改革。[3]

1985年9月23日，邓小平在中国共产党全国代表大会上，高度评价了中共十一届三中全会以来的七年：

十一届三中全会以来的将近七年，是建国以来最好的、关键性的时期之一。这确实来之不易。我们主要做了两件事，一是拨乱反正，二是全面改革。[4]

1988年6月22日，邓小平在讲话中指出：

[1]《邓小平文选》第三卷，81页，人民出版社1993年版。
[2]《邓小平文选》第三卷，117页，人民出版社1993年版。
[3]《邓小平文选》第三卷，134页，人民出版社1993年版。
[4]《邓小平文选》第三卷，141页，人民出版社1993年版。

1978年我们党的十一届三中全会对过去作了系统的总结，提出了一系列新的方针政策。中心点是从以阶级斗争为纲转到以发展生产力为中心，从封闭转到开放，从固守成规转到各方面的改革。[1]

1989年5月31日，在中共十一届三中全会召开十年之后，面对当时春夏之交的动荡，邓小平强调中共十一届三中全会以来所用的决策“语言都不变”：

改革开放政策不变，几十年不变，一直要讲到底。国际国内都很关心这个问题。要继续贯彻执行十一届三中全会以来的路线、方针、政策，连语言都不变。[2]

1989年11月12日，邓小平在接见中共中央军委扩大会议全体同志时，号召他们为“捍卫我们党的十一届三中全会以来制定的一系列路线、方针、政策，做出更多更大的贡献”。[3]

1989年12月1日，85岁的邓小平再三叮嘱，要永远坚持中共十一届三中全会以来的路线：

我们坚持党的十一届三中全会以来的路线和各项方针政策，不但这一届领导人要坚持，下一届、再下一届都要坚持，一直坚持下去。[4]

1992年初，在著名的“南巡”讲话中，邓小平又一次强调：

要坚持党的十一届三中全会以来的路线、方针、政策，关键是坚持“一个中心、两个基本点”。[5]

从以上邓小平多年、多次的讲话中，足以看出，在邓小平的心目中，中共

[1]《邓小平文选》第三卷，269页，人民出版社1993年版。
[2]《邓小平文选》第三卷，296页，人民出版社1993年版。
[3]《邓小平文选》第三卷，334~335页，人民出版社1993年版。
[4]《邓小平文选》第三卷，347页，人民出版社1993年版。
[5]《邓小平文选》第三卷，370页，人民出版社1993年版。

十一届三中全会是多么重要的历史性的会议。

正因为这样，邓小平频频论及中共十一届三中全会，频频嘱咐要永远坚持中共十一届三中全会以来的路线。

十一届三中全会的历史局限

中共十一届三中全会召开以来，佳评如潮。中共十一届三中全会不仅是中国共产党历史上的里程碑、转折点，也是当代中国历史上的里程碑、转折点。“新时期的遵义会议”这一评价，最为恰如其分地体现了中共十一届三中全会的重要意义。

然而，中共十一届三中全会毕竟是在1978年年底召开的，尽管会议作出了历史性的突破，但是也受到了时代的局限，虽然这局限只是支流，只是次要的。

如今重读中共十一届三中全会公报，就可以明显地发现这些局限。

其中最为突出的是对于人民公社制度的肯定：“全会提出了当前发展农业生产的一系列政策措施和经济措施。其中最重要的是：人民公社、生产大队和生产队的所有权和自主权必须受到国家法律的切实保护”；“人民公社要坚决实行三级所有、队为基础的制度，稳定不变”。

人民公社制度是1958年“大跃进”的“左”的产物。在毛泽东的“人民公社好”的号召下，全国建立了7万多个人民公社。人民公社制度严重阻碍了中国农村生产力发展，在人民公社建立之后，中国农业生产力一直处于低水平状态。

在这里，还得用“实践是检验真理的唯一标准”这句话。1978年12月，就在中共十一届三中全会召开的时候，安徽省凤阳县梨园公社小岗生产队严宏昌等20户农民冒着极大风险，签下“分田到户”的契约，中国农村改革从此打响第一炮。

与此同时，四川省不少地方的农民也实行包产到组。农村联产责任制在安徽、四川的影响下，一呼百应，推向全国。紧接着，在1980年，四川省广汉县的一个公社挂出乡人民政府的牌子，成为全国第一个取消人民公社的地方。

其实，在中共十一届三中全会之前，“包产到户”在中国就有过“三起三落”的历史：第一次是在1956年秋天，即高级社刚刚普及，但尚未运转一个生产周期时，一些地方就自发出现了包产到户。后来在20世纪50年代末、60

年代初，又曾两次出现。那时候，包产到户被认定是“单干”，是走资本主义道路，因此遭到毛泽东的“批判”。陈云在20世纪60年代初也因支持包产到户而受到毛泽东的严厉批评。

“野火烧不尽，春风吹又生。”顺应时代的潮流是无法阻挡的。实践证明，人民公社是错误的制度。正因为这样，在1978年，安徽再次搞包产到户并发展到“大包干”直至家庭承包经营责任制，则是“包产到户”在中国的第四次兴起。

可贵的是，中共安徽省委第一书记万里对“包产到户”持支持的态度。万里多次向邓小平、陈云汇报包产到户、包干到户。陈云在“文革”前就支持“包产到户”，这时又一次明确表态支持“包产到户”。

但是，《人民日报》在1979年3月15日头版头条发表了《三级所有，队为基础，应当稳定》的来信和编者按，要求坚决纠正分田到组、包产到组，指责“包产到户”是“错误做法”。

1979年9月28日，《中共中央关于加快农业发展若干问题的决定》还是强调：“人民公社、生产大队和生产队的所有权和自主权应该受到国家法律的切实保护，任何单位和任何个人都不得任意剥夺或侵犯它的利益。”

邓小平敏锐地意识到“包产到户”对于中国农村改革的重大意义。1980年5月，邓小平同志在同中央负责人员谈话时，肯定了安徽农村实行的包产到户、包干到户。

邓小平指出：

> 农村政策放宽以后，一些适宜搞包产到户的地方搞了包产到户，效果很好，变化很快。安徽肥西县绝大多数生产队搞了包产到户，增产幅度很大。“凤阳花鼓”中唱的那个凤阳县，绝大多数生产队搞了大包干，也是一年翻身，改变面貌。有的同志担心，这样搞会不会影响集体经济。我看这种担心是不必要的。我们总的方向是发展集体经济。实行包产到户的地方，经济的主体现在还是生产队。这些地方将来会怎样呢？可以肯定，只要生产发展了，农村的社会分工和商品经济发展了，低水平的集体化就会发展到高水平的集体化，集体经济不巩固的也会巩固起来。关键是发展生产力，要在这方面为集体化的进一步发展创造条件。[1]

---

[1]《邓小平文选》第二卷，315页，人民出版社1994年版。

中共十一届三中全会一致通过全会公报，从此，中国迈入了“改革开放”的新时期

1978年，安徽实行“包产到户”的生产队达1200个，次年又发展为3.8万个，约占全省生产队总数的10%，到1980年底，全省实行“包产到户”、“包干到户”的生产队发展到占总数的70%。与此同时，在四川、贵州、甘肃、内蒙古、河南等地，“包产到户”也在或公开或隐蔽地发展着。

在中共十一届三中全会召开之后的5年，即1983年10月，中共中央发出通知，全国取消人民公社制度。从此，中国农村改革迈大步，中国农业生产力冲破了人民公社的束缚，走上了健康发展之路。

中共十一届三中全会公报的另一重大缺陷是没有对毛泽东晚年的严重错误进行总结和批评。公报只是提了一句：“要求一个革命领袖没有缺点、错误，那不是马克思主义，也不符合毛泽东同志历来对自己的评价。”

对于毛泽东发动“文革”，公报也只是说：“毛泽东同志发动这样一场大革命，主要是鉴于苏联变修，从反修防修出发的。至于实际过程中发生的缺点、错误，适当的时候作为经验教训加以总结，统一全党和全国人民的认识，是必要的，但是不应匆忙地进行。”

确实，在1978年年底，还处于刚刚走出十年“文革”的阴影，还无法对十年“文革”进行彻底否定，所以只能停留在“文革”“主要是鉴于苏联变修，从反修防修出发的”这样认识水平上。

公报中指出的“适当的时候作为经验教训加以总结”，那就是1981年6月中共十一届六中全会所通过的《关于建国以来党的若干历史问题的决议》。这一决议彻底否定了"文革"，指出"'文化大革命'不是也不可能是任何意义上的革命或社会进步"。同时也指出了毛泽东应该对"文革"这一全局性严重错误负有主要责任。《关于建国以来党的若干历史问题的决议》还指出，毛泽东还应对1957年到1966年十年间愈演愈烈的"左"倾错误也"负有主要责任"。《关于建国以来党的若干历史问题的决议》指出了毛泽东晚年的严重错误：脱离实际、脱离群众，主观主义和个人专断日益严重，个人凌驾于党中央之上，不仅是他个人的问题，而且反映出封建专制主义的遗毒在党内尚未肃清。

中共十一届三中全会的局限，是当时所处的历史条件所造成的。

中共十一届三中全会吹响了中国改革开放的号角。随着中国改革开放的迅速进展，中共十一届三中全会的局限也得以克服。

中共十一届三中全会以历史的丰碑，以历史的转折点，载入中国史册。

尾声　华国锋的“淡出”

◎ **华国锋作为一个过渡性人物，终于从中国政治舞台上“淡出”。**

华国锋辞去中共中央主席职务

“淡出”是一种电影术语，又叫“渐隐”，指的是画面逐渐由清晰到模糊、到消失。

华国锋自中共十一届三中全会起，在中国政治舞台上，经历了从显要到逐步降职的“淡出”的过程……

在中共十一届三中全会上，虽然中国的实际领袖已经由华国锋转为邓小平，但是华国锋在名义上仍是中共中央主席、中国国务院总理、中央军委主席，仍集党、政、军大权于一身。

所以，中共十一届三中全会《公报》发表之后，不知内情的人，只是从《公报》第五段中关于华国锋提议“少宣传个人”那一段话中，隐隐约约感到华国锋的“英明领袖”地位发生了一点麻烦。不过，这只是“隐隐约约”而已。

虽然中共十一届三中全会为了保持安定团结的局面，决定对中共高层领导“只增不减”、“只进不出”的原则。但是，该“减”该“出”的，毕竟还是要“减”要“出”。

中共十一届三中全会之后，最初的人事大变动发生在1980年2月23日至29日召开的中共十一届五中全会上。全会批准了汪东兴辞去中共中央副主席职务的请求，这样，也就“减”去了汪东兴。

粉碎“四人帮”之后，汪东兴一直是华国锋的副手。汪东兴的辞职，对于华国锋来说，失去了一个重要的支持者。从此，“华汪体制”不复存在。

这样，华国锋的中共中央主席地位已经完全动摇。

全会还批准了纪登奎、吴德、陈锡联的辞职要求，免除了他们所担负的党和国家的领导职务。

全会决定增选两位中共中央政治局常委，即胡耀邦和赵紫阳。

全会决定成立中共中央书记处，选举胡耀邦为中共中央委员会总书记，万里、王任重、方毅、谷牧、宋任穷、余秋里、杨得志、胡乔木、胡耀邦、姚依林、彭冲为中共中央书记处书记。

中共十一届五中全会的人事变动，意味着华国锋虽然仍担任中共中央主席，但是这个主席已经成为“空头主席”了。

1980年5月6日至9日，华国锋率中国党政代表团到南斯拉夫参加铁托总统葬礼活动。接着，华国锋从南斯拉夫前往罗马尼亚，应邀到罗马尼亚进行短暂访问。

1980年5月17日，华国锋主持刘少奇追悼大会。

1980年7月4日，《人民日报》发表特约评论员文章《正确认识个人在历史上的作用》。文章指出，在新的历史条件下，不仅要消除“神化个人”的现象，而且要处理好领导班子中个人与集体的关系。不言而喻，这篇特约评论员文章是针对华国锋的。

1980年7月30日，中共中央在发出的《关于坚持“少宣传个人”的指示》中说：当前在执行三中全会制定的要“多歌颂党和老一辈革命家，少宣传个人”的方针时，还存在着一些问题。这一指示，同样暗含对华国锋的批评。

赵紫阳除了成为中共中央政治局常委之外，尚未安排其他职务。但是，不久之后，便显露了对赵紫阳的重要安排。

那是在1980年8月30日至9月10日召开的五届人大第三次会议上，华国锋辞去了国务院总理的职务。这样，华国锋失去了他在“政”方面的最高职务。

赵紫阳接替华国锋，成为中国国务院第三任总理。

华国锋辞去国务院总理职务，其根据是中共十一届三中全会关于实行党政分工的决定。

1980年9月9日《人民日报》发表社论《民主的大会，改革的大会》指出：

> 这次会议的革新精神，突出地表现在对国家领导制度的重大改革上。中共中央已经决定把党的工作和政府工作切实地明确地分开，各级党委第一把手已不兼任政府职务。

正因为这样，不光是华国锋辞去了国务院总理，邓小平、李先念、陈云、徐向前、王震也不再兼任国务院副总理。

1980年8月18日，邓小平曾在中共中央政治局扩大会议上，作了《党和国家领导制度的改革》的讲话。邓小平指出：

华国锋和邓小平一同参加植树活动

> 国务院领导成员的变动，将是五届人大三次会议的主要议题之一。这次变动，包括华国锋同志不兼任总理，由赵紫阳同志接替；李先念、陈云、徐向前、王震同志和我不兼任副总理，由精力较强的同志担任；王任重同志因任党内重要职务，也不再兼任副总理。陈永贵同志请求解除他的副总理职务，中央决定同意。[1]

应当说，华国锋辞去国务院总理职务，尚属正常人事变动。

1980 年 10 月 20 日，中共中央书记处决定，在今后二三十年内，一律不准挂现任中央领导人的像，以利于肃清个人迷信。

1980 年 10 月 23 日，中共中央发出《转发华国锋同志的信的通知》。华国锋提出，今后在公共场所不再悬挂华国锋同志的像和题词。

于是，在粉碎“四人帮”之后，在公共场合并排悬挂毛泽东和华国锋画像的现象不复存在。华国锋的画像纷纷被取下，华国锋语录以及题词也被纷纷取下。至今，唯一被保留下来的华国锋题词，那就是天安门广场上的“毛主席纪念堂”六个镌刻在大理石上的金字。

对于华国锋来说，他的职务的最大变迁是在 1981 年 6 月 27 日至 29 日召开的中共十一届六中全会上。

---

[1]《邓小平文选》第二卷，320 页，人民出版社 1994 年版。

在此之前，华国锋担任中共中央主席，中共中央全会总是由华国锋主持。

然而，中共十一届六中全会的公报上，却是这么写着：

中央政治局常委胡耀邦、叶剑英、邓小平、赵紫阳、李先念、陈云、华国锋同志主持了会议。

“中央政治局常委……主持了会议”这样的提法，是中共中央历届全会公报或新闻公报上所没有过的。

这一次中共中央政治局常委们的排名顺序，也是从未有过的，胡耀邦排名第一，而本来排名第一的华国锋变成了倒数第一！

发生如此显著变化的原因，公报中是这么写的：

全会一致同意华国锋同志辞去党中央主席和中央军委主席职务的请求。全会通过无记名投票，对中央主要领导成员进行了改选和增选，选举的结果是：

一、胡耀邦同志为中央委员会主席；

二、赵紫阳同志为中央委员会副主席；

三、华国锋同志为中央委员会副主席；

四、邓小平同志为中央军事委员会主席；

五、中央政治局常务委员会由中央主席和副主席组成，他们是：胡耀邦、叶剑英、邓小平、赵紫阳、李先念、陈云、华国锋；

六、习仲勋同志为中央书记处书记。

也就是说，胡耀邦接替华国锋，出任中共中央主席。

邓小平接替华国锋，出任中央军委主席。

华国锋辞去中共中央主席职务之后，仍被选为中共中央副主席、中共中央政治局常委。

政治局召开 9 次会议解决华国锋问题

华国锋职务的重大变化，虽然是在中共十一届六中全会上才正式作出决定的，其实早在半年多以前——1980 年 11 月 10 日、11 日、13 日、14 日、17 日、18 日、19 日、29 日和 12 月 5 日——中央政治局连续开了 9 次会议，专门讨论华国锋问题。除刘伯承、聂荣臻二人因病未参加（聂荣臻来信同意会议内容）和陈永贵、赛福鼎二人未通知到会外，实到政治局委员 21 人，候补委员 1 人。中央书记处 7 人列席，共计出席者 29 人。

召开这 9 次会议的原因，是自从 1980 年 8 月中下旬举行的中央政治局扩大会议以来，不少人向中央提出，华国锋不宜继续担任中央委员会主席和中央军委主席。于是，中共中央政治局召开 9 次会议，对此进行讨论，并向十一届六中全会提出人事变动方案。

这次中央政治局会议原本只打算开一次。在 11 月 10 日的第一次会议上，华国锋提出要求辞去中央主席、军委主席和党内的其他职务，并对粉碎“四人帮”以来的工作作了一些检查和解释。他的解释引发了许多与会者的不满，于是中央政治局决定继续开会，以至前后开了 9 次。

翌日——11 月 11 日——下午，陈云在中央政治局会议上作了重要发言。陈云讲了三点意见：

> 第一点，揪出“四人帮”，是华国锋对党的“一个很大的贡献”。那时，华国锋“是负主要责任的”。但是，揪出“四人帮”以后，我们党没有能够实现心情舒畅、生动活泼这样的局面，使人“大失所望”。
>
> 第二点，“华国锋同志当主席不适当”。陈云说：“那一天我跟先念同志到国锋同志那里去的时候提出，国锋同志要有自知之明，在毕生的工作里头，加号是多少，减号是多少。加号指的正确的，减号指的错误的。我讲了一句，希望国锋同志珍惜已有贡献，就是说，不要随便丢掉已经有的这一点贡献。”
>
> 第三点，“我认为这件事不能再拖了。十二大谁作报告决定下来，哪个当主席哪个作报告”。

1980 年 11 月 19 日，胡耀邦在会上作重要发言。他在肯定华国锋成绩的同时，也对华国锋进行了严肃的批评。

胡耀邦说：华国锋是 1938 年参加革命工作的，也应该说是老同志了。有同志说是坐直升机上来的，我个人觉得这么说不妥当。40 多年来，华国锋同志积累了相当丰富的工作经验，也有一定的水平。这个，我看也应该是肯定的。

国锋同志和一些老同志一道，在粉碎“四人帮”这个问题上，确实是作出了很大贡献的。这是历史事实，我们的党和人民是不会忘记这一点的。粉碎“四人帮”以后，全党、全国人民，包括老同志的确是真心诚意拥护国锋同志的……但是，我觉得，国锋同志没有正确对待一个党员对党和人民应该作出的贡献。

在谈到华国锋同党、同人民的关系摆得很不正确的时候，胡耀邦列举了华国锋的五条表现：

> 第一条，对个人在粉碎“四人帮”斗争中所起的作用的认识上，表现得很不正确。
>
> 第二条，粉碎“四人帮”以后，拨乱反正一开始，或者叫一起步，国锋同志就离开了当时全党、全国人民的迫切愿望。
>
> 第三条，干部方针上，脱离了全党绝大多数同志的意志。
>
> 第四条，在对待毛泽东同志的问题上，确实采取了实用主义的态度。
>
> 第五条，在突出个人问题上，造成了十分有害的影响。

胡耀邦在发言中还批评了华国锋对毛泽东晚年错误采取的态度。胡耀邦指出：

> 按理来说，国锋同志内心不是对毛泽东同志晚年的错误全都赞成的。我可以举一个例子，国锋同志很关心生产，至少有三次：第一，我们在湘潭时期，他对生产的兴趣很大；第二，他自己讲，1971 年揭露林彪时，毛主席同他谈话，批评他：你满脑子都是生产；第三，1975 年他在听取科学工作汇报提纲座谈会上的讲话。可是国锋同志在粉碎“四人帮”后讲的却是另外的东西，什么基本路线，什么阶级斗争为纲，什么全盘肯定“文化大革命”，什么继续革命，等等。但也不会是真心话。这里边就产生一个实用主义的问题。这就是要害的地方。国锋同志在对待毛泽东同志的问题上，是拣他的需要，只顾眼前，不顾后果，只考虑个人得失，不考虑党和国家的安危。这是一种典型的实用主义，这很不好。

胡耀邦还指出：

> 国锋同志继续当党的主席、军委主席，看来党内多数同志是不会赞成

的。因此，国锋同志自己提出要辞去这两个职务，我觉得好。这对党、对华国锋同志自己都有好处。

胡耀邦所指出的华国锋对毛泽东思想的实用主义，击中了华国锋“两个凡是”的要害。华国锋的“两个凡是”，其实是有利于他的就“凡是”，不利的就不“凡是”。

还有人在会上对华国锋说：“你在过去4年工作中做过一些有益的工作，但是显然缺乏作为中央主席必要的政治能力和组织能力。”他还指出：“国锋同志对军委工作不能胜任是大家知道的。”

在会上，最令人感动的是叶剑英的发言。

叶剑英在发言中作了自我批评，检讨自己在宣传华国锋中说过过头话，作了过高的赞誉，有“周公辅成王”的封建思想作怪。

叶剑英回忆了毛泽东临终时欲言未语的难忘情景，说道：

“据《三国志》第35卷《诸葛亮传》里记载，刘备在白帝城临终托孤时，对诸葛亮说：若嗣子可辅，辅之；如其不才，君可自取。之后，诸葛亮并没有照刘备的话去办，而是竭股肱之力，效忠贞之节，继之以死。毛主席临终的时候说，我不行，快完了。政治局的全体同志到毛主席那个房子，排队一个一个见主席。那时，他的心脏还没有停止跳动，看完后，退回休息室。过了一会，护士又把我叫到主席面前。当时主席看了我一眼，说不出话来，我又退了出来，不久，主席心脏就停止跳动了。当时我就想，主席为什么要第二次叫我呢？还有什么嘱托（叶剑英讲到此处，心情很激动，流下了眼泪）？我剖析毛主席在世时自己的心情，我确实把华国锋同志当做‘后主’看待，尽管我自己精力不足，水平不高，还是想尽力扶助他。

叶剑英元帅时任中共中央副主席、中央军委副主席

我对他还讲过一些过誉的话。这是一种旧的封建思想在作怪。借此机会，我应作自我批评。”[1]

针对华国锋过多的辩解，不肯承认错误，不敢承担责任，叶剑英说：

> 这次政治局会议确实开得很热烈。华国锋同志犯错误，我也是有责任的。当初刚刚粉碎“四人帮”，我的头脑里也有愚忠愚义思想，有时明知华国锋同志的意见不对，但给他提出来后，他一拒绝，我也没有坚持，就这样酿成现在的局面。所以，这种情况，我也有份。

叶剑英还说：“如果国锋同志不愿意承担责任，那就由我承担好了。所有中央这4年来的错误都是我造成的，你们怨我、批评我都可以。我早就提出要辞职，今天在这个会上我再提一遍，我请求党中央让我离休。这是我雷打不动的意见。”经过叶剑英这样一说，华国锋表示不再辩解，愿意虚心听取大家的意见，接受批评。

会议自始至终平心静气，到会的29人都发了言。大家在发言中肯定了华国锋的功劳，但是认为，华国锋担任现职是不适当的。

在最后一天的会议上，华国锋表示欢迎大家对他的批评。他再次提出辞去中共中央主席和中央军委主席的职务，并要求在六中全会以前，不再主持中央政治局、中央常委和中央军委的工作。

华国锋提议由叶剑英担任中共中央主席和中央军委主席这两个职务。

叶剑英坚决推辞，再次提出批准他离休。

叶剑英和其他同志一致提议由邓小平担任中共中央主席。邓小平婉言谢绝。他认为，在60多岁人当中，胡耀邦政绩显著，所以力荐胡耀邦担任中央主席，并对胡耀邦说要“当仁不让”。

邓小平说，他自己只愿意担任中央军委主席。

中央政治局认为华国锋确实需要集中力量考虑自己的问题，因而同意他不再主持中央工作的意见，但在六中全会作出相关的决定以前，他仍是中央的主席，仍要以中央主席的身份接待外宾。中央政治局并且表示希望，六中全会将继续选举华国锋为中央政治局常委，选举他做中央副主席。

---

[1] 袁小伦：《叶剑英忆毛泽东托孤》，《党史纵览》2005年第11期。

中央政治局会议指出，华国锋犯了“左”的错误和其他错误，但不要说成是路线错误。路线、路线错误、路线斗争等提法没有明确的科学含义，使用这些提法过去在党内造成很不好的后果，以后要尽量少用。

中央政治局最后通过三项决议：向六中全会建议，同意华国锋辞去中央主席、军委主席的职务；向六中全会建议，选举胡耀邦为中央委员会主席，邓小平为军委主席；在六中全会前，暂由胡耀邦主持中央政治局和中央常委的工作，由邓小平主持中央军委工作，都不用正式名义。中央政治局着重指出，前两项都只是对六中全会的建议，全会如何作出决定，这是全会的权力。全会当然会审慎地考虑这些问题，并严格按照党内民主原则来进行讨论、表决和选举。

当时，考虑到这是一个十分重大的问题，为了使党内军内高级干部在思想上有所准备，中央政治局决定把这次会议的内容通知省级常委以上的同志，并由他们向参加党的若干历史问题讨论的4000名高级干部传达。并要求：“为了保证全党全国全军的安定团结，中央要求所有上述同志严格保密，绝对不得外泄。”

1980年12月5日，中共中央政治局一致通过了《中央政治局会议通报》。这个《通报》，实际上是向中共全党打招呼。

《通报》向全党通报了华国锋在粉碎“四人帮”以后所犯的“左”的错误和其他错误，共五条：

一、提出了完全违背马克思主义的“两个凡是”的错误观点；

二、继续“文化大革命”的错误观点；

三、阻挠平反冤假错案和为老干部恢复工作；

四、制造新的个人崇拜；

五、经济冒进，犯了主观唯心主义的错误。

这样，《通报》就在党内范围，通报了华国锋的错误。

《通报》还通报了中共中央政治局会议决定向中共十一届六中全会建议，同意华国锋辞去中共中央主席、中央军委主席的职务，选举胡耀邦为中央委员会主席，邓小平为中央军委主席。

也就是说，华国锋在中共十一届六中全会上辞去中共中央主席、中央军委主席职务，早在半年多前的中共中央政治局会议上就已经决定，并已通报全党。

华国锋辞职的原因，当然也就是《通报》中所一一列举的华国锋所犯的

“左”的错误和其他错误。

在华国锋即将辞职而未辞职的这一段微妙的时间里，华国锋虽然身为中共中央主席，但是实际上中共中央日常工作已经由胡耀邦主持。华国锋已经很少以中共中央主席身份公开出面。

1981 年元旦，华国锋拒绝出席中共中央新年茶话会。

华国锋只是一个过渡

1981 年 2 月 4 日，这一日子对于华国锋是难忘的。

这天，是中国农历鸡年的除夕。胡耀邦建议由华国锋出面宴请越南黄文欢。华国锋拒绝了，不愿露面。

胡耀邦求助于邓颖超。邓颖超是黄文欢的老战友，要出席这次宴请的。邓颖超给华国锋打了电话，希望华国锋能够主持这次宴请。华国锋只得答应了。

于是，在除夕夜，华国锋来到钓鱼台 18 号楼——这是华国锋最后一次出席国宴。席间，当招待员给华国锋递上一盆煎鸡蛋时，使华国锋意外惊喜：因为这煎鸡蛋非同一般，是在去掉蛋黄之后煎的。华国锋平时最喜欢这道菜。国宴厨师知道华国锋将要辞职，今后没有机会再来这里，所以特地做了这道他喜欢的菜。

宴会结束后，华国锋送走了黄文欢，特地回身跟招待员、厨师一一握手，说道：“同志们的情，我领了！”

从此，华国锋再也没有在国宴上露面……

从此，华国锋的画像从北京所有大的会场、大宾馆的迎客厅被取下来，从中国各单位、老百姓家中的毛泽东像旁边被取下来。

对于华国锋的下台，作为华国锋的老朋友，张根生的评价是公允的：

> 华国锋之所以在改革大潮汹涌而至之时，思想不能完全跟上形势，是与他长期在省、地、县委工作有关系。参加革命后主要是学习毛泽东指示，又是在“文化大革命”中被毛泽东提拔起来的。在毛泽东去世之后，他只能依靠树立毛泽东的威信，以毛泽东的旗帜稳定局势，这是可以理解的。他在政治、思想、理论上都有局限性，这也是他犯“两个凡是”错误的主要原因。

应该肯定华国锋在主持这次中央工作会议和紧接着召开的党的十一届三中全会上所做的工作。他比较能发扬民主、接受大家对他的批评。当时所有人的发言都照登简报，可以指名道姓地批评任何人，是较好发扬民主的一次会议。会上华国锋对于自己的“两个凡是”和其他问题的错误作了自我批评，并接受大家的意见，态度是诚恳的。[1]

关于华国锋所犯的错误，中共十一届六中全会所通过的《中国共产党中央委员会关于建国以来党的若干历史问题的决议》中，有一大段加以论述。这一大段论述，其实也就是1980年11月至12月的《中央政治局会议通报》中关于华国锋错误的基本内容。

《中国共产党中央委员会关于建国以来党的若干历史问题的决议》提到了华国锋担任中共中央主要领导的由来：

华国锋同志是由毛泽东同志在1976年“批邓”运动中提议担任党中央第一副主席兼国务院总理的。

《中国共产党中央委员会关于建国以来党的若干历史问题的决议》也肯定了华国锋的功绩：

他在粉碎江青反革命集团的斗争中有功，以后也做了有益的工作。

《中国共产党中央委员会关于建国以来党的若干历史问题的决议》接着指出，在粉碎“四人帮”之后，华国锋犯了“左”的错误：

党内外同志越来越强烈地要求纠正“文化大革命”的错误，但是遇到了严重的阻碍。这固然是由于十年“文化大革命”造成的政治上思想上的混乱不容易在短期内消除，同时也由于当时担任党中央主席的华国锋同志在指导思想上继续犯了“左”的错误。

华国锋究竟犯了哪些“左”的错误？

---

[1]《中国农村改革六十年回顾》，海天出版社2004年5月版。

《中国共产党中央委员会关于建国以来党的若干历史问题的决议》对此加以具体的论述（为了眉目更加清楚起见，本书作者为这段论述加上一、二……）：

一、他推行和迟迟不改正"两个凡是"（即"凡是毛主席作出的决策，我们都坚决维护；凡是毛主席的指示，我们都始终不渝地遵循"）的错误方针；

二、压制1978年开展的对拨乱反正具有重大意义的关于真理标准问题的讨论；

三、拖延和阻挠恢复老干部工作和平反历史上冤假错案（包括"天安门事件"）的进程；

四、在继续维护旧的个人崇拜的同时，还制造和接受对他自己的个人崇拜；

五、1977年8月召开的党的第十一次全国代表大会，在揭批"四人帮"和动员全党建设社会主义现代化强国方面起了积极作用。但是，由于当时历史条件的限制和华国锋同志的错误影响，这次大会没有能够纠正"文化大革命"的错误理论、政策和口号，反而加以肯定；

六、对经济工作中的求成过急和其他一些"左"倾政策的继续，华国锋同志也负有责任。

在列举了华国锋的六条错误之后，《中国共产党中央委员会关于建国以来党的若干历史问题的决议》作出这样的结论：

很明显，由他来领导纠正党内的"左"倾错误特别是恢复党的优良传统，是不可能的。

《中国共产党中央委员会关于建国以来党的若干历史问题的决议》中，关于华国锋所犯错误的论述以及得出的结论，说明了华国锋辞去中共中央主席、中央军委主席职务的原因。

在中共十一届六中全会召开预备会期间，1981年6月22日，邓小平曾谈及了华国锋，谈及了《中国共产党中央委员会关于建国以来党的若干历史问题的决议》要不要点华国锋的名的问题。

邓小平指出，在决议中写明华国锋的名字，也就是回答了变动华国锋职务的原因：

讨论当中提到粉碎“四人帮”以后头两年的问题，曾经有同志提出，是不是提华国锋同志的名字？后来我们大家斟酌，认为不提名还是不行。这次决议应该同去年11月政治局会议的通报相衔接。现在这个决议稿子里面的许多措辞比通报要温和得多，更柔和一些，分量也减轻一些，我看这样比较好。为什么？因为这是叫若干历史问题决议，那个是政治局会议的决议。若干历史问题决议，这是要放到历史里面去的一个文件。当然，政治局的文件也要放到历史里面去的，但是这个历史决议是更庄重的一个文件，我想，分量更恰当一些，没有坏处。但是，华国锋同志的名字在这里需要点，因为合乎实际。如果不点名，就没有理由变动华国锋同志的工作。首先是这个问题。政治局决议正确不正确，华国锋同志工作应该不应该变动？要回答这个问题。[1]

邓小平接着指出：

按现在的政治动态来说，也有必要。大家知道，现在“四人帮”的残余和一些别有用心的人，打谁的旗帜？过去是打“四人帮”的旗帜，现在打谁的旗帜？就是打华国锋的旗帜，就是拥护华国锋。所以，这种动态很值得注意。当然，我们应该说，我跟好多同志也说过，这些事华国锋同志本人没有责任，他自己并没有搞什么活动。但是，这种社会动态值得注意。所以，我们这个决议里面写上华国锋同志的名字，指出他的错误，对于全党、对于人民有益，有好处，对华国锋同志本人也有极大的好处。[2]

在中共十一届六中全会上，华国锋辞去了中共中央主席。

众望所归，全会一致要求推选邓小平为中共中央主席。但是，邓小平拒绝了。

后来，邓小平这么谈及他拒绝的原因：

---

[1]《邓小平文选》第二卷，309页，人民出版社1994年版。

[2]《邓小平文选》第二卷，309~310页，人民出版社1994年版。

我有一个观点，如果一个党、一个国家把希望寄托在一两个人的威望上，并不很健康。那样，只要这个人一有变动，就会出现不稳定。十一届三中全会以后，大家希望我当总书记、国家主席，我都拒绝了。[1]

邓小平提名胡耀邦出任中共中央主席。

1981年6月29日下午，中共十一届六中全会选举胡耀邦为中共中央主席。

胡耀邦在当选中共中央主席时，很谦逊地向出席会议的中共中央委员们发表了如下讲话：

我是在非常特殊的历史条件下当选为党中央主席的，原来根据绝大多数同志的心愿，应该由邓小平同志来担任这个职务。现在党中央委员会决定由我来担任主席，我觉得我有责任向全会说明一个问题：虽然我担任这样一个重要的职务，但有两点是没有因此而改变的，第一，老革命家的作用没有变；第二，我的能力和水平没有变，我还是昨天的我。

胡耀邦还说：

在过去的几年里，我们花费了大量的精力处理历史上遗留下来的问题，我们也花费了大量的精力来总结历史经验。在这次大会上通过了历史性的决议……解决历史遗留下来的问题和冤假错案问题，从领导层来看，可以说已经解决了。

我希望同志们特别注意一下全会公报中的这句话：“这次全会完成了在思想上拨乱反正的历史性任务。”

今后，我们应该把主要精力花在研究如何来提高国民经济的实力，研究如何发展生产力。同时我们还应该考虑如何更有效地创造社会主义精神文明。

在胡耀邦讲话之后，邓小平在闭幕式上说：

[1]《邓小平文选》第三卷，272页，人民出版社1993年版。

胡耀邦刚才的讲话证实了他是党的主席的合适人选。

华国锋的中共中央副主席、中共中央政治局常委职务，从中共十一届六中全会保持到 1982 年 9 月的中共十二大。

1982 年 9 月 12、13 日，在中共十二届一中全会选举中共中央政治局委员时，华国锋落选了。当然，他的中共中央副主席、中共中央政治局常委的职务，也就不复存在。

从此，华国锋一直是一名中共中央委员。从 1982 年的中共十二大、1987 年的中共十三大到 1992 年的中共十四大、1997 年的中共十五大，华国锋一直当选为中共中央委员。

除了中共中央委员之外，华国锋没有再担任别的职务。

2002 年 11 月 14 日，在中共十六大选举中共中央委员时，81 岁高龄的华国锋没有选入中共中央委员。从此，华国锋完全过着离休生活。

1976 年 10 月 6 日，华国锋作为中共中央最高领导人，决策粉碎“四人帮”，建立了历史性的功勋。

在粉碎“四人帮”之后，华国锋领导揭批“四人帮”，也曾做了许多有益的工作。

由于华国锋坚持“两个凡是”，又犯下原则性的错误，导致了他的下台。不过，华国锋毕竟不是阴谋家，不是野心家。所以到了他不能不下台时，他也就请求辞职。

这样，华国锋成了介于毛泽东和邓小平之间的一位任职短暂的中共中央领袖。

1989 年 5 月 31 日，邓小平在谈论中共三代领导集体时，谈到了以毛泽东为核心的中共第一代领导集体和以他为核心的第二代中共领导集体。邓小平认为，介于第一代和第二代之间的华国锋，“只是一个过渡”。

邓小平指出：

华国锋只是一个过渡，说不上是一代，他本身没有一个独立的东西，就是“两个凡是”。[1]

邓小平称华国锋“只是一个过渡”，这可以说是对华国锋的历史地位的最

[1]《邓小平文选》第三卷，298 页，人民出版社 1993 年版。

简练、最传神的评价。

华国锋平静的晚年生活

从中国的政治舞台退下之后，华国锋过着平静的晚年生活。

在粉碎"四人帮"之前，华国锋住在北京东城史家胡同，后来迁入中南海。自从退位之后，华国锋搬到北京平安里附近的一座院子里，一直住到去世。我去过那里。我一位朋友的父亲是退下来的中共中央政治局常委，跟华国锋是邻居。

华国锋退下来之后，仍然享受国家领导人的政治待遇，有两位秘书，即曹秘书和于秘书。我跟两位秘书都通过电话。后来，只有一位跟随华国锋多年的曹秘书。

华国锋和夫人韩芝俊住在一起。他们有两子两女，不姓华，都姓苏。子女都做着普通的工作，并不因为父亲曾经是中共中央主席而做大官或者做大生意。

华国锋显得非常谨慎。他很关心中国政局，每天看报，看中央电视台新闻联播，但是从不接受媒体采访，也不对他后来的继任者说三道四。

华国锋晚年喜欢养花、练字。他的颜体字越写越好。

华国锋特别喜欢他的孙女。

人们对华国锋的习惯称呼是"华老"。也有人过去叫惯了"华主席"，如今见了他仍叫"华主席"，这样的称呼勾起了他对往事的回忆，他显得并不喜欢。

华国锋每年有两次公开露面，一次是9月9日毛泽东忌日，一次是12月26日毛泽东诞辰。每逢这两个日子，他必定和夫人韩芝俊以及身边工作人员前往位于天安门广场的毛主席纪念堂。在瞻仰毛泽东遗容时，华国锋都亲自喊口令："向伟大领袖毛主席一鞠躬、二鞠躬、三鞠躬。"他对于毛泽东主席的忠诚，令人动容。在那里，华国锋常常与毛泽东儿媳邵华、孙子毛新宇以及毛泽东当年身边工作人员相聚，一起合影。他也曾在那里与当年大寨党支部书记郭凤莲合影。

华国锋从中共中央主要领导工作中下来之后，每年毛泽东诞辰仍与夫人一起去毛主席纪念堂瞻仰

华国锋在北京深居简出，不参加应酬。偶尔，应邀出席“地球的红飘带”京剧晚会，他看得津津有味，看后与演员一一握手。

他的老朋友有时去看望他，比如汪东兴。张耀祠从成都来北京的时候，必定去看望华国锋。过年过节的时候，华国锋也出去看看老领导、老战友、老部下。

华国锋虽然退下来，他仍享受国家领导人的退休待遇，可以到外地走走。华国锋只是偶尔离开北京。

笔者在“中国首富村”——江苏张家港的华西村——便见到华国锋视察那里的照片，还见到华国锋的题词：“坚持社会主义方向，发展壮大集体经济，走共同富裕的道路，建设社会主义现代化新农村。向华西人民学习！华国锋，一九九六年九月廿日。”

1990年11月，华国锋和夫人韩芝俊在张家界国家森林公园休养。11月4日下午，身穿夹克衫、戴着帽子的华国锋来到黄龙洞，在洞口被一位大学生认出来。那位大学生兴奋地大声喊了起来，四周300多位游客也都认出了华国锋。大家立即很有秩序地排成两队，热烈鼓掌欢迎，大声呼喊“华老好”。华国锋一边向群众挥手致意，一边说：“我现在是普通共产党员、普通公民，就叫我华国锋同志好了。我感谢大家！”

离开了湖南张家界，华国锋与夫人前往毛泽东故乡韶山。华国锋熟悉那里的山山水水，那里的人民也熟悉华国锋。

1990年11月22日，当华国锋与夫人以及曹秘书、郭参谋一行23人来到韶山，受到韶山人民的热烈欢迎。华国锋还满怀深情地参观了毛泽东主席当年住过的滴水洞。

1991年9月6日，华国锋来到大寨。这时，华国锋的老朋友陈永贵已经离世五年了。得知华国锋要来大寨，陈永贵当年的警卫张良昌开着车，把华国锋故乡原交城县县委书记陈有棠，原大寨党支部书记郭凤莲都接来，与华国锋相聚。老友重逢，华国锋显得非常高兴。华国锋感叹地说：“我都七十啦。人过七十古来稀呀。”

华国锋上了虎头山，来到陈永贵墓前，向老朋友致哀。

1994年6月1日，华国锋偕夫人乘坐一辆中型面包车，从陕西潼关前往华山游览，华山管理局请求华国锋题词。华国锋游华山之后，来到西安，转往延安，然后回京。华国锋回到北京之后，果然给华山管理局寄来亲笔题词：“五岳华山险居首。”华山管理局大喜，随即请工匠刻在华山登山路飞龙梯近旁的崖壁上。

随着华国锋年岁的增长，他本来就不多的外出视察、游览，就更少了。他的白发增多了，但是思维依然敏捷，记忆清晰。

在2006年，华国锋有两桩新闻见诸报端。

一是在2006年4月29日，华国锋为甘肃清水县题词“轩辕故里”。清水县举行了隆重的华国锋题字迎接仪式，县委书记雷鸣、县长薄海明主持了仪式。

二是华国锋托人拍卖了李可染、刘旦宅等名家当年送给他的画，获得200万元人民币，捐给了希望工程。

华国锋从1976到2002年，一直是中共中央委员（即中共十一大、十二大、十三大、十四大、十五大中央委员）。

2002年11月，由于年事过高，华国锋没有作为十六大中委候选人，但他仍是十六大代表。华国锋请了病假，没有参加会议。

2007年10月，华国锋出席了中共十七大。

华国锋晚年，在北京过着极其平静的生活。

华国锋之逝

2008年8月8日，奥运会在北京隆重开幕，举世瞩目。

年迈多病的华国锋，也非常关注北京奥运会，他一直想亲眼看一看奥运会。2008年6月底，他因病住院。8月1日，他从医院出院，回到家中，满以为可以去鸟巢看奥运会，家里人为他准备好了入场券。

没想到，华国锋在家中只住了两天，由于病情恶化，又重新入院。

消息灵通的海外媒体迅速刊登《华国锋病重入院》的报道：

> 据可靠消息透露，前中共中央主席华国锋近日病情严重，正在北京医院治疗。
>
> 现年87岁的前中共党政军最高领导人华国锋最后一次在正式场合露面是在去年（引者注：即2007年）10月召开的中共十七大上，当时身着毛式服装、满头白发的华国锋作为特邀代表被安排在主席台上最后一排的最右端就坐。

在北京奥运会开幕后的第 12 天——8 月 20 日——中午 12 时 50 分，华国锋离开了人世。

当天，新华社就发出《华国锋同志病逝》的电讯，全文如下：

> [新华社北京 8 月 20 日电] 中国共产党的优秀党员，久经考验的忠诚的共产主义战士，无产阶级革命家，曾担任党和国家重要领导职务的华国锋同志，因病医治无效，于 2008 年 8 月 20 日 12 时 50 分在北京逝世，享年 87 岁。

2008 年 8 月 31 日华国锋遗体在北京八宝山革命公墓火化。中共中央政治局常委胡锦涛、吴邦国、温家宝、贾庆林、李长春、习近平、李克强、贺国强等前往八宝山最后送别。

人们还注意到，前中共中央总书记江泽民以及在公众场合不大轻易露面的前国务院总理朱镕基也前来向华国锋告别。

2011 年 11 月 3 日，华国锋骨灰安放仪式在他的故乡山西交城举行。华国锋安葬于交城卦山的墓地。

后　记

我写这部《邓小平改变中国》，其实是我关于中共党史的系列长篇的继续。

我写了“红色三部曲”，即《红色的起点》《历史选择了毛泽东》和《毛泽东与蒋介石》。

《红色的起点》写的是中国共产党的创建史，亦即“中国有了共产党”；

《历史选择了毛泽东》写的是遵义会议，亦即“中国共产党有了领袖毛泽东”；

《毛泽东与蒋介石》是从“比较领袖学”的角度写国共两党的领袖，写了“毛泽东领导中国共产党和中国人民打败蒋介石”的过程。

这“红色三部曲”，写了从1921年中国共产党诞生到1949年10月1日中华人民共和国建立的历史进程。对于1949年以后的中国历史进程，我着眼于1957年到1978年这21个年头。

1996年5月14日，香港《明报》发表了记者侯德贤对我的采访报道《叶永烈：彻底否定“文革”应毫无异议》，内中我说过这样的话：“我认为，如果把中国当代历史比喻成时间隧道，那么中国这辆列车应该是从1957年驶进愈来愈黑暗的‘左’的山洞，直至1978年才从漫长的‘左’的阴影下驶出来。1957年和1978年都是中国历史的转折点。”

我写的长篇《反右派始末》多角度、全过程、全方位叙述了1957年的“反右派运动”，写了中国“左”的灾难的开始。我写的《“四人帮”兴亡》以及《陈伯达传》等两部长篇则是中国的十年浩劫的真实写照，是中国“左”的灾祸的真实记录。这部《邓小平改变中国》，则是写了中国列车在 1978 年“从漫长的‘左’的阴影下驶出来”。

正因为这样，这部《邓小平改变中国》是我的中共党史系列长篇中的第十部。

我还将写下去，写中共十一届三中全会以来的巨大变化。

需要说明的是，本书系记述历史的书，不能不选用若干历史性照片。本书所用历史性照片，系选用新华社当时的新闻照片。鉴于当时的新闻照片不署名，未能查明摄影作者。今后如能查明摄影作者姓名，当在再版时补上，并寄照片稿酬。本书所用采访性照片，系本书作者及夫人杨蕙芬所摄。

叶永烈

2012 年 4 月 26 日于上海“沉思斋”